陕甘宁文艺通论

李继凯 著

人民出版社

责任编辑：姜　虹

封面设计：石笑梦

图书在版编目（CIP）数据

陕甘宁文艺通论 / 李继凯著. -- 北京 ：
人民出版社，2025. 6. --（国家哲学社会科学成果文库）.
ISBN 978－7－01－027060－9

Ⅰ. I209. 94

中国国家版本馆 CIP 数据核字第 2024MC0022 号

陕甘宁文艺通论
SHAN-GAN-NING WENYI TONGLUN

李继凯　著

人民出版社 出版发行
（100706　北京市东城区隆福寺街 99 号）

北京中科印刷有限公司印刷　新华书店经销

2025 年 6 月第 1 版　2025 年 6 月北京第 1 次印刷
开本：710 毫米 ×1000 毫米 1/16　印张：27.5
字数：388 千字

ISBN 978－7－01－027060－9　定价：158.00 元

邮购地址 100706　北京市东城区隆福寺街 99 号
人民东方图书销售中心　电话（010）65250042　65289539

《国家哲学社会科学成果文库》
出版说明

为充分发挥哲学社会科学优秀成果和优秀人才的示范引领作用，促进我国哲学社会科学繁荣发展，自 2010 年始设立《国家哲学社会科学成果文库》。入选成果经同行专家严格评审，反映新时代中国特色社会主义理论和实践创新，代表当前相关学科领域前沿水平。按照"统一标识、统一风格、统一版式、统一标准"的总体要求组织出版。

全国哲学社会科学工作办公室
2025 年 3 月

目　录

CONTENTS

VOLUME II   TEXT AND HISTORICAL MATERIAL ANALYSIS

绪　论
关于陕甘宁文艺研究的若干问题

从 19 世纪末的维新文学到 20 世纪初的新文化运动及其文学革命，再到 30 年代和 40 年代的左翼文艺、陕甘宁边区文艺（学界习惯上简称为"陕甘宁文艺"）及广义的延安文艺，中国文艺的现代化进程始终是与中国社会政治历史的发展紧紧地联系在一起的，也是中国现代社会政治具象化的重要体现。暴露社会历史的弊端与当时生活的黑暗，启发民众的思想觉悟与参与社会政治变革的意识，进而推进中国社会政治、经济及生活的现代化进程等，恰是现代中国文艺的基本主题及其艺术选择。而在这个文艺／文化现代化演进的过程中，对"文化创造"的期待和追求才是最根本、最核心、最关键的问题所在，新型的具有中国风格、中国气派的现代文化，就是古今中外文化磨合而来的"文化创造"。[1] 在追寻现代化的艰难征程中，历史业已铭刻了这样的记忆：1927 年大革命失败后，中国共产党开始独立领导中国革命，选择了马克思主义与中国国情相结合的革命道路。陕甘宁文艺正是在这样的历史背景下，从苏区文艺、左翼文艺持续发展而来，成为中国共产党及其领导的社会革命"文武两个战线"中的文化战线。陕甘宁文艺作为彼时"人民文艺"的"中枢"与"示范"，其实也是后来新中国文艺的雏形，陕甘宁文艺及其文化实践，不仅对当时中国文艺的历史

---

1 参见李继凯等：《20 世纪中国文学的文化创造》（中国社会科学出版社，2009）；李继凯受邀主编的《东西方思想杂志》（*Journal of East-West Thought*）（美）2023 年夏季号特辑"文化磨合视域中的东西方文学"。

演变及其艺术追求产生了全国范围的广泛影响，而且成为当代社会主义文艺最基本的文学艺术资源。

第一节　陕甘宁文艺研究的历史及其现状

陕甘宁文艺研究，指的是时间跨度上启陕甘边苏维埃政府成立的 1934 年，下至陕甘宁边区政府被撤销的 1950 年初之间的文艺运动及其创作活动的学术研究。其地域跨度是以首府延安为中心，辖陕西、甘肃和宁夏的 26 个县，东至黄河，北起长城，西接六盘山脉，南沿泾河，面积 13 万平方公里。[1] 从归属上看，陕甘宁文艺涵盖在更为广泛的解放区文艺之中；解放区文艺，又可以用泛义的延安文艺来指称；而狭义的延安文艺，又包含在陕甘宁文艺之中。

陕甘宁文艺研究始于 1937 年 5 月丁玲发表的《文艺在苏区》及稍后 L.Insun（朱正明）的《陕北文艺运动的建立》等论文。事实上，从 1936 年 8 月毛泽东等人提出《为出版〈长征记〉征稿》[2] 到 1937 年初《红军长征记》一书的编辑完成，以及 1936 年 11 月成立于陕北保安的中国文艺协会，将"收集整理红军和群众的斗争生活各方面的材料"等作为"创立工农大众的文艺"及其建设的一个"重大任务"[3]，表明了陕甘宁文艺研究及其文献史料的搜集整理工作已经自觉启动进行。

抗战全面爆发后，记录抗战历史纪实与文艺活动实绩的"西北战地服务团丛书"和"战地生活丛刊"在武汉先后出版。与此同时身处国统区的胡风又主

1　国民政府行政院第 333 次会议确定，边区管辖范围为 18 个县；12 月，又增为 23 个县；不久，国民政府又划定宁夏的豫旺和甘肃的镇原、环县三个县为八路军募补区，共 26 个县。参见梁星亮主编：《陕甘宁边区史纲》，陕西人民出版社，2012，第 105 页。

2　毛泽东：《毛泽东新闻工作文选》，新华出版社，1983，第 37 页。全文约 300 字，是毛泽东、杨尚昆为在国内外扩大红军影响，募捐抗日经费而发给各部队及参加长征同志的信件。文中号召各部队首长士兵写上若干有关长征的经历或片段，文字清通达意即可，写完后寄到总政治部编辑出版。

3　《"中国文艺协会"的发起》，《红中副刊》1936 年 11 月 30 日。

编了部分反映解放区作家及其文艺活动成果的"七月文丛"和"七月诗丛"两部综合性文学丛书，这也是对陕甘宁文艺的一次选集，其影响十分深广。到了1944年，中共西北局调查研究室编辑印行了"陕甘宁边区生产运动丛书"，除了一些普及科学生产知识的作品外，还有几十种描写、宣传劳动英雄的报告文学作品。除此之外，广大解放区出版的其他丛书也大都收录陕甘宁文艺作品，如"大众小丛书"（新华书店编辑部编辑，1943—1944年出版）、"通俗文艺丛书"（东北书店发行，1947—1948年出版）、"新文艺丛刊"（东北书店编辑，1946年印行）、"北方文丛"（周而复主编，上海作家书屋1946年版）、"中国人民文艺丛书"（周扬主编，新华书店1949年出版发行）等。仔细对比抗战爆发初期与新中国成立前后的各类成果，不难发现，抗战初期各类丛书的出版初步展示了边区民众形象、政治文化风采及延安等解放区的文化建设及文艺活动新景象，而解放战争至新中国成立前后的文艺作品整理及其成果推介宣传活动，则与新民主主义人民文学和共和国文学叙述同时展开，旨在"要扫除半殖民地半封建的旧文学旧艺术的残余势力，反对新文艺界内部的帝国主义国家资产阶级和中国封建主义文艺的影响"[1]，以建构并完成新民主主义文艺革命及其人民的文学艺术等当代中国文学想象和历史话语叙述的基本内容。不可否认的是，这一阶段多种文学文献史料的整理、研究与出版虽然在一定程度上还原了陕甘宁文艺的真实面貌，反映了解放区人民文艺的独特生存样态，但由于受战争形势及时代环境所限，且缺乏系统完善的整理研究思路与宏大开阔的学术视野，在全面性、完整性及真实性上努力不足，以至于显现出某种凌乱且不成体系的特征。

直到20世纪80年代，由湖南文艺出版社陆续推出的《延安文艺丛书》和刘增杰、赵明等主编的《抗日战争时期延安及各抗日民主根据地文学运动资

---

1 郭沫若：《为建设新中国的人民文艺而奋斗——在中华全国文学艺术工作者代表大会上的总报告》，见陈寿立编：《中国现代文学运动史料摘编》下，北京出版社，1985，第333页。

料》的出版才从根本上改变此种状态。两套丛书首次对延安文艺作品、文艺运动、文学社团及文学刊物进行了系统整理，保留了多种精选资料，虽未必全面，却极具代表性地集中展示了延安文艺的巨大成就，具有重要的史料价值。此后，1992 年重庆出版社出版了林默涵等主编的《中国解放区文学书系》，将收录范围在《延安文艺丛书》的基础上扩展到整个解放区，使延安文艺的内涵大大拓展。事实上，正是有以上的文献整理做基础，现代文学对陕甘宁文艺和解放区文艺的研究才能不断走向深入。然而必须说明的是，一些颇具代表性的成果虽然强调"在选收作品和文章时，尽量保存历史资料的原貌，要求资料的翔实可靠。编选者对原文不作任何增删"[1]，但在实际操作过程中却难以做到，如《中国解放区文学书系》收录的何其芳诗歌《叹息三章》之一的《给 G.L. 同志》就存在不依照原刊，肆意篡改拼接的问题。[2] 同时，受政治话语的束缚，诸多出版物还难以纯粹学术的、历史的、审美的眼光和标准看待这一时期的文艺作品，因而对一些重要作家作品及重要事件采取了回避甚至视而不见的态度。这无疑会造成认识层面上的简单化和机械化，影响研究的客观性和真实性。

进入 21 世纪，2012—2015 年，太白文艺出版社出版了《延安文艺档案》，包括《延安文学档案》《延安音乐档案》《延安美术档案》《延安影像档案》《延安戏剧档案》《延安文论》六个部分，共 31 卷 43 册，3200 多万字，上万幅图片，几乎网罗了可以发掘到的关于延安文艺的全部档案资料，具有"真切而详尽的资料辑揽、原生而活态的历史再现、'档案风格'的科学梳理、编辑群体的权威色彩"[3] 等四大特色。其中《延安文学档案》共分作家、文学组织、散文、

1《编辑凡例》，见林默涵总主编，阮章竞主编：《中国解放区文学书系·诗歌编》，重庆出版社，1992，第 2 页。

2 何其芳的《给 G.L. 同志》是组诗《叹息三章》之一，其他两首分别为《给 T.L. 同志》《给 L.L. 同志》，创作于 1941 年 3 月 16 日，最初发表于 1942 年 2 月 17 日《解放日报》。《中国解放区文学书系·诗歌编》收录该诗时，并未按照初版本录入，且将该诗最后一节误录成《给 T.L. 同志》的最后一节。

3 肖云儒：《延安文艺精神永存——〈延安文艺档案〉总序》，见王巨才总主编：《延安文艺档案·延安文学·延安作家（一）》，太白文艺出版社，2015，第 2—3 页。

诗歌、中长篇小说、报告文学、短篇小说 7 卷 10 册，465 万字，在兼顾文学价值和历史价值的基础上，全面梳理与整理了 1935—1948 年期间的文学档案史料，全景式勾勒延安文学发展史，立体式描摹延安作家、文学组织、作品的历史面貌，具有系统性、学术性、文献性、历史性和可读性的特点。以此为标志，拥有地缘优势的陕西研究界后来居上，又先后集中出版了数套极具代表性的延安文学文献史料整理与研究丛书，如原版收录延安时期稀见文学期刊的《红色档案——延安时期文献档案汇编》（陕西人民出版社 2014—2016 年陆续出版）；以亲历者、当事人、知情者以及后代的讲述、回忆来还原历史真相的《红色延安·口述历史》（陕西师范大学出版总社，2014 年出版）丛书等。同时，作为老牌研究基地的湖南也厚积薄发，在此前《延安文艺丛书》的基础上进行扩充、增容，于 2015 年出版了《延安文艺大系》，收录了 1936 年秋到 1949 年 7 月，在延安以及陕甘宁边区生活、学习、工作与考察过的人，当时所创作、翻译、发表、演出、展览以及出版的具有较高思想性、艺术性的各个门类的文学、艺术作品总计 1200 万字（含图片 1300 多张），共 17 卷 28 分册，成为目前涉及面最宽、收录作品最多的延安文艺文献集成。

　　得益于陕甘宁文艺文献整理成果的不断涌现，相关研究也随之兴起并展开。学者刘增杰先生曾将学界对解放区文学的研究分为三个阶段："第一个阶段是以颂扬为基本格调的研究阶段（时段为 20 世纪 40 年代至 70 年代末）；第二个阶段（约为 20 世纪 80 年代）是解放区文学研究的蜕变阶段；第三个阶段（20 世纪 90 年代以来）为解放区文学研究获得根本性改变的阶段。"[1] 学界对陕甘宁文艺较全面较客观的研究也始于 1980 年前后。1979 年，刘庆锷等人发表了《试谈陕甘宁边区的戏剧创作》[2]，首开陕甘宁文艺的综合性研究。该文分析

1　刘增杰：《于平静里寓波澜：读王培元〈延安鲁艺风云录〉》，《中国现代文学研究丛刊》2005 年第 4 期，第 261 页。

2　刘庆锷等：《试谈陕甘宁边区的戏剧创作》，《北京师院学报》1979 年第 2 期。

了陕甘宁戏剧的崭新的主题：革命战争、大生产运动、反封建斗争、文化教育，崭新的人物形象：农民、革命战士、领导干部，并简要分析了陕甘宁戏剧的艺术形式。

随后的 20 世纪 80 年代初，陕甘宁边区的研究如雨后春笋，文献的整理初见成绩，政治、经济、文化、教育、外交等各领域的研究也方兴未艾，而对陕甘宁文艺进行整体系统的研究也开始活跃起来。1982 年，王燎荧曾提及他正在编写一部《陕甘宁边区文艺运动史》。[1] 1983 年，西北大学确定的校级文科重点科研项目中，就有周健负责的"陕甘宁边区文艺研究"。[2] 而陕西省社科院在 1986 年已经开启了《陕甘宁文艺年表》《陕甘宁文艺发展史》和《陕甘宁文学通论》的撰写工作。虽然由于种种原因，以上的研究成果最终并未面世，但已显现出学界对陕甘宁文艺的重视。正是在这一背景中，20 世纪 80 年代产出了不少研究陕甘宁文艺的重要成果。王燎荧在《陕甘宁边区的文艺运动和毛泽东思想》中明确了陕甘宁文艺的起止日期，并力图客观地评价陕甘宁文艺运动的得失，号召从历史的角度来考察陕甘宁边区的文艺运动。[3] 刘建勋在 1982—1984 年发表了一系列探讨陕甘宁文艺的论文，包括：《人民文艺的新阶段——延安文艺座谈会后陕甘宁边区的文艺运动》[4]《陕甘宁边区的艺术轻骑——新洋片》[5]《陕甘宁边区的新秧歌运动和新秧歌剧作》。这些论文深入细致地剖析了《在延安文艺座谈会上的讲话》（以下简称《讲话》）发表之后陕甘宁文艺的新面貌：文化下乡的开展、群众文艺的热潮、戏剧工作的崭新变化等；介绍了"新洋片"的发展历程及其在教育民众方面所取得的作用；指出了新秧

---

1 王燎荧：《陕甘宁边区的文艺运动和毛泽东思想》，《社会科学战线》1982 年第 4 期。
2 周健：《解放区文艺和党的文艺思想》，《西北大学学报（哲学社会科学版）》1983 年第 1 期。
3 王燎荧：《陕甘宁边区的文艺运动和毛泽东思想》，《社会科学战线》1982 年第 4 期。
4 刘建勋：《人民文艺的新阶段——延安文艺座谈会后陕甘宁边区的文艺运动》，《西北大学学报（哲学社会科学版）》1982 年第 3 期。
5 刘建勋：《陕甘宁边区的艺术轻骑——新洋片》，《西北大学学报（哲学社会科学版）》1983 年第 2 期。

歌运动的历史意义及研究价值："新秧歌活动的开展，在很大程度上使文学艺术和人民群众创造历史的雄伟斗争深深地结合起来了。轰轰烈烈的新秧歌运动，开创了人民大众文学艺术的新阶段。"[1] 除此之外，李树江分析了陕甘宁边区回族革命歌谣的内容与艺术形式，认为"它和边区的其它革命文艺一样为我们的新文学史增添了新的光辉。"[2] 黄河按照时间次序勾勒了陕甘宁边区民众剧团的演出情况[3]，刘锦满则分析了陕甘宁边区民众剧院成立的原因以及柯仲平为民众剧团的发展所作的贡献。[4]

　　20 世纪 90 年代，学术界的兴趣开始转向延安文艺和解放区文艺，专门性的陕甘宁文艺研究成果堪称凤毛麟角。王德修的《论陕甘宁边区的革命民歌及其它》当是 20 世纪 90 年代陕甘宁文艺研究最重要的成果。在文章中，他分析了革命民歌产生的必要性："革命民歌体现出人民群众开始觉醒、争取平等的善良愿望，反映着他们要求翻天覆地得解放和充当社会主人的革命理想。抗战时期和解放战争时期，革命民歌在陕甘宁边区相当繁荣，民间歌手、民间诗人不断涌现。这是人民群众在政治上得到解放、经济上得到翻身这一巨大社会变革，在文化艺术领域的必然反映。"并指出了这些革命民歌的文化价值："对当时乃至建国后的文艺创作，起到了不容忽视的哺育作用，不少优秀作品是从陕甘宁边区的革命民歌中吸取营养，使自己变得更完美、更富生活气息和时代气息的。"[5]

　　新世纪以来，研究陕甘宁文艺的专门性成果时或一现。花海洋、沙宁分析了《讲话》前后陕甘宁边区的文艺活动情况，突出了《讲话》对文艺运动的引

1　刘建勋：《陕甘宁边区的新秧歌运动和新秧歌剧作》，《人文杂志》1984 年第 4 期，第 122 页。

2　李树江：《简论陕甘宁边区的回族革命歌谣》，《民族文学研究》1986 年第 1 期，第 54 页。

3　黄河：《"咱们自己的剧团"——记陕甘宁边区民众剧团》，《当代戏剧》1988 年第 4 期。

4　刘锦满：《柯仲平与边区剧运——抗日战争时期柯仲平在陕甘宁边区轶事偶拾》，《新文学史料》1989 年第 4 期。

5　王德修：《论陕甘宁边区的革命民歌及其它》，《西北第二民族学院学报（哲学社会科学版）》1995 年第 4 期，第 21、28 页。

领和改造作用。[1] 李浩则认为《边区群众报》为当时的革命文艺的创新和发展提供了一个鲜活的例证,他从这一小切口考察了陕甘宁边区的文艺活动。[2] 王彩霞和隋立新则关注陕甘宁文艺和劳模运动的关系,王彩霞认为延安文艺座谈会后,伴随着大量的文艺工作者下乡体验生活从事创作,文艺作品中的"英雄"被置换为劳动英雄,而戏剧中"传统的政治或军事舞台上的精英式的'英雄'被置换成庄稼地里、工厂厂房、田间地头的'草根'英雄。"[3]

纵观半个多世纪以来的陕甘宁文艺文献整理研究成果,我们不难发现,不管是在文献史料的搜集范围,整理分类的丰富性、全面性上,还是在问题研究的深入度,话语方式的多样化上,都有着值得肯定之处。但其中的不足也值得反思,如文献史料整理中的零散、不成体系;各种原因导致的错讹以及不合情理的删改、择录;缺乏系统编辑与学术史维度上的文献史料及其研究成果,更为关键的是研究界仍未从陕甘宁这一宏观的整体性概念出发,将以延安为圆心的,以陕西、甘肃、宁夏等大片区域为重点的陕甘宁文艺提升到一个应有的认识高度。对此,必须强调的是,陕甘宁边区孕育、生长的文艺不仅是一种具有明显党派色彩的地理区域性文学,在一定意义上,它已经超越了同时期党派文学的界限,是一种整体性的国家文学形态的积极实验。同时,陕甘宁文艺与中国共产党对文艺的领导、毛泽东文艺思想的确立、新民主主义文化建设都有着密切联系,因此在中国革命文艺史上具有示范性及中枢性作用。由此来看,在已有的苏区文艺、陕甘边文艺、延安文艺或解放区文学文献整理研究中,虽然涉及了陕甘宁文艺运动、作家艺术家及其创作活动、文艺刊物、作品传播等文献史料方面的内容,但却因缺乏整体上的专题性问题意识,客观的历史认知与

---

1 花海洋、沙宁:《讲话前后的陕甘宁边区文艺活动》,见张明胜主编:《延安文艺与先进文化建设研究——"纪念毛泽东同志〈讲话〉发表 60 周年研讨会"论文集》,陕西人民出版社,2002,第 350—354 页。

2 李浩:《陕甘宁边区文艺活动的一个实践——从〈边区群众报〉考察》,《上海鲁迅研究》2012 年第 2 期。

3 王彩霞:《延安时期"英雄"角色的置换——陕甘宁边区的文艺与劳模运动》,《中国社会科学院研究生院学报》2011 年第 2 期,第 121 页。

价值评判标准，以及具有中国特色及国际影响力的话语方式，而导致至今仍未有一部全面系统的陕甘宁文艺文献整理与研究成果，而这就为我们提供了进一步探讨和突破的学术空间。

第二节　陕甘宁文艺研究的理论方法及其任务

首先，以马克思主义唯物史观为指导，坚持历史的与逻辑的方法相统一原则。一方面，要认识到陕甘宁文艺运动及其创作活动的发生发展与历史演进，是当时各种社会政治、经济基础、思想文化与文艺思潮等历史背景合力的结果。这就要求我们必须按时间顺序排列陕甘宁文学文献史料，然后从中寻找发现它们之间的联系，以重大历史、政治事件为节点，追溯文献史料不同阶段的发展情况、分布状况及其源流脉络，以还原历史本真。另一方面，基于唯物史观的研究立场及逻辑的方法论，陕甘宁文学文献的整理与研究，除了要求研究者从国际共运史、中国共产党新民主主义文化建设史，以及 20 世纪中国革命文艺、左翼文艺运动与苏区文艺等中外历史发展过程中进行考察之外，还要求从逻辑的联系中，厘清不同历史背景下陕甘宁文艺文献史料的逻辑关系，对综合了政治性、经济性、文化性等多种复杂元素的文献史料学问题进行具体的辨析，实事求是地做出科学恰当的鉴定与发现。

其次，认真细致做好陕甘宁文艺史料研究的学术史清理工作。就目前来看，虽然还没有一项从文艺史料学角度，专门研究陕甘宁文学文献整理与研究方面的专题性成果，但基于已有研究的历史性回顾必不可少。学术史清理的重要作用就在于能够让研究者更加冷峻、清醒地审视学术思想延伸的历史，祛除因僵化意识形态压抑和日常生活伦理遮蔽而产生的负面效应，在开创新的思想领域和学术空间的同时，寻找文艺史料研究的根基，进而在科学的、理性的、学术性的思维平台上，获得成功的可能。具体到实践上，则要求研究者对此类丰富多样、涉及多个学科的学术成果进行综合而整体性的认真审视，既为全面整理研究提供知识渊源与学术借鉴，避免走弯路或重复已有的研究，又可以寻找及确定全新的突破点和创新点，使陕甘宁文艺文献整理与研究可以在前人成果基础之上有新的开拓及深化。

最后，全面做好不同时期及不同类型陕甘宁文学文献史料的搜集工作。事实上，任何一种文献史料的收集整理都是两个层面上的推进与创构：其一是对已有的、成型的文献史料进行鉴别、分类和精选，其二是对散佚的、缺失的文献史料进行发掘、探源和考证。这就要求我们搜集整理陕甘宁文艺及其相关文献史料时，既要条陈分述已公开出版的，又要钩沉收集新发现的；既要发掘辑录历史档案及人物回忆录中的，又要去芜取精互联网、收藏市场中的。另一方面，还要深入陕甘宁各地进行细致的田野调查及口述史料的寻访与搜集，以及采用多种手段与方式查阅海外图书档案馆及相关机构中的文学文献史料。同时，要真正厘清陕甘宁文艺文献史料的分布特点、来源构成及其历史内容和文化变迁，完成陕甘宁文艺文献整理研究确定的预期目标。还必须注意以下三个问题：一是从马克思主义唯物史观出发，遵循历史文献学的基本理论方法，以及文献史料数据库的规范化要求，对陕甘宁文艺文献史料进行全面系统的搜集整理与鉴别汇编；二是充分揭示陕甘宁文艺文献史料的来源体例及其历史特征，厘清及重建陕甘宁文艺的艺术经验及其文化遗产，为陕甘宁文艺研究及当代文化建设实践，提供科学的文献史料和知识基础；三是以严谨的学术态度与问题意识，对陕甘宁文艺文献的收集和鉴别、价值与利用、整理和阐释等做出科学合理的研究。唯其如此，才能使陕甘宁文艺文献的整理与研究，成为学术研究与学术创新的价值增长点。

具体来看，本书是对 20 世纪中国革命文艺及党的文艺工作发展进程之中，作为延安文艺运动中心及其领导中枢的陕甘宁边区文艺，从文艺运动、理论批评、创作思潮和作家作品等多个角度、多个方面所进行的整体性及立体性的专业研究。本书注重并强调历史时空中陕甘宁边区在文艺方面的重要作用，挖掘陕甘宁文艺在 20 世纪中国文学与新民主主义文化实践，以及中国共产党所领导的文艺事业中的重要性、独立性及其现实意义。同时，本书力图做到既有理论高度，又能充分地挖掘文艺文本的丰富性、多样性；既运用传统的文艺 / 文学研究方法将陕甘宁边区文艺 / 文学的脉络系统化呈现，又运用跨学科的新方法进行新的阐释和发现，并与中华人民共和国的文艺 / 文学相联系，还将迄今为止对陕甘宁边区文艺 / 文学的研究进行系统整理，梳理相关学术研究的历史，并试图从"边区学"论域对其进行学术史层面的研究。

第三节　从陕甘宁文艺到延安文艺及其历史化考察

陕甘宁文艺研究有助于丰富延安文艺研究内容，拓展中国现代文艺研究视角和研究路径。陕甘宁文艺作为中国文艺现代化进程中的一个重要组成部分，产生了大量传达群众心声、深受人民喜爱且具备大众化、民族化和经典化特征的文艺作品。因而从各个角度和切入点梳理、还原和观照这些原本呈原始自然形态、复杂交织着的文艺作品，使其成为综合了文字、声音、图片、影像的复合型文化资源，就为之后的延安文艺研究提供了丰富的原料滋养。此外在 20 世纪中国现代文艺史上，陕甘宁文艺被视为中国革命文艺的立足点和新起点，同时也是共和国文艺、新时期人民文艺的重要起源和精神母体。因此，文艺文献史料的整理与研究正是将陕甘宁文艺这一具有独立形态与自身特质的文艺形式，置于 20 世纪中国现代文艺的广阔背景下，进行系统性、专题性的研究与观照。这样不仅有助于全面揭示革命文艺的复杂起源，厘清共和国文艺、延安文艺或解放区文艺之间错综复杂的关系，还能拓展中国现代文艺的研究视角和研究路径，充分展示现代文艺发展历史的丰富性和复杂性。

陕甘宁文艺研究的价值和意义还在于文献史料的搜集、整理和保存。作为中国共产党文艺事业建设及其文艺运动"模范"的陕甘宁文艺，是在中国革命历史上"硕果仅存"的陕甘边苏区发生，并在当时中国革命及其新民主主义文化建设的中心，即以延安为首府的陕甘宁边区发展起来的中国现代革命文艺。因此，陕甘宁文学文献史料的整理与研究，包括陕甘宁文艺运动文献史料、陕甘宁文学文献史料（作家、作品）、陕甘宁文艺文献史料（艺术家、艺术作品）、陕甘宁边区及其文化活动的"他者书写"文献资料，以及新中国成立以来关于陕甘宁文艺研究的学术史资料整理研究，是构建陕甘宁文艺及其"新的人民的文艺"研究的基本内容，同时也是本书研究的主要内容。陕甘宁文艺在中国革命文艺发展过程中充分体现出的中国特色、中国风格与中国气派，从中国文艺和世界文艺发展的大势中来审视，反映着人民的心声与情感，坚持以人民为中心的创作导向，展示出中华民族的文化自信及其精神追求。因此，本书以马克思主义理论方法为指导，借鉴与吸收传统文学文献史料学的具体理论方法，采用多学科知识和技术手段，对陕甘宁文学文献史料的来源体例、分布状况、历史变迁与价值利用等各个方面，进行全方位的搜集挖掘与系统的整理研究，编辑一套包括有文艺运动文献资料、文学文献（作家作品）、艺术文献（艺术家艺术作品）、陕甘宁"他者书写"文献资料和陕甘宁文艺研究资料等汇编在内的大型多册《陕甘宁文学文献资料汇编》及研究报告，以弥补陕甘宁文学文献史料整理研究上的缺失，推进中国革命文艺的研究，构建中国风格的陕甘宁文艺研究学科体系及学术话语。仅就文献史料的搜集、整理和保存来讲，认真梳理陕甘宁文学文献史料的体例来源和分布变迁，在突出真实性、翔实性和系统性的基础上整理编撰出各类文献史料集成，既可为陕甘宁文艺研究提供科学扎实的史料依据，还能以实事求是、科学客观的态度和方法回应错误观点和结论，解决系列重大问题，还原历史本来面目。同时，各类成果能够使用全面收集与发掘辑录、周密考察与鉴别分析相结合的方法，整理还原出原汁原味的原始资料，更是抢救国家文化遗产瑰宝的行为，这不仅对整个学科的健康发展与专业的持续建设效用显著，还对提升国家文化软实力、建设社会主义文化强国意义非凡。

同时，从陕甘宁文学研究及其学术创新的角度，来说明和证明陕甘宁文艺在中国革命历史及党和人民事业中的地位，以及其在中国革命文艺发展过程中的示范性及引领作用，尤其是其作为当代中国文艺的雏形及其艺术资源，对新中国社会主义文艺事业及其文化实践的深刻影响。主要问题及观点是：以文献整理研究的全与新要求陕甘宁文学文献搜集整理的完整性、真实性、典型性与可靠性等具体问题；在全面完整收集与发掘辑录、周密考察与鉴别分析的基础上，整理编纂出陕甘宁文学文献史料的集大成资料汇编；认真梳理陕甘宁文学文献史料的体例来源与分布变迁，以及其各种类型文献史料的历史价值与学术意义等。因此，陕甘宁文学文献的整理与研究所具有的唯一性和权威性成果，将为陕甘宁文艺研究能够提供科学扎实的文献史料依据，不仅保证了本书研究的创新价值，而且引领及推进本学科的学术进步及学术规范的确立。并且，在陕甘宁文艺及其新的人民的文艺研究中，从文学文献资料的分布状况、来源体例及价值意义等方面来把握陕甘宁文学文献的整理与研究，即把陕甘宁文学文献资料的形成与当时的新民主主义文化实践、中国共产党的文艺事业及其建设、中国革命文艺的历史进程与当代中国文艺的关系，以及在当下繁荣社会主义文艺，建设社会主义文化强国中的历史地位等，来看这些文学文献史料的形成与利用问题。对陕甘宁文学文献资料不同阶段及不同时期的历史价值及文化意义，进行深入系统的阐释研究，进而能够实事求是、有理有据地回应一些国内学者因为文献资料的客观原因，在其研究和作品文本解读上造成的主观误读或牵强附会，积极主动应对海外不同政治文化及其学术立场对于陕甘宁文艺艺术成就的质疑与歪曲消解，纠正一些错误的观点和结论，还历史本来面目。

所以，可以说在 20 世纪中国革命及文化整体论的大视野下对陕甘宁文学进行全面的整理与研究，不仅可以从文献史料方面建立公众对中国革命文艺及延安文艺的正确文艺历史观，而且可以增强文化自觉和文化自信，纠正目前存在的一些错误认识和观点，使其成为构建具有中国特色与风格气派的学术话语基础，更能够在全球本土化语境下，重估中国革命文化的功能价值，提升国家文化软实力，使其成为能够举精神之旗、立精神支柱、建精神家园的国家文化精品。此外，对陕甘宁文艺的全面、深入研究，也可以带来"学科学术"层面的思考，甚至可以激活关于建构"边区学"的设想。对多个红色边区如陕甘宁边区及其前身苏区以及湘赣边区、鄂豫皖边区、晋绥边区、晋察冀边区、晋冀鲁豫边区、冀鲁边区、苏皖边区等展开的各类研究，自然也已经积累并将继续积累丰富的相关研究成果，从而成就一个类似于"边疆学""延安学"的相对独立的新学科，创造出一门可以载于史册的具有交叉学科特征的学问。由此，也可以进一步展开"边区学"视域中的陕甘宁边区文艺研究，甚至可以在"学科学术史"的层面，逐步进行必要的梳理、总结和反思。

上编　理论与实践研究

第一章
陕甘宁文艺人民性及其艺术实践

陕甘宁文艺作为中国革命文艺进程中的一个重要历史时期及其发展阶段。这个时期形成的人民的文艺及党对文艺的领导、为工农兵服务的文艺方向、大众化的美学选择与文艺体制等，以及在培育和弘扬无产阶级价值观具有的独特作用等，对当时的延安文艺及解放区文艺，以及当代文艺的发展，都产生了根本性的作用与深刻的影响。并且，陕甘宁文艺作为当时新民主主义文艺的示范和延安文艺的中枢，以及新中国文艺的雏形，有许多文艺建设及其实践上的成功经验值得总结。党对文艺的极其重视与文艺方针政策的确立、文艺活动与政治的关系、文艺的大众化与普及、重视作家艺术家的培养及其作用、文艺的群众化及其艺术教育等，不仅赢得了陕甘宁边区及其他地区，甚至国内外读者观众的接受与支持，对中国共产党及其领导的政治革命，产生了广泛深入的社会政治影响与关键性历史作用。

第一节　陕甘宁文艺人民性的继承和彰显

在中国文化传统中存在着一种民本甚至是民粹的文化思想脉流，或彰显于庙堂经典，或潜存于民间话语，不绝如缕，影响深远。如孟子的与民同乐的文艺美学思想就体现了他的"民为贵,社稷次之,君为轻"[1]的民本思想,并对后世文人及人文精神产生了深远的影响;《诗经》蕴含的"敬天保民"之类的思想也早已转化为忧国忧民的叙事及抒情话语,建构了歌诗及民间歌谣唱叙民众喜怒哀乐的文艺传统。这种具有民族文化之根意义的人文传统到了20世纪中国实际并没有中断,而是从语言符号转换(如白话革命)到思想情感更新(如解放大众)都进一步强化了民本人文传统。尤其是在以人民政权为标志的陕甘宁边区,伴随着人民群众当家作主的政治追求,文化艺术领域的人民文艺思想也得以确立,这对共和国文艺以及新世纪、新时代的中国文艺依然具有强大的范导作用。

在中国现当代文艺发展史上,文艺人民性确实是一个极为重要的关键词、主题词,对其进行阐释可以从很多方面、很多角度展开。诸多关于文艺人民性的研究成果中,常常聚焦于毛泽东《在延安文艺座谈会上的讲话》文本本身而忽视其与陕甘宁文艺实践及其现实环境的关联性,也未能与近现代中国的社会历史与文化发展的时代进程密切联系起来分析;或者仅仅结合当前社会和文艺发展需求从纪念意义上演绎一番,不能从陕甘宁边区的文化源泉中发掘丰富的文艺资源和有益的历史经验;或者隔靴搔痒,未能深入陕甘宁边区特定历史语境甚至罔顾历史事实,从高悬的人性论出发否定中国革命历史中对文艺人民性的积极阐释,并由此忽视我国文艺界在致力于实践文艺人民性过程中所取得的重要成就。笔者言及文艺人民性,确实有复杂万端的感觉,限于篇幅,这里仅着重谈三点:

一是陕甘宁文艺及文艺思想对人民性的继承和彰显。尽管陕甘宁边区在现代存在的时间、空间有限,其间的物质条件包括笔墨纸砚之类都很匮乏,但奇迹般地创造了一个新社会,也创造了相当丰富的文化文本及文学文本,并由此

1《孟子·尽心下》。

为后世提供了值得进一步搜集整理的陕甘宁文学文献的丰富史料。事实上，在陕甘宁边区留存的文学文献中，基本都能够体现鲜明的人民性。陕甘宁边区本地和外来各种文化的交织与磨合，也契合了古今中外化成现代的时代发展趋势，其中的"枪杆子"和"笔杆子"紧密结合，知识者和民众紧密结合，典籍文化和民间文化紧密结合，共同建构了陕甘宁根据地旨在解放人民的社会形态和文化形态。而这种真正的注重解放人民的根据地文艺，无疑具有鲜明的民间性和人民性。因此，在陕甘宁文学文献的各类作品中，一个最为引人注目的特征就是蕴含了鲜明的人民性，从一个重要方面反映了人民政权和人民文化的价值体系，凸显了一种新的政治体制和新的文化传统。在陕甘宁边区诞生的人民政权、创造的人民文艺是具有强大生命力和影响力的。当年，置身于陕甘宁边区的人，在革命化和人民化的过程中创造着新的人民文化，体会到了精神文化的前所未有的丰富和新鲜，真切品尝到了大规模创造人民文化及新文艺的快乐。就在这样的文化创造追求中，边区人民特别是文化人也在力所能及地发掘着古今中外的文化资源，对早期中国共产党人的文艺思想和苏区文艺的多样实践都有自觉的继承和发扬，对陕甘宁本土的文化、文艺资源更是注重开发利用。其中就有民间文化包括民间戏曲、民间歌谣、民间美术等被高度关注、发掘和利用的众多成功范例，由此也在中国文艺史上创造出了别开生面的新文艺、新气象。在中国古代也存在民间文化、文艺不断为贵族文学、文人文学输氧的现象，在陕甘宁则进一步将民间文化、文艺纳入主流文艺亦即人民文艺之中——人民生活、人民文化成为书写和表达的对象，由此为受苦大众的翻身解放而尽情歌唱，为工农兵的尽职尽责而倾情书写，便成为陕甘宁文艺及其标志性文艺亦即延安文艺的"最人民""最主流"的创作取向。当然，主流之外自然会有其他流脉（如五四新文学、左翼文艺、译介的外国文艺影响下的文艺等），由此也会带来比照和思考。也正是由于具有丰厚的文化、文艺积累和长期的思考，且有了陕甘宁不同区域、不同样态的文艺流脉作为比照和思考的对象，也才会孕育出毛泽东《讲话》这样的人民文论经典。这也是对马克思主义文艺理论的继承和发展，且将文艺人民性的理论和实践真正中国化了。对此，学术界论述极多，于此不赘。

二是近些年主流文艺思潮对人民性的继承和彰显。其中伴随着新时代脚步而形成的习近平文化思想及其文艺观对文艺人民性的坚持、强调和新释，尤其值得人们关注和思考。众所周知，来自人民且代表人民的中国共产党不是孤立的，其丰富的文艺思想也来自人民（包括贴近民众者）的智慧和诉求。比如绵延的民间文艺包括陕甘宁民间文艺就给陕甘宁边区革命文艺注入了活力、添加了特色；比如延安时期领袖们如朱德、周恩来、张闻天等，还有新时期以来的多位中国共产党和国家领导人都对人民文艺思想体系的建构作出了贡献。尤其从拨乱反正等特殊意义上讲，1979年10月邓小平的《在中国文学艺术工作者第四次代表大会上的祝词》，全面开启了与改革开放同步的文艺新时期，体现了极其鲜明的务实的思想特色，且能够智慧地把握两个文明（物质文明和精神文明）的总体平衡，重视彼此（文艺与政治、经济等）的相互作用，并由此显示出了超越文艺本位的宏通的理论视野和文化视野。这种理论视野和文化视野在2014年10月15日习近平总书记发表的《在文艺工作座谈会上的讲话》中得到了进一步阐发和彰显。《在文艺工作座谈会上的讲话》不仅在新的时代背景下更加全面地阐述了文化繁荣、文艺创作、文艺批评、文艺领导等一系列重要问题，而且更为有力地确认并深入阐述了坚持以人民为中心的创作导向等核心问题，从而更加充分地体现了中国共产党对文艺人民性思想乃至人民文化、中华文化的积极继承和发扬。笔者参加过2017年5月在中国社会科学院召开的"学习习总书记讲话，重温延安文艺传统"座谈会，对如何恰当地强调文学为人民大众服务，如何从活态文艺流派视角看待延安文艺，如何乐观地从人民文艺角度评价文艺高原与高峰，如何重视革命文艺传统、坚持文艺事业，而不是贬损文艺、放逐文艺工作者等问题谈了个人看法。这里再次强调坚持真正的人民文艺道路的必要性和艰巨性。窃以为强调这一点就意味着要有真正的人民文艺立场。文艺工作者也是劳作不息的人民大众中的成员，也要拥有和体验人民群众的生活与情感，不能自外于或脱离人民；文艺工作者要真正地将人民的观念贯彻到自己的艺术创作中，为人民而书写而歌舞，其作品也要真正得到人民大众的认可和传播。而为了得到人民大众的认可和传播，还必须充分强调文艺民族化，彰显中国作风和中国气派，在文心文脉上切实传承中华优秀传统文化包括传统文体及文章学，借鉴世界各国人民创造的优秀文艺，在通达通变的境界中，从人民本位出发，化用古今中外的文化营养，拓宽视野、精心创作具有民族文化自信的文艺。

三是人民文艺思想业已构成一个重要的文艺文化传统。一些人总以为提及传统就一定是古代的、贵族的、庙堂的，且不必区分优劣而都以为应该大力弘扬，因为所谓传统，是整体的、完满自足的，即使出现问题也是可以自我调节和修复的。于是这种实际已被神话化的单一的传统观便断然排斥着现代的、民众的文化，对贴近现代和民众的革命文化、文艺传统置若罔闻，甚至对五四以来中国走向世界、走向现代的所有努力都被有的人认为是在亵渎传统、离经叛道。抑或有人完全用西方的概念体系、价值取向来理解和阐释中国的历史和现实，这种不免隔靴搔痒的套用或批判甚至会走向妖魔化中国文化和民众的陷阱，不自觉地便进入了"假洋鬼子"的思维模式而走向了另一个极端。还有一些人仅仅看到近代以来部分知识分子们的多方努力，却看不到人民群众的重大贡献以及知识者与民众的结合所带来的文化磨合效果。即使在探讨和言说陕甘宁文艺思想的传统时，也有人仅仅注意领导者们的言论及部分知识者接受的外来马克思主义尤其是苏联的影响，对陕甘宁文艺与民间文化的直接而又深切的关联性却极少关注。而在习近平总书记关于文艺方面的重要论述中，不仅继承了陕甘宁文艺思想包括毛泽东文艺思想，而且更好地继承和整合了中华优秀文化的大传统、五四新文化的新传统。也就是说，习近平总书记关于文艺方面的重要论述，也有其前世今生、来龙去脉。如果说在陕甘宁边区文艺事业不断发展的过程中，已经形成了以毛泽东《讲话》为代表的具有体系化、整体性的人民文艺思想，那么到新时代，习近平总书记《在文艺工作座谈会上的讲话》，则更进一步确立了新时代人民文艺观，建构了更加成熟的文艺理论范式，继续深化我国当代人民文艺的基本价值体系。由此我们将更加自觉地促进文艺家（包括创作者和组织者等）与人民群众的密切结合，努力提升文艺家的人格修养、精神境界和文艺原创能力，增强其忧国忧民的责任感、使命感和道义情怀、艺术才华，培中国精神之根，铸时代文艺之魂，使当代中国文艺再创辉煌，依然可以成为名副其实的"经国之大业"[1]，并有助于拓展文艺的接受群体（读者、观众），更好地走向世界、走向人民大众。

总之，从陕甘宁时期毛泽东《讲话》的文艺政策特征的建构，到新时期邓小平《在中国文学艺术工作者第四次代表大会上的祝词》的文艺务实特征的凸显，再到新时代习近平总书记《在文艺工作座谈会上的讲话》中以人民为中心推动新时代文艺繁荣发展的建构和彰显，确证着中国共产党对人民性文艺的坚守和创新。

第二节　陕甘苏区文艺的兴起及其历史特征

"西北红军、陕甘苏区创立的价值和意义是多方面的。"[2] 从文艺发展角度看，在陕甘宁文艺运动及其创作活动中，陕甘苏区文艺运动作为一个特殊的文艺时期也恰是陕甘宁文艺运动或广义延安文艺运动的一个早期阶段。作为一个重要的过渡时期，它继承了中央苏区文艺的优良传统，同时也奠定了后来陕甘宁边区文艺及广义的延安文艺运动发展的基本趋向。

1　参见吴义勤：《勇担新使命，为建设中华民族现代文明贡献文学力量》，《文学评论》2023 年第 4 期。
2　张华腾：《近代陕籍政治人物理想追求研究》，陕西人民出版社，2022，第 271 页。

在中央红军主力到达陕北之前，整个西北地区的报刊发展都比较落后。20世纪以来，文学与报刊的关系日益紧密。王文彬在《中国现代报史资料汇辑》[1]一书中记载，抗日战争前，全国十二大城市按照报业的发展状况依次为：上海、北京、广州、天津、南京、武汉、重庆、长沙、成都、西安、沈阳、桂林。在这十二大城市中，陕西省只有一个城市上榜，而且排名在倒数第三的位置上。从地理位置上来说，西安在大西北的一隅，远不能跟其他的城市相比，且从北京、上海等地邮寄一份报纸过来最短也需要三天的时间，获得消息比较慢。西安尚且如此，更何况远离城市、沟壑环绕的陕北黄土高原地区。据《陕西省志·报刊志》记载，在中央红军到达陕北之前，中国共产党在陕北仅办过四份报刊：

1927年5月1日创刊的《西北人民》，它是中共陕甘区委机关刊物，旬刊，铅印。这个被誉为"西北革命的急先锋"的报纸，因革命形势的逆转，仅出4期就停刊了。[2]

1928年创刊的《工农先锋》，它是中共陕北特委的机关刊物。它是一个公开性的刊物，辟有"政治时事"、"消息报道"、"理论"、"短评"等栏目。刊物封面是工农高举着一面镰刀斧头红旗迈步前进。此刊物在陕北的影响很大。[3]

1932年7月22日在北平中国大学创办的《西北斗争》是中共陕北特委机关刊物。16开，铅印，不定期。随着党组织机构的变动，1935年9月又成为中共陕甘晋省委机关刊物，并用革新号，改为半月刊。[4]

1934年1月创办的《红色西北》，它是中共陕甘边根据地革命政府机关报，在根据地首府荔园堡（今甘肃华池县内）出版。主编蔡子伟。刊登

1　王文彬编著：《中国现代报史资料汇辑》，重庆出版社，1996。
2　陕西省地方志编纂委员会编：《陕西省志·报刊志》，陕西人民出版社，2000，第232页。
3　陕西省地方志编纂委员会编：《陕西省志·报刊志》，陕西人民出版社，2000，第231页。
4　陕西省地方志编纂委员会编：《陕西省志·报刊志》，陕西人民出版社，2000，第233页。

政府公报、各地政情，以及各县政权建设情况。油印，3—5 天 1 期。[1]

上述这几种报刊出版数量少，内容形式单一，在当地形成的影响也十分有限。在急剧变革的社会大潮中，报刊是传播文化思想的重要媒介，而陕北地区报刊业的落后，在一定程度上也造成了陕北地区思想文化的落后。关于陕北的文化教育水平，时任陕甘苏区教育部部长的徐特立，在接受埃德加·斯诺的采访时曾经说道："在西北，在我们到达以前，除了少数地主、官僚、商人以外几乎没有人识字。文盲率几乎达到百分之九十五左右。在文化上这里是地球上最黑暗的一个角落。"[2] 曾任边区政府主席的林伯渠对边区的教育状况作了这样的描述："学校稀少，知识分子、识字者亦极稀少。在某些县如盐池一百人中识字者有两人，再如华池等县两百人中仅有一人。平均起来，识字的只占全人口的百分之一。至于小学，全边区过去也仅有一百二十个，并且主要是富有者的子弟。整个边区的中学生更是屈指可数的。"[3] 这里有95%的文盲率，而剩下5%的非文盲人士基本都是特权阶层。陕北地区的这一文化教育状况，与中国当时大部分地区的状况都是相似的，在井冈山苏区、江西中央苏区，当地的文盲率和陕北地区不相上下，这是由当时中国的社会状况所决定的。虽然新文化运动已经发生了十几年，但是受各方面原因的制约，现代文化的推进步履维艰，广大的中国农村地区依旧贫瘠落后。有学者根据陕北地区的教育文化状况，结合陕北的地理条件将这边的文艺状况称为"文化荒漠"[4]。

据《中国苏区词典》记载，在中央红军到达之前，陕北曾经出现的学校有：

1932 年 1 月创办的"工农红军陕甘游击队训练军队"，同年春停办；
1933 年 1 月创办的"红军二十六军随营学校"，5 月停办；1934 年创办的"红

---

[1] 陕西省地方志编纂委员会编：《陕西省志·报刊志》，陕西人民出版社，2000，第 233 页。
[2] [美] 埃德加·斯诺：《红星照耀中国》，董乐山译，作家出版社，2008，第 170 页。
[3] 陕西师范大学教育研究所：《陕甘宁边区教育资料——教育方针政策部分（上）》，教育科学出版社，1981，第 56—57 页。
[4] 曾鹿平、姚怀山主编：《延安文化思想概论》，陕西师范大学出版社，2015，第 267 页。

军军政干部学校",创办时间不详,共举办三期,1935 年春停办。除了军队学校的创办,陕北革命根据地也曾想创办常规的学校,但由于人力物力战争的限制,成立于 1934 年 11 月的南梁列宁小学仅仅开学半年就迫于战争而停办。[1]

从这些资料可知,陕北地区每年都创办学校,这些学校都有存在时间短、没有连续性的缺陷。从教育规律上讲,这些"士兵"学生在每一期的学习中所获的文化知识非常有限,而常规教育的小学在一年半载内也不可能传授学生太多的知识。这种"散兵游勇"式的教学模式,是造成陕北地区在 20 世纪 30 年代文化教育落后的原因之一。不可否认,虽然陕北地区教育落后,群众中间的革命思想却已经有了一定的基础,陕甘宁革命根据地由此得以持续存在和发展。

在陕甘宁革命根据地,文化教育落后的现状也在一定程度上影响了作家队伍、文艺社团的建设。除此之外,战争也是影响当地文艺发展的一大因素。雄踞在陕甘宁革命根据地周边的各路军阀,经常"围剿"陕甘宁地区的红军。在这种环境下,陕北根据地几乎没有专业作家,能写新闻的通讯员也仅限于几个报社的编辑,当时报纸上报道的内容基本上都是传达中共中央的政策或是当地的一些情况。这些业余作家的文艺创作也仅仅限于对革命的宣传。

据目前的资料可知,最早存在于陕甘宁地区的革命性文艺社团是列宁剧团,它于 1935 年春成立,具体时间不详。在中共西北工委领导下活跃于陕北延川,这是唯一在中央红军到达之前成立的戏剧社团。刚成立时,这个社团只有十来个成员,他们更多地是参加演出,很少进行创作。早期列宁剧团演出材料基本依靠"外援",借用从外地传播而来的戏剧进行表演。最开始只有三个剧目《一二·八抗战》《穷人的出路》《除恶霸》。在中央红军到达陕北之前,

---

1 陈立明、邵天柱等主编:《中国苏区词典》,江西人民出版社,1998,第 827 页。

列宁剧团一年之内换了三任团长。第一任团长任职一个多月后，由农民出身的王幼功担任，因文化水平较低，两个月后被调走。第三任团长杨醉乡，是当地比较有艺术天赋的民间艺人，参加中共西北工委宣传队的选拔，担任团长，一直跟随剧社活跃在陕北大地上，为党在陕北地区的文艺工作付出了毕生的心血。在杨醉乡任职期间，他还兼并了陕北的清涧剧团，增加了演员的数量，增加了演出的剧目，增加的剧目有《今日工农兵》《查路条》《活捉汉奸》《送军鞋》等。从整体而言，陕北地区的文艺队伍力量薄弱，仅有的文艺社团也存在规模小、剧目少、缺乏正规的剧本等问题。中央红军到达陕北之后，这些情况才得到改善。

在中共中央到达陕北后一年多时间里，陕甘苏区文艺运动发生了重要的变化，文艺成为革命宣传的重要手段。这一时期文艺活动最显著的特征就是文艺运动的频繁和日常化。从《红色中华》在陕北复刊，到1937年1月29日改版之前，一年多时间里报道了相当多的文艺运动。而这些运动最显著的特征是它们往往与苏区的其他运动，如军事运动、生产运动等形式紧密结合。具体来看，大概有扩红运动、优红运动、春耕运动、通讯运动、新文字运动、慰劳红军的运动、纪念运动、抗日动员运动、歌谣运动等。这一时期，从社会生活到国家政治军事都处在"运动"的状态当中。广泛的运动形式宣传了革命思想，调动了当地群众的革命性。在陕甘苏区，群众队伍的扩大和革命的不断向前推进，都离不开文艺与其他运动的结合。基层文艺组织的建立和新文字运动为陕甘苏区文艺运动的日常化提供了客观条件。

一是基层文艺组织的建立，如俱乐部、各地戏剧分社等。建立各级文艺组织是陕甘苏区实现文艺运动日常化的基本策略。基层文艺组织的模式来源于中央苏区，在中央苏区时期最普遍的是俱乐部，这是一种上传下达的文艺组织，它们在文艺宣传上起着中介的作用。在陕甘苏区，这些基层文艺组织主要是在宣传队或者剧团下乡演出时帮助当地百姓组建起来的。整个剧团组成一个系统，由中央宣传队或者剧社、学校等负责创作和排演，成熟之后，走进农村进行演出，在演出的过程中将戏剧传授给当地的文艺组织，通过一层层文艺组织的演出，实现自上到下的传播，最终将这些戏剧、歌谣所承载的革命思想与内容传达给当地群众。如在陕北省的改造计划中对各个地方机构有如下的规定："建立一个完整的俱乐部，要保证内容很齐备，地址很适中，并编为小组（小组以村为单位编）"[1]"保证今年年底俱乐部底下的各组都创造了一个教新文字的人，唱会三个新歌，会做两个游戏"[2]。从地方俱乐部发展到各个村的小组，遍布陕甘苏区的民间文艺组织推动了陕甘苏区文艺运动的日常化。除此之外，陕甘苏区各地存在着许多读者会、读报会，定期交流学习《红色中华》上所刊载的内容，由三五个人负责开会学习，再由他们宣传扩散到人民群众中去，如"建立读报工作。在地方上建立读者会（三人至五人），由读者会进行向读者解释"[3]"在尽可能的范围内组织很多的读者会，读报组，团结广大群众在读报小组读者会的周围，来教育群众"[4]。

二是"新文字运动"的发展。"新文字运动"在陕北地区的开展不仅对文化教育起到了很大的作用，更为重要的是，在潜移默化中影响了文艺运动的开展。在中央红军到达陕北之前，当地农民大多处于文盲半文盲状态，识字读书在陕北大部分地区是特权阶层的权利，一般农民很少有机会接触。陕甘苏区开展"新文字运动"，在各机关建立识字组，大规模地组织农民、工人及士兵学习新文字，取得了一定的成果。如在陕甘省举办的训练班，用甲乙两组竞赛的形式推动"新文字运动"，其中甲组学员在学习半个多月后就达到了"拼音写字都学会了，还可以写短篇文章"[5]的水平。为了提高"新文字运动"的学习效

---

1 《陕北省改造团的第一步计划》，《红色中华》1936 年 11 月 30 日。
2 《陕北省改造团的第一步计划》，《红色中华》1936 年 11 月 30 日。
3 《本报号召》，《红色中华》1936 年 9 月 13 日。
4 《本报号召》，《红色中华》1936 年 9 月 13 日。
5 《陕北省改造团的第一步计划》，《红色中华》1936 年 11 月 30 日。

果，党中央还特意在陕甘苏区开展了冬学运动[1]，利用冬天的闲暇时间，集中学习新文字，客观上促进了当地教育文化水平的提高，为陕甘苏区广泛展开文艺活动创造了群众基础。

戏剧演出是陕北文艺运动日常化的主要形式。中央宣传队或人民抗日剧社组织民间演出，宣传革命政策和抗日形势，鼓动群众加入革命队伍，并且定期去前线各地慰劳抗日红军。陕甘"鲁迅剧社"成立时，明确表示剧社要经常到地方去演出，"每十天（逢三）在下士湾表演新剧一次"[2]。除了定期定点的表演，一些剧社还采取巡回表演的形式进行文艺活动。如人民剧社为了扩大革命宣传，曾在"各地组织巡回表演"，表演之外，"每到一个地方即组织与教授他们唱歌"、教当地剧社的成员"活报和歌舞"。[3]

文艺运动日常化最核心的部分是文艺运动内容的日常化。无论是戏剧演出、"新文字运动"，还是其他文艺运动，就其内容而言，大多与日常的政治、军事、农业等方面开展的运动相结合。如为鼓励人民从事生产活动编的歌谣《春耕歌》和舞蹈《丰收舞》，前者的内容如下："发展农村经济，加紧经济动员，要播早春耕，要多种早粮。为什么？为什么？为什么？不播种？春天到来……了，赶早去下种"[4]，是表现军民同庆秋日收获的喜悦。有的《春耕歌》还将生产活动和党的扩红优红运动联系起来，如"红军前方作战，保护苏维埃政权，红军家属的田，应该首先种"[5]，号召群众帮助红军家属种田耕地。各类戏剧演出是文艺运动的主要形式，活报剧《拥军优属》鼓励人民拥护党的红军政策、积极参与优待红军家属活动。话剧《送郎当红军》、歌剧《当红军去》等鼓励人民积极参加红军。动员广大人民参加抗日斗争也是文艺运动的重要内容，如

---

1 《开展冬学运动》，《红色中华》1936 年 12 月 13 日。

2 笑天：《陕甘成立鲁迅剧社》，《红色中华》1936 年 12 月 8 日。

3 《人民剧社巡回表演记》，《红色中华》1936 年 11 月 23 日。

4 《春耕歌》，《红色中华》1936 年 1 月 26 日。

5 《春耕歌》，《红色中华》1936 年 1 月 26 日。

短剧《侵略》，讲述了面对日军侵略，中国军队不抵抗任由日本军官侵犯侮辱中国人的故事。演到高潮：日本军官把中国人当人椅，并污辱中国人的妻女时，台下群众一起高喊："打死日本强盗！""打倒杀害中国人民的凶手！"[1] 西安事变后，联合抗日成为中国共产党的主要方针，这一时期的戏剧大多呼吁建立国共统一战线联合抗日，如话剧《亡国恨》，根据日本人侵略东北的无恶不作的丑恶行径编写而成。当东北军看到"日本鬼子蹂躏东北，杀人放火，奸污妇女，抢夺我国资源的滔天罪行后，有的人泣不成声，有的人激动地站起来接连高喊：'打回老家去，收复东三省！'这时，红军战士和苏区群众就趁热打铁，高呼'中国人不打中国人！''欢迎友军一致抗日'等口号"[2]。出现了"台上演抗日戏，台下呼抗日口号"[3] 的宏大场面。

以上这些日常化的文艺活动，扩大了文艺宣传的范围，在动员群众和宣传革命方面取得了良好的效果。同时，文艺队伍也快速壮大起来，为中国共产党开展各项运动提供了群众基础。同时，这些文艺活动对维护陕北地区稳定、安定民心也起到了很大的作用。显然，生动活泼的日常化文艺宣传和革命动员，比单纯靠革命的理论去说服教育民众更易于被当地群众接受。

而这项日常化的文艺运动到了延安以后发展得更为壮观，如1938年间在延安兴起的街头诗运动，把革命宣传与教育民众的内容化成诗句，变成标语、口号张贴于延安的街头、墙头，一时间，读诗、写诗在民众当中广泛流传，成为百姓日常生活的一部分。还有秧歌剧运动，也在延安时期达到了顶峰。

集体化创作也是陕甘苏区文艺发展的一个明显特征，萌芽于江西苏区时期的这一创作模式在陕甘苏区时期得到了进一步凸显。集体化写作的创作模式源于苏联，由瞿秋白在江西苏区时期引入，但由于中央红军主力的转移，这一创

---

1 任文主编：《红色延安口述历史：延安时期的社团活动》，陕西师范大学出版社，2014，第72页。
2 任文主编：《红色延安口述历史：延安时期的社团活动》，陕西师范大学出版社，2014，第74页。
3 任文主编：《红色延安口述历史：延安时期的社团活动》，陕西师范大学出版社，2014，第72页。

作模式在江西苏区没来得及进一步展开。陕甘苏区在文艺创作模式上继承了这一点，并且有了进一步的发展。

集体化创作是"要靠集体的力量来完成一个创作"[1]，即多人参与同一部文艺作品的创作。陕甘苏区创作集体力量的扩大，一是受到此时日常化的文艺运动影响。工农剧社刚成立时，因缺乏剧本，在当时中央党校校长董必武的动员下，除了作家参与剧本的创作外，中央粮食部秘书长雷经天写了话剧《战场上的婚礼》，中央军委王世荣写了《军事活报剧》《海军活报剧》及《统一战线活报剧》等[2]，充分发挥了集体的力量，为开展戏剧运动提供素材。频繁的戏剧运动和歌谣运动，使人们受到耳濡目染的艺术熏陶，能够借歌调和活报进行简单的创作，后来在延安时期出现了大规模的集体创作，如街头诗运动。二是受到扩红运动的影响。在扩红运动中，大批青壮年参加红军，很少有青年人进行专门的文艺创作，因此鼓励红军战士进行文艺创作。《红色中华》曾开辟"红军战士通讯"专栏，专门刊登红军战士的作品。三是通讯员队伍的建设。在陕甘苏区，除了专业的作家和文艺宣传队伍，庞大的通讯员队伍也是文艺创作的主力之一，他们既是通讯员，又是文艺兵，《红色中华》大部分的速写都出自他们笔下。《红色中华》第300期中提倡建立通讯网络，"在苏区内每区建立一个通讯员（县一个，省一个）在新开的区域内每县建立一个通讯员。区、县、省通讯员每五天通讯一次，通讯稿件直接寄本社或间接转，按当地交通路线决定，红军中，师、军、军团各级政治部各建立通讯员一名"[3]。庞大的通讯网络为《红色中华》提供了丰富的素材和内容，通讯员的报道，也为文艺队伍进行创作提供了原型人物。陕甘苏区时期，参与文学创作的有军政要员、专业作家、通讯员、普通民众，他们共同组成了陕甘苏区文艺队伍，成为集体化创作

1 邱韵铎：《集体创作的渊源、理论及方法》，《中行》1939年第1期，第64页。
2 张季纯：《陕甘宁边区抗战剧团的历程》，见王巨才总主编：《延安文艺档案·延安戏剧·延安戏剧家（三）》，太白文艺出版社，2015，第1008页。
3 红中编委：《为〈红中〉三百期纪念给全体通讯员》，《红色中华》1936年9月13日。

的主力。

　　作为一种创作模式，首先，集体化写作体现在政治上的集体主义，"将艺术变成为政治意识形态斗争所用的现实武器"[1]，这是苏区文艺集体化的总体思想。在这一思想的指导下，陕甘苏区用文艺形式来宣传政治内容。就陕甘苏区文艺的总体思想基调而言，这一时期的政治宣传主要是反帝抗日、反对国民党卖国行径、保卫苏维埃政权及为稳固政权而开展的各项军事、生产运动等。其次，集体化创作意味着写作者要站在群众的立场进行写作，"用工农正确的敏锐的眼光去观察各种事情"[2]"与人民一道滚过几身泥土，吞过几次烈火浓烟"[3]，才能深谙群众的思维与立场。在陕甘苏区，戏剧工作者们是第一批走向群众生活的集体创作者。为了破除封建迷信而作的《三姐妹》，是针对改善陕甘苏区妇女地位低下的现实情况而作，讲述了一家三姐妹通过自身的努力和学习逐渐成为红色革命战士的经历。"剧团所上演的依照当地风俗习惯和环境改写的，或随编随演的戏剧歌舞，很能适合群众观赏兴趣，因而深受喜爱"[4]。

　　当然，集体化创作更重要的标志是在创作过程上实现集体化，"在某一个题材下，用着共同的力量，来处理创作的过程"[5]。这种集体化的创作过程在陕甘苏区尤为突出，当时对于这种模式的倡导自上而下，几乎所有苏区的政治文艺机构都在发扬这种文艺创作模式。陕甘苏区多次在广大群众中发起征稿运动，如《红色中华》的第262期，国家机关单位中央艺术教育委员会为政治宣传和文化教育发起的有偿征稿启事：

　　　　本会为着发展苏区工农的大众艺术，特公开征求苏区内的各种艺术作

1 傅修海：《瞿秋白与现代集体写作制度：以苏区戏剧大众化运动为中心》，《中国现代文学研究丛刊》2013年第6期，第127页。
2 《告〈红色中华〉的通讯员：怎样来写通讯》，《红色中华》1933年3月25日。
3 张学新、王玉树主编：《创造新世界的文学》，文化艺术出版社，1989，第297页。
4 王琪久：《延安红军时期的文艺运动》，《延安大学学报（社会科学版）》1990年第4期，第78页。
5 南宫离：《谈集体创作》，《夜莺》1936年第1卷第3期，第130页。

品如歌曲，戏剧，活报，京调，小说，绘画等均受欢迎，只要对于目前的
政治任务和策略及一般的文化教育有宣传鼓动作用的均给以相当的报酬。
来稿请寄中央教育部。艺术委员会启。[1]

为了更好地塑造红军形象，宣传革命，"红中编辑部"特意开辟"红角"
专栏，"登载各种歌调、短篇革命故事。特别是红军中战斗内访的描写更加欢
迎。我们要求各地及红军中通讯员同志热烈的投稿，使红中的内容更加充实而
活泼"[2]。《红色中华》第 309 期刊登了一则由红军总政治部发布的以《红军故事》
为主题的征文启事，明确提出靠集体创作来完成。"为着供给红军部队的课外
教育材料，为着宣扬红军的战斗史绩，特编辑《红军故事》丛书。但这一伟大
工作，不是少数人力量所能胜任，须以集体创作来完成。"[3] 除此之外，中国文
艺协会模仿《苏联的一日》的集体创作模式，在《红中副刊》上发起了《苏区
的一日》的征文活动。这一征文活动迎合了当时社会征集的《中国一日》大型
集体创作化的潮流。全文启事如下：

> 为着全面表现两区的团结和斗争，特决定仿照世界的一日和中国的一
> 日办法，编辑苏区的一日，日子决定在 1937 年 2 月 1 日。希望各红军部
> 队中苏区各党政机关工作的同志们：把这一天（2 月 1 日）的战斗，群众
> 生活，个人的见闻和感想，全地方的一个机关的，或个人的……种种现
> 实，用各种的方式写出来，寄给我们。来稿寄红中社稿本会。[4]

在集体化创作模式的倡导下，陕甘苏区诞生了《红军长征记》这一集体化
的报告文学成果。《红军长征记》是目前所记载的唯一在陕甘苏区时期完成的
报告体著作，它的编撰开创了陕甘苏区报告文学集体化的先河。这部集结了集
体智慧而创作的报告文学多达五十万字，无论在规模上还是质量上都堪称陕甘

1《中央艺术教育委员会启事》，《红色中华》1936 年 3 月 13 日。
2《征文》，《红色中华》1936 年 5 月 16 日。
3《〈红军故事〉征文启事》，《红色中华》1936 年 11 月 3 日。
4 中国文艺协会：《〈苏区的一日〉征文启事》，《红中副刊》1937 年 1 月 21 日。

苏区集体化创作的代表作。除了《红军长征记》外，陕甘苏区还出版过《抗日歌集》。对于《抗日歌集》的出版，《红色中华》做了相关的报道："少共中央文化教育部编委会编印的抗日歌集是目前最适合和大众最爱唱的一集歌曲，里面包含了五十首歌，有新编的救亡歌，也有过去苏区经过审查修改了的进行曲。"[1] 可见陕甘苏区时期集体化创作范围相当广泛，不仅体现在戏剧、报告文学上，而且在歌谣等方面也有所体现。而这一集体化创作模式，也在此后的延安文艺运动及其创作活动中，成为一种重要的文艺生产方式。

第三节　"翻身"叙事中文学与图像的互文性

20世纪40年代末到50年代初，在中国共产党的领导和发动下，一场翻天覆地的土地改革运动席卷了中国大地。对于这场从根本上改变了中国乡村社会结构和权利关系的运动，文学和图像均有细致而经典的描写。它们都致力于凸显土改运动的"翻身"主题，描写农民通过诉苦会、清算会、批斗会、群众大会等手段，打倒了作为剥削者与权威者的地主，获得了经济与精神的双重解放，"翻身"是对这一结果的形象化说法。意味深长的是，文学与图像所用符号虽截然相异，但在"翻身"叙事上却存在惊人的互通之处，可相互阐释，甚可相互转化，呈现出明显的互文性。对这一互文性的研究，不仅有助于加深我们对"十七年"文学与图像的理解，更有助于探讨文学符号与视觉符号之间的深层关联。

应该说，文学与图像中的"翻身"叙事由来已久，20世纪30年代的革命小说和左翼美术中就出现过对此主题的描写。但只有在土地改革成为一场由政党和国家权力支持的全国性运动之后，图像和文学集中而持续地展开对土地改

---

1 《抗日歌集第二版印出来了》，《红色中华》1937年1月25日。

革的书写,"翻身"叙事才成为文艺史上一个特殊且重要的现象。

1946 年 5 月 4 日,中共中央发出《关于清算减租及土地问题的指示》(亦称"五四指示"),标志着土地改革运动的开始。而在此之前,延安已出现了不少此类题材的木刻作品,有名者如江丰的《清算斗争》(1942)和古元的《减租会》(1943)。"五四指示"发布后的 1947 年 10 月 10 日,中共中央颁布了《中国土地法大纲》,土地改革运动在解放区各地掀起了高潮。

土地改革运动轰轰烈烈席卷全国之际,正是以此为内容的图像和文学作品大量产出之时。图像对这一运动的表现,多选择诉苦会、清算会、斗争会、群众大会等仪式化场景,通过构图、色彩、线条的特殊使用,强化阶级对立、突出人物特征、展现斗争结果,进而凸显"翻身"的主题。新中国成立前,代表性的图像大致有:马达的木刻《土改》(1947),彦涵的木刻《斗争地主》(1947)和《审问》(1948),莫朴的木刻《清算图》(1949)以及石鲁的木刻《说理》(1949)。新中国成立后,代表性的图像有:刘岘的木刻《斗争恶霸》(1950),张怀江的木刻《斗争恶霸大会》(1950),王流秋的素描《反恶霸斗争》(1950),陈尊三的纸本水墨《暴风骤雨》插图(1956),王式廓的素描《血衣》(1959),贺友直、应野平的中国画《控诉地主》(1959),张奠宇、赵宗藻、曹剑锋的铜版画《斗争恶霸》(1959)以及周波的中国画《变不了天》(1965)等。需要说明的是,土地改革在 1952 年底虽已基本完成,但为了响应毛泽东提出的"千万不要忘记阶级斗争"的口号,被批斗的地主形象又重新显现在图像之中。在现当代中国美术史上,这些作品因题材重大、表现生动而影响甚巨,有不少艺术家如古元等借此奠定了在美术界的地位。尤为重要的是,这些作品前后相继,形成了一种描写此类题材的典范。

文学作品中"翻身"叙事的发展轨迹与图像大体相同。新中国成立前,以描写土改闻名的小说有周立波《暴风骤雨》(1948—1949)、丁玲《太阳照在桑干河上》(1948)、赵树理《邪不压正》等;新中国成立后"十七年"这样的小说更是层出不穷，代表性的有陈学昭《土地》（1953）、陆地《美丽的南方》（1960）、李乔《欢笑的金沙江》（1961—1963）、王西彦《春回地暖》（1963）等。丁玲的《太阳照在桑干河上》和周立波的《暴风骤雨》在1952年获得"斯大林文艺奖金"，其在"十七年"文学中的正典地位自不待言；其他描写土地改革运动的小说在"十七年"也产生过重要影响。与图像中固定化的时空不同的是，文学作品往往试图展现土地改革运动斗争复杂而惊心动魄的全过程，土地改革的胜利也常常以诉苦会、清算会、斗争会的召开为前提或标志，作为文本叙事高潮的诉苦会、清算会、斗争会也同样是图像着力描写之处。

统观图像与文学的"翻身"叙事，无不具有公式化、模式化的特征。若忽略一些无关紧要的细节描写，这些图像在人员构成、人物塑造及表现手法上并无太大差异；而小说对诉苦会、清算会、斗争会的叙述也具有模式化同质化的特征。这样，不仅图与图、文与文趋同，图与文也可互通互配，任一图像几乎可与任一小说中的描写相互搭配、相互阐释。例如，在小说所描写的斗争会、批斗会上，寡妇和老年妇女往往扮演着重要的控诉者的角色，也是点燃群众怨恨怒火的主要因素，如陈学昭《土地》中批斗地主俞有升的场面：

> 他被押到台上以后，拼命地想钻到台角落里去，可是台下的人们喊起来了："跪下来！跪到台前来！"他只得跪倒在台前。……控诉的人排着队伍地立在通主席台的楼梯边，长长的一行。当林队长宣布斗争大会开始了，前面的人便争先地到了台上。周雪珍同了周德才的娘和葛炳林的妻，老早就坐在台边的一只长凳上，德才的娘今天是支了一根拐杖来的，这时候她抢先立起来，雪珍一把把她扶到了台前，……这时候，黄墩村的人们喊起了口号："撤换狗腿子村长！打倒狗腿子！"[1]

而在图像中同样如此，这段描写配以上文所举的《斗争恶霸》《斗争恶霸

大会》等做插图亦无太大不妥，这就是高度同质化的图文叙事所造成的后果。在"翻身"叙事的文学与图像中，地主都是描写的中心。在图像中，作为视觉中心的地主形象是通过构图上的包围式结构和焦点透视的方式来实现的。而在文学作品中，群众滔滔不绝地控诉包围着地主，几乎被剥夺了语言权利的地主成了群众语言暴力的中心。

这里所谓的包围式结构，并不是美术理论或美术史上的既定概念，而是对"翻身"叙事图像在构图上的整体特征的形象化概括。一般来说，"翻身"图像由土改工作人员、农民群众和地主三种类型的人物组成，整个画面中，土改工作人员和农民群众对地主形成了包围或者半包围的态势。这种包围式结构无疑是隐喻性的，它传达的意义十分丰厚：既表明土改小组作为发动者和组织者的身份，又突出了组织起来的农民群众形成的排山倒海般的力量；同时也显现出在两者的包围下，地主插翅难逃、败局已定。在这一包围式结构中，地主作为中心的地位还被农民的动作所强化，农民的手指、眼光、身体无不朝向地主，地主可谓处于千夫所指之中。这一包围式结构在符罗飞的《斗争地主大会》中表现得尤为明显：群情激奋的农民群众包围着低头认罪的地主，有的高举拳头、高呼口号，有的忍不住冲上前去，有的指斥地主，所有愤怒的眼神都聚焦于一点。因此，包围式结构中的地主绝不仅仅是被人群所包围，而且还被愤怒的情感以及由这种情感所催生的巨大力量所包围。

"翻身"图像对地主中心地位的表现并不采用中国传统绘画散点透视的方法，而是采取西方绘画焦点透视的方法，其原因在于："民间传统绘画中虽然有描绘冲突场景的图像，但在比例、透视、人物形象及气氛营造等方面都不能达到激烈且逼真的效果。像斗争会这样的多人物的复杂构图便不得不借助于西方写实绘画。"[1] 然而，"翻身"图像并不将作为视觉中心的地主置于画面的中心

1　胡斌：《解放区土改斗争会图像的文化语境与意识形态建构》，《文艺研究》2009 年第 7 期，第 120 页。

位置，而是中间偏左或偏右一点。这就使得以地主为焦点的整个画面并不对称，相反却是倾斜乃至失衡的，这自然与图像语言想要传达的群众与地主力量的巨大反差有关。在有的"翻身"图像中，作者干脆将控诉者与地主并置，用农民来反衬地主。"地主当然是处于众目睽睽之中，但他的位置决不能因为集中而得到拔高，应该突出的是农民，尤其是走到前台的核心控诉者的形象。"[1]在王式廓的名作《血衣》中，作者干脆用控诉者取代了地主的视觉中心地位。在图像中心，一名女性站在台阶上双手高举血衣，身体因极度痛苦和愤怒而向左后方扭动；她身边一位白发苍苍的老妇手扶拐杖，右手伸出，痛苦的往事似乎就要脱口而出；地主却敛首低眉立于台阶之下。王式廓"把受压害最深重的控诉者或即将进行控诉的农民集中在一起，置于画面中心，以求揭露封建恶霸地主过去的种种罪恶的活动事实，表现被难者的忿恨"，"强调农民向地主斗争是主要方面，农民的斗争正是由于地主阶级对农民的残酷剥削与迫害所激起的"。[2]无论地主是否为画面的焦点，"翻身"图像中的地主形象均处于被群众力量包围的态势之中，其败亡的命运已经无可改变。

"翻身"意味着旧有的权利关系的解体，必然要经历一个旧权威被彻底打倒的过程。因此，小说的"翻身"叙事常常展开这一曲折艰难的斗争过程。在小说的叙事链条中，诉苦会、斗争会、清算会是一个至关重要的转折点，它本身就是一场仪式，终结旧秩序旧时代，开启新秩序新时代，它的作用无可替代。这也是图像大多以此为表现对象从而与文学形成互文的根本原因。与图像中被包围的境遇一样，小说文本中的地主同样处在农民群众的包围之中，处在愤怒的情感洪流之中。图像通过构图的处理，突出地主的中心地位；而小说则将地主置于语言暴力乃至身体暴力的中心。

在马加的《江山村十日》中，当金成把地主高福彬拉进斗争会会场的主席

1　胡斌：《解放区土改斗争会图像的文化语境与意识形态建构》，《文艺研究》2009 年第 7 期，第 122 页。
2　王式廓：《"血衣"创作过程中接触到的几个问题》，《美术研究》1960 年第 1 期，第 11 页。

台前时，"两边的人流向着中间挤过来，左右打旋"，高福彬便被人群所包围了。诉苦一开始，高福彬便陷入了语言的漩涡：

> 一个穿着靰鞡的中农李成林出来诉苦说："高福彬，你当屯长，克扣我的配给布，还有洋火，放豆油你掺假……"

> 高福彬不敢吱声，低下头，像瘪了的茄子，斜着窟窿眼，看见大家伙把他围得风丝不透，乱糟糟一阵。

> "你抓我的劳工！"

> "你领警尉翻出荷粮，洋刀叮当山响，吓得小孩直哭……"

> "打倒地主！"[1]

小说通常并不将斗争会进行简单化处理，而是突出斗争会的"斗争"性质。地主虽然处于群众语言的中心，但他不会甘心轻易放弃自己的言说权利。因此，斗争会往往呈现为语言的交锋，实际上是话语权利的斗争。斗争会也必定会以地主的失语和农民群众高呼口号而告终。《江山村十日》中的高福彬看到"心慈面软"的金成上来诉苦，就"使了软招子"："金大哥，咱们两家父一辈子一辈的处了多年，隔壁邻居，有什么过不去的地方！""金大哥，不要提了，咱们都是开荒占草的老户。""我置地也不容易呀！"高福彬的"感情牌"不仅无效，反而激起了农民更大的愤恨，由此将其推入更严重的暴力中心："这个老骚货，有多少钱都填窟窿了！""不打他是不输嘴！""打这个老杂种操的！"[2] 在王西彦的《春回地暖》中，地主甘愚斋的每一次辩解都会引来暴力的狂潮，有扯他胡子的，有打他的光脑壳的，有喊把他吊起来的，有想把他拖出去丢池塘的。[3] 陈学昭《土地》中的地主俞有升则根本没有辩解的机会，在群众的控诉结束之后，他被区人民法庭判处死刑，当场执行。[4]

---

1 马加：《江山村十日》，上海文艺出版社，1959，第174—175页。
2 马加：《江山村十日》，上海文艺出版社，1959，第127—132页。
3 参见王西彦：《春回地暖》（下），作家出版社，1963，第475—488页。
4 参见陈学昭：《土地》，人民文学出版社，1953，第75页。

文学对"翻身"的描写和图像还有一个共通之处，那就是对地主和农民群众的两极对立关系的凸显，无论是文学作品还是图像中，都嵌着一种正反对比、善恶对立的叙述模式。

在图像和小说中，地主都是被特别突出的形象。图像对地主形象的"标出"，不仅要通过对地主衣着、动作、神态、形体等的精心描写，还需要在构图、色彩和线条上与农民群众形成强烈对比，在众与寡、强和弱、明和暗的对比中塑造反面形象。王流秋 1950 年的《反恶霸斗争》就因在此方面做得不够而受到批评。在《反恶霸斗争》中，斗争会在断壁残碑的破庙里进行，画面的中心是手拿宣判书的工作人员，她和身边一站一跪的地主被处理为远景，线条粗疏，面目模糊；而近处手握农具的群众则描写细腻，充满了力量。钟惦棐对此批评道："台上的两个恶霸，一站一跪，但他们的位置被处理得太远，只能作速写似的描写。这在作为造型艺术的特质来说，如此牵动着整个会场情绪的两个人物，作这样简单的描写，是很不容易在观众心理中引起同样愤怒情绪来的。特别是垂手而立的那个老头子，孱弱得有些近乎可怜，这便不能使观众直接通过画面的形象，去认识前列人物的动作是完全自然和合理的。"[1] 因此，地主形象的塑造，关系着意识形态能否被充分表达，这也是图像在艺术上能否成功的关键。与王流秋相比，刘岘的《斗争恶霸》就比较成功。首先，在《斗争恶霸》中，地主是被精心刻画的形象，他被凸显于台前，低头跪着，胸口牌子上的"恶霸地主"四个字引人注目。尤为重要的是，作者在色彩上进行了鲜明的对比，跪着的地主被处理成黑色；他胸前的牌子，身边高大健硕、拳头高举的农民，身后的工作人员，以及台下人头攒动的群众都被处理成亮色，再加上远处人群尽头的留白，无不彰显出地主的气息奄奄和未来光明的远景。地主和农民群众之间的尖锐对立，恰恰是通过这般鲜明的对比表现出来的。

1　钟惦棐：《对〈反恶霸斗争〉的看法》，《人民美术》1950 年第 5 期，第 35 页。

在古元为《暴风骤雨》所做的插图中，正在控诉的老田头、面对观众的农民群众和被绑着背对观众的韩老六的明暗对比也十分鲜明。而陈尊三为《暴风骤雨》所做的插图，则通过大量的留白与地主自身衣服的明暗对比来突出地主形象。与这些相比，《反恶霸斗争》则"缺乏高度的在艺术描写上所必需的对比与协调"。[1]

小说也同样强化地主和农民群众之间的极端对立。"诉苦"是将这种对立公开化、尖锐化的重要手段。诉苦所展开的，是地主盘剥压榨欺辱农民的漫长历史。在《土地》中，地主俞有升"强买田地、放印子钱"，还害死了德才娘和葛月娥的丈夫，"逼死了我们村里这许多人"。[2] 这些字字血声声泪的现场讲述，激起了巨大的情感共鸣，不仅点燃农民的愤怒之火，构成施展暴力、当场判决的合法性基础，也将农民群众组织成与地主势不两立的整体，其意义自然非同寻常："通过新旧对比、善恶判断，构成两极性的典型与象征：作为万苦之源、万恶之源的以地主阶级为代表的旧社会、旧制度和作为万众救星的社会主义新国家。"[3]

图像在色彩上对地主形象的阴暗化处理不只具有政治意义，它还是道德的和伦理的。图像艺术中色彩的明暗对立象征着善与恶的对立、正义与非正义的对立。在小说文本中，地主的恶也不仅仅表现在经济上对农民的盘剥、在法律上的害人性命，更为重要的是欺男霸女、荒淫糜烂等难为民间道德伦理所容忍的品性。如《春回地暖》中的甘愚斋年老好色，糟蹋害死了不少姑娘，"北乡胡塘那细妹子""唱戏的安徽妹子""白鹭塘那妹子""冬妹子"等有的被甘愚斋所凌辱，有的宁死不屈被害死。[4]

---

1 钟帖棐：《对〈反恶霸斗争〉的看法》，《人民美术》1950 年第 5 期，第 35 页。

2 陈学昭：《土地》，人民文学出版社，1953，第 74—75 页。

3 郭于华、孙立平：《诉苦：一种农民国家观念形成的中介机制》，见中国社会科学院社会学所编：《中国社会学》第 5 卷，上海人民出版社，2006，第 184 页。

4 王西彦：《春回地暖》（下），作家出版社，1963，第 480—485 页。

图像与文学中两极对立模式对地主的描写，都充满着张力。图像将反面人物置于群众运动的激流漩涡之中，在色彩和线条上对反面人物进行突出，形成一种强大的画面张力。除此之外，图像还着力于对群众暴力的宣泄—抑制的描写，这也是画面张力的重要来源。同样，文学作品中对群众暴力的描写，也存在一个宣泄—抑制—疏导的机制。

这一机制的形成来自土地改革政策的变化。1950 年 6 月 28 日，中央人民政府委员会第八次会议通过了《中华人民共和国土地改革法》，其中第 32 条明确规定："为保证土地改革的实行，在土地改革期间，各县应组织人民法庭，用巡回审判方法，对于罪大恶极为广大人民群众所痛恨并要求惩办的恶霸分子及一切违抗或破坏土地改革法令的罪犯，依法予以审判及处分。严禁乱捕、乱打、乱杀及各种肉刑和变相肉刑。"[1] 刘少奇在 1950 年 6 月 14 日的人民政协全国委员会第二次会议上做了题为《关于土地改革问题的报告》，他指出："我们在今后的土地改革中，不能容许混乱现象的发生，不能容许在偏向和混乱现象发生之后很久不加纠正，而必须完全依照中央人民政府和各级人民政府所颁布的法令及其所决定的方针、政策和步骤，有领导地、有计划地、有秩序地去进行。"[2] 这无疑是针对前期土改中暴力滥用的情况。因此，1950 年之后土地改革所举行的诉苦会、斗争会中，地主不应该在现场。然而，无论是图像和小说，都选择了地主在场的方式，这无疑是出于艺术作品营造矛盾冲突的需要。王式廓在谈及《血衣》的构思时说："例如土改后期，在斗争会上，地主是不出场的，我曾经想尊重这个生活真实，让地主不出场。我想通过干部的一个瞬间动作，把群众斗争的目标引向地主的住宅。这样处理的结果是不好的。群众斗争的目的性不鲜明，矛盾揭露得不尖锐，就容易削弱作品的思想性和感染力。其实地

1《中华人民共和国土地改革法》，见新华书店山东总分店编辑部编：《土地改革手册》，新华书店山东总分店，1950，第 11 页。

2 刘少奇：《关于土地改革问题的报告》，见新华书店山东总分店编辑部编：《土地改革手册》，新华书店山东总分店，1950，第 17 页。

主出不出场绝不会影响生活本质和党的政策问题。因此，我又决定把地主安置在画面上。"[1] 王流秋的《反恶霸斗争》应和王式廓的想法一致。但曼因却对此批评道："依现在的政策和法令不论在土改或尚未土改地区中的反恶霸地主斗争，被斗争的对象——恶霸或地主是不准到场的，农民也不得任意处理罪犯，这是为了保持农村的革命秩序。如果这幅画是描写人民法庭或治安机关审讯恶霸分子的话，在审判中亦不能加诸刑罚。现在这个恶霸被捆着并强迫他跪在台阶上，显然在法令上是不容许的。"因此，《反恶霸斗争》"在表现方法上违犯了当前的政策与法令，而产生了严重的政治错误"。[2]

政治要求与艺术要求之间的两难，却造就了文学与图像中别样的艺术张力。声势浩大的群众力量固然是要表现的重点，但绝不可能放纵它使它逾越政策与法令的界线。这样，在地主和群众力量之间，就总有抑制性力量的存在。一方是奔腾肆虐意欲吞噬地主的狂潮，一方是工作人员或其他群众极力地阻拦、安抚与疏导，这宣泄与抑制之间的张力，是"翻身"图像和文学的独有特征。

这种张力在贺友直、应野平的中国画《控诉地主》中表现得十分明显，图像的视觉中心是身着长袍的地主，他身旁的地上是一件作为罪证的血衣，包围着地主的，是满眼怒火、挥舞拳头、身体前倾的群众。画面的包围式结构，群众的神态、动作，尤其是色彩上由近及远地逐渐淡化，营构出群众绵延汹涌的怒涛。但这怒涛并未得到倾泻，而是被压抑的。图像中颇为引人注目的是被两位女性拖住而身体后倾的中年女子，显现出欲扑向地主而不得的姿态；地主对面两位要冲上前去的男子也被工作人员劝阻着，整个画面因此而充满了紧张。

在小说中，"诉苦"不仅是一种情感的宣泄机制，更是一种情感的整合和升华机制。通过"诉苦"，农民的个人仇恨被整合起来且升华为阶级仇恨，为

---

1 王式廓：《〈血衣〉创作过程中接触到的几个问题》，《美术研究》1960 年第 1 期，第 9 页。
2 曼因：《对〈反恶霸斗争〉的几点意见》，《人民美术》1950 年第 5 期，第 37 页。

暴力的实施确立了合法性。但这一合法性却需要国家意志的确认，需要符合政策和法令的规定。在斗争会上，群众为情感所激起的暴力冲动常常服膺于强大的国家意志，暴力的实施也需要抑制和经疏导由国家来完成。《春回地暖》中，当群众喊着"打得好！放肆打！""敲破那老不要脸的狗脑壳！看他还能造么子孽！""扯胡子！先扯掉他那把狗胡子！"时，女村长甘彩凤喊着"大家先莫打人"，"用自己的身子遮住甘愚斋"，呼吁大家要"说理斗争"。当诉苦的寅大婶忍不住要扑过去用牙咬甘愚斋的时候，人们"立刻爆发出一阵乱吼"："咬！放肆咬！咬死他！""打死他！今天要他这老不要脸的狗命！""拿绳子来！把他吊起！"……"拖他出去！丢到门口塘里去！"面对群众喷薄而出的暴力冲动，甘彩凤说："现在我们叫这老狗先承认，寅大婶有没有捏他半句白？他承认啦，我们再诉……大家记得他造了那些孽，好把他送人民政府……"乡主席从旁给她补充："送人民法庭！区人民法庭就要在我们回马乡成立啦！""对！送人民法庭！"有个同志也马上加添道，"土改改到哪里，人民法庭就立到哪里，专审地主不法分子！"[1] 为集体代言的国家意志更具合法性，集体暴力的冲动由此被抑制进而升华了。因此，小说文本中不仅存在着情感的张力，也存在着情感的被压抑而产生的张力，这和图像无疑是互通的。

　　文学与图像在"翻身"叙事中的互文性，主要来源于1942年《讲话》发表后所形成的政治美学。这种政治美学突出阶级差异，主张斗争美学，将身份与道德高度政治化。在新中国成立后，这一政治美学逐渐演变为一种不容置疑的美学规范或曰国家美学，以一种超乎寻常的力量统摄着文学与图像。文学与图像以及它们之间的互通互融，无不是这一政治美学作用下的产物。

1 王西彦：《春回地暖》（下），作家出版社，1963，第483—486页。

第二章
党的文艺工作及其发展方向的确立

陕甘宁边区文艺从归属上看，它涵盖在更为广泛的解放区文艺之中，而解放区文艺，又可以用泛义的延安文艺来指称。其中，由于受传统的革命文艺历史叙事及其书写方式的影响，已有的陕甘宁文学文献的整理与研究，明显受地理地域的局限与革命历史阐释的影响，因而整理研究的视角和方法过于单一，搜集发掘的范围及其文献史料价值的发现评判过于狭隘。因此，在唯物史观的指导下，用党和人民的事业、中国现代文艺、文献史料学等视角，采用美学方法、文献学与目录学方法，以及田野调查方法等，对陕甘宁文学文献进行整理与研究，对已有研究成果会有很大的超越与突破。

第一节 "组织起来"及陕甘宁边区文艺机构的建立

陕甘宁文艺运动的发生及其发展，是在抗战爆发后国共合作所形成的全新政治格局之中展开的。从七七事变发生仅一周之后，中共中央提出的"取消一切推翻国民党政权的暴动政策及赤化运动"，以及"取消现在的苏维埃政府"和"取消红军名义及番号"等"郑重向全国宣言"[1]，到 1937 年 9 月前后，

---

1 《中共中央为公布国共合作宣言》，见中共中央文献研究室、中央档案馆编：《建党以来重要文献选编（1921—1949）》第 14 册，中央文献出版社，2011，第 370 页。

国民政府军事委员会宣布红军主力改编为国民革命军第八路军，再到根据国共两党政治协议，陕甘宁苏区被改建为国民政府的陕甘宁边区。所以，在短短的六十天左右时间里，以延安为首府的"中华民国陕甘宁边区政府"出现在当时中国版图之上，成为国民政府行政院的一个直辖行政区域。同时，之前即宣布并承诺，"取消苏维埃政府及其制度"后的陕甘宁边区，也将"执行中央统一法令与民主制度"[1]。这为延安文艺及其在国统区的出版发行取得了社会政治和文化体制等方面的合法性，也为延安文艺的不断发展提供了必要的现实可能。

因此，从抗战开始前后，中国共产党及毛泽东等领导人，除了要求全党及军队，"在任何环境下，应保持自己的政治面目与组织上的独立性"，"应实现自己是唯一组织者与领导者的任务"等"基本原则"之外[2]，并告诫全党："中国革命是世界革命的一部分"，而且明确中国革命的最终目标，就是要建立一个"不但有新政治、新经济，而且有新文化"[3]的新中国。与此同时，对于发展当时延安的新民主主义文化建设，以及推进延安文艺运动及其创作实践，也进行了系统的理论阐述及思想组织上的规划部署。1940年前后，毛泽东等领导人，从抗战后"敌人已将我们过去的文化中心变为文化落后区域，而我们则要将过去的文化落后区域变为文化中心"[4]等角度，明确提出了"只有延安不但在政治上而且在文化上作中流砥柱，成为全国文化的活跃的心脏"[5]的文化战略目标。新民主主义文化建设及其实践的核心问题，就是"只能由无产阶级的文化思想即共产主义思想去领导，任何别的阶级的文化思想都是不能领导了

1《中共中央书记处关于同蒋介石谈判经过和我党策略方针给共产国际的报告》，见中共中央文献研究室、中央档案馆编：《建党以来重要文献选编（1921—1949）》第14册，中央文献出版社，2011，第137页。

2《中共中央关于统一战线区域内党的工作的基本原则草案》，见中共中央文献研究室、中央档案馆编：《建党以来重要文献选编（1921—1949）》第14册，中央文献出版社，2011，第5页。

3《毛泽东选集》第二卷，人民出版社，1991，第663页。

4《毛泽东选集》第二卷，人民出版社，1991，第473页。

5《欢迎科学艺术人才》，《解放日报》（延安）1941年6月10日。

的"[1]。同时，由于延安文艺运动的发生及其发展，是从陕甘苏区文艺运动中起步成长起来，并将"培养无产者作家，创立工农大众的文艺，成为革命发展运动中一支战斗力量"[2]等作为目标方向的文艺运动。因此，延安文艺运动及其创作活动，不仅和中国共产党领导的新民主主义政治及其社会革命有着天然的联系，而且"革命文艺是整个革命事业的一部分"[3]。延安文艺作为抗战时期延安新民主主义文化实践的重要组成部分，还自觉地肩负着党的文化军队及其文艺斗争的使命。所以，延安文艺运动及其创作活动，从来就是中国共产党及其领导的中国政治革命"文武两个战线"中的"文化战线"。于是，"从苏区推及全国"或"要在全国实行"等目标，对于延安文艺来说，也就绝非一时一地的口号或宣传，而是持续性的政治策略与组织实施的行动。

1936年11月22日，在陕北保安县（今志丹县）由毛泽东决定名称的"中国文艺协会"的成立，也是中国共产党领导和"组织"文艺运动，由苏区文艺的军事化和建制化模式，向延安文艺的组织化和体制化转变的开始。《红色中华》报、《解放》周刊、《西北特区特写》和《苏区文艺资料》保存与汇集了有关"中国文艺协会"成立前后的历史文献及研究资料。由此可以看到，在延安文艺运动的发展历史上，"中国文艺协会"，不仅是当时陕甘苏区文艺运动史上，或者说延安文艺运动初期出现的第一个文艺社团机构，而且是中国共产党在新民主主义政治及其制度体制之下，领导文艺工作及建立党的文艺工作体制化的开始。

事实上，"中国文艺协会"的酝酿及发起，自始至终都是在当时党的相关部门领导之下进行的。因此，尽管"想组织一个文艺俱乐部那样性质的团体，按时举行一二次座谈会或讨论会，聚集一些爱好文艺的人，大家研究或习作一

1《毛泽东选集》第二卷，人民出版社，1991，第698页。

2《"中国文艺协会"的发起》，《红色中华》1936年11月30日。

3《毛泽东选集》第三卷，人民出版社，1991，第866页。

些文艺作品"，是刚刚结束了南京牢狱生活、于 1936 年 10 月底来到陕北不久的左翼作家丁玲，首先"在晚上的照例闲谈中提了出来"的一个"建议"。但是，"中国文艺协会"的正式筹组，则是丁玲在其"建议"获得了"赞成和同意的人很多"后，"开始同苏区最高领导者们如毛泽东、张闻天等谈起，他们也一致的加以赞成，教育部也完全同意"等情况下，同意这个"群众性质的文艺团体"，必须是"由文化委员会或教育部来领导，那是没有问题的"才真正启动的[1]。这也使丁玲最初设想的那个"文艺俱乐部那样性质的团体"，演变成党的文艺领导机构。

所以，虽然筹组期间围绕团体的名称众口纷纭，并曾提出将这个文艺团体定名为"中国文艺工作者协会"，以强调其注重的是能够发挥出"联络各地的文艺团体，各方面的作家以及一切对文艺有兴趣者，在抗日民族统一战线目标下，共同推动新的文艺工作，结成统一战线中新的战斗力量"等文艺作用及社会功能[2]。但是，最后在"决定在第一次成立大会上当众采选"的多个名称中，"毛泽东提出了'中国文艺协会'这个名称，全体出席者都感到这名称非常适合，没有异议地当场通过了"[3]。

值得注意的是，毛泽东、张闻天、博古等中国共产党领导人在"中国文艺协会"成立大会上所发表的演讲能够反映出当时党对文艺的要求，以及其被赋予的政治目标任务等。其中，毛泽东明确指出"中国苏维埃成立已很久，已做了许多伟大惊人的事业，但在文艺创作方面，我们干得很少"，并且"我们没有组织起来，没有专门计划的研究，进行工农大众的文艺创作"等。因此提出"过去我们都是干武的。现在我们不但要武的，我们也要文的了，我们要文武

---

1 L.Insun（朱正明）:《陕北文艺运动的建立》，见汪木兰等编:《苏区文艺运动资料》，上海文艺出版社，1985，第 164 页。

2《文艺工作者协会缘起》，《红色中华》1936 年 11 月 22 日。

3 L.Insun（朱正明）:《陕北文艺运动的建立》，见汪木兰等编:《苏区文艺运动资料》，上海文艺出版社，1985，第 167 页。

双全"。因为"我们要抗日首先就要停止内战。怎样才能停止内战呢？我们要文武两方面都来。要从文的方面去说服那些不愿停止内战者，从文的方面去宣传教育全国民众团结抗日。如果文的方面说服不了那些不愿停止内战者，那我们就要用武的去迫他停止内战"。[1]"所以在促成停止内战、一致抗日的运动中，不管在文艺协会都有很重大的任务。发扬苏维埃的工农大众文艺，发扬民族革命战争的抗日文艺，这是你们伟大的光荣任务。"[2]在反思以往苏区文艺历史经验及其政治教训的基础上，要求党的文艺工作"组织起来"，成为其革命事业与武装斗争相配合的"文"的一翼。"文武双全"也由此成为其后毛泽东文艺思想中文化战线及"文的军队"最初的理论表述。

同样，在洛甫和博古的"讲演略词"中，也清晰地反映出党的文艺工作及其应承担的政治使命和社会要求。除了明确提出，要求延安文艺运动及其创作，在当时"停止内战、一致抗日的抗日统一战线运动中"，能够"以文艺的方法具体的表现去影响推动全国的作家、文艺工作者及一切有文艺兴趣的人们，促成巩固（的）统一战线，表现苏维埃为抗日的核心，这是你们艰难伟大的任务"[3]等之外，必须在担当起"提高苏区的大众的文化，发展工农大众的文艺"基础之上，"用文艺的创作，将千百万大众的苏维埃运动的斗争故事，传达到全中国全世界我们的同志、我们的朋友，以及一切人们中间去"[4]。分别从不同角度和层面，提出了党对文艺的领导作用，以及"中国文艺协会"的成立对苏区文艺发展的意义。

于是，作为延安文艺运动初期党的文艺领导机构，在抗战时期新民主主义政治体制下，中国共产党直接领导的一个文艺联合会性质的团体组织，中国文

1《毛泽东文集》第一卷，人民出版社，1993，第461页。
2《毛泽东文集》第一卷，人民出版社，1993，第462页。
3《洛甫同志讲演略词》，见汪木兰等编：《苏区文艺运动资料》，上海文艺出版社，1985，第232—233页。
4《博古主席讲演略词》，见汪木兰等编：《苏区文艺运动资料》，上海文艺出版社，1985，第234页。

艺协会成立之后，将自己担负的使命及重大任务，分别确定为不仅是培养训练苏区的文艺工作者，收集整理红军和群众的斗争生活等方面的材料，以及创作工农大众的文艺作品，而且还要能够在全国范围内联络团结各种派别的作家与文艺工作者，巩固抗日统一战线的力量，扩大无产阶级文学的思想领导等。因此，中国文艺协会除了公开征求会员，发展组织，成立分会，根据会员的兴趣爱好，分别组织包括高尔基纪念活动、文艺理论批评、文艺创作等小组开展的多次相关论题的研讨集会，在主动建立及谋求和西安等地文艺团体组织的联系之外，重视推进群众性的大众化写作和文艺创作水平的提高，开展"苏区一日"征文活动，以及延安及陕甘宁边区文艺作品的编辑出版等，从而使陕甘苏区及早期的延安文艺活动，开始而进入到了一个全面发展的新时期。为延安及陕甘宁边区的文艺发展，以及中国共产党及其军队"文的"队伍的建立，特别是苏区文艺向延安文艺的过渡及发展，都作出了积极的探索和贡献。

1937 年 11 月在延安成立的"陕甘宁边区文化界救亡协会"（简称"边区文协"），是陕甘宁特区政府建立及军队取得合法政治地位后，中国共产党领导青年知识分子及延安作家进行新民主主义文化实践而建立的一个新的文化及文艺联合会领导机构。对此，当时 33 岁的记者赵超构，曾在 1944 年夏随"中外记者西北参观团"访问延安后，于 7 月 30 日起在重庆、成都两地《新民报》上连载他写的《延安一月》中，以"一个新闻记者对边区的看法"及第三者的视角[1]，谈到对这个延安文艺团体组织的观感及认识："边区文协，是边区文化协会的缩称，这是领导全盘文化的组织，至于文艺团体，则原先有一个文艺界抗敌协会，早已和文化协会合并工作了。所以我们可以说文协是以文艺工作为主的文化界组织"。并且指出，不仅"边区文协还是抗战以前成立的，那时从上海到延安文化人甚多，大家要求工作，而延安当局也感到有指导这批文化人

---

1 赵超构：《延安一月》，上海书店出版社，1992，第 252 页。

的必要，便正式成立了这个团体"，而且，作为战时文化组织，"文协的宗旨，据说有两点：一、反法西斯，二、团结全国文人。在文协领导之下的，还有40来个文化团体，其名称不能悉举"等[1]。由此也可以说，陕甘宁文艺也是世界反法西斯文艺的一个重要组成部分。

边区文协管辖及领导多个文化组织及其文艺团体。如艾思奇领导的陕甘宁边区文艺界抗敌联合会，沙可夫领导的中华戏剧界抗敌协会，冼星海、吕骥领导的陕甘宁边区音乐界救亡协会，江丰领导的陕甘宁边区美术工作者协会等分支机构等，都归属于当时的边区文协。从而能够在领导体制上整合整个边区的专业及业余文艺团体组织，充分发挥了党对文艺工作的领导作用。彼时边区文协一个重要举措，是先后组织派遣了多个由毛泽东定名的"抗战文艺工作团"。它们分别奔赴并活跃于晋西北、晋察冀、晋冀鲁豫等抗日根据地，以建立战地文艺通讯网络，编写战地通讯报告，培训抗战文艺骨干，组织根据地文艺宣传活动，以及搜集整理各地民间文艺材料等，使边区文艺工作者们通过种种切实的"文章入伍，文章下乡"实践，不仅思想及作风等方面得到了真正的磨炼和提高，而且他们的文艺创作及审美趣味，开始和工农兵大众有了初步的接近及融通。边区文协成立后即先后组织了诗歌朗诵运动、街头诗运动、群众歌咏、讲演曲艺，以及地方戏曲改革等文艺活动，也在多方面产生了重要影响和作用。

1940年初，毛泽东的《新民主主义的政治与新民主主义的文化》，即《新民主主义论》，正是在边区文协的第一次代表大会上公开发表的。除此之外，由张闻天发表《抗战以来中华民族的新文化运动与今后任务》，以及艾思奇发表《抗战中的陕甘宁边区文化运动》等演讲报告，从理论及方法等方面，对中国共产党及其新民主主义政治、经济与文化实践，以及新民主主义文化的

---

1 赵超构：《延安一月》，上海书店出版社，1992，第118页。

性质、任务、目标，进行了系统的阐释和具体的部署。这标志着以延安为中心的新民主主义文化建设，已经进入了一个新的发展阶段。

在此前后，中国共产党制定并发布一系列的文化及文艺政策方针，加强并完善对新民主主义文化及延安文艺运动的领导，从而也使延安文艺运动及其社团机构的发展进入一个新的繁荣时期。例如：中共中央于 1939 年底发布了毛泽东起草的党内文件《关于大量吸收知识分子的决定》，要求各级党组织尊重知识分子及文学艺术作家，鼓励他们自由地发挥自己的专长及艺术创造的才华。1940 年 9 月到 10 月，中共中央宣传部及中央文委等又分别发布了《中央关于发展文化运动的指示》，颁布了《关于各抗日根据地文化人与文化人团体的指示》等，加强对知识分子及作家艺术家的领导。1941 年 6 月 10 日，延安《解放日报》发表"社论"《欢迎科学艺术人才》，明确声明"延安不但在政治上而且在文化上作中流砥柱，成为全国文化的活跃的心脏"[1] 等。因此，当时不仅涌现出许多的文艺刊物，如《文艺突击》《前线画报》《山脉文学》《谷雨》《诗刊》《部队文艺》《民族音乐》等，而且又成立了很多的文艺社团，据相关统计，仅在延安及陕甘宁边区，就有十八个之多。而在各机关、学校等还有许多自发组织起来的文艺社团及文艺组织，如鲁艺评剧团、延安杂技团、延安合唱团、西北文艺工作团等。

1942 年毛泽东文艺思想及工农兵文艺方向的确立，以及党的文艺方针政策及其路线的成熟与作家思想及其世界观的改造等，也使延安文艺运动及其文艺社团机构的发展进入了一个新的历史阶段。所以，1942 年 3 月初，延安成立了边区政府文化工作委员会，开始对文化及文艺社团进行统一的行政管理。而在此前后活跃的文艺社团，也在学习毛泽东《讲话》精神的同时，全身心地投入了为工农兵服务的文艺创作活动，以及作家艺术家思想感情的工农兵化世

---

1 《欢迎科学艺术人才》，见《胡乔木文集》第一卷，人民出版社，2012，第 7 页。

界观改造运动中。作为"边区文化运动的总的领导机关"的边区文协，其工作重心及其影响力也在逐渐地隐没而消失。其他的那些近五十个文艺社团，大多都停止或终止了社团活动。这使党对文艺工作及社团机构的领导和组织管理，纳入了延安文艺运动及作家的体制化进程之中。如有研究者所认为的那样：延安文艺运动及创作活动"真正实现了文学与社会、作家与读者的相互改造功能"。

第二节　"文教大会"与陕甘宁文艺运动的总结表彰

　　1944年10月至11月间，陕甘宁边区政府在延安召开的长达一个多月的陕甘宁边区文教工作者会议（简称"文教大会"），是陕甘宁边区新民主主义文化建设及其文艺运动发展进程中，对于边区文教事业建设经验总结表彰及成果检阅，以及群众化文艺运动产生了重要推动作用的重要会议。随着抗日战争进入战略反攻阶段，边区的一系列方针政策也做出了相应的调整。1943年12月，林伯渠在陕甘宁边区第二届第二次参议会上作《边区民主政治的新阶段》的政府工作报告，指出边区建设进入了新阶段，要在继续发展生产基础上，同时发展文化教育，使边区面貌为之改观，从经济落后地区变为经济发展地区，从文化落后地区变为文化先进地区，这就是边区建设的新任务与新时期。陕甘宁边区文教工作者会议召开期间，毛泽东发表名为《文化工作中的统一战线》的讲话。讲话提出，发展文化是我们的重要任务之一，"没有文化的军队是愚蠢的军队，而愚蠢的军队是不能战胜敌人的。……为了进行这个斗争，不能不有广泛的统一战线。……统一战线的原则有两个：第一个是团结，第二个是批评、教育和改造。"[1]讲话同时提出了文化工作的方针，即一切从群众的需要出发，

　　1《毛泽东选集》第三卷，人民出版社，1991，第1011—1012页。

而不能脱离群众。

1944 年 4 月，中央宣传部、西北局宣传部和陕甘宁边区负责人汇集到了毛泽东的住处延安枣园，边区下属的五个分区地委书记也到场，几位领导人进行了一次座谈会。在会议上毛泽东强调应该重视文教宣传方面的工作，他分析了边区当时的形势，认为中国共产党在 1943 年一年中已经把经济问题基本解决了，但是，文化工作的开展还没有落实好，也没有做好下一步的计划。他从理论角度讲到，文化反映政治经济，同时文化也会反过来影响政治经济的发展。因此，中国共产党建设抗日根据地，不能不发展文化。有了文化，新式部队才能战胜旧式军队；没有文化，军队的战斗力得不到提高。此外，不发展文化还会妨碍经济的进步。基于这样的考虑，党中央应该尽快着手准备，以保证在 1944 年下半年开展文化工作，讨论文化教育的相关事宜。[1]

1944 年 10 月 11 日，边区参议会大礼堂举办了陕甘宁边区文教工作者会议。出席者分八个代表团，其中包括了蒙古族、回族的代表以及宗教团体的代表，还有各行各业的典型模范人物，涉及了工、农、兵、文教等不同的领域。参会的模范、代表共计 450 人。到场的还有来自不同团体，从事不同门类艺术创作的诗人、作家、美术家，以及旧知识界的进步人员、支持边区文化建设的绅商和国际友人等。全部参会者和旁听者多达千余人。

边区政府教育厅厅长柳湜致开幕词，吴玉章、徐特立等人皆发表讲话。1944 年 11 月 16 日大会顺利闭幕，周扬发表《开展群众新文艺运动》的报告，对会议作出了总结，明确指出：从目前的边区文化建设状况来看，广大人民是需要新文艺的，可是封建主义的旧文艺依然在大众中占据了很大的生存空间，因此，中国共产党领导的新文艺普及工作便是当下建设陕甘宁边区新民主主义文化的关键。周扬又详细阐述了关于改造旧秧歌剧、推行并发展新秧歌的工作。他指出改造民

---

1 李维汉：《回忆与研究》，中共党史出版社，1986，第 338 页。

间传统旧戏应当加大力气去争取、团结、改造旧艺人，例如刘志仁便是边区新秧歌运动中的典型进步人物。同时，地方民众剧团是值得重视的，通过地方剧团可以更好地贯彻落实文艺下乡政策。此外，他再一次从宏观视角强调，边区的党政领导机关要把文艺工作放在重要地位上，领导和开展文艺工作要做到认真细致。[1]

文教大会采取的是大会和分组讨论相结合的方式，主要从三个方面展开：批评和反思、总结典型经验、表彰奖励集体与个体。

首先，大会对过去的文化工作作出了总结和述评，并对接下来的工作方向作出指示。朱德讲话总结当下文化教育工作取得了巨大的实绩，证明了毛泽东在延安文艺座谈会上的指示是正确的，在《讲话》的影响下，以前没有与群众好好结合的文艺工作者，也深入工农兵，与群众互相结合，并成功带动了更广大的群众参与到文艺运动中，这是值得庆幸的事情。李维汉发表《开展大规模的群众文教运动》的总结报告，谈到了边区文教的总任务是开展涉及卫生、教育、报纸、文艺等方面的大规模群众运动，使边区人民享有新文化生活，进而提高边区发展政治经济的能力。要点有：一、边区文教工作应当从此迈入新的阶段，要从沉闷转向活泼，大规模发展村学、识字组，多多办黑板报、演出秧歌剧。二、还是要继续组织广泛的统一战线，加强团结。在具体文教运动中，要做到内容是关于群众的、形式上是群众参与的、是为了群众的。三、在发动群众创造性、鼓励民办形式多样性的同时，还是要确保加强党的领导。四、质与量并重，反对形式主义。五、文教工作的关键在于培养大批的知识分子。[2]

10月30日，毛泽东作了《文化工作中的统一战线》的报告，指出文化工作者必须联系群众。11月23日，《解放日报》发表题为《此次大会意义何在》的社论。文教大会的召开标志着中国共产党领导的新民主主义文化建设取得了长足的进步，输出了可观的文艺成果，这是值得日后文学史、文化史、边区建

1 艾克恩：《延安文艺运动纪盛 1937.1—1948.3》，文化艺术出版社，1987，第540页。
2 参见《李维汉选集》，人民出版社，1987，第177—189页。

设史所记载的实绩。文教大会的召开还标志着中国共产党领导的大规模的群众文艺运动，发展到了较为成熟的阶段。文教大会是具有历史意义的一次会议，它对延安文艺座谈会以来的边区文教活动作出了总结，为文艺工作者介绍了经验，也向他们提出了下一步需要完成的新任务。文教大会的特色之一在于其树立表彰了多个文教领域的典型代表人物，这些典型人物是往后边区工作中的示范和模范，也代表着新文艺的风向和标杆。[1]

其次，大会选取了文教活动中的典型性代表，总结其经验。例如，大会对秧歌剧进行了很多讨论。10 月 14 日至 16 日，刘志仁、杜芝栋、黄润等九位代表在大会上介绍群众秧歌剧。他们边讲边表演，分别报告了群众秧歌的经验和创作方法，现场气氛活跃，刘志仁唱了《新三恨》、汪庭有唱了《表顽固》。《解放日报》发表了《老百姓的新秧歌》，介绍佳县店镇宋家川村秧歌队。这是一个由村里群众自发自愿组织起来的秧歌队，他们征得政府的同意而组建，是"民办公助"的方针在秧歌方面的表现，宋家川村秧歌队集中体现了农村新秧歌队生动活泼的特点，可以与甘肃庆阳的民间社火活动相媲美。通过这支秧歌队，可看到其成功经验。在故事创作方面，他们采取民间传统艺人和知识分子合作的方式，共同担任编剧，以便创作出令人耳目一新的剧本。在故事内容方面，一方面能够体现政治教化作用与宣传动员功效，另一方面也要满足老百姓的口味，尽量把故事编写得生动有趣，避免只喊口号，或者只打生硬的官腔，因为只有受到群众的喜欢，才能更好地让群众吸收和接受。在面对新旧问题时，仅仅排斥并抛弃旧戏是不够的，只有将旧戏的内容改编替换成符合当下新生活和新政策的内容，才是有效利用了旧戏。《拖瞎子》《钉缸》等就是将旧戏改造为新秧歌剧的成功范例。10 月 24 日，《解放日报》刊登由马可、清宇执笔的《刘志仁和南仓社火》。文章以刘志仁秧歌队为代表，介绍指出刘志仁秧

---

1 《此次大会意义何在》，《解放日报》1944 年 11 月 23 日。

歌队有几个特点：他们的内容取材于现实生活，唱的都是事实；他们敢于大胆突破旧形式，创造新形式；他们的创作演出风格贴合实际，不盲目夸张；同时，他们注意歌词的口语化，以适合地方习惯。10月26日，《解放日报》刊登由苏林执笔的《杜芝栋和镇靖城的秧歌活动》一文。文章大力赞赏杜芝栋这位"自己钻出来的秧歌把式"，六年里，杜芝栋每年创作一个新秧歌剧。在杜芝栋的示范带领下，镇靖城开展了"群众集体编剧的活动"，他们把演剧和教育、生产、自卫等群众活动结合起来，发挥了文艺的宣传、教育作用。

关于其他民间艺术的代表人物，文教大会也有所介绍。例如，10月30日，丁玲在《解放日报》上发表《民间艺人李卜》。李卜原本是旧艺人，长期受国民党欺压，50岁时跟随民众剧团来到延安，民众剧团的负责人马健翎曾经向他学习经验，创作出新秧歌《十二把镰刀》《两家亲》。他是中国共产党对旧艺人采取"争取措施"的典型代表。10月31日，安波发表《驼耳巷区的道情班子》，介绍了道情戏在绥德、米脂、清涧一带已经具有百年的历史，流传很广，是民众喜闻乐见的艺术形式。驼耳巷区的道情班子由群众自发组织，他们在鲁艺工作团的影响下，开始自编自演新戏，改进旧的内容，学习新文化。此外，艾青11月8日在《解放日报》上发表《汪庭有和他的歌》，讲述木匠汪庭有的经历和诗歌创作。汪庭有曾经创作了长诗歌《表顽固》，描写国统区人民遭受国民党反动分子欺压的悲痛故事。汪庭有的另一首诗歌《十绣金匾》则表达出对毛泽东主席和中国共产党的拥护和热爱。11月9日《解放日报》刊载萧三、安波合著的《练子嘴英雄拓老汉》。文章介绍了一位名为拓开科的六旬老人，他是民间快板艺术的典型代表，曾经编出23个快板戏，《闹官》《种棉花》《禁洋烟》等快板戏广受群众喜爱。《解放日报》同时还附上了快板戏《闹官》的剧本。

联防司令部政治部宣传部部长肖向荣还针对部队文教工作进行了总结，他的报告内容也刊登在《解放日报》上，提倡文艺工作要创造部队作风。根据肖向荣的介绍，文艺座谈会后，部队文艺工作有了长足的进步。留守兵团政治部宣传队创作并成功演出了《张治国挖甘草》《刘顺清开辟南泥湾》等戏剧，部队文艺逐渐走上了正确方向。肖向荣提出几点具体措施，以争取创造部队作风：在形式问题上，必须打破盲目的齐整划一，打破空洞而没有特点的形式主义。在内容问题上，要重点反映部队实际情况，将表现的内容具体到人和事。在创新问题上，他认为新秧歌是表现群众的形式，不是表现军队的形式，而为部队服务的戏剧在形式上也应当创新，要具有部队的特色。当时民间群众中广泛流传着眉户和道情，此类小调无法有效地反映出党领导的部队生活，因此需要进一步改造。而在歌曲创作方面，则应该提倡歌词反映军人的新生活和军队的精神面貌。在角色问题上，应当合乎军队的实际，避免起反作用，谨慎创作女角色的形象。在多样性问题上，部队还开展了歌咏、小型戏剧等文娱活动。

另外，边区文教大会表彰和奖励了一批模范。被专门表彰的集体包括模范乡村、模范文艺团体，其中有十七个单位获得了特等奖，三十多个集体获得普通奖。被奖励的个体则包括模范家庭和模范文教工作者，其中十四名个体获得了特等奖。此外，获得甲等奖的有四十余人，乙等奖的有六十余人，个人奖的有二十余人，先进学习模范代表十余人。

受到表彰的集体包括柯仲平、马健翎等领导的民众剧团，11 月 9 日文教大会授予他们"特等模范"的奖旗。民众剧团于 1938 年成立，在七年里贴近边区人民群众，取得了可观的成果和实绩。民众剧团的活动范围包括了边区的 24 个县，平均每两天演戏一场，他们先后创作并演出了三十多种新秧歌剧，将十余种旧戏改编成了新戏。柯仲平、马健翎等人从民间艺人中吸取可用的经验，引导旧艺人进行改造。民众剧团的《一条路》《好男儿》《查路条》《三岔口》《中国魂》《两家亲》《十二把镰刀》《抓破睑》《血泪仇》《大家喜欢》等剧，颇受边区群众喜爱。杨醉乡领导的抗战剧团和丁玲领导的西北战地服务团，也受到了文教大会的集体表彰。大会还向马健翎颁发了个人特等奖并授予"人民艺术家"称号，向艾青颁发了中央直属机关"模范工作者"奖状、中央党校"为人民服务的模范"奖状。刘志仁、杨醉乡等也获得了个人奖励。

最终，边区文教大会出台了七项决议，包括：《关于开展群众卫生医药的决议》《关于培养知识分子与普及群众教育的决议》《关于发展群众艺术的决议》《关于发展群众读报办报与通讯工作的决议》《关于开展工厂文教工作的决议》《关于机关学校文教工作中的几个问题的决议》《关于加强荣誉军人教育及娱乐活动的决议》。边区政府主席林伯渠致闭幕词。[1]

这次陕甘宁边区文教大会的召开，总结了延安文化工作的经验。所谓"文教"，自然紧贴民间，面向大众，"文"是其手段和方式，重点则在于"教化"。而"教化"的目的重在"化大众"。延安文艺的经验之一，即以"大众化"的方式"化大众"。

社团组织是"存异"的，集体大会是"求同"的。从 1942 年的延安文艺座谈会，到 1944 年的文教大会，新民主主义文艺创作标准和思想价值观越来越清晰、越来越具体化，最终彻底影响并指导着延安文艺实践。随着 1945 年 8 月 15 日抗战胜利，国内局势变化，边区内各种适时的政治宣传运动增多。由于陕甘宁边区的建设相对稳固，中国共产党将工作重心转向了边区以外。于是边区文协立足于强化边区自身文化，而延安文艺界抗敌协会在延安重新挂牌，肩负起了这一时期的重点文化任务，致力于与边区以外加强联系。延安文化工作的一套经验模式已经成型，被分派到全国各地的延安文化工作者将这套经验带到了华北、东北等地区，延安文艺经验的影响力日益扩大。

第三节　"赵树理方向"与延安文艺新方向的确立

在延安文艺运动中，"赵树理方向"显示了延安文艺体制构成的大众化及

1　艾克恩：《延安文艺运动纪盛 1937.1—1948.3》，文化艺术出版社，1987，第 485 页。

其发展的新趋势。延安文艺座谈会召开后，随着毛泽东《在延安文艺座谈会上的讲话》的发表，延安文艺政策开始在陕甘宁等边区广泛执行，以工农兵为主体的文艺大众化的方向已经明确，赵树理作为延安文艺运动中的文学旗手在某种意义上就是为了验证文艺发展的工农兵方向的合理性。

赵树理成为继鲁迅和高尔基之后延安文艺运动中的又一位文学旗手有其必然性，这种必然性是与赵树理自己的文学大众化的理论探索与创作实践上的成功密切联系在一起的。赵树理从自己对农村文化生活状况的了解和对农民宣传工作的经验出发，认为文化宣传要重视普及工作，文学创作要照顾农民的"大众化的迫切需要"[1]，要专门为农民创作和出版他们能够接受的通俗化作品。在深入农村进行调查研究的过程中，赵树理得到了小二黑结婚的故事材料，并完成他的成名作《小二黑结婚》。随着《李有才板话》《孟祥英翻身》等作品的出版，赵树理成为晋冀鲁豫延安文艺颇有影响的作家。从五四新文学的追随者到通俗故事的创作者，赵树理走出了一条以农民为创作对象的文学大众化路子，从而为其被中国共产党确立为解放区的文学旗手准备了条件。

赵树理之所以能够成为文学旗手正是中国共产党根据延安文艺的政治现实和文化需要不断建构的必然结果。在文学旗手建构过程中，由于鲁迅与高尔基是自革命文学运动开始以来左翼作家公认的大文豪，再加上毛泽东对两人的高度赞誉，因而，鲁迅与高尔基被确立为延安文艺文学运动的旗手没有引起任何人的质疑。而且，随着延安文艺现实环境的变化，作为文学旗手的鲁迅形象与高尔基形象变得越来越完美，作为具体作家的个人缺陷就被完全遮蔽了。这种从现实需要出发的文学旗手建构一直持续到1942年延安文艺座谈会召开以后，当新的政治文化环境不再需要这种完美的抽象化了的文学旗手时，作为文学旗手的鲁迅形象和高尔基形象开始逐步淡化。然而，赵树

---

1 《四二年晋冀豫区文化人座谈会纪要》，见中国作家协会山西省分会编：《山西革命根据地文艺资料》上，北岳文艺出版社，1987，第87页。

理的乡村知识分子的地位以及他的文学创作的有限性，决定了将赵树理塑造成延安文艺作家共同模仿的文学旗手要比鲁迅形象和高尔基形象的建构艰难得多。

既然以赵树理为代表的通俗文学创作能够代表一种新的文学潮流，即以工农兵为主体的大众化方向。那么，为了使赵树理尽快成为解放区作家的模仿对象，由中国共产党主导下的文学批评必然会参与到对作为文艺新方向的赵树理形象的建构过程中。有鉴于《小二黑结婚》出版前后遭受到文学批评界的冷遇，赵树理的《李有才板话》出版时，中共中央北方局宣传部部长李大章在《华北文化》上发表了推荐文章《介绍〈李有才板话〉》，从党的意识形态立场上向晋冀鲁豫的知识分子作家及普通读者介绍《李有才板话》。他认为，《李有才板话》是比《小二黑结婚》"更有收获的作品"，"更有向读者介绍的价值"，其理由有三点：一是"写作目的的明确和正确"，"能够在作品中处处显示出对读者对象的尊重，考虑到他们的习惯和品味，理解水平，接受能力，通过通俗浅近的文艺形式来进行思想教育"，也就是说，赵树理是为以农民为主体的普通民众创作的；二是"阶级分析的观点和方法"，小说中的人物"都各以本阶级的本来面目出现，甚至观点，情感，生活习惯，语言等，也都大体合于人物自己的身份"；三是赵树理基本掌握了"两种功夫：一是对马列主义的学习，二是对社会的调查研究"[1]。李大章在文章中虽然没有明确提到毛泽东的《讲话》，但联系到此时中共中央宣传部已经发布了《关于执行党的文艺政策的决定》，且李大章提出是否愿意为农民写作"通俗浅近"的文艺作品，不仅是"态度"的问题，而且是"为谁服务"的问题，"也就是立场问题"，这些观点显然来自毛泽东的《讲话》。因此，可以断定《介绍〈李有才板话〉》是最早以毛泽东《讲话》的基本观点和立场来评价赵树理小说的文章。李大章在文章中不仅提出了此后赵

---

1 李大章：《介绍〈李有才板话〉》，见黄修己编：《赵树理研究资料》，知识产权出版社，2010，第148—150页。

树理评价中"衡量赵树理小说的基本原则"[1]，既包括鲜明的"立场"、明确的"阶级分析的观点和方法"和"容易接近群众"等优点，也包括"新型的青年农民，在书中只是'跑龙套'似的出现，而缺乏深刻突出的描写"等缺陷，而且向晋冀鲁豫所有作家提出了"改造"要求，希望他们"在毛泽东同志和中央正确文艺方针的指导下，为工农兵的新文艺，为新中国的文艺"而努力[2]。

李大章介绍《李有才板话》的文章最初并没有抱着要将赵树理确立为晋冀鲁豫文艺的创作方向的目的，他的初衷主要是通过对《李有才板话》的介绍，消除从国统区来到延安的知识分子作家对赵树理的偏见。因为，从国统区来到延安的知识分子作家把以赵树理为代表的乡村知识分子作家"写给农民看的东西当作'庸俗的工作'或者是'第二流的工作'"，以致一部分从事通俗化创作的乡村知识分子作家自己"也有意无意的抱着'第二等的'写作态度来从事它"[3]。尽管李大章的推荐文章对纠正晋冀鲁豫文学界对以赵树理为代表的乡村知识分子作家的通俗化创作的偏见产生了积极影响，但赵树理在此后进入了长达两年时间的蛰伏期，并没有创作出可以进一步提升其文学地位的作品。这种状况一直持续到 1946 年 1 月《李家庄的变迁》的出版才发生了转折性变化。在 1946年的一年时间里，赵树理不仅出版和发表了长篇小说《李家庄的变迁》，短篇小说《地板》《催粮差》《福贵》等，而且他的一些短篇小说先后在《解放日报》《人民日报》等解放区的重要报刊上转载，并且被介绍到上海、香港等国统区大都市出版的文学报刊上。尤其重要的是，随着赵树理作品的广泛传播，1946年甚至变成了赵树理文学创作的"评论年"。来自解放区的周扬、陈荒煤、冯牧和来自国统区的郭沫若、茅盾等著名作家先后发表评论文章，对赵树理的小

---

1 贺桂梅：《转折的时代——40—50 年代作家研究》，山东教育出版社，2003，第 297 页。

2 李大章：《介绍〈李有才板话〉》，见黄修己编：《赵树理研究资料》，知识产权出版社，2010，第 148—150 页。

3 李大章：《介绍〈李有才板话〉》，见黄修己编：《赵树理研究资料》，知识产权出版社，2010，第 148—150 页。

说给予了高度赞誉，从而形成了赵树理创作的评论潮流。由于这些文章都是以中国共产党的政治意识形态立场和毛泽东《讲话》为基本规范的，因而对赵树理创作的介绍和评价就不再是一般意义的文学批评，而是承担了明确的政治意识形态目的。

在评论赵树理创作的众多文章中，周扬的《论赵树理的创作》最为重要，因为它不仅为晋冀鲁豫边区确立"赵树理方向"提供了基本依据，而且奠定了赵树理在中国现代文学史上的基本地位。《小二黑结婚》出版以后，赵树理的通俗化创作在晋冀鲁豫边区一直存在着争议，许多从国统区来到延安的知识分子作家将其看作是"第二等的写作"，人们并没有发现赵树理作品中隐含的意识形态内涵。作为毛泽东文艺思想的权威阐释者，周扬的推荐文章一经发表，就被延安的重要报刊广泛转载。《论赵树理的创作》最初发表于1946年7月出版的中华全国文艺协会张家口分会的机关刊物《长城》上，《解放日报》于同年8月26日转载后才在解放区产生了广泛影响。周扬认为，赵树理小说有三个方面的特点：一是在主题上"写农民与豪绅地主之间的斗争"，反映了"现阶段中国社会的最大最深刻的变化，一种由旧中国到新中国的变化"；二是在人物创造上"总是将他的人物安置在一定斗争的环境中，放在这斗争中的一定地位上，这样来展开人物的性格和发展"，"总是通过人物自己的行动和语言来显示他们的性格，表现他们的思想情绪"，作者总是"站在斗争之中，站在斗争的一方面，农民的方面"，"明确地表示了作者自己和他的人物的一定的关系"；三是在语言上"熟练地丰富地运用了群众的语言，显示了他的口语化的卓越的能力"，吸取了中国"旧小说的许多长处"，但是"他创造出来的决不是旧形式，而是真正的新形式，民族新形式"。周扬对赵树理小说特征的分析并没有太多的独创性观点，因为周扬文章中的基本观点在此前已经发表的李大章的《介绍〈李有才板话〉》、冯牧的《人民文艺的杰出成果——推荐〈李有才板话〉》等文章中都有了或多或少的论述。

然而，周扬毕竟有着敏锐的政治眼光，他不是像其他人的文章一样一般性地论述赵树理创作的特点，而是从党的文艺、政治意识形态要求和毛泽东《讲话》的规范之高度来看待赵树理创作的意义。因此，他这样说：

> 我与其说是在批评甚么，不如说是在拥护甚么。"文艺座谈会"以后，艺术各部门都达到了重要的收获，开创了新的局面，赵树理同志的作品是文学创作上的一个重要收获，是毛泽东文艺思想在创作上实践的一个胜利。我欢呼这个胜利，拥护这个胜利！[1]

虽然1942年5月召开了延安文艺座谈会，确立了为工农兵的文艺新方向，但是一直没有出现能够实践毛泽东《讲话》的代表性艺术作品。因此，在周扬看来，赵树理无疑是在文学创作上实践了《讲话》提出的工农兵文艺方向的"一个典范"[2]。针对从国统区来到延安的知识分子作家对赵树理的通俗化创作的偏见，周扬更是从"普及"与"提高"关系的角度进行了积极肯定，认为这是"实践了毛泽东同志的文艺方向的结果"。虽然赵树理一再在自己的小说出版时标明"通俗小说"或"通俗故事"，但是周扬认为这些作品"决不是普通的通俗故事，而是真正的艺术品，它们把艺术性和大众性相当高度地结合起来了"[3]。也就是说，赵树理作为实践了《讲话》提出的文艺方向的典范，并不只是一个"普及"的典范，而是毛泽东提出的"文艺工作者的思想感情和工农兵大众的思想感情打成一片"[4]的一个典范。既然周扬要将赵树理确立为实践毛泽东《讲话》提出的文艺方向的典范，就必然要在肯定其普及意义的同时强调其艺术的价值，只有在发现了赵树理创作所具有的"真正的艺术品"价值以后，才有可能在将其树立为整个延安文艺新的文学旗手时得到其他作家在艺术上的认可。同时，针对人们对赵树理的身份问题有可能提出的质疑，周扬进行了这样的解释："若

---

1 周扬：《论赵树理的创作》，《解放日报》1946年8月26日。

2 支克坚：《周扬论》，河南人民出版社，2004，第84页。

3 周扬：《论赵树理的创作》，《解放日报》1946年8月26日。

4 《毛泽东选集》第三卷，人民出版社，1991，第851页。

有人怀疑，赵树理岂不只是一个农民作家吗？他的创作和思想的水平不是降低到了'农民意识'吗？回答当然不是。它不但歌颂了农民的积极的前进的方面，而且批判了农民的消极的落后的方面。他写了好的工作干部，这是农村中实现无产阶级领导的骨干，没有这骨干，农民的翻身是不可能的；同时也批判了坏的工作干部。这好与坏的一个主要区别的标准，就是能不能和农民打成一片，替他们解决问题。"周扬要努力证明赵树理不是农民作家的目的，就是要强调赵树理的无产阶级作家的阶级身份的纯粹性，更进一步确认赵树理的文学作品作为工农兵文艺方向的普遍性，从而保证"他所树立的典范的无产阶级性质"。[1]

正如赵树理的朋友史纪言所说，赵树理的《小二黑结婚》《李有才板话》等小说虽然"经过彭副总司令和李大章同志的介绍"，但是"几年以来并未引起延安文艺应有的重视"，直到 1946 年 7 月，"先经过周扬同志的推荐，后经过郭沫若先生的评价，大家的观感似乎为之一变"。史纪言由此感叹文艺批评在赵树理走向整个延安文艺过程中发挥的独特作用[2]。正是由于周扬、郭沫若、茅盾等人评论赵树理创作的文章的发表，赵树理的影响迅速从晋冀鲁豫边区扩大到整个解放区。当文学批评发挥了自己独特的建构功能而使赵树理的影响在整个延安文艺界开始广泛兴盛起来的时候，文学会议就在文学批评的基础上开始了"赵树理方向"的确立。于是，晋冀鲁豫边区文联在中共中央北方局宣传部的指示下，于 1947 年 7 月召开了文艺工作座谈会。这次文艺工作座谈会的议程之一就是"讨论赵树理的创作"，与会者"参考郭沫若、茅盾、周扬等对赵树理创作的评论及赵树理创作过程、创作方法的自述"，"认为赵树理的创作精神及其成果，实应为边区文艺工作者实践毛泽东文艺思想的具体方向"[3]。为此，与会的文艺工作者"都同意提出赵树理方向，作为边区文艺界开展创作运动的

---

1 支克坚：《周扬论》，河南人民出版社，2004，第 84 页。
2 史纪言：《文艺随笔》，见中国作家协会山西省分会编：《山西革命根据地文艺资料》上，北岳文艺出版社，1987，第 410 页。
3 《晋冀鲁豫边区文联一九四七年文艺工作座谈会记事》，《人民日报》1947 年 8 月 10 日。

一个号召"。在这次文艺工作座谈会上，陈荒煤作了题为《向赵树理方向迈进》的报告，认为必须从三个方面"向赵树理方向迈进"：一是赵树理的创作有很强的"政治性"，"他的笔都尖锐地掘发着农村现实中的基本矛盾"，"从各个角度反映了解放区农村伟大的改变过程之一部"；二是赵树理的创作"选择了活在群众口头上的语言，创造了生动活泼的、为广大群众所欢迎的民族新形式"，在"创作方法上也贯彻着群众观点"；三是赵树理"从事文学创作，真正做到全心全意的为人民服务"，"具有高度的革命的功利主义，和长期埋头苦干实事求是的精神"。陈荒煤的报告基本上复述的是周扬《论赵树理的创作》的内容，其目的主要是以赵树理的创作为例子，证明毛泽东《讲话》提出的"工农兵文艺"方向的正确性。所以，陈荒煤得出的结论是：赵树理的创作"是最朴素，最具体地实践了毛主席的文艺方针，因此他获得如此光辉的成就！"[1] 至此，赵树理正式成为延安文艺作家模仿的一面"旗帜"，作为延安文艺新的文学旗手的"赵树理"正式诞生了。尽管"赵树理方向"被作为延安文艺作家共同遵循的创作道路被确定下来，但陈荒煤提出的"赵树理方向"的三个方面在具体创作中是难以实现的，因为"赵树理方向"的核心仍然是毛泽东《讲话》提出的基本主张，也就是文艺为工农兵大众服务、文艺服从于政治及知识分子结合群众的问题。因而，陈荒煤又说，赵树理虽然"创造了一种新形式"，但是"单纯的从形式来模仿是不能解决问题的，文艺工作者今天的根本问题仍是与工、农、兵思想情感相结合，也惟有如此，才能最后的真正的解决了形式问题"[2]，其中包含着明确的政治现实目的。这就意味着"赵树理方向"的确立完全是在党的文艺政策及其方针规范下进行的。毛泽东文艺理论才是延安文艺作家从事创作的规范。事实上"赵树理方向"从来就没有产生过像"鲁迅方向"那样巨大的反响，作为文学旗手的赵树理也没有像作为文学旗手的鲁迅和高尔基那样，受到延安

---

1 陈荒煤：《向赵树理方向迈进》，《人民日报》1947 年 8 月 10 日。
2 陈荒煤：《向赵树理方向迈进》，《人民日报》1947 年 8 月 10 日。

作家的普遍模仿。因为，在延安文艺座谈会召开以后，当文学与政治的关系问题成为文学运动的核心问题时，在延安文艺的大多数作家看来，作为毛泽东提出的以工农兵为主体的新的文艺才是延安文艺运动的真正方向，赵树理只能是这一方向的实践者而已，不可能成为延安文艺理论的权威，也就不可能成为延安文艺运动中的文学旗手。

特别需要强调的是，延安文艺方向的标志性作家也在文艺普及和提高的两个面向做出了切实的努力。我们过去特别看重赵树理在大众化、通俗化方面的贡献，其实，赵树理也在探索提高民众审美素养方面做出了切实的努力。其创作也在追求雅俗共赏的道路上，彰显了"赵树理方向"的雅俗兼顾的特征。

众所周知，在延安文艺运动中，以通俗小说创作闻名的赵树理，其创作实践始于20世纪20年代末，在早年的艺术探索期，他不仅创作了旧体诗词、旧文言散文，还对隶属精英艺术范畴的五四新文学"有一度深感兴趣"[1]，努力学习欧化，写作新诗、新小说等，但不久他便发现了新文学与大众沟通的局限，又受到陶行知所倡导的乡村教育实验和陈伯达所呼吁的新启蒙运动的双重影响[2]，于是努力尝试将新文学与通俗文学相融合，逐渐走上新文学通俗化的艺术道路。赵树理的通俗化主张贯穿了他20世纪40年代及以后的全部文学实践，也将其推上了文学创作的顶峰。虽然他刻意求俗，明确表示自己的作品是写给农民看的，并常将自己的小说特别标明通俗小说或通俗故事之类，但他的"俗"既没有落入俗套，更没有滑向庸俗、媚俗，而是有着古典和新文化底色的"雅之俗"。他的通俗化、大众化作品不仅深受普通大众欢迎，而且得到众

---

1 他曾在回忆文章《回忆历史，认识自己》中说："我在学生时代也曾学过五四时期的语体文（书报语，不能做口头语用）和新诗（语言上属翻译诗），而且有一度深感兴趣。"参见赵树理：《回忆历史，认识自己》，《赵树理全集》第5卷，北岳文艺出版社，2000，第385页。

2 陶行知的教育思想塑造了赵树理的身份意识，决定了他文化选择的根本动机；陈伯达的民族主义立场为他的新文学通俗化实践找到了理论依据。参见胡星亮主编：《现实主义、结构的转换和历史寓言》，上海人民出版社，2009，第52—54页。

多文化人甚至很高层次的作家、批评家的认同和赏赞[1]，他的小说《小二黑结婚》《李有才板话》《三里湾》等也在接受过程中逐渐"雅化"，不仅登上了大雅之堂，而且获得了文学经典的命名。可以说，赵树理的文学创作，在他所处的时代以及当下，都"不仅属于一种'俗文化'，而且更理所当然地属于'雅文化'之内。它真正是雅俗共赏的"[2]。在沟通雅俗已然成为现代社会文化演进大趋势的背景下，赵树理的创作实践和审美选择、审美追求，可以给我们以经验和启示。由于研究界已对赵树理与通俗文化、农民文化的关联强调甚多，本书主要从雅文化[3]切入，以赵树理的小说创作为主要研究对象，兼及诗文，着眼于探讨赵树理与儒家雅文化传统和五四新文化之间的内在关联，挖掘他的文学文本在思维理念、价值取向、情感表达和艺术探索方面所蕴含的雅文化因子，意在彰显其"俗中含雅""俗雅兼得"的文化风貌。

中国文化在雅与俗的观念上，呈现儒道视野中的两个典型。[4]儒家侧重于从政教功能考查雅与俗的关系，主张文以载道，以正为雅，要求作品的思想内容符合儒家的政治伦理规范；道家则从主体人格的完满超拔考查雅与俗的对立，以超逸淡泊为雅，要求题材内容上表现清雅脱俗的生活情致。赵树理早在1936年所写的杂文《"雅"的末运》中，便以犀利的笔触讽刺、批评了文人士大夫追求安逸闲静的道家之雅，主张以心中之"热"应对"时代的俗务"，显现出积极入世、锐意进取、忧国忧民的儒者情怀。赵树理与传统儒家文化的渊源颇深，他自幼便在祖父的耳提面命下学习《大学》《中庸》《论语》《孟子》[5]，

---

1 冯牧、郭沫若、周扬、茅盾、陈荒煤、林默涵、巴人、荃麟等人都曾真诚地表示喜欢赵树理的小说，而且周扬、陈荒煤等人还给予了高度评价。

2 郝亦民：《为了艺术的永恒上帝——赵树理大众化文艺思想综论》，北岳文艺出版社，1992，第212页。

3 "雅文化是指精致而规范乃至具有典范性的文化，它集中地体现着文化固有的性质功能，往往是一个国家或民族文化水平发展的标志。雅文化当然并非都是经典文化，但经典文化则必然是雅文化。"（参见曹廷华：《论雅文化的俗化与俗文化的雅化——群众文化发展的一种现象性思考》，《社会科学战线》1995年第1期，第242—248页。）本书中的"雅文化"既包括中国古代的雅文化，也涵盖了西方雅文化影响下的五四新文化。

4 参见邢建昌：《雅与俗：传统与现代的变奏》，《中国人民大学学报》1998年第1期，第86—92页。

5 参见戴光中：《赵树理传》，十月文艺出版社，1993，第12页。

后在村私塾及檑山高小继续学习四书五经等儒家经典,并能背诵如流[1],还对偶然购得的《四书白话解说》"顶礼膜拜",潜心研读达三年之久。[2]甚至到 1925 年就读山西省立长治第四师范学校前,赵树理还在阳城县的一个村子里做了近半年的私塾先生。毋庸讳言,在接受儒家文化教育,诵读、研习、教授儒家经典的过程中,赵树理潜移默化地受到了传统儒家文化的陶冶和影响。

文以载道是儒家文艺思想的核心观念之一,其本质特征是强调文学的社会政治功用,将文学视为载道的工具,承载儒家的思想和伦理道德观念,以教化民众,服务于封建政治统治。载道的传统思维对后世文化人影响深远,虽然五四新文化运动中,陈独秀、刘半农、周作人等先驱者曾对自韩愈以降的文以载道观进行猛烈批判[3],但新文学的结果是以"反载道始,以载道终"[4]。到了抗战时期,解放区的文艺纲领——毛泽东的《讲话》,经过置换再造,更加确证了文学的工具性地位,文艺从属于政治。深受儒家文化浸淫,且集党的实际工作者和作家身份于一体的赵树理,在所处的特殊文化生态环境中,亦将文学当作载道的工具,为政治宣传服务,为解决社会现实问题。他说:"我在抗日战争初期是作农村宣传动员工作的,后来作了职业的写作者只能说是'转业'。从作这种工作中来的作者,往往都要求配合当前政治宣传任务,而且要求速

---

1 赵树理的同窗史纪言在《赵树理同志生平纪略》一文中记载:"据赵树理同志说,正当'五四'运动提出打倒孔家店的时候,他却在私塾读孔子的书,学过后背诵如流。"参见复旦大学中文系"赵树理研究资料编辑组"编:《中国当代文学研究资料 赵树理专集》,福建人民出版社,1981,第 7 页。

2 赵树理 17 岁高小毕业那年,"买到一本《四书白话解说》,署名江希张著。此书是对五四新文化运动的一种反动,其思想是儒佛相混的,阎锡山曾为之题词吹捧。赵树理买到后,视为神圣之言,每日早起,向着书面上的小孩子照片(按,此书为一老古董先生所著,江希张为其孙,人称'江神童','小孩子照片'即江希张照片)稽首为礼,然后正襟危坐来读,达三年之久。"参见董大中:《赵树理年谱》,山西人民出版社,1982,第 12—13 页。

3 王本朝在《"文以载道"观的批判与新文学观念的确立》一文中有详细论述。参见董大中:《赵树理年谱》,山西人民出版社,1982,第 12—13 页。

4 司马长风:《中国新文学史》上,昭明出版社,1975,第 8 页。

效。"[1] 还向青年作家强调："艺术都是宣传。"[2] 在面向农村进行政治宣传、开展革命工作的过程中,赵树理发现了许多具体而切实的问题,为了帮助上级领导了解问题,也为了指导农民尽早尽快地解决棘手问题,他创作了"问题小说":"我的作品。我自己常常叫它是'问题小说'。为什么叫这个名字,就是因为我写的小说,都是我下乡工作时在工作中所碰到的问题,感到那个问题不解决会妨碍我们工作的进展,应该把它提出来。"[3] "我在做群众工作的过程中,遇到了非解决不可而又不是轻易能解决了的问题,往往就变成所要写的主题。……'在工作中找到的主题,容易产生指导现实的意义。'"[4] 可见,提出问题——形成主题——指导现实,是赵树理"问题小说"的基本思路。他的成名作《小二黑结婚》,创作缘起于"当时农村有个几乎与土改同等重要的问题是反封建思想,封建习惯"[5],类似揭示旧思想、旧习惯压制青年婚姻自主的小说还有新中国成立后的《登记》;《李有才板话》揭示了地主把持政权以及发动群众过程中基层干部脱离农民,被坏人影响和左右的问题;《邪不压正》暴露了土改过程中少数当权干部的变质以及革命队伍里混进了坏分子等问题……这些问题的发现,投射出深入基层工作的赵树理所拥有的敏锐而独特的眼光和作为民间知识分子所进行的理性思考。小说中提出的问题最后普遍得到了想象性的解决,恶势力被惩治,"中间人物"妥协退让,甚或转变,而问题解决的关键,是上级领导干部(《小二黑结婚》中的区长、《李有才板话》中的老杨同志、《邪不压正》中的工作团、《孟祥英翻身》中的工作员等)和国家政策法令(《登记》中《婚姻法》的颁布)等,他们是政治权力的代表和化身,他们的"除暴安良"、为

---

1 《赵树理全集》第 4 卷,北岳文艺出版社,2000,第 282 页。
2 《赵树理全集》第 4 卷,北岳文艺出版社,2000,第 301 页。
3 《赵树理全集》第 4 卷,北岳文艺出版社,2000,第 424 页。
4 《赵树理全集》第 4 卷,北岳文艺出版社,2000,第 183 页。
5 赵树理:《赵树理怎样处理〈小二黑结婚〉的材料》,见山西文学艺术工作者联合会编:《山西文艺史料》第 3 辑,山西人民出版社,1959,第 184 页。

民做主，起到了很好的政治宣传和教育作用。确切地说，赵树理所赞美和歌颂的是维护农民根本利益的理想政治，但由于他对党和民主政权的热爱、崇敬和无限信任，他在"问题小说"中总是将他所讴歌的代表民主、正义和自由的权力归于主流政治。

从将文学作为政教工具的角度而言，赵树理的思维理念与儒家雅文化的载道传统一脉相承，但其创作中所载之道的内涵已与儒家政教观念大不相同，而是带有更多的新文化气息。20世纪20—30年代到长治求学和在太原等地流浪期间，是赵树理受五四影响的有深远意味的文化自觉时期。他熟稔并钟爱鲁迅的《阿Q正传》等作品[1]，坦言自己"是颇懂一点鲁迅笔法的"[2]。以鲁迅为代表的五四精英文学所蕴含的启蒙精神影响了赵树理，他想以"上文摊"的方式"一步一步地去夺取那些封建小唱本的阵地"[3]，期望通过新文学的通俗化来"普及文化，从而提高大众"，实现"新启蒙"之道[4]。他以小说为载体对底层民众和基层干部进行了自由、平等、科学、民本、求实等现代意识的启蒙[5]，尤其通过塑造思想滑坡、蜕化变质的干部（如《李有才板话》中的村武委会主任陈小元、《邪不压正》中的农会主任小昌等）和作风虚浮、带有官僚作派的干部（如《李有才板话》中的章工作员、《登记》中的王助理员等），风趣而辛辣地批判了封建的官本位意识，间接倡导和弘扬了民本、求实的现代意识。总之，赵树理既继承了儒家雅文化传统中的载道、致用的思维理念，同时又在这一思维框架下

1　赵树理在《新食堂里忆故人》一文中，"忆"到童年时代的兄弟"各轮"时，说"他的遭遇和鲁迅先生写的阿Q有点相像，当年我也曾想给他写'正传'，后来终于没有写成。"另外在《阿Q精神》一文里，赵树理不仅举例指出阿Q的精神特质是"精神胜利"，还将其与日本统治阶级的政治言行相类比，有力地讽刺了日军的外强中干与自欺欺人。

2　《赵树理全集》第5卷，北岳文艺出版社，2000，第375页。

3　李普：《赵树理印象记》，见黄修己编：《赵树理研究资料》，知识产权出版社，2010，第15页。

4　对于新启蒙的思想内涵，赵树理曾作如下阐释："第一，是改造大众迷信落后的思想，使大众能够接受新的宇宙观；第二，灌输大众以真正的科学知识，扫清流行在大众中间的一些对事物的错误认识"。参见赵树理：《通俗化与"拖住"》，《赵树理全集》第4卷，北岳文艺出版社，2000，第145页。

5　朱庆华在《论赵树理小说的现代意识启蒙》一文中有详细论述。参见朱庆华：《论赵树理小说的现代意识启蒙》，《文学评论》2007年第6期，第156—160页。

开拓了新启蒙的时代文化内涵。他说:"我们写小说,……都是劝人的。……凡是写小说的,都想把他自己认为好的人写得叫人同情,把他自己认为坏的人写得叫人反对。"[1] 不难看出,赵树理的爱憎观十分鲜明,而且在人物塑造过程中渗透了较为明显的审美判断,希冀通过扬善斥恶的方式来"劝人"。在所勾画的人物中,"劳动人民是赵树理真、善、美统一为一体的审美理想,也是他的审美对象和服务对象。"[2] 他创造了许多积极、正面的人物,如小二黑、小芹(《小二黑结婚》),李有才、小顺(《李有才板话》),艾艾、燕燕和小晚(《登记》),铁锁、二姐和冷元(《李家庄的变迁》)等,他们正直善良、机智勇敢、乐观坚韧且富有斗争精神,大胆反抗邪恶势力,谋求幸福及合法权益,赵树理对其进行了赞美和讴歌,可以引发人们的认同和仿效。而对于那些邪恶、丑陋的反面人物,如恶霸金旺、兴旺兄弟(《小二黑结婚》),奸猾刁诈的地主阎恒元(《李有才板话》),冷血凶残的土豪李如珍(《李家庄的变迁》)等,赵树理将其恶与丑暴露于大庭广众之下,予以鞭笞挞伐,激起人们的厌恶与憎恨,从而"化丑为美",净化了读者的精神境界。作为赵树理美学思想的结晶,这两类人物善恶分明,是非界限清楚,在现实中起到了很好的"劝人"作用,但因其性格过于扁平、单一,美学价值相对不高。比较成功且独特的形象创造,是赵树理小说中那些性格相对饱满的"中间人物",如"二诸葛""三仙姑"(《小二黑结婚》),"小腿疼""吃不饱"(《"锻炼锻炼"》),"糊涂涂""常有理""能不够""惹不起"(《三里湾》)等。他们多为中老年农民,有的迷信、怯懦,有的自私、风骚,有的懒惰、滑头,有的狭隘、守旧,还有的胡搅蛮缠、霸道无理……但是通过批评、教育,他们都不同程度地改过、向善。赵树理对这些人物有讥讽、有奚落,同时又饱含善意的同情和调笑,因而激发出读者较为复杂的情绪和情感,给人以审美的享受和启迪。但是,我们应当注意,深受儒家伦

---

1 《赵树理全集》第4卷,北岳文艺出版社,2000,第565页。

2 高捷:《赵树理小说的艺术美》,《中国现代文学研究丛刊》1981年第2期,第180页。

理观念影响的赵树理，其求善的价值取向也在一定程度上制约了他对"中间人物"向更深处开掘。以"三仙姑"形象的塑造为例，早年"三仙姑"姿色出众，却身不由己地嫁给了"只会在地里死受"的于福，正常的情欲无法得到释放和满足，因此便通过设香案、过分装扮等变形的方式来进行情欲的宣泄。可以想见，"三仙姑"的情感深处相当干渴、寂寞，她对情欲的追求有合理的一面，但是由于这种情欲追求的表现形式不合乎传统的伦理道德规范，赵树理便明显地语带戏谑、嘲讽，没能挖掘出"三仙姑"那生动、强烈、丰富的内心世界。总之，赵树理小说中延承的儒家求善、向善的雅文化传统，丰实了他小说的美学风貌，使之广受读者的欢迎，不过也带有一定的艺术局限。

在求善的同时，赵树理也没有忽略对真的强调。"美从属于真，这个思想支配西方文艺界直到19世纪，'写真实'成为批判现实主义大师们最心爱的口号。"[1] 这种求真的文化传统极大地影响了以鲁迅为代表的新文学作家。在我国现代文学史上，鲁迅可以说是第一个站出来大声疾呼地强调艺术真实的重要性的人。他反对"瞒"和"骗"，以自己的创作实绩标榜了一种真实地直面人生的现实主义文学，并以此引领了中国新文学的主流，赵树理通过自己的创作实践，接续了这一现实主义潮流，他力求真实反映生活的本来面目和本质规律，排斥一切脱离现实、违反真实的虚假捏造，并力避公式化概念化。当然，他所主张的"真"，不是对生活的照搬照抄和机械模仿，而是美学意义上的真，是创作主体对现实生活提炼、升华之后，更能反映生活本质、揭示社会发展规律的真。赵树理的创作深植于现实生活的真实的土壤中，他在《文艺与生活》《生活·主题·人物·语言》《作家要在生活中作主人》等文中，屡次强调要熟悉生活，深入生活，认为"只有当生活的主人，把生活变成自己的，那才能扎扎实实地写生活，和写出真情实感"[2]。扎根生活的赵树理，观察敏锐，眼光独

---

1 陈伯海：《传统文化与当代意识》，上海三联书店，1991，第113页。
2 《赵树理全集》第4卷，北岳文艺出版社，2000，第554页。

到，常常以小见大，以俗写雅，在日常化、通俗化的题材和故事中寄寓新颖、独特、严肃、深刻的主旨内涵。像《小二黑结婚》《邪不压正》《登记》等婚恋题材的小说，都意在以婚恋言说现实问题和社会政治。脱胎于真人真事的《小二黑结婚》揭示了混入基层政权的恶霸和封建迷信、落后思想对自主婚姻的阻碍，同时颂扬了根据地的民主政治；《邪不压正》的创作建立在作者亲历土改，熟悉土改中农民思想变化的基础上，旨在以男女婚恋为串线"写出当时当地土改全部过程中的各种经验教训"[1]；《登记》虽为"赶任务"之作，但实际上是作者长期生活经验的集中爆发，既有效配合了《婚姻法》的宣传，也大胆剖示了人民政权中的官僚主义对青年男女自由恋爱的阻碍。不仅如此，对农村、农民生活及艺术了然于胸的赵树理还善于运用通俗化的艺术形式演绎所谓的重大题材，真实而深刻地反映中国共产党所领导的、广大农民群众进行的"改变农村的面貌，改变中国的面貌，同时也改变农民自己的面貌"[2]的伟大历史斗争。如《李有才板话》生动真切而又具体深刻地反映了解放区的改选村政权、实行减租减息的斗争，作家"不只是写了事，而且是写了历史，一部小小的然而真实的新的农村演变史"[3]；《李家庄的变迁》描写了以铁锁为代表的农民群众在党的教育、领导下，艰难曲折的觉醒过程和他们与地主豪绅残酷激烈的斗争。"由于作家没有让他的笔触浮在生活的表层上滑动，而是深入到生活的内核，就向我们揭示出了中国农民在新旧社会交替的伟大时代里丰富复杂的内心世界和不平凡的历程。"[4]赵树理紧拥中国广袤的农村大地，坚守鲁迅所开创的新文学的现实主义道路，描摹了历史变动中农村的真容，再现了几代农民的苦乐和风貌。

"高雅文艺之区别于通俗文艺最根本的一条……在于艺术形式的创造上。

---

1 《赵树理全集》第 4 卷，北岳文艺出版社，2000，第 194 页。
2 周扬：《论赵树理的创作》，《解放日报》1946 年 8 月 26 日。
3 《冯牧文集·评论卷 1》，解放军出版社，2002，第 65 页。
4 王献忠：《赵树理小说的艺术风格》，中国书店，1990，第 22 页。

评价高雅文艺成就的高低，也往往是以其艺术上的创新为主要指标的。"[1] 艺术上的创新离不开对传统的通与变，中国的文学艺术主要有古典文艺、民间文艺和五四新文艺三个传统[2]，赵树理认为这三个传统在艺术上"都有可取之处"。他主张三个传统的交融[3]，并进行了具体的创作实践，在艺术上求变、求新，不断探索，不仅吸纳了中西雅文化的营养，而且还以俗为雅、化俗为雅，创造了高品位的俗文学或者说通俗性的雅文学，既使新文学的艺术形式出现了新面貌，也让他的文学创作与一般的通俗文艺大不相同，在很大程度上具备了雅文化的品质。

第四节　奖励机制的转型与延安文艺体制的确立

　　延安文艺奖励机制的建立是推动解放区文学活动走向体制化的文艺生产方式之一。因此，一方面，文艺奖金的不断设立引导着解放区文学走向规范化；另一方面，以贯彻文艺政策为目的的文艺体制又强化了文艺奖金的意识形态规范性。然而，如果从文艺奖励制度的起源来看，解放区的文艺奖金却是在中国共产党领导的土地革命战争时期就已经具备雏形。具体来说，解放区以文艺奖金为主导的文艺奖励制度的前身是苏维埃革命根据地积极倡导并广泛盛行的以"征文启事"为中心的文艺作品征集制度。

　　强调文化宣传工作在社会变革和阶级斗争中的重要性是党的文艺政策的历史传统。因为，在中国共产党看来，"文化工作的本身，是具有阶级斗争的重

---

　　1 李凤亮：《文化视野中的通俗文艺与高雅文艺》，《兰州大学学报（社会科学版）》2002 年第 6 期，第 104 页。

　　2 赵树理将中国的文艺传统划分为三个："一是中国古代士大夫阶级的传统，旧诗赋、文言文、国画、古琴等是。二是五四以来的文化界传统，新诗、新小说、话剧、油画、钢琴等是。三是民间传统，民歌、鼓词、评书、地方戏曲等是。"参见赵树理：《回忆历史，认识自己》，《赵树理全集》第 5 卷，北岳文艺出版社，2000，第 390 页。

　　3 黄修己：《总也忘不了他——纪念〈小二黑结婚〉发表五十周年》，《文艺报》1993 年 9 月 18 日。

要意义的"[1]。1921年中共一大通过的第一个决议对宣传工作明确规定："一切书籍、日报、标语和传单的出版工作，均应受中央执行委员会或临时中央执行委员会的监督。每个地方组织均有权出版地方的通报、日报、周刊、传单和通告。不论中央或地方出版的一切出版物，其出版工作均应受党员的领导。"这是中国共产党提出文化宣传主张的起点。此后，中国共产党的每一次重要会议都会对文化宣传工作作出具体规定。倡导"文学的及科学的宣传主义"，通过"文化讲演"的方式训练"鼓动宣传人才"，建立"工人俱乐部""文化工作部"指导苏维埃革命根据地的文化运动等都是中国共产党最重要的文化宣传工作。[2]中国共产党早期从事文化宣传工作的负责人都主张将文艺活动与党的各项决议统一起来，不仅要在文艺理论层面将文学纳入文化宣传的范围中来，而且也要在党的文化政策层面对文艺活动作出明确规定，将文艺活动作为党的文化宣传和政治教育的组成部分。

抗日战争全面爆发后，随着国统区的知识分子作家大量涌入解放区，延安迅速成为"全国的文化活跃的心脏"[3]。以来自国统区的知识分子作家为中心，解放区掀起了以全民族"共同抗日"的"统一战线"作为"艺术的指导方向"的文艺运动[4]。作为知识分子参与文艺运动的重要方式，苏维埃革命根据地时期开始兴起的"征文启事"逐渐过渡到民族革命战争爆发后的"文艺奖金"，解放区的文艺奖励制度逐渐走向正规化。

以延安文艺座谈会的召开为分界线，解放区文艺奖金的设置经历了两个阶段。在延安文艺座谈会召开以前，解放区设置的文艺奖金数量较少，参与文艺奖金活动的主要是来自国统区的知识分子作家，"抗战建国"是知识分子作家

---

1 湘鄂赣革命根据地文献资料编选组编：《湘鄂赣革命根据地文献资料》第2辑，人民出版社，1986，第12页。

2 中央档案馆编：《中共中央文件选集》第1册，中共中央党校出版社，1989，第6—7、206、479页。

3 《欢迎科学艺术人才》，《解放日报》1941年6月10日。

4 柯仲平：《是鲁迅主义之发展的鲁迅艺术学院》，《新中华报》1938年4月20日。

推动设立文艺奖金的基本目的。在延安文艺座谈会召开以前，解放区设置的文艺奖金主要有四种。

一是由陕甘宁边区文化界救亡协会于 1940 年 5 月设立的五四中国青年节奖金。该奖金于 1940 年 5 月发布征文启事，1941 年评选一次，共征集作品 158 篇，涉及作者 110 人，其中文艺类 97 篇、戏剧类 12 篇、美术类 18 篇、音乐歌剧类 20 篇、通俗科学类 8 篇、战时代用品及制药法 3 篇。获得五四中国青年节奖金的作品共 23 篇，除了通俗科学类和战时代用品类的 4 篇作品外，其他 19 篇作品均属于文艺的范围之内。

二是由中华全国文艺界抗敌协会晋察冀分会和晋察冀边区文化界抗日救国联合会于 1940 年 7 月设立的鲁迅文艺奖金。该奖金 1941 年 8 月发布征文启事，1942 年连续评选六次。第一、二次文艺奖金以"粉碎日寇'三次治安强化运动'"而开展的"军民誓约"为主题，共征集作品近五百篇，获奖作品 188 篇。与此同时，中华全国文艺界抗敌协会晋察冀分会和晋察冀边区文化界抗日救国联合会在 1942 年初开展了鲁迅文艺奖金的季度奖和年度奖评选，其中季度奖评选三次，年度奖评选一次，征集作品超过 600 篇，获奖作品 84 篇。[1] 在延安文艺座谈会召开以前就已经设置并开始评选的文艺奖金中，晋察冀边区设立的鲁迅文艺奖金影响最大，评选次数最多，入选作品类型多样。在获奖作者中，既有解放区的普通作者，也有许多已经在解放区很有影响的作家，像孙犁、邵子南、崔嵬、胡丹沸、丁里、秦兆阳、康濯、胡可、胡征、钱丹辉等。

三是由八路军晋察冀军区政治部于 1941 年 8 月开展的部队文艺创作运动，同时设立专门针对部队作者的"创作规约"文艺奖金。该奖金于 1942 年 7 月评选一次，共征集作品 334 篇，入选作品 50 篇[2]。因为中华全国文艺界抗敌协

---

1 鲁迅文艺奖金委员会：《公布 1942 年一季度入选作品》《公布 1942 年二季度入选作品》《公布 1942 年三、四季度入选作品》，《晋察冀日报》1942 年 5 月 18 日、1942 年 8 月 16 日、1943 年 4 月 17 日。

2 晋察冀军区政治部：《公布部队首次创作运动结果》，《晋察冀日报》1942 年 7 月 22 日。

会晋察冀分会、晋察冀边区文化界抗日救国联合会、八路军晋察冀军区政治部主要在北岳区活动，而且鲁迅文艺奖金和"创作规约"文艺奖金举办的时间大致重合，所以参与这两项文艺奖金的作者有一部分是相同的，但他们提供的应征作品并没有重复。就此来说，晋察冀解放区开展的文艺奖金的影响相当广泛，推动着文学最大限度地参与了抗战救亡的民族解放运动。

四是由新四军第四师政治部于1941年1月设立的拂晓文化奖金。设置拂晓文化奖金的决定发布于新四军第四师政治部主办的《拂晓报》，主要针对的是军队文艺工作[1]。拂晓文化奖金于1942年5月评选一次，征集作品近百篇，入选作品27篇[2]。与其他文艺奖金不同，为了鼓励普通战士参与解放区的文艺活动，推动军队文艺运动的普遍化，拂晓文化奖金专门设立了"战士创作奖金"。此外，拂晓文化奖金还设立了"油印技术奖金"，主要是奖励一般的技术人员"在刻写钢板技术上的贡献"。

由于抗日战争的影响，延安文艺座谈会召开以前解放区设立的文艺奖金虽然数量不多，但是确立了解放区文艺奖金设置的基本规范。从文艺类型来看，在强调多样性的同时更注重直观性的艺术作品。获奖作品中，小说、诗歌、散文、报告文学、戏剧、歌曲、木刻、连环画、舞蹈等各种形式都有，但数量最多的还是戏剧、歌曲、连环画等能够表演的直观性作品。也就是说，延安文艺座谈会召开前的文艺奖金设置已经注意到解放区普通民众的文化教育程度，戏剧、歌曲、连环画等类型就是从他们实际的接受水平出发而设置的。从获奖作者来看，在注重著名作家作品的同时，还特别关注普通作者作品的入选。全民抗战的潮流推动着许多粗通文字的普通民众也拿起笔，写下自己对时代现实、民族国家的感受。因此，文艺奖金中的获奖作品不可能是完全依据艺术标准去选择的，其中一些入选作者面向的是解放区的普通民众。他们可能只是一般的

---

1 新四军第4师政治部：《关于拂晓文化奖金的决定》，《拂晓报》1941年8月26日。
2 新四军第4师政治部：《拂晓文化奖金第一届评定总结》，《拂晓报》1942年5月2日。

文学爱好者，但这些作者作品的入选使解放区的文艺运动走向各个角落，解放区文艺奖金的影响因此逐步扩展开来。

延安文艺座谈会召开后，解放区的文艺奖金设置迅速走向普遍化。除文艺奖金的数量不断增加外，解放区文艺的奖励机制也因文艺奖金的设置而逐渐走向成熟，并且在毛泽东《讲话》的规范之下成为延安文艺体制的基本组成部分。据不完全统计，延安文艺座谈会召开后解放区设置的文艺奖金的数量和类型超过 20 种。由于战争造成的解放区地域的分割，解放区文艺奖金的地域分布非常广泛，除东北解放区以外，其他解放区在不同文艺机构的组织下都普遍设立了文艺奖金，其中有代表性的主要有五种。

一是山东解放区设立的"五月""七月"文艺奖金。该奖金是由山东文化界救亡协会于 1943 年 5 月设立的，1944 年 8 月由八路军山东军分区宣传部、战士剧社、实验剧社、山东文协等文艺机构进行联合评选。"五月""七月"文艺奖金征集到的文艺作品超过 700 篇，共选出获奖文艺作品 69 篇。在入选作品中，戏剧所占的比例接近一半，其中既有新文学形式的话剧，也有传统的民间形式的杂耍，而且像《过关》《分家》等作品是由解放区政府和八路军所属的剧团集体创作的，集体创作的方式开始受到文艺工作者的重视。

二是晋西解放区设立的"七七七"文艺奖金。该奖金是晋西解放区文艺机构为纪念抗日战争爆发七周年而设立的，由晋西文化界抗日救国联合会和中华全国文艺界抗敌协会晋西分会于 1944 年 2 月组成委员会，聘请林枫、吕正操、张平化、张稼夫、周文、亚马等 11 人为"评判委员"并发布"缘起及办法"。"七七七"文艺奖金委员会共征集文艺作品 123 篇，入选作品 29 篇。[1] 在入选作品中，民间艺术形式受到了关注，一方面是对传统秧歌的创造性改编，围绕中国共产党的各种政策创作的"新秧歌剧"大量涌现；另一方面是民间说书、

---

[1] "七七七"文艺奖金委员会：《毛主席文艺方针下边区文艺的新收获》，《抗战日报》1944 年 9 月 18 日。

章回体小说体式的采用。马烽的《张初元的故事》被界定为"通俗故事"，其实就是借鉴传统章回体的小说体式创作的通俗小说，他后来创作的《吕梁英雄传》就是这种创作方法的延续和发展。

三是晋东南太岳区行署设立的文化奖金。该奖金发起于 1946 年 2 月，目的主要是为了"发扬写作上为民立功的模范"。文化奖金共征集到新闻、通讯、戏剧、报告、文学、绘画、教材等各类作品近三百项，由专门聘请的晋东南解放区党政和文化界负责人组成的评委会在 1947 年初进行了评选，共选出获奖作品 39 项。[1] 在晋东南的文化奖金评选中，值得关注的是赵树理的短篇小说《催粮差》获得了文学类的甲等。

四是晋冀鲁豫解放区设立的"文教"作品奖金。该奖金是晋冀鲁豫边区政府教育厅于 1946 年 7 月设立的，专门用来奖励 1946 年 1 月至 4 月期间发表的反映"本区现实生活"的作品。当"征奖通告"发出后，评审委员会共收到各类"文教"作品七百余项，涉及文艺、杂志、教材等多种类型，共评出获奖作品 120 项，其中文艺类 107 项。[2]"文教"作品奖金有两个方面值得注意：一是赵树理因其小说创作被授予特等奖，这是晋冀鲁豫文联推动的"向赵树理方向迈进"的必然结果[3]；二是报告、通讯类作品大量入选，这也是晋冀鲁豫解放区向普通民众展示新社会、新生活、新风貌的必然结果。

五是冀鲁豫解放区设立的季度文艺奖金。该奖金是由冀鲁豫文协于 1948 年 11 月设立的，因战争影响在 1949 年 3 月仅评选一次[4]。冀鲁豫解放区的季度文艺奖金是在解放战争的进程中设立的，出于为战争服务的目的，说唱成为入选作品的主要艺术形式，获得了解放的解放区民间艺人已经开始为前线士兵和后方民众表演"杀敌""支前"的故事了。

1　中国作家协会山西分会编：《山西革命根据地文艺资料》上，北岳文艺出版社，1987，第 327 页。
2　晋冀鲁豫边区政府教育厅：《第一次文教作品奖金通告》，《人民日报》1947 年 8 月 20 日。
3　陈荒煤：《向赵树理方向迈进》，《人民日报》1947 年 8 月 10 日。
4　田仲济等编：《冀鲁豫文学史料》，河北教育出版社，1989，第 184—185 页。

除了上面的五种代表性文艺奖金外，解放区的文艺奖金还常常与集体写作运动联系在一起。例如晋冀鲁豫边区文化界联合会和中华全国文艺协会晋冀鲁豫分会于 1946 年 8 月共同发起的"边区抗战一日"写作运动、北方大学艺术学院发起的"适于演唱的艺术作品"创作运动都是如此。这也是解放区常见的文艺奖金类型之一，但是设立的目的性更强，征集的要求更具体，入选的作品更多，因而对延安文艺走向大众化所产生的影响也更大。面对各个解放区以文艺奖金为中心开展的活跃的文艺活动，中共中央决定采用文艺奖金的方式对整个解放区"文艺创作的成绩加以总结，表扬其中优秀的，巩固已取得的成果，并使这一新中国人民文艺运动推进一步"[1]。然而，由于中共中央在 1947 年 3 月主动退出延安，生活在延安的文艺工作者及其文艺机构也撤离到其他解放区，因而中共中央通过文艺奖金的方式奖励文艺创作的决定只好放弃，并没有得到实施。

从文艺奖金与评奖规则的关系及其涉及的文艺类型来看，解放区文艺奖金的评选规则主要有两种类型。

一是涉及范围较广、适用性较强的综合性评选规则。这类评奖规则在经过中国共产党领导下的相关机构制定并公布后，具有相对的稳定性，能够按照评奖规则规定的要求按期进行评选。这类评选规则虽然数量不多，但是最能体现解放区文艺奖励机制的规范性。晋冀鲁豫边区政府于 1942 年 6 月公布的《晋冀鲁豫边区文化奖金暂行条例》最有代表性。它不但是解放区出现最早的涉及文艺奖金的评选规则，而且是解放区产生的最完善的评选规则。《晋冀鲁豫边区文化奖金暂行条例》全文共 12 条，是由晋冀鲁豫边区发布的，代表了解放区边区政府对解放区的"文化运动"及其"文化成果"的基本态度。《晋冀鲁豫边区文化奖金暂行条例》涉及条例名称、设立目的、经费来源、奖励对

---

1 中央档案馆编：《中共中央文件选集》第 16 册，中共中央党校出版社，1992，第 412 页。

象、评奖程序等条款，为其他解放区制定和实施文艺奖金评选办法提供了重要参照。

　　二是涉及范围较小、只适用于一种文艺奖金的单一性评选规则。这类评奖规则只是为特定的文艺奖金的评选而制定，一旦与之相关的文艺奖金评选活动结束后，这种评选规则即随之失效。当需要开展新的文艺奖金评选活动时，相关机构会制定新的评选规则。这种临时性的文艺奖金评选规则，在解放区的数量最多。晋西文化界抗日救国联合会和中华全国文艺界抗敌协会晋西分会于1944年3月联合公布的《"七七七"文艺奖金缘起及办法》比较有代表性，其内容包括设立缘由、征文期限、奖励金额、名额分配等。由于"七七七"文艺奖金是为满足特殊目的而设立的专门性文艺奖金的评选规则，所以《"七七七"文艺奖金缘起及办法》对设立文艺奖金的目的和意义、应征作品的范围和要求、评选办法和评委组成等内容做了详细界定，以便评选活动的顺利开展。[1]

　　与延安文艺座谈会召开以前解放区文艺奖金的评选规则相比较，之后文艺奖金的评选规则普遍强调中国共产党的意识形态规范。其实，文艺奖金评选规则上的这种变化是与延安文艺观念的变化密切联系在一起的。在延安文艺座谈会召开以前，解放区的文艺观念建立在以民族解放为中心的目标基础之上，文艺奖金的评选规则是在民族主义的意识形态规范下制定的，"抗战建国"是各种文艺奖金设立的出发点，入选的文艺作品要符合为全民抗战服务的基本目的。晋察冀边区虽然设立了以鲁迅命名的"鲁迅文艺奖金"，但是在评选过程中则将设立目的与抗战现实联系起来，提出了"为粉碎日寇'三次治安强化运动'开展华北军民誓约运动"的活动意图，强调了文艺奖金评选活动的抗日救国目的[2]。新四军第四师政治部在1941年1月设立的"拂晓文化奖金"，也明确

---

1 "七七七"文艺奖金委员会：《"七七七"文艺奖金缘起及办法》，《抗战日报》1944年3月2日。

2 鲁迅文艺奖金委员会：《公布1942年一季度入选作品》《公布1942年二季度入选作品》《公布1942年三、四季度入选作品》，《晋察冀日报》1942年5月18日、1942年8月16日、1943年4月17日。

指出设立文艺奖金的目的是"能够更好的配合着军事政治的斗争，使文化工作能更好的为抗战服务，为群众服务"[1]。在延安文艺座谈会召开以前，解放区设立的这些文艺奖金虽然非常注重评选规则的现实功利性，但是它们能够与"抗战建国"的主张相配合，符合民族主义的现实要求和时代精神。

　　然而，在延安文艺座谈会召开以后，毛泽东的《讲话》成为延安文艺活动的指导思想，也就是文艺创作要为中国共产党的意识形态服务。《讲话》后的文学创作不再只是个人主义的情绪表现，文艺活动也不再仅服膺于民族主义解放运动，而是要反映以工农兵大众为主体的无产阶级的思想感情，文艺工作者必须成为中国共产党文艺政策的执行者。因此，文艺奖金评选规则的制定要符合《讲话》提出的基本要求，政治标准成为文艺奖金评选规则制定的出发点，入选作品要符合中国共产党的政治诉求。山东文化界救亡协会在 1943 年 5 月设立"五月""七月"文艺奖金的目的是要评选"内容能与实际联系，能真正为工农兵服务，创作方法是无产阶级现实主义的，一定能被广大的观众所欢迎"[2]的文艺作品。太行文协在 1945 年设立"群众文娱创作奖"，主要是奖励能够"随着时局的变迁与中心工作，反映了群众的现实生活"的文艺作品。各种文艺奖金的征文公告注重评选规则与解放区的"支前""除奸""拥军""生产"等政治运动和现实任务之间的紧密关系，表明文艺奖金的评选规则与中国共产党文艺政策的高度一致性。

　　正是通过文艺奖金的大量设置，中国共产党获得了建构文艺体制的丰富经验。于是，中共中央于 1947 年 3 月决定向整个解放区征集文艺作品，设立一个面向整个解放区的统一的文艺奖金。中共中央发布的征集指示确定的奖励标准为："必须是反映群众的实际斗争，有相当的艺术水准，在群众斗争中起相

1　新四军第 4 师政治部：《关于拂晓文化奖金的决定》，《拂晓报》1941 年 8 月 26 日。

2　姚尔觉：《话剧创作的新阶段》，见刘增杰、赵明等编：《抗日战争时期延安及各抗日民主根据地文学运动资料》，山西人民出版社，1983，第 146 页。

当作用的作品。"之所以提出这样的要求，是因为在毛泽东《讲话》的指导下，解放区文艺要能够"用工农群众的语言或他们所喜闻乐见的形式描写解放区人民反帝反封建的伟大斗争。它们反映了新中国人民斗争的现实，并且与斗争结合，成为教育群众、指导现实的利器，对各解放区的土地改革、生产运动、抗日及爱国自卫战争发挥了巨大的推动作用"[1]。因此，这样的文学作品值得评选和奖励，值得在解放区范围内推广。虽然中共中央提出的延安文艺作品奖励活动并没有具体实施，但是它提出的奖励标准却是对各个解放区设立文艺奖金活动的总结。在很大程度上，它是对其他解放区正在实施的文艺奖金评选规则的肯定。而且，这样的奖励标准完全是按照以毛泽东《讲话》为中心的意识形态要求确定的。一方面，强调政治上的正确，能够对中国共产党的各项政策和措施产生直接的推动作用；另一方面，要求形式上的通俗，能够为绝大多数的工农兵大众所接受。尽管每一次文艺奖金都会设立专门的评奖委员会，然而，在这样的奖励标准之下，评奖委员会的功能其实已经受到极大限制，更多的只是承担了程序化的组织作用，作为评奖委员会所应当主要发挥的从审美立场出发的选拔和发现优秀文艺作品的功能已经被淡化了。

---

1 中央档案馆编:《中共中央文件选集》第 16 册，中共中央党校出版社，1992，第 412—413 页。

第三章

陕甘宁文艺研究及其理论批评的展开

从陕甘宁文艺研究及其理论批评创新的角度，来说明陕甘宁文艺在中国革命历史中的地位，以及其在中国革命文艺发展过程中的示范性和引领性作用，尤其是作为当代中国文艺的雏形和艺术资源，对新中国社会主义文艺事业和文化实践的深刻影响，是陕甘宁文艺研究中的重要问题。以相关文献整理的完整性、真实性、典型性与可靠性等为基础，在全面完整收集与发掘辑录、周密考察与鉴别分析的基础上，认真探讨及揭示其历史价值与学术意义等。从而能够实事求是、有理有据地回应一些国内学者因为文献资料的客观原因，以及理论方法方面的不同，而在其研究及文本解读上出现的主观误读或牵强附会。在回应因不同文化和学术视角，对陕甘宁文艺及其艺术成就的质疑与歪曲消解，纠正一些错误的观点和结论的同时，引领及推进本学科的学术进步及学术规范的确立。

第一节　解放区文学批评的关键概念与时代表征

解放区文学批评中的关键概念富含时代特征，凸显解放区文学批评的时代脉动，在现代文学批评史上有着特殊的作用和地位，非常值得后人进行系统分析研究。笔者运用雷蒙·威廉斯"历史语义学"[1]方法对解放区文学批评关键概念加以观照研究，以期探寻出它们的历史源头、生成境况、演进嬗变、理论意指，勾画出解放区文学批评关键概念的基本面貌和时代表征。

一、关键概念

笔者通过对解放区文学批评的论著进行梳理、分析、统计发现，解放区文学批评中有 20 个概念使用频率高、创作导向强、时代印记鲜明，在一定程度上代表了解放区文学批评的关键概念，包括："文化人""小资产阶级知识分子""文艺工作者""政治立场""政治态度""大众""人民大众""工农兵大众""大众化""改造""结合""服务""工农兵""工农兵形象""工农兵文学""工农兵方向""《穷人乐》方向""赵树理方向""真实""正面英雄人物"。下文对它们逐一展开分析阐释。

（一）"文化人""小资产阶级知识分子""文艺工作者"

在解放区文学批评语境中，作家由"文化人"经过"小资产阶级知识分子"演变成"文艺工作者"。

张闻天辩证地总结了"文化人"的特点：是"精神生产品的生产者"，"一部分人容易产生""唯心的、超阶级的、反政治的观点"；"对某种理想与精神生活有强烈的要求，能为之牺牲奋斗"，"一部分人容易流于空想、叫喊、感情冲动，而不实际、不真切、不能坚持，缺乏韧性"；"要求个人自由、思想自由、创作自由、反对各种各样的压迫与干涉"，"一部分人易于不愿过集体生

1　英国学者雷蒙·威廉斯在他的历史语义学重要著作《关键词：文化与社会的词汇》中，对很多词汇概念展开历史溯源，开启了概念史的文化与社会学词汇研究。他将自己研究的"历史语义学"的特征概括为："不仅强调词义的历史源头及演变，而且强调历史的'现在'风貌——现在的意义、暗示与关系""必须承认过去与现在的'共联关系'（community），但也须承认 community""并不是惟一用来说明过去与现在关系的词汇，同时也须承认的确有变异、断裂与冲突之现象""可以见到词义的延续、断裂，及价值、信仰方面的激烈冲突等过程"。参见［英］雷蒙·威廉斯：《关键词：文化与社会的词汇·导言》，刘建基译，生活·读书·新知三联书店，2005，第 17 页。

活，发展个人主义，成为孤僻，同群众隔膜，看不到与看不起群众的力量"；"很强的个人自尊心与自傲心，爱好与尊重自己的事业"，"一部分人夸大自己的地位与作用，看不起别人"；"发表自己作品的强烈要求"，"一部分人容易流于好出风头，当空头文学家，而不愿埋头苦干，切实工作"[1]。毛泽东的《讲话》中，将解放区的"文化人、文学家、艺术家以及一般文艺工作者"[2]放在一起考察分析。

1942 年之前，解放区文学批评界对"小资产阶级知识分子"作家的论述并不多，代表性的有欧阳山与林昭。欧阳山否定中国小资产阶级作家，认为他们是"先天的孱儿"，"在文学成就上也是薄弱，渺小，几乎是不足道的"[3]。林昭则肯定小资产阶级作家，承认他们"始终是中国新文学运动的主力"，"曾创造了辉煌的成绩，在中国新文学的历史上留下了不可磨灭的迹印"；他们"是具有相当丰富的革命潜力和创造精神的一群"，"是值得特别称道的中国新民主主义文艺革命运动中的主要力量"[4]。

毛泽东的《讲话》对"小资产阶级知识分子"进行了定性和批评：把解放区的工农兵划为"无产阶级"，而把知识分子、文艺家划为"小资产阶级"；虽然认为他们"在中国是一个重要的力量"，"比较地接近于劳动人民"，[5]但是批评了他们"站在小资产阶级立场"，"把自己的作品当作小资产阶级的自我表现来创作的"，对小资产阶级知识分子及其缺点都寄予满腔同情，甚至卖力鼓吹；"他们的灵魂深处还是一个小资产阶级知识分子的王国"[6]；认为他们不熟悉工农兵和干部，并且具体列举与批评了延安文艺界存在的小资产阶级创作倾向代表

---

1 洛甫：《抗战以来中华民族的新文化运动与今后任务——1940 年 1 月 5 日在陕甘宁边区文化界救亡协会第一次代表大会上的报告大纲》，《解放》1940 年第 103 期，第 5—20 页。
2 《毛泽东选集》第三卷，人民出版社，1991，第 854 页。
3 欧阳山：《抗战以来的中国小说》，《中国文化》1941 年第 3 卷第 2、3 期合刊，第 5 页。
4 林昭：《关于对中国小资产阶级作家的估计（就商于欧阳山同志）》，《解放日报》1942 年 1 月 27 日。
5 《毛泽东选集》第三卷，人民出版社，1991，第 867 页。
6 《毛泽东选集》第三卷，人民出版社，1991，第 856—857 页。

的"人性论""人类之爱""暴露文学""还是杂文时代,还要鲁迅笔法"等各种糊涂的文艺观念。[1]毛泽东紧接着在中央学习组会上的报告里又说:整顿三风的"目的就是要把资产阶级思想、小资产阶级思想加以破除,转变为无产阶级思想"[2];"我们的总方针是争取文学家、艺术家中的大多数人和工农结合,使得他们看中低级的东西,看中普通的文艺工作者"[3]。从《讲话》开始,毛泽东就将"小资产阶级"问题与"知识分子"问题同构起来看待,把小资产阶级的特性等同为知识分子的特性后,意味着知识分子作为小资产阶级没有自己独立的阶级意识,他们只能或者趋向于资产阶级,或者趋同于无产阶级,阶级立场的"不稳定"导致他们"软弱""幼稚"和"摇摆",必然使得他们成为批评的"靶子"与文学斗争的对象;他们的文学作品和理论文章,也就自然而然地成为"扶正"与"纠偏"的对象。

毛泽东的《讲话》中,出现"作家"10 次,"文艺家"16 次,"文艺工作者"10次,"文学艺术工作者"1 次。1943 年 3 月 10 日,在中国共产党的文艺工作者会议上,中宣部部长凯丰作《关于文艺工作者下乡的问题》[4]报告,其中出现"作家"2 次,"文艺工作者""文艺工作同志"33 次;中组部部长陈云作《关于党的文艺工作者的两个倾向问题》[5]报告,其中出现"文艺家"2 次,"作家"8 次,"文艺工作者"1 次,"文艺工作的同志"7 次。[6]由上述三篇重要历史文献的简单统计,可以看出"作家""文艺家"已经基本上被"文艺工作者"所替代。

(二)"政治立场""政治态度"

解放区作家的"政治立场"和"政治态度"直接反映作家对党的忠诚程度,

---

1 《毛泽东选集》第三卷,人民出版社,1991,第 870—872 页。

2 《毛泽东文集》第二卷,人民出版社,1993,第 426 页。

3 《毛泽东文集》第二卷,人民出版社,1993,第 430 页。

4 凯丰:《关于文艺工作者下乡的问题(在党的文艺工作者会议上的讲话,1943 年 3 月 10 日)》,《解放日报》1943 年 3 月 28 日。

5 《陈云文选》第一卷,人民出版社,1995,第 273—281 页。

6 统计数据从"中国共产党思想理论资源数据库"中检索关键词获得。

因此毛泽东在对鲁迅艺术学院师生的演讲中，开诚布公地表明了中国共产党人对文学的政治立场和态度："对我们来说，艺术上的政治独立性仍是必要的，艺术上的政治立场是不能放弃的"[1]。毛泽东还在《讲话》中进一步阐明："我们是站在无产阶级的和人民大众的立场。对于共产党员来说，也就是要站在党的立场，站在党性和党的政策的立场"[2]；虽然"在团结抗日的大原则下，我们应该容许包含各种各色政治态度的文艺作品的存在。但是我们的批评又是坚持原则立场的，对于一切包含反民族、反科学、反大众和反共的观点的文艺作品必须给以严格的批判和驳斥"[3]；作家的"政治立场"问题就是"为谁服务"的问题，"政治态度"就是对敌人要"暴露他们的残暴和欺骗，并指出他们必然要失败的趋势"[4]；对朋友"是有联合，有批评"[5]；"对人民群众"，"人民的军队，人民的政党，我们当然应该赞扬"；对"有落后的思想"的"农民和城市小资产阶级""应该长期地耐心地教育"[6]。

解放区的文学工作者和文学批评家积极响应毛泽东对文学"政治立场"与"政治态度"的要求。丁玲认为："我们的文艺事业只是整个无产阶级事业的一个组成部分"，中国共产党党员、马克思主义者的作家，"只有无产阶级的立场，党的立场，中央的立场"[7]。周扬提出：解放区的艺术反映政治"具体就是反映各种政策在人民大众中实行的过程与结果"[8]。陈其五强调：如果部队的文艺工作者能够以"老老实实的态度去为工农兵服务，走工农兵方向"，那么部队中的文艺运动就"一定会走上飞跃发展的新阶段"，而且文艺工作者们"也

1 《毛泽东文集》第二卷，人民出版社，1993，第 121 页。
2 《毛泽东选集》第三卷，人民出版社，1991，第 848 页。
3 《毛泽东选集》第三卷，人民出版社，1991，第 868—869 页。
4 《毛泽东选集》第三卷，人民出版社，1991，第 848—849 页。
5 《毛泽东选集》第三卷，人民出版社，1991，第 849 页。
6 《毛泽东选集》第三卷，人民出版社，1991，第 849 页。
7 丁玲：《关于立场问题我见》，《谷雨》1942 年第 1 卷第 5 期，第 2—3 页。
8 周扬：《关于政策与艺术》，《解放日报》1945 年 6 月 2 日。

会在这个伟大的群众性的文艺运动中，把自己加以彻头彻尾的改造"[1]。

正因为解放区领导阶层和各界人士都十分看重作家的"政治立场"和"政治态度"，所以在解放区文学批评文章中，论及作家"政治立场""政治态度"的文章俯拾皆是：丁玲的《关于立场问题我见》、周扬的《王实味的文艺观与我们的文艺观》[2]与《关于政策与艺术》、黄药眠的《论文艺创作上的主观和客观》[3]、默涵的《关于人民文艺的几个问题》[4]等。

（三）"大众""人民大众""工农兵大众""大众化"

从 20 世纪 30 年代左翼"大众化"问题讨论[5]到 20 世纪 40 年代的解放区文学时期，"大众""大众化"一直是使用频率很高的文学批评关键词。左翼作家在"大众化"问题讨论之中，大多赋予"大众"无产阶级指向；革命作家的主体意识从同情"大众"转变为崇拜"人民大众"，文学语言要求通俗化，文学形式追求利用旧形式。抗战全面爆发之后，中国共产党承担了抗战的重要任务，而"工农兵大众"是抗战的主体和主要力量。知识分子作家要支援抗战、服务抗战，就应当通过宣传、鼓动大众，调动全国人民共同参加抗战来实现。因此文学"大众化"的实现途径，引向了"民族形式"问题的讨论，要求文学语言的通俗化与地方化，文学形式的民族化与民间化。"大众化"就是倡导文学创作面向大众，反映大众的生产、生活和斗争，以大众喜闻乐见的文学形式将作品呈现出来。

1939 年 12 月 1 日，毛泽东为中共中央起草的《关于吸收知识分子的决定》，既严肃提出吸收知识分子参加革命的重要性，又强调"应该好好地教育"

1　陈其五：《开展部队文艺运动中的几个问题》，《江淮文化》1946 年创刊号，第 53—57 页。
2　周扬：《王实味的文艺观与我们的文艺双》，《解放日报》1942 年 7 月 28 日。
3　黄药眠：《论文艺创作上的主观和客观》，《文艺生活》1946 年第 9 号。
4　默涵：《关于人民文艺的几个问题》，《群众周刊》（香港）1947 年第 19 期。
5　1930 年 3 月、1931 年 11 月到 1932 年上半年、1934 年"左联"内部发生了三次规模较大的"大众化"问题讨论。

知识分子，"使他们革命化和群众化"[1]。当时也有作家发表文学批评文章，论及文学"大众化"[2]，然而他们所谈论的"大众化"并不是把自己化成"大众"。在毛泽东的《讲话》中，"人民大众"出现了 21 次，"工农兵大众"出现了 1 次，"群众"出现了 80 次之多。[3] 毛泽东对"人民大众"与"大众化"作了界定："人民大众"就是"最广大的人民，占全人口百分之九十以上的人民，是工人、农民、兵士和城市小资产阶级"，"就是最广大的人民大众"[4]；"大众化""就是我们的文艺工作者的思想感情和工农兵大众的思想感情打成一片"[5]。毛泽东提倡"大众化"的根本目的是：强调"小资产阶级知识分子"通过深入到解放区的"工农兵大众"的社会实践中去，进行自身世界观、思想感情的转化和改造，能够深入体会"工农兵大众"的思想感情，实现为革命实际工作服务的目的。

"工农兵大众"与"大众化"的思想观念迅速占领了解放区的整个文坛，发展成为解放区文学创作与文学批评的主潮。文学工作者们不仅"被派到实际工作去，住到群众中间去，脱胎换骨，'成为群众一分子'"[6]，而且创作出一批表现"工农兵大众"的"大众化"文学作品[7]，同时以"工农兵大众""大众化"为关键词的文学批评文章不断地见诸解放区各类报刊[8]。

---

1 《毛泽东选集》第二卷，人民出版社，1991，第 619 页。

2 丁玲：《作家与大众》，《大众文艺》1940 年第 1 卷第 2 期；默涵：《做一个"适当其时"的作家》，《大众文艺》1940 年第 1 卷第 3 期；梅行：《论部队的文艺工作》，《大众文艺》1940 年第 1 卷第 4 期等。

3 统计数据从"中国共产党思想理论资源数据库"中检索关键词获得。

4 《毛泽东选集》第三卷，人民出版社，1991，第 855、856 页。

5 《毛泽东选集》第三卷，人民出版社，1991，第 851 页。

6 立波：《后悔与前瞻》，《解放日报》1943 年 4 月 3 日。

7 小说有赵树理的《小二黑结婚》《李有才板话》，马烽、西戎的《吕梁英雄传》等，长诗有艾青的《吴满有》，李季的《王贵与李香香》，阮章竞的《漳河水》等，报告文学有丁玲的《田保霖》，欧阳山的《活在新社会里》等，新秧歌剧有王大化、李波、路由编剧的《兄妹开荒》，马可编剧的《夫妻识字》，新歌剧有贺敬之、丁毅执笔的《白毛女》，阮章竞编剧的《赤叶河》等。

8 严辰：《关于诗歌大众化》，《解放日报》1942 年 11 月 1 日；萧三：《可喜的转变》，《解放日报》1943 年 4 月 11 日；徐懋庸：《写作者要请工农兵顾问》，《华北文化》革新版 1944 年第 3 卷第 3 期；钱毅：《盐阜区的墙头诗运动》，《江淮文化》1946 年创刊号；林默涵：《略论文艺大众化》，《大众文艺丛刊》1948 年第 2 辑。

（四）"改造""结合""服务"

文学创作要服务于抗日战争与解放战争的政治需要，文学工作者要与工农兵大众紧密结合，广大知识分子要虚心接受全面改造，成为解放区文学生态的基本命题。当文学要"为政治服务，为工农兵服务"的方针确立后，"改造""结合""服务"就成为规约小资产阶级知识分子文学创作的重要关键词。在延安解放区，文学工作者们的"改造""结合""服务"过程，是与延安表现"工农兵大众"的"大众化"文学运动相伴相随的。正如1942年延安文艺座谈会以后，毛泽东将"结合"具体化为"以工农的思想为思想，以工农的习惯为习惯"，"要和工农兵做朋友，像亲兄弟姐妹一样"，要破除资产阶级、小资产阶级思想，"转变为无产阶级的思想"[1]。

虽然"改造""结合""服务"是脱胎换骨般的蜕变，但是众多的文学工作者都按照要求，完成了从思想观念到创作实践的根本转型，放弃了自己原先的创作风格，积极投入为工农兵"服务"的"大众化""工农兵文学"创作实践当中。丁玲创作一批讴歌解放区工农兵和解放区生活的报告文学，写出许多揭露敌人罪恶的杂文和悼念革命烈士的散文，在个人审美意识与时代政治需求发生冲突的时候，她虔诚地服务时代政治的需要。何其芳开始创作一系列暴露、嘲讽国统区的政治腐败与社会问题的杂文，真诚讴歌延安新生活与革命将领的报告文学，放弃了先前创作所追求的审美精致与意境营造。艾青、罗烽、舒群、周立波等人，都努力把创作的对象转移到解放区英勇抗战的"工农兵"身上。赵树理作为解放区土生土长的作家，"结合"和"服务"落实得顺理成章、自然彻底。他追求"老百姓喜欢看，政治上起作用"的写作目标，针对群众爱听连贯的故事，在小说中增强故事性，选材内容都源于乡村老百姓的生活，使用提炼过的乡间农民话语作为叙述语言，在言说方式上侧重于可"听"性，做到最大限度

1《毛泽东文集》第二卷，人民出版社，1993，第430、428、426页。

地"服务""工农兵"。周扬阐述中央局关于"开展文艺创作""乡村文艺运动"和"部队文艺工作"三个决定的总精神就是要求"文艺更好地为工农兵服务，文艺工作者与工农兵更好地结合，进一步贯彻毛主席的文艺方针"[1]。

（五）"工农兵""工农兵形象""工农兵文学""工农兵方向""《穷人乐》方向""赵树理方向"

随着毛泽东《讲话》的发表，"工农兵方向"成为文学表现的新方向。广大文学工作者大力展示"工农兵"的革命斗争和翻身解放为中心的生活，反映与表达"工农兵"的心声和诉求，采取"工农兵"喜闻乐见的民族与民间艺术形式，语言运用北方农民的通俗口语。

与"工农兵方向"一样，"《穷人乐》方向""赵树理方向"代表着解放区文艺创作的整体方向。1944年秋，阜平县高街村剧团在八路军抗敌剧社专业文艺工作者的指导下，经过反复修改、创作演出了反映高街村农民翻身过程的综合性戏剧《穷人乐》。它演遍了晋察冀解放区，所到之处深受群众喜爱，引起强烈共鸣。1945年2月，中共中央晋察冀分局颁布《决定》指出：《穷人乐》的创作演出"是我们执行毛主席所指示文艺为工农兵服务的新成就"，"实为我们发展群众文艺运动的新方向和新方法"[2]。1947年7月至8月，晋冀鲁豫边区文联召开文艺座谈会，经过热烈讨论、一致认为："赵树理的创作精神及其成果，实应为边区文艺工作者实践毛泽东文艺思想的具体方向。"[3]陈荒煤根据座谈会上的发言整理成文发表，提出"应该把赵树理同志的方向提出来，作为我们的旗帜"，"大家向赵树理的方向大踏步前进吧！"[4]《穷人乐》与赵树理创作所代表的文艺方向，成了解放区文学工作与乡村群众文艺运动的旗帜和

1　周扬：《谈文艺问题——在边区文艺座谈会上的发言》，《晋察冀日报》1947年4月26日。
2　中共中央晋察冀分局：《关于阜平高街村剧团创作的〈穷人乐〉的决定》，《晋察冀日报》1945年2月25日。
3　董大中：《赵树理年谱》，北岳文艺出版社，1994，第295页。
4　陈荒煤：《向赵树理方向迈进》，《人民日报》1947年8月10日。

方向。

在当时发表的评论描写"工农兵"作品的文学批评文章中，"工农兵""工农兵形象""工农兵文学""工农兵方向""《穷人乐》方向""赵树理方向"成为文学批评话语中使用得最多的关键词[1]。社论《沿着〈穷人乐〉的方向发展群众文艺运动》[2]在四千三百多字里，"《穷人乐》的方向""《穷人乐》的道路"就出现了5次。陈其五的《开展部队文艺运动中的几个问题》[3]在七千一百多字的篇幅中，"工农兵"一词就出现了80次。周扬的《谈文艺问题——在边区文艺座谈会上的发言》[4]虽然是谈论整个晋察冀解放区的文艺问题，但是也5次谈到"《穷人乐》方向"，"工农兵"出现了19次。由此可见，这些文学批评关键词，占据着解放区文坛的重要位置，在引领解放区文学朝着"工农兵方向"阔步前进的征途中发挥了不可或缺的历史作用。

（六）"真实""正面英雄人物"

"真实"一般而言就是客观地反映现实、描写生活，解放区的现实生活就是英雄辈出的生活："一个雇农，如何成为了一个英雄的游击队长；一个小脚女人，如何由不出房门变成一个乡长，一个妇联会主任；一个二十岁的姑苏小姐，现在在晋西北带领一团人的大队，使日本皇军的军官们感到头疼。"[5]因此解放区的文学工作者，应该用文学作品全面、真实地反映战争年代的战争与翻身生活、正面英雄人物。

事实证明，这样做是非常成功的：延安文艺座谈会之后，《兄妹开荒》等"新

1　郭沫若：《走向人民文艺》，《文艺生活》1946年第7期；冯牧：《人民文艺的杰出成果——推荐〈李有才板话〉》，《解放日报》1946年6月23日；周扬：《论赵树理的创作》，《解放日报》1946年8月26日；贺敬之：《〈白毛女〉的创作与演出》，见《白毛女》，张家口新华书店1946年版；陈荒煤：《向赵树理方向迈进》，《人民日报》1947年8月10日；周而复：《王贵与李香香·后记》，香港海洋书屋1947年版；周扬：《新的人民的文艺——全国文学艺术工作者代表大会上关于解放区文艺运动的报告》，《人民文学》1949年创刊号等。

2　《沿着〈穷人乐〉的方向发展群众文艺运动》，《晋察冀日报》1945年2月25日。

3　陈其五：《开展部队文艺运动中的几个问题》，《江淮文化》1946年创刊号，第53—57页。

4　周扬：《谈文艺问题——在边区文艺座谈会上的发言》，《晋察冀日报》1947年4月26日。

5　丁玲：《真》，《大众文艺》1940年第1卷第1期，第23页。

式的秧歌出场了","《血泪仇》和《保卫和平》等秦腔戏","新式的歌剧《白毛女》出现了";小说"《李有才板话》、《吕梁英雄传》、《抗日英雄洋铁桶》、《李勇大摆地雷阵》等,获得广大的读者"[1];新诗则有《王贵与李香香》等。一时间写真人真事、表现正面英雄人物,成为解放区文学写作的潮流和风尚。

对于解放区真实地表现正面英雄人物的文学作品,文学批评工作者不惜笔墨地大加赞赏:周扬总结延安文艺座谈会召开以后,文艺创作上出现写真人真事的新现象,"是文艺工作者走向工农兵,工农兵走向文艺的良好捷径,群众创作相当大一部分是写真人真事的"[2]。此外,王平的《讽刺与歌颂》[3]、默涵的《关于人民文艺的几个问题》、陈其五的《开展部队文艺运动中的几个问题》、郭钦安的《看沁源绿茵剧团出演〈挖穷根〉〈李来成家庭〉剧后感》[4]等文章,也都论及"真实"或"正面英雄人物"。

二、时代表征

南帆深刻地指出:"每一个时代都会产生一些关键的概念,它们隐含了这个时代最为重要的信息,或者成为复杂的历史脉络的聚合之处。提到这个关键性的概念如同提纲挈领地掌握这个时代。因此,阐释这些概念也就是从某一个方面阐释一个时代。"[5]上文分析阐释解放区文学批评关键概念语义的不断演变与发展,既构成了解放区文学批评的重要现象,也记录和勾勒出解放区文学和文学批评复杂变迁的时代表征。将这些关键概念置于解放区特定而复杂的政治、文化语境加以审视考察,可以发现它们具有如下五大时代特征。

---

1 陆定一:《读了一首诗》,《解放日报》1946 年 9 月 22 日。
2 周扬:《谈文艺问题——在边区文艺座谈会上的发言》,《晋察冀日报》1947 年 4 月 26 日。
3 王平:《讽刺与歌颂》,《中原·文艺杂志·希望·文哨联合特刊》1946 年第 2 期。
4 郭钦安:《看沁源绿茵剧团出演〈挖穷根〉〈李来成家庭〉剧后感》,《太岳文化》1946 年第 4、5 期合刊。
5 南帆主编:《二十世纪中国文学批评 99 个词》,浙江文艺出版社,2003,"前言"第 1—2 页。

（一）鲜明的政治导向

关于文艺与政治的关系，艾青曾经有过论述，他既认同文艺服从政治是现实战争的客观需要，又顾及文艺自身发展的基本规律，反对将文艺蜕变为政治的附庸物和留声机[1]。然而在战争语境中，这种客观理性符合规律的声音是另类微弱、不合时宜的。毛泽东的《讲话》发表，不仅使"文艺为政治服务"合法化，而且为"工农兵文学"定下了创作目标和方向。在"文艺从属于政治"政策指导下的解放区文学批评，毫无疑问地带着鲜明的政治导向。正是这种鲜明的政治性，使得解放区文学批评的一系列关键词，烙上了特定的战争环境和现实需要而表现出鲜明的政治性。

（二）强大的权威支撑

解放区文学得到中国共产党领导和主流意识形态的极大重视，当时的延安不仅大量吸纳全国的知识分子和作家，成立了三十多个文艺团体，而且给予了作家崇高的礼遇，中共中央宣传部和西北局宣传部分别指导设立了中共中央文化工作委员会、边区政府文化工作委员会等文化机构，制定文化政策，管理解放区文学，主导解放区文学的发展方向，凸显解放区文学批评包含着强大的意识形态力量。在中共中央的鼓励下，紧密联系工农兵群众的反映战争和翻身生活的各种文学作品不断涌现，便于战时宣传需要、工农兵喜闻乐见的各类文学表达形式被开发出来并广泛传播、产生重大影响。权威支持的力量不仅使得上述文学创作如火如荼，而且使得文学批评对这类文学创作给予了肯定。

（三）突出的革命性质

解放区时期战时语境下"救亡"和"翻身"主题，带来的是"服务政治、服务抗战"的宣传性，爱国主义和英雄主义文学批评的日益高涨，形成了解放区文学批评的一种独特历史景观。解放区文学和文学批评，始终都被战时革命

---

1 艾青：《我对于目前文艺上几个问题的意见》，《解放日报》1942 年 5 月 14 日。

主义主导着。《讲话》之后，突出的革命性也就日益成为解放区文学批评关键概念无可争辩的时代表征。

（四）可赞的历史作用

以解放区文学批评关键概念为载体的文学批评，引领与主导了解放区的文学创作方向。解放区文学创作在日寇肆虐、战火纷飞的战争年代发挥了重要的历史作用，在宣传中国共产党的战时政策、统一解放区的思想意识，集中一切力量为战争服务等方面起到了可赞可颂的历史作用，"工农兵文学"对中国文学和世界文学都作出了重要的艺术贡献。解放区文学批评关键概念的引领扶正，促成解放区文学在中国现代文学史上产生了不可磨灭的重要贡献。

（五）难抹的深远影响

解放区文学批评的关键概念凭借强大的创作导向作用，不仅在解放区时期发挥着创作指挥棒的作用，而且对新中国成立后的几十年文学创作与文学批评产生了不可忽视的深远影响。在解放区文学创作示范、批评关键概念牵引影响下的"十七年"和"文化大革命"时期的文学创作，绝大部分臣服于文学为政策服务，洋溢着政治宣传的亢奋情绪；在具体政策主导文学的同时，文学批评也演变成充满政治斗争和阶级较量、火药味浓烈的阶级斗争工具。

从上文对解放区文学批评关键概念的历史演变与时代表征考察阐释，可以看出解放区文学批评在转变与推动解放区文学与文学批评的发展，促进解放区"工农兵文学"的繁荣，使文学更好地为政治服务，统一解放区思想，集中一切力量赢得战争胜利等方面都具有不可低估的历史意义和珍贵价值，是一份值得认真研究和应当珍惜的宝贵文学批评遗产。对当前的文学批评也具有借鉴启示意义：文学批评既要重视文学向人民大众的普及，又要强调文学对历史精品的创造，既要强调以人民为中心的创作导向与创作争奇斗艳的优秀作品，又要摆脱简单为政治意识形态服务与为人的自然本能服务的不良状态；以作家、批评家个体人格的独立来反映时代精神的灵魂，呈现文学的美学风貌与文化风采，引领广大人民欣赏和创造文学的思想美和艺术美。

第二节　《讲话》与文艺大众化理论实践

大众化是 20 世纪 30 年代革命形势转化后文学界提出的文艺变革目标，往前追溯，五四文学革命中，胡适提出废除文言文、提倡白话文的文学改良"八事"，陈独秀提出平民文学、写实文学、社会文学等，这些主张以新的思维与表达方式打开了通向文艺大众化的门扉。新文学、新美术第一个十年，白话文得到全面推广，文艺大众化的思想种子得以深埋，美术思潮也在 1927 年政治情势变化的大背景下向大众化方向发展。

从 1927 年大革命起，尽管文艺大众化的形式、目标、主题有所不同，政治与社会形势时有变化，但美术与文学的意识形态功能化价值取向，仍是文艺大众化实践与发展的基本方向。尤其是延安文艺座谈会后，毛泽东文艺思想的基础与方向即是大众化，力求文艺走近大众，大众从文艺中汲取政治能量。1927 年至 1976 年文艺大众化的有关倡导、讨论、规范、演变、发展等构成了一条中国文艺本土化发展的大致脉络，民间传统文艺形式得到倡扬，民族主体意识有所增强。

新文学第二个十年，随着白话文取代文言文，语言表达方式实现了由古典向现代的转变，言文统一，白话文成为普通大众看得懂的语言，普通平民得以参与原来文人才能享用的文化。由于语言是思维的外部物质形式和结构，这一结构的"内面"是思维方式。思维的组织程式需要通过语言而外现，语言的变迁相应促成了思维方式的选择。[1] 白话文取代文言文，中国文学的现代性由此起点，这也是民间大众与传统文人精英文化平权的开始。五四运动后，白话文

---

1 参见魏博辉：《语言的变迁促成思维方式的选择》，《西南民族大学学报》2010 年第 9 期，第 80—88 页。

被确立为"国语","意味着从思维与行为根基的语言形态上使'大众'成为国家主体。从中国传统文化角度看,这同时意味着'大众'登堂入室对精神礼器的占有与解放"。[1]这为文学大众化奠定了语言思维基础,后来小说取得文学正宗地位,人生派写实的"问题小说"、文学研究会的发展、早期无产阶级诗歌的出现等,共同推动了文学上的"个体自由的民主观倒向大众平等的民主观"小说中出现了农民、普通知识分子等一系列具有大众化特征的文学形象。随着美术教育体系的确立、美术画作主题的变化,现代美术逐渐受到普通市民的认可,普通大众也开始成为美术创造的主体或描绘对象,这些均为其后的大众化发展奠定了基础。在白话语言逐渐被接受后,文学与美术的思维方式也渐由古典文人心态及思维向现代科学思维与表达方向转移。五四倡导的平民、写实、社会的诸多文学主张是当时社会文化精英所倡导与实践的现代目标,也是朝向西方的现代科学思维发展航标。语言与思维方式的转变,加上平民、写实、社会的文化艺术方向指引,文学与美术的大众化不仅成为一种可能,而且配合世界文艺思潮,成为全球化语境下独立而独特的中国文艺大众化本土发展现象。

学者李怡研究过,中国现代文学的发生与现代作家的日本体验有着内在关联,许多新颖的词汇经由日本中介进入中国。与此有关,20世纪30年代的文艺大众化讨论不仅内容、主题与日本语境有关,而且"文艺大众化"这一词汇的内涵外延也受到日本左翼文化的潜在影响[2]。早在20世纪30年代"左联"文艺大众化讨论前,随着西方文艺理论翻译进入中国,大众化问题已是文艺界从外围关注与讨论的重点。1926年,创造社成员叶灵凤、潘汉年等创办的《幻洲》杂志提出了文艺家应该走向"十字街头"[3]。1927年5月,林风眠组织了北京艺术大会,确定了"实行整个的艺术运动,促进社会艺术化"的宗旨,试图

1　尤西林:《20世纪中国"文艺大众化"思潮的现代性嬗变》,《文学评论》2005年第4期,第64页。
2　参见王成:《"直译"的"文艺大众化"——左联"文艺大众化"讨论的日本语境》,《中国现代文学研究丛刊》2010年第4期,第27—40页。
3　潘公凯:《中国现代美术之路》,北京大学出版社,2012,第295页。

促使艺术走向民间与大众，进而影响和教育大众。20世纪20年代文学界与美术界分别对大众化问题的讨论为20世纪30年代文艺大众化发展提供了思想基础。具体而明确的大众化思潮主要是1930年开始、持续到1939年的"文艺大众化问题"系列讨论及相关文艺实践。这一讨论的发生有文学文化内在发展及社会政治变革的影响，尤其是1927年革命形势急转，应该是大众化思潮肇始的关键因素。1927年四一二反革命政变，许多革命人士被捕或遭屠杀，国共第一次合作失败。1928年到1931年，日本先后发动了各种侵略事件，国家民族大事使救亡压倒启蒙，不少自由主义知识分子转向左翼思想，马克思主义所倡导的无产阶级文艺思想成为知识分子推崇的文化意识。1927年9月鲁迅离开广州抵达上海。1930年3月鲁迅、郁达夫、郑伯奇、郭沫若、茅盾等人发起成立中国左翼作家联盟。同年7月，中国左翼美术家联盟在上海成立，成员多是木刻艺术界的青年美术家，也有部分委员是代表中共地下党来执行领导任务的[1]。在相近的时间节点上，文学和美术共同开启了中国现代文艺的左翼传统，而左翼传统的主要内容便是无产阶级领导下文学、美术的功能化及大众性。

　　左翼传统往前追溯则是革命文学。革命文学又可以追溯到1923年邓中夏、蒋光慈等人提出的无产阶级文学的主张，以及1924年具有革命倾向的春雷社成立[2]。无产阶级革命文学倡导者认为"虽然革命陷于低潮，但无产阶级文学运动的提倡能推动政治上的持续革命"，有的革命文学理论甚至直接提出"新文学队伍也要按阶级属性重新划线站队"，其论述的主题内容与1942年毛泽东《讲话》的某些内容有相似之处。阶级理论的突出使大众成为无产阶级左翼文学需要重视并突出的关键词，在此号召下，20世纪30年代左翼乡土小说突出了阶级意识、革命意识。如茅盾的"农村三部曲"（《春蚕》《秋收》《残冬》）对农民苦难的描述，突出了人民大众的主体；柔石的《为奴隶的母亲》、叶紫的

1　吕澎：《20世纪中国艺术史》上，北京大学出版社，2007，第291页。
2　钱理群等：《中国现代文学三十年》，北京大学出版社，1998，第193页。

《丰收》《火》等表现了底层大众在苦难中酝酿的阶级意识。[1]蒋光慈、洪灵菲、柔石、胡也频等将人物形象塑造转向工人、农民等普通大众，下层劳动者的人物形象显示了左翼文学在形象与主题表达上的大众化趋向。正如鲁迅在1931年柔石等人被害后表达的心声："无产阶级革命文学却仍然滋长，因为这是属于革命的广大劳苦大众的——我们同志的血，已经证明了无产阶级革命文学和革命的劳苦大众是在受一样的压迫，一样的残杀，作一样的战斗，有一样的命运，是革命的劳苦大众的文学。"[2]鲁迅所说的"劳苦大众"，可以视作大众话语的公开表达，大众话语的确立是鲁迅倡导木刻、连环画等新兴美术的一个恰当的解释，显示出20世纪30年代木刻、连环画等先天的民间性质与大众话语一定的历史渊源。

在左翼文学以大众化形式不断发展的同时，左翼美术也内在地呼应着大众化思潮。时代美术社与一八艺社是左翼美术家联盟的主要团体，也是20世纪20年代革命大潮中学校与社会运动的主要参与团体。1930年2月，时代美术社成立，号召"时代青年应该充当时代的前驱，时代的美术应该向着时代民众去宣传"[3]，这一口号突出了时代民众，突出了阶级，话语性质与左翼作家联盟具有不少相似性。成立当月，他们邀请鲁迅漫谈艺术问题，鲁迅暗示了对普通大众的亲近与同情的态度，这与其在文学思想上的大众情感趋向较为一致。1930年，杭州国立艺术院学生团体一八艺社部分成员到上海后逐渐向左翼大众化方向发展，1931年在上海举办了习作展览会，展出了国画、油画、雕塑、木刻等美术作品，鲁迅为展览写了"小引"对左翼文艺的大众趋向寄予厚望。在参加了鲁迅主导创办的木刻讲习会后，木刻成为他们以左翼立场战斗的重要艺术形式。1932年5月，春地画会成立，更推动着左翼美术

---

1 李运抟：《现代中国文学思潮新论》，广西师范大学出版社，2011，第18页。
2 鲁迅：《中国无产阶级革命文学和前驱的血》，《鲁迅选集》第三卷，人民文学出版社，1986，第120页。
3 李桦等：《中国新兴版画运动五十年》，辽宁美术出版社，1981，第129页。

向大众化方向迈进。春地画会成立宣言提出"现代的艺术必然地要走向新的道路，为新的社会服务，成为教养大众、宣传大众与组织大众底很有力的工具"[1]鲁迅积极支持春地画会，曾在经济上给予过帮助[2]。时代美术社、一八艺社、春地画会等左翼美术团体提出了大众化趋向鲜明的口号，各种宣言不断突出大众。尤其是春地画会，直接指出了新艺术宣传与组织大众的工具化功能，为1942年延安文艺大众化规范提供了可能的示范。除了口号，其木刻艺术塑造的美术形象也反映了底层大众的悲苦生活。如胡一川作于1932年的木刻《到前线去》描绘的便是一个开口大呼的劳工，陈铁耕作于1933年的《母与子》是坐在矮凳上扶头愁思的母亲，儿子靠在门板上，面面相觑，画面形象突出了大众的苦难生活。

大众化发展方向一经提出，就受到文学艺术界共同的认可与推进。1932年，美术界提出了《普罗美术作家与美术作品》的有关问题，并具体规定了普罗美术的题材，在美术形式上普罗美术逐步找到了自己的艺术样式——木刻[3]，木刻于是成为20世纪30年代文艺大众化发展的主要艺术形式。鲁迅认为木刻艺术的兴起"是作者和社会大众的内心的一致的要求"，之所以为新兴木刻"也是所以为大众所支持的原因"[4]，可见，鲁迅已经视木刻为大众化的重要工具。前后几年，各地成立了不少木刻社团。1934年春夏之际，广州现代创作版画研究会和天津平津木刻研究会成立，标志着新兴木刻运动已在全国范围内展开[5]。1936年7月"第二届全国木刻联合展览会"巡展全国，更推动了木刻艺术大众化实践的成熟。由于制作上的简便性、内容上的现实性和风格上的战斗性，1937年七七事变后，木刻受到各界重视，逐渐成为影响较大的大众化

1 李桦等：《中国新兴版画运动五十年》，辽宁美术出版社，1981，第6页。
2 吕澎：《20世纪中国艺术史》上，北京大学出版社，2007，第296页。
3 吕澎：《20世纪中国艺术史》上，北京大学出版社，2007，第303页。
4 鲁迅：《全国木刻联合展览会专辑·序》，《鲁迅全集》第6卷，人民文学出版社，2005，第350页。
5 吕澎：《20世纪中国艺术史》上，北京大学出版社，2007，第304页。

艺术形式，直接结果是 1938 年中华全国木刻界抗敌协会在武汉成立。1942 年
1 月复建的中国木刻研究会与之前的木刻界抗敌协会一样，通过寻求民间多样
的艺术形式实现大众化功能。木刻艺术此时已基本被认为是发动群众的主要艺
术形式，其蓬勃发展也超出了社会预期，在艺术形式上由稚嫩逐渐成熟，题材
直接转向普通劳苦大众，以视觉造型方式展现了一般大众的生活。20 世纪 30
年代后期"许多木刻家相继来到延安，汇聚在鲁迅艺术学院的美术系研究和教
授木刻，使之几乎成了木刻系"[1]。这也在体制层面上推动着木刻艺术向大众化
方向发展。

　　由上可见，20 世纪 30 年代起，五四启蒙文化思潮逐渐减弱，以大众化为
主要标志的左翼文化在苏俄马克思主义传播下开始走上前台，国统区新文学、
现代美术也都逐渐开始了大众化转向。当然，大众化转向中也有其他复杂原
因，例如，新文学早期白话文的不成熟，或者过分的西化表达"使读者——也
感觉到非常的困难。启蒙运动的本身，不用说，蒙着很大的不利。于是大众化
的口号自然提出了"[2]。

　　在马克思主义意识形态中，文艺功能化、大众化是其题中应有之义，于是
中国共产党领导的解放区直接以文艺大众化集中农民大众等新生力量，运用
"盘踞在大众文艺生活里的小调、唱本、说书等等的旧形式，来迅速地组织和
鼓动大众"[3]。在 1942 年毛泽东《讲话》发表前，从苏区到延安，一直以大众化
为基本方向开展文艺活动。《草叶》《谷雨》等文艺刊物和板报、墙报等许多大
众化的文艺传播渠道在民间大众中开始流行，木刻、漫画、说唱文学、说书等
具有大众化特征的艺术形式受到一般民众的欢迎。再加上一大批文化水准不高
的农民以民间文艺形式来演唱、书写自己身边的生活，这样，从知识分子到一

---

1 吕澎:《20 世纪中国艺术史》上，北京大学出版社，2007，第 304—305 页。
2 郑伯奇:《关于文学大众化的问题》，《大众文艺》1930 年第 3 期，第 7 页。
3 起应:《关于文学大众化》，《北斗》1932 年第 3 期，第 425 页。

般大众，都成为文艺创造主体，大众化艺术实践便成为 20 世纪 30—40 年代社会文化主潮。尽管其间还有其他思潮掺杂进来，但文艺"在欧化、民族化、大众化之间无条件地倾向大众化"[1]。大众文艺不断发展，1942 年前，解放区文学与美术已经基本实现了大众化，国统区也受到影响。但中国共产党尚未形成具体的大众化理论，自 20 世纪 20 年代末起到 1942 年的文艺大众化实践与零星的言说是一种基础，为 1942 年《讲话》出台及其后一系列文艺大众化转向提供了实践基础和理论资源。

考察这一时期文学与美术的大众化思潮的主要特征，可以归纳为以下几点：一是当时社会情势发展，工农革命群众要求文学与美术作出反应，主要是作家与美术家在创作起点上认识、书写与大众深厚的情感，表现社会危机中一般劳苦大众的生活，而苏联传导过来的革命思潮又助推了这一情感的发展。二是创作主题上以革命需求为主，强调以大众共同参与来推动革命发展。文学与美术的功能化意识逐渐强化，尽管鲁迅等能够意识到审美及形式问题的重要性，但审美意识相对于革命功能居于次要地位。三是底层农民和工人成为小说、报告文学、戏剧、木刻、版画等创作文本的主要形象，工人农民近乎等同于大众，对工人农民的书写就是革命的。甚至解放区文艺的创作主体也是一般大众，这是大众化深入发展的新的转向。四是受上述因素影响，艺术形式和语言等要求简明易懂，一般民众能够理解并喜爱成为大众化思潮中文艺创作的主要要求，因此，民间艺术形式得到极大的倡扬，这也是当时提出来的"民族形式"问题，是"当代文化格局变化的一个标志：民间文化形态的地位始被确立"，这里的民间文化形态也可以说就是大众文化，木刻、版画、民间歌剧、评书等民间艺术形式成为当时文学美术重要的艺术类型。在大众化启动阶段，无论是"革命文学"还是新兴木刻，抑或解放区一般民众创作的艺术，文学与美术的

1　许志英、邹恬：《中国现代文学主潮》，福建教育出版社，2001，第 478 页。

审美批判功能逐渐弱化，而意识形态的工具功能则逐渐强化。

1938 年 4 月，延安成立了鲁迅艺术学院，主要目的是"培养抗敌的艺术工作干部"[1]，中国共产党要使"鲁艺成为实现中共文艺政策的堡垒和核心"[2]。在此目标指引下，1941 年 6 月鲁艺教学计划中除了解剖学、透视学、素描等专修课外，还开设了"共产主义与共产党""马列主义""唯物史观"以及"唯物辩证法"等政治、哲学必修课。

漫画通常应该表现"战斗性"与"革命性"。漫画家华君武等初到延安，便以漫画形式批评了一些不良现象。1942 年 2 月，蔡若虹、张谔、华君武举办了漫画展，江丰在《解放日报》发文表示支持。但不久，三位画家与毛泽东见面时已经感到画展的问题，"毛泽东认为漫画本身就是有局限性和片面性"[3]。1942 年 5 月 2 日，毛泽东与延安文艺家第一次座谈不久，张仃在《解放日报》上发表了《漫画与杂文》，坚持漫画具有特别的批评作用，好比杂文一样，有反映现实问题的功能。但不久即受到批评，5 月 23 日毛泽东与延安文艺家第二次座谈后，张仃便放弃了对漫画的辩护。1942 年 5 月，延安唯一的油画家庄言将在"前线看到的山川、田野、窑洞、农民的风情通过简洁的构图和油画色彩给予了轻松的表现"[4]。来自西方文化的现代油画趣味与 1942 年的延安氛围产生了冲突，这些色彩强烈、构图概括的绘画同样受到批判。《讲话》发表前后，文学与美术的不同艺术形式都受到了制约，尤其是一些大众化取向比较隔膜的，如杂文、油画等由于批判性和形式西方化等原因，很难融入延安的政治与乡村文化，这些都被认为不适合大众化方向，因此受到批判。

1　沙可夫：《鲁迅艺术学院创立缘起》，见徐迺翔编：《中国新文艺大系（1937—1949）理论·史料集》，中国文联出版公司，1998，第 811 页。

2　罗迈：《鲁艺的教育方针与怎样实施教育方针》，见潘公凯编：《中国现代美术之路》，北京大学出版社，2012，第 309 页。

3　吕澎：《20 世纪中国艺术史》上，北京大学出版社，2007，第 322—323 页。

4　吕澎：《20 世纪中国艺术史》上，北京大学出版社，2007，第 325 页。

　　木刻也遭遇了同样命运，开始由 20 世纪 30 年代带有现代主义风格逐渐转向民间风格。1938 年底到 1939 年初，鲁艺木刻工作团举办了具有现代主义风格的木刻流动展览会。乡村大众受民间文化影响较深，多喜爱有故事性的木刻连环画，或者套色木刻，这些现代主义风格的作品"在表现风格和题材上与实际的观众需要有明显的距离"[1]，怎么办？木刻艺术家便开始了适应性变化，逐步在艺术趣味、构图形式、色彩语言等方面向普通大众贴近，其中"新门神画"便是木刻艺术家结合大众趣味的一种创新，木刻开始减少西方透视绘画中的阴影，逐渐向民间化和大众化方向转变，传统年画和民间绘画于是成为木刻借鉴的主要艺术资源，其目的就是要让大众看得明白，实现木刻艺术的工具化功能。

　　《讲话》从"根本上解决了文艺与人民的关系这一现代文学发展中的中心问题，使广大革命文艺工作者不仅在认识上明确了文艺与群众关系问题的重要性，而且也找到了具体实践的途径"[2]。对群众与文艺关系的阐述实际是确立文艺大众化发展方向，确立文学、美术等意识形态功能化特征及工具性。如果说《讲话》是马克思主义理论中国化的重要成果，那就可以认为其关键点即在于确立文艺大众化发展方向。正如《讲话》所言"许多同志爱说'大众化'，但是什么叫做大众化呢？就是我们的文艺工作者的思想感情和工农兵大众的思想感情打成一片"[3]。鲁迅等左翼文学艺术家倡导的文艺大众化多着重于语言和形式问题，毛泽东的《讲话》则指出了文艺工作者与群众相结合的情感、主题、内容等具体的方向[4]，明确了文艺大众化的制度规范。"文学艺术都是为人民大

---

　　1 吕澎：《20 世纪中国艺术史》上，北京大学出版社，2007，第 326 页。

　　2 王瑶：《〈在延安文艺座谈会上的讲话〉在现代文学史上的历史意义》，《王瑶全集》第 5 卷，河北教育出版社，1991，第 250 页。

　　3《毛泽东选集》第三卷，人民出版社，1991，第 851 页。

　　4 王瑶：《〈在延安文艺座谈会上的讲话〉在现代文学史上的历史意义》，《王瑶全集》第 5 卷，河北教育出版社，1991，第 251 页。

众的，首先是为工农兵的，为工农兵而创作，为工农兵所利用的"[1]，成为影响了新中国数十年的文艺大众化规范。《讲话》"确立了明确的'文艺大众化'的方向和'大众主义'美术的独一的地位，成为大众主义美术的纲领性文件"[2]。不仅影响了当时的文学与艺术的发展，对20世纪中国文学与美术的发展都有所影响。

《讲话》发表后，延安的美术与文学工作者认识到了文艺大众化的具体操作方法，纷纷深入普通老百姓中间，创作了大量配合形势发展的文学与美术作品，国统区的文学、美术界人士也受到影响，在文学美术创作上给予回应，他们也主动走向一般大众，将文学、美术结合民间文化形式进行了转化性实践。在解放区涌现了赵树理这样从普通大众中走出的文学家，古元这样结合了民间艺术形式和大众趣味的木刻艺术家。当然《讲话》的大众化制度规范也在一定程度上制约了解放区自由创作的文化气氛，如文艺团体便受到了较大影响。

毛泽东《讲话》的主要目的是使文艺"成为反对敌人的武器和教育朋友的工具。因此在美学和政治之间不存在分别，是合而为一的，因为它们互为所用"[3]。在特定历史条件下《讲话》客观上发挥了应有的文艺政治动员作用，一定程度上改变了封建乃至于资本主义文化中文学艺术为少数人所垄断的趋势，推动文学艺术走向大众化。《讲话》所号召的文艺大众化基本达到了毛泽东的要求，主要"在意识形态上掌握了国家，为争取政权作了准备"[4]。话剧、漫画、报告文学等开始成为《讲话》发表后延安文艺主要的大众艺术形式。这三种艺术形式"在实践中简便易行，政治上特别有效。它们诉诸一个新的读者和观众群体，即'普通'大众"[5]。《讲话》对文学艺术的规范是十分有效的，在《讲话》

---

1 《毛泽东选集》第三卷，人民出版社，1991，第863页。
2 潘公凯编：《中国现代美术之路》，北京大学出版社，2012，第315页。
3 〔德〕顾彬：《20世纪中国文学史》，范劲等译，华东师范大学出版社，2008，第189页。
4 〔德〕顾彬：《20世纪中国文学史》，范劲等译，华东师范大学出版社，2008，第182页。
5 〔德〕顾彬：《20世纪中国文学史》，范劲等译，华东师范大学出版社，2008，第182页。

发表后（新中国成立前主要在解放区），这一时期美术的突出特点是："美术的普及即美术大众化和现实主义美术主体地位的确立。"[1]

1949 年 7 月，第一次中华全国文学艺术工作者代表大会召开，拉开了新中国文学艺术大众化发展高潮的大幕。第一次全国"文代会"继承了延安文艺阶级政治主义的文化思想路线，确立了新中国文艺体制的基本架构，对作家、美术家的历史身份及历史表现进行了评价和排位。[2]延安时期的文化艺术规范被新中国纳入政治体制框架，按照新体制要求，文学、美术进入了大众化发展的新轨道。新政权激发了文艺界大众化发展激情，艺术的自由批判精神也逐渐受到制约。其中 1956 年"双百"方针颁布与 1961—1963 年文艺政策调整是艺术自由批判精神的短暂回潮，并未从根本上扭转文学艺术大众化的总趋势。

这一时期美术与文学形成了通俗性、主题性、普及性、写实性的艺术大众化潮流，现实主义成为大众化趋向下的几乎唯一的文艺路径。现实主义在美术风格上接近生活，易于贴近文学与美术的大众化方向。"人民大众所关心和喜爱的自然是他们的现实生活和他们自身，而且，表现的方式又是为他们所接受和理解的比较写实的手法。因此，由于特定历史阶段的需要，作为艺术规律的发展以及接受者的需求，现实主义创作成为当时美术创作的选择。"[3]文学艺术不得不自觉靠近大众，当时文学与美术多以写实性的风格和语言进行书写与描绘，民间各种传统艺术形式也与现实主义相结合，受到文艺界的青睐。

在现实主义创作原则指导下，各种美术类型在相对自由的范围内创作了一系列贴近现实生活和普通大众、主题鲜明的美术作品。油画有《开镣》（胡一川，1951）、《开国大典》（董希文，1952）、《前仆后继》（罗工柳、全山石，1959）、《狼牙山五壮士》（詹建俊，1959）、《延安火炬》（蔡亮，1959）、《刘少奇和安源矿

1　王琦：《当代中国美术》，当代中国出版社，1996，第 9 页。

2　李运抟：《现代中国文学思潮新论》，广西师范大学出版社，2011，第 33—35 页。

3　王琦：《当代中国美术》，当代中国出版社，1996，第 19 页。

工》（侯一民，1961）、《延河边上》（锺涵，1963）等，版画有《蒲公英》（吴凡，1958），雕塑有《人民英雄纪念碑》（刘开渠主持，1953—1955）、《艰苦岁月》（潘鹤，1956）等，这些美术作品多受到战争文化心理的影响。1949年新中国成立后"战争文化心理——渗透到生活中的各个领域，成为日常生活中的普遍现象"，无论是文学还是美术"只要处于这样的生活环境下，受到这种意识结构的制约"[1]，其创作就很难脱离战争文化心理的影响。受战争文化心理支配，文学与美术创作共同突出了中国共产党领导下的革命主题与革命人物形象，类似《蒲公英》这样画面清新、人物普通的美术作品在新中国成立后比较少见。这些美术作品多数具有较强的写实性，体现出新中国成立初期写实能力的强化。写实能力是现实主义的必备要素，但也使得美术作品风格单一化"这不单表现在油画风格的趋同和色彩表现能力较弱上，也表现在其他美术门类向单一的写实方法看齐的倾向上。"[2]

与美术界情况类似，文学上也出现了革命现实主义的文学主潮。新中国成立后，历史题材小说同样突出了战争文化心理，这也是《讲话》规范下的文学、美术领域形成的战争文化传统，大多数作家在军事胜利、新中国成立的鼓舞下，以战争胜负二元对立的思维模式迎合了大众和政治的双重需求。《保卫延安》（杜鹏程）、《红日》（吴强）、《林海雪原》（曲波）、《红岩》（罗广斌、杨益言）等便对战争描写采取相对一致的艺术处理方式，多以中国传统民间叙事手法展开，以"大团圆"方式结尾，现代小说技巧相对匮乏。配合农业合作化的农村题材小说也多如此，尤其是赵树理、王汶石、李准、马烽等人的小说，也多运用现实主义或民间叙事手法。这一时期小说和美术一样，多是"简单、机械地理解文艺与政治的关系，把文艺为社会服务的功能，等

---

1 陈思和：《陈思和自选集》，广西师范大学出版社，1997，第190页。
2 潘耀昌：《中国近现代美术史》，北京大学出版社，2009，第246页。

同于直接服务于政治"[1]。

从艺术形式发展上说，新中国美术略好于文学，主要体现在水彩画的活跃与传统山水花鸟画的复兴。水彩画带有大众审美的公共艺术性质，画面轻松活泼，创作要求较之油画简单，"没有像油画和国画那样担负着主题性创作的重任，因而在色彩、形式、风格等绘画性要素和抽象语言的探索方面有较多的自由和空间"[2]，适宜表现日常生活场景。由于水彩画的这些特性"50年代后半期至60年代前半期是水彩画活跃的时期"[3]。这一时期，吴冠中转向了风景水彩画，他以水彩画对抽象语言进行了探索。"他后来那种非常简洁明快的画风，就得益于他的水彩画。在他的水彩画中可以找到后来水墨画和油画的影子。"[4]吴冠中在水彩画语言上的探索以及将水彩画与水墨画、油画的沟通融合也可以看作美术史中的"潜在绘画"，其画面形式简洁明快，具有现代主义风格，这一艺术成果与当时风行的"红光亮"的美术创作风格拉开了距离。

新中国成立之初，"传统国画，特别是花鸟山水画，再度受到冷遇，被批评为不科学、不适合作主题性大画的画种"[5]。随着国家号召弘扬传统、重视民族化，以及毛泽东对民族化问题的重视，花鸟、山水画开始走出传统单一的文人意趣，在题材、形式、色彩等方面开始了变革。"山水画不再重复以前隐逸的题材，传统的象征寓意手法继续得到运用，但画面内容、题跋、画名更强调现代生活气息和革命的历史内容。"[6]也有一些山水花鸟画"抑或用象征寓意手法赋予新的涵义，抑或消除传统文人画的隐逸情调和过重的墨气，换上红色等响亮鲜艳的色彩，以此求得生存和发展"[7]。国画人物画开始结合西方美术

---

1 朱栋霖等：《中国现代文学史：1917—1997》下，高等教育出版社，1999，第20页。
2 潘耀昌：《中国近现代美术史》，北京大学出版社，2009，第248—249页。
3 潘耀昌：《中国近现代美术史》，北京大学出版社，2009，第248—249页。
4 潘耀昌：《中国近现代美术史》，北京大学出版社，2009，第250页。
5 潘耀昌：《中国近现代美术史》，北京大学出版社，2009，第255页。
6 潘耀昌：《中国近现代美术史》，北京大学出版社，2009，第260—263页。
7 潘耀昌：《中国近现代美术史》，北京大学出版社，2009，第275—276页。

写生手法和古代院画传统进行了创新性变化。潘天寿借鉴唐宋绘画写实精神，"借助学西画出身、造型能力强的青年骨干教师——帮助改造中国画中的人物画"[1]。在此时期出现了《粒粒皆辛苦》（方增先，1955）、《把学习成绩告诉志愿军叔叔》（蒋兆和，1953）、《八女投江》（王盛烈，1957）等将西方现代美术写实性纳入传统水墨画的人物画，在艺术形式上进行很好的中西融合，促进了中国传统水墨画的现代转化，也为20世纪末新文人画、水墨画兴起及现代发展奠定了基础。但这种传统形式的民族化处理只是"为了抵制国际上的现代派（社会主义现实主义也要算在其中），树立一种体现中国传统形式的美学范畴。所有的艺术都将披上中式的外衣，同时服从于国家意识形态的需要"[2]。无论是油画还是水墨人物画，新中国美术主题都呈现出较为一致的文学叙事性，美术作品的标题便有较直接的体现。有的标题与画面都是文学故事的再现，如《八女投江》（王盛烈，1957）、《狼牙山五壮士》（詹建俊，1959）等，均以战争中的故事为主题，画面突出了革命人物的高大形象，再现了文学叙事中的战争场景。这一时期的美术作品和文学似乎具有互文性特征，从战争历史题材到现实生活题材，文学、美术作品多以大众喜闻乐见的形式表现国家所要求的主题内容，在新中国文艺体制下共同实践着大众化的文艺目标。在艺术形式创造上，美术形式表达较之文学要相对宽泛，在艺术形式发展上取得了中西融合的一些新成果，文学受到的语言限制或许大于美术，便使作家"在一个新的时代环境和革命功利主义的要求下完全失去了呼应时代的能力"[3]。

除了主题逐步规范、艺术政治化得到强化、绘画形式有所革新外，新中国成立后美术发展的最大特征是大众化美术得到较全面的实践，其明显表现是群众美术活动在全国普遍展开。"1954年，中国美术家协会专门成立了普及工

---

1 潘耀昌：《中国近现代美术史》，北京大学出版社，2009，第257—258页。
2 [德]顾彬：《20世纪中国文学史》，范劲等译，华东师范大学出版社，2008，第282页。
3 陈思和：《中国当代文学史教程》，复旦大学出版社，1999，第21页。

作部，以培养青年美术家和辅导、开展群众美术。凡规模较大的工厂，都组织了美术小组，开办工人业余美术班，并组织了美展、评奖和培训活动。"[1] 大众化美术活动遍及城乡。1949 年 11 月，国家颁发《关于开展新年画工作的指示》，以国家文件的形式指导了一个画种的发展，年画开始成为美术大众化高潮实践的主要形式，旧年画重新改造，主题及画面形式等向国家要求的规范化方向发展。为配合文件，国家还为年画的普及开展了一系列活动。1950 年初，中华全国美术工作者协会在北京中山公园水榭举办了全国年画展览，展出了 17 个地区的新年画 309 幅，先后有两万观众参观。1954 年，年画、连环画和宣传画总销量达到 1.8 亿份以上。群众美术活动"接受群众面之大和印数之巨，以及参与的作者人数之多，世所罕见。——例如 1967 年刘春华等创作的《毛主席去安源》，印数很大，据说达到 9 亿"[2]。年画本身就是大众艺术，大众化的美术活动在一定程度上普及了美术，尤其是配合社会改造活动，宣传了国家政策。但年画等大众化美术的"通俗化与业余化趋向，有可能导致对艺术作品精益求精的忽视；在一定条件下，其宣传性可能被夸大抬高，而伤害艺术自身"[3]。这也是文艺大众化高潮时期文学与美术面临的共同问题，宣传性、工具化成为文学美术主要的功能，审美性、艺术性自然很少被考虑。

　　新中国成立后，美术和文学一样，在美学形式上其实是一种战争美学。这一美学形式以 1942 年毛泽东《讲话》为具体规范，一直影响到 20 世纪 80 年代。"战争美学的核心观点有以下四点：1. 文学和战争的任务一致；2. 必须进行史无前例的革命；3. 文学水平的标准是战士即人民群众（大众文化）；4. 文艺工作者之所以来自大众是基于战争经验（业余艺术家）。"[4] 大众成为文学艺术创作与受众的双重主体，双重主体的同一实现了文学与美术在国家社会政治生活中的新

1　王琦：《当代中国美术》，当代中国出版社，1996，第 17 页。
2　潘耀昌：《中国近现代美术史》，北京大学出版社，2009，第 276—281 页。
3　王琦：《当代中国美术》，当代中国出版社，1996，第 18 页。
4　[德] 顾彬：《20 世纪中国文学史》，范劲等译，华东师范大学出版社，2008，第 263 页。

功能。审美性、艺术性功能则退居次要地位。从民族化角度看，民间艺术形式也因此得到发掘，被进行了意识形态化处理，纳入国家规范的文学与美术创作中，国画、年画等本土艺术形式也得以与西方艺术手法进行有效结合，并有所发展。

文艺大众化的有关倡导、讨论、规范、演变、发展等，构成了中国文艺本土化发展的大致脉络，这一过程中，普罗大众的革命意识极大增强，政治能量得到极大汇聚，中国民间传统文艺形式得到倡扬，普罗大众的民族主体意识有所增强；但在另一方面，由于过于重视文学、美术的大众化功能，承载精英、经典文化的典籍与知识分子被极大地矮化，也因此伤害了五四文化启蒙运动起即开始确立的文艺批判性，使文艺以大众化之名弱化（甚至消弭）了其自我主体性，这也是不能不引起重视的。

第三节　文学史书写叙述与延安文艺呈现

20 世纪 40—70 年代的文学史，距离延安文艺较近，很多文学史编撰者曾亲历延安文艺演变过程，目睹过抗日战争的残酷、国民党的白色恐怖，也体验过抗战胜利和新中国成立的欢喜，而他们对身边文艺现象的命名，也便兼备文艺观念和历史叙述特有的自我区分意图。其中，有以地域概念命名的，如"抗日根据地文学""解放区文学"；有以历史体认确立名称的，如"新的文学"。这三个概念，在当时被普遍认同和使用。在叙述过程中，"抗日根据地""解放区"往往集中在以延安为中心的陕甘宁边区，实际上就是今天文学概念中狭义的"延安文艺"。

20 世纪 40 年代，蓝海（田仲济）的《中国抗战文艺史》[1] 是第一部有关抗

---

1 蓝海：《中国抗战文艺史》，山东文艺出版社，1984。

战时期文艺状况的专史，最早于 1947 年由现代出版社出版，1984 年朱德文教
授参加该书的增订工作，基本框架和概念没有变，但是增加了三倍的篇幅，从
8 万字变为 32 万字。在这本书里，延安文艺就以"抗日根据地文艺"和"解
放区文艺"的名称呈现："抗日民主根据地文运的昌盛""根据地的报告""新
天地新创作""解放区的新话剧""根据地的大众化诗歌"，除第一章和最后一
章的总结外，延安文艺分别以上述名称出现在该书的每一章中。

　　20 世纪 50 年代，先后出现几部文学史。王瑶写于抗战胜利、新中国成立
之际的《中国新文学史稿》，以 1942 年毛泽东《讲话》为分期界限，将之前的
文艺，命名为"抗战文艺"，之后的文艺，被称作"新的人民文艺"[1]，尽管写作
时抗战和革命已经取得胜利，但使用与"国统区文学"相对应的"抗战文学"
来涵括延安文艺的惯例依然存在。类似的用法，还见于丁易的《中国现代文学
史略》[2]、刘绶松的《中国新文学史初稿》[3]。如果说，这些著作因研究所及时段较
长，命名时只能沿用既有概念，那么江超中的《解放区文艺概述》，则因专题
研究，为延安文艺在文学史中自立门户提供了借鉴。《解放区文艺概述》因教
学需要而编撰，以延安为中心的陕甘宁边区以及晋察冀边区文艺为研究对象，
概念所指，已大体与现今所说"延安文艺"相对应。[4]

　　经过以上积累，"延安文艺"的文学史命名才逐渐确定下来。1988—1993
年，学者艾克恩等在《延安文艺史》中对"延安文艺"从时间和范围上做了概
括："延安文艺是指 1935 年 10 月党中央经过二万五千里长征移驻陕北至 1948
年春党中央离开陕北这段时间内，以延安为中心，包括陕甘宁边区的革命文学
艺术。"[5]

1　王瑶：《中国新文学史稿》，上海文艺出版社，1982。

2　丁易：《中国现代文学史略》，作家出版社，1955。

3　刘绶松：《中国新文学史初稿》，作家出版社，1956。

4　江超中：《解放区文艺概述》，百花文艺出版社，1958。

5　艾克恩：《延安文艺史》，河北教育出版社，2009，第 6 页。

不过，将这一特定对象置入更长时段的文学史，早期著作所面临的地域命名、美学特征命名、文艺现象命名几种方式同时并存的现象，依然保留下来，困扰着当前文学史编撰。找到一个相应的概念，统摄延安文艺及同期其他文艺现象，并使之具备史学逻辑，而又有相应的弹性，无疑是必要的。事实上，当前学界对1917年五四新文化运动到1949年中华人民共和国成立前这一段文艺历史的描述，也有命名不一并不断变更的问题：有的把这一段文学与新中国成立后的当代文学相对应，命名为"现代文学"；也有把这两者合在一起，共称"现当代文学"；有的则将其向前延伸至1840年，称之为"晚清以来的中国文学"或"近百年来中国文学"；钱理群、黄子平、陈平原等学者整合以上的文学命名，在20世纪80年代中期提出的"二十世纪中国文学"的概念；近期，张福贵、魏朝勇和赵步阳几位研究者又提出了"民国文学"的概念。在这种情境下，对"延安文艺"的史学勾勒与描述，仍存在有命名逻辑与概念体系的难题。

德国哲学家恩斯特·卡西尔（1874—1945）说："必须历史地看待每一种文化客体，根据它们所处的时代和它的来源来研究它；但是，我们也必须把这些文献理解为某种特定心态的表达，而这种心态又是可以被我们以某种方式重新感受的。这些物理性、历史性和心理性的概念持续地参与着文化客体的描述。"[1] 在这个意义上，延安文艺的研究，也是集体意识、个人意识和学术范式的综合。新中国成立初期，新的政权需要在意识形态上确立自己的合法地位和文化权威，于是那些关于革命历史的记忆又被重新唤回，此前形成的政治视域下的文学史意识，在新时期文艺研究突出工农兵文艺新方向的要求下，得到进一步凝练。

这种凝练，首先表现在作家作品的选择上。创作方法上的革命现实主义，创作内容的宣传性、战斗性、阶级性，是编撰者甄选对象的依据。赵树理、刘

---

1 [德] 恩斯特·卡西尔：《人文科学的逻辑》，沉晖等译，中国人民大学出版社，2004，第118页。

白羽、柳青、周而复、杨朔、陈荒煤、蒋弼、孙犁、孔厥、康濯、菡子、葛洛、邵子南、崔璇、王林、华山、柯蓝、马烽、西戎等作家及其作品，是编撰者最关注的对象。丁易在《中国现代文学史略》中，就列专节介绍赵树理，他评价说："赵树理的成就在中国现代文学史上是具有很大的意义的，这意义首先在于他忠实地按照了毛泽东文艺路线从事创作实践，较早地取得了成绩，而这成绩又十分具体生动地证明了毛泽东文艺思想在创作实践上的胜利。"[1]

诚然，甄选符合标准的一部分对象，便意味着忽略另一些对象，倘若被放弃的研究对象同样具备文学价值，则违背了历史著述尊重史实、力求客观的原则，由此，导致历史与叙述之间潜在的矛盾张力。通常，著述者要么回避，要么收缩篇幅，要么顾左右而言他，对此，自发表之初便备受争议的作品，如丁玲的《在医院中》（初次发表于《谷雨》，题为《在医院中时》，1942 年发表于重庆《文艺阵地》，更名《在医院中》）就是一个可供观察的例子。王瑶《中国新文学史稿》相对客观地评述说："的确写出了一个小资产阶级女性走向革命的心理和过程。这些小说都朴素而优美"[2]；蓝海在《中国抗战文艺史》中，也以比较大的篇幅谈到了当时已经被批判的丁玲，并肯定了一同被批判的作品《在医院中》的文学意义，他认为"小说值得肯定的积极意义，主要在于它试图挖掘'许多痛苦，许多摩擦'造成的主客观原因"。[3]换言之，著述者时常要透过政治色彩直抵作品文学意义。

从王瑶的《中国新文学史稿》到丁易的《中国现代文学史略》，不断沿袭和强化着文学史的政治色彩，代表着 20 世纪 50 年代文学研究的学术主流，并产生了很大的影响。《中国现当代文学学科概要》谈到丁易的《中国现代文学史略》时说："编者总是充当既定理论的诠释者和宣传者，一部文学史著作的

1　丁易：《中国现代文学史略》，作家出版社，1955，第 404 页。
2　王瑶：《中国新文学史稿》，上海文艺出版社，1982，第 449 页。
3　蓝海：《中国抗战文艺史》，山东文艺出版社，1984，第 214 页。

成功，主要取决于对既定理论诠释的完满与丰富。个人的才华和识见并不重要，审美体验等主体性的切入有时还变得多余，于是'我'就在文学史写作中被隐匿或排挤，不再充当事实上的历史叙述者。"[1]到刘绶松的《中国新文学史初稿》，这种文学史倾向达到极致。著者开篇就说："在阶级社会的任何时代里被写下的历史书籍，都是一定阶级给予过去时代的社会制度、社会生活和社会思想的一种叙述，解释和总结，里面强烈地贯串着以阶级对待问题和处理问题的立场，观点和方法，具现着这一阶级在这一时代的特定的，具体的历史要求，维护什么和反对什么。毫无问题，在任何时代被写下来的历史书籍都是阶级斗争的产物，都是为某一阶级的经济利益和政治利益服务的。"[2]进而明确表态："一九四二年毛泽东主席在延安文艺座谈会上的讲话的发表，使得我们整理和研究新文学历史的工作有了极其明确的理论指导"，表明了著者写作本书的理论依据。在作家作品入史的问题上，他表态"凡是为人民的作家，就是'我'，就要给他们主要的地位与篇幅，指出他们思想中的高度思想性和艺术性（自然，也要指出历史和时代给予他们的限制），叙述和评价他们在文艺战线上的战斗实绩，号召我们更好的学习他们，继承他们。凡是为着剥削者和压迫者的反人民的作家就是'敌'，我们就要给他们的作品以无情的揭露和批判，指出他们思想的反动性，不把主要篇幅花在他们身上。"[3]至此，延安文艺的文学史叙述部分，革命运动成为叙述的线索，政治历史事件是分期的准则，形势分析和思潮运动是叙述的主体，歌颂"新主题""新人物"和"新形式"是叙述作家作品的关键。著者的情感、想象、形式感等审美因素也逐渐被镀上了政治色彩，文学本体的研究淡出著述视野。

　　尽管 20 世纪 40—70 年代的延安文艺研究，在观念和结论上不无趋同，但

---

1 温儒敏：《中国现当代文学学科概要》，北京大学出版社，2005，第 86 页。
2 刘绶松：《中国新文学史初稿》，作家出版社，1956，第 1 页。
3 刘绶松：《中国新文学史初稿》，作家出版社，1956，第 3 页。

由于研究者掌握史料有多寡之别，阐述史料各有方法，因此，各著述也有一些个性化的因素值得关注。

王瑶《中国新文学史稿》叙述延安文艺时，著者让大量史料自己说话，以引用作家自述和同代人的权威评论为特征，如在第十八章"新型小说"中的一节论及赵树理时，仅4页篇幅中，就两次引用周扬，一次引用茅盾的文字。[1]这种方式表面看来"粗糙"，甚至后人因此而诟病此书，实则，它是当时语境下的一种学术策略，今天看来，这种"以史代论"的叙述方式，不仅保留了大量丰富的研究资料，更在一定程度上还原了延安文艺的史实，更有利于历史感的生发。对王瑶的这种做法，温儒敏在《中国现当代文学学科概要》中评述说："有时王瑶是用引文表达的观点来证实作家的论述，几种声音可能是重合的；但在许多情况下，作者的声音和引文的声音会有差异，彼此并列更凸显了这种差异，或互相弥补，或互相抗衡，众声喧哗，相克相生，形成超文本的对话。"[2]

蓝海的《中国抗战文艺史》则以宏观视野取胜。该书把延安文艺放进中国现代文学的长河中，对延安文艺的叙述有侧重，有典型，既有对延安文艺面貌的呈现，也有对代表性的文学现象和文艺论争的阐释。作者以大事记的方式，从1923年邓中夏主张文学要"儆醒人们使他们有革命的自觉"，到1926年郭沫若主张青年文学家要成为"革命文学家"，再到1930年左翼作家联盟的"理论纲领"，到抗日战争时期的"文章下乡，文章入伍"，一直到《讲话》对"为群众和如何为群众"的问题的进一步阐释和解决，指出"为群众"的问题，是在中国现代文学的发展进程中一直存在、逐渐明确的。作者认为，毛泽东的《讲话》通过对马列文论的吸收和发展，从理论上解决了中国现代文学长期发展过程中一直存在的问题，从而推进了中国现代文学向社会主义现实主义的过

---

1 王瑶：《中国新文学史稿》，上海文艺出版社，1982，第650—654页。
2 温儒敏：《中国现当代文学学科概要》，北京大学出版社，2005，第86页。

渡，为其指出了明确的方向和具体可操作的方法。[1] 这样的梳理过程，不仅在事实上强调了《讲话》在理论上的重要性，更给出当时延安文艺"衣服是劳动人民，面孔却是小资产阶级知识分子"[2] 的文学作品合理存在的解释。著者正是通过把延安文艺与五四新文学、左翼文学放在一起，追本溯源，才得出如此这般的结论。

1955 年 7 月由作家出版社出版的丁易的《中国现代文学史略》，沿袭且强化了政治文学史色彩，代表着 20 世纪 50 年代文学研究的学术主流。与以上著述不同，著者首先从苏区文艺运动谈起，认为苏区文艺运动是文艺和工农兵结合，向工农兵方向发展的开始，延安文艺也"首先是继承并发扬了苏区工农红军的文艺活动的优良传统"[3]。在一定程度上讲，从苏区文艺开始谈延安文艺，意味着著者的起点和终点趋于重合，回到了特定的文艺现象内部，回避或简化异质因素、主体意识和创作多样性。

唐弢在《关于重写文学史》中认为："文学史可以有多种多样的写法，不应当也不必要定于一尊。不过文学史就得是文学史，它谈的是文学，是从思想上艺术上对文学作品的分析与叙述，而不是思想斗争史，更不是政治运动史。"[4] 虽然这一时期延安文艺的文学史叙述，呈现着在资料上较为欠缺、内容上相对粗疏的状况，但是，在当时臧否分明的文艺风气下，他们竭力保持客观，从不同文艺角度对延安文艺进行了整理并给予了中肯的建议，对延安文艺的研究发出了别样的声音，是极为可贵的。另外，上述著者能把延安文艺放在中国社会的整体系统和中国现代文学的动态系统中，把它看作中国现代文学的一个特殊阶段，揭示了它的重要性，这对后来的延安文艺研究提供了可贵的视角、鲜活的史料，并产生了长久的影响。

---

1 蓝海：《中国抗战文艺史》，山东文艺出版社，1984。
2 《毛泽东选集》第三卷，人民出版社，1991，第 857 页。
3 丁易：《中国现代文学史略》，作家出版社，1955，第 391 页。
4 唐弢：《关于重写文学史》，《求是》1990 年第 2 期，第 300 页。

20 世纪 50 年代末到 60 年代，出现了一批大学生集体编写的文学史，如 1959 年 3 月出版的北京师范大学中文系现代文学教学改革小组编的《中国现代文学史参考资料》、1959 年 7 月出版的复旦大学中文系现代文学组学生集体编写的《中国现代文学史》、1959 年 10 月辽宁大学中文系现代文学教研室编著的《中国现代文学史》、1960 年 7 月出版的山东师范学院中文系编著的《中国现代文学史》（初稿）、1961 年 7 月出版的开封师范大学中文系中国现代文学教研室编著的《中国现代文学史》（初稿）、1962 年出版的中国人民大学语言文学系文学史教研室编著的《中国现代文学史讲义》（初稿）等。

以上这些集体写作的文学史大多急就成章，流于粗糙，例如：山东师范学院中文系编著的《中国现代文学史》（初稿）的前记中就写道"中国现代文学史（初稿）是由我系部分教师和本四的同学，在党直接领导下，用了两个多月的时间集体写的"。[1] 而这些文学史中的延安文艺史叙述，除进一步强调"党的领导"和"大批判"外，在作家和作品选取、史料处理及阐释等方面，或因袭前人，或堆砌抄录，而无统一的体例，没有富有价值的论证。这一方面，因为"著者"主体是大学生，是一个缺乏学术训练和判断的群体；另一方面，短时间内的"集体"著作，若无系统合理的提纲和理路指引，难免粗糙，而著者的集体身份，在突出治史者政治、阶级角色的同时，又不断弱化着文艺评判和价值阐述的个体与独立品格，政治化的集体发声，削弱了对历史真实、艺术感知的客观传达，延安文艺由此被不同程度地简化。甚至可以说，这种大学生集体编著文学史的做法，一定程度上也使得以往渗透在社会各领域的文学创作、文学批评和文学教学等环节，开始以大学校园为阵地，而有所简化或坍塌，这是纷繁活跃的艺术生产活动被简化的少有时刻，其代价是艺术生产动力的逐渐丧失、环境的恶化和主体的流失。

---

1 山东师范学院中文系编著：《中国现代文学史》（初稿），济南印刷厂，1960。

不过，将这一阶段与 20 世纪 40 年代以来延安文艺史著述历程联系起来，则它与意识形态化的萌芽、著述模式的定型之间的关系便逐渐清晰：它是前两个阶段的进一步深化。至此，文学史著述中的文学艺术评判，已完全让位于政治价值的体现，虽然这种集体写作在今天看来并没有学术建树可言，但是作为文学研究过程中的特殊的一个阶段，还是有其自身的意义。正如韦勒克谈到文学史写作时所说："解决问题的关键在于把历史问题同某种价值或标准联系起来。只有这样，才能把显然无意义的实践系列分离成本质的因素和非本质的因素。只有这样，我们才能谈论历史进化，而在这一进化过程中每一个独立事件的个性又不能被削弱。"[1] 周维东《延安文学研究的现状与深化的可能性》中指出："延安文学在解放区特殊的政治体制下，在民族战争、解放战争的大背景下，如何处理政治与文学的关系，如何建立一套文学制度，并催生出一套新的话语系统、新的审美系统，并如何或明或暗地承传到当前地社会文化当中，不仅是极具价值地研究课题，更是迫在眉睫地研究话题。"[2] 的确，延安文艺研究还有很多方面值得我们讨论。20 世纪 40—70 年代的延安文艺研究，也是一个不断积累和发展的过程，时代的更迭和观念的更新，催生了不同的学术生产模式。我们看到，在毛泽东《讲话》及文艺方针指导下，文学史著作建构着一种新的知识体系，无论历史意识，抑或研究方法，都逐渐趋于定型，政治审视代替了艺术评价，以论代史地完成了"歌颂加批判"的延安文艺史叙述模式，并且已经顺利地纳入当时的教学与学术生产机制，潜在地对当时文学作品的出版、文艺批评发生着影响，引导着人们对延安文艺，乃至对历史与传统的理解，甚至影响着当时人们的阅读方式。

---

1 [美] 韦勒克、沃伦：《文学理论》，刘象愚等译，江苏教育出版社，2005，第 308 页。

2 周维东：《延安文学研究的现状与深化的可能性》，见李怡、毛讯编：《现代中国文化与文学》第 2 辑，巴蜀书社，2005，第 133 页。

第四章
陕甘宁文艺活动及其文学教育研究

陕甘宁边区其实是一所立志高远且卓有成效的"新社会大学",由此也留下了极为丰富的教育史方面的文献史料。[1] 其中也包含着文化／文学教育方面的内容。一般而言,文学教育是动态的系统工程,不是静观论道式的教育,而是"游于艺"式的教育,具有实践性和创造性。陕甘宁时期的文学教育自有其特殊性,作为人才战略的一部分,文学艺术教育的开展,既是形势所需,又是革命斗争的战略一环。在延安文艺座谈会之前,党中央在处理文学问题和知识分子问题时,一直处于一种"摸着石头过河"的状态,这就有一个从被动应变到主动设计的转变过程。从中我们可以体察出在延安时期,不论是中国共产党的文艺政策,还是具体的文学观念,抑或文学教育,更多的是一种在历史契机和客观限制之间的权宜之计。1939 年 12 月,延安解放社出版了一部名为《陕甘宁边区实录》的书,详细介绍边区情况,毛泽东为该书的题词:"边区是民主的抗日根据地,是实施三民主义最彻底的地方。"[2] 这种表述充分说明了党在宣传教育等具体事务上的权宜。

---

1 参见栗洪武主编:《陕甘宁边区教育史料通览》(全 11 卷 18 册),陕西师范大学出版社,2019。
2 钟敬之、金紫光主编:《延安文艺丛书·文艺史料卷》,湖南文艺出版社,1987,第 46 页。

第一节 延安时期文学教育的历史特征

1939 年 12 月，毛泽东给陕甘宁边区制定了"大量吸收知识分子"的政策。1940 年 1 月的陕甘宁边区文化界救亡协会第一次代表大会上，张闻天作了《抗战以来中华民族的新文化运动与今后任务》的报告，可以说代表了毛泽东《讲话》之前，中国共产党对文化艺术问题所持的基本观点。其中，对文化人的理解与宽容态度非常引人注目，例如文中提到了这样的要求，"对于自己所工作的文化部门，应具备一般的知识与素养，最好自己还有一方面的特长，这样就容易团结文化人"[1]。在贯彻这一精神上，《中央宣传部、中央文化工作委员会关于各抗日根据地文化与文化人团体的指示》对知识分子的优待达到空前的高度。总政治部、中央文委《关于部队文艺工作的指示》要求，部队政治工作的领导者应发挥民主作风。"在部队中分配他们的工作时，要顾虑到他们创作上的便利，要使他们比较有自由的时间和必要的物质条件。"[2]直到 1941 年 6 月 10 日的《解放日报》社论《欢迎科学艺术人才》，仍在强调对知识分子的宽容与优待。这种宽容与优待既有精神层面的欢迎、肯定，也有物质待遇上的高标准。1942 年 5 月中央书记处出台《文化技术干部待遇条例》[3]，把文化技术干部分为甲乙丙三类，对津贴、伙食、住房、衣服、特别补助等作了详细规定。正是在这样的文化及历史背景之下，毛泽东对中国革命阶段的战略设想，决定了处于新民主主义阶段的延安时期，所有工作最终都要服务于民族战争和革命战争，

---

1 《红色档案：延安时期文献档案汇编》编委会编：《红色档案：延安时期文献档案汇编·解放·第 6 卷（第 101 期至 120 期）》，陕西人民出版社，2013，第 68—83 页。

2 《红色档案：延安时期文献档案汇编》编委会编：《红色档案：延安时期文献档案汇编·八路军军政杂志·第 3 卷（第一期至第四期）》，陕西人民出版社，2013，第 172—173 页。

3 陕甘宁边区财政经济史编写组、陕西省档案馆编：《抗日战争时期陕甘宁边区财政经济史料摘编》，陕西人民出版社，1981，第 604—607 页。

而战争的胜利是最终会导致经由新民主主义阶段而走向社会主义的。这样，为达到终极目标，往往有折中或临时举措，比如文艺政策和知识分子政策的曲折演进，突击文化的形成，短训班的频频开办，学制和教育方针的一再调整，在具体的教育教学上打破了课堂和教材的限制，在创作上对民族形式和俗文学的大力提倡，等等。

延安时期的文学教育有其艰巨性和历史局限性。一般而言，文学教育的理论构想与教育教学实践之间是有较大的理论间隙的。不论是文学一般教育还是文学专业教育，它都是一种自由有序的教育活动，很少受群体约束性的限制。但延安时期，战争是中国最大的常态，所有的活动都难免受其干扰，弥漫着紧张、迫切的情绪；而且，延安时期，集体话语被推到空前地位，文学教育的发生即是集体运作而非自发。文学教育便不甘情愿地承担了服务于战争的功能和快速培养人才队伍的压力，相应地，文学教育的各个环节都不得不作出调整。功利性和迫切性是时刻悬在延安时期的文学教育头上的两把尖刀，作出牺牲的必然是艺术性和独立性，却在使文学艺术队伍变得纯洁、壮大上获得了空前的有效性。

我们可以以鲁艺在体制化与专门化上的挣扎和《讲话》对于民族形式和普及问题的妥协为例。延安时期伊始，便面临着"亭子间的人"和"山头的人"，"笔杆子"和"枪杆子"的融合。设计文学艺术教育之初，便不断有来自前线的对于文艺宣传干部和培养问题的直接诉求，总是嫌后方效率拖沓。《创立缘起》已经明言，党对延安鲁艺的定位是培养文学艺术干部的学校。由于前线急需文艺人才，学制设置上便设定为六个月学习、三个月外出实习。1938 年 11 月，应前线部队要求，部分尚未结业的鲁艺学员便由沙汀和何其芳带领奔赴晋西北和冀中抗日根据地实习，实习期满后又因战场复杂滞留到次年 7 月，且部分学员从此长期随军。到第二期，鲁艺在教育计划中便首先强调教育目的是

"为培养出文艺普及运动所需要的艺术文学干部"[1]，并对各系提出了具体要求，逐步加强了思想政治教育，但仍难免感受到来自前线将士的压力。鲁艺建院二周年庆上，八路军总司令朱德在贺词中有这样一番话，"在前方，我们拿枪杆子的打得很热闹，你们拿笔杆子的打得虽然也还热闹，但是还不够。这里，我们希望前后方的枪杆子和笔杆子能亲密地联合起来。……打了三年仗，可歌可泣的故事太多了，但是好多战士们英勇牺牲于战场，还不知道他们姓张姓李，这是我们的罪过，而且也是你们的罪过"[2]。这样，鲁艺便不断派出毕业学员和文艺骨干等组织文艺工作团（队）支援前线，在此基础上成立了鲁迅艺术学院华中分院、东北鲁迅文艺学院等文艺院校和若干文艺工作团，在后方也建立了星期文艺学园、鲁艺部队艺术干部训练班等文艺短训班。而文学系第二期后负责人陈荒煤带学员组成文艺工作团上前线实习，由于后方人员紧缺，文学系不能不暂时停办。即便到了后来解放区日益巩固，鲁艺出现正规化、专门化的努力，仍然可以看出鲁艺的办学一直是在弥合理论追求、艺术冲动和功利要求之间的差距。

经由高杰的细致考察，我们可知延安文艺座谈会的议题经历了表述的变化。最初在中共中央书记处工作会议上议定的议题是"作家立场、文艺政策、文体与作风、文艺对象、文艺题材"[3]，而5月2日提交大会讨论的是"立场问题，态度问题，工作对象问题，工作问题和学习问题"。高杰认为，"在这个看似简单的文字表述变化中，其实蕴藏着延安文艺运动转向的关键性历史玄机，这就是将文艺问题彻底纳入无产阶级革命工作语境，纳入延安政治文化语境"[4]。由这一阐释，我们可以得出这样的判断，《讲话》更多体现的是一种艺术策略而

1　沈阳音乐学院《东北现代音乐史》编委会编：《东北现代音乐史料·二·鲁迅文艺学院文献（内部资料）》，沈阳，1986，第7页。

2　艾克恩编：《延安文艺纪盛》，文化艺术出版社，1987，第195页。

3　中共中央文献研究室编：《毛泽东年谱（1893—1949）》中卷，中央文献出版社，2013，第373页。

4　高杰：《延安文艺座谈会纪实》，陕西人民出版社，2013，第200页。

不是文艺主张。仔细分析两套议题便会发现，议题的前后变化体现出的是背景、语境、艺术范畴的由大变小、由抽象变具体、由偏理论到偏实践，后一议题的讨论"只能放置在革命斗争和革命工作的语境中展开"，"后者的参照系统则只能是无产阶级革命斗争和革命工作的经验"[1]。在事关新民主主义文艺方向的论述时，为了尽可能地突出工农兵的地位，而选择为工农兵喜闻乐见的民族形式。

知识分子改造的迫切性和艰巨性决定了文学教育必须持续进行。通过党的文学教育，已经有了第一批坚定的毛泽东文艺思想的信奉者、实践者。[2] 他们在实习之后，或者留在前线部队随军工作，或留在后方，在各自岗位上发挥示范性作用。这样在壮大党的文艺工作者队伍之余，他们在受教前后，思想政治水平上的变化，更加跟传统知识分子形成一种对比，从而对传统知识分子的思想转变形成一种敦促和示范作用。但对于传统知识分子来说，"即便是'红色的'文化人，到了延安以后也必然开始一个认识和形式技巧上的艺术转型过程。这种转型有极强的政治色彩和政治意义。与单纯批判资本主义、资产阶级，鼓吹无产阶级革命文学的左翼文学不同，它体现的是以'党的文学'为标志的无产阶级文学秩序、法则和模式的建设问题"[3]。

中国共产党对不同革命阶段的战略构想，决定了每个阶段都有不同的具体任务。受此规约的文学教育必然会随着革命的演进和任务的变化而有所调整。这样，不论是已经完成一个阶段学习的新学员，抑或已经成名于文坛的"亭子间"来的人，他们都需要经过学习不断完善自我。而且随着整个解放区思想意识形态的日趋规范、统一，传统知识分子的旧有知识和道德优势都被推翻，进而形成一种"前教育机制"。这种氛围下的教育近于一种未完成

1　高杰：《延安文艺座谈会纪实》，陕西人民出版社，2013，第213页。
2　以鲁艺文学系为例，自1938年8月成立以来，仅前两期便培养出90余名学员，并在短期培训之后便奔赴前线实习，从此他们便坚定不移地以毛泽东文艺思想为理论武器，指导他们的文艺实践。
3　李洁非、杨劼：《解读延安——文学、知识分子和文化》，当代中国出版社，2010，第56页。

状态，从内容上更多是思想意识形态教育，受教者或许在技巧上已然纯熟，但思想需要持续学习。党透过文学教育，根本意图就是确立文学的党性原则，削去传统知识分子固有的启蒙者和批判者属性，使其彻底成为无产阶级的一分子，参与新的文学范式的建设，从而建立一种可以规范当下和未来的文化体系[1]。《讲话》指出过去几十年革命文学最大的问题在于没有与革命战争融合。而毛泽东思想体系指导下的革命战争不断取得突出成绩，先验地证明了作为毛泽东思想体系有机部分的毛泽东文艺思想的正确性，从而使得融入毛泽东文艺思想体系成了革命文学及其文学教育最迫切的任务。毛泽东对左翼作家的定位，也明白无误地宣告，即便这些知识分子身在无产阶级，却保留着一颗"小资产阶级知识分子"的心灵，将永远都是党的文学教育的受教者。

党通过思想教育和道德情感教育，逐步建立起新民主主义革命与受教者的道德情感联系。因而，党的文学教育更注重实践的重要性[2]，不断在实践中接受工农兵和实际生活的再教育，强调"中国的革命的文学家艺术家，有出息的文学家艺术家，必须到群众中去，必须长期地无条件地全心全意地到工农兵群众中去，到火热的斗争中去，到唯一的最广大最丰富的源泉中去，观察、体验、研究、分析一切人，一切阶级，一切群众，一切生动的生活形式和斗争形式，

1　周扬：《艺术教育的改造问题——鲁艺学风总结报告之理论部分：对鲁艺教育的一个检讨与自我批评》，《解放日报》1942年9月9日。

2　学员经过短期培训便随各个文艺工作团奔赴前线随军宣传，而在培训期间也会不定期下乡体验生活。不过在对待文化人工作上，党曾经走过弯路。1943年4月22日的党务广播稿《关于延安对文化人工作的经验介绍》在总结文化人工作经验时指出，延安文艺座谈会前，党对文化人给予太大自由，既提供他们赴前线的方便，也放任他们自由，导致他们"脱离工作、脱离实际"。所以党决定将他们分散开，让他们从事劳动、从事实际工作，期待他们脱胎换骨而成为群众的一分子。（参见唐天然：《有关延安文艺运动的"党务广播"稿——兼及由此引起的考查》，《新文学史料》1991年第2期，第184—188页。）在党的倡导下，在边区，尊重劳动、参加劳动成为一种社会风习。而自1943年春以来，延安文艺界掀起一股"到农村、到工厂、到部队中去，成为群众的一分子"的热潮。其中，鲁艺1943年4月便派遣30余名学员下乡或到部队，另有几十人组队秧歌队到南泥湾、金盆湾慰问劳军，当年12月又有40多人组成工作团到绥德、米脂地区进行宣传、慰问。

一切文学和艺术的原始材料，然后才有可能进入创作过程。"[1] 从而使文艺工作者队伍与工农兵之间的自然情感基础日益浓厚。

顺着服务工农兵的问题，《讲话》思考如何服务时，着力解决了"普及与提高"的辩证关系。普及与提高的正确关系应该是从工农兵出发，学习工农兵，沿着工农兵自己前进的方向去提高，沿着无产阶级前进的方向去提高。在普及与提高的辩证的循环上升的过程中，党的文学教育必然也是一种持续上升的过程。

列宁非常强调文学的党性原则，认为"写作事业应当成为整个无产阶级事业的一部分，成为由整个工人阶级的整个觉悟的先锋队所开动的一部巨大的社会民主主义机器的'齿轮和螺丝钉'。写作事业应当成为社会民主党有组织的、有计划的、统一的党的工作的一个组成部分。"[2] 文学既是党的事业的一部分，也关乎党的生死存亡，因为"党是自愿的联盟，假如它不清洗那些宣传反党观点的党员，它就不可避免地会瓦解，首先在思想上瓦解，然后在物质上瓦解。"[3]

毛泽东强调文学的工农兵方向，强调文学事业之于革命事业的绝对从属地位和工具性质，突出了政党政权对于文学事业的介入，将文学问题上升到关乎国家存亡、命运攸关的战略地位。在此问题上的高度敏感与占领文化领导权、建设新意识形态规范的迫切性，促使无产阶级政党更加充分利用文学作为革命斗争的武器之一，无产阶级政治领袖也往往亲自参与制定文学政策，甚至提倡某种创作方法[4]。在这里，毛泽东既有政治领袖的身份，又有文学导师的身份，前者制定文艺政策，考量方向问题；后者参与文学发展，考量技术问题。这就

1《毛泽东选集》第三卷，人民出版社，1991，第860—861页。
2《列宁全集》第12卷，人民出版社，2017，第93页。
3《列宁全集》第12卷，人民出版社，2017，第95页。
4 如毛泽东在给鲁艺题词时，提出了"抗日的现实主义和革命的浪漫主义"两结合的创作方法，后改为"革命的现实主义和革命的浪漫主义相结合"。

带来了文学教育的政治化特质。在《讲话》的倡导下，新民主主义文学应当成为党的文学，党性原则成为第一标准，以至于形式技巧、语言、题材、体裁、主题等的选择都具有政治属性。党的文学队伍不仅强调文学观念和创作上的融合、规范，更加强调个人生活习性、思想气质融入集体生活，符合党性要求。文学创作成了政治任务，便自然引出创作批评的组织化。在创作和批评上集体行为的突出代表，前者是新歌剧《白毛女》的创作和演出，后者则是"赵树理方向"的定义和倡导。在党的文学的构想里，作家是应该体制化的。实际上，在对传统知识分子改造之前，党便陆续进行他们的安置工作，他们分别被安排进党领导的各个院校、各类文艺团体工作或学习，有的则进入各级党政机关。1942 年 5 月出台的《文化技术干部待遇条例》，对他们划分了待遇级别，予以物质保障，对津贴、伙食、住房、衣服、特别补助等作了详细规定。

受限于延安时期的物质匮乏、形势紧迫而任务繁重等客观条件，人们充分发挥主观能动性，因时因地制宜，打破传统课堂教学的局限，开展了多种形式的文学教育。可以说，延安时期，时时处处皆可为课堂。

延安整体的社会氛围就有一种教育特性，首先就给人以一种情绪的感染。"延安时期的学校生活充满着朝气……到了延安，第一课就是劳动。打窑洞、开荒、种地、纺线，一切自己动手。延安没有多少房子，宿舍是窑洞，露天作课堂。"课程设置也根据现实需要而比较灵活，"课程有抗日民族统一战线、政治常识、群众工作、哲学、游击技术等。"在学制设计上，并不死板，"学习期间不能太长。三个月、半年技术一期，有时短到三个星期。学一年，那是很例外的事。"[1] 为弥补教育计划的不足，还会根据实际教育教学所需，开设少艺班、蒙艺班、短训班、业余爱好者培训班、学术报告会等。其中有的短训班还得以发展壮大，在某一专门领域继续发挥重要作用，如延安部队艺术学校即在原鲁

---

1 成仿吾：《延安作风和延安时代的学校生活》，《延安大学学报》1984 年增刊，第 6—8 页。

艺部队干部训练班基础上组建而成的，对部队系统的艺术人才培养作出了重要贡献。

这一时期的文学教育，教学方法更是灵活多样。以鲁艺为例，"'鲁艺'并不采取'填鸭式'的教学法，它是以学生自动研究、各自发挥其所长为主体，而以教师的讲解指导为辅佐的"[1]。鲁艺的教学是非常注重实践的，"以理论与实际密切结合为最高教学原则"。在教学方面，力争"教学做统一"，"课堂以集体教学为主，课外以个别辅导为主"，尤其考虑到教员与学员程度悬殊的情况。在学习方面，力求实现主动自学和集体互助相结合。每个人根据个人情况和整体教学进度制订学习计划，另外分成若干小组，全体学员和小组内部均有互帮互助，不定期举行准备充分的讨论会。[2] 课外，教员和学员的活动也是灵活多样的："晚饭以后，自由活动，延安和两岸歌声不绝"；"参加社会活动，深入到工农兵中间去，向群众学习，与他们打成一片……在华北的时候，经常派同学到新区工作，访贫问苦，住到最贫苦的农民家里，跟部队参加作战，照顾伤兵，与群众同甘共苦，一起生活，一起种田，一起冲锋杀敌。在战场上，同学们勇敢得很，战士到哪里，他们到哪里"，前线的洗礼使学员们快速成熟起来[3]；课余，学员们还可以根据兴趣组织或加入文艺社团、组织文艺沙龙，比如鲁艺文学系创办的"路社""草叶社"，创办墙报、出文学期刊，提供了创作和批评的空间，扩展了课堂；傍晚在延河旁的漫步，也不失为文学课堂的另一种扩展，"文学创作、艺术理论、学习中的难题、生活里的烦恼、前方的战争、延安的新闻、青春的欢乐和未来的憧憬，都是他们谈说议论的话题。这是散步，更是思想和精神的漫游"。[4]

---

1 茅盾：《记"鲁迅艺术文学院"》，《榕树文学丛刊》1981 年第 2 期，第 5 页。

2 沈阳音乐学院《东北现代音乐史》编委会编：《东北现代音乐史料·二·鲁迅文艺学院文献（内部资料）》，沈阳，1986，第 7—8 页。

3 成仿吾：《延安作风和延安时代的学校生活》，《延安大学学报》1984 年增刊，第 6—8 页。

4 王培元：《延安鲁艺风云录》，广西师范大学出版社，2004，第 52 页。

在教材选择上也非常灵活，除理论课教材要符合马列主义观点外，技术课教材则可根据实际工作需要而选择，避免了教材的单一死板，是教学灵活而有效的又一保证。

文学教育中，创作、欣赏、批评是非常重要的环节。鲁艺文学系非常注重创作实践，据岳瑟回忆，"入学不久，兼系主任的周扬同志，要每人按自己喜爱的形式写一篇习作"，并择优表彰。而且，沙汀、何其芳等作家教员，直接指导学员们写作，比如沙汀便对岳瑟的小说非常关心，不仅提出修改意见，还"数次促我着手"，拳拳之心可鉴[1]。文学系还安排有创作实习，作为学习任务之一，要求学员每月至少交两篇习作，可多交而题材和体裁都不作限制。延安时期开创了下乡体验生活的创作模式，作家教员们将其应用于创作教学中，为了加深和扩展学员生活体验、调动学员创作灵感，偶尔还会将创作实习课带到课外，秋收来临，沙汀、何其芳等教员带领学员到延安郊外参加秋收，出发前教员们就观察人物、选取视角等创作问题布置任务、组织讨论、听取汇报，准备非常充分。

对受教者的管理也是非常灵活的。以鲁艺为例，校外青年可以随意旁听课程；而在校学员只要考核合格，可以灵活选择专业；除必修课外，学员可经教务科及系主任和教员允许，根据自己需要选课；如有特殊情况，学员还可向教务科提出申请免修任意课程，当然，前提是经教员考核合格。[2]

第二节　文学教育与边区出版印刷业的建立

在中共中央到达陕北前，边区在文化上可以说是一个不毛之地。一面是边

---

1 岳瑟：《鲁艺漫忆》，《中国作家》1990 年第 6 期，第 83 页。
2 沈阳音乐学院《东北现代音乐史》编委会编：《东北现代音乐史料·二·鲁迅文艺学院文献（内部资料）》，沈阳，1986，第 9 页。

区对新民主主义文化与文艺建设的迫切需求："要注意组织报纸刊物书籍的发行工作，要有专门的运输机关与运输掩护队，要把运输文化粮食看到比运输被服弹药还重要"[1]；一面是经济、文化、技术极度贫乏的社会现实。面对这一难以调和的矛盾，陕甘宁边区的文艺出版者们，是如何克服出版印刷能力不足的问题？边区的文艺报刊采用了怎样的运作机制？边区又给文艺报刊的出版事业营造了怎样的政治环境？对于这些问题的梳理与辨析，对我们认识陕甘宁边区文艺报刊事业的创建与发展显然具有重要的意义。

抗战之初，国民政府为了团结抗日，对全国的文化出版采取了较为民主的态度："在抗战期间，对于不违反三民主义最高原则及法令范围内的言论、出版、集会、结社予以充分保障。"[2] 这也为边区在全国创建与发行刊物（如《解放》《战地》《群众》《新华日报》等），提供了制度上的保证。然而，随着抗战的进行，国民党为了抵制沦陷区以及陕甘宁边区的文化传播，逐渐加强了对出版的统制："自抗战以来，坊间所售之应时书籍及刊物"，"皆共产及左倾色彩占极大多数，类多诋毁本党之词"，因而"对于今后出版界情形，有加以严密注视和统制之必要。"[3] 而后，国民党出台一系列旨在实行出版统制的新闻出版与书报审查法令：《修正出版法》（1937 年 7 月 8 日）、《修正抗战期间图书杂志审查标准》（1938 年 7 月 21 日）、《战时杂志原稿审查办法》（1938 年 12 月 22 日）、《剧本出版及演出审查监督办法》（1942 年 2 月 16 日）、《图书送审须知》（1942 年）、《杂志送审须知》（1942 年 4 月 23 日）、《书店、印刷店管理规则》（1942 年 5 月 5 日）、《统一书刊审查办法》（1942 年 4 月 23 日）、《非常时期报社通讯社杂志社登记制暂行办法》（1943 年 4 月 15 日）、《修正图书杂

1 《中央关于发展文化运动的指示》，见中央档案馆编：《中共中央文件选集》第 12 册，中共中央党校出版社，1991，第 487 页。
2 民革中央孙中山研究学会重庆分会编：《重庆抗战文化史》，团结出版社，2005，第 200 页。
3 《国民党中央宣传部审查书籍刊物总报告》，见中国第二档案馆编：《中华民国史料档案资料汇编（第五辑·第二编·文化）（一）》，江苏古籍出版社，1998，第 644—645 页。

志剧本送审须知》（1944年）等，不一而足。这样严苛的审查制度，使杂志书籍的出版变得十分不易，就算是出版没有任何政治背景的纯民间刊物，也异常艰难。

然而，较之于国统区等区域的出版统制，抗战前期的陕甘宁边区施行的是积极的出版政策与简约的出版手续的出版方针。一方面，鉴于文化运动对于革命实践的重要性，尤其是建立、推广新民主主义文化的必要性，边区积极鼓励"建立各种印刷、出版、发行机关，出版各种地方的报纸、杂志和书籍"，"大量创作与编写新文化各部门的教科书、教材、读物、作品、小册子、杂志、报纸、研究资料，建设大规模的出版机关，以供全国文化界的需要"。[1]另一方面，则是出于对知识分子的重视以及对文化特殊性的尊重，边区大力支持文人创办各种文化刊物，以方便他们发表文艺的作品："文化人的最大要求，及对于文化人的最大鼓励，是他们的作品的发表。因此，我们应采取一切办法，如出版刊物、戏剧公演、公开演讲、展览会等，来发表他们的作品。"[2]边区这样的文化目标，在1940年的第一次文协代表大会正式提出建设新民主主义文化后，表现得十分突出，尤其是在洛甫（张闻天）的《抗战以来中华民族的新文化运动与今后的任务》和《中央宣传部中央文化工作委员会关于各抗日根据地文化人与文化团体的指示》发布以后，重视文化工作、支持文化刊物的出版，逐渐深入人心。边区陆续出台了一系列旨在鼓励出版的政策法规。例如，1941年2月颁布的《各抗日根据地文化教育政策讨论提纲（草案）》，开宗明义地指出："发展文化教育事业的最好工具，是报纸和刊物，每个独立的根据地，都应当有定期的报纸和刊物，在较大的地区也应有自己的定期刊物，即使在没有铅印的条件下，开始也应用油印或石印出版。"[3]1941年7

---

1 洛甫：《抗战以来中华民族的新文化运动与今后的任务》，《解放》1940年第103期，第17页。
2 《中央宣传部中央文化工作委员会关于各抗日根据地文化人与文化团体的指示》，《共产党人》1940年第2卷第12期，第10页。
3 《各抗日根据地文化教育政策讨论提纲（草案）》，《共产党人》1941年第2卷第15期，第6页。

月中央宣传部向中央局、中央分局和地域上有独立性质的区党委发出指示：每个根据地的党委"可出版一种在党指挥下的综合的文化艺术性质的杂志，作为各种学术研究与文艺活动的理论的和实践的指导刊物，及文艺作家发表作品的园地。"[1] 同年的边区第二届参议会上，大会同样"原则上通过"了音会、美协、剧协关于"设法帮助其（指音会、美协和剧协，笔者注）在经济上及出版事业上的困难"[2] 的提案。

同时，为了团结各界文化人士，扩大抗日民族统一战线，边区对文艺刊物的出版持民主、开放的态度，即"在抗日民主的原则下应允许其他党派或非党人士出版报纸杂志。党应经过当地政府给以监督并经过自己的党员以良好的影响"[3]。具体而言，各地区党委要"应设法经过自己的同志与同情者，以很大的坚持性，争取对于某种公开刊物与出版发行机关的影响。对于自己同志与同情者领导下或影响下的公开刊物与出版发行机关应给以经常的帮助，但应以力求持久，不以一时之痛快为基本方针。同时应推动社会上有声望地位的人，出版一定的刊物，由我们从旁给以人力和材料的帮助"。[4]

也就是说，边区在实施新民主主义的文化和统一战线的背景下，"主张思想自由，主张言论出版自由，各抗日根据地的政权应当保证人民的思想言论出版自由的权利。"[5] 的确，边区虽然是国民政府一个特殊的行政区域，在军事、政治上都受到国民政府的影响，但事实上却有着相当的独立性，"享有行政、司法、财政、教育、文化、治安等各项权利"。[6] 因而，边区在出版事业上，不

---

1 《中央宣传部关于各抗日根据地报纸杂志的指示》，《共产党人》1941 年第 2 卷第 19 期，第 18 页。

2 《陕甘宁边区第二届参议会·文教提案》，见《红色档案：延安时期文献档案汇编》编委会编：《陕甘宁边区参议会史料汇编》上卷，陕西人民出版社，2013，第 282 页。

3 《中央宣传部关于各抗日根据地报纸杂志的指示》，《共产党人》1941 年第 2 卷第 19 期，第 19 页。

4 《中央关于宣传教育工作的指示》，见中共中央宣传部办公厅、中央档案馆编研部编：《中国共产党宣传工作文献选编：1937 ~ 1949》，学习出版社，1992，第 46 页。

5 《各抗日根据地文化教育政策讨论提纲（草案）》，《共产党人》1941 年第 2 卷第 15 期，第 4 页。

6 李洁非、杨劼：《解读延安——文学、知识分子和文化》，当代中国出版社，2010，第 3 页。

会受到国民党出版法规的影响。正如凯丰所言:"只有在敌后抗日根据地和陕甘宁边区的人民,真正有了言论集会出版的自由。在这些地区有成千成百的报纸刊物出现,它们没有受到任何思想统制的障碍。那里没有所谓新闻检查,也没有所谓图书杂志的审查。一切享有公民权的人民都有在那些区域办报、办刊物、出版书籍、办书店、办教育、办文化事业的权利。"[1]

所以,陕甘宁边区尤其是 1942 年前的边区,相对于当时中国的其他政治区域而言,出版文学刊物是比较容易的。边区鼓励文化事业发展的文化政策,不仅使文学报刊出版业获得了政策和资金上的积极支持,而且使出版流程相当简约。而陕甘宁边区相对独立的政治状态,又为实施积极的出版政策与简约的出版流程提供了可能。正因如此,我们才能看见师田手在边区第一次文代会上,对边区文艺出版政治环境由衷地赞美:"这里,看不见所谓封闭书店、报馆和查禁书籍。这里看到的,是一切出版物和出版事业蓬蓬勃勃地建立发展和长大。一九三九年,改编了《新中华报》,出现了《军政杂志》、《前线画报》、《中国青年》、《中国妇女》、《延安世界语者》,继续出了几期《文艺突击》。《团结》、《解放》和各种各样的抗日理论与马列主义的书籍,是一天天地充实着、增加着,不但受不到阻碍,而且会得到无限的鼓励、帮助与培植。除此,国民党县党部与肤施县政府的壁报,同一切延安的机关学校团体的壁报一样,自由地继续出着,林立于街头。"[2]

虽然边区文艺报刊事业有着良好的政治环境,但文艺报刊的出版毕竟离不开印刷业的支持。印刷业的发达与否,在很大程度上决定着文艺报刊事业兴盛与否。在早期的边区,薄弱的印刷业对文艺出版的影响是显而易见的。艾思奇在 1940 年总结边区文化运动的成绩时就曾指出:由于印刷能力有限"文艺方面的出版物没有力量印刷,文艺方面的出版物,直到现在,除文协曾经出过几

---

1 凯丰:《新中华报的两周年》,《中华报》1941 年 2 月 6 日。
2 师田手:《记边区文协代表大会》,《中国文化》1940 年第 1 卷第 2 期,第 64 页。

期《文艺突击》及准备中的《中国文化》外，还只有手印刷的木刻集油印刊物之类，这不能不说是一个应该急谋设法补救的重要缺点。"[1]事实上，"曾经出过几期"的《文艺突击》在出版过程中也时常因印刷困难而不断脱期。如第一卷第三期《编后记》就曾表示，因为轰炸和赶排《解放》，《文艺突击》延期出刊；第一卷第四期《编后记》再次指出："因为印刷与时间不允许，本刊改为月出一次"[2]；新一卷第一期《编后记》也同样强调："因为印刷关系，《文艺突击》脱期到现在，应向同志们道歉"[3]；新一卷第二期中，编者略显无奈地又一次说道："这一期稿子早就编好了，因为印刷厂的变动，不得已而脱期"。[4]而且，不仅是文艺刊物难以印刷，就连党报《新中华报》在边区初期也不能按时按量出版："本报因印刷关系，暂改为半张，所有《青年呼声》、《特区工作》、《特区文艺》等副刊，一律暂停出版。时间仍是五天，报费依旧，希望各地读者原谅。"[5]其他刊物，诸如《中国青年》《中国妇女》《中国工人》等，也都因为物质、技术条件限制，有过停刊的经历。[6]

自然，陕甘宁边区印刷业的建立及发展，也经历了一个艰难的发展过程。长征时期，部队不得不将原来南方中央苏区笨重的印刷设备全部丢弃。中共中央进驻延安前，只有两部石印机和刻蜡板的油印设备，当时党的重要刊物《斗争》《红色中华》都是油印出版的。在这样的条件下，刊物的印刷不仅质量不高，数量也十分有限。中共中央到达延安后，面对新形势的需要，靠油印出版显然已经不能满足工作的需要了，建立一系列新的印刷厂已是势在必行的工作。"每一个较大的根据地上，应开办一个完全的印刷厂，已有印刷厂的要力求完善

1 艾思奇：《抗战中的陕甘宁边区文化运动》，《中国文化》1940年第1卷第2期，第27页。
2 《编后记》，《文艺突击》1939年第1卷第4期，第88页。
3 《编后记》，《文艺突击》1939年新1卷第1期，第23页。
4 《编后记》，《文艺突击》1939年新1卷第2期，第39页。
5 《重要启示》，《新中华报》1937年12月4日。
6 《中共中央关于调整刊物问题的决定》，见中国社会科学院新闻研究所编：《中国共产党新闻工作文件汇编（上卷）》，新华书店出版社，1980，第96页。

与扩充。要把一个印刷厂的建设看得比建设一万几万军队还重要。"[1] 在建厂时，各根据地应"派得力干部领导，以种种方法和可能收集印刷工人、机器和原料（不论铅、石、油印）。做到最低限度能自力更生的出版小型日报、宣传小册子及翻印中央出版的某些重要书报"，从而彻底践行"毛泽东同志所说的'宁肯少一师军队，不可没有一个印刷厂'这句话的意旨"。[2] 中共中央的这一指示，足见其对出版印刷事业的重视及急迫的需求。

正是在这样的情况下，边区第一个铅印印刷厂——中央印刷厂的筹建工作紧锣密鼓地展开了。中央印刷厂的前身是陕北省苏维埃政府财政部金属币制造厂，位于瓦窑堡北川桃园，主要任务是制造银币、铜币、木板印刷的纸币和布币。1935 年 4 月，陕北省苏维埃政府财政部金属币制造厂改名为陕北省苏维埃财政部印刷所，隶属于中华苏维埃共和国临时中央政府西北办事处财政部国家银行，所长为贺子珍。1936 年，在东北军的帮助下，从上海买了一台石印机和一批纸张，印刷厂有了第一台石印机，并由朱华民接任临产的贺子珍成为厂长。1937 年，随中共中央进驻延安，新厂选址于延安鼓楼北街的一座院落，此时的印刷厂，拥有两台石印机以及三十多名工人。较之于以前，规模有所扩大。后来，中共中央计划以财政部国家银行印刷所为基础，重建江西瑞金时期的中央印刷厂。[3] 1937 年 7 月 1 日，由从中央红军和陕北根据地保安并入印刷厂的人员和设备，还有西安事变后由西安西北文化报社长李蔚然带领的十多名技术人员和一批设备，以及从上海招聘的技术人员和购买的设备三部分人员与设备组成的中央印刷厂正式挂牌成立。[4] 虽然较之于之前已经初具规模，生产

1 《中央关于发展文化运动的指示》，见中央档案馆编：《中共中央文件选集》第 12 册，中共中央党校出版社，1991，第 487 页。

2 臧剑秋：《关于目前党的出版发行工作中的几个问题》，《共产党人》1941 年第 2 卷第 16 期，第 58 页。

3 张彦平：《延安中央印刷厂编年纪事》，陕西人民出版社，1988，第 1—5 页。

4 李平：《回忆中央印刷厂的历史简况》，见延安清凉山新闻出版革命纪念馆编：《万众瞩目清凉山——延安时期新闻出版文史资料（第一辑）》，清凉山新闻出版革命纪念馆，1986，第 410 页。

能力有了明显提升。然而，此时中央印刷厂的生产能力，远不能满足文化出版的需要："一九三七年至一九三八年间，生产能力较低，仅能排印《解放》周刊、《新中华报》（四开版、三日刊）和少量书籍。"[1] 印刷厂印刷能力的提升刻不容缓。直到创建于 1938 年 12 月，由中共中央青年委员会和中共陕西省委共同建立的青年印刷厂开始投入生产。

实际上，边区不仅仅拥有中央印刷厂，同时还拥有八路军印刷所、光华印刷厂以及绥德边区的抗敌印刷厂等，中央印刷厂的发展经历可看作全边区印刷事业发展的一个缩影。八路军印刷所成立于 1938 年 12 月，主要任务是出版《八路军军政杂志》和《前线画报》，以传播八路军的事迹、扩大八路军的影响。成立之初，该厂只有一台石印机，只能勉强应付《前线画报》的出版需求。为了使工厂规模扩大，厂长毛元耀曾冒着生命危险先后两次去西安和武汉购买设备、引进技术人员，工厂的实力大大增强。到了 1939 年工厂决定迁往安塞的阎家湾时，全厂人员有 60 名左右（后增至 120 人），设备有对开铅印机两台、四开铅印机一台、圆盘机一台、石印机三台，已具备相当的印刷能力。抗战印刷厂初创于 1940 年 2 月，其目的主要是为了印刷绥德西北抗敌书店的《抗战报》和其他书刊。在一次战斗结束后清理战场时，《抗战报》编辑黄植发现了一批敌人丢弃在战场上的印刷机和铅字等设备，于是动员战士们将其搬运回去，这成了抗敌印刷厂的第一份"家底"。工厂成立之后，为了使其能正常生产，政府、中央印刷厂和八路军印刷厂给予了它经费、纸张、油墨以及技术上的大力支持。1940 年下半年，抗敌印刷厂在收购了当地一个私人印刷厂后，拥有了四开铅字机一台、圆盘印刷机一台、小号圆盘印刷机两台、铸字机一台以及其他一些设备，具备了独立印刷的能力。光华印刷厂也拥有着相似的发展经历。[2]

---

1 李长彬：《对延安中央印刷厂的回忆和怀念》，见延安清凉山新闻出版革命纪念馆编：《万众瞩目清凉山——延安时期新闻出版文史资料（第一辑）》，清凉山新闻出版革命纪念馆，1986，第 420 页。

2 参见刘苏华：《延安时期中国共产党出版史研究（1937—1947）》，湖南师范大学出版社，2012，第 162—163 页。

毫无疑问，边区快速发展的印刷事业，为边区文艺报刊事业的稳步发展奠定了坚实基础。艾思奇在论及边区的文化运动时，就不无自豪地说："边区有两个印刷厂，每月排印的字数一个是六十万以上，一个是八十万以上，这就是说，边区每月出版字数的总计是一百四十万以上。全国一个最大书店，每月所能出版的字数，最多也不能超过六十万，这一个比较，很可以说明边区出版界在全国文化上的意义。"[1]事实上，艾思奇所统计的数据，只是1940年初边区印刷厂的生产力，1940年以后，边区印刷厂的实际生产实力，要远远高于他的统计。因为到了1941年，"延安每月近乎有几十万字底文艺作品产生——《解放日报》，文抗会刊《谷雨》，诗歌会的《诗刊》，鲁艺校刊《草叶》以及其他半文艺性的刊物等若干种。"[2]也就是说，边区每月仅文艺刊物出版字数，就已经和全国最大的书店每月的出版总量相接近了，边区出版事业的发展程度可见一斑。

第三节　边区教科书的编写与儿童文学教育实践

陕甘宁边区时期的儿童文学教育，主要指"在语文教育教学中，将儿歌、儿童诗、寓言、故事、小说、散文、古诗等文学样式所具有的语言价值和人文精神，转化为学生的语文能力和人文能力的一系列过程和行为。"[3]文学教育和语言教育是小学语文教育最为重要的两个方面，二者是相辅相成的关系，儿童文学教育即主要是儿童文学在语文教育中的体现。因此，陕甘宁边区时期的儿童文学在小学国语教材中的体现，是可称之为一种新儿童文学教育，是与国民党领导下的儿童文学教育相区别，基于教育观念、方针、政策的不同，整体呈

---

1 艾思奇：《抗战中的陕甘宁边区文化运动——二十九年一月六日在边区文协第一次代表大会上的报告》，《中国文化》1940年第1卷第2期，第26页。
2 萧军：《为本报诞生十二期纪念献辞》，《文艺月报》1942年第12期，第1页。
3 朱自强：《小学语文教育是文学教育还是语言教育》，《中国教育报》2011年4月7日。

现出新的形态，篇幅短小精悍且数量少，从内容上讲，儿童文学作品并非是教材的重心，而是借助儿童文学化的语言传达革命、抗日的内容。教科书是儿童教育的载体，也是儿童文学教育的重要载体。

中国现代儿童教育观由 20 世纪 20 年代重视儿童教育，主张儿童本位主义，发展至 20 世纪 30 年代随着政治形势的变迁而呈现出复杂的面貌。全面把握延安时期儿童教育的发展，必然不得忽视同时期国民党领导下的儿童教育。20 世纪 30 年代国统区总的教育原则是"根据三民主义以充实人民生活，扶植社会生存，发展国民大计，延续民族生命为目的；务期民族独立，民权普遍，民生发展，以促进世界大同。"[1] 在此基础上制定的《小学课程标准》规定："小学应根据三民主义，遵照中华民国教育宗旨及其实施方针，发展儿童身心，培养国民道德基础及生活所必需的基本知识和技能，以养成知礼知义爱国爱群的国民"[2]。这一时期国统区儿童教育主要受西方思想的影响，主张儿童本位主义，以三民主义为总的指导思想，培养具备国民道德标准的新国民。而 20 世纪 30年代初苏区小学教育主要是借鉴苏联经验，对传统私塾教育进行现代变革，早在第一次工农兵代表大会上就提出："一切工农劳苦群众及其子弟，有享受国家免费教育之权，教育事业之权归苏维埃掌管，取消一切麻醉人民的封建的、宗教的和国民党的三民主义的教育。"[3] 此后苏区主要开展革命教育，其目的在于"训练参加苏维埃革命斗争的新后代，并在苏维埃革命斗争中训练将来共产主义的建设者"[4]。总的来说，这一时期的苏区儿童教育具有共产主义性质，强调不分性别和成分，平等对待一切儿童，符合苏区的革命斗争实际，体现革命

---

1 李桂林：《中国现代教育史教学参考资料》，人民教育出版社，1987，第 289 页。
2 范远波：《民国小学语文教材研究》，博士学位论文，华东师范大学教育学系，2007，第 55 页。
3 陈元晖、璩鑫圭、邹光威编：《老解放区教育资料·（一）土地革命战争时期》，教育科学出版社，1981，第 27 页。
4 陈元晖、璩鑫圭、邹光威编：《老解放区教育资料·（一）土地革命战争时期》，教育科学出版社，1981，第 308 页。

性和阶级性。

在 1935—1949 年间，中国共产党领导下的根据地和解放区实行抗战教育，在教育目标上，可以说是对苏区小学教育的延伸，强调动员一切力量，包括儿童，旨在实现抗战建国。在教育方面，充分将儿童教育与抗战现实的诉求有力地结合起来，一切为抗战服务。总体说来，在中国共产党领导下的新儿童观的指导下，延安时期的儿童文学教育主要体现革命本位思想，同时也渗透着儿童本位色彩。1938 年 8 月，陕甘宁边区教育厅颁布了《陕甘宁边区小学法》，指出："边区小学应依照边区国防教育宗旨及实施原则，以发展儿童的身心，培养他们的民族意识，革命精神及抗战建国所需要的基本知识技能。"[1] 1941 年 2 月颁布的《陕甘宁边区小学教育实施纲要》，进一步明确边区的小学教育"应依新民主主义教育方针，以促进儿童的民族觉悟，养成儿童的民主作风，启发儿童的科学思想，发展儿童的审美观念提高儿童的劳动兴趣，锻炼儿童的健壮体格，增进儿童生活所必要的知识，培养儿童为大众服务的精神。"[2] 边区教育以新民主主义作为其教育的基本方针，以适应儿童身心发展的科学文化知识教育他们，以使他们成为具有民族觉悟、能够成为担当实现抗战建国伟大重任的坚强的后备力量。由于战时紧迫的社会环境，为调动一切力量投入抗战中，各根据地和解放区大量兴建学校，广泛动员并支持儿童入学，甚至制定政策强迫儿童入学。以晋察冀为例，1941 年 1 月，晋察冀边区行政委员会在《关于普及国民教育的指示》中规定了对儿童入学的标准和要求，对入学数量的提升有一定要求，强调动员方式以宣传解释为主，发动群众团体开展动员，实施强迫入学的政策，普设学校，便于吸收更多的儿童入学等，边区政府旨在普及教育，实现教育为抗战服务，体现了战时儿童教育的迫切性。除了为适应战时需要，

---

1 陕西师范大学教育研究所编：《陕甘宁边区教育资料·小学教育部分（上）》，教育科学出版社，1981，第 11 页。

2 陕西师范大学教育研究所编：《陕甘宁边区教育资料·小学教育部分（上）》，教育科学出版社，1981，第 97 页。

对儿童进行抗战教育之外，也强调尊重儿童的需求，开展适于儿童身心发展的教育。早在苏区时期的《小学课程教则大纲》就指出，苏维埃教育要坚持启发式教育，以培养和发展儿童的自主能力和创造能力，强调儿童教育要注重从智力和体力等多方面培养儿童，延安时期也是如此，不仅强调向儿童传授文化知识和战时常识知识，提高他们的文化知识水平和战争常识，而且注重培养儿童的创造性，为此学校开设音乐、体育、戏剧等课程，鼓励学生积极参加艺术活动，注重在技能运用方面提高他们的能力，按照其心理、年龄、认知能力等的不同，循序渐进，为其编写适应不同年龄学生的教材。

1930 年中国共产党在江西瑞金成立了中央苏区苏维埃政府，由于政权初创，时局仍未稳定，为巩固新生政权，保卫革命成果，亟须动员广大人民群众参与和拥护党的革命，这就需要向广大群众宣传党的话语系统，"教育"因其具有思想文化输出的特质而承担了党的宣传工作，这一过程中儿童的教育问题亦受到格外关注。这一时期小学国语教材有《共产儿童读本》（肖向荣主编）、《列宁小学国语课本》（徐特立主编）、《红孩儿读本》等，主要贯彻共产主义教育思想，宣传苏区的政治和文化思想，将儿童教育与苏区革命斗争、生产生活相结合，提高儿童阶级意识，以培养未来的无产阶级革命人才，体现出儿童教育的革命化、政治化。1937—1949 年间，小学国语教材主要有国统区国语教材和解放区国语教材，延安时期的小学国语教材与国统区国语教材有很大的不同，这一时期的儿童教育是在中国共产党的领导下进行的，小学国语教材作为儿童教育的重要载体，必然体现的是中国共产党的教育理念和方针，它是在承续中央苏区儿童教育思想的基础上，强调儿童教育与抗日斗争、生产劳动紧密相连，呈现出新的历史的风貌。以国语教材为例，这一时期从事国语教科书编写工作的主要有辛安亭、刘御、董纯才等人。延安时期陕甘宁等根据地小学国语教材中由陕甘宁边区教育厅审定的有：董纯才主编的国语常识合编本《初级新课本》（1942 年版）、《初级新课本》（1944 年版）、刘御主编的《初小国语》

（1946 年版，共六册）等；由晋冀鲁豫边区政府教育厅审定的有：曾頵主编的国语常识合编本《初级新课本》（1945 年版）、张腾霄和张岱主编的《初小国语课本》、皇甫束玉主编的《初级新课本》（1947 年版）、魏东明编著高级小学《国语课本》（共三册）等；晋绥边区出版的有：《小学国语课本》（1946 年版），主要参照 1944 年陕甘宁边区《初级新课本》编写。解放战争时期小学国语课本主要是对之前的根据地教材进行修订，各解放区自行组织人力编印教科书，也开始有了着手编写全国统一教科书的实践，为新中国成立后教科书编写奠定了基础。

党中央到达陕北的初期，由于时局动荡不安，教育活动较少开展，直到 1937 年 4 月才逐步开展教育工作，而教材的编写工作则主要是从 1938 年开始的。教材的编写主要分为两个阶段，以 1942 年毛泽东《讲话》为界。1937 年 8 月，中共中央在《中国共产党抗日救国十大纲领——为动员一切力量争取抗战胜利而斗争》中提出："抗日的教育政策"，即"改变教育的旧制度旧课程，实行以抗日救国为目标的新制度新课程。"[1]1942 年之前的小学国语教材的编写遵循一切为抗日战争服务、为政治服务的基本宗旨，内容多体现团结抗日的思想，在 1938 年 2 月出版了陕甘宁边区第一套课本，包括有《初小国语》（六册）。晋察冀抗日根据地于 1938 年 1 月颁布《文化教育决议案》，规定教材和读物要体现抗战与救亡，同年 2 月出版《初小国语读本》（三册），后不断在此基础上修订改进。1938 年教科书编写处于探索阶段，存在抗日题材、战争题材的篇目所占比重过大的问题，这一点受到很多人的批评。如刘御在《我对陕甘宁边区抗战期间三部初小国语课本的认识》中指出 1938 年版初小国语课本"三句话不离'抗日'""阶级观念模糊"[2]等问题，这也是最初国语教科书普遍存在的问题，由于编写者普遍都是一到延安便立即投入了激烈的抗日斗争中去，对现

---

1 王政编：《抗战呐喊·民国珍稀史料中的抗日战争》，人民文学出版社，2016，第 146 页。

2 人民教育社编：《老解放区教育工作经验片断》，上海教育出版社，1979，第 266—267 页。

实把握不足。1942 年之后，编写者逐渐认识到教科书编写中存在的阶级立场模糊、教条主义等问题，认识到要坚定地站在人民大众的立场上，从边区实际出发，编写与边区日益变化的实际相适应的教科书，总的说来这一时期的儿童教育重德育、智育、体育的全面发展，既重视政治教育和思想品德教育，也紧抓文化教育，普及基本的科学文化知识，同时也兼顾体育与卫生教育，培养儿童强健的身体。在编写理念上，将革命化、政治化与科学化、儿童化相结合，既彰显教育意义，又符合儿童心理发展的认知水平。

由于延安时期的儿童文学教育注重教育价值的社会功能，强调教育是为抗战服务的教育。因此，值得我们关注的是，在教育过程中发挥重要作用的教科书是联结"时代／革命"与"儿童"的载体，儿童接受革命教育的过程就是一部革命儿童成长记。徐特立曾给延安儿童保育院题词："保证儿童身心平均发育"[1]，强调儿童教育要从身体和精神两方面着手，不仅要强身健体，锻炼儿童的体格，加强儿童军事训练，为抗战培养后备力量，也要重视对儿童思想道德和革命精神的培养，教科书正承担了这一功能。

马克思认为，劳动是人的最核心的本质，在其论述中多次强调要生产劳动与教育相结合，有助于提高社会生产力，促进人的全面发展。在战争年代，中国共产党借鉴马克思主义中关于劳动与教育相结合的思想，并将此应用到中国革命的实践中，重视劳动教育，注重将劳动与教育相结合，制定了一系列符合战时需要的方针政策，在儿童教育中亦突出强调儿童参与劳动的重要性。边区经济贫困，生产落后，对于普通的农村家庭来说，只有积极参加生产劳动，才能在战乱年代解决温饱问题，有劳动能力的儿童成了家庭生产中重要的帮手，为家庭增加生产，大多数儿童农闲时入校学习，农忙时请假回家做农活，甚至有的家庭因担心影响生产而拒绝送子女入校，极大地影响了边区文化教育的普

---

1 延安市志编纂委员会编：《延安市志》，陕西人民出版社，1994，第 554 页。

及；再者，由于边区特殊的战时环境，发展生产是边区农业发展、经济建设工作的重中之重，在发展生产工作的关键性阶段，党中央提出"动员起来"的口号，即动员一切能利用的力量，团结社会各个群体加入发展生产的工作中来，由此党中央在对边区儿童的培养和教育的过程中，重视劳动教育，以团结儿童为边区整体的发展作贡献。

刘御谈及对国语教材中劳动观点的看法时，对劳动观点这一编辑方针及在编写过程中的体现作了细致阐述，同时也指出劳动观点在教材中的运用不仅为了培养未来社会的好公民和建设者，而且是中国共产党坚持的人民群众的立场在教育上的体现，这也是陕甘宁边区小学国语教科书与国统区教科书的区别所在。董纯才在《儿童节随笔——边区小学急需改进的两件事》一文中，针对当时儿童文学教育出现的与农村实际生活之间存在脱节现象发表看法。在他看来，这种忽视教育与劳动之间关系的思想是典型的传统教育的思想，在传统教育中，把教育看成是为官求名之道，而忽视劳动。而边区的儿童教育应该摒弃这种传统的教育思想，应该是一种建立在边区的实际情况之上的新型的教育，边区的教育应重视劳动教育，应注重劳动素质的培养，传授给儿童适合家庭需要的劳动生产知识，通过教育儿童达到向民众宣传科学的生产知识的效果，以改善边区民众的生活，促进边区发展。反映在教材中，如《初小国语》中有《两个好朋友》："左手和右手，两个好朋友，不论穿和吃，动手样样有。"[1]《狗和猪比手》："猪儿没有手，狗儿没有手，有手不动手，好比猪和狗。"[2]《二流子》："二流子，怕动弹，不劳动，不生产，人穿好，他穿烂，人家吃，他在看"等[3]。"根据一九四六年出版的初小六本国语课本的统计，共二百四十三课，其中从各方面进行劳动教育的就有七十课，占总课数的百分之三十"。[4] 旨在培

1 石鸥编：《陕甘宁边区初小国语：全6册（上）》，广东教育出版社，2016，第50页。
2 石鸥编：《陕甘宁边区初小国语：全6册（上）》，广东教育出版社，2016，第52页。
3 石鸥编：《陕甘宁边区初小国语：全6册（上）》，广东教育出版社，2016，第116页。
4 辛安亭：《教材编写琐忆》，陕西人民出版社，1981，第22页。

养儿童热爱劳动的美好品质，助推边区的美好生活的建设，教材编者通常将日常生活中活生生的例子引入教材中，激发儿童的学习兴趣，也有借以反面事例引发思考，达到教育儿童的目的。

儿童化，即要承认儿童的主体地位，儿童是独立的个体，在编写教材时必须站在广大儿童的立场上，根据儿童不同年龄阶段的特征，编写符合他们认知发展水平的教材，教材内容要浅显易懂，简洁明了，富有童趣，语言要形象生动，注重押韵等，符合儿童的审美需求。儿童文学化，主要指在小学语文教材编写中，注重将儿童文学作品引入教材中，为了符合教材的呈现方式和适合不同阶段儿童的认知学习，通常对儿歌、童谣、寓言故事等加以改编，体现了儿童本位的教育观。小学国语教材的儿童文学化有助于激发儿童的学习兴趣，锻炼儿童的观察能力、思维能力、语言表达能力等，运用文学化的寓言故事等，涤荡儿童的心灵，传递给儿童正确的认知观。

延安时期小学国语教材的编写在不断地摸索之中走向前进，从最初的"洋教条"到逐渐回归实际，编者们深入学习了党的重要文件，不断转变自己的编写理念，教材编写趋向"儿童化"，一切从边区儿童的实际出发，根据他们认知水平和接受能力的发展规律，编写符合他们身心发展特点的教材，在教材编排上，由字词的学习到句子的运用，由浅入深，由易到难，运用儿童化的语言呈现教材内容。刘御在《初小国语》开篇附有"编撰要旨"，对本册教材的适应范围、编辑内容等作一介绍，体现了教材编写者对儿童心理、认知水平等方面的考量，在具体的教材编写中也体现了这一观念。一般来说，具有常识性的知识对儿童来说是枯燥乏味，不利于接受与理解，刘御在教材编写中注重将韵文与唱游这种艺术教育形式相结合，不仅可以调动儿童参与的积极性，而且便于记忆与传唱，如《初小国语》第一册第32、33课，用韵文的形式让儿童了解五和十、左和右的概念。不仅如此，还认识到游戏是儿童的天性，即便在战时的环境中，也能够保护儿童的天性，多次呼吁社会各界为边区儿童捐赠玩具等，在教材编写中，注重对边区儿童游戏场面的描写。如刘御主编的《初小国语》第一册有《装》和《不要怕》："哥哥你来装狗，妹妹你来装羊，让我装个狼儿来拖羊。羊儿在吃草，狼儿过来了。狼儿叫，羊儿跑，狗儿追，狼儿逃。小羊小羊不要怕，哥哥把狼□□□。"[1]《我的马儿好不好》："跳跳跳，跑跑跑，你说我的马儿好不好，我的马儿不吃草。"[2] 第二册有《下课后》："下课后，玩游戏，来来来，来玩老鹰捉小鸡，你装老鹰飞过来，我装母鸡来打你，小鸡紧紧跟着我，不怕鹰来把咱欺。"[3] 第三册中有《霹雳拍》："霹雳拍，霹雳拍，霹雳拍拍大小麦，麦子打得多，白麦蒸馍馍，麦子打得好，肉馅包水饺，要吃馍，就有馍"[4] 等。国语教材中选入关于儿童游戏的篇目，寓教于乐，满足了儿童天性中对游戏的喜爱，彰显了对儿童童心的关爱。此外，由于抗日的时代背景，有些"游戏"诸如刘御主编《初小国语》第二册第29课《学打仗》："拿上木刀和木枪，大家好久不见了"，[5] 折射出"革命"的影子，是革命教育在儿童生活中的体现，是时代的真实写照。

再者，教材内容更趋向于儿童文学化。小学国语教材编者在编撰中会选录同时代诗人的儿童诗歌，不仅反映时代特色，而且使得国语教材更具儿童性和艺术性。以刘御主编的《初小国语》为例，第二册中选录史轮的街头诗《儿歌》："我拿不动二哥的枪，妈妈叫我快快长，妈妈说，等我长大了，给我买根枪，那红缨子要比二哥的还要长。"[6] 篇幅短小，语言欢快自然，富有童趣。第四册中的《小脚苦》由刘御1938年所作的短歌《小脚苦》改编而成，将原诗中"人也好，品也好"类稍显抽象的表述改为"眼睛黑，身段好"，使得人物更加形

---

1 石鸥编：《陕甘宁边区初小国语：全6册（上）》，广东教育出版社，2016，第26—27页。
2 石鸥编：《陕甘宁边区初小国语：全6册（上）》，广东教育出版社，2016，第16页。
3 石鸥编：《陕甘宁边区初小国语：全6册（上）》，广东教育出版社，2016，第117页。
4 石鸥编：《陕甘宁边区初小国语：全6册（上）》，广东教育出版社，2016，第233页。
5 石鸥编：《陕甘宁边区初小国语：全6册（上）》，广东教育出版社，2016，第122页。
6 石鸥编：《陕甘宁边区初小国语：全6册（上）》，广东教育出版社，2016，第121页。

象化。短歌《秋收小调》反映了边区群众秋收的喜悦之情，采用民间小调的表现方式，注重押韵，读之朗朗上口，易于唱诵。不仅如此，也注重教材语言的儿歌化、童谣化与民谣化，内容丰富，富有节奏性与趣味性。第三册选录童谣《萤火虫》，此为刘御创作的科学诗，以充满故事性和趣味性的语言向儿童展示萤火虫的生长习性。第四册中收录英国童谣《小泥娃》，讲述心爱的漂亮可爱的小泥娃失而复得的事，尽管重新找到的小泥娃不再有美丽的头发，浑身上下是伤疤，但在孩童心里依然爱着她，依然和当初一样美丽。第六册选编《解放区民谣》《蒋管区民谣》，由于第六册是在战胜胡宗南军队回延安后编写，将此五首民谣列入教科书，极具对比与宣传之意。不仅如此，《初小国语》教材更注重对"故事"文体的运用，借故事化的语言向儿童传达生活常识、思想品质等，少了直接训导的意味，易于儿童接受，也有类似《乌鸦喝水》《瞎子摸象》等经典的寓言故事。《初小国语》第一册中《不喝生水》以口和手对话的形式来表达喝开水有助于健康，第三册中《水》用童话式的语言为儿童普及"水"的几种状态间的转化："遇冷你就结成冰，遇热你就化成气，结成冰块浮水面，化成气体飞上天，飞上天，遇了冷，你又变成云，云儿再遇冷，雨雪冰雹落下地"[1]，将不易理解的物理学知识以童话的语言来表述，充满童趣。《初小国语》第四册中有《人身体各部分争功劳》、第七册中有《狐狸和乌鸦》《蜜蜂和胡蜂》《鹬和蚌》等，这类"教材体"童话语言形象生动，富有童趣，符合儿童的心理接受能力，有利于儿童认知思维和情感能力的培养。国语教科书编者往往将历史故事、民间传说等进行改编，以适应于新的时代语境中的儿童，如《初小国语》第四册选编《勤学的岳飞》中岳飞因家贫买不起纸和笔而用沙子和树枝代替，以他的勤学精神教育儿童。《孔融让梨》将传统孔融让梨的故事用边区儿童熟悉的儿歌化的表现方式加以表现，结尾用孔老汉的

---

1 石鸥编：《陕甘宁边区初小国语：全 6 册（上）》，广东教育出版社，2016，第 212 页。

话点明主旨，教育孩子们学习孔融谦让的品质，要争着抢着做好事。《团结就是力量》本为元嘉年间流传于民间的故事，刘御将这则故事稍作修改供初小学生学习阅读，潜移默化中培养边区儿童的团结协作的革命精神。除此之外，抗战故事在国语教材中也占较大比重，主要是如何退敌、如何智斗敌人的故事。单就刘御主编的《初小国语》第五册中有《麻雀侦探》《巧计》《慕家塬战斗》《炸桥》等。

还有，将谜语引入教材，认识到"谜语"这种表现方式对儿童的启示和教育意义，易于锻炼儿童的认知能力和思维方式。谜语，也称隐语，是一种产生于并流传于民间的文字游戏，可包括事谜、物谜、字谜等，通常将作为谜底的事物的主要特征借助比喻、拟人等表现手法，用形象化的语言表达出来。国语教材中的谜语主要是物谜，选取头发、灯等儿童常见事物，可以使儿童增长知识，加深对客观事物形状、大小等特征的理解，谜语作为一种文字游戏，对于文化生活不那么丰富的边区儿童来说，实则是非常受欢迎的娱乐活动，可以丰富儿童的生活。从儿童心理方面来看，儿童天生充满好奇心，爱游戏，自然乐于参与到有趣的文字游戏中来，绞尽脑汁猜中谜底获得"成就感"同时也可以锻炼他们的思维能力、语言能力等。在边区从事教育工作和教材编写工作的辛安亭在《谈儿童谜语》中，不仅指出了儿童谜语之于儿童教育的重要作用，而且就儿童谜语的选择标准从地域、时代、阶级、儿童等方面作了阐述，体现了边区儿童教育的特点。教材中选录的儿童谜语不仅紧密联系边区儿童生活实际，如《初小国语》第一册中选录《猜》："高高山上一把线，千人万人数不见，猜不着，头上看。"[1] 第二册中《灯》和《人影》中，"头有黄豆大，一房子装不下"，"擦着火，点上灯，来了个黑客人，你说话，他跟口，你做什，他做什"。[2] 将谜语巧妙地融入故事中，第三册中有《两个谜语》："小小一个白儿郎，

1 石鸥编：《陕甘宁边区初小国语：全6册（上）》，广东教育出版社，2016，第60页。
2 石鸥编：《陕甘宁边区初小国语：全6册（上）》，广东教育出版社，2016，第144—145页。

穿红穿绿又穿黄，跟上懒妇常睡觉，跟上勤妇忙又忙""驼背小乖乖，木腿穿铁鞋，扶着他走路，吃穿就会来"。[1] 浅显易懂，而且妙趣横生。

这一时期高小国语教科书在篇目选编上也体现儿童文学化的教材观念。以由晋冀鲁豫边区审定，魏东明主编的高小《国语课本》第三册为例：第 5 课《儿童节歌》，是教育家陶行知为儿童节创作的一首诗歌，肯定儿童在历史中的地位和价值，并对儿童改造旧社会、创造新社会寄予了美好的期望。第 17 课为《百草园》，节选鲁迅的回忆性散文《从百草园到三味书屋》中描写百草园的部分，展现了百草园的美丽和有趣。这样优美的散文选入国语教材中，为儿童营造出了有趣的儿童乐园，充满童心童趣，激发儿童的学习兴趣。第 18 课《驴的寓言》选编寓言《驴和狗的故事》和《父子扛驴》，通俗的故事蕴含深刻的哲理意味，其一告诫人们要对自己有明确的定位和认知，切记盲目模仿他人；其二告诫人们遇事要有主见，而不能人云亦云。第 19 课《黄历迷》以幽默风趣的方式讲述一对过于相信迷信的父子的滑稽故事，告诫儿童要反对和破除迷信。此外，也会选编一些名人故事，如《孙中山先生的少年时代》《贺龙将军》《谢子长和他哥哥》《岳飞》等，抗战故事如《伤兵》《纪念反日战士顾正红》《"我的枪……"》《八路军告日本士兵书》等篇目。教材篇目的选择不仅体现编者的儿童观，也体现了延安时期教材编写者对实现教材教育性与趣味性相结合的一种探索。

除边区编辑出版的各类文学教科书外，在党和政府的领导下，各根据地还根据边区的实际情况相继出版了诸多儿童刊物，其中：陕甘宁根据地有《边区儿童》《新少年》《青年与儿童》《少年之家》《新少年》等，晋绥根据地有《西北儿童》《新少年》等，晋察冀根据地出版有《华北少年与儿童》，晋鲁豫根据地有《新儿童》《儿童之友》，苏北根据地有《儿童画报》《儿童生活》《儿童文娱》

1　石鸥编：《陕甘宁边区初小国语：全 6 册（上）》，广东教育出版社，2016，第 189 页。

《每月新歌》等，华中根据地有《华中少年》《儿童之友》《江海儿童》。尤其是在陕甘宁边区的首府延安，作为党中央直接领导下的各根据地和解放区的文化中心，聚集了一大批从事文学创作以推进儿童文学教育发展的知识分子，为延安文学教育的发展注入了活力。其中首先值得注意的是刘御和萧三的儿童诗歌创作。刘御主要作品集有：诗歌集《儿歌歌谣》《新歌谣》《延安短歌》，故事集《边区儿童故事》。1937 年 12 月，"战歌社"成立，刘御被推选为社长。这一群众性诗歌组织在延安大力开展诗歌朗诵运动，开拓了延安诗歌发展的新方向，以朗诵的方式向民众传达革命思想，使诗歌向大众化迈进了一步。为了使诗歌真正走向人民大众，诗歌语言真正成为人民大众的语言，1938 年 8 月 7 日，战歌社与西北战地服务团战地社联合发表《街头诗歌运动宣言》，掀起街头诗运动，号召知识分子们和民众一同拿起诗歌的"武器"参与战斗，"写吧——抗战的、民族的、大众的！歌唱吧——抗战的、民族的、大众的！"[1]，从而推动诗歌为抗战服务，为人民群众服务。在街头诗运动中，涌现出了田间、柯仲平、刘御等一批街头诗人，他们将诗歌与现实结合，与民众结合，创作了一批富有时代特色的战斗性的革命诗篇。这一新诗浪潮中，也涌现出了许多值得我们关注的儿童诗歌。刘御在延安时期创作的儿童诗歌主要收录在《延安短歌》中，有《这小鬼》《两个小鬼》《摇篮曲》《国旗》《礼拜六》《边区少先队进行曲》《学打铁》等。《这小鬼》刻画了延安红小鬼的形象，他们将裤腿卷得高高的，穿着不合身的大号军衣，戴着军帽。你要是问他为什么不穿裤子呢，他会不搭理你，要是问他小号吹得怎么样呢，他会笑眯眯地回答你，有朝一日上阵杀敌是他美丽的憧憬，全诗展现了远离家乡的小鬼对日本侵略者的憎恨和期望上阵杀敌将侵略者赶出中国的决心。《两个小鬼》以两个小鬼对话的口吻，表达了对侵略者的愤恨、坚持抗敌的决心以及建设新中华的美好祝愿。《梦》以"梦"

---

1 孙国林、曹桂芳：《毛泽东文艺思想指引下的延安文艺》，花山文艺出版社，1992，第 265 页。

结构全诗，用孩童天真的口吻讲述了一个颇为荒诞的梦，侧面反映出儿童对鬼子的憎恨、上阵杀敌的决心以及对革命必胜充满信念。整首诗内容天马行空，语言极富想象力，充满童趣，符合儿童的认知心理。《小阿毛》刻画了典型的边区儿童形象，小阿毛会写信，会看报，会宣传，会放哨，还是小先生，字里行间流露出对小阿毛们的褒扬之意，展现边区儿童的精神风貌。刘御还为儿童创作了诸如《萤火虫》一类的科学诗，诗中不仅介绍萤火虫的特点和生活习性，而且侧面反映出边区老百姓充满生机的生活画面，以此讴歌边区生活的美好。

萧三是一位现代革命诗人。早年创作儿童诗《瓦西庆乐》，既是写给儿子阿郎的，也是写给无数个像阿郎一样成长中的儿童，既为天真烂漫的孩子们能在瓦西庆乐这一共产主义后代的培养所成长学习感到欢喜，又为那些为共产主义事业英勇牺牲的烈士们和无数饱经饥寒、生活在动荡中的孩子们感到悲哀，借此诗表达诗人对新一代儿童们对早日加入革命战斗中来的殷切希望。《三个（上海的）摇篮曲》同样是一首充满斗争性和革命性的儿童诗。萧三1939年奔赴延安，任陕甘宁边区文协主任。在边区紧张的战斗工作中，萧三一直关心边区儿童的成长，不仅翻译儿童文学作品，还坚持为边区儿童写作，经常向《西北儿童》刊物投稿。这一时期他的儿童诗有《敌后催眠曲》《给儿子阿郎》《儿童节》等。

延安时期的儿童诗歌最典型的特征就是具有教育性和宣传性，儿童诗歌不仅是儿童政治教育、革命战争教育的工具，还是革命宣传教育的有力武器。艾青在《开展街头诗运动——为〈街头诗〉创刊而写》中强调："把诗和政治密切地结合起来，把诗贡献给新的主题和题材：团结抗战、保卫边区、军民合作、缴公粮、选举、救济灾民……整顿三风，劳动英雄，模范工人赵占魁……等，使人们在诗里能清楚地感到今天大众生活的脉搏。"[1] 延安的街头诗运动为

---

1 孙国林、曹桂芳：《毛泽东文艺思想指引下的延安文艺》，花山文艺出版社，1992，第326页。

延安新诗指引了方向，题材范围扩大了许多，涉及的主题更加贴切边区生活的实际，儿童诗歌的创作也不例外，诗人们将目光指向边区儿童的生活实际，创作出了一首首符合时代需要的儿童革命诗歌。诗歌形式自由、活泼，有些诗歌与音乐相结合，在诗词的基础上加以谱曲，便于传唱，易于被儿童接受，语言通俗明白，具有宣传鼓动性。如萧三为抗战剧团写的《抗战剧团之歌》呼吁小小年纪的剧团演员拿起宣传的武器为把日本鬼子赶出中国而抗战到底。塞克在《延安少年团团歌》中写道："今天能作模范的好少年，明天神圣的革命事业就要我们承担"，鼓励广大少年团员，要"忠诚、有爱、活泼、勇敢。积极的工作，要改造这世界，全靠我们自个!"[1] 田间的《儿童节——为儿童节大会的朗诵而作》运用第二人称，似与儿童进行亲切的对话，诗歌开篇从儿童生活中常见的事物谈起，如有炸弹贴片、火药气味的街道、有太阳徽的飞机、隆隆的炮声，激发抗敌意志和情绪，鼓励儿童们挺起胸膛，慰劳正在战斗的军人们去战斗，从父辈手里接过杀敌的刀剑，去保卫祖国。诗歌中"小兄弟"一次出现了九次，极具呼吁性，符合朗诵文体的艺术风格。

此外，这一时期关注儿童，为儿童创作的还有柯蓝、李又然、贺敬之等人。柯蓝曾在陕北公学、鲁迅艺术学院学习，毕业后在陕甘宁边区文协工作，曾发表抒情诗歌《小盲女》，中篇小说《洋铁桶的故事》等作品。诗人在《小盲女》中将笔触指向盲女这一社会特殊群体，探寻她们内心深处对光明与希望的憧憬。全诗以第二人称"你"的口吻来叙述，流露出诗人对小盲女不幸命运的深切关怀与同情。不幸的小盲女"迟缓地蠕动"着那"细小灰白失明的眼珠"，诗人运用丰富的想象，将思绪转向那个呆呆坐在墙角的、充满哀愁的小盲女，想象着她在想她的眼睛，想象着如果拥有一双明亮的双眼，她将会"凝视那世上，最瑰丽的红色"，"跑到有太阳的河边 / 去洗濯你的小手"[2]，或者她要劳作，

---

1 塞克:《延安少年团团歌》，《解放日报》1942 年 4 月 4 日。
2 林默涵总主编，阮章竞主编:《中国解放区文学书系·诗歌编》，重庆出版社，1992，第 1051 页。

既有孩童天性中天真稚嫩的一面，也有其对参与大时代的渴望，渴望摆脱命运的束缚，迎接更加精彩的人生。李又然在《给弟妹们——并且给"少年剧团"全体同志》中写道："看年纪，你们的'责任'是游戏。但是你们，竟也已经受尽了民族的苦难。你们中间，有的，不是还小得脸都需要妈妈或姊姊，亲手洗吗？却也奔走于大江南北，象越过一条小溪。你们用流亡，代替读地理；用参与历史的改造，代替读历史；用捉汉奸，代替捉小狗，小猫"，"儿童时代，最劳苦的职责，也只应该至多是：到野外青草地上去放羊，当心狼，黄昏归家。/ 但是你们所应该当心的，竟也是全民族无比凶险的大敌人——日本帝国主义和它的一切警犬们了"，并告诫广大儿童们"走自己的路"。[1] 何其芳 1938 年赴延安，随后在延安鲁迅艺术学院工作，他的《我为少男少女们歌唱》是他这一时期思想发生转变的见证，诗人以一位"歌者"的身份，唱响少男少女们的赞歌，年轻的少男少女们，你们是"正在生长的力量"，如同那"早晨""希望"，是"属于未来的事物"，[2] 以高昂向上的热情歌唱新生的力量，并给予他们最美好的祝愿，让一切"快乐或者好的思想"[3] 能够停驻在他们的心中。诗末诗人的情绪更加高涨，为少男少女歌唱的过程中，诗人被青春的热情与梦想所打动，重获梦想与希望。《太阳的话》同样充满理想、浪漫的气息，诗人借"太阳"的口吻，既写"太阳"想要走进"你们"的小屋的急切心情，也写带着一切美好事物的太阳希望人类能够早点看到它，感受到它的存在的急迫心情。诗末诗人的情感更加强烈，表达的主旨更加深入，能够带来人间美好事物的太阳不仅仅想要开启那关闭了许久的小房子，更希望用花香与温暖填满人们的内心。诗人用近似童话的方式，表达了战乱年代中人们对自由、光明和幸福的向往，也

1　少年报社编：《中国现代儿童文学选·诗歌·戏剧》，江苏人民出版社，1982，第 167—168 页。

2　王巨才总主编：《延安文艺档案·延安文学·延安文学作品·诗歌》，太白文艺出版社，2015，第 362 页。

3　王巨才总主编：《延安文艺档案·延安文学·延安文学作品·诗歌》，太白文艺出版社，2015，第 363 页。

流露出光明必将到来的信念。

晋察冀根据地儿童诗歌与陕甘宁相比，在抗战宣传、英雄主义色彩等共性的元素外，呈现出不同特色。当时活跃在延安的诗人多为从国统区、沦陷区等地奔赴延安的外来文人，其诗歌颇受中国共产党直接领导下的延安文化的熏陶，诗歌节奏明朗，语言欢快自然，极具感染力，具有宣传性和战斗性。晋察冀诗人的儿童诗歌形式自由，注重用环境描写等营造意境，语言凝练，呈现诗化、抒情化的色彩，多为解放区本土文人，经历了边区战斗的现实，内容上侧重对战斗中涌现的英雄人物和事迹予以记录，是纪念亦是歌颂，诗歌洋溢着战斗的激情。

李季在延安时期是备受推崇的诗人之一，他将民歌的表现形式运用在诗歌创作上，创造性地发展了延安新诗写作，为长篇叙事诗的写作开辟了新的可能。他的《王贵与李香香》是《讲话》之后工农兵文艺的代表性作品，采用歌谣体的形式来创作，反映时代风貌，这是他诗歌的一大特征，也是延安时期诗歌创作方面的艺术追求。长篇叙事诗《报信姑娘》反映了1935年至1947年三边地区革命发展历程中军民团结建设新社会的时代风貌。1947年胡宗南军队进犯陕北，匪军任意杀害老百姓，给三边地区带来了深重的灾难，人们为把白军赶出三边而奋力抗争，这位姑娘就是在这次抗击白军的斗争中为给侦察员报信而英勇牺牲。诗人以饱满的诗情吟唱着姑娘的勇敢无畏，成功地塑造了坚强、勇敢、淳朴的报信姑娘的形象。"报信姑娘"没有名字，她虽然已经牺牲，但她的英雄事迹却一直被铭记在人们的心中。她不是中国共产党党员，只是一个普通的拐腿姑娘，她热爱劳动，热爱和拥护新社会，她的身上有中国共产党党员身上具有的革命意志和信念，坚决拥护革命，勇敢与匪军作斗争，当匪军残忍地杀害民众时，姑娘和她的伙伴们冒着危险将他们埋葬，在黑夜里为掩护侦察员而献出了宝贵的生命，她的英勇事迹被广泛传唱。在诗歌形式上，《报信姑娘》采用四行体的新诗体，以民歌为基调，每节四行且押韵，读之朗朗上口，吸收生活化的口语，使诗歌语言晓畅自然。同时诗歌中借鉴陕北民歌中常见的"比兴"手法，先言它物以起兴，如："旱苗见雨又青又旺，边区天天巩固，姑娘天天长。姑娘越看越好看，就像她家的光景一天强似一天"[1]，注重环境描写，如"边区的黄土埋葬咱边区人，带露的草原也把泪滴""天黑夜静没有月亮，只有狂风在呜呜的响"[2]等句，以景衬情，使情感更加真挚。

　　孙犁在《谈儿童文艺的创作》中指出："边区的孩子已经参加了战斗，需要对他们进行政治的、战斗的科学教育。今天用艺术来帮助他们，使他们思想感情加速健康的成长，是我们艺术工作者的迫切任务之一。"[3]晋察冀儿童诗歌所反映的多为战斗中的儿童，诗歌中的儿童往往通过加入儿童团等组织参与革命，如孙犁的《儿童团长》中，十三岁的儿童团长小金子时刻把"工作"放在第一位，尽职尽守，关心爱护团员。小金子冒着电闪雷鸣坚持去查岗，腿脚不便的小拐五仍然坚守在放哨岗位上，诗末小拐五高兴地向小金子讲述当夜游击战斗的胜利，抗日的坚定信念温暖着这个寒夜，两个孩子沉浸在胜利的喜悦之中。卞之琳的《放哨的儿童》用简洁的语言描绘了儿童团员站岗放哨、查路条的情景，称他们为"新天地的两员门神"[4]，既刻画出了儿童团员的认真负责、尽职尽责的革命精神，也彰显了儿童的天真活泼，充满童趣。田工的《孩子哨兵》同样是写站岗查路条的儿童团员，写儿童团员工作中的认真与机警，凸显儿童在革命工作中追求进步的决心。袁勃在《母鸡和小孩——这是晋察冀 X 区的一个活生生的故事》中写晋察冀根据地的子弟兵们在与日军的战斗中取得了胜利，听闻胜利消息的儿童团员跑回家去用米喂养母鸡，好让母鸡下一个鸡蛋，为的是慰劳子弟兵的胜利。郭小川在《滹沱河上的儿童团员》中称孩子们为"滹沱河的儿子"，他们身扛红缨枪，坚守岗哨，机智灵敏，是"晋察冀的

1　蒋风主编：《中国儿童文学大系·诗歌1》，希望出版社，2009，第449页。

2　蒋风主编：《中国儿童文学大系·诗歌1》，希望出版社，2009，第456页。

3　《孙犁全集》第二卷，人民文学出版社，2004，第437页。

4　蒋风主编：《中国儿童文学大系·诗歌1》，希望出版社，2009，第211页。

肩膀"。[1] 以儿歌作为补充穿插在诗内，唱响了儿童团员保卫家园、坚决抗日的决心以及革命必胜的信念。诗末与诗歌开头呼应，以"滹沱河的儿子，你干出了英雄的勾当"[2] 回答了开篇诗人提出的问题，唱响了对屹立在滹沱河两岸的儿童团员的礼赞之歌。这一类儿童诗歌还有邵子南的《中国儿童团》、姚远方的《边区儿童团》《小木枪》、高光的《小侦察员》等，体现了坚决抗战、保家卫国的思想。

商展思，抗战初期奔赴延安，先后在云阳青训班、陕北公学学习，1939年赴晋察冀边区工作。他的创作以一个战士的姿态书写着晋察冀民众的抗战激情，在他的笔下也不乏热血的儿童们。《游击队里的小鬼》写小鬼们在游击队紧张的战斗生活，他们盘查放哨、搜捉汉奸、刺探敌情等，战斗生活虽艰苦，却苦中作乐，字里行间流露出对小鬼们的赞美和歌颂。《儿童团员王兰桂——野场惨案记事》以在日军"扫荡"期间，群众为掩护八路军伤员，有七十多人惨遭杀害的"野场惨案"为背景。儿童团员王兰桂不惧敌人机枪和刺刀的威胁，向敌人发出愤怒的呼喊，表现了对惨案制造者的愤怒和憎恨，凸显了抗战时期人民群众英勇无畏、不屈不挠的斗争精神。《杏花》中姑娘将从树上折下的半放的杏花插在受伤战士的枕边，让战士感受到被人民爱抚的温暖，"半放的杏花"不仅代表着人性的关怀与温暖，更是美好的未来和希望的象征，反映出真挚的军民情谊以及对夺取战争胜利的向往。史轮在延安时期积极投入"街头诗"的创作，《大家来杀鬼子兵》表达了人民群众守护家园，与日寇斗争到底的决心，全诗注重押韵，呼吁号召性极为强烈。其儿歌《爹妈叫我快快长》在内容和形式方面颇为简单，同样呼应了当时倡导的文艺为抗战服务的文艺理念。

此外，这一时期晋察冀根据地儿童诗歌也有以歌颂边区生活为主要内容的。柯岗，被称为是从部队上成长起来的诗人。1938年赴延安进入抗大学习，

---

1 蒋风主编：《中国儿童文学大系·诗歌1》，希望出版社，2009，第206页。
2 蒋风主编：《中国儿童文学大系·诗歌1》，希望出版社，2009，第207页。

1939 年在太行抗日根据地工作。其文学作品深入边区战斗生活，充满浓郁的生活气息。在日本侵略者的大规模"扫荡"和国民党对敌后抗日根据地的严密的经济封锁下，为响应"丰衣足食"的大生产运动和党的"组织起来"的号召，以延安为中心的各边区纷纷开展大生产运动。他的《红高粱》讲述在高粱、稻米成熟的秋季，敌后根据地的人们纷纷跨上马背，拿起武器，保卫生产成果，守护家园。开头以简短的、富有浓郁的生活气息的诗句呈现出边区秋收之景，诗歌中塑造了"我"的形象，积极响应号召，希望能够像八路军一样勇敢地保卫生产成果，"我要回家跟爹娘闹"[1] 中一个"闹"字将儿童特有的天真与稚气展露出来，使得整首诗歌轻快、活泼、自然。鲁荫的《延水儿歌》同样是歌唱边区人民美好生活的赞歌，以农家儿童的视角，书写边区群众在党的正确领导下，迎来了幸福的生活，边区群众摆脱了政治和经济上的压迫，通过生产劳动，实现丰衣足食，结尾抒发了农家儿童对守护家园、上阵杀敌的渴望。陈辉在短小精悍的小诗《妈妈和孩子》中，以孩子的口吻、梦境的形式抒发了对日寇赶出家园的美好愿景。

在延安时期的童话和儿童小说创作中，童话创作活动及其作品，相比当时的儿童诗歌、小说来说稍显不足。这源于人们对童话文体"超现实"与"现实"的特征认识不足，一些人认为为孩子们写的童话，要能够滋养孩子们幼小的心灵，丰富的想象、夸张的色彩等必然是最重要的，一些人认为写童话必然写的是王子公主、小猫小狗等，这些根本不足以表达复杂变化着的现实，更无力揭露现实的黑暗，特别是在战时语境下，童话的宣传功能远远比不上诗歌。罗竹风在《关于童话的写作问题》中谈及对战时童话创作的看法，从中可以反映出这一时期的儿童作家对童话创作的思考。他认为"想象性"童话，固然能够吸引儿童的兴趣，但缺乏现实性，过于停留在"想象"的层面难免会陷入虚

---

1 蒋风主编：《中国儿童文学大系·诗歌 1》，希望出版社，2009，第 288 页。

幻之中，并结合在中国颇为流行的苏联童话作品《表》，强调童话的现实教育意义[1]。提出了当时童话创作应该坚持的方向，即现实主义的创作方向。

严文井是延安时期具有代表性的童话作家。他于1938年到抗日军政大学学习，毕业后在陕甘宁边区文化协会工作，其间发表了若干小说、散文等作品。在《我是怎样开始为孩子们编故事的》中指出，最初从事童话创作是一个偶然的开始，到延安的第二年，有感于延安和平民主的社会环境，在这里精神生活是充实的，人和人的关系是平等友好，感受到前所未有的温暖与幸福，由此萌发了想要为孩子们编织各种"充满光亮和色彩的世界"[2]的想法。这一时期严文井主要创作了八篇童话，《南南和胡子伯伯》中严文井用充满童趣的语言、大胆丰富的想象写南南在梦中经历的事情，他遇到了蛾子和蝙蝠，遇到了胡子伯伯，与胡子伯伯一起去"欢乐谷"等。"欢乐谷"中不仅可以看戏，而且有各种好玩的、好看的和好吃的东西，简直是孩子们的王国、乐园，"欢乐谷"极具象征意味，象征着对未来快乐美好生活的憧憬。《四季的风》中秋风为了让苦孩子开心，作者让风和小红叶在茅屋里回旋舞蹈，营造了一种充满诗意的氛围，故事的结尾严文井用诗性化的语言为小读者们解释四季风的不同，是因为苦孩子的缘故，以真挚而自然的情感感染儿童读者。严文井认为"童话虽然很多都是用散文写作的，而我却想把它算做一种诗体，一种献给儿童的特殊诗体"[3]。与这一时期充满革命斗争性的儿童文学作品不同的是，他的童话以一种诗意的笔触去写儿童的生活，更加贴近儿童天真自然的心理状态。

同时这种诗意并没有完全走向"超现实主义"，而是与现实、时代生活有一种内在的联系。严文井在《自传》中称，这一时期的作品"描写了旧社会孩

---

1 刘增杰编：《抗日战争时期延安及各抗日民主根据地文学运动资料》，山西人民出版社，1983，第34页。

2 严文井：《严文井选集》下，人民文学出版社，2004，第394页。

3 严文井：《严文井选集》下，人民文学出版社，2004，第379页。

子们的悲惨遭遇和对美好未来的热望"[1]。《四季的风》关注农村被剥削阶级苦孩子的命运，"四季的风"对苦孩子的关怀和同情，反衬出苦孩子命运的悲惨以及现实社会的残酷无情。不是简单地反映时代、现实的风貌，而是在基于现实基础上渗透着作者对阶级、压迫、强权等社会问题的理性的思考。《皇帝说的话》中皇帝凭借他的威严与权力统治着一切，最终因自己的命令而活活将自己饿死。《希望和奴隶们》中名叫"主子"的人无条件地压迫奴隶们，占有着他们的劳动，反映了旧社会中普遍存在的阶级压迫和阶级分化的现象。一个名叫"希望"的神仙代表着公平与正义来到人间拯救三个奴隶，唯独第三个奴隶能够认清不幸的源头，敢于"自救"，带着"希望"赠予的剑赶走了"主人"，成为了"快活的人"。"反抗"是应对强权压迫的唯一途径，那些饱受压迫而精神上麻木不自知的人着实令人痛惜。《红嘴鸦和小鹿》中红嘴兽不仅是自私虚伪的，依附强权，屈从于被称为百兽之王的狮子，为了得到狮子猎物的肠子，整日为狮子歌功颂德，用尽气力讨好狮子，还是残忍的旁观者，旁观他人的痛苦和死亡，揭露人性之恶。

严文井曾在《英文版〈严文井童话选〉前言》中指出"好的童话都是一些'无画的画帖'，或者又是一些没有诗的形式的诗篇。这些奇异的画帖或诗篇具有一种魔力，尽管它们描绘的常常是不存在的事物和荒诞的境界，然而却能帮助人们看清和理解真实的生活，使人们想起前进和向上，不甘心沉没在平庸和丑恶的事物之中"[2]，这也是严文井童话的独特之处，往往在诗意和现实中蕴含着某种哲学道理。这种哲学意味主要体现在其童话作品的道德教育性、寓言性上。严文井的童话常常寓教育于诗性叙述之中，《胆小的青蛙》中，胆小的青蛙上了癞蛤蟆的当，因惧怕人类而东躲西藏，甚至不敢再像以前一样发出叫声，最后躲在一只废弃鼓里，被孩子们发现后仍然不敢发出叫声导致被修鼓的

1　严文井：《严文井童话集》，山东人民出版社，1983，第379页。

2　谭宗远编：《严文井文集·第3卷·童话寓言卷》，湖北少年儿童出版社，2000，第381—382页。

人封在鼓里。作者对胆小的青蛙和自私自利的癞蛤蟆是持否定态度的，同时也正视人性的不完美，青蛙因它的过分胆小受到了应有的惩罚，终认清现实，努力练就本领保护自己。《风机》中的小面人为了使自己不被老鼠们吃掉，带着老鼠们四处寻找食物，接受别人赠予的食物，而自己又不愿帮助他人，最终因为自己的自私自利被鸵鸟吃掉，另一方面也批评懒惰的老鼠们的不劳而获的行为。《南南和胡子伯伯》中胡子伯伯讲述自己胡子长的原因，因为自己曾经是一个调皮的孩子，把自己的亲身经历讲给同样是个调皮孩子的南南，只有改正调皮的毛病，才能受到大家的欢迎，才能成为幸福快乐的小孩。《小松鼠》中淘气的小松鼠受到了妈妈的鼓励，主动去搭救落水的小鸡，帮助辛苦工作的工人，给穷老太太赠送食物，尽管多次受到误解，最终得到大家的理解，由一个调皮的孩子变成了一个受大家喜欢的、快活的好孩子。《大雁和鸭子》中大雁和鸭子一同前往北方的大海，途中鸭子因贪玩好奇多次想要停止飞行，最终不听大雁劝告而被农夫抓去，失去了自由的生活和飞翔的本领。赞扬大雁意志坚定、勤劳肯吃苦的品质，批评了鸭子畏难退缩、缺乏意志。作者用儿童的语言、儿童的心理来书写儿童的成长问题，歌颂勤劳、善良、积极进取等美好的品德，符合儿童的审美兴趣，从而使儿童在审美过程中不自觉地受到启迪。

此外，也有颇具政治意味的寓言故事，如冯雪峰的《乌鸦、喜鹊和小老鹰》，乌鸦见一只小老鹰刚学会飞，认为它弱小可以欺负，便联合四只喜鹊去攻杀它。战斗后四只喜鹊分别向乌鸦报告是小老鹰死在自己的手下。乌鸦听信它们的报告，断定小老鹰已阵亡。不料在胜利示威之际遭到小老鹰的捕杀，故事以乌鸦临死前的哀叹作结，感慨失败源于对敌人力量的低估和对部下谎报的战绩的轻信。时值国民党反动派大举进攻华中革命根据地，这则寓言映射了当时的革命形势，以儿童文学特有的故事化的语言将革命形势娓娓道来，实则暗含讽刺的效果。

不过，这一时期儿童小说取材于轰轰烈烈的革命斗争实践，强调表现新的人物和新的生活，展现儿童的精神面貌，尤以表现儿童的战斗生活为主，如丁玲的《一颗未出膛的枪弹》、韩作黎的《小胖子》、孙犁的《一天的工作》、董均伦的《村童》、萧平的《小路子》、胡朋的《拴柱》、胡海的《侯疙瘩和他的少先队》、秦兆阳的《小英雄黑旦子》、华山的《鸡毛信》、柯蓝的《一只胳臂的孩子》、周而复的《晋察冀童话》、峻青的《小侦察员》、管桦的《雨来没有死》、周行和任浩的《徐金诚和他的小马枪》、杨非的《十五岁的"和平军"》等，小说人物形象鲜明，风格明朗，格调高昂，展现了一个个充满朝气、机智勇敢、从容淡定、不屈不挠的抗日小英雄形象，丰富了现代文学史中的儿童形象，为新中国成立后儿童形象的塑造奠定了基础。

中国共产党在延安时期极为重视文艺宣传工作，强调文艺为抗战服务，以此凝聚民族力量，振奋民族精神。抗日战争全面爆发后，在党的领导下，于1937年8月12日在延安成立了西北战地服务团，该团以宣传抗日为主旨，特别是毛泽东《讲话》发表之后，文艺工作者们积极学习毛泽东的文艺思想，并自觉运用这一指导思想指导文艺创作实践，推动了晋察冀文艺创作的繁荣，在儿童文学发展艰难的战争年代，晋察冀根据地收获了诸多成果，延安时期的儿童小说创作大多集中在晋察冀革命根据地，通过对抗日英雄的塑造，展现晋察冀根据地少年儿童在战斗中的精神风貌。孙犁的《黄敏儿》中，黄敏儿的父母均为奔赴延安的革命者。在敌人占据村庄后，黄敏儿失去了读书、唱歌、玩耍的自由，只能借着拾柴的机会感受久违的自由空气。被敌人逮住后，敌人企图活埋他并将他关押至监狱，后在抗日儿童的帮助下成功逃走。小说形象地展现了黄敏儿这样一个拥有高度革命警惕性，面对敌人企图杀害、关押盘问时不屈不挠、勇敢机智、从容淡定的孩童形象，黄敏儿是当时千千万万革命者后代中的一个，让我们看到一幅在革命者的引领下，新一代儿童自觉接过抗战使命的历史图景。《村落战》中小星儿在一场与鬼子的战斗中不怕危险主动承担了通讯任务，带领通讯员到达目标地，刻画了一个沉稳勇敢且有大局意识的战斗中的儿童形象。《一天的工作》中两名青抗先和一名儿童团团员不畏辛苦、主动承担抬铁轨的任务,以另一种方式参与抗战、支持抗战。萧平的《小路子》塑造了典型的农村儿童形象。小路子是一个十一岁的孩子,具有这个年龄段儿童的共性,生性活泼,调皮好动。小说中他扮新郎与伙伴们做模仿结婚的游戏,跐着脚跟学小脚女人走路,被骂后仍表现出一副骄傲与得意,赶猪玩、用木刀割猪脑袋、用红缨枪刺猪的肛门等,是典型的"顽童"。小说用富有儿童化的语言将一个儿童的形象表现得栩栩如生,话语间流露出儿童最本真的一面,他热情而自尊,当村里来了青年工作团的人员,小路子自告奋勇地去找村长安排晚饭,受到杜儿的质疑后,甚至与杜儿打架;因为怕羞,用别人的名字给女同学写信等,他主动为青救会锄地,也有热爱劳动、热爱集体的一面。

管桦的《雨来没有死》是革命题材儿童小说中的经典之作。小说中的雨来是一个十二岁的水乡少年,他调皮贪玩,喜欢玩水,像普通儿童那样因不听妈妈的话而挨打,是一个极具现实感的儿童。同时他又是一个不折不扣的抗日小英雄,他爱国,在日本鬼子的威逼利诱、拳打脚踢下仍然牢记老师的"我们是中国人,我们爱自己的祖国"的教导,不屈从于淫威,不仅成功掩护了区交通员,而且以自己的机智勇敢成功摆脱了鬼子的迫害。与一般儿童小说相比,故事情节跌宕起伏,人物形象更加丰满。秦兆阳的《小英雄黑旦子》中黑旦子在送信归途中不幸被鬼子兵抓获,他想起爷爷的教导,不仅不惧怕鬼子的逼问,更是勇敢地喊着"八路军万岁!共产党万岁!"的口号,最后趁鬼子不注意机智逃脱并成功为游击队报信,帮助游击队完成歼敌任务。

周而复以在晋察冀边区获得的素材,创作出了以晋察冀敌后抗日战争为背景的《晋察冀童话》系列小说,包括《小英雄》《围村》《遛马的孩子》《小六儿的故事》《在一条小胡同里》等小说,塑造了一系列晋察冀抗日小英雄的形象。《小英雄》中儿童团长四喜子在鬼子和汉奸的威逼利诱下不为所动,在与敌人周旋中为我军报信,最终不幸被敌人残忍杀害。《围村》一开始就写日本鬼子秘密包围了整个村子抓捕八路军工作人员，二虎子的妈妈试图掩护老王，正想办法时鬼子已经进村搜查，事件的矛盾将整个故事推向了高潮，鬼子利诱小孩子来识别八路军工作者，在关键时刻，十一岁的二虎子对着老王喊了声"哥哥，走咧"，顺利掩护了老王的身份。日本鬼子围村抓捕的阴险狡诈、汉奸出卖同胞的卑鄙无耻、八路军工作者面对日寇的淡定冷静、二虎子临敌时的勇敢机智等在小说中表现得淋漓尽致，危机之中更显军民团结御敌、一致抗日的决心。抗战时期日军在敌占区诱骗、掳掠儿童做汉奸，这对敌占区文化教育的开展造成了巨大阻挠。柯蓝在《一只胳臂的孩子》中讲述在敌占区一个放哨的孩子在敌人到来之际，不顾一切挥舞着镰刀为同伴们传递信息，自己却丢了一条胳膊，但这并未挫伤他抗敌的信念和勇气。中篇小说《洋铁桶的故事》于1944年发表在延安的《边区群众报》上，引起了巨大的反响，发展到今天仍具有艺术生命力，是具有代表性的经典的中国优秀的儿童文学著作之一。《洋铁桶的故事》与上文提到的儿童小说有很大不同，小说塑造的是抗日英雄、外号"洋铁桶"的吴贵的形象，以章回体话本小说的形式构建文章结构，讲述"洋铁桶"加入了八路军并一步步成长为战斗英雄的故事，是典型的革命英雄成长叙事。

在革命文艺与战争同行的年代，解放区各地的儿童文学在革命炮火中缓慢成长。延安时期，新安旅行团在走遍苏、浙、晋等14省后返回苏北根据地，在党的领导下继续从事苏北地区的儿童工作。为满足根据地儿童的精神需求，为继续宣传抗日，1941年在苏北创办了《儿童生活》，主要刊登抗日儿童故事、天下大事、科学知识等，如《撕掉那些鬼标语》（左林）、《朱大爹认错》（江虎）等，陈毅曾题词："抗战事业应该让儿童参加，新四军愿意做儿童们的良友"[1]，曹荻秋也曾撰文肯定儿童在抗战中的贡献。此期苏北地区还出版《儿童画报》《淮海儿童》等刊物，展现苏北根据地儿童的精神风貌，并鼓舞根据地儿童加

---

1 转引自罗存康：《少年儿童与抗日战争》，团结出版社，2015，第281页。

入抗战的行列。与此同时，一批关注儿童命运的作家在《苏中报》《淮海报》等刊物上发表为儿童创作的、表现儿童抗战生活的作品，为解放区儿童文学的发展作出了重要的贡献。诸如：在吴蓟的《小铁锤和大棕马》中十五岁的少年小铁锤，拿着羊铲似乎在等待过往的敌人，一面放枪吸引敌人的注意，一面跟着敌人进村，为其担水饮马，在敌人对他放松警惕的时候，借放青的机会骑着大棕马，为武工队汇报敌军情况。陈允豪的《小鬼李新的故事》可谓是革命队伍中"小鬼"的成长史，脸上沾满眼泪、鲜血、灰尘的李新参加了革命队伍，从勤务员、通讯员到成为在战斗中独当一面的侦察员。纵观整个延安时期的儿童小说，少年英雄形象一直是作家乐于书写的对象，这些作品中或多或少体现出一种"英雄情结"，一方面为适应战时的需要，在血与火的年代，正需要英雄少年的事迹激发斗志，鼓舞更多的儿童参与到革命事业中来，另一方面也反映主流意识形态对理想人格的追求。此期，苏北根据地也有一部分儿童小说注重反映儿童在革命年代心灵的成长历程，如阿敏的《三张"大抗"——新旅一个团员的故事》讲述林枫从儿童团团长一步步成长为新安旅行团团员的故事，其间经历逃离家庭、一系列思想困惑等，最终坚定了革命到底的信念，取出了父亲为他准备的回家时用的三张抗币。林果的《回家》中陆群母亲借由父亲生病带革命队伍中的陆群回家，回家途中陆群经历了诸多思想斗争，最终彻底打消顾虑，返回革命队伍中。

钟望阳的《把秧歌扭到上海去》也是这一时期儿童小说中的佳作。小说中塑造了一个从小生活在解放区，接受革命教育，思想觉悟高的小巧子的形象。她热爱祖国，热爱老百姓，喜欢用扭秧歌、唱小调的方式向老百姓宣传革命。小说以小巧子的视角来展现当时解放区与反动区截然不同的社会景象，解放区是民主自由的天地，没有压迫和奴役，老百姓生活改善，到处是军民一家亲的民主、和谐的景象。相反在上海，处处充满压迫、苦闷和混乱，她看到三姨妈等人不劳动，从父母口中听到了诸多"不许"，经历了上海学校老师的不民主的对待等，更加渴望回到解放区。小说分别在小巧子去上海前、回解放区之际以梦境的形式展现了自由而愉快地扭起秧歌舞的热闹场面。"秧歌"作为根据地群众喜闻乐见的文娱形式，寓意着革命胜利的火种，以儿童的视角展示了对革命终将取得胜利的坚定信念。

抗战时期的儿童剧创作，因为戏剧艺术的直观性和动员性强而受到文艺工作者的重视，可以说是战争催生了抗战戏剧并推动了戏剧艺术的发展。反之，抗战戏剧为夺取抗战的胜利作出了巨大的贡献。延安时期不少文艺工作者肩负着"文化抗战"的历史使命，坚持一切为抗战服务的总方针，积极投入抗战戏剧的创作，出现了抗战戏剧繁荣发展的景象。孩子剧团的演出和抗日宣传工作的开展，带动了儿童剧的发展，不少关注儿童剧的理论家纷纷撰文，以期引起文艺创作者的高度重视，创作更多有助于宣传的佳作，例如：张早在《抗战中的儿童戏剧》中强调儿童戏剧对于战时儿童的重要性，同时对抗战宣传动员亦有积极影响，许幸之在《论抗战中的儿童戏剧》中指出："我们千万不要忽略，儿童是他们父母的后备军，他们和她们是未来的新中国的主人。因此，一切儿童文化，应当在抗战中发芽，一切儿童艺术，也应当在解放斗争中开花"[1]，以此来呼吁文艺工作者们重视儿童戏剧的创作，创作有利于抗战的、具有教育意义的、能够引起儿童兴趣的儿童戏剧。在党的领导下，各地儿童剧团积极演出和儿童戏剧理论研究的推动下，全国各地纷纷成立儿童剧团，掀起了一场轰轰烈烈的儿童戏剧运动，抗战儿童戏剧获得了较大的发展，这一时期创作出了不少深受欢迎的儿童剧，诸如《追汉奸》《最后一课》《打鬼子去》《孩子血》《放下你的鞭子》等，主要以现实的斗争生活为题材，传递抗日的火种，星星之火终成燎原之势，儿童们发展成为一支不可缺少的抗日力量，他们运用戏剧这种艺术形式参与到抗战中来，在历史上画上了浓墨重彩的一笔。

---

1 蒋风主编：《中国儿童文学大系·理论1》，希望出版社，2009，第155页。

谈及延安时期的儿童戏剧，不能不提及延安的少年剧团。由于"延安儿童文娱工作一向甚少为人注意，孩子们几乎没有他们读的书，没有他们看的儿童剧……市青联有鉴于此，特于'四四儿童节'前成立延安少年团。"[1] 延安少年剧团成立于1941年"四四儿童节"前，是由当时的毛泽东青年干部班的第六班儿童班发展而来，团员一般为十四五岁的儿童，后改为延安儿童艺术学园，隶属于青年艺术剧院，由胡沙担任儿童剧团的编剧。成立之初，首先公演了胡沙的童话剧《公主旅行记》和《勇敢的小猎人》，这是延安第一个儿童剧团，对培养儿童的革命情操，发展儿童的艺术才干，推动延安儿童文艺的发展具有重要的贡献。此外，胡沙的童话剧还有《糊涂将军》《雾山城》《它的城》。《它的城》是一出童话讽刺戏剧，据记载是由美国作家雷非亚的原著改编而成，是儿童艺术乐园成立后的第一个剧目。此外儿童艺术学园还演出了程云的儿童剧《小八路》和《笑吧，孩子》，这两部剧贴近现实，切实地反映了抗战斗争中的儿童形象，其中《笑吧，孩子》讲述的是儿童团在抗敌斗争中的英勇故事，抗日战争时期敌后根据地的儿童团们积极参与了抗敌斗争，他们巧用妙计偷走日寇的手榴弹和炸药，而且炸毁了敌人的营地，最终在胜利到来之际英勇牺牲。"虽这些剧本还不免粗糙，不完整；但仍不失为新的创作，它有着自己的风格：生动、活泼、趣味，合乎儿童的兴趣与要求；同时，试用了一种漫画式的，夸张的手法，演出了这些剧作。"[2] 1939年上半年，由鲁艺学生李鹰航谱曲、高阳作词、夏静编舞创作了儿童歌舞剧《小小锄奸队》，反映战时边区儿童捉拿汉奸的故事，在延安首演，此后由各戏剧文艺团体在各根据地公演，在各根据地产生了广泛影响。

抗日战争爆发以后，在党中央的领导下，于1937年在延安成立了西北战地服务团（简称"西战团"），是抗战爆发后成立的首个综合性文艺团体。西战

1《市青联开展儿童工作》，《解放日报》1941年6月20日。

2《延安儿童艺术学园》，《解放日报》1942年4月5日。

团在 1937—1944 年间两次进驻晋察冀边区，以文艺作为战斗的武器，利用文学、戏剧、音乐等多种艺术形式在晋察冀边区开展抗日宣传工作，宣传党的抗战政策，鼓舞前线士兵抗战斗志，争取广泛的群众基础。1938 年 11 月，在山西牺牲救国同盟会的领导下成立了吕梁抗战剧团，该剧团多为儿童，以戏剧作为武器宣传抗日，曾创作儿童剧《中华儿女》，讲述中华儿女的反日反汉奸斗争。延安时期儿童剧的发展离不开各根据地战地服务团抗日宣传工作的广泛开展。1939 年 11 月，西北战地服务团成立了儿童演剧队，后更名为少年艺术队。儿童演剧队的队员们在团里的第一要务是"学习"，团员们在团里要学习文艺知识和基本技能，按照个人特长爱好进行专业学习，这一时期西战团的团主任是周巍峙，他十分注重对团员们知识的培养，强调要发奋读书，指导团员们阅读中外名著，诸如《海燕》《狂人日记》《雷雨》等，同时秉持"实践第一"的宗旨，注重让全团队员们在抗日斗争的实践中汲取艺术源泉，鼓励他们独立开展各种艺术创作活动，在实践中不断丰富经验和增长才干。他热衷于发展儿童歌剧，于 1939 年冬与陈正清、邵子南共同完成了独幕儿童歌剧《相信谁》的创作，"新瓶装旧酒"，以歌剧这种新的艺术形式反映现实的战斗生活，歌颂边区人民相信党，团结一致共御外敌的决心。这也是儿童演剧队最早演出的儿童歌剧，另一部是洛丁编剧的儿童话剧《抓汉奸》。1940 年 5 月演出由胡苏编剧的儿童剧《孩子的书》，1940 年秋周巍峙与田野、赵尚武共同创作的三幕儿童歌剧《八路军与孩子》在边区儿童检阅大会上演出，受到了边区群众的热烈欢迎，该剧讲述一群生活在晋察冀革命根据地的儿童们在反"扫荡"战争中，为八路军和村民们放哨、站岗，不幸被敌人绑架后，仍不屈不挠与敌人作斗争。此外西战团儿童演剧队还演出了儿童话剧《表》《童养媳》《读好书》等。1942 年 3 月至 4 月，晋察冀抗敌剧社儿童演剧队演出由胡可编剧、杜烽导演的儿童剧《清明节》，魏风、郝玉生编剧的《小玲子》，儿童剧《儿童万岁》，歌舞剧《乐园的故事》，等等。1941 年原野的儿童剧《蜜蜂和蝥虫》在延安出版，1947 年

5月，冀中北进剧社创作并演出儿童歌剧《找八路》等。这一时期儿童剧主要是服务于抗战形势，以抗战救国为主旨，反映抗战现实，宣传革命文化，包括党中央关于抗战的方针、政策等，培育文艺队伍，也扩大了中国共产党的革命影响，抗战戏剧的传播之地也就是革命文化所到之处。

同时，这一时期的儿童故事也是值得我们注意的一类儿童文学作品。韩进在《儿童文学》中指出："故事，本指叙事性文学作品中一系列有因果关系的生活事件。故事指文体时，属于散文中的一种，所以又称叙事散文。它侧重于事件过程的描述，强调情节的生动性和连贯性，而对人物性格较少作细致的刻画。它和小说有相似之处，又带有'说话'的特点，既可以由说故事人讲述，也可以由自己阅读，是一种深受人们喜爱的文学形式。"[1] 儿童故事，亦称儿童散文，借助叙事的手法对某一事件作一具体而完整的陈述。延安时期的儿童故事主要有两种：其一是关于边区儿童的，如刘御的《边区儿童的故事》、刘克的《太行山的孩子们》等，《边区儿童的故事》是刘御为边区高小学生和中学生编写的代用课本，由若干独立的篇章构成，以边区儿童为主人公，同时注重对儿童周边的人物诸如家长、教师、村长、连长等人物的刻画，多角度反映了边区儿童在战争年代呈现出的精神风貌。其二是讲述无产阶级革命家的少年英雄事迹、战时涌现出的英雄人物事迹，以此对儿童进行无产阶级革命教育，如李季的《毛泽东同志少年时代的故事》、萧三的《我知道的毛泽东的少年时代》、孙犁的《鲁迅和鲁迅的故事》和《少年鲁迅读本》、叶生明的《我的爸爸叶挺将军》、柏桦的《幼年的刘志丹》、董均伦的《刘志丹和小鬼》、浩川的《少年时代的列宁》等。这些革命英雄故事是延安时期儿童能够阅读到的主要的精神读物，而且也会选编进教材中以供儿童学习，有助于坚定儿童的革命信念，传承中华民族的爱国精神。

---

1 韩进：《儿童文学》，中国广播电视出版社，1999，第60页。

下编　文本与史料分析

第五章
陕甘宁文艺作品及其文本的再解读

陕甘宁文艺是中国革命文艺进程中的一个重要历史时期及其发展阶段。这个时期的各种类型的文艺创作及其作品，以及其形成的人民的文艺及党对文艺的领导、"为工农兵服务"的文艺方向、大众化的美学选择与文艺体制等，在当时的新民主主义文化实践及政治革命与军事斗争中，作为当时新民主主义文艺的示范和延安文艺的中枢，以及新中国文艺的雏形，对党的文艺方针政策的确立、文艺活动与政治的关系、文艺的大众化与普及、重视作家艺术家的培养及其作用、文艺的群众化及其艺术教育等，都产生了广泛深刻的社会政治影响与关键性历史作用。就陕甘宁文艺文本而言，有许多都是名副其实的"红色经典"，多年前笔者就曾积极参与《延安文艺精华鉴赏》[1]，限于篇幅，这里仅选择若干经典文本进行再解读，借此管中窥豹。

第一节 《刘巧儿》的文本演变与主题演进

在陕甘宁戏剧运动及其剧目演出活动中，能够长演不衰且在戏剧史上留下重重一笔的，要数《刘巧儿》了。1943年陕甘宁边区陇东分区华池县发生

---

1 参见王志武主编，李继凯副主编：《延安文艺精华鉴赏》，陕西人民教育出版社，1992。笔者执笔部分有十多万字。

了一起婚姻诉讼案，这个案件不仅成为当时解放区妇女解放的典范和司法审理的典型，而且案件主要当事人也作为文艺舞台的主要人物形象——"刘巧儿""马青天"等，随着文艺剧目一起被边区乃至全国所熟知。从1944年袁静创作的秦腔剧本《刘巧儿》首演以来，经过民间说书艺人韩起祥的陕北说书《刘巧团圆》，王雁的评剧《刘巧儿》，1956年长春电影制片厂改编成电影《刘巧儿》等，在《刘巧儿》剧本的历次修改和完善中，《刘巧儿》所具有的主题倾向及意识形态内涵，不断地发生改变，逐步地深化，相应地《刘巧儿》的剧情结构和表现方式也发生了改变。因此梳理和探讨《刘巧儿》不同文本当中的修改，将有助于发现作品版本变迁及其修改背后的时代原因，在适应政治意识形态及现代文学规范需要的同时，透视当代文学所留下的时代特征及审美意味。

在《刘巧儿》的文体流变中，秦腔剧本《刘巧儿告状》的出现是一个里程碑，它既是对此前民间"本事"——"马锡五的审判方式""马锡五同志调解诉讼"故事的总结，又是"刘巧儿"故事新的开端，这是从民间真实向"文本叙事"的重要转变。因此，《刘巧儿告状》在保持诉讼案基本情节的基础上进行了以下重要改编：首先是角色身份的细化、强化。婚姻诉讼案中的主要人物是马专员、当事人封捧儿、张柏儿以及双方的父亲。秦腔剧本《刘巧儿告状》中除"马专员"不变外，封捧儿成为"刘巧儿"，她是一个活泼、美丽、秉性刚烈、口齿伶俐的边区新型劳动妇女。张柏儿成为苗壮精干的变工队长"赵柱儿"，张金才改为耿直烈性的老汉"赵金才"，此外还有年轻调皮的变工队员栓娃、锁娃，四十来岁的变工队员老马，直爽热心的妇女主任李婶婶，农村中颇有威望的老胡、乡长、石裁判员等比较细化的角色分工。其中最重要的是出现了人民群众的对立面，剧本新设置了封建家长刘彦贵，地主老财王寿昌，能说会道的"二流子"刘媒婆。因为有了地主老财和劳苦大众的二元对立，从而使故事更加具有阶级斗争的复杂性和丰富性。其次是增加了刘巧儿和老财东王寿昌的相遇并"受欺";和劳动英雄赵柱儿麦田见面并且心生爱慕之情;巧儿不甘婚姻受摆布主动找马专员状告父亲悔婚、王寿昌逼婚等故事情节,并以"告状"作为书名。当巧儿和王寿昌在大街上相遇时,王寿昌因为想要和巧儿搭话遭到巧儿的嘲讽,情急之下说出二人的婚约,巧儿去找妇女主任李婶婶商量对策,这才有了和赵柱儿的巧遇并且一见钟情,此后的"告状"也就顺理成章。这些内容的增加使本来简单的法律案件变得更加具有戏剧性,不至于显得突兀。

按照毛泽东在《讲话》中提出的观点,一切文学艺术都属于一定的阶级或一定的政治路线,并且认为"革命的思想斗争和艺术斗争,必须服从于政治的斗争,因为只有经过政治,阶级和群众的需要才能集中地表现出来"。[1] 在当时的延安,作家知识分子们所信奉的"自由、人性"等艺术观点遭到了批判和否定,《讲话》作为中国共产党新的文艺政策开始全面指导和规范解放区的文艺创作。袁静作为一个从事多年革命工作的党员,她深知知识分子只有经过思想改造才能"与实际结合""与工农兵结合",创作出"具有中国作风和中国气派"的民族形式,因而将毛泽东的《讲话》精神的内涵充分融入创作当中,凸显出革命的叙事话语。故事原型重在体现"马锡五的审判方式",故事主要涉及的是赖婚、卖婚和抢婚,一场婚姻纠纷先后有两个审判结果,群众有两种不同的态度,强调的是"马青天"的审判方式,审判结果的重点在于封捧儿与张柏儿的婚姻是否有效,封彦贵是否受惩罚。而在秦腔文本《刘巧儿告状》中设置了相互对立的两类人物形象,代表了不同的阶级身份,一类是代表劳动人民的刘巧儿、赵柱儿、赵金才、栓娃、锁娃等,他们具有劳动人民普遍具有的传统美德、机智能干、身强力壮、英俊潇洒,例如赵柱儿本人是有才干,很英俊;赵柱儿领导的变工队员都是些爱唱好笑的年轻结实的棒小伙等。另一类是代表封建家长和地主阶级的刘彦贵、王寿昌、刘媒婆等。这类人物像民间故事一样,

---

1 《毛泽东选集》第三卷,人民出版社,1991,第866页。

是被类型化的人物，相貌丑陋，丧失人性，压迫佃农，买卖婚姻。当时在延安，戏剧演出主要是为了传播党的各项政策，动员老百姓投身革命，这部戏剧上演的背景正是抗日战争即将结束、国内矛盾上升的时候，文本增加了地主阶级，使得原本普通的农村婚姻故事上升为阶级矛盾，农民反抗地主阶级的压迫和剥削正迎合了当时的大环境，和中央的政治诉求是一致的。当然马专员、妇女主任作为政治意识的代表，是新政权的代言人，他们的出现也代表了当时政治意识形态宣传政策的政治诉求，只有在党的领导下，农民阶级才能推翻压迫和剥削，才有望过上幸福生活。

在改编前的诉讼案中，王寿昌只是巧儿的最后一个许婚对象，身份年龄都不详，更不会和巧儿见面，巧儿"受欺"一场的增加，使得地主阶级顺利介入到故事当中，不至于显得突兀，当然代表"恶"的地主阶级的出现使得故事情节更加动人，符合革命叙事诉求。麦田"巧遇"的增加也显示出传统的文本叙事模式，利用爱情来增加故事的可读性，凸显出刘巧儿和赵柱儿之所以是一对好姻缘，体现的是无产阶级与普通的农民大众共有的价值观——"好劳动"，显然这样的设置也是取悦老百姓的审美传统的一种写作策略，文艺创作只有选择符合群众思想感情的艺术形式和表达方式，才能真正受到尊重。这样，一场婚姻买卖诉讼案变成了一场农民反抗地主压迫和剥削的阶级斗争，地主阶级破坏劳动人民和谐生活的行为必然会引起群众起身反抗进行斗争，而这种群众斗争也必然是以胜利而告终的。

从上述的改编我们可以看出，秦腔剧本丰富了故事情节，阶级斗争的出现使整个剧情发展充满张力，为这部戏真正走向民间，面向工农兵农村打下了基础。而农民作为受众者对这部戏的接受程度也成为文艺真正"为工农兵服务"的实践明证。按照当时革命形势，广大农民群众从戏剧宣传中得到动员，坚决拥护中国共产党的领导，积极投身到轰轰烈烈的民族解放斗争中。

毛泽东在《文化工作中的统一战线》一文中曾明确指出："我们的任务是

联合一切可用的旧知识分子、旧艺人、旧医生，而帮助、感化和改造他们"[1]，要求党的文化工作者要和民间艺人积极联合。文章掀起向民间文艺学习的热潮，在延安地区出现了一批经过改造后的"新型的"民间艺人，韩起祥就是其中之一。民间艺人韩起祥通过学习，改变旧有的思想方式，积极主动地参与党的政策的宣传教育中，现身说法教育群众。陕北说书《刘巧团圆》就是他配合党的时事政策编的新书，他按照党的新的文艺政策的核心要求，凭着自己对农村社会的深刻理解和农民文化需求的准确把握，在内容上做了相应的修改：

其一，题目由"告状"变为"团圆"也就预示着在党和边区政府的领导下，群众过上了幸福团圆的新生活。在这部说书的开篇和结束部分，韩起祥重复唱出了故事新的主题：咱们边区好地方，男耕女织人人忙，有吃有穿好光景，实行民主好气象！有些男女二流子，劝说改造全变样。买人卖人都不行，骗亲抢亲也不让，听了这话你不信，有段故事听我唱！

《刘巧团圆》在开篇就集中介绍了延安当时改造"男女二流子"的社会背景，巧妙地引出文本的主题。为了解决军需搞好生产，就要动员广大老百姓的劳动热情，建立新型的劳动观念，大力发展生产，昔日靠投机取巧混日子的"二流子"为民众所鄙视，一时间热爱劳动成为民间人物价值评判的主要依据。韩起祥借用勤劳与懒惰这一农村社会最普遍的价值观来分辨人物的好与坏。也就是说，劳动能力的强弱是判断一个农民阶级立场的行为准则。父亲逼迫巧儿退婚、巧儿爱上变工队长赵柱儿都和劳动这个新词汇有关，劳动者成为受人尊重的对象，成为被歌颂的英雄，不爱劳动，游手好闲者将要接受农民群众的监督和改造，因此新的价值标准使对立两方的矛盾冲突得到了强化。韩起祥巧妙地将边区政府所倡导的现代性话语和政治观念移植到新书当中，用老百姓自己的价值观进行评价，顺利实现了新旧文艺的转化，也实现了文艺所承载的政治

---

1 《毛泽东选集》第三卷，人民出版社，1991，第1012页。

宣传功能，加快和推动了农民对党和边区政府所代表的政治意识形态的理解和认同。

其二，巧儿坚决的告状行为也在"团圆"的强化之下进行了修改，变成了马专员在听取了群众意见之后主动攀谈。韩起祥笔下的刘巧儿在面对马专员时，显得彷徨无助，是在专员的引导之下讲出实情的，符合传统社会及民间文化对女性的认识，能够贴近民众被民众所接受。《刘巧儿告状》能够得到下层民众理解和接受并且激起强烈的共鸣，与当时延安文艺大众化运动也有密切关系，利用旧形式、民间形式实现文艺的民族化大众化成为活生生的现实。难怪解清（黎辛）评价道："读了《刘巧团圆》就会惊叹这位文盲眼盲的民间艺人对于新社会的深切观察与体验。书中不仅把刘巧、赵柱、马专员描写得自然、生动、亲切，关于在具体事件进行中表现，也是非常恰当的。《刘巧团圆》说书的听者都能怀着快乐的心情，我想其主要原因之一应当是这说书使他们确信民主政府的司法能保障真正相爱的人民如意成亲，能保障人民的幸福和自由。民间艺人的创作和革命的具体政策如此亲密的结合，在现在还是罕见的。"[1] 还有一点需要注意，那就是文艺大众化运动在经历了长久的探讨与实践后终于落到实处，而学习和化用民间艺术资源是因为这些来自老百姓身边的"血肉"可以成为宣传、动员群众的重要手段。

其三，增加了刘彦贵设下计谋骗取退婚书的内容，也就是强调了"退婚"情节。刘彦贵身上沾染了众多恶习，好吃懒做、投机倒把、嫌贫爱富。为了获得更多彩礼，他将女儿卖给又老又丑的土财主王寿昌。为了能顺利退掉女儿的娃娃亲，他欺骗女儿说她的未婚夫"又丑又懒""不会劳动"。为了能够顺利拿到退婚书，他欺骗亲家赵金才"巧儿死也不愿嫁到你家"。从表层意义看，"退婚"情节丰富了故事内容；从深层意义上讲，刘彦贵之所以可以顺利退婚与边

---

1 解清（黎辛）：《评价〈刘巧团圆〉》，《解放日报》1946 年 9 月 4 日。

区政府的新婚姻制度关系密切，农民可以依法自由"退婚"，对新婚姻法起到了宣传作用。韩起祥在思想上接受了意识形态化的改造，说书在他那里随之成为可以用来进行政治意识形态宣传的民间艺术样式，正如他自己所说："过去说旧书，去年自编新书到乡间，为的是帮助革命作宣传……"[1]说新书的主要目的就是"把新社会的好事编出来，下乡去劝善，去感化人！为老百姓工作"。[2]

有学者认为："既然政治意识形态需要让民间文化承担起严肃而重大的政治宣传使命，那就不可能允许民间自在的文化形态放任。"[3]《刘巧团圆》最终的结局凸显了韩起祥所要宣传的政治主旨，那就是只有在以中国共产党为代表的革命民主政权支持下，巧儿才能理直气壮地同恶势力作斗争，争取民主与自由。民间形式的化用让阶级和革命话语变成通俗易懂的一般性常识，有效地得到宣传，因而毛泽东认为韩起祥的新书好就好在"群众语言丰富"[4]。

新中国成立初期，国内的政治形势还比较复杂，配合着其他运动的开展，新婚姻法的宣传工作也被当作一项重要的政治任务来抓。中央人民政府司法部部长史良在讲话中就曾指出："首先应认识贯彻婚姻法在政治上的重大意义；它是继土地革命后反封建残余势力的严重斗争，它是解放妇女，提高妇女的生产积极性不可缺少的工作。"[5]王雁对《刘巧儿》改编目的十分明确：剧本的主题是要宣传新婚姻法，大力宣扬婚姻自由的政策理念，要让老百姓通过戏剧剧本认识到"旧式婚姻制度的老根是封建统治阶级，和他们所留下的封建残余思想，要肃清旧婚姻制度，就必须拔掉这个封建老根"。[6]既然创作目的已经明确，地主阶级、封建势力成为斗争的目标，婚姻问题也就自觉地纳入了阶级斗争的话

1　付克：《记说书人韩起祥》，《解放日报》1945 年 8 月 5 日。

2　林山：《盲艺人韩起祥》，见《延安文艺丛书》编委会编：《延安文艺丛书·民间文艺卷》，湖南人民出版社，1988，第 512—516 页。

3　陈思和：《中国新文学整体观》，上海文艺出版社，1987，第 123 页。

4　胡孟祥：《韩起祥评传》，中国民间文艺出版社，1989，第 133 页。

5　史良：《认真贯彻执行婚姻法》，《人民日报》1951 年 10 月 1 日。

6　胡孟祥：《韩起祥评传》，中国民间文艺出版社，1989，第 133 页。

语秩序当中。"作家不能在创作上善于掌握政策观点,也就不能很好去为政治服务"[1],为此,王雁在剧本原有内容的基础上进行了改动:

剧中的人物进一步地被抽象化和本质化,即"每一个人物的意义都由它所属的抽象阶级本质所决定",[2] 突出"正面人物"与"反面人物"单一化的性格特征。秦腔剧本中的巧儿只是一个单纯幼稚的少女,对婚姻的期许仅仅是"不憨不傻""会务庄稼""不打不骂""和气待咱"。到了评剧《刘巧儿》中,巧儿变得更加有追求,对爱情的向往不仅仅是年岁相当,志趣相投,更应该符合大众审美需求,因而在劳模会上爱上了劳动英雄赵振华,并且在麦田大胆私定终身,昔日彷徨无助的巧儿随着文本的修改成长为大胆追求自由爱情的新女性。在巧儿的性格塑造上,进一步加强了斗争精神,例如,王寿昌在小桥上调戏巧儿时,刘巧儿毫不客气地打了王寿昌一个耳光;回到家骂刘媒婆"吃人的东西,再往我家来,我砸你腿",然后和父亲大吵一架,"要我答应休妄想,除非是西边出太阳!"此时的巧儿无论是思想境界或精神面貌都发生了脱胎换骨的质变,加入这种"正面的、尖锐的冲突",更加突出了阶级之间的对立,也和主流意识形态相吻合,革命的、合法的婚姻话语被明确地建立起来。剧本中其他农民阶级群像也都相应地抽象化,善良、勤劳、具有阶级觉悟、富有斗争精神,符合政治意识对农民的想象。如果说在秦腔文本中袁静作为知识分子还沿袭五四启蒙精神和话语逻辑,陕北说书中韩起祥作为民间艺人对民间文化还有所认同,到了评剧《刘巧儿》中都转化为一种与新的意识形态宣传相符合的言说方式。

同样,王寿昌、刘彦贵、刘媒婆等形象也越来越趋于单一化。他们不再是单纯的一个地主、一个封建家长、一个"二流子",而是一个以他们为代表的万恶集团。地主王寿昌一身聚集了只知吃穿,不务正业,仗势欺人,胡嫖乱

---

1 邵荃麟:《论文艺创作与政策和任务相结合》,《邵荃麟评论集》上,人民文学出版社,1981,第285页。
2 李杨:《50—70年代中国文学经典再解读》,山东教育出版社,2003,第290页。

赌，常年抱着大烟灯而且还人品极差等特点，俨然是剥削阶级的化身。刘彦贵也不仅仅是一个醉鬼、小商人，好吃懒做、坑蒙拐骗，把自己的亲生女儿当作商品随意买卖。地主阶级、封建势力这一类在原型中没有的形象，在秦腔剧本中加入后，一直被重视并且不断被强化，这些形象的刻画慢慢地向阶级性靠拢，人性的光辉逐渐黯淡而阶级性政治性逐步增强，使得巧儿追求自由爱情变得更加富有斗争性，从而《刘巧儿》主题的意识形态立场和倾向更加鲜明。

巧儿对待婚姻的态度发生了变化，在《刘巧儿告状》和《刘巧团圆》中，巧儿退婚的原因是父亲欺骗她说赵柱儿是个"瓜"子，"脸又麻，腿又跛"而且还是个"二流子"，到了王雁笔下，这些已经不能构成巧儿退婚的最直接原因，而是强调了婚姻自主，咱们边区"现在实行婚姻自主，我要跟他家退亲"，在退亲之后，为了强调婚姻自由，刘巧儿不再担心被许配的对象是否合自己的心意，而是大胆地表明了自己一见钟情的自由恋情："在那次劳模会上我爱上了人一个，他的名字叫赵振华，都选他是模范，人人都把他夸"。新中国成立初期广大群众朴素的、纯粹的革命婚姻观在刘巧儿身上得到体现，那就是政治理想一致、共同学习、共同劳动、志同道合的婚姻观，只有这样的婚姻观才使得巧儿在麦田见到意中人时毫不犹豫私定终身，发誓永不变心。从中可以看出的，这完全是一个生活在新社会的新型女性对婚姻的大胆追求，在她身上明显透露出对生命自由意志的张扬和表达。"婚姻要自主""自己找婆家""劳动模范"成为刘巧儿的价值标准，也成为 20 世纪 50—60 年代众多女性所遵循的婚姻价值取向。正如有评论家所说："应该用高度的热情去配合政治任务，并在配合政治任务中努力写出具有高度思想性与艺术性结合的作品"。[1] 巧儿从最初的被动退婚、告状到主动抗争、自己找婆家体现了新社会新女性婚姻价值取向的转变，也表明了《婚姻法》宣传工作的深入人心。

---

1 萧殷：《论"赶任务"》，见《谈谈写作》，中国青年出版社，1957，第116页。

评剧《刘巧儿》最耐人寻味的是在结尾部分众人唱道："婚姻事要自主靠自己争取，新社会新妇女不受人欺。巧儿和柱儿斗争得胜利，要感谢共产党感谢毛主席！"我们知道，新中国成立初期，党和政府需要广大人民对新政权心怀感激之情，要明白"只有共产党才能救中国"，这样才有利于国家政治稳定，才有利于巩固中国共产党的领导核心地位。因而，剧本在有情人终成眷属的大团圆结局之上，凸显党和毛主席，既符合民心也有利于宣传。在这场婚姻自由的抗战中，正在萌发的新的民主平等自由思想充分表明，只有在新社会的大地上人们才能过上幸福美满的生活。由此可见，从反对买卖婚姻，到争取婚姻自由，再到"吃水不忘挖井人"，《刘巧儿》在不同的历史时期承担起不同的政治使命，这就是它成为"经典"的价值和意义。

电影《刘巧儿》集中体现了陕甘宁边区民主制度下的新一代农村女性的美德和性格特点，歌颂了婚姻自主妇女解放的主题。影片在保持评剧剧本内容的基础上加以取舍，戏剧冲突尖锐激烈，一经上映就赢得了社会的好评。随着影片在全国放映，"刘巧儿"走进了千家万户，《刘巧儿》也成为全国人民记忆中的经典之作。

从最初的司法案件到木刻版画《马锡五同志调解诉讼》，再到"刘巧儿"系列文艺作品，我们可以看出一个贯穿始终的线索，在当代文学的现代性建构中，政治意识形态通过干预手段逐步确立在文艺创作中的话语权。《马锡五同志调解诉讼》所宣传的是国家民事诉讼程序的理想建构，马锡五审判方式以及此后所推崇的人民调解，成为新中国法律制度中影响最为深远的主要传统之一。当这一题材演化为"刘巧儿"系列时，"马锡五审判方式"已经不再是宣传的重点，阶级斗争、反抗压迫、追求自主婚姻逐渐成为主要焦点，中国共产党把解放妇女和一切劳苦大众，坚决改变不合理的婚姻制度、社会制度作为革命的一项重要任务。

"刘巧儿"的故事一再被人们有意地修改、加工和再创造，从乡民之口，经文人之手，由农村"真人真事"逐渐向政治文化中心流传迁移，最终使巧儿成为反抗阶级压迫的代言人，婚姻成为阶级斗争话语秩序的一部分。在历次的修改中最突出的特点是将婚姻纠纷案赋予了政治的内容，将其提升为一种言说"解放""阶级""斗争""反抗"等政治色彩话语的宏大叙事。从"刘巧儿"系列文本的演变来看，历次的改编都遵循毛泽东《讲话》的核心观点，无论是在情节设计、结构编排还是在主题设置上都显现出新的民族国家意识和历史观念适应文艺的话语规范，这也充分说明文艺创作在党的文艺政策的指导下最终实现"文艺的工农兵方向"，成为"新的人民的文艺"。文本的政治主题和作品的宣传效果，正是在党的文艺政策的政治引导下得到强化，而这正是政治意识形态期望通过文艺资源所要达到的最终目的。

第二节　《逼上梁山》与《白毛女》的革命叙事

在延安文艺运动及其创作活动中，毛泽东《讲话》的发表，以及抗战背景下基于民族戏曲现代化艺术改革和重构现代民族国家意识形态的需要，实现文艺为工农兵服务，为战争、教育、生产服务的政治目的，促成了具有"旧剧革命划时期的开端"的平剧《逼上梁山》和后来"巩固了平剧革命的道路"的《三打祝家庄》以及《武大之死》等多部代表性新编戏剧作品。延安戏剧对《水浒传》的改编既受到原有故事模式超稳定结构的束缚，又不得不通过虚构情节、添加人物、弱化血腥、置换叙事时间以及革命词汇的大量运用等多种方式，对传统故事给予革命意识形态的整合、改造和遮蔽，不仅极大地丰富了现代戏剧文学的创作题材和思想内涵，而且对延安新编戏的创作模式和审美范畴产生了巨大影响。传统戏曲被现代化、大众化的同时，迅速被革命化、政治化、抽象化和概念化。延安水浒改编戏成为解放区文艺大众化、革命化的经典形态，对推动革命历程和加快新政权建设起到了巨大的促进作用，同时对新中国成立后的新编历史剧和革命样板戏起到了重要作用。

《水浒传》是英雄侠义小说的集大成者。施耐庵在《水浒传》中以"好汉"称谓英雄。"好汉"以义而聚，聚义造反、除暴安良、劫富济贫、伸张正义、打抱不平，进而替天行道。《水浒传》中的"好汉"具有明显的民间传统文化色彩，因此"好汉"延续着中国传统朴素的平民反抗精神和改朝换代"王侯将相宁有种乎"的帝王心态，即所谓"忠义盗侠"，但兼有滥杀无辜、恣意横行的匪盗之气。冯友兰认为，立功的人，谓之英雄，他们有事业上很大的成就，但亦不常有很高的境界，其行为可以是不道德的，也可以是合乎道德的。[1]延安现代水浒改编戏对英雄给予了合乎革命道德的再造，具体说来，《逼上梁山》[2]《三打祝家庄》[3]以及《武大之死》[4]都对英雄人物形象进行了必要的"政治收编"和革命"整合"，使其更加符合时代和革命政治的需要。因此，延安时期戏剧对《水浒传》中历史英雄人物的人格塑造、行为规范及价值取向的改编叙事，主要表现在三个方面：一是英雄人格富于政治理想和民族情怀；二是英雄行为符合阶级意识形态观念；三是价值取向要求"祛忠取义"且"公而无私"。

艾思奇在《逼上梁山》一文中说，《逼上梁山》的主题，是群众反抗斗争，在群众的伟大力量的推动下，才使林冲得到了锻炼和改造，走上了正确的斗争道路。[5]作为集体创作的智慧结晶《逼上梁山》是依照党的文艺思想和革命政策量身打造的宣传作品，较之于《水浒传》林冲奔向梁山被迫反抗，主题先行

1　冯友兰：《功利境界》，见张岱年、邓九平主编：《赤竹心曲》，北京师范大学出版社，2005，第88页。
2　《逼上梁山》为延安平剧院集体创作，杨绍萱、齐燕铭等人执笔，依据《水浒传》第七回至第十一回林冲故事改编，初稿在1943年9、10月间完成，经过三次大的修改并于1946年4月被华中新书书店印行，分三幕二十七场。
3　《三打祝家庄》为延安平剧院集体创作，任桂林、魏晨旭、李纶等人执笔，戏剧的本事取自《水浒传》第四十六回至第四十九回，已于1945年2月22日开始公演，于1947年海洋书屋刊行，分三幕二十六场，系"北方文丛"系列之一。
4　据《旧剧革命的划时期的开端——延安平剧研究院演出剧本集》中《武大之死》附录记载，《武大之死》原是1945年在延安平剧院工作的王一达创作的《武松》的前部。前部《武松》经作者在晋绥边区兴县和重返延安后数次修改，独立成了《武大之死》一剧。
5　艾思奇：《逼上梁山》，《解放日报》1944年1月8日。

的《逼上梁山》十分重视英雄的成长过程，重构了戏剧"改造"英雄的社会功能和教育意义，并将故事的结局确定在反抗民族侵略和推翻现行政治权力这一具有现实意义的关键点上。与《水浒传》对林冲、鲁智深形象的民间英雄豪侠叙事不同，《逼上梁山》中的林冲、鲁智深等类似于民族英雄岳飞这样的形象，可谓心忧天下，富于民族大义，体现出《水浒传》中绝无仅有的政治理想和民族情怀。林冲由"爱国而不得"走向彻底的反抗，"都只为大小豺狼俱当道，吸尽民脂与民膏，要把这世界翻转了"，要以武装斗争推翻反动政权，改变现有社会制度和社会秩序。与林冲的英雄成长叙事不同，民间英雄鲁智深一出场就对宋王朝具有清醒的认识，"官报私仇太毒狠，这奸邪当道怎太平"，不仅豪气冲天，更是打抱不平，处处鼓动林冲起来造反。《逼上梁山》中的鲁智深已非《水浒传》中那位疾恶如仇的民间英雄，而是精于天下大势、富于造反精神的自觉式英雄。实质上，被改编后的林冲、鲁智深内心蕴藏着一个"民族"的"想象共同体"，拥有清醒的民族意识与民族认同观念，其个体人格已经超越了《水浒传》"只反贪官，不反皇帝"的忠君思想和"有天下而无国家"的自大人格。

　　同样，被改造后的英雄在行为规范方面带有强烈的阶级意识形态观念。其一是英雄暴力滥杀色彩在阶级斗争中被显著弱化。在《水浒传》第五十回"宋公明三打祝家庄"一节中，"顾大嫂掣出两把刀，直奔入房里，把应有妇人，一刀一个尽都杀了"，更可怕的是"宋江与吴用商议道，要把这祝家庄村坊洗荡了"。任性嗜杀，以屠杀为审美快感，而在《三打祝家庄》里，宋江下令"进庄之后，只杀祝家恶霸，不准胡乱杀人，扰害百姓"，连一向喜欢排头杀去的李逵也应声道"此番进得庄去，好百姓我一个也不杀，祝家恶霸我半个都不留"。滥杀无辜以及血腥嗜杀违背社会伦理道德，容易造成不良影响，也不符合现代政党的革命理念，因此在《武大之死》中只一个"杀"字便弱化了《水浒传》中武松的残忍劲头。其二是英雄人物具有怜悯底层苦难百姓的阶级同情色彩，《逼上梁山》中林冲因不愿驱赶灾民而受到高俅的挤压，刺配沧州发出"一路上饥民到处有，路旁饿殍无人收，这才是水深火热无援手，怎不叫人气满胸头"这样的感慨，到了草料场又说"照你这样说来，难道这草料场也是压榨老百姓的不成"等阶级同情话语。在《三打祝家庄》里最后一场格外突出了宋江给"穷苦百姓，每户发细粮一石"，以及百姓欢送的场景，而《水浒传》中宋江恩施于百姓每家一石，将多余粮食尽数装载而归，突出的是梁山大捷。很明显，延安水浒戏改编突出了英雄和百姓之间的鱼水之情以及英雄的"救赎"功能，将个人主义式冷漠、自我的传统英雄改造为弘扬集体主义精神的新式英雄。

"祛忠取义"是延安水浒改编戏对英雄价值取向予以改造的又一叙事策略。忠，即对国家和君主的忠心；义，即对正义、公理的匡扶以及对友情的忠贞。《逼上梁山》中林冲在人民群众的帮助和推动下，从保国卫边疆的好汉蜕变为反抗暴力政权的英雄；《三打祝家庄》中宋江、晁盖一出场突出其造反精神，直指政权，一改《水浒传》中宋江寻求梁山出路的招安思想。祛忠而取义完全出于革命的需要，国共两党联合形成抗日民族统一战线，中国共产党既要从大局出发一致对外、联蒋抗日，又要保持其独立性，吸引更多的"江湖豪杰"、人民大众到延安投入到新民主主义运动中来，"义"必不可少。"义"不仅为儒家伦理道德所接受和阐发，《孟子·告子上》说："仁，人心也；义，人路也"，《孟子·离娄》说："广，人之安宅也：义，人之正路也"。"义"作为"正路"，对积极入世的知识分子具有一定的引导作用，大批知识分子投奔延安，而且"义"也是中国民间传统伦理的重要概念范畴，对于长期遭受专制统治和等级压迫的中国百姓而言，"义"更具有凝聚力和号召力。《逼上梁山》等戏剧中的"义"已绝非《水浒传》林冲故事一节中所彰显出来的由个人仇恨生发的"私义"，而是直接走向为民族革命和民族解放的"公义"，将"公义"或"公而无私"作为革命英雄共同的价值取向和行为目标。

从延安戏剧对传统历史故事和古典小说改编可以看出，延安戏剧基本上是将传统英雄好汉所具备的人格魅力和道德品质予以放大，同时生硬地将革命理想和革命政治伦理道德赋予英雄人物及其行为规范，塑造出革命的典型性格。这种"英雄性格"缺乏晚清以来的现代启蒙精神，还处于"知有朝廷而不知有国民"的"王朝国家"意识层面，不具备以国民为主体的国民国家概念，因而无法形成构建现代民族国家应有的民主思想和自由理念。当然，延安戏剧创作与党的文艺作品为工农兵服务的宗旨以及塑造集体主义新英雄的理念相一致，却也恰恰说明，《逼上梁山》《三打祝家庄》《武大之死》等延安戏剧所塑造的英雄人物实质上是革命宣传和革命意识形态的代言人。

在马克思主义创始人看来，至今一切社会的历史都是阶级斗争的历史，是压迫者和被压迫者进行不断的、有时隐蔽有时公开的斗争。作为一种分析社会和历史的方法，毛泽东在20世纪20年代所写的《中国社会各阶级的分析》中利用马克思主义阶级分析法，对中国社会现存各阶级和阶层做了详细的分析，明确敌友这一革命的首要问题，确定阶级阵线，制定阶级斗争策略。与此相似，卡尔·施米特在《政治的概念》一书中提出，划分敌友是政治的标准，所有的政治活动和政治机能所归结成的具体政治性划分便是朋友与敌人，朋友与敌人的划分能够高强度表现统一或分化、联合或分裂。但是，敌友的划分，从情感上讲，敌人容易被当作邪恶和丑陋的一方来对待。[1]

划分敌友和阶级观念在中央苏区戏剧中得到了广泛的应用，并且产生了一种影响深远的叙事模式：阶级仇恨模式。像《年关斗争》《打土豪》《谁给了我痛苦》等苏区戏剧将"仇恨"集中处理和普遍应用，唤起广大农民的平等意识和均富贵思想，激发农民的反抗精神和革命热情。作为一种"化装宣传"策略，阶级仇恨模式在延安戏剧当中也被强调为最重要的一种创作方法和审美期待，延安新编水浒戏几乎全部套用了此种模式。关于《逼上梁山》的中心主题，刘

---

1 [德]卡尔·施米特：《政治的概念》，刘小枫编，刘宗坤、朱雁冰译，上海人民出版社，2014，第30—31页。

芝明说"是以高俅为代表的统治阶级与鲁智深、曹正、李小二、李铁等所代表的被统治阶级之间的斗争线索，织成一个基本的社会关系"，[1]金灿然在《论〈三打祝家庄〉》中认为，原型《水浒传》中梁山与祝家庄的斗争，是宋代阶级斗争的缩影，梁山是当时广大农民阶级反抗腐朽的统治者的代表，而祝家庄则是压迫者的代表。双方都不是孤立的，都是社会阶级的典型。[2]《武大之死》第一场第一句便强调大财主西门庆丧尽良心卖假药，压榨穷人。阶级仇恨模式的普遍使用，使得延安戏剧对《水浒传》的革命性"改造"产生了三种倾向性创作手法：一是"丑化"阶级敌人；二是"美化"人民群众；三是加剧阶级叙事中的戏剧冲突。

所谓"丑化"阶级敌人，即对《水浒传》中的以高俅为代表的官僚、以祝家庄为代表的大地主或官僚大地主以及以西门庆为代表的大财主给予"丑陋化"和脸谱化处理，首先是给封建统治者代表人物描绘出一副卑劣、专横、阴险的脸谱，表明其阶级立场的不可调和和必然冲突性。《逼上梁山》中，流氓出身的高俅做了太尉，歌舞大宴臣僚，做的第一件事便是驱赶东京灾民，东京之外哀鸿遍野，惨不忍睹。更可恨的是，高俅不思忠君报国，反而勾结外敌，打压爱国英雄林冲，放纵儿子高衙内欺霸林冲之妻、强放阎王账等。较之《水浒传》中高俅徇私枉法、爱子心切、不择手段陷害林冲，《逼上梁山》中的高俅可谓无恶不作，加重了欺压百姓的戏份。同样，《三打祝家庄》突出了祝朝奉及其儿子欺压百姓、霸道横行的丑恶嘴脸，将壮丁拉去，吃不饱，穿不暖，稍有差错，还要百般拷打，重则杀死。然而在《水浒传》中，祝家庄是梁山附近的大地主庄园，梁山攻打祝家庄的目的是夺其财富以壮大自己，庄主祝朝奉人物个性亦十分模糊。《武大之死》也突出了西门庆丧尽天良、作恶多端的一面，不仅卖假药、欺压百姓，同时通过弱化潘金莲淫荡的本性以突出西门庆对

---

1 刘芝明：《从〈逼上梁山〉的出版到平剧改造问题》，《解放日报》1945 年 2 月 26 日。
2 金灿然：《论〈三打祝家庄〉》，《解放日报》1945 年 3 月 29、30 日。

潘金莲的强行霸占，毒害武大郎，可以说恶贯满盈。卢卡奇认为，戏剧的宗旨是群体效应，能够对聚集在一起的群体产生直接、强烈的影响，但是戏剧事件必须突然地使群体感到震惊，也就是，事件必须针对群体主要的、类似的情感和体验，这样它就具有了普遍性。[1] 阶级敌人破坏了社会日常生活伦理和道德，严重违背社会各阶层之间的协调安宁，对于轻信、情绪化且易于极端化的群体而言，延安水浒改编剧不断强化阶级仇恨，会持续深化其阶级意识和革命斗争思想。

仅有对阶级敌人的"丑化"还无法拉大阶级之间的深仇大恨，对人民群众的"美化"也是延安戏剧必要的创作原则和创作方法。延安时期的人民群众特指工农兵大众，依照毛泽东的观点，群众才是真正英雄，历史是由人民群众创造的。1944 年毛泽东给《逼上梁山》两位作者杨绍萱、齐燕铭的信中写道："历史是人民创造的，但在旧戏舞台上（在一切离开人民的旧文学旧艺术上）人民却成了渣滓，由老爷太太少爷小姐们统治着舞台，这种历史的颠倒，现在由你们再颠倒过来，恢复了历史的面目"[2]。然而在考察《逼上梁山》《三打祝家庄》和《武大之死》等剧本时发现，"美化"人民群众主要是刻画出人民群众善良的道德形象、被侮辱被损害的悲惨境地和强烈的反抗精神，但人民群众一直未能成为延安水浒戏叙事的中心角色。就其"人民群众"的道德形象而言，其一，《逼上梁山》第九场"菜园"一节，在《水浒传》中的几个泼皮流氓，变成了流亡失业的汉子；《三打祝家庄》里的顾大嫂、李逵等底层豪杰英雄的血腥味陡然降低，不杀好人，只杀恶霸。人民群众形象得到了全面的提升和改造，以便切合毛泽东的文艺思想观和群众观。其二，人民群众的出场几乎成为控诉统治阶级种种罪恶的代言人。无论是《逼上梁山》中李老控诉"这些官府比蝗虫

1　[匈] 格奥尔格·卢卡奇：《卢卡奇论戏剧》，陈奇佳主编，罗璇译，北京师范大学出版社，2014，第1—3页。

2　《毛泽东文集》第三卷，人民出版社，1996，第88页。

还厉害，专喝老百姓的血"，还是"肉市"一场作为小商人的曹正也喊出"只有官府捐税太重，生意艰难"，或是《三打祝家庄》中钟离老人对祝家父子横行霸道的控诉，抑或《武大之死》中对西门庆豺狼性格的描绘，人民群众始终是被压迫和被剥削者，是生活在社会下层的农民、小商人、失业者、小店主、民间豪杰等形象。其三，人民群众不仅表现出强烈的反抗精神，而且还指引英雄奔向梁山。延安水浒戏中的人民群众形象主要是一群失意者、失业者和被压迫者，急遽而大幅度地改变他们的生活处境以及恢复相对和谐的日常生活，成为最迫切的渴望，也是他们参加革命运动的根本理由。马克思主义群众观迫使人民群众表现出强烈的反抗精神，而且作为历史创造的主体和拥有无穷智慧的集体，人民群众对于被压迫的中产阶级、中下级军官在未来革命的方向方面具备了一定的优势，成为引路人，是符合党与群众血肉关系的逻辑的。

实际上，无论是"丑化"阶级敌人还是"美化"人民群众，其目的都是为了团结广大的知识分子、工农兵群众，形成革命的巨大洪流。正如《狂热分子：群众运动圣经》一书所说，仇恨是团结的催化剂，在所有团结的催化剂中，最容易运用和理解的一项，就是仇恨。群众运动不需要相信有上帝，一样可以兴起和传播，但它却不能不相信有"仇恨"。通常，一个群众运动的强度跟这个"仇恨"的具体性与鲜明度成正比。[1]

延安时期戏剧对《水浒传》改编，显然存在这样一个不可否认的事实：创作者只重视前 70 回情节，而对招安征辽以及平方腊、英雄被害等后 40 回故事情节有意识地给予了革命性"遮蔽"。可以说，延安戏剧对《水浒传》的文本选择与利用大致以"官逼民反""替天行道""扶危济贫"三大思想作为主题，对于水泊梁山的形象叙事也仅仅停留在"梁山泊英雄排座次"情节之前。早在 1930 年鲁迅在其杂文《流氓的变迁》中指出："一部《水浒》，说得很分明：因

为不反对天子，所以大军一到，便受招安，替国家打别的强盗——不'替天行道'的强盗去了。终于是奴才。"[1]

对这样一位彻底反传统的文化战士而言，招安并做奴才的事实是无法接受并要加以痛击的。在茅盾看来，《水浒传》是一部反映阶级斗争和阶级思想的作品，"至于什么平田虎、王庆、方腊等'三寇'，则是统治阶级用以减消《水浒》的'革命性'所玩的把戏"。[2] 由此可见，无论是启蒙思想家还是马克思主义文艺家，都无法容忍《水浒传》中英雄们被招安等故事情节。就延安革命者来说，招安更意味着投降，违背革命政治原则和战争原则，所以，延安戏剧创作者需要有意识地规避《水浒传》后 40 回以及可能带来的各种麻烦。但是《水浒传》前 70 回却不能呈现出一个水泊梁山的具体情境，隐去英雄的聚义之地，必然导致英雄归向的模糊性和革命彼岸世界的不确定性。那么，对于水泊梁山世界的乌托邦描绘，成为延安戏剧在改编《水浒传》时不可推卸的责任。

先从地理环境考察，《水浒传》中的梁山泊实乃一座乌托邦般的孤岛，山排巨浪，水接遥天；乱芦攒万万队刀枪，怪树列千千层剑戟……梁山四面八百里汪洋浩瀚，易守难攻，环境险恶，杀气腾腾。而《逼上梁山》借李小二之口，对梁山泊的地理自然环境描绘却多了几分浪漫的气息，"四面关山，三关雄壮，芦花荡荡，水泊汪洋"。阴森恐怖的杀气荡然无存，只有一望无际的水泊、雄壮的山关和美丽荡漾的芦花。这是一个明亮的世界，容易让人联想到陶渊明《桃花源记》中的诗句，以及中国文人士大夫的乌托邦理想世界。

但是超乎现实的中国传统乌托邦世界只是一种文人士大夫的自我安慰的幻想，无产阶级革命者既需要高扬革命的理想主义大旗更需要革命的现实主义，甚至于说提出具体可行的革命口号和革命梦想：

---

1 《鲁迅全集》第 4 卷，人民文学出版社，1981，第 155 页。
2 茅盾：《谈〈水浒〉(中)》，《救亡日报》1940 年 11 月 28 日。

李小二 ……现有一班英雄聚义山寨，招纳四方豪杰，杀官劫府，扶困济贫，官府不敢侵犯，周围百姓，人人得过。除此之外，别无出路。

（《逼上梁山》第三幕第二十三场）

第六场 梁山泊忠义堂，正中悬"忠义堂"匾额，外挂"替天行道"、"扶危济贫"杏黄旗两面。

宋江 英雄水浒来聚义，重整中华锦家邦。

宋江 众家贤弟！虽是山寨日益兴旺，只是目今昏君未倒，权佞未除，外患未平，民困未解。我等欲成大事，必须联络四方豪杰，多施仁德于百姓，加紧操练，积草屯粮，不可稍有懈怠。

（《三打祝家庄》第一幕第六场）

延安戏剧的梁山乌托邦世界是英雄聚义的山寨，高挂"替天行道""扶危济贫"两面革命大旗，杀赃官、锄强暴以及联络四方豪杰、多施仁德于百姓为具体革命手段，最终革命目的是"重整中华锦家邦"。延安改编水浒戏塑造的水泊梁山世界，是革命者们造反打天下的聚义之地，是革命乌托邦世界。延安改编水浒戏只用八个字"周围百姓，人人得过"描绘了梁山及其周边百姓的日常生活，至于这个世界是否受到五四以来西方现代政治民主思想的影响，未见作者表露。由此可以说，作为政治共同体，对乌托邦世界的描绘和指引必不可少，但延安改编水浒戏创造的梁山泊形象并非革命者所宣传的共产主义世界，也不是中国传统的与世隔绝的乌托邦世界，更不是西方19世纪提出的空想社会主义，它只是革命者实现愿望的理想场所。

延安水浒改编戏除对"梁山泊"简洁性的想象之外，其革命形象塑造还表现在戏剧"叙事时间"的更换。一个是在《水浒传》中，林冲上的梁山是梁山第一代领导人王伦的天下，还不是日后被世人称颂的替天行道、救危扶困的梁山，林冲火拼王伦后，才迎来晁盖与宋江共同打开局面的梁山时代。《逼上梁山》为迎合理想的故事结局、塑造美好的梁山形象，将宋江时代的梁山"前置"，剪辑出一个革命乌托邦的时代。另一个叙事时间前置在《三打祝家庄》中，晁盖与宋江共同领导的梁山好汉议事大厅为"忠义堂"，在《水浒传》中却是"聚义厅"。这一叙事话语的更改，去掉了梁山盗匪之气和非理性因素，增强了梁山忠于人民的革命本性和反抗侵略的民族血性，使得作为革命乌托邦的梁山泊形象获得了更多的革命理性和革命正义性。

但读者依旧可以看出，对梁山泊的想象带着"杀赃官、锄强暴、劫官府"浓厚的血腥味道，这种政治式的写作罗兰·巴尔特在《写作的零度》中有清晰的阐述。罗兰·巴尔特把政治式写作分为两种：一种是革命式写作，这种写作使人民震怖，并强制推行着公民的流血祭礼；一种是马克思主义式写作，这种写作的词汇是隐喻的、含混的，暗示着一种准确的历史过程、一种价值判断和独断。[1]《逼上梁山》和《三打祝家庄》的写作明显带有这两种写作方式杂糅的特性，对梁山泊形象想象既是一种革命暴力的叙述，展现的是一个过程而非胜利的终点或未来世界的蓝图，也是一种不容置疑、独断专行的修辞描绘。

依照德国社会学家卡尔·曼海姆对乌托邦与意识形态的阐释，乌托邦的社会功能是否定、颠覆社会想象，而意识形态的功能则是维护现实秩序。但是在具体历史过程中，乌托邦与意识形态可以互相转化和取代，这一转化和取代的标准是由统治者集团指定的。所以，在革命政治主导下的延安水浒改编戏中的"乌托邦"形象，其本质上已转化为意识形态，更多地表现出维护、巩固现存新政治权力和新革命秩序的功能。

就延安时期戏剧文学对历史文化遗产继承而言，选择和改编《水浒传》一个重要的理由是：毛泽东本人时常以"水浒梁山"自比或比拟革命。1936年在延安毛泽东对斯诺说："我爱看的是中国古代的传奇小说，特别是其中关于

---

1 [法] 罗兰·巴尔特：《写作的零度》，李幼蒸译，中国人民大学出版社，2008，第16页。

造反的故事。"[1] 后来谈到在与其父亲发生冲突时，毛泽东把父亲比作《水浒传》中的贪官，而自己无疑是梁山上那群"替天行道"的好汉。1937 年 5 月，毛泽东在延安抗大作报告时说："《水浒》里面讲的梁山好汉，都是逼上梁山的。我们现在也是逼的上山打游击。"[2] 1939 年毛泽东在了解多位延安历史学家的意见后所撰写的《中国革命和中国共产党》一文，提出把中国共产党领导的革命和中国历史上的农民起义联系起来，提出农民起义是推动中国历史发展的动力。在其后的《新民主主义论》中毛泽东又进一步将中国农民起义和中国共产党领导的革命统一在民族主义革命范畴之内。

1940 年茅盾在《大众文艺》上发了一篇《谈〈水浒〉》。茅盾认为《水浒传》是宋代市民阶级的"文化娱乐"，是反映了宋代阶级之间严重的社会矛盾。[3] 茅盾对《水浒传》的细读式分析，明显带有对抗战时局政治态势的现实对号入座痕迹，暗讽蒋介石九一八事变后无视空前高涨的民族抗日运动，提出并积极推行"攘外必先安内"的基本国策。因此，《水浒传》接受了革命家和文艺家的意识形态解读，并在时局驱动下被逐步赋予了强烈的革命式解读和革命色彩，打上了革命符号烙印。

从《逼上梁山》《三打祝家庄》以及《武大之死》的架构情节可以看出延安水浒戏改编者们对政治时局的讽喻：大宋王朝隐喻了"蒋家王朝"，金国暗指日本侵略者，而水泊梁山及其英雄则为延安及其革命者。所以，水浒题材戏剧改编侧重于民族阶级斗争即中国共产党制定的抗日反蒋中的"反蒋"。这一主题的倾向性极其有利于 1945 年前后抗日战争胜利之际，利用戏剧文艺争取社会舆论宣传的阵地，实现革命的最终胜利。齐燕铭在《旧剧革命划时期的开端》一文中写道，《逼上梁山》过多地使用了影射的手法，如高俅上场诗"大

---

1 吴黎平整理：《毛泽东一九三六年同斯诺的谈话：关于自己的革命经历和红军长征等问题》，人民出版社，1979，第 8 页。
2 湖北省社科院编：《忆董老》（第二辑），湖北人民出版社，1982，第 67 页。
3 参见茅盾：《谈〈水浒〉》，《大众文艺》1940 年第 1 卷第 6 期，第 2—8 页。

权握在手，一切要独裁""妨碍邦交"等词汇，以及高衙内的台词等引用了蒋介石《中国之命运》的话"诚于中而形于外""礼义廉耻"等，使观众一听便同蒋介石联系起来，引起对国民党顽固派的憎恨和鄙视；又如以抗敌御侮与妥协投降构成林冲与高俅两者之间政治立场的冲突，从而影射抗日战争中国民党顽固派的反动政策。[1] 事实上，毛泽东等人所倡导的对历史农民起义、造反小说《水浒传》的成功改编，不仅加强了群众的政治斗争和革命激情，而且张扬了革命的伦理依据和新政治权力的合法性问题。

由革命自拟到水浒改编戏剧艺术中的革命伦理，充分体现了革命政治群体观和公众意志力，但与作品中潘金莲等女性形象的重新塑造和构建，却形成一道十分明显的道德价值缝隙。1942 年 11 月尚伯康在《解放日报》上发表了一篇《〈乌龙院〉的生活与思想》，认为传统京剧《乌龙院》实是描写了一场剧烈的阶级斗争，宋江是一个残暴凶狠的阶级压迫者，而阎惜姣是一个烟花女子、流浪天涯的粉头，是在封建社会下从生产游离出来的被压迫者、封建社会下被束缚的妇女。[2] 同年 12 月，张庚针对尚伯康文章发表《谈〈乌龙院〉》一文，认为宋江仍是一个反叛的英雄，阎惜姣仍是一个告密坏蛋；是革命与反革命（反叛者、奸细）的斗争，而不是家长与奴婢的斗争。[3] 两位作者同样是用阶级斗争的观点分析《乌龙院》，得出的结论大相径庭，其根本分歧是一个恪守阶级斗争理论、一个从革命实际需要出发，但是两者对历史中的"妇女问题"或者说女性的情感道德问题都没有作出合理的价值判断。

《武大之死》中潘金莲，因受五四以来新女性观念以及欧阳予倩、田汉等著名剧作家对潘金莲形象的现代化阐释，编剧王一达在处理这一形象时作了较大的改动，一改《水浒传》中视潘金莲为淫荡的化身以及主动杀死武大郎，后被武

1　参见齐燕铭：《旧剧革命划时期的开端》，见中国京剧院编：《旧剧革命的划时期的开端——延安平剧研究院演出剧本集》，中国戏剧出版社，2005，第 356—371 页。

2　尚伯康：《〈乌龙院〉的生活与思想》，《解放日报》1942 年 11 月 26、27 日。

3　张庚：《谈〈乌龙院〉》，《解放日报》1942 年 12 月 17 日。

松残忍杀死，而是格外突出潘金莲作为一名被阶级压迫的妇女形象，爱情的不能自主才被西门庆所勾引强迫，忏悔之后又因王婆下药毒死武大郎悔罪自杀，其间潘金莲不仅心地善良而且品格高洁。依照阶级观点，潘金莲显然属于被侮辱和被损害的封建下层妇女，英雄好汉武松若直接杀死潘金莲为兄报仇，则完全不符合革命伦理道德，革命道德要求无产阶级联合起来反抗统治者，因此王一达安排潘金莲自杀以结束这一悲剧人物，以解决革命道德与个体道德之间的冲突。

但是，被重新构建的潘金莲却提出一个现实问题：面对妇女问题或者"私人的痛苦"特别是面对情爱与性爱等个体伦理问题，革命戏剧创作方式反而捉襟见肘，在一定程度上影响了延安戏剧的深度和广度，削弱了革命意识形态的社会功能和教育作用。

言及陕甘宁戏剧的革命叙事，人们很容易想起《白毛女》。

歌剧《白毛女》[1] 在解放区的诞生，不仅可以看作是一次汇集了集体组织和集体智慧的文艺创作实践，还可以作为一起具有显在特征的文化磨合的文化事件（西方歌剧"中国化"与中国故事"歌剧化"）来看待。从事情发生的缘起上讲，大致的情形是，担任《晋察冀日报》社记者的李满天把个人写好的故事《白毛仙姑》（另说名为《白毛女人》）寄给了在延安的周扬，1944 年 5 月周巍峙带领西北战地服务团返回延安时也带来了"白毛仙姑"的"民间传奇"，就这样在晋察冀边区民间流传的口头文本，先后进入时任鲁迅艺术学院院长周扬的审视视野中。其间，周扬还酝酿着更富有远见的想法，打算以此为题材在秧歌剧基础上集体创作一部歌剧来为党的七大献礼。既然如此，如何将远在河北阜平一带流传甚广的传说经历加工改造成能够在解放区立足的"人民文艺"，这显然得需要精心筹划，周扬给出的主题设计"旧社会把人逼成鬼，新社会把鬼变成人"实际上已先行做到了政治动员。这是《白毛女》创作集体必须要正视的

---

1 这里以《延安文艺大系·歌剧卷（下）》收录的版本为参照，参见刘润为主编：《延安文艺大系·歌剧卷（下）》，湖南文艺出版社，2015，第 395—566 页。

政治诉求和叙述基调，我们要强调的是，"白毛仙姑"的故事原型在发生之地仅被当作是民众谈资讲述的一个传奇，但经由延安文人转场后带有封建迷信色彩的民间传说，势必就要蜕变为符合解放区新民主主义文化建设的话语资源，这正是民间文化与政治文化产生潜在冲突的原因所在。

如果说，以《兄妹开荒》为代表的新型秧歌剧在发掘民间文化的立场上找准了路子，融合进了新民主主义文化秩序要求的人民性叙事，并做到了为边区老百姓所高度认可，那么可以看出这种深入民间生成的经验获得自然显得弥足珍贵。周扬以文艺家和革命家的双重视域来制定"白毛仙姑"的创意策略，很大程度上就来自秧歌剧改造成功而累积起来的经验底气。从毛泽东倡导建立起"新鲜活泼的、为中国老百姓所喜闻乐见的中国作风和中国气派"[1]到《在延安文艺座谈会上的讲话》提出"革命的文艺，应当根据实际生活创造出各种各样的人物来，帮助群众推动历史的前进"[2]，可见文化领导权的领导效力在逐步加强，领导方向和领导范围愈加明朗化，为工农兵主体服务的"人民文艺"面临着如何走进民间以及如何表达革命文艺内涵的现实考验。既然秧歌剧已显现出改造民间的宝贵经验，那么选择更大范围的集体合作并力求继续呈现民族化品格也就顺乎了已有的发展逻辑，所以歌剧《白毛女》的应运而生是在政治意识形态规约前提下有目的性的生产结果。这是我们认知其组织行事的逻辑起点，即正视政治话语对民间文化的既定改造。与此同时，《白毛女》"直接触动了穷苦中国人最深层次的情感结构，让他们从千百年精神奴役的创伤中觉醒"[3]，这无疑体现了解放区大众文艺创作保有的鲜明的价值追求。从政治意识形态的主题界定到大众意识形态的表意策略，歌剧文本渗透着政治话语、民间话语和大众话语的缠绕、交汇甚至是冲突，三种话语营构而起的应有秩序在话语场中进行角

1《毛泽东选集》第二卷，人民出版社，1991，第534页。

2《毛泽东选集》第三卷，人民出版社，1991，第861页。

3 李满天：《歌剧〈白毛女〉诞生记》，《团结报》2015年8月8日。

力与彰显的同时，其本质上也是在不断发生着碰撞与磨合。

鉴于此，笔者拟从文化磨合的分析视角进入对歌剧《白毛女》的文本阐释，我们秉持文本细读的研究立场，力争在有限的学识空间内去探讨剧本在营造民间文化、大众文化和政治文化过程中留下的生产痕迹以及存有的现实张力，并且试图打破以政治／民间二元对立思维介入文本的片面化解读模式。

一、也从政治／民间话语说起

孟悦对《白毛女》的精彩解读予以释放了民间信仰、民间话语在解放区大众意识形态和政治意识形态建构运行中产生的特殊功能，并认为文本中这种民间秩序的生成是促成其政治主题表达的一种干预力量，这表明《白毛女》显露而出的民间伦理或者说民间文化才是支撑文本呈现政治话语的合法性资源，也可以这样来理解，歌剧在创作中成功剥离出民间话语蕴含的政治说教、政治隐喻以及动员功效。沿着这个思路，在解读这一文本在歌剧、电影和芭蕾舞剧的改写中，李杨依然将关注的重点集中在政治话语／民间话语的关联上，指出其是在"对'民间'和'传统'的借用"中完成了对"政治的道德化"的讲述，并将现代性话语理论运用其中，进一步去阐述政治伦理对民间话语进行的改造试图构建起"'民族国家'或'阶级'这些'想象的共同体'"[1]。应该说，孟悦和李杨的相关成果是目前分析这部剧作绕不开的学术资源，甚至可以看作是具有一定象征性和代表性的方法论。

不管是认定民间秩序塑造了政治话语，还是论证政治话语完成了对民间传统的改造，其本质上运用的多是二元思维，也就是认为《白毛女》在不断进行修改、完善以及主题呈现的行进中，始终纠缠着民间话语与政治话语这两种主体模式的交互往来。从《白毛女》创作的本事来看，它的政治主题的预设以及

---

1 李杨：《50—70 年代中国文学经典再解读》，山东教育出版社，2003，第 287—288 页。

在此预设前提下多次被加工和打磨，这和周扬定下的"旧社会把人逼成鬼，新社会把鬼变成人"的调子有着必然联系，也就是说剧本的创作及改写一定要朝着这个政治目标去努力，因此借助集体力量把"白毛仙姑"的民间传奇，演变为具有阶级关系演变史和新旧社会对比史的革命叙事是合乎情理的道路选择，这不仅在抗日民主文化氛围下强化了对人民大众的革命动员机制，而且符合当时新民主主义社会语境下对"延安道路"（马克·赛尔登语）的意识形态想象。可以这样讲，自《白毛女》在延安诞生之日起，它的生命活力已展现出不同于其他文艺范式的政治功能，为党的七大期间公演后中央书记处提出的修改意见就是明证，即作为歌剧的《白毛女》已经进入到党的革命事业中。这样看来，周扬的"命题作文"显然蕴含着前瞻性的政治眼光。归结起来说，"白毛女人"的民间传奇性不足以构成政治说教的规范载体，它必须进入合乎目的性的政治话语的演绎之中才可能焕发出新的生命力，与其说是政治发现了民间改造了民间，倒不如说是政治与民间在解放区文化领导下达成了一定程度上的磨合。即使民间话语在现实民众原生生活中拥有无可争辩的合法性，那也只能是构成歌剧日常生活叙事或生活伦理叙事的合法性，而只有经由文艺工作者的剔除、精拣以及磨合后才可能生产出合乎政治话语的文本范式，但是还必须看到，这原发性的肇始开端源自事先认可了周扬的政治命题具有的无可争议的合法性。依此来看，李杨的分析判断更显有自身言说上的合理性。然而，我们还应该明晰一点，即便是以政治／民间二元视角看，歌剧文本的主题建构和生产过程也不是在两种话语对抗中完成的一种叙事，而是在政治规约和组织创作观念发生磨合后，才找到了自足的叙述空间，这固然也包括对民间伦理的移用。

　　力求从民间视域去寻求政治主题表达的有效策略，这显然不是《白毛女》这个文本的生产在延安开创的先例，但可以说正是因为它的出现才上演了具有样板意义的现实一幕。延安文艺整风后，鲁艺学员排演的秧歌剧在操持民间话语上已经积淀起了较为丰富的艺术体验，带着知识分子气息的创作队伍虽然历经了文艺下乡后的短暂性迷失，但难能可贵的是，他们最终理解了如何将民间元素迁移到新秧歌剧的文本叙事中，《兄妹开荒》引起边区自上而下的观看与体味就表明其选择的改造之路获得了成功。这就是《讲话》所呼唤的大众化之路。从《兄妹开荒》引来老百姓的赞誉和获得政治家的称赞来看，其剧本及演出最为称道的地方，其实既不能笼统地说是由于借用了民间话语，也不能简单地就归结为它凸显出了边区大众的新生活，而是在于它传递出了一种令人向往的大众情怀和憧憬未来的图景构成，艾青当时就把秧歌剧的上演，看成是群众迎来了新的喜剧时代的标志，边区群众在欢愉的歌唱中与新民主主义时代产生了合拍。"文章合为时而著，歌诗合为事而作"，将此番话语放在应时而需的秧歌剧艺术革新上，我们会生发出新的想法，《兄妹开荒》这类作品的集中登场恰恰应和了广大民众对新民主主义文化的积极认同，再从艺术技巧上讲，《兄妹开荒》已然放弃了"旧瓶装新酒"的装置模式，在适应新时代反映新政权的主题讲述中也已经迈向了民族化的营造。这都是大众文艺求新求变的表现。再回到本事上，"白毛仙姑"的民间故事进入延安后，已经将此写成诗剧的邵子南因创作观念不同而选择了退出，剧组把贺敬之安排到集体创作队伍中，看得出是对鲁艺已有改造民间经验的认可，特别是包括对《兄妹开荒》《周子山》这些剧作创作经验的认可。《白毛女》在组织创作中既要实现政治主题新的维度的开掘，还要做到艺术品格上的提升，这显然就要在秧歌剧创作经验上进一步跟民间话语产生关联，沿着这个逻辑看，孟悦和李杨去探究政治／民间在文本创设中的话语关系，显然是得体的。

沿着上述讨论的前提，我们还应该看到，"一旦多种叙事话语的介入被简单化地描述为'政治话语'与'非政治话语'的对抗关系，这种解读又会带来新的遮蔽"[1]，这应是对以政治／民间二元视角审视《白毛女》所作出的一种反思。

---

1 贺桂梅：《人民文艺的"历史多质性"与女性形象叙事：重读〈白毛女〉》，《文艺理论与批评》2020 年第 1 期，第 14 页。

"在延安的戏剧—戏曲实践中，就是把农民建构为新的民族主体或历史主体"[1]，《白毛女》建构或重塑农民主体的行为践行了大众文艺的表达心声，强化了农民主体在新/旧两个不同社会的形象变迁，发生的这种位移就是大众话语的呈现，它和政治话语、民间话语共存于文本叙述和文本生产中。因此，我们认为在文化磨合理论的观照下，对歌剧《白毛女》的研究，不应局限在二元限定性的模式上，如此处理就遮蔽掉了大众话语的存在。

二、从剧本中三个非主要人物入手

"戏的作用在于使群众想起他们过去及现在的生活，而了解了在共产党领导下获得了解放"[2]，贺敬之的陈述直指政治诉求，并且也指向了戏剧服务于大众生活的本意。从研究的角度上讲，如果过于强调政治／民间话语形态的存在，那就会忽略其大众话语应有的价值体现，《白毛女》上演之初之所以能够赢得广大群众的广泛热爱，从文艺的传播和接受方面看，就是因为戏剧带来的情感认同满足了受众群体的心理需求。剧本设置的"翻身"主题和"阶级"立场是通过朴素的大众情怀来加以呈现的，讲述"过去及现在"就是讲述普通大众群体的心理认知及生活观念发生的转变。讲述大众心理变化的过程同样隐含在剧本的叙事构架中，无论是通过借用民间元素达到讲解政治主题的目的，还是以叙说民间伦理来述说"政治的敌人"[3]，显然剧情都没有搁浅和闲置伴随其中的大众话语。以叙述新旧不同社会的大众生活为主体、以解放大众的生存局限和历史困境为归宿，《白毛女》无疑就是言说这些大众话语的可靠基石。这种言说就是我们认为的文化磨合。对大众话语的分析，我们择取文本中三个非主要人物进行分析。赵大叔、张二婶和虎子等人物的设置与安排是有意义的，

---

1 何吉贤：《〈白毛女〉：新阐释的误区及其可能性》，《文艺理论与批评》2005 年第 3 期，第 8 页。

2 贺敬之：《〈白毛女〉的创作与演出》，见王巨才总主编《延安文艺档案·延安戏剧·延安戏剧家（一）》，太白文艺出版社，2015，第 230 页。

3 孟悦：《人·历史·家园：文化批评三调》，人民文学出版社，2006，第 262 页。

我们从他们身上来看剧本对大众话语和大众生活的介入。

赵大叔与杨白劳一样，同为佃户，同样受着地主的剥削，但并不像后者那样缺少智慧。黄世仁和穆仁智的狼狈为奸迫使杨白劳按下以女抵债的文书手印，从其回到家和赵大叔的谈话中就可以感觉到，二人对自身所处命运的认识大不一样，赵大叔在不知情的情形下劝说老杨开春之时携喜儿外逃，以求活路，但后者深受传统观念影响，恋家难舍。试想，如果杨白劳到家后交代了在黄家受到的屈辱，赵大叔很可能就劝告杨家父女连夜出走。谈及这些细节即阐明一点，在杨格村赵大叔的思想较为先进。剧本安插了赵大叔给喜儿、大春讲述 1930 年发生的红军救济劳苦大众的故事，毫无疑问这是革命话语的凸显，暗示以后革命的前途和穷苦人的出路。在赵大叔的嘴里，还出现了"你是叫人逼死的""改朝换代""光傻大胆不行""西北有活路"等具有隐喻特征的台词，与其说这在说给眼前正遭遇困苦的一对青年人，倒不如看作是剧本在借角色之口隐喻着其个体存在的思想差异，赵大叔身上闪耀着革命的光辉。革命叙事作为政治话语的一部分，这表明土生土长的赵大叔已成为大众群体中革命领路人的形象铺垫。如孟悦所分析的，大年夜在乡村世界携带着浓郁的民间隐喻，黄世仁不让杨家过好年，实际上是对民间的冒犯，但按照上面的分析，这个结论还可以获得一点延伸，即黄家不仅冒犯了乡土中国稳定的民间伦理，同时也冒犯了大众心理、大众情怀以及内隐的政治话语。以赵大叔的言行为例，这种判断是成立的。赵大叔汇集了杨格村少有的但宝贵的政治话语与革命因素，这样一笔在剧目的开端就隐隐埋下，它不仅体现出贺敬之对民间伦理的把持，和对政治主题进行预设的良苦用心，还体现了对政治话语／民间话语二元思维的拒绝，赵大叔这个人物是政治、民间和大众三重话语经过凝聚和磨合而塑造出来的一个形象。赵大叔最后当上了村长，这符合开始就为其设定的空间位置和活动层次，更是按照大众成长伦理完成了其认知层面上的深化。从受地主压迫的旧社会到农会走进村公所的民主社会，赵大叔的内涵铺设及角色置换与剧情的向前推进及主题言说是相一致的。

张二婶这个角色也起到了很重要的作用。喜儿在地主家遭到辱骂、殴打和强暴，在不堪折磨中打算上吊自尽，剧目安排了张二婶这个人物，作为旁观者她目睹了喜儿的不幸和苦难，身为女性以及同为黄家的佣人，她又以一己之力救下了喜儿。和赵大叔能够说出革命话语不一样，张二婶身上尽显乡土社会的伦理观念，对于黄世仁和黄老太太的阴狠毒辣，喜儿只有依靠二婶的辨别和劝导才能将问题看得清楚。剧中有两句台词值得挖掘，一句是对黄世仁说"天也晚了，也该歇啦"，另一句为"只怪我照顾不周到"，这都是本色的妇人之语，但仔细揣摩便知，张二婶早已看清黄世仁的邪恶用心，并试图以有限的能力尽心保护喜儿。《白毛女》在塑造黄母的封建家长制和礼教专制上，强调了其对喜儿"物"的奴役权；黄世仁以雇主身份和经济优势逼死杨白劳，目的是想获得对喜儿"性"的奴役权。喜儿在成长过程中对身边的人和事缺少足够的体悟和警醒，这也包括黄家上下安排喜事告知她少出门的行迹上，剧本在不断修改中虽然摒弃了喜儿因怀孕而对黄世仁产生的依附幻想，但是如果没有设置杨氏对喜儿的朴素启蒙则很难推进剧情叙事，喜儿也将没有悬念地走进黄家设计的抢人——奴役人——贩卖人的圈套中。所以，张二婶的"千万可不要上人家的当"使得喜儿真正清醒起来。由此产生的喜儿与黄世仁的正面交锋尽管并未上升到阶级层面，但还是可以看出这种抗争已经有了革命的意义。第二幕已经开始叙述了地主与农民之间产生的激烈冲突，并在二元对立的情势中展开，虽没有以阶级话语的方式进行陈述，但黄世仁的恶霸本性与喜儿受尽欺凌的弱者形象已经通过大众话语的介入对此进行了展现，也就表明在政治话语缺席的场景之下，作为来自底层的民众声音承担起了打破民间社会已有秩序的微弱力量。依据上面的分析，在喜儿落难黄家后，剧本并非显在政治话语/民间话语的对立现象，而是大众话语潜在地勾连起了革命主题，也可以说大众话语与革命叙事产生了磨合。

　　虎子的形象依旧是沿着大众话语形态被加以塑造出来的。虎子打探到了很多外面的消息，比如中央军在抗战中溃败、县城官员逃跑、日本鬼子在烧杀抢掠、老百姓在水火之中看到了八路军这支人民军队，可以说在八路军战士大春没有回村之前，是虎子在民众间自觉传播了革命。赵大叔是农民队伍中鲜有革命思维的老一代人，虎子则代表着农民新一代。大春以革命战士身份重回故土，预示着剧情将会以政治话语激进化的姿态推演下去，也可以说杨格村终于迎来了政治话语与民间话语发生剧烈冲突的时刻。笔者想要阐述的是，在闭塞落后的杨格村一角，民间文化自始至终映现出固有的生命力量，它和政治话语纠缠在一起自然要依托大众活动的映衬，换言之，政治力量的涌入所改变的对象既包含已有的民间秩序，也包含民众的生活观念和生活理想。所以，要使一边是恶霸当道、欺男霸女的当势者，和一边是家破人亡、避居山洞的受难者产生革命意义上的对话，或者说想让遭受地主蹂躏的喜儿获得革命队伍的解救，仅仅依靠外部政治力量的介入是有悖于叙述本身的逻辑展开的，也有悖于日常生活的基本逻辑。由此来看，剧本安排虎子这个人物，就适度衔接了政治话语和民间话语。大春和区长作为传递革命经验的主体，他们要想在杨格村成功地发起革命活动，就得率先得到虎子、赵大叔以及从狱中解救出来的大锁的支持，从话语模式上看，这正是革命话语和大众话语发生磨合后建立起来的一种对话。

　　《白毛女》安置的赵大叔、张二婶和年轻的虎子都是大众群体中的一员，这种大众话语激活了富有张力的民间秩序，并且和政治革命、阶级立场紧密联系在一起，不难看出其叙事结构中游离着政治话语、民间话语和大众话语的磨合姿态。"文本的修改过程也始终伴随着生活性元素淡化，阶级性元素束紧的鲜明指向"[1]，对于承担政治话语言说的《白毛女》而言，这个评价是准确的，它不能缺少大众和阶级话语的存在。

---

1 惠雁冰：《〈白毛女〉的修改之路》，《中国当代文学研究》2020年第3期，第15页。

三、喜儿的身份转换以及引发的革命话语内涵

喜儿是歌剧的中心人物，佃农女儿的身份，加之受到地主一家的凌辱，和大春的爱情也被迫中断，更残酷的是被迫逃到山中寄居洞穴成了"野人"。如前所言，周扬站在政治学层面预设的文本主题中的"鬼"，强调的是阶级压迫使然，指的是反动势力把"人"奴役成了"鬼"，让"人"过上了"鬼"一般的生活；当地老百姓供奉的"仙姑"，强调的则是民间层面的迷信看法，是把夜间出没的"幽灵"拜为了"仙"。究其原因，"鬼"就是受到地主压迫后产生的异化的"人"，而"仙姑"实际上是通过民间话语口耳相传后神化出来的"人"。大春在洞中质问喜儿"是人还是鬼"，这是革命话语的考量，但也有民间蕴藉的含义，是充满暧昧意味的问法，他说的"鬼"和老百姓说的"仙"恰好是相对的，但这样说是以破除迷信的名义来行使革命的话语权。"白毛仙姑"被打上灵验色彩后，本是"野人"日常生活的细节经过当地民众的言行改写才有了"以讹传讹"的话本，这样也就和战士王大春与区上人员眼里的"迷信"形成了因果关联。从本质上来理解，大春驱"鬼"成功，才将迷信破除，同时使得"仙姑"完成了自身所谓的"祛魅"过程，但此时的"白毛女"还是周扬表达意义上的"鬼"，只有在民主社会中其被革命队伍接受了，才实现了喜儿个体肉身身份的真正转变。这种身份的变迁以及背后促使其发生改变的正是政治话语、民间话语和大众话语产生的磨合力量，借助这种磨合才把喜儿的身世遭遇和个体成长勾画得清楚明白。"从民间传说和信仰中的'白毛仙姑'，到新文化人笔下的'喜儿'，再到阶级革命话语中的'白毛女'，这三种形象的变迁显示的正是民间话语、新文化中的乡村叙事与革命政治想象的不断磨合并重塑自身的过程"[1]，以此来看，这里分析的从"人"到"鬼"/"仙姑"再到"人"的变化，就是想突出

---

[1] 贺桂梅：《人民文艺的"历史多质性"与女性形象叙事：重读〈白毛女〉》，《文艺理论与批评》2020年第1期，第6页。

在杨格村发生的阶级革命中，政治话语带动了民间伦理的改变，促发了大众群体对民主政治的认同，当然凭借民众的阶级觉醒也自然确立起来了新社会的新的大众话语，喜儿的身份位移就是在多重话语的喧哗中获得了合法性的地位。如果没有革命活动和革命话语的出现，那么地主／农民的阶级关系就无法被加以改变，因而一直延续的剥削关系也就无法被拆除，更形象一点说，杨白劳的死和喜儿的被侮辱被损害也就无法得到伸张。剧本第五幕呈现出"革命文学"的强大气场，赵大叔当上了村长，大锁是农会主任，大春是区助理员，还有区长亲临现场，这些人员同时汇集到一起，共同构成了斗争和审判黄世仁、穆仁智的主体力量，他们承担起了行使政治话语与大众话语产生交汇磨合的责任。

喜儿得以恢复"人"的面目解决了很多问题，比如经由政治动员唤起的阶级立场，比如以"诉苦"[1] 形式呼唤而起的斗争意志，比如以公审制度对反动势力展开的民主宣判，它们都顺其自然地从喜儿的控诉和遭遇中求得了合法性。所以说仅从民间伦理对黄世仁蛮横霸道的道德审判，以及借助民间机制的鬼魂相报和因果轮转也只能获得个人心灵世界的释然，或者说也只能仅停留在对道德观念中惩恶扬善的怀想。而当喜儿由"鬼"变成"人"，现身倾诉起黄世仁和穆仁智的罪恶史，这样才会激发在场群众对受害人苦难的重审，还有就是激愤起对压迫者仇恨情感的迸发。借此，地主／农民的阶级对立全然呈现，民间构筑起来的伦理规范走向倾塌，相反共产党人领导的民主社会和民主制度得到了大众群体的肯定和拥护。这依然是喜儿身份转化中起到的重要作用，体现出村庄之内政治话语、民间话语和大众话语构成的磨合效应。

大春们的主要工作是为了解决农民和地主之间的主要矛盾，并在敌后抗日根据地推进减租减息政策，因为老百姓都去敬奉"白毛仙姑"了，眼前的革命事业无人顾及，这才促使他们先去破除迷信，也就是构成了政治话语与民间话

---

1 参见王彬彬：《〈白毛女〉与诉苦传统的形成》，《扬子江评论》2016 年第 1 期，第 22—29 页。

语的激烈碰撞。大春们对"白毛仙姑"的解放，是出于革命的需要，同时顺势将民间话语置换为戏剧叙事所需要的革命话语，即作为革命者大春们的解放对象，喜儿的个人陈述同样也把自己汇集到革命话语的阵营之中，"穷人泪""穷人恨"借此跟"翻身"主题联系到了一起，从"雷暴雨"般的怒吼嘶喊到"太阳升起"时的群众狂欢，喜儿快速成长为了革命者，他们一起将斗争对象和斗争矛头指向了黄世仁。包括目睹了喜儿申冤现状的民众群体，他们的悲喜交加和同情愤恨同样一并加剧了杨格村革命激进化的到来。革命的合法性既来自革命本身的诉求，还必须得有支撑革命话语言说的可靠力量，这样才能昭示出政治革命促发出来的新的社会演变。将斗争目的和斗争对象明晰化之后，特别是要让赵大叔、王大婶、张二婶这些知晓喜儿身世之外的人也参与到革命活动中来，那么政治话语才能标举起更大范围上的典范性。虎子向赵大叔表态要头一份去斗黄世仁，但毕竟说这句话时有虎子这般觉悟的人并不多，所以要安排当事人喜儿的出场，如此安排剧本的冲突才会显现出更有说服力的叙述策略。对于斗争对象黄世仁的塑造，不仅把他土地占有者的贪婪、霸道和狡黠描绘了出来，而且将其权力的帮凶、与地方政府的勾结和把持枪支武装的野心勾画而出，文中还提到穆仁智借"白毛仙姑"散布民间谣言并且造谣革命，这些险恶用心集中起来都与政治话语产生了冲突，当然和民间秩序和大众话语也产生了冲突。黄世仁和穆仁智是民间的敌人，是革命政治的敌人，也是喜儿们这些劳苦民众的敌人，因此政治话语与民众话语的公开审判是合乎法理意义的，也是合乎民间意义和革命意义的正常倾泻。这同样是在不同话语的磨合中完成的，这同样是借喜儿的身份轮转来叙说革命意识形态和大众意识形态。

综上所述，笔者在政治/民间二元分析已有代表性成果的基础上，试图将大众话语形态引入文本细读中，进而去探讨这三种话语模式在文本叙述中产生的一些磨合细节，应该说这也是《白毛女》在主题表达和改写过程中体现出来的生产品格。除此之外，我们也可以简略地再看一下它在艺术品格上的磨合特征。从秧歌剧《兄妹开荒》获得边区群众广泛赞同时日起，音乐、舞蹈和戏剧的艺术范式就已在融会和磨合中显现出富有卓见的创造性。《白毛女》比秧歌剧更进一步，这与歌剧的"翻身"主题以及剧本存在的故事感染力显然分不开，但更重要的是把歌剧这门西洋艺术进行了民族化处理，这种处理不是排斥西洋艺术，而是磨合中西艺术，"其创作除继承和发展了新秧歌剧从民歌和地方戏曲中吸取充足的艺术营养的优长外，还从我国历代传统戏曲和西洋歌剧中吸取了有益的营养"[1]，加上剧本的唱词设计，可以说"非常适合于音乐的发挥"[2]，这便是艺术上磨合的创新，践行和探索西方歌剧"中国化"与中国故事"歌剧化"。在一些细节方面也有成功的探索，如"在作曲上打破了过去那种片段的'民歌配曲'的做法，而更多地采用了合唱、领唱、重唱等形式"[3]，同时一些唱段还借鉴了河北梆子、地方民歌等多种元素，更丰富了民族化品格。这种磨合是艺术学层面的交织与创新。我们还要看到，在民族歌剧建构自身艺术品格的同时，还没有偏离大众化，"我们很自然地想起那些多种多样的民间音乐风格，想起劳动人民怎么用这些音乐的语言表现他们多方面的思想感情"[4]，简言之，这是歌剧《白毛女》从集体创作那刻起就坚守的最宝贵的艺术经验，它是大众话语的代言，也是"人民文艺"智慧的结晶，由此也铸就了中外文化/文艺磨合而成的现代品格。

第三节 《兄妹开荒》与"新秧歌"演出的展开

在延安文艺座谈会后的 1943 年初，以鲁艺演出的《兄妹开荒》等剧为先

---

1 何火任:《〈白毛女〉与贺敬之（续）》,《文艺理论与批评》1998 年第 3 期, 第 39 页。
2 瞿维、张鲁:《歌剧〈白毛女〉的音乐创作》,《新文化史料》1995 年第 2 期, 第 13 页。
3 延安鲁迅文艺学院:《〈白毛女〉·前言》, 见王巨才总编:《延安文艺档案·延安戏剧·延安戏剧家（一）》, 太白文艺出版社, 2015, 第 234 页。
4 马可:《歌剧〈白毛女〉音乐形象的塑造》,《新文化史料》1995 年第 2 期, 第 11 页。

声，延安掀起了轰轰烈烈的新秧歌运动。"据不完全统计，从 1943 年农历春节至 1944 年上半年，一年多的时间就创作并演出了三百多个秧歌剧，观众达八百万人次。"[1]针对这次盛况空前的新秧歌运动，研究者们常常从民间文化语境、抗战时期对民间文化资源的再次发现以及延安时期意识形态的政治文化诉求等方面[2]找寻其发生的原因，而忽略了对大生产运动与延安新秧歌运动间关系的考察，而这恰恰是理解延安新秧歌运动兴起的关键点之一。毛泽东在《讲话》中要求文艺为政治服务以后，文艺与政治间的联系空前紧密了起来。而这样的联系不是建立在空泛的、抽象的政治概念、意识形态之上，而是建立在具体的政策之上，即《讲话》后文艺为政策服务其实指的是文艺为具体的政策服务，诚如周扬所言"艺术反映政治，在解放区来说，具体地就是反映各种政策在人们大众中实行的过程与结果"[3]。文艺与政策的密切联系，为我们从大生产运动的角度去重新阐释、解读延安秧歌运动提供了绝佳的视角。从大生产运动出发，我们不仅可以跳出民间文化、抗战环境、意识形态等宏大叙事话语的窠臼，能在一个更为具体、真切的语境中认知新秧歌运动，还能为我们重新认识整个延安文学的生成语境提供可能。

抗日民族统一战线建立以后，国共开始了新一轮的合作，延安作为国民政府的一个特区也取得了制度上的合法性。无数知识分子、爱国青年怀揣着抗日救国的梦想都不远万里奔向了他们心中的"革命圣地"——延安。延安这个原本人口稀少的陕北小城，一下热闹了起来，"据统计，1938 年 7 月，仅抗大就有学员 4269 人，其中高中以上文化程度的达到了 2049 人，此外，抗大还有

---

1 《延安文艺丛书》编委会编：《延安文艺丛书·秧歌剧卷》，湖南文艺出版社，1987，第 2 页。

2 参见李静：《论 40 年代延安新秧歌运动的发生语境》，《青海师范大学学报（哲学社会科学版）》2010 年第 6 期，第 98—103 页；惠雁冰：《延安时期的戏剧运动》，《中国现代文学研究丛刊》2016 年第 12 期，第 90—101 页；黄科安：《戏剧、狂欢与建构中共意识形态的叙事功能——刍议延安秧歌运动的兴起》，《齐齐哈尔大学学报（社会科学版）》2006 年第 6 期，第 1—4 页。

3 周扬：《关于政策与艺术——〈同志，你走错了路〉序言》，《解放日报》1945 年 6 月 2 日。

659名教职员工，其中外来知识分子占47%"[1]。这些新的延安人，享受着供给制的待遇，过上了艰苦却平等的集体生活，"大家待遇都一样，每日无非一斤菜二钱油"[2]。而且，相对于领导干部而言，延安知识分子的待遇甚至还好一些，"红军出身的各级领导干部，一般每月的津贴，最多不过四、五元，而对一些外来知识分子，当教员或主任教员的……津贴每月十元"[3]。到延安的知识青年们常常用歌声来表达内心的欢喜与热情，将延安变成了欢乐的海洋，洋溢着青春的气息。"延安的文艺生活是热气腾腾的，到处都是歌声：山沟里有歌声，沿河边有歌声，延安宝塔山下无处无歌声。"[4]文人们在延安呼吸着自由的空气，同时被优待、尊敬着，全新的生命体验让他们无不欢欣雀跃，并以他们的全部热情写下了一篇篇对延安真诚的赞歌，《我歌唱延安》（何其芳）、《七月的延安》（丁玲）、《长治马路》（卞之琳）、《延安》（师田手）……然而，在这"紧张的快乐的日子"[5]中，在人口兴盛的背后，在衣食无忧的供给生活之下，却也隐藏着重大的危机。

对于抗战中的中国共产党来说，作为根据地的延安最大的问题之一就是经济落后，而随着享受供给制的人口越来越多，这个问题的严重性也显得越来越突出。延安地广人稀，商业极不发达，工业几乎没有，其经济基础主要是农业。但延安的农业也十分落后，对此，斯诺曾有过准确的描述，"陕北是我在中国所看见的最贫瘠的一个区域。那里并非真正缺少土地，而是缺少真正的土地，至少可以说是缺少真正耕种的土地。陕西的农民往往有土地一百亩，还是一个穷人。"[6]这样的事实在国民党《中央日报》记者的报道里得到了印证："民

1 周海燕：《记忆的政治》，中国发展出版社，2013，第77页。
2 方纪：《新的起点——回顾延安文艺座谈会前后》，《新文学史料》1982年第2期，第48页。
3 徐懋庸：《回忆录（五）》，《新文学史料》1981年第2期，第71—72页。
4 阿甲：《人民喜爱的花神》，见艾克恩编：《延安文艺回忆录》，中国社会科学出版社，1991，第186页。
5 何其芳：《我歌唱延安》，《何其芳文集》第二卷，人民文学出版社，1982，第174页。
6 [美]爱特伽·斯诺：《西行漫记》，胡仲持、冯宾符等译，上海复社，1938，第89页。

众之瘠苦，记者所目睹，以陕西为最甚。"[1] 然而，如此穷困的地区，百姓却不得不供养愈来愈多的脱产"公家人"。据记载，抗战前的陕甘宁边区，脱产人员从未超过两万，抗战开始后，脱产人员从 1937 年下半年的一万四千多，增至 1939 年的五万多，一年多的时间里扩大了三倍，此后还在继续增加到七万、九万以至十二三万之多。边区人口增加，一方面固然是由于外来知识分子青年和其他抗战人士的增加；另一方面也与军队数量的增长密不可分。事实上，军队数量上的增加要远超过其他人口，尤其是在 1939 年，为了保卫边区，又从外部调回了几万军队。这也为以后的军队大生产埋下了伏笔。脱产人口的持续增长，给边区的财政造成了极大的负担，1940 年初到延安的杨尚昆感叹道："我到延安时，陕甘宁边区财政经济情况十分困难……陕甘宁边区 140 多万人口，要供给 7 万脱产生产的干部和战士。"[2] 由于以上因素，其实早在 1938 年，陕甘宁边区就已经感觉到了经济的压力。在这一年的 12 月 28 日，《新中华报》上就发表社论《广泛开展大生产运动》，号召大家一面生产一面工作。

然而，第一次大生产运动的号召，并没有收到大家积极的响应。众所周知，边区真正在实际上实施大生产运动是在 1943 年。那么，是什么样的原因致使遭遇经济困境的延安没有实施大生产运动呢？原因就在于国民党的财政拨款和外界的经济援助。抗日民族统一战线建立，边区成为国民政府的一个特区之后，边区一直都接受了国民政府的财政拨款以及外界爱国人士的经济援助，而这些拨款和援助恰恰是中国共产党的经济支柱。1937 年外援占了延安全年财政总收入的 77.2%，1938 年占了 51.69%，1939 年占了 85.79%，1940 年占了 70.50%，合计四年，外援收入占据了总收入的 82.42%。[3] 由于外援的存在，

---

1 陕甘宁边区财政经济史编写组、陕西省档案馆编：《抗日战争时期陕甘宁边区财政经济史料摘编·第九编·人民生活》，陕西人民出版社，1981，第 4 页。

2 杨尚昆：《党产生问题的由来》，《党史信息报》2001 年 12 月 26 日。

3 参见陕甘宁边区财政经济史编写组、陕西省档案馆编：《抗日战争时期陕甘宁边区财政经济史料摘编·第六编·财政》，陕西人民出版社，1981，第 13 页。

延安虽然出现些财政问题，并未引起大家的重视。大生产运动实际上也没有真正发展成为群众运动，刚刚升腾而起的生产热潮也并未延续下去而渐渐冷却。然而，延安主要靠外援和财政拨款的经济模式，本来就存在巨大的隐患。1941年皖南事变的发生，延安原本脆弱的经济基础迅速崩溃。

皖南事变发生后，国民政府一方面停止了对陕甘宁边区的财政拨款，一方面对边区经济进行严厉的经济封锁，阻断一切进入边区的外援。边区财政支柱的断绝，给边区生活带来了一系列的负面影响，其中最直接的影响在于人民负担的加重。不仅救国公粮的征收数量不断攀升，从1937年到1941年间就增长了十多倍，其他税收的征收情况也严重超出了人民的承受能力。比如，1940年5月颁布的《陕甘宁边区政府货物税修正暂行条例》指出，食盐产地税从骆驼每骆1元涨到6元，骡子每骆0.7元涨到4.5元，税率涨幅达6倍之多。而在1940年到1941年间，边区颁布和修正了新增收的工商税法则就达到了15部之多。而这些新增加的税收法则也是以增加税收收入为主。[1]人民负担的加重严重影响到了人们生产的情绪。诚如毛泽东1945年《在中国共产党第七次全国代表大会上的口头政治报告》中所说："我调查了一番，其原因只有一个，就是征公粮太多，有些老百姓不高兴。那时确实征公粮太多。要不要反省一下研究研究政策呢？要！"[2]正是在财政与政治的双重危机下，毛泽东再次号召进行大生产运动，而轰轰烈烈的大生产运动，也在1943年拉开了序幕。

而如何鼓励群众积极生产，缓和群众与政府间的矛盾，帮助边区渡过难关的任务自然就落在了文艺的身上。但新文学与民众间的隔膜早已被大家所熟知，鲁迅《药》里革命者与被启蒙者间的悲剧时时都在警醒着延安的知识分子们。文艺大众化的需要，文艺向民间转向的趋势，在此时的延安显得格外的紧迫。其实，在文艺座谈会之前的1941年，延安就已经意识到了民间文艺的重

---

1 周海燕：《记忆的政治》，中国发展出版社，2013，第62页。

2 《毛泽东文集》第三卷，人民出版社，1996，第338页。

要性。中共中央在如何进行宣传工作的指示中，就已经明确指出："各种民间的通俗的文艺形式，特别是地方性歌谣、戏剧、图画、说书等，对于鼓动工作作用很大，应尽量利用之"[1]。其中，戏剧因其"不像文学的间接，度之于每个个人；也不像绘画，只有一次的鼓动力量；不像音乐的缺少说服性。它是直接的，不断的，以理智的说服达到情绪的组织的一种艺术。它暗示、指摘、指斥、呼号、号召、迫使群众走向一个行动，掀起群众中间每一分子的热烈情绪"[2]等自身天然的优势，顺理成章地成了宣传动员的首选。而具有广泛群众基础的陕北地方戏剧秧歌，也找到了它再次登上文学舞台的最佳契机。

　　事实上，延安秧歌并非在1943年初才与观众第一次见面，其实早在"一九三七年一月，中共中央机关进驻延安，文艺演出活动多采用五四新文化运动中兴起的现代话剧、歌舞、活报和民间曲艺、杂技、魔术等艺术形式，进行宣传娱乐活动，偶尔也有秧歌，但始终是舞台上的表演，还没有形成后来群众运动意义上的开发利用"[3]。究其原因，除了张庚所说的，当时只是将秧歌看成普及的东西，没有引起足够的重视以外，不得不承认的是，当时的客观的环境也没有让秧歌普及的必要。而随着经济形势的紧张，鼓动生产的迫切，秧歌这种民间文艺才有了再一次被发现的可能与必要。

　　1943年春节，延安文人们决心纠正1940年至1942年延安戏坛上所形成的"大戏"热的偏向，转而向民间学习，走民族化、大众化的路线，创作并演出了一系列的新秧歌。其中成就最高、最引人注目的要数王大化、安波演出的秧歌剧《兄妹开荒》。演出后，《兄妹开荒》获得了极高的评价，《解放日报》社论《从春节宣传看文艺的新方向》，称其是一个"很好的新型歌舞剧"[4]，换言之，它是文艺新方向的代表之一。而后关于延安新秧歌运动的研究，也常常将

1　中央档案馆编：《中共中央文件选集》第13册，中共中央党校出版社，1993，第162页。
2　张庚：《张庚文录·补遗卷》，湖南文艺出版社，2014，第39—40页。
3　朱鸿召：《秧歌是这样开发的》，《上海文学》2002年第10期，第59页。
4　《从春节宣传看文艺的新方向》，《解放日报》1943年4月24日。

其作为一个标志性事件。譬如，陈晨在文章《延安时期的新秧歌运动》中，就认为"《兄妹开荒》创作和演出的一举成功，标志着新秧歌剧的正式诞生，并由此带动和促进了延安新秧歌运动的蓬勃发展"[1]。王冬在博士论文《抗日战争时期延安秧歌剧研究》中，同样提出"秧歌剧《兄妹开荒》作为一个落实《讲话》精神的文本，使抗战前期业已存在的'翻身秧歌'、'斗争秧歌'等革命秧歌得以延续，同时也成为延安秧歌的一个新起点，甚至是延安文艺、革命文艺的一个新起点"[2]。但事实上，鲁艺在1943年初所演的秧歌中，并非只有《兄妹开荒》。在元旦，鲁艺就上演了新秧歌《拥军花鼓》《七枝花》《运盐》《小推车》《跑旱船》等，而春节期间也有《旱船》《花鼓》《推车车》《四川连响》等新秧歌的演出。那么，值得我们追问和讨论的是，相比其他秧歌，《兄妹开荒》的独特之处在哪里？为何是它会成为新秧歌运动的起点而当作后续秧歌创作的典型示范？原因至少有两个方面。

其一，相对于其他秧歌，尤其是鲁艺元旦期间演出的秧歌，《兄妹开荒》在技艺上有所革新。元旦期间的秧歌其实较多地继承了民间秧歌的特征，而对其中的一些不符合《讲话》要求的形式也照搬了过来。李波回忆道："在我们的节目中，虽然内容都是宣扬党的政策和宣扬抗日的，但无论在秧歌队或小节目中都有一些丑角，如大秧歌领头的就扮成个丑婆子，手里拿着两根大棒槌，脸上一块红一块白，耳朵上还戴了两个红辣椒；推小车的婆子梳了个又长又粗的翘翘髻，髻上面还插了一朵大红花。大化和我演《拥军花鼓》时，我倒是村姑打扮，而大化却扮成了小丑，抹了个白鼻子，白嘴唇，白眼圈，头上还扎了许多小辫子，和我们演唱的严肃内容和淳朴的动作很不协调"，而这样的情形也被周恩来、彭真和周扬批评为"把劳动人民丑化了"。[3]所以，在《兄妹开荒》

---

1 陈晨：《延安时期的新秧歌运动》，《文史精华》2003年第1期，第57页。

2 王冬：《抗日战争时期延安秧歌剧研究》，博士学位论文，南京艺术学院音乐学，2010，第24页。

3 李波：《黄土高坡闹秧歌》，见艾克恩编：《延安文艺回忆录》，中国社会科学出版社，1992，第205页。

中，创作者一改丑角的弊病，剧中人物无论是王大化饰演的哥哥还是安波饰演的妹妹，给人的感觉都是健康、活泼、爽朗的边区新人形象。这样也就符合了周扬提出的"把劳动人民扮成健壮英俊"的要求。同时，《兄妹开荒》也抛弃了传统秧歌剧一男一女的夫妻间的调情传统，取而代之于兄妹。"原来民间的小秧歌剧多半是一男一女互相对扭，内容多少总带些男女调情的意味，如《小放牛》、《钉缸》、《摘南瓜》、《顶灯》等等。这是流行在山西、陕北和关中一带的小歌舞形式。"[1] 不难看出，鲁艺在编排《兄妹开荒》时，一方面延续了被群众喜闻乐见的形式，一方面又用兄妹代替了夫妻，从而消解了传统秧歌中的调情毒素。因此，可以说《兄妹开荒》在如何利用旧秧歌的形式来表现边区的新人新事上，率先取得了突破。

其二，更为重要的是，《兄妹开荒》积极展现大生产运动，鼓励群众生产的创作主题，完全符合《讲话》中规定的文艺为政治服务的要求和边区现实的需要。《兄妹开荒》取材于当时如火如荼进行的大生产运动，安波回忆说："我们在《解放日报》上看到一篇反映生产运动中涌现出来的劳动模范马丕恩父女的报道，他们是从外地移到延安来的，在开荒中获了丰收。这个题材和当时生产自救运动紧密地结合着，非常引人注意，我们受到启发，就决定选做创作题材"[2]。王大化在谈到自己演出经验时，也曾强调："我要表现人民对生产热情，及在群众中广泛开展的吴满有运动"[3]。而这样取材和主题表现，在春节期间面对延安领导人时，也获得了他们的高度肯定。"毛主席、朱总司令、周副主席、任弼时、陈云同志看后，认为很好。毛主席连连点头，发笑，赞道：'这还象个为工农兵服务的样子，你们觉得呢？'朱总司令说：'不错，今年的节目和往

1 张庚：《回忆〈讲话〉前后"鲁艺"的戏剧活动》，见艾克恩编：《延安文艺回忆录》，中国社会科学出版社，1992，第175页。
2 李波：《黄土高坡闹秧歌》，见任文编：《永远的鲁艺》上，陕西师范大学出版社，2014，第164页。
3 王大化：《一个秧歌演员的创作经验谈》，见李滨荪、胡婉玲等编：《抗日战争时期音乐资料汇集·重庆〈新华日报〉专辑》，西南师范大学出版社，1985，第412页。

年大不同了！革命的文艺创作，就是要密切结合政治运动和生产斗争啊！'"[1]显而易见，延安领导人对《兄妹开荒》的赞扬并非因为其观赏性、艺术性而是在其表现内容上。他们看重的是，艺术创作主动与政治运动相结合的倾向以及积极宣扬大生产运动的主题。这也是延安当时最为迫切的任务。文艺座谈会最后一天，朱德评价莫艾关于劳动英雄吴满有的报道时，称"这篇报道的社会价值不下于 20 万担救国公粮（1941 年陕甘宁边区征收公粮的总数）"。[2]《兄妹开荒》以其主题价值在延安领导人眼中产生的重要性也就不言而喻了。

由于上述原因，《兄妹开荒》创作方向的典型意义迅速蹿升。延安的《解放日报》在短时间内，登载了许多关于《兄妹开荒》的文章。1943 年 4 月 11 日发表了萧三的文章《可喜的变化》，文章对鲁艺秧歌向民间学习，面向工农大众，为工农兵服务的创作方向提出了赞扬。1943 年 4 月 12 日，安波发表了《由鲁艺的秧歌创作谈到秧歌的前途》，对《兄妹开荒》成功演出表示欣慰，并希望沿着此方向继续努力。1943 年 4 月 24 日，社论《从春节宣传看文艺的新方向》表示，虽然《兄妹开荒》还有许多需要提高的地方，但仍然是一个很好的新秧歌剧。1943 年 4 月 25 日，《解放日报》开始连载《兄妹开荒》。1943 年 4 月 26 日，王大化的文章《从〈兄妹开荒〉的演出谈起——一个演员创作经过的片断》在《解放日报》上登载，文章主要论及作者为了更好地表现剧本主题而采用的演出方式以及自己的经验。经过这一系列的评论与报道，可以说《兄妹开荒》在延安秧歌剧创作中的示范意义已经确立。但是仔细梳理各方对《兄妹开荒》的评论，我们就会发现，所有评论几乎都是对其创作主题和工农兵方向的赞扬，而缺乏冷静的、理性的分析，也未对其语言、形式、审美等艺术上的表现有深入的研究。这样的评价方式和延安领导人对《兄妹开荒》的论断如出一辙。

---

1 艾克恩：《延安文艺运动纪盛 1937.1—1948.3》，文化艺术出版社，1987，第 419 页。
2 莫艾：《吴满有在大生产运动中》，见田方等编：《延安记者》，陕西人民教育出版社，1993，第 476 页。

其实，在实际创作过程中，创作者们也没有对《兄妹开荒》的语言、形式、审美等艺术层面上有太多的关注。据李波回忆："在创作中，我们没有条条框框，更没有什么形式约束，思想特别活跃，我们七嘴八舌地你一句我一句，你一段我一段，觉得唱好就唱，觉得说好就好，一个不到二十分钟的小节目，有说有唱，有舞有快板。"[1] 创作过程中的随意性、自由性，说明《兄妹开荒》时期的延安秧歌创作，在技艺层面上明显还处于摸索期，具有实验性。而延安秧歌创作真正进入理论上的探索，要等到 1944 年。"1944 年 1 月 31 日，中共中央西北局宣传部发出《关于秧歌队总结经验问题》的通知，成为 1944 年秧歌剧评论和理论探讨的先声。"[2] 随后，延安迎来了秧歌剧理论建设的高潮，出现了如《秧歌剧的形式》（艾青）、《秧歌的艺术性》（李波）、《表现新的群众时代——看了春节秧歌以后》（周扬）等，秧歌理论探索专论。也就是说，《兄妹开荒》之所以被当作延安新秧歌中的典型，其最重要的示范意义其实并不在于艺术层面，而在于其创作的大生产运动方向，在于其紧跟政策的步伐，在于它的现实革命的指导意义。虽然它与元旦间上演的秧歌相比，在技术上有所改进，但这样的进步与其说是追求技术上的进步，不如说是为了更好地宣传生产的主题。

《兄妹开荒》所树立的新秧歌的大生产运动方向，在延安很快就以文艺政策的形式得以确认。1943 年 3 月 22 日，中央文委开会讨论后指出，边区和各抗日根据地戏剧运动的方针为："就是为战争、生产及教育服务"。需要注意的是，虽然中央文委规定的剧运方针是同时为战争与生产服务，但对于延安而言，戏剧的主要服务对象其实是生产。因为方针进一步说明了前线与后方在剧运服务对象上的不同侧重："在前线，是第六年的艰苦卓绝的战争，并在战争中为坚持战争而进行的生产与教育；在后方，直接的任务是大规模的生产与教

1　李波：《黄土高坡闹秧歌》，见任文编：《永远的鲁艺》上，陕西师范大学出版社，2014，第 164 页。
2　王冬：《抗日战争时期延安秧歌剧研究》，博士学位论文，南京艺术学院音乐学，2010，第 34 页。

育"。显然，对于相对平静而无战事压力的延安来说，第一要务当然是生产。剧运方针确立后，会议最后强调对于每一个戏剧工作者而言，最重要的问题自然就是："怎样使用戏剧这个武器去动员群众、鼓动群众、帮助群众来完成这些重大的任务"[1]。中央文委的这一举措，无疑给戏剧工作者指明了方向。

不仅如此，延安在接下来的一年多时间内，又不断重申了这样的方针。1943 年 4 月 30 日，在《中共西北中央局宣传部、文委关于改进剧团工作的指示》中，则重申了"目前戏剧运动的总方针是为了战争、生产及教育服务"的方针。[2]1943 年 11 月 7 日，《中央宣传部关于执行党的文艺政策的决定》指出，"在目前时期，由于根据地的战争环境与农村环境，文艺工作各部门中以戏剧工作与新闻通讯工作为最有发展的必要与可能"，因为"形式易演易懂的话剧与歌剧……已经证明是今天动员与教育群众坚持抗战、发展生产的有力武器"。[3]1944 年 9 月 20 日，在延安市文教大会上，周扬再次强调："他们主张秧歌是宣传，内容第一，对旧内容表示了完全唾弃的态度。提出'劳动为根本'的原则。"[4]延安当局不厌其烦地反复强调戏剧和生产结合的重要性，既说明了大生产运动的紧迫性和必要性，也说明了戏剧这一艺术形式在实际工作中的重要意义。由此可见，大生产运动方向在很大程度上就是延安戏剧创作的方向。

《兄妹开荒》的成功，剧运方针的确立，给延安新秧歌带来了快速发展的契机。到了 1944 年的春节，延安几乎每个机关、部队、学校都有了自己的秧歌队。"延安市民的秧歌""保安处的秧歌""保卫处的秧歌""行政学院的秧歌""留政的秧歌""军法处的秧歌""西北党校的秧歌"等，各个秧歌队在整个陕甘宁边区掀起了秧歌的狂潮。而各种表现生产的剧本也层出不穷，《钟万

1《中央文委确定剧运方针：为战争生产教育服务》，《解放日报》1943 年 3 月 27 日。

2《中共西北中央局宣传部、文委关于改进剧团工作的指示》，《解放日报》1943 年 4 月 30 日。

3《中央宣传部关于执行党的文艺政策的决定》，《解放日报》1943 年 11 月 7 日。

4 岳瑟：《老百姓的新秧歌》，《解放日报》1944 年 10 月 13 日。

财起家》《张治国》《动员起来》《女状元》《刘生海转变》《二流子变英雄》《一朵红花》《劳动英雄吴满有》等。仅仅在 1943 年到 1944 年间上半年，延安秧歌剧创作就达 300 多种，观众人数达几百万人次，其盛行之状可见一斑。群众对新秧歌确实喜爱，"我们鲁艺的秧歌队非常出名，老乡高兴极了，非常喜欢看，老百姓看一场还不够，有的自己拿着干粮和水，跟着我们后头，我们演出多少场，他们就看多少场，然后再跟着我们回来，都称我们是鲁艺家的秧歌"[1]。但新秧歌运动的目的不仅仅是为了与民同乐，更重要的目的在于对群众的宣传与动员。

艾青曾在《秧歌剧的形式》中毫不讳言地说："秧歌剧是今天最好的宣传工具之一：是真正为老百姓所喜闻乐见的、新鲜活泼的文艺形式。"[2] 而这样的理念，也被融入了秧歌的创作过程中。艾青提出，"每个剧本要以它所触及的那个问题的政策为核心，通过我们的创作，向群众宣传和解释革命的政策"，"作者根据现实生活中所产生的问题（这就很自然地和政策合致了），用具体的方法（政策），解决问题（通过艺术形式），这个过程，就是主题"。所以"写秧歌剧，首先要熟悉当前的革命政策，要适合当时当地的具体要求，服从当时当地的政策任务"[3]。在艾青看来，秧歌就是政策的附庸，秧歌的主要功能就是宣扬党的各项政策。秧歌与政治宣传的结合，既是文艺为政治服务的表现，也是文艺工农兵方向的具体举措。事实上，艾青对秧歌的看法，在当时极具代表性。在实际的演出过程中，新秧歌确实常常充当政策宣传的媒介。《解放日报》在总结西北文艺工作团的秧歌《学习吴满有》时，就指出其优点在于"内容具体，充满了生产的实际知识"。而剧中张老汉的唱词，简直就是农耕知识的顺口溜："庄稼汉要苦干，抓紧时间不偷懒，冬天晨间把粪捡，惊蛰一到把地翻，谷子

1　王海平等编：《回想延安：1942》，江苏文艺出版社，2002，第50页。

2　艾青：《秧歌剧的形式》，《解放日报》1944年6月28日。

3　艾青：《论秧歌剧的创作和演出》，《新文艺论集》，群益出版社，1950，第68—69页。

种在谷雨前，糜子芒种下种完……"[1] 所以在 1943 年 3 月 3 日的社论《生产大竞赛》中，作者才直言不讳地说，上演《兄妹开荒》的"主要的目的是用他们生动活泼的榜样，来教育广大群众，提高他们的生产热忱。"[2]

必须指出的是，延安新秧歌除了对群众进行善意的宣传，也有严肃的劝诫意味。在《兄妹开荒》中，妹妹发现假装偷懒的哥哥时，二者间的关系就由家庭伦理变成了劝诫关系。同样的还有《十二把镰刀》中的王二与王妻；《刘二起家》中的刘二与刘妻等。除此之外，还有另一个更为强大的劝诫者，他们在剧中是权力和威望的象征，在《兄妹开荒》中是刘区长，在《钟万财起家》中是村主任，在《十二把镰刀》中是政治委员。当普通的宣传不起作用时，劝诫者就会采取严厉的措施。更为重要的是，在演出过程中，被劝诫者就不仅是哥哥、王妻、刘二等剧中人物，更包括了千千万万的现场观众，而劝诫者也从刘区长、村主任、政治委员等人，扩大到了所有现场观众。群众的参与既增强了劝诫者的实力，也增加了被劝诫者的压力，从而取得了更好的动员效果。"一个二流子看了《二流子转变》的秧歌后，说'不相信，今年干出个样子给你们看看！'他回家一天内就砍了三背柴，而一个好劳动力每天才砍两背柴。在关中分区有个二流子高新春，看了石德明秧歌剧中改造二流子一节后，立即开荒七亩，春天还有开荒十亩，拾粪二百担。他走出剧团亲自定条件说：'假如我完不成计划，我再没有脸来看你们的戏。'"[3] 可见，秧歌在延安的大生产运动中，充分发挥了它强大的意识形态动员功能。因此，在文艺为工农兵服务的号召下，秧歌一改民间文化的自在状态，率先承担起了鼓励民众，积极响应党的生产政策的教化任务。尤其是在表现大生产运动的《兄妹开荒》成功演出后，其典型的示范意义为后续秧歌的大量出现铺平了道路。而大生产运动对延安新

---

1 黄钢：《皆大欢喜——记鲁艺宣传队》，《解放日报》1943 年 2 月 21 日。
2 《生产大竞赛》，《解放日报》1943 年 3 月 3 日。
3 哈华：《秧歌杂谈》，华东人民出版社，1951，第 7 页。

秧歌运动的影响也显而易见，它不仅触发了新秧歌运动的兴起，更是在很大程度上决定着新秧歌的形式和内容。秧歌与大生产运动的紧密结合，已然成为一代人共同的红色记忆。

第四节　《种谷记》文本的生成与传播接受

柳青的长篇小说《种谷记》是中国 20 世纪 40 年代解放区文学中一部较为成功的作品。然而这部作品面世后并没有获得接受者们广泛的肯定，且对之进行系统研究的成果也并不多，已有的部分研究成果因受时代限制而造成对这部作品的误读。对《种谷记》进行系统的分析，有助于我们探究它在柳青文学创作中以及在文学史上的地位。通过对这部小说的生成、传播与接受等方面进行探究，对文本的语言、形象和意蕴三个层面进行细读，对其批评史进行梳理和研究，可以发现它的文本有着非同寻常的复杂性，因之而拥有了多元阐释的可能。

对《种谷记》故事发生背景的梳理有助于我们历史地去理解这一小说的文本内涵，那么通过对文学文本内涵的捕获能否有助于我们真切地了解社会历史呢？文学是否一定就是客观的社会生活的反映呢？有学者对此质疑，认为客观的社会生活进入了作家的"心理结构"后外化为文学作品，这样的文字是不可能保持客观如实的性质，因而文学文本所呈现出的艺术真实与客观的历史真实并不是也不可能完全相吻合，而文学作品的"文学性"却恰恰是在历史真实与文学真实的差异之中产生。因而，在文艺作品中，"重要的不是话语讲述的年代，而是讲述话语的年代"，如果说故事的现实背景为我们提供了走进文本的入口，那么故事文本的生成则为我们获取意义树立了指向标。以作者为核心，对《种谷记》的创作背景、创作动机、创作过程等方面进行考察有助于我们了解文本生成的过程，探源文本多重意义生发的动力。

据现有资料可知,1944 年春,柳青与林默涵的一次交谈中谈及了《种谷记》写作的最初构想,[1] 如以此作为他创作《种谷记》的起点的话,那么 1944 年前后社会历史的变迁与柳青的个人遭遇便成为影响其创作《种谷记》的重要因素。柳青并没有参与 1942 年的延安文艺座谈会,在 1942 年秋回到延安后,他才看到《讲话》的具体内容。事实上,在此之前柳青就已经在践行着深入生活的创作观,他此前创作的多篇短篇小说都是以工农兵为主要叙写对象,尽管这些小说多有五四时期乡土小说的气息,在语言上也多有知识分子气,但是在主题思想、写作对象、工农兵方向、大众化、创作方法等方面都基本符合《讲话》的原则,因此,与其说柳青的创作的道路在 1942 年后发生了转变,不如说是柳青的创作观念与《讲话》所倡导的创作方式不谋而合,在对《讲话》的认同的同时柳青也进一步坚定了他的创作观,并在创作实践中逐渐走向成熟。

我们固然不可否认《讲话》对柳青创作的影响,但是在 1942 年之后的创作过程中,柳青更主要的是偏重其早期短篇小说创作中积累的经验而形成的创作倾向,柳青看到了其创作观与《讲话》内容相契合的部分,但是却并没有明显意识到他早期不成熟的创作倾向与《讲话》之间的矛盾之处,这也是作为《讲话》后的第一批创作成果之一的《种谷记》在当时并没有得到广泛认可的一个重要原因。在米脂下乡之前,柳青已经率先到米脂县帮助那里的基层干部进行减租保佃、民主选举等活动,并在这一段的实践活动中收集了大量的写作素材,准备写一部反映有关减租减息的长篇小说。就在柳青回到延安着手写作时,下乡运动开始了,他的创作计划也因此被打乱了,作为一名中国共产党党员,他不得不服从中央组织部的调离通知,但庆幸的是柳青被分配到的单位正巧就在他之前已经体验过的米脂县。在米脂县,柳青自告奋勇地当了三乡的文书,与当地的农民吃住在一起,真正了解了当时农村的真实景况,农民的贫穷

---

1 刘可风:《柳青传》,人民文学出版社,2016,第 66 页。

与困苦深深震撼了柳青，也使得柳青真正静下心来开始重新认识陕北农村。柳青出身富农家庭，年纪很小时便被先后送至佳县、米脂、绥德、榆林、西安等地读书，后来便参加革命，因此他在米脂下乡之前，尽管他出身陕北农村，父辈、祖辈也都是农民，但是他对陕北的农村与农民的真实面貌其实并不是很了解。在米脂下乡的三年之中，柳青深入调查农村的种种现象，在切身的乡村工作中感受到了农村问题的复杂性。这些都为他创作《种谷记》奠定了基础。

柳青的《种谷记》面世后并没有引起很大的关注，大部分的一些评论性文章是在客套地简述其中的可取之处后，着重论述了这部小说的不足，这是柳青没有料到的，甚至给了他很大的打击。柳青创作前艰苦地"深入生活"与热烈的创作冲动，再加上后来的细致修改，使他对这部小说有着较高的期望，但是评论界的冷淡反应与负面批评让他懊恼不已。当时柳青在痛苦中对文学的追求发生了动摇，放弃文学创作，做一个新闻工作者或者从政，或许都能比文学创作更容易取得成绩。柳青的女儿刘可风在柳青晚年时的一次交谈中问他为什么不从政，柳青也承认自己可能在政治上更有能力一些，但他还是认为有了《种谷记》才让他最终坚定地选择了文学。由此，我们也可以看出，柳青创作《种谷记》更多的是想明确自己是否能在文学的道路上有发展的可能，尽管评论界对于这部作品贬多褒少，而且由于政治环境的影响，他在很多的公共场合以近乎检讨的语调论及了这部作品的缺陷，从政治的层面否定了这部小说的成就，但无论如何，至少他也是一个创作了一部长篇小说的作家了。评论界给他的反馈，成为他反思的一个主要方面，也为他后来的创作指明了方向，但是这个方向是否让他创作出更优秀的作品，还需进一步商榷，也需要历史的淘洗。总而言之，《种谷记》虽然没有让柳青一鸣惊人，没有得到当时评论界的普遍认可，但是，它作为柳青的第一部长篇小说，让柳青真正走进了文学的殿堂。

在《种谷记》出版之后，柳青虽然在一些文章中谈到《种谷记》，却并没有详述其创作过程，从已有的少量资料中我们可以看出柳青在创作中一丝不苟的态度。他曾在王克俭的原型家中食宿过两个月，这或许也是为什么柳青在塑造王克俭时花了大量笔墨。小说中的存恩老汉、六老汉也都是他依据现实生活中所相识的人而塑造的。为塑造王国雄这个富农形象，他专门去了米脂麻家渠的富农常国雄家中蹭饭吃。[1] 所有这些都足以看出柳青的创作态度。

《种谷记》面世后虽然在评论界并没有得到普遍的好评，但总还是有很多人（包括一些非专业的普通读者）给予了肯定的评价。小说1947年7月出版后，成为了解放区的第一部现代长篇小说，受到了中国共产党党内文化工作者的关注。1948年7月，柳青在河北见到柯仲平和胡乔木，得知《种谷记》将要编入"中国人民文艺丛书"，[2] 将要被视为解放区文学的代表作，这便足以说明这部作品在当时的分量。但是，当时柯仲平、胡乔木等人对于这部小说的肯定必然不能代表这部小说整个传播与接受过程中所形成的观点。这到底是一部什么样的作品？不同的政治环境、文化场域、时代氛围内都会有不同的评价与阐释，通过对这部小说在不同的时空场景中的传播与接受进行梳理，可以透视这一文本内涵的复杂性，也能有助于我们发现这部小说经典化的可能。

《种谷记》1947年7月由光华书店出版发行以后，曾多次再版，据朱金顺的考证，《种谷记》的版本主要有四种，初版本为光华书店版，光华书店版中又分为7月份版与11月份版，朱金顺认为这两种皆为《种谷记》的初版本。此外，收入"中国人民文艺丛书"的为新华书店本，收入"北方文丛"的是香港新中国书局本，1958年出版的为人民文学出版社本。[3] 其中新华书店本和人民文学出版社本不同程度地被再版翻印，其总发行量是相当可观的，尽管文学作品的发行量并不能作为分析其影响力与文学地位的主要因素，这之间有着政治手段、文化政策、出版条件等的影响，但是它至少能在一定程度上反映出这

---

1 参见刘汉智、胡广深：《柳青的故事》，陕榆新出批（1998）字第028号，1998，第25页。

2 邢小利、邢之美：《柳青年谱》，人民文学出版社，2016，第28页。

3 朱金顺：《也说〈种谷记〉的初版本》，《旧书信息报》2003年7月7日。

一文本的传播与接受的情况。

《种谷记》的传播与接受跨越了两个政权、两个时期，此处我们的讨论主要是以当时的出版情况来看不同政权管控下的解放区与国统区的政治环境。1947年7月之后，中国国内的政治局势已经很明朗，中国共产党领导的人民解放军经历了一年的战略相持后转向了战略反攻，国民党政权的衰落已成定局。从经济上面对通货膨胀而表现出的束手无策到政治上对和平运动的处置失当，民众对国民政府早已怨声载道，"'腐败无能'这一引人注意的话，常被用来形容从指挥战争到学校管理等政府在一切领域的表现。"[1]当然，国民党政府的这种"无能"也同样体现在其文化政策方面，急于获得军事胜利的国民党在文化上的投入急剧下降，同时，面对知识分子对内战的抵触、对国民政府的抨击，国民党更多采取的是快刀斩乱麻的手段，鲁莽而强硬。尤其是李公朴与闻一多的被害，激起了整个文化界对国民政府的失望，许多民众也逐渐将自由、民主、和平与安定的美好希望寄托在中国共产党身上。

中国共产党在文化队伍的建设方面可以说是获得了完胜，文学艺术的发展为解放战争的胜利贡献出不可估量的作用。在战争中一旦有了相对稳定的根据地与立足点，文化工作便会很快地紧跟而上，柳青从米脂乡下调到大连，主要的工作便是去日本撤军后的大连整顿大众书店。《种谷记》没有就便在大众书店出版主要是由于柳青在此工作而避嫌，因而经过党组同意后，《种谷记》在三联书店的分店光华书店出版，其中7月版印行2000册，11月版印行5000册。光华书店在1936年时，被中国共产党所派的工作人员接手管理，主要印行解放区的文艺书籍，发行范围主要在东北解放区，因而，《种谷记》最初的传播与接受主要以东北地区为核心向其他区域扩散。[2]随即，《种谷记》被列入了"北

1　[英] 费正清、费维恺：《剑桥中华民国史1912—1949》下，李向前等译，中国社会科学出版社，1993，第842页。

2　辽宁省地方志编纂委员会办公室：《辽宁省志·出版志》，辽宁科学技术出版社，1999，第14页。

方文丛"书目之一由香港新中国书局出版印行，一般认为这套丛书"主要面向'国统区'及港澳、东南亚等地区读者"[1]，"在当时特别是在港澳与南洋一带产生了强烈的反响"[2]，但是由于光华书店也曾以新中国书局的名义出过书[3]，那么《种谷记》的新中国书局本是否实际就是光华书店所出呢？因尚无确切证据，我们不好对此妄下断言。

无论如何，不可否认的是这部小说是在中国共产党文艺宣传策略下而传播的，小说的真实性叙写与含糊的主题没有让这部小说成为中国共产党宣传策略的最好范本，但至少它的传播促使了更多的人通过文学的方式了解到了解放区，了解到了中国共产党在陕北的革命活动，让更多的人在国民党颓靡腐败的统治下，在幻灭中看到了新中国的曙光。

1949 年 10 月，毛泽东在天安门城楼上宣布中华人民共和国成立。中国共产党在旧政权的废墟上开始着手改造活动，这些改造涉及方方面面，改造的方式、目标、成果等所依照的是陕甘宁边区政府十三年来所积累的经验。于是新中国的形象便逐渐在陕甘宁边区政府的形象基础上成型。体现在文艺方面便是延安文艺在全国范围的普及与推广，从文学创作手法、创作目标、创作对象到文学批评标准、批评伦理等都承续自延安文艺。延安文艺在很大程度上是中国共产党的革命文化与陕北区域文化在特殊历史环境下相融、发展的产物，它与陕北的文化环境之间形成了天然的和谐状态使得这一特殊的文学范式必须要在特殊的文化背景下才能最清晰地显现出其独特魅力。但这也是延安文艺在传播与接受过程中的一个局限性，这使得这一文学范式在新中国成立后，在推广的过程中显得艰难而曲折，甚至到很多年后对之进行文学史评价时也很少有研究

1 王荣：《宣示与规定：1949 年前后延安文艺丛书的编纂刊行——以"北方文丛"与"中国人民文艺丛书"的编辑出版为例》，《陕西师范大学学报（哲学社会科学版）》2012 年第 3 期，第 36 页。

2 陈思广：《〈北方文丛〉全目略说》，见李怡、毛讯编：《现代中国文化与文学》第 1 辑，巴蜀书社，2013，第 257 页。

3 辽宁省地方志编纂委员会办公室：《辽宁省志·出版志》，辽宁科学技术出版社，1999，第 14 页。

者能从审美的角度来发掘其美学意义。小说《种谷记》作为延安文艺中第一部现代长篇小说，它在不同文化场域内的传播与接受的状况具有典型性。

对《种谷记》较为普遍的认识便是它太过琐碎、沉闷，以至于很多人读着读着便读不下去了。1950年年初[1]，周而复、冯雪峰等为扩大柳青及其《种谷记》的影响力，这在一定程度上也是为了推广延安文艺，在上海召开了一个规格较高的《种谷记》座谈会，参会的人除了周而复和冯雪峰外，还有巴金、李健吾、唐弢、许杰、黄源、程造之、叶以群、魏金枝等人。座谈会一开始，叶以群简单介绍了柳青其人，但简述之后不得不承认"而复知道得比较详细，请他接下去说吧！"周而复紧接着对柳青及《种谷记》做了相对完整的陈述后，许杰询问"点籽"的意思，很明显，这一陕北民间语汇和与之相对应的农业劳作对他是陌生的，程造之坦言自己不熟悉陕北的情况，周而复亦予以解释，也有人觉得小说中农民语汇有书面语痕迹，而事实上这仅仅是陕北"方言存古语"的一个例证。总之，就后来的会议记录来看，与会的十人中，黄源和唐弢没有发言，巴金只插了一句话；十人中，只有周而复在陕北有过较长的生活、工作的经历，冯雪峰虽然也曾去过延安，但停留时间很短，而其他人虽大多数都曾归属于左翼作家阵营，但对于陕北解放区还都停留在想象中。可以看出，这部作品因沉闷、读不下去而没有得到一致的肯定。而造成沉闷的主要原因就在于接受者对这一作品所描述的文化背景的陌生。可以说，这一次对解放区文学作品的推广基本是失败的，它的这次"东征"并没能征服霓虹灯闪烁的大上海。

但是并不是所有人读这部小说都是沉闷的，当年与柳青一起下乡当文书的庄启东后来谈到了他的阅读经验："最近我又看了一遍《种谷记》，我好像又亲临陕北农村，聆听陕北口音的农民活泼泼的谈话声，似乎看到老乡们的身影在

---

1 刘可风在《柳青传》中的记录为1951年，应为讹误。经查证《种谷记》座谈会"在1950年召开，且与会上的会议综述也在1950年便已经刊发出来了。

我眼前晃动。"[1] 但是，毕竟如庄启东这样一类有过深切的陕北农村基层工作经历的读者太少了，这成为这部小说在传播与接受过程中的一个巨大的阻力。由此，我们基本可以确定，这部作品在后来的传播过程并不是一帆风顺的。1950年的座谈会之后，文学界对这部作品的评价在阶级论文学批评体系下基本形成了定论，但是如果跳脱出阶级论文学批评范式，不再以社会主义现实主义文学批评标准来衡量这部作品，那么当时的评论者们所指出的"缺陷"还会是"缺陷"吗？柳青在延安时说读不下去巴尔扎克的小说，丁玲一句"看不下去巴尔扎克的作品还想当作家？"这深深地刺痛了他，随后他便找到所有能找到的巴尔扎克的作品和相关的西方名著来读。座谈会上有人说《种谷记》有巴尔扎克的风格，也有人说像左拉的风格，但无论如何，这是受西方细腻描写风格的影响，虽然这可能是丁玲对柳青言语刺激后的一个结果，但却与当时所倡导的新现实主义是不相称的，那么当那种新现实主义不再是唯一的标尺时，读不下去这部小说应归因于写作者的写作技法呢还是在于阅读者的审美趣味呢？

《种谷记》所反映的故事发生在减租减息与统一战线的背景下，当时的中国共产党正处于组织群众，团结可争取的势力，孤立反对势力以保存、发展革命力量的状态，因而要批判如王克俭这样的落后农民，打击如王国雄这样的反动分子是不符合故事时代背景的。但是到小说出版后，抗日战争已结束，解放战争已打响，且由战略防御转向了战略反攻，国内政治形势大变。当毛泽东的《讲话》逐渐产生作用，并催生出一系列反映其文艺思想的作品时，与文学创作相对应的阶级论文学评价体系逐渐走向成熟。在这个时候，没有表现出尖锐的阶级矛盾，没有突出的正面人物，没有打击、批判恶势力的《种谷记》出现了，它显然已经滞后于新时代了。到新中国成立后，急于"跃进"的心态助长了国内不可遏止的"左"倾风潮，阶级论文学评价体系也在这一时刻成为文学

---

1 庄启东：《一个左联兵士的求索》，人民日报出版社，1999，第269页。

批评范式的主流，一家独大。文学批评在庸俗唯物论与机械唯物主义的干扰下发生畸变，在这样的历史环境下，《种谷记》的传播与接受是尴尬的，一方面，它在新的文学评价体系中有着这样那样的缺陷，已经不适于时代的要求，另一方面，在多数不符合时代要求的文学作品被批判、被遮蔽，没有更多、更好地适应于时代的新作出现时，《种谷记》勉强作为了解放区文学的代表作得到认可。因而当"三红一创，保林青山"涌现后，《种谷记》一类的作品便很快淡出人们的视野。

目前可见的《种谷记》最晚的单行本为 1962 年人民文学出版社印行的版本，此版为 1958 年人民文学出版社本的第二次印刷，此后便再无单行本印行，当时柳青的《创业史》第一部已经面世，其影响力也远远大于《种谷记》，《种谷记》的传播与接受也就此进入了沉寂。"文化大革命"结束后，整个解放区的文学作品都很少有单行本再被翻印，到 20 世纪 80 年代，文艺政策的调整促使新一批的作家涌现，新的文学作品不断产出，文学也不再被视为政治的附庸，如《种谷记》一类的文学作品的传播与接受便主要集中在了少数文学研究者之间。1985 年以来的"重写文学史"的讨论以重评经典、发现经典为主要目标，在发掘出许多被遮蔽的文学作品的同时，曾经在革命时代被认定为经典的文学作品受到了质疑。对于《种谷记》的评价，在这一时期也逐渐开始发生转变，那些曾经被认定为是作品的"缺陷"不再被人提及，有少部分研究者开始对《种谷记》进行重评，但并没有产生较大影响。20 世纪末开始，随着主流意识形态的倡导，这些红色经典再一次得到人们的关注，大量革命历史题材的文学作品以影视剧的形式被搬上了银幕，借助新的传播媒介，许多革命历史题材的文学作品在新的时代焕发了新的光彩。但是，这一次革命历史题材的改编热潮所涉及的文学作品大多是曾经的通俗文学作品，精彩的故事情节无法掩盖其粗糙的意蕴内涵，很多严肃文学并没能成为这些影视剧改编的对象，因而，这一次红色经典的浪潮并没有波及《种谷记》。

进入新世纪，文学研究环境的相对宽松促使了研究方法的多元化趋势，研究团队的飞速扩大与研究成果的量化产出逐渐让这一学科的研究进入饱和状态。研究者背负着汗牛充栋的研究成果试图在新方法与新问题的驱动下寻找学术空白，于是《种谷记》便逐渐成为很多研究者所关注的焦点，这也成为《种谷记》传播与接受的新的方向。在很多研究者的努力下，《种谷记》的研究在不断地深化，学术的研究能否让这部小说再次走出历史的尘埃，还原其本来面目，从而为其传播与接受增加动力，这还需研究者们的进一步努力。

第五节　"陇东歌谣"与陕甘宁民间歌谣的文本解析

陕甘宁边区文艺与延安文艺在概念上关系密切，但也有所区别。这就是陕甘宁边区的甘肃、宁夏部分区域的文艺也会受到关注和研究。学术界也常会忽视边区居民的原生文艺及其价值。这里且以陇东歌谣为例，着力进行文本解析，从而了解其原生样态和重构新态。

在中国共产党领导的政治革命历史进程中，陇东地区不仅是陕甘苏区的重要根据地之一，而且也是抗战时期陕甘宁边区的西大门。因此，产生并流传于陇东地区的红色歌谣，在各个革命时期发挥着革命宣传、抗战动员、群众教育的重要功能。关于陇东红色歌谣的收集整理陕甘苏区文艺运动时期就已经开始了。如成立于1937年11月14日的陕甘宁边区文化协会就决定收集、整理、研究陇东根据地的歌谣。1938年，当时的延安民众剧团团长柯仲平在延安《新中华报》上撰文征求歌谣，这份启事表示要广泛且普遍地收集整理各地歌谣。而且在1940年，延安民众剧团从延安出发到当时陇东分区的华池、庆阳等县巡回演出之际，鲁艺音乐系也派文艺工作者马可等人随团进行陇东、陕北民歌的学习与搜集。在1945年，晋察冀新华书店出版了《陕北民歌选》，其中收录了陇东地区的一些歌谣。新中国成立后，到了1953年，中国民间文艺协会编写的《陕甘宁老根据地民歌选》中也收录了陇东地区的一些红色歌谣。20世纪50年代甘肃文化局编写的《甘肃民歌选》，其中也收录了部分陇东地区的红色歌谣。1958年，在新民歌运动的影响下，各地纷纷进行民歌的搜集整理运动。在此背景下，1960年，甘肃省文化局编选的《甘肃歌谣》由人民文学出版社出版，其中收录了陇东地区红色歌谣三十余首。

　　从搜集整理的目的来看，这些收录陇东红色歌谣的选集多是在政府部门的明确指导下编辑成册的，都是以保护当地的文化为出发点，但具体目的有所不同。有的选集是出于对党史资料的抢救工作而编选的，如由中共庆阳市委党史工作办公室编著的《庆阳老区红色诗歌》，有的选集则是出于对当地民间文化的保护目的而编录的，如庆阳历史文化丛书之一的《庆歌俚曲》。在这本书的总序中提到，第九卷《庆歌俚曲》，是对流传于庆阳这一方土地上原生态的民歌民曲进行的整理，积极抢救这一濒临流失的无形文化资源，让这一艺术奇葩得以传世。显然《庆歌俚曲》旨在传承保护陇东的民间文化。而1991年梁中元选编的《陇东红色歌谣》，1982年高文、巩世锋、高寒合编的《陇东革命歌谣》以及2011年高文、巩世锋重新编订的《陇东红色歌谣》将陇东红色歌谣区别于民间歌谣作为独立的文本进行整理，显然具有了多重意义。它们三者将陇东地区在土地革命战争时期、抗日战争时期、解放战争时期的红色歌谣创作较为全面完整地呈现出来。而且这三本红色歌谣集只做歌词的记录，在某种程度上反映出陇东红色歌谣开始作为一种文学文本而得到关注。但纵观整体情况，陇东红色歌谣的编选仍旧局限于民间和地方政府，虽有一些地方学院研究者参与编辑，但还是明显缺乏严谨的、专业的重视。

　　陇东革命根据地的创建为陇东红色歌谣的产生营造了发生地。在革命时期，中国共产党的革命根据地多是建立在偏僻，政府不好管控的山区。陇东地区地处陕甘两省四县的偏僻地区，恰好是国民党反动统治的薄弱地区，有利于革命的发展。刘志丹在考察当地后便说："南梁是个闹革命的好地方，有山、有川、有梢林，又是两省边界，敌人统治困难，我们活动方便。只要在这里建立起了根据地，再步步向外扩展，就能把红旗插遍西北。"[1]在民情上，"自民国十五年冯军盘踞甘肃，谋窥中原，征兵派饷，民苦更甚，弱者死亡，强者为匪，因与乡人组织自卫团共谋自卫"[2]。军阀割据、土匪丛生的环境中，社会秩序彻底失范，陇东人民终日生活在饥寒交迫和恐慌战乱的环境中，为了自卫，地方民团遍布各乡县。而且当地农民具有强烈的反抗愿望和土地要求。这种局势为陇东的兵运活动创造了条件。在土地革命前，陇东人民创作的歌谣充斥着对封建地主压迫的愤懑、对不平等的婚姻的痛斥。这些歌谣感情沉重，充满着对现实的不满，反映了当时社会环境的黑暗。因此陇东红色歌谣的产生与中国共产党领导的土地革命有着不可分割的现实关系。但满足农民的土地需要并不是农民产生革命认同和歌颂革命的唯一条件。在国民党"围剿"根据地几经挫折之后，当时的国民政府军事委员会秘书长杨永泰便提出他们与革命者"所争者乃争民非争地也"[3]，陇东地区农民与乡绅地主的关系变化是农民选择革命和最终创作红色歌谣的潜在的推动力。斯科波尔与巴林顿·摩尔等人认为，革命的发生与国家的上层结构虚弱、破碎和瓦解不无关系。毛泽东也曾指出，白色政权在中国的分裂是中国红色政权发生发展的重要原因。当地的制度对于个人选择行为具有根本性的影响，民国时期军阀政府的混乱统治不仅导致农民对乡绅在心理上的依赖逐渐消失，更刺激孤立无援的农民最终意识到自身与拥有大片土地的乡绅存在根本差异，以乡绅为代表的地方名士已经无法用虚假的谎言笼络农民。农民与地主乡绅之间对立的加剧使农民需要向外寻找新的组织和依靠，而这时中国共产党在农村开始发动土地革命并进行政权建设，正好满足了农民在心理上与物质上的需求。无论是地主治理还是革命政权，农民情感的根

---

1 高文编：《南梁史话》，甘肃人民出版社，1984，第 25 页。
2 巩世锋编：《陇东革命根据地》，中共党史出版社，2011，第 30 页。
3 杨永泰：《杨永泰抵沪谈匪情》，《益世报》1933 年 7 月 3 日。

本变化和行为的选择都基因于内在的利益背景。物质原因带来制度的改变，制度原因带来精神文化的改变。陇东红色歌谣作为一种精神文化，它的诞生正是陇东人民在自身危机下选择红色政权的一种反映。

陇东民歌由陇东劳动人民口头创作。这些民歌词或不工，音或不雅，但是反映的是劳动人民的心声。陇东人民创作民歌的传统代代流传，并且在时代变迁中呈现出灵活性与包容性。"民间文学是口述的文学，不是书本的文学。书本的文学是固定的，作品完成之后，便难变易。民间文学可是不然；因为故事、歌谣的流行，全仗口头的传述，所以是流动的，不是固定的。"[1] 五四时期"歌谣运动"中的民俗知识分子便关注了民歌在口头传播中的灵活性。陇东民歌的灵活性为红色歌谣的产生创造了条件。这种口头传播不受文字的限制，使歌谣能够在工农兵群众中获得极大的流行，同时在流动中呈现出变异性[2]。例如在陕甘边革命根据地不同地区流传的打宁夏调的《刘志丹》具有不同的版本。陇东民歌作为陇东民间艺术的一种，还具有积极吸取其他艺术的特性，陇东的秧歌、社火、道情都为陇东民歌所借鉴利用，这些都为陇东红色歌谣的诞生提供了丰富的基础。

陇东民歌具有的广泛群众性和社会实用功能是陇东民歌与红色革命融合的内在动力，其独具地域特色的形式也是陇东红色歌谣产生的形式基础。陇东红色歌谣作为一种歌谣，与陇东民歌具有共同的自发性形式。陇东红色歌谣是在革命语境中被催生出来的一种特殊的民间文艺，它具有的民间色彩是它能够发展传播的关键因素。陇东民歌为陇东红色歌谣提供了丰富的艺术土壤。陇东民歌的形式丰富多样，小调、信天游、劳动号子、秧歌是主要的四种，民歌的曲调更是多姿多彩。传统民歌曲调与全新的革命内容的融合，呈现了一派欢快明

---

1 愈之：《论民间文学》，《妇女杂志》1921 年第 7 卷第 1 期，第 32 页。
2 "变异性"是王焰安在《红色歌谣》中提到的红色歌谣的一个最基本的特征。"变异性"指的是由于相同或相似的革命生活及革命活动，尽管地域不同，但却有很多相同母题的红色歌谣在流传。

亮的气象。陇东民歌蕴藏着天然的宣传性，无论是田间地头、还是节日集会，民歌的影子时时伴随着人们，因此传播性极广。同时，陇东民歌蕴含着认识价值、民俗价值、娱乐价值、社会价值等多重艺术价值，首先，它是陇东人民相互交流的一种媒介，陇东人民通过歌谣进行交流的过程也是获取信息的过程。再者，"民歌在人民群众的劳动生活和社会生活的广阔领域里，发挥着积极的、重要的作用。它在一定程度上具有维系社会集体的功能，人民的群体意识通过它得到鲜明的体现。它以古朴纯真的艺术手段，反映着人民群众的现实生活、理想和追求。"[1] 陇东民歌中浓郁的民风习俗和乡土风味，适应了当地人民的审美心理。更重要的是，陇东虽地处西北偏僻山区，但陇东民歌却往往迅速反映着整个中国的社会现实。

陇东红色歌谣在红色革命时期的陇东地区广为流传，属于民间口头文学的陇东红色歌谣显然具有不同于知识分子的文字创作。那么陇东红色歌谣作为特殊的革命文艺，它的创作形式是怎样的？这大量的歌谣是由哪些人创作的？创作的过程呈现出哪些特点呢？产生之后又有怎样的变化呢？

陇东红色歌谣多是通过"旧曲加新词"的方式产生。俗称"旧瓶装新酒"，即为用现有的民歌曲调填上宣传革命的新词。"1937 年 8 月，毛泽东在延安对丁玲讲：'现在很对人谈旧瓶新酒，我看新瓶旧酒、旧瓶新酒都可以，只要对抗战有利。'"[2] 这里提到的"旧瓶新酒"就指的是陇东红色歌谣"旧曲加新词"的创作形式。在红色革命时期，这是非常普遍、经济的一种创作方式，被称为农民运动大王的彭湃以及其他的很多革命领导人，都曾运用这种方式进行红色歌谣的创作。如彭湃用海陆丰方言创作的《田仔骂田公》与《土地革命山歌》都是在民间曲调的基础上填词改编的。在陇东地区，中国共产党领导的工农革命的特点使工农兵文艺创作不断从民间文学获取养料。"旧瓶装新酒"也成为

---

1 吴超：《中国民歌》，浙江教育出版社，1995，第 17 页。

2 吕律：《陇东革命文艺活动汇盛》，甘肃人民出版社，1997，第 93 页。

工农兵文艺发展过程中的一大特色。陇东红色歌谣正是以"旧曲加新词"为主要创作形式的典型的工农兵文艺。"旧曲加新词"实质就是陇东民歌与红色革命主题融合的过程，这是陇东民歌在红色革命时期的流变。在红色革命时期，不仅陇东当地人民根据自己熟悉的歌谣进行改编去歌唱新生活、新变化，走进陇东的文艺工作者也不断在民间采风，然后根据陇东民歌的曲调编写了大量的红色歌谣。这些文艺工作者创作的红色歌谣由于在形式、语言等方面都适应了工农兵的表达需要，因此受到工农兵的广泛传唱，有的在传唱中为了表达不同主题，又经过了二次改编，因此很多没有具体创作者的歌谣已经被群众默认为民间歌谣。

即兴编唱是创作陇东红色歌谣的一种典型形式。土地革命时期，刘志丹、谢子长等中国共产党党员领导红军打土豪、分田地，从而得到了农民的信任与支持。当地的村民有感而发，自发地以歌谣表达对刘志丹、谢子长以及红军队伍的欢迎与热爱。后来随着政权建设的逐渐成熟，各种农民组织的建立与学校的成立。即兴歌唱创作开始主要出现在各种劳动大会与歌唱活动，以及集体生产劳动中，形成了边劳动、边创作的特点。1940 年，三八五旅宣传队在当时的陇东合水县木瓜岭大山烧木炭，在劳动之余，宣传队员编唱"烧炭歌"。"咚——咚——咚，遍山砍树声，八路军，烧木炭，为了冬季大练兵。梆——梆——梆，斧声隆，烧木炭，渡严寒，练好本领上前线。"[1] 在劳动的过程中创作歌谣能够在缓解疲劳的同时调动劳动者的积极性。

陇东红色歌谣作为口头文艺，在创作中还具有边创作、边传唱的特点。陇东红色歌谣的创作者多为不识字的工农群众，因此歌谣创作完成后保存它的有效方式便是在创作的同时使其传播。陕甘宁边区时期，诗人艾青在延安《解放日报》上介绍了陇东木匠汪庭有创作《十绣金匾》的过程。因为歌谣的篇幅较

---

1 吕律：《陇东革命文艺活动汇盛》，甘肃人民出版社，1997，第 337 页。

长，汪庭有又不识字，因此编唱时为了使已经编好的每段歌谣得到保存，他一边编唱，一边将歌谣教给别人传唱。这样的创作过程使陇东红色歌谣的创作与传播几乎同时进行，极大地发挥了红色歌谣的宣传作用。

陇东红色歌谣的创作者分为三类，首先，是陇东地区的民间歌手。列宁指出："艺术是属于人民的。它必须在广大劳动群众的底层有其最深厚的根基。"[1]歌谣自古以来就是重要的民间文学体裁，备受劳动人民的喜爱。在红色革命时期，陇东人民群众口头创作了大量的红色歌谣，虽然有些创作者的名字已经不可考，但这些歌谣被记录下来，既是陇东重要的民间文学，又是重要的工农兵文艺，也是陇东人民留下的宝贵的革命记忆。陕甘宁边区时期，1942年毛泽东的《讲话》后，新秧歌运动在陇东根据地蓬勃开展，文艺工作者也积极活跃在陇东各地，民间艺人在火热的文艺氛围中燃起了创作的热情。不识字的民间歌手孙万福、汪庭有，在这一时期创作了大量歌谣。还有当时新秧歌运动的组织者刘志仁，也为陇东红色歌谣贡献了丰富的创作。这些民间艺人的创作牢牢地扎根在民间，具有深刻的人民性。除此之外，还有部分工人的创作，如当时流行于陇东镇原县三岔一带的《革命革到底》："我们是工人出身，自愿报名当红军。革命几时了？革命革到底。自由逃跑自由回家要反对，我们应该当红军，上前立即杀敌人，誓把敌人消灭干净！"[2]陇东农民在红色革命中获得了多重身份，他们既是以土地为生的劳动者，又成为新民主主义革命的革命力量，同时他们又是陇东红色歌谣的重要创作者。

其次，红军战士在陇东地区创作、传播了不少红色歌谣。陇东地区是红军到达西北地区的重要落脚点。红军会师途中经过陇东地区时，给当地传入了不同的红色歌谣。中国工农红军第二十五军与红一方面军分别途经陇东不同地

1《列宁论文学与艺术》第二卷，人民文学出版社，1960，第912页。

2 镇原县文化广播影视局、镇原县文化馆编：《镇原县民间文化集成·歌谣卷》，甘肃文化出版社，2012，第44页。

区，第二十五军在陇东行军 15 日，他们由平凉草峰进入当时的镇原县、庆阳县、合水县多地，红一方面军 8 天时间途经陇东镇原、华池、环县三县，"12 个乡镇，48 个行政村，113 个自然村，176 个庄头，总行程达到 520 多华里"[1]。每到一个地方，都会积极开展群众工作，"广泛宣传党的路线、政策，扩大红军影响，许多红军歌曲从此流入陇东地区。如《革命革到底》、《上前线去》、《粉碎敌人的乌龟壳》、《当兵就要当红军》、《庆祝红军大会合》等"[2]。红军战士主动教当地的工农群众革命歌谣，这样大量不同地域的红色歌谣传入陇东地区，为陇东红色歌谣注入了新鲜的血液，促进了陇东红色歌谣的创作发展。

根据地的文艺工作者也积极进行工农兵文艺的创作活动。尤其是陕甘宁边区时期，各种文艺团体积极进行农村旧文艺的改编改造。他们在政策号召下，深入陇东农村，开展文教活动，在根据地创办的各种学校里教唱、教创歌谣。1942 年，毛泽东的《讲话》中对文艺工作者提出要求："什么叫做大众化呢？就是我们的文艺工作者的思想感情和工农兵大众的思想感情打成一片。而要打成一片，就应当认真学习群众的语言。"[3] 著名的《边区十唱》正是音乐家张寒晖根据华池民歌《推炒面》创作的。1944 年，张寒晖随着柯仲平来到陇东分区华池县，当地的农妇歌唱的《推炒面》触动到张寒晖，他将反映陕甘宁边区军民大生产的内容填入《推炒面》的曲调，创作出《军民合作歌》，而且将演唱的形式从原来的独唱改为了"一领众和"。之后经过再创作，将唱词增加到了十段，因此又称《边区十唱》。驻守陇东地区的部队文艺宣传队也非常活跃，当时的三八五旅宣传队除了戏剧之外，歌曲、舞蹈、曲艺等多种艺术形式，几乎是每场演出必不可少的。这些艺术人才在创作剧目之余也进行歌谣的创作。陇东的列宁小学、陇东中学、抗大七分校的学生也常常编写歌谣，进行表演。

1　吕律：《陇东革命文艺活动汇盛》，甘肃人民出版社，1997，第 6 页。

2　吕律：《陇东革命文艺活动汇盛》，甘肃人民出版社，1997，第 6 页。

3　《毛泽东选集》第三卷，人民出版社，1991，第 851 页。

如歌颂劳动英雄的《李振民》正是抗大七分校女生队学员编唱的。此外，文艺工作者还对群众创作的歌谣进行润色修饰，或者与他们共同编唱。抗日战争时期流传于华池地区的《驮盐歌》便是当时华池县温台冬学的教员根据农民学员经常去陕北三边驮盐的情景，与学员们共同编唱的一首歌谣。

随着革命的发展，陇东红色歌谣的创作也表现出了动态的发展变化。陇东红色歌谣的创作主要历经土地革命战争、抗日战争、解放战争三个时期。长征胜利结束后，1937年1月1日中国共产党中央委员会进驻延安，延安成为中国共产党领导中国革命的中心。1937年2月陕甘宁特区成立，全面抗战爆发两个月后，陕甘宁特区改为陕甘宁边区。在这一时期陇东红色歌谣的创作发生显著变化，因此按照时期将陇东红色歌谣的创作分为土地革命战争、陕甘宁边区两个阶段的创作。土地革命时期的陇东红色歌谣主要围绕刘志丹与红军队伍在陇东各地开展的土地革命斗争进行歌唱。这一时期的歌谣，多为当地工农群众自发的口头创作，创作者的具体身份并不确定，歌谣主要在陇东地区以口头形式流传。歌谣民间色彩浓厚，呈现出的革命情感处于一种朴素状态。陕甘宁边区时期的歌谣内容随着革命发展与政权的稳固呈现出了广泛性。这一时期的创作者中出现了很多身份明确的民间艺人，大量歌谣开始通过文字进行流传，传播的范围更加广阔。很多歌谣是为了响应边区政府的政策口号而特意创作的，方言大量减少，革命情感更加饱满激昂。在两个创作的阶段中，尤其是革命主体及其形象、革命情感都随着革命的演进和创作的嬗变发生了变化。从这两个阶段的创作中能够发现，土地革命战争时期是陇东农民"内向型力量"瓦解的一个时期。在这一时期，工农被动保守的状态因中国共产党的到来被冲击打破。而到了陕甘宁边区时期，陇东工农的"外向型力量"开始爆发。在这一时期，陇东工农表现出了自觉走向红色革命的倾向。

在革命演进的过程中，大量的宣传演出，对红色歌谣的创作形成了巨大影响。边区时期的红色歌谣大多是在边区政府的各类政策的引导下创作的，同时受到文艺团体的慰问演出和各种工农大会的影响刺激。古代的歌谣往往是配合舞蹈、音乐演唱，而在红色革命时期，陇东红色歌谣往往和戏剧、社火共同形成视听合一的表演。当时驻守陇东的三八五旅宣传队便"分为宣传和歌咏舞蹈两个组"[1]。边区时期，文教事业非常繁荣，陇东地区各级政府根据边区政府的施政纲领要求，积极建立各级文教机构。各个部队宣传队、抗战剧团的创作演出在陇东各地非常活跃。红军队伍中的成员构成主要是农民与工人，军队的宣传队在部队、群众中频频进行慰问演出，他们选择通俗、适宜宣传的节目对革命力量工、农、兵三者都形成了广泛影响。宣传队在各种公共集会上演讲与演出配合进行，形成了鲜明的宣传、动员效果。"1938 年 7 月 24 日，庆阳城骡马大会开始。三八五旅宣传队每天演出 3 场。晚上演出前向群众进行抗日的宣传演讲。剧场上悬挂'娱乐不忘前方将士流血牺牲'等标语，动员全民投入抗日斗争的气氛极为热烈。"[2]1939 年延安抗战剧团在新宁县演出，"进行扩大生产运动的宣传，观众达 3000 多人"，在文艺政策影响下，农村剧校、民间社火队纷纷成立。"为了宣传党的路线和抗日救国方针，同时活跃广大干部群众的文化娱乐活动，庆环分区党政机关干部组织起一支业余文艺演出队，在分区驻地曲子进行活动。"[3]当时合水县店子区的社火队人数最多时达到了一百七十余人，他们对旧节目进行改造，排演小戏曲、活报剧、歌曲、快板等新节目，每逢过年宣传演出，慰问党政军民，相当活跃，其创作表演活动一直持续到1947 年。[4]说到底，一切文化创造都是为人以及他所生活的社会服务的，"因为它直接起到调适人们内部和人与社会之间关系，满足人们精神文化生活需求的作用"[5]。陇东地区的文艺演出与创作正是为了边区建设、抗战支援而服务的，

1　吕律编：《陇东革命文艺活动汇盛》，甘肃人民出版社，1997，第 13 页。

2　吕律编：《陇东革命文艺活动汇盛》，甘肃人民出版社，1997，第 12 页。

3　吕律编：《陇东革命文艺活动汇盛》，甘肃人民出版社，1997，第 13 页。

4　吕律编：《陇东革命文艺活动汇盛》，甘肃人民出版社，1997，第 11 页。

5　杨民康：《中国民歌与乡土社会》，上海音乐学院出版社，2008，第 1 页。

同时又因其文艺表演的娱乐功能使群众接受宣传的同时获得了精神的愉悦。

陇东红色歌谣是陇东根据地非常重要的一种民间革命文艺。在呈现出丰富多样的工农兵题材时，它真切生动地记录了陇东地区乃至陕甘宁边区在土地革命战争、抗日战争、解放战争三个革命时期近二十年的时间中发生的诸多历史事件，同时也反映了陇东工农兵在红色革命进程中的情感状态与生活愿景。歌颂中国共产党和伟大领袖、反映根据地人民新生活、新面貌和生产建设新成就、揭露国统区黑暗腐败、表现军民坚持抗战精神的歌谣，在陇东地区不断涌现，因此陇东红色歌谣在陇东根据地实现了"翻身歌儿满山川"的状态。王贵禄将陇东红色歌谣分为四种类型："对旧的政治秩序的揭露与批判，对改变旧政治秩序的可能性的期待和呈示，对新的政治力量（共产党及其军队）的信任和信赖，对新的政治秩序的叙述和歌颂。"[1] 这种根据歌谣功能的分类有助于我们认识陇东红色歌谣的政治美学价值，那么在具体的历史场域中，要认识歌谣的特殊功能与价值是如何被体现出来的，就有必要对陇东红色歌谣中的工农兵题材进行分类研究。因此，这里将陇东红色歌谣分为以下六类：

1. 歌颂中国共产党的歌谣。陇东红色歌谣是在中国共产党领导的土地革命中诞生并发展的革命文艺，因此在这类歌谣中，歌颂革命政党中国共产党以及革命领袖人物是其呈现的主要主题。如《共产党领路咱举旗》："共产党领路咱举旗，共产党的话咱牢记。不怕风吹和雨打，咱跟着党走到底。"[2]《决心跟着共产党》："乌鸦要叫尽它叫，风吹竹子任它摇。决心跟着共产党，踩不断的铁板桥"[3]，表现坚决追随革命、服从中国共产党的决心。还有表达对中国共产党领导革命胜利的信服。如"革命全靠党领导，没党领导难胜利"[4]。歌颂领袖人物

1 王贵禄：《陇东红色歌谣：政治美学、革命记忆及民间叙事》，《文艺理论与批评》2015 年第 3 期，第138 页。

2 《共产党领路咱举旗》，见梁中元编：《陇东红色歌谣》（内部资料），1991，第 7 页。

3 《决心跟着共产党》，见梁中元编：《陇东红色歌谣》（内部资料），1991，第 8 页。

4 《革命全靠党领导》，见梁中元编：《陇东红色歌谣》（内部资料），1991，第 9 页。

毛泽东的《盼来救星毛泽东》，歌唱穷苦人期盼到大救星毛泽东后"苦脸换笑脸"的喜悦心情。还有《毛主席真英明》《歌唱朱老总》《刘志丹是好汉》等歌颂众多不同领袖人物的歌谣。这些领袖人物有陇东当地的革命领导者，也有众多身处延安的中央领导人物。

以上所提到的歌谣都是选择其中一个对象进行歌颂，多为短歌。在根据地政权建设逐渐稳固后，出现了进行多对象歌颂的长歌。如流行于合水的《秧歌好唱口难开》，首段进行起兴，接下来的两段分别歌颂毛泽东与中国共产党。在统一的革命主题中纳入多种不同的对象，呈现出了丰富的内容。除了歌颂革命主体领导工农在革命斗争中实现"翻身"外，还有一种从生活层面上，歌颂革命领导者的平易近人与朴实亲切。如记录当时驻守陇东的三八五旅旅长王维舟入户访贫的《旅长到我家》[1]：

> 喜鹊喳喳叫，
> 旅长到咱家。
> 脱鞋盘腿炕上坐，
> 问长问短把家长啦。
>
> 旅长啊，你真好，
> 不嫌咱这脏窝窝。
> 世事从古算到今，
> 我才见过头一遭。

第一段通过描写旅长进入村民家中的举动，表现出旅长走访如同老乡串门一样的自然亲切，第二段借事抒情，歌唱了群众对旅长的敬佩与爱戴。这些歌谣不仅通过官爱民塑造出革命领袖的亲切形象，还通过"旅长当红娘，战士喜

---

1 《旅长到咱家》，见梁中元编：《陇东红色歌谣》（内部资料），1991，第32页。

洋洋"这种官兵之间的温情展现革命领导者充满人情味的形象。

此外，还有歌颂红旗的少数歌谣，如《红旗照亮咱前程》中以红旗来象征中国共产党的领导，表达了对改变工农命运的中国共产党的歌颂之情。

2.歌颂革命军队的歌谣。歌颂革命军队是陇东红色歌谣中非常重要的一个主题。中国共产党在革命实践中，意识到了军队建设的重要性。八七会议确立了土地革命与武装斗争的总方针，毛泽东更是提出"枪杆子里出政权"思想。在陇东地区，刘志丹领导的兵运活动是陇东土地革命的开端。自卫军、赤卫军、游击队、工农红军、八路军、解放军这些革命力量在战争年代受到普遍的拥护，陇东红色歌谣呈现了陇东工农武装的开始与发展的整个过程，大量歌颂革命军队的陇东红色歌谣密切了工农兵之间的联系。这些歌谣大致可以分为直接歌颂和间接歌颂两类。

前者中，有《留住游击队》《盼红军》《救出千万受苦人》《红军来了穷人笑》《百姓红军一家人》《八路军真正好》等，如"今天盼来明天盼，红军来了盼晴了天""工农红军来革命，遍地穷人都响应""红军红军大救星，恩情更比父母深"等表达或期盼、或敬佩支持、或喜悦、或感激红军的歌颂之情。绣鸳鸯调的《八路军真正好》[1]可以说是这类歌谣的一个代表。

> 八路军，真正好，
> 坚持抗战有功劳，
> 不怕流血不怕苦，
> 奋勇杀敌把国保。
>
> 八路军，打仗好，
> 打的鬼子没命跑，

---

[1]《八路军真正好》，见高文、巩世锋、高寒编：《陇东革命歌谣》，甘肃人民出版社，1982，第172—173页。

敌后开辟根据地，
收复地方真不少。

八路军，纪律好，
事事办得都公道，
不打人来不骂人，
处处和平打交道。

八路军，爱民好，
对咱百姓真关照，
帮咱耕来帮咱种，
帮咱送粪又锄草。

八路军，搞生产，
开荒种地大凤川[1]，
自种粮食自纺织，
为咱百姓减负担。

八路军，是救星，
一心为咱老百姓，
为了百姓享安宁，
英勇牺牲真光荣。

---

1 大凤川地处华池县林镇乡子午岭林区，西距华池县城85公里，南距抗大七分校15公里，现有大凤川军民大生产基地旧址和纪念馆。

八路军，子弟兵，

它和人民心连心，

人民拥护八路军，

军民团结向前进。

这首歌谣流传于陕甘宁边区时期的华池地区，每段形成总分的结构，前四段通过描写八路军作战英勇、纪律严明、关爱百姓、积极劳动搞生产来展现八路军的"真正好"，后两段主抒情，先歌颂八路军是一心为人民的"救星"，再进一步升华到歌唱主体对于八路军作为人民"子弟兵"的拥护热爱之情，体现出军民之间深厚的鱼水之情。

还有从记录革命事件中展现红军英勇斗争的多段长歌，如《红军西征》，在讲述 1936 年红一方面军在环县曲子的作战经过时，通过比喻与对比的手法展现了"红军如猛虎，敌人吓破胆"的精彩战斗场面，歌颂了红军的英勇善战。而"一人倒下万人起，烈士英名万古扬"则歌颂了为了革命"阔步赴刑场""鲜血洒土岗"的英勇战士。除了众多的成人歌谣，还有大量的儿歌，如《我是八路小哨兵》《送哥哥》《送哥哥上前线》，以儿童的口吻表达对革命军队的热爱之情。

后者中，革命爱情歌谣是间接歌颂革命军队代表性歌谣。通过"妹妹"支持情郎哥哥参加革命军队来歌颂人民子弟兵是最常见的一种主题。如十里亭调、梁山伯与祝英台调、送大哥调的《送郎当红军》。还有通过欢迎红军哥哥回来的信天游《当红军的哥哥回来了》，以及"妹妹"在红军哥哥带领下共同走向革命的华池信天游《人人都说革命好》。创作者将革命思想巧妙地融入陇东民间情歌中，使得爱情在革命中得到升华，革命在爱情中也得到了发扬。此外，还有表现青年群众积极参军的歌谣，如联章歌谣《劝当兵》，通过描绘参军前的男青年与家人话别的场景来展现青年男性参军的坚定信念和乐观心态。

3. 歌唱根据地生产生活的歌谣。"1934 年 11 月 1 日，陕甘宁边区工农兵代表大会在南梁根据地荔园堡召开，民主选举成立了陕甘边苏维埃政府。"[1] 南梁苏维埃政府作为工农兵正式的政权机关，进行了各项制度的建设。之后在抗日战争时期，陇东根据地在中国共产党中央与陕甘宁边区政府直接领导下，继续在政治、经济、文化领域采取各种政策积极进行民主政权建设。由此可见，中国共产党在领导根据地创建的过程中，不断地加强思想政治建设、组织建设、民主建设、纪律建设，根据地工农群众的生活因此发生了翻天覆地的变化。首先，陇东红色歌谣中反映工农政治生活的主要有两类，一类是《选代表》《选举歌》《穷人当主席》《咱给延安选代表》《长工娃当了县代表》等表现人民积极参加选举与当选代表后喜悦之情的歌谣。如有歌词"笑脸对笑脸，喜眉对喜眉"从神态上直接表现贫穷农民政治"翻身"的"喜上眉梢"。《长工娃当了县代表》[2]：

> 人人说我命不好，
>
> 黄连树下生的我。
>
> 长工身子丫鬟命，
>
> 海枯石烂福才到。
>
> 谁说我的命不好，
>
> 只因时间没有到。
>
> 共产党来天变了，
>
> 长工娃当了县代表。

这首歌谣展现的是穷人由"苦"到"乐"的心理转变。通过过去"人人说我命不好"到现在"谁说我的命不好"的心理变化，将穷人从"长工身"到"县代表"的扬眉吐气巧妙地揭示出来，更深刻地呈现了长期处于压迫地位的长工在政治上"翻身"的喜悦。另一类是《实行三三制》《大事共商讨》等直接歌

1　巩世锋主编：《陇东革命根据地》，中共党史出版社，2011，第86页。

2　《长工娃当了县代表》，见梁中元编：《陇东红色歌谣》（内部资料），1991，第116页。

颂"三三制"的歌谣。

再者，反映经济生产生活的歌谣也非常多。有歌颂劳动英雄与生产组织者的《李振民》《马专员》《赵县长》等。还有歌颂大生产运动的《边区十唱》《吆号子》《打夯歌》《毛主席号召大生产》等，展现了"山歌对口唱，唱得粮满仓"[1]的热闹场面。以及"生产运动就是灵，荒坡变成聚宝盆"与"狂风暴雨咱不怕，栽起树木挡风沙"等描写开荒种树的歌谣。而《四季欢喜》《秋收歌》等则歌唱出"又积草，又囤粮，劳动果实自己享。手里有粮心不慌，边区人民喜洋洋"[2]的丰收喜悦。

最后，反映根据地文化、教育生活的歌谣也分为两类，一类是《曲子社火闹的凶》《抗战有剧团》《文教大会歌》等反映边区文艺活动的歌谣，另一类则是《二流子要转变》《放脚》《识字歌》《不求神，靠自己》等对根据地工农进行思想宣传教育的歌谣。以上歌谣从多方面反映了陇东根据地工农在武装斗争外的生产生活和社会建设活动，展现了陇东工农群众在根据地时期的生活画卷。陕甘宁边区成立后，陇东根据地人民的革命斗争与生活始终处于陕甘宁边区的领导之下，陇东红色歌谣在歌唱根据地工农兵生活的同时，也在歌颂陕甘宁边区。

4.反映支前、劳军活动的歌谣。在土地革命时期，宁县地区便有"哎咳哟，慰问红军打胜仗"的《洗衣裳》歌，以及庆阳地区"做下棉鞋接红军"的《做棉鞋》歌。在抗日战争时期，陕甘宁边区掀起了"拥军优属、拥政爱民"的"双拥"活动，陇东当时处在相对和平的后方环境，当地工农兵积极响应"双拥"活动，陇东分区成立了劳军委员会，驻守陇东的三八五旅还制定了《拥军爱民公约》。当时资料记载："1946 年，仅庆阳县慰劳军队猪肉 8035 斤、香烟 304 盒、做军鞋 2400 双、木炭 24.6 万斤，捐赠法币 50.7 万元、食品 2980 斤，其

---

1 《军民生产忙》，见梁中元编：《陇东红色歌谣》（内部资料），1991，第 143 页。

2 《秋收歌》，见梁中元编：《陇东红色歌谣》（内部资料），1991，第 146 页。

他物品 88 件。"[1] 正如"正月里来是新春，家家户户来拥军，赶上猪羊出了门，送给那英勇的八路军"[2]，陇东红色歌谣生动地记录了这些支前、劳军活动。其中一类是通过描绘群众积极筹备劳军物资展现支前热情的歌谣，如《送棉衣》《送公粮》《拥军小唱》《千石万石支前忙》等。绣荷包调的《做军鞋》刻画了当地女性为了支援前线，在艰苦的环境中"嫁衣裁鞋面，耳坠换线线""五更鸡儿鸣，一夜没停针"[3]。用心做军鞋的动人场景，让人不禁想起茹志鹃《百合花》中的感人故事。《送棉衣》中通过描绘"奶奶""妈妈""弟弟""姐姐""婶婶""嫂嫂""姨姨"所有人为了缝制劳军棉衣，各司其职在灯下辛勤劳作的场景歌颂了军民之间的深厚感情。还有如描绘运送物资的《南梁支前队》[4]：

　　红缨缨麻鞋干崩崩麦，

　　推车挑担快如飞，

　　扁担软溜溜，

　　小车吱咛咛，

　　要问我们是干啥的？

　　南梁支前队。

　　一箱箱炮弹一行行担架，

　　穿过枪林和弹雨；

　　炮声轰隆隆，

　　军号嘀嗒嗒；

　　要问我们哪里去？

　　红军的阵地。

1 巩世锋主编：《陇东革命根据地》，中共党史出版社，2011，第 223—224 页。
2 《拥军歌》，见高文、巩世锋、高寒编：《陇东革命歌谣》，甘肃人民出版社，1982，第 177 页。
3 《做军鞋》，见高文、巩世锋、高寒编：《陇东革命歌谣》，甘肃人民出版社，1982，第 239—241 页。
4 《南梁支前队》，见梁中元编：《陇东红色歌谣》（内部资料），1991，第 131 页。

这首歌谣通过两段歌词描写支前队伍挑着扁担、推着小车穿过枪林弹雨向前线运送军备物资的场景，展现了支前队伍的积极勇敢。每段的前四句以物象的组合来展现支前场面，后两句以简短的设问句向大家交代南梁支前队援助红军的事件，在加深了歌谣叙事真实感的同时，支前队伍的自豪之情也隐含其中。

在支前、劳军的众多歌谣中，除了描绘工农群众积极生产物资的辛勤场景之外，还记录了群众保护军队的英勇事迹。如《人人夸她好》："马大脚，心肠好，[1] 提了一筐热馍馍，假装出门寻猪草，吃喝送给游击队，人人夸她心肠好。"[2] 此外，还有一种"放哨歌谣"，如"爹爹掌旗哥吹号，山前山后我放哨"，"发现敌情送暗号，学个鸟儿咕咕叫"的《放哨》儿歌，以及《妇女放哨》讲述根据地妇女认真盘查行路人的故事。这些支前、劳军的歌谣从各个层面反映了根据地不同人群对军队的拥护与支持。

5.歌唱新爱情、新婚姻的歌谣。爱情是文学永恒的母题之一，在陇东传统民歌中，便有大量的情歌，这些情歌大胆热烈，表现出了坚贞纯洁的爱情观念。传统民歌也往往表达对包办婚姻、买卖婚姻的痛恨。陇东根据地进行民主建设，提倡人人平等与妇女解放，将女性从传统的封建家庭生活中解放出来。新的婚姻爱情在此时获得了生长空间。陇东红色歌谣中对新婚姻、新爱情的描绘与歌颂具有了新的时代内涵，在根据地，女性放小脚、剪短发，走进公众社会生活，而且"共产党，毛主席，一道命令动天地；废除封建婚姻法，妇女见了天和地"[3]。在《女娃本姓崔》中"婚姻法规定好，年龄要长到""自个儿找女婿，别人就管不了""要和他把话拉，再把婚订下"[4]。歌唱新婚姻法，对传统包

1　1947年4月，边区陇东副专员谢德怀、曲子县委书记李正廷等人被敌人围困于庆阳马岭的涝巴塘，当地的妇女李存英假装去寻草，其实是给被困的干部送食物。李存英因脚大、婆家姓马，因此在歌谣中被称为"马大脚"。

2　《人人夸她好》，见梁中元编：《陇东红色歌谣》（内部资料），1991，第132页。

3　《妇女翻身见天地》，见梁中元编：《陇东红色歌谣》（内部资料），1991，第166页。

4　刘文戈、张志学选编：《庆歌俚曲》，甘肃文化出版社，2005，第13页。

办婚姻表示坚决地摒弃，表现出追求自由平等婚姻的坚定决心。

这些歌唱新婚姻、新爱情的歌谣几乎都是以女性口吻讲述的。当时根据地大量的男性青年参军，尤其是在解放战争时期，他们在"保卫家乡、保卫土地、保卫好光景"的口号下积极地参加解放军、游击队和民兵，掀起参军热情，据现有资料统计："1945 年，1946 年，陇东分区分别有 1009 名青年参军，1947 年，陇东关中两个分区有 9580 名优秀青年参加主力部队和地方武装，1948 年，华池，新正县分别有 400、410 名青年参军。1949 年，环县有 500 名优秀青年参军，7、8、9 月又有 122 名青年参加了解放军。"[1] 在这种情形下，"到处可以看到母送儿、父送子、妻送郎，兄弟同参军的动人情景"[2]。但在陇东红色歌谣中，更多的则是"山丹丹开花红上红，我劝我男人去当兵"这种"妻送郎"的歌谣。而且这些"送夫当红军""要做红军妻"类的歌谣表现出女性对婚恋对象选择上的高度统一性，如《死也要做红军妻》："财主娶我我不去，死也要做红军妻。要杀要剐都由你，脑袋落地志不移。"[3] 对富人的仇视、对红军的喜爱形成了她们选择婚恋对象的前提和标准。再如《要嫁红军汉》："大江截不断，星星数不完。要我不嫁红军汉，除非江断星数完。"这些歌谣表达的"非红军不嫁"的坚决与汉乐府民歌《上邪》"山无陵，江水为竭。冬雷震震，夏雨雪。天地合，乃敢与君绝"中强调的至死不渝的爱情观具有异曲同工之妙。值得注意的是，这里的情郎、丈夫的身份是红军，而红军是象征红色革命的符号，因此陇东歌谣中的爱情就不仅仅是在表达一般的男女恋爱，这种"非红军不嫁"的情歌中流露的是对红色革命的绝对支持。《劝夫当兵》《送夫参军》《送兵》《听说情歌当红军》《十八村就数哥哥好》《跟上哥哥当红军》等歌谣中都具有同样的革命加爱情的主题意蕴。信天游《送夫当红军》[4]：

---

[1] 中共庆阳地委党史资料征集办公室编：《陕甘宁边区的群众运动》(内部资料)，1994，第 46—47 页。
[2] 中共庆阳地委党史资料征集办公室编：《陕甘宁边区的群众运动》(内部资料)，1994，第 47 页。
[3] 《死也要做红军妻》，见梁中元编：《陇东红色歌谣》(内部资料)，1991，第 169 页。
[4] 《送夫当红军》，见梁中元编：《陇东红色歌谣》(内部资料)，1991，第 167—168 页。

藤连瓜来瓜连藤，
穷人红军心连心。

哥哥你参军为革命，
妹妹在家把你等。

羊肚子手巾三道道红，
我送情哥当红军。

水里的莲花山里的松，
咱俩的感情比海深。

前沟里下雨后沟里晴，
革命成功了咱再结婚。

花儿没水难开花，
你在部队莫想家。

雪花打墙冰盖房，
反动派狗命不会长。

世事太平再成家，
幸福的日月把根扎。

这首爱情歌谣将男女之间心连心的"小爱"放置在"穷人红军心连心"的"大爱"之中，"妹妹"对"情哥"的爱情里融进了对红军的热爱之情。即使是

"比海深"的儿女之情也要等"革命成功再结婚"，这是歌唱新婚姻、新爱情的歌谣中展现的普遍的"红色"内涵。

除了女性独唱的情歌，还有少量男女对唱形式的爱情歌谣，如五更调的《送郎找红军》中，通过话语的罗列抒发感情。新婚夫妻从"月儿升"一直话别到"天放明"，在悄悄私语中将彼此之间朴实又缠绵的爱情表露无遗，而夫妻分别是为了找红军搬救兵，为了"那时夫妻重相会，拔掉穷根享太平"的美好愿望。

6. 诉苦歌。陇东红色歌谣中还有大量诉说人民疾苦与愤怒的歌谣。这些歌谣以痛斥的口吻控诉日本侵略者、批判讽刺卖国贼，如《新三恨歌》《表顽固》。或者批判封建制度对人的压迫，如短歌《封建制度是祸根》，还有反映 1946 年庆阳县"诉苦清算、土地征购运动"的《征土地》，通过质问"不耕不种粮万石，不纺不织穿绸缎"的地主"天地广来地又宽，没有穷人立脚点，假若你端讨饭碗，试问心里酸不酸"展现了农民对不公世道的不满。

在解放战争时期，中国共产党在部队内部开展"诉苦运动"，引导干部士兵诉说旧社会的苦，挖苦根，算剥削账，通过"以苦引苦"的方式对广大工农群众进行阶级教育。同时，当时的土改也进行了诉苦清算，延安《解放日报》上对诉苦运动便进行了高度评价，因此，这一时期的诉苦歌谣与第一次国内革命战争时期的诉苦歌谣具有截然不同的发生背景和目的。红色歌谣中的诉苦歌表现出明显的阶级斗争性与革命性，表面在诉苦，实际是为了进行革命宣传，以激励工农大众的革命积极性。比如刘志仁在 1944 年创作的这首《新三恨歌》[1]："一恨小日本，它进攻咱中国，先把东北吞。'九一八'炮声响，侵占了我东三省。侵占了东三省，东北的百姓实呀实苦情，实是苦情，满胸亡国恨。"后两段以相同的结构进行控诉。第二段痛斥了汪精卫卖国贼，并呼吁"全国的

---

1 《新三恨歌》，见高文、巩世锋、高寒编：《陇东革命歌谣》，甘肃人民出版社，1982，第 142—143 页。

同胞快呀快起来，快呀快起来，铲除卖国贼"。第三段控诉资本家孔祥熙，并发出"思量起呀，实叫人生气"的愤愤不平之情。显然诉苦是为了批判揭露斗争，而且在情感上，憎恨分明。而传统歌谣中的诉苦歌往往止于对生活贫苦的无奈与对压迫的愤怒。

以上主题的分类并不是绝对分开的，在一些多段长歌中，往往呈现出多个主题的表达，如流传于宁县的《织手巾》，通过"六织手巾"分别歌颂了毛泽东、朱德、八路军、中国共产党，同时又歌唱了军民大生产，最后抒发对当兵的情郎的绵绵情意。不同主题意蕴虽然在某些歌谣文本中有所交叉，但"红色"内涵始终明确地贯穿其中。通过上述分类我们能够比较清楚地认识到陇东红色歌谣呈现的工农兵题材的丰富性与全面性。

从陇东红色歌谣现存的文本来看，很多优秀的歌谣首先都具有自然圆熟的语言技巧。高尔基认为："文学就是用语言来塑造形象、典型和性格，用语言来反映现实事件、自然景观、思维过程……文学的第一要素就是语言。"[1] 陇东红色歌谣的歌词语言地域色彩浓厚，口语化的表达使歌谣通俗易懂，同时又不乏诙谐幽默的趣味性。这些语言特色是革命宣传在工农群众中顺利进行的重要因素，同时又是重要的民间文学语言风格的继承与发扬。陇东民歌不仅在曲调上滋养了陇东红色歌谣，在歌词风格上也极大地影响了陇东红色歌谣。除此之外，陇东传统的信天游具有很强的音乐性，可以说是非唱不能成歌。这些在曲谱制约下创作出来的信天游具有自然的旋律感，读起来也是朗朗上口，和谐悦耳，具有独特的韵味。因此在陇东红色歌谣的歌词创作中，修辞手法的运用也是增强信天游旋律感的重要方式。这些信天游中使用了大量的重字重词。"民间歌谣是劳动人民集体的口头诗歌创作，属于民间文学中可以歌唱和吟诵的韵文部分。"[2] 陇东红色歌谣在传唱时是有衬字、拖音的，比较著名的如《军民大

---

1 [俄] 高尔基：《和青年作家谈话》，《论文学》，孟昌等译，人民文学出版社，1978，第332页。
2 钟敬文主编：《民间文学概论》，上海文艺出版社，1980，第238页。

生产》中丰富的衬词，但转成文字的大部分文本都省略了这些在吟唱时富有韵律的形式符号。现在我们能够看到的具有衬字的陇东红色歌谣大多是从劳动号子改编而来的生产歌谣。自然，由于陇东红色歌谣是自产生便始终围绕着以农民为本质的工农革命、以农村根据地为发生场地的乡土社会、以口头声符为载体的民间歌谣。这三者共同维持了陇东红色歌谣的有机生存。所以，陇东红色歌谣作为一种革命文化，其创作与传唱将文艺形式与社会生活近距离结合起来，实现了革命政治权力与人民日常文艺活动在思想上的高度统一，即文学艺术政治社会化，政治社会文艺化。整体来看，陇东红色歌谣的创作在量与质上都达到了较高水平，因此随着陕甘宁文艺的研究，陇东红色歌谣的价值必将得到发现。

第六章
陕甘宁文艺叙事内容与思想主题的历史阐释

在陕甘宁文艺作品及其叙事内容、思想主题的研究中，从中国政治革命的历史进程及其文艺发展的角度，进行多个角度及其层面历史的与美学的评判与阐释，是陕甘宁文学文献整理及其学术研究长期以来的基本方法。不过，随着新时期思想解放运动的推进及学术研究方法的多元化，尤其是文艺研究理论方法的独立性及海外学术思想的影响，学术界对陕甘宁文艺研究及作家作品的研究，在理论方法及书写方式上也发生了明显的变化。一方面，很多学者在"人民的文艺"及革命文艺史的范式下，继续深入探讨陕甘宁文艺及其作品叙事内容与思想主题的丰富内涵；另一方面，文艺的"现代化"与海外学者的研究，对陕甘宁文艺或延安文学作品的研究，也产生了较大的影响，如"新批评""新解读"及叙事学等理论方法，都对陕甘宁文艺及其作品等研究，产生了重要的影响。近年来，随着学术规范意识的强调与自觉，又使陕甘宁文艺研究及作品的美学阐释展现出新的学术风貌。各种理论方法和研究范式的互补借鉴，对深化并揭示陕甘宁文艺作品及其文本内容，必然带来新的进步和学术增长点。

第一节　模范文化与延安文学中的英雄叙事

英雄叙事[1]作为延安文学中极具延安特色且十分重要的主题叙事，其形成原因历来都是研究者们关注的焦点。但长久以来，研究者们却多从民族战争的影响、文学工农兵方向的规约、外国文学的"诱导"等[2]因素进行研究，忽略了对中国共产党领导的群众运动运作机制的考察，而这恰恰是解读延安文学中英雄叙事兴起的关键节点。树模范、立典型是中国共产党发动群众运动中的重要环节，在党内有着悠久的历史，其做法至少可以追溯到早期的中央苏区。而"自'文艺座谈会'以后，艺术创作活动上一个显著特点是它与当前各种革命政策的开始结合"[3]。文艺与政策的并轨，使文艺受政策的影响显著增强。这影响不仅包含具体的政策内容的限制，更囊括了政策的具体运作方式——群众运动。模范文化对文学的影响随之渐渐显露。如果说衍生于群众运动之上的"突击文化"[4]是延安文学生成语境的一种文化概括，那么模范文化就是其中最重要组成部分。因此，从模范文化的角度切入延安文学的英雄叙事，不仅为我们梳理延安文学中英雄叙事的演变轨迹提供了可能，而且对我们认知延安文学的生成语境也有着重要的意义。

文学中的英雄叙事是一种有着悠久历史且广泛存在的主题叙事，从古代的《水浒传》《三国演义》到现代抗战文学中的《刘粹刚之死》（萧乾）、《张

1　本书探讨的英雄叙事包括了劳动英雄叙事和新英雄传奇。

2　参见吴道毅：《新英雄传奇历史生成论》，《中南民族大学学报（人文社会科学版）》2004年第1期，第123—127页；戴莉：《新英雄传奇的发生学考察——以〈解放日报·文艺〉第四版为中心》，《延安大学学报（社会科学版）》2005年第6期，第5—9页。

3　周扬：《关于政策与艺术——〈同志，你走错了路〉序言》，《解放日报》1945年6月2日。

4　"突击文化"是周维东对延安文学生产语境的一种概括，指延安各种群众运动的突击性质所展现出的文化特征。参见张健、周维东：《"突击文化"的历史内涵及其延安文学研究的意义》，《南开大学学报（哲学社会科学版）》2008年第3期，第80—87页。

自忠》（老舍）、《第七连》（邱东平）等，早已被大家所熟知。但延安文学中的英雄叙事，却常常让人产生"最熟悉的陌生人"之感。人们在惊异于英雄主体工农化的同时，也被其出现的突然性和规模的巨大化所震撼。就研究现状而言，不少研究者在阐释延安文学中英雄叙事的生成语境时，常常将民族战争与《讲话》作为主要的依据，而这样的解释似乎也在官方的评论以及作者们的自述中得到了印证。例如，艾青赞美劳动英雄的长诗《吴满有》，就被《解放日报》称为"本身是朝着文艺的新方向发展的东西"[1]。丁玲的报告文学《田保霖——靖边县新城区五乡民办合作社主任》，被毛泽东称誉为"写工农兵的开始"，是作者"走上新的文学道路"的体现。[2]柯蓝在回忆自己创作《洋铁桶的故事》时，也曾表示"我在写这本书的时候……正是我在毛主席的《在延安文艺座谈会上的讲话》发表之后，在党的文艺方针指导下、培养下，初入陕北农村，学习写作通俗文学作品的时候"[3]。《吕梁英雄传》的作者马烽、西戎同样有类似的阐述，自称他们的小说创作是"学习了毛主席刚刚发表的《在延安文艺座谈会上的讲话》以后的创作实践"[4]。然而，值得我们思考和追问的是，难道《讲话》中规定的文艺的工农兵方向以及对工农兵的歌颂，就等于文学创作中工农兵形象的英雄化吗？延安文学中的工农兵以英雄、模范形象出现的必然性到底在哪里？如果仅是民族战争的影响，延安英雄叙事为何要等到1943年才突然大规模地涌现，使得延安一夜之间仿佛来到了"英雄的时代"？

事实上，树模范、造英雄并非延安文学的"专利"，也并非始于文学，而是中国共产党工作中的一项"传统"。早在江西苏区，这样的事实就大量存

1　其雨：《从〈吴满有〉说到大众的诗歌》，见刘增杰等编：《抗日战争时期延安及各抗日民主根据地文学运动资料》，山西人民出版社，1983，第135页。

2　艾克恩：《延安文艺运动纪盛 1937.1—1948.3》，文化艺术出版社，1987，第520页。

3　柯蓝：《重版后记》，《洋铁桶的故事》，人民文学出版社，1963，第89页。

4　高捷、杨占平等：《马烽、西戎研究资料》，山西人民出版社，1985，第44页。

在。据不完全统计，1933 年《红色中华》上登载的模范人物与事迹就有：《光荣的例子一个又一个》（1933.3.18）、《春耕中的模范队》（1933.3.30）、《可敬佩的模范战士》《经济动员的模范》《春耕运动的模范》（1933.4.11）、《石城模范营又打胜仗》《借谷模范》《经济动员中的模范》（1933.5.8）、《红军家属的模范》《黄柏区有不少模范》（1933.5.14）、《模范医生节省热忱》《真所谓模范连》（1933.5.17）、《退回谷票的模范》（1933.5.20）、《消灭荒田的模范乡》（1933.6.11）、《万泰也是一个好模范》《扩大工人师的女模范》（1933.7.11）、《慰劳红军的模范领导者》（1933.9.15）、《一个模范的消费合作社》《模范县的模范战士》（1933.11.14）、《无产阶级的英勇模范》（1933.12.2）等。而 1934 年 3 月 24 日登载的《生产战线上的女英雄》，也可以看作是早期劳动英雄报道的雏形。从横向上看，中国共产党树立模范的范围几乎涵盖了生活、工作中的方方面面；从纵向上看，中国共产党对于模范人物、事迹的报道是贯穿始终的，在其机关报《红色中华》《新中华报》《解放日报》上，类似的报道在数量上虽有波动，却始终如一、从未中断。

　　那么，中国共产党为何如此醉心于模范的树立和报道？其实，这与中国共产党的活动方式——群众运动，有密切联系。群众运动是中国共产党开展各项社会工作的主要形式，也是其群众路线的日常体现。在江西苏区、延安以及其他抗日根据地，都举行过各种各样的群众运动，如"扩红运动""征集粮食运动""春耕运动""秋收运动""卫生突击运动""冬学运动""拥政爱民运动""扫盲运动""大生产运动""新英雄主义运动"等，不一而足，囊括了政治、经济、文化、军事等方方面面。可以说，几乎所有需要广大群众参加的事件，都是以运动的形式进行的。各种群众运动通常都带有突击性质，即为了在短时间内完成某种任务而展开。这与革命根据地社会日常生活军事化、民众建立现代民族国家焦虑心态以及潜在突围心理等因素密切相连。因而，这种群众运动被学者们形象地称之为"突击运动"，而以群众运动为基础的文化则被称为"突击文化"[1]。然而，要使以"突击"为特征的群众运动真正发挥其"突击"的作用，短时间内完成分配的各种任务，关键就在于调动群众的积极性，提高群众的工作效率。

一般而言，一个完整的群众运动包括：政治动员、革命竞赛、树立模范、经验推广几个部分。政治动员是群众运动的第一步，其主要是为了让群众明白某次运动的目的和内容，初步调动大家的工作热忱。如《红色中华》上发布的社论《为迅速展开收集粮食的突击运动而斗争》，就是一则典型的群众运动政治动员文章。社论首先强调了政治动员的重要性，"在突击运动中，发动广大群众，进行深入的政治上的宣传鼓动工作，是最重要的动员方法"。接着指出了此次突击运动的原因与目的，"开展收集粮食的突击运动，为解决粮食而斗争，是保证红军给养，改善群众生活，争取彻底粉碎五次'围剿'的胜利的主要保证"。在结尾处，文章继而发出呼吁："我们要以极大的力量，迅速完成收集粮食突击运动，为保证红军给养，切实执行二苏大会与党中央的共荣战斗任务而斗争"。[2]通过政治动员中的详尽解释，群众对即将开展的群众运动有了初步的了解，为后续的具体工作奠定了心理基础。

政治动员结束后就是革命竞赛。所谓革命竞赛，指的是为了提高效率，群众之间相互比赛，以求快速地完成工作任务。然而，竞赛却并非只是为了营造一种相互追赶的紧张氛围，提高群众的工作效率，它的另一个重要目的在于树立模范。譬如在《发扬革命竞赛》中，组织者就反复强调："我们应该在竞赛过程中创造模范""各区要发动创造模范乡工会的竞赛运动，各乡要为创造模范工会小组而斗争"。模范之所以要在竞赛中确立，是因为模范的作用是为群众提供学习的榜样，只有在竞赛中树立的模范，才具有公信力，才能激发群众

---

1 参见张健、周维东：《"突击文化"的历史内涵及其延安文学研究的意义》，《南开大学学报（哲学社会科学版）》2008年第3期，第80—87页。

2 《为迅速展开收集粮食的突击运动而斗争》，《红色中华》1934年2月6日。

向其学习的热情，而"有些工会……事先就指定了谁是模范工会小组模范乡工会，这根本不合于竞赛运动的要求"。为此，革命竞赛通常都要制定详尽的竞赛公约。在边区机器厂、印刷厂、延安工人合作社的革命竞赛中就规定："第一，条件不要太多，口号不要提得太高，条件太多了口号太高了，事实上很难办到。最好是在一定期限内（一个月最好），规定几个具体条件进行竞赛。第二，条件要由参加竞赛者提出来，至少也要经过大家讨论和决定。"[1] 竞赛条件制定的民主性，竞赛条件、口号的可实现性，竞赛时间的明确性，固然有着保证竞赛顺利进行的考虑，但其中所流露出的公平性意味同样不可忽视。

最后是经验推广，而经验推广的重任往往也由模范人物或者组织来承担。他们需要将自己成功的经验分享出来，供群众借鉴，最终推动整个集体进步。如在《为迅速展开收集粮食的突击运动而斗争》中，就曾指出"首先集中力量于几个县区，然后再将这些县区的经验，去指示和推动其他县区"[2]。又如，当马丕恩、马杏儿成为劳动英雄之后，官方首先就"希望各县府将马丕恩、马杏儿父女生产事迹普遍宣传以资效法，并应特别号召妇女学习马杏儿之模范"[3]。完成以上四步，一次群众运动的流程就基本结束，但这并不意味着群众运动的终结。一个群众运动往往会将上述流程重复几次，直到完成"突击"任务。在小说《纺车的力量》中，主人公沈平就曾多次参加纺线竞赛，而他参加的所有竞赛其实都服务于同一个群众运动——"大生产运动"。

模范是群众运动运转的轴心，没有他们，革命竞赛将失去大部分意义，经验推广也将难以进行。然而，模范的作用并不仅限于此，当再一次重复群众运动的运作流程时，模范的潜能才真正得以全部展现。因为在新一轮的群众运动流程中，模范人物或事件的作用将突破经验推广的限制，而更多地负载政治动

---

1 《发扬革命竞赛》，《新中华报》1938 年 6 月 25 日。
2 《为迅速展开收集粮食的突击运动而斗争》，《红色中华》1934 年 2 月 6 日。
3 陕西省档案馆、陕西省社会科学院合编：《陕甘宁边区政府文件选编·第 7 辑》，档案出版社，1988，第 70 页。

员的功能。以《开展吴满有运动》的政治动员为例，文章中吴满有生活的今昔对比，无疑是引人注意的："吴满有过去曾经是个难民，他到延安来的时候，卖过女儿，帮人受苦，啃树皮，吃糠秕。到了今天，他过着丰衣足食的生活，并成为人人所敬爱的劳动英雄"[1]。显然，文章所要强调的不再是吴满有的劳动技巧与耕种经验，而在于他的致富成果。吴满有生活状况与政治地位的转变，正好说明了开展吴满有运动的必要性与正确性，这当然也是提高群众学习热情的最好材料。所以，在整个大生产运动中，"《解放日报》突出、集中、持续报道吴满有达 15 个月之久"[2]。

模范对于群众运动而言有着重要的意义，"有了劳动英雄，才有生产竞赛，才有模范者的影响；有了劳动英雄的鼓励，才能给群众以刺激"[3]。可以说，模范人物/组织效用的好坏，在很大程度上决定着一个群众运动的成功与否。所以，我们才会看到中国共产党在选择模范时小心翼翼的态度。"自从春耕运动开始以来，我们就在农村中访问这样一个对象，好介绍出来，让大家学习，向他看齐，一两个月以来，我们走过了不少农村，各个主要城市的县上、区上、乡上，我们也都调查过，好的例子很多，可总难找到一个，能叫每一个人心里都折服的劳动英雄。"[4] 莫艾对"英雄难觅"的感慨，很大程度上凸显的正是模范的重要性。

文化是指"（一切）在历史的进展中为生活而创造出的设计（design），包括外显的和内显的；理性的（rational）、外理性的（irrational）和无理性的（nonrational），在任何特定的时间内，这些设计都作为人类行为的潜在指南而存在"。如果说生发于以"突击"为特征的群众运动之上的文化可以概括为"突

1 《开展吴满有运动》，《解放日报》1943 年 1 月 11 日。
2 齐志文：《记者莫艾》，光明日报出版社，2010，第 199 页。
3 赵超构：《延安一月》，上海书店出版社，1992，第 208 页。
4 莫艾：《模范英雄吴满有是怎样发现的》，《解放日报》1942 年 4 月 30 日。

击文化"，那么以模范人物／组织为基础的文化则可以称之为"模范文化"。[1]因为，模范行为与群众运动相生相伴，并在群众运动中起着举足轻重的作用，它和群众运动一样，也影响到了边区群众和边区作家生活的方方面面，是他们生命体验中不可或缺的一部分。甚至于在他们心里渐渐萌生了一种模范意识，他们不仅希望边区在军事、政治上成为全国的模范，文化上也希望能成为全国抗战的模范。[2]所以，对于延安文学而言，模范文化也就不仅是对群众运动特征的学理性概括，也是延安文学生成的历史语境。

　　模范文化虽然在1942年前的各革命根据地的日常生活中就已扮演着重要的角色，但它毕竟属于群众运动的一部分，对文学的影响有限。事实上，群众运动中的模范文化与文学创作中的英雄书写并不同步，甚至在相当长的一段时间内的延安，文学中的英雄书写并不被特别提倡（相对于后期的大力提倡而言）。原因大致有两方面：其一，这是受五四新文化运动的影响。延安的作家几乎都是在五四新文化的哺育下成长起来的，而"五四运动所提倡的第一是德漠克拉西，第二是科学精神，这两种思想潮流……在中国却成了个人自由无限伸张的工具。对于一切的传统都重打倒，对于任何的英雄，都不佩服。他们相信的，崇拜的只有自己"[3]。其二，这与中国共产党的历史观念有关。中国共产党所秉承的"马列主义历史观认为是人民创造历史，英雄对于历史的发展作用不应放大；而从文学的表现来看，'英雄的'书写又很容易堕落为'个人英雄主义'的颂歌，因此'英雄'在很长一段时间内在抗战文学中都处于不禁止也不提倡的位置。"[4]英雄叙事在延安的尴尬境遇直到《讲话》发表以后才有所改变。

　　1　[美] M.基辛：《文化·社会·个人》，甘华鸣等译，辽宁人民出版社，1988，第31页。

　　2　参见《边区文协代表大会的成就》（社论），《新中华报》1940年1月17日。

　　3　陈铨：《论英雄崇拜》，《战国策》1940年第1卷第3期，第135页。

　　4　戴莉：《新英雄传奇的发生学考察——以〈解放日报·文艺〉第四版为中心》，《延安大学学报（社会科学版）》2005年第6期，第7页。

　　《讲话》中文艺为政治服务的要求，不仅让文艺成了群众运动的一部分，同时也为延安的英雄叙事开拓了道路。《讲话》发表时，也正是延安政治经济遭受严酷打击的时期，统一战线岌岌可危，边区通往外界的道路被完全堵死，急切的形势在一定程度上影响着延安文艺座谈会的召开和《讲话》内容的制定。以当时延安的经济状况为例，其实在延安文艺座谈会召开时，困扰延安的除去文艺界的思想问题外，最大、最急迫的问题就是经济问题。延安经济基础本来就薄弱，随着军队和其他脱产人员的不断增加，原本贫弱的经济基础已然难以支撑。[1] 更为严峻的是，皖南事变以后，国民政府不仅停止了八路军军费的拨付，而且对边区实行了全面的经济封锁，这直接促使边区的经济形势陷入了崩溃的边缘。要知道，在皖南事变以前，国民政府每月的拨款、海外华侨和后方进步人士的捐款是边区的经济支柱，据统计从 1937 年到 1940 年的四年里，以国民政府拨款为主的外援占延安财政总收入的 82.42%。外援的突然中断直接导致了边区人民负担的猛然加重，以救国公粮为例，边区 1937 年到 1943 年间，政府征收救国公粮的数量占粮食总收获量比例逐年上升。1937 年为 1.27%、1938 年为 1.32%、1939 年为 2.98%、1940 年为 6.38%，发生皖南事变的 1941 年直接暴涨到了 13.85%，1942 年与 1943 年也高达 11.14% 与 10.61%。几年之内，边区群众救国公粮的负担竟增加了十多倍。加上后续增收的"甘草税""羊子税""耕牛税""棉麻税""盐税"等其他费用，在 1941 年到 1943 年间边区群众的负担其实早已超过了 15%—20% 的负担饱和点。[2] 沉重的负担一方面激发了政府与群众间的矛盾，出现了民众叛逃国统区、抱怨边区领导人等现象，也在某种程度上降低了农民的生产热情。这对于急需摆脱经济困境、发展生产的延安来说，无异于雪上加霜。

---

　　1 参见周海燕：《记忆的政治》，中国发展出版社，2013，第 75—77 页。
　　2 数据来源于陕甘宁边区财政经济史编写组、陕西省档案馆编：《抗日战争时期陕甘宁边区财政经济史料摘编·第六编·财政》，陕西人民出版社，1981，第 13、152 页。

　　面对严酷的经济危机以及由经济危机引发的政治危机，1942 年前后几年经济工作成为边区一切工作的中心，大生产运动应运而生。诚如毛泽东在谢觉哉信中所说，"就现时状态即不发生大的突变来说，经济建设一项乃是其他各项工作的中心，有了穿吃住用，什么都活跃了，都好办了"[1]。所以，1941 年当萧军询问毛泽东有无文艺政策时，得到了"哪有什么文艺政策，现在忙着打仗，种小米，还顾不上！"的回答。[2] 然而，在那个号称"不让一个人站在生产运动之外"的时期，[3] 延安文艺界却并未发挥自己在经济建设中的作用，或帮助边区缓和政府与群众间的矛盾，或提高人们的生产情绪。文人们仍旧躲在自己的小圈子里自娱自乐，或不计成本地"演大戏"、脱离群众地"关门提高"，或坚持宣称"还是杂文的时代"，鼓吹暴露边区的黑暗。可以说，也正是以延安的经济困境为契机，才在一定程度上让中共中央得以彻底看清延安文艺现状与中国共产党对文艺需求间的分歧。因此，如何解决文艺创作与政治需求间的问题，譬如如何发挥文艺在经济建设中的作用的问题，成为要解决的首要问题之一。

　　正是在这样的情形下，《讲话》应运而生。《讲话》为了解决上述问题，提出了文艺为政治服务的要求，为了实现这一目标，其在文艺批评上也相应确立了政治第一、艺术第二的评价标准。然而需要注意的是，《讲话》中所说的政治，并非空泛、抽象的概念，而是各项具体的政策。对此，敏锐的周扬就曾有过准确的概述，他说"自'文艺座谈会'以后，艺术创作活动上一个显著特点是它与当前各种革命政策的开始结合"，而这样的观点在塞克那里也得到了印证，他也曾指出，"要想使我们的艺术活动真正成为无产阶级的斗争武器，那么不管哪位作家或者哪个作品，不论他写什么，他必须紧密地结合于当前的政

1　《毛泽东书信选集》，中央文献出版社，2003，第 168 页。

2　高杰：《延安文艺座谈会纪实》，陕西人民出版社，2013，第 189 页。

3　星光、张扬：《抗日战争时期陕甘宁边区财政经济史稿》，西北大学出版社，1988，第 345 页。

治任务"[1]。文艺服务政治的具体化，至少有两点值得我们注意。第一，文艺的"服务"性质，在一定程度上决定了文艺的从属地位。其实，这在《讲话》中已有清晰的表述。《讲话》一开始就指出，其所探讨的内容是"研究文艺工作和一般革命工作的关系"，而目的则是"求得革命文艺对其他革命工作的更好的协助"[2]。《讲话》出台的重要目的就是为了确立文艺在整个革命工作中的地位以及文艺如何为革命服务的问题，而非我们通常认为的只是为了平息文艺界的争论。文艺在革命工作中的"协助"性质，则表明了其从属的地位。

所以，为了使延安文学更好地服务于当时的中心工作——大生产运动，文艺界做的第一件事就是在青年俱乐部举行了欢迎边区三位劳动英雄的座谈会。会议上，延安作家们对自己在大生产运动中的无所作为的情况，纷纷提出了自我批评。范文澜说："只知道吃救国公粮的像我们这样的文化人，对于自己应负的责任，实在太惭愧了。"[3]艾青也表示，"自己没能和工农结合，在边区大生产面前无能为力而感到羞愧"[4]。文艺界的行动与作家们的反思，表达的正是希望结束文艺与政治的分离的状态，让文艺服务于具体政策。与之形成鲜明对比的是古元，他表现劳动英雄的新作《向吴满有看齐》在延安备受推崇，一个很重要的原因就在于，这张歌颂劳动英雄的木刻"有了新的内容""增加了鲜明的政治斗争的意义"[5]。《讲话》后，延安作家们急切寻求转变的心态，在诗歌《我是一块制好的砖》中有着极熨帖的刻画："我是一块制好的砖，/等待工匠们拿去，/勿论是放在高楼的尖顶，/或是茅屋的根基，/我本身就是为了建筑的"[6]。作家们为了革命甘愿放下身段，从事一切工作的心态，与前期要求"了解作家、

---

1 塞克：《在青年剧院学习总结会上的讲演》，《解放日报》1942 年 6 月 30 日。
2 《毛泽东选集》第三卷，人民出版社，1991，第 847 页。
3 《延安文化界招待吴满有赵占魁黄立德》，《解放日报》1943 年 2 月 7 日。
4 艾克恩：《延安文艺运动纪盛 1937.1—1948.3》，文化艺术出版社，1987，第 418 页。
5 陆定一：《文化下乡——读〈向吴满有看齐〉有感》，《解放日报》1943 年 2 月 10 日。
6 朱衡彬：《我是一块制好的砖》，《解放日报》1942 年 12 月 12 日。

尊重作家"相比，转变不可谓不大！

第二，文艺的从属地位，让其在为具体政策服务时，常常融入了群众运动之中。文艺的从属性使其不得不依附于具体的政策去发挥它的宣传、鼓动作用，而最终成为群众运动的一部分。也就是说，延安文学与政策的结合、与宣传的并轨，在很大程度上就是让其与群众运动相结合，从而发挥文艺对具体革命工作的协助作用。《群众需要精神粮食》中所描述的情况，在很大程度上就是上述情形的真实写照。"在这种情况之下，为着进一步发展今年的生产运动，把毛主席的'组织起来'的号召和劳动英雄代表大会上创造模范乡和模范村的口号很好地实现"，"我们需要根据党和政府的政策，做更多的文化上的普及工作，使工农士兵群众对于当前的政策与任务，获得更深刻更具体的认识，使他们的热忱和信心更加提高。"[1]文化普及工作无论是为响应组织起来的号召，还是为创造模范乡、村，抑或是提高群众的热忱，其实都是为了生产服务，是"今年生产运动"的一部分，即文学成了群众运动的一部分。同时，为了扩大宣传、鼓动的效果，模范的必要性与重要性日渐凸显，模范文化与文学创作也走上了"合作"之路。所以，在延安文艺座谈会的最后一天，朱德在谈到作家创作与边区实际工作的关系时，称赞对劳动英雄吴满有的报道"其社会价值不下于20万担救国公粮（1941年陕甘宁边区征收农业税的总数）"[2]。朱德的称赞已经预示着延安文学英雄叙事之门的开启，作为模范化身的各种英雄形象在文学中即将崭露头角。

大生产运动与延安文学中劳动英雄叙事的密切联系，使一些论者将《讲话》后延安文学的表征与促使延安文学转变的内驱力相混淆，提出"'英雄'正式合法进入延安抗战文学是大生产运动提供的契机"[3]。实际上，通过上述可知，

---

1 《群众需要精神粮食》，《解放日报》1944年1月20日。

2 莫艾：《吴满有在大生产运动中》，见田方等编：《延安记者》，陕西人民教育出版社，1993，第476页。

3 戴莉：《新英雄传奇的发生学考察——以〈解放日报·文艺〉第四版为中心》，《延安大学学报（社会科学版）》2005年第6期，第7页。

大生产运动的急迫性虽然在一定程度上促使了延安文学与政治的结合，并让劳动英雄成为延安英雄叙事的最初表现对象，但真正让英雄叙事在延安取得制度上保障的是《讲话》。如前所述，延安的各项政策常常以群众运动的方式实施，而《讲话》在让文学为政策服务的同时，也让文学并入了政策运作方式——群众运动之中，进而促成了模范文化与文学的"相遇"。这最终为延安文学的英雄叙事，提供了制度上的合法性。

与《讲话》同时出现的还有新英雄主义的概念。如果说前者为延安的英雄叙事提供了制度上的保证，那么后者就为其提供了理论支撑。新英雄主义又被称为革命英雄主义、群众的英雄主义，它是与传统的个人英雄主义相对的概念。"新英雄主义与旧英雄主义的区别，本质的就是个人主义与集体主义的对立。在集体主义者看来，一切个人的智慧和能力都是有限制的，只有群众才是历史的真正创作者"，因此，真正的新英雄"不但一切为着群众，并且一切经过群众，他们自身也永远是群众的一员，永远与群众在一起生活，一起斗争"[1]。在新英雄主义的内涵中，人们明显可以感受到其与左翼作家倡导的集体主义与个人主义相对立的无产阶级英雄观间的理论渊源。新英雄主义概念的引入，完成了英雄观从"个人"到"集体"的蜕变，也为文学中的英雄叙事提供了理论保障。延安极力塑造的劳动英雄也因其模范性，成功跻身于新英雄的范畴之中。十里店的劳动英雄王正气，"他的成绩，得到了人们如此之高的赞赏和尊敬，主要是由于他在推动合作社工作方面，提出了新方法；在发展互助方面，他不仅能够使自己而且还使全村所有的同乡都提高了生产效率，为整个边区树立了样板。正因为如此（不是个人英雄主义），他才称得上是一个劳动英雄"[2]。

---

1 王子野：《谈新英雄主义》，《解放日报》1942 年 7 月 19 日。

2 [加] 伊莎白·柯鲁克、[英] 大卫·柯鲁克：《十里店——中国一个村庄的革命》，龚厚军译，上海人民出版社，2007，第 89 页。

随着 1942 年延安文艺座谈会后《讲话》的发表和新英雄主义理论的构建，尤其是在 1943 年文化界欢迎劳动英雄的座谈会上提出要将"笔杆与锄头、锤子结合起来"以后，[1] 延安文艺界突然爆发了大规模的劳动英雄叙事热潮。如艾青的叙事长诗《吴满有》、贺敬之的歌曲《种菜圣人黄立德》、柯蓝的报告文学《吴满有和他庄里人》、谭虎的小说《"四斤半"》、周民英的传记文学《张治国的故事》、古元的木刻《向吴满有看齐》、电影《边区劳动英雄——吴满有》。当然，更多的还是特写，特写因其快速性和时效性，赢得了延安官方的青睐。《解放日报》从 1943 年 3 月 16 日起，就陆续发表颂扬边区劳模的特写作品[2]，1944 年《解放日报》第四版更是增设了"英雄和模范"专栏，专门报道生产、生活中的英雄故事和特写，如荒煤的《模范党员申长林》、师田手的《李位和其他五个劳动英雄》、田方的《劳动人民的旗帜——记警区模范党员劳动英雄刘玉厚》等，其数量几乎是难以计数的。可以说，延安文艺界的各种艺术形式，都被用来表现劳动英雄们不凡的劳动事迹。而且，这样的叙事主题，也得到延安官方的赞许，艾青的长诗《吴满有》和丁玲的报告文学《田保霖》都被赞誉为文艺的新方向，便是很好的证明。

然而，无论是诗歌、小说、秧歌还是特写，劳动英雄被塑造的目的在很大程度上都是为了服务于当时的政策——大生产运动，是模范文化与文学结合的产物，"是用他们生动活泼的榜样，来教育广大群众，提高他们的生产热忱"[3]。翻身是劳动英雄叙事中常见的主题之一。该叙事主题为了突出模范的作用，常常遵循着相同的叙事模式，即赵超构所说的："穷人出生，大革命翻了身，生产，工作，成为英雄"。[4] 秧歌《一朵红花》《刘二起家》《钟万财起家》、诗歌《吴满有》都是这种"贫困—劳动—翻身"叙事模式的典型。也正是在这种简

1　《延安文化界招待吴满有赵占魁黄立德》，《解放日报》1943 年 2 月 7 日。

2　参见艾克恩：《延安文艺运动纪盛 1937.1—1948.3》，文化艺术出版社，1987，第 433 页。

3　《生产大竞赛》，《解放日报》1943 年 3 月 3 日。

4　赵超构：《延安一月》，上海书店出版社，1992，第 211 页。

单叙事模式中，劳动的重要性得到了极大的增强，模范的吸引力也得到了充分释放。劳动就能翻身（经济和政治层面），这种可行的翻身方式对于勤苦百姓的诱惑可想而知。吴满有等翻身劳动英雄的魅力也在于此。同时，真人真事的文学加工，也是劳动英雄叙事的常用策略。真人真事的创作形式固然离不开创作对象的限制（因为他们大都是业已成名的英雄模范，创作只是对他们事迹的"加工"），但更离不开对宣传效果的考量。军法处的秧歌《钟万财起家》，就是以本地农民钟万财的真实事件为原型创作而成。钟万财"几乎是每场必到的观客。其余去都以羡慕的眼光看着他，他们都愿意在剧中看到自己……当演到钟万财从二流子转变过程的时候，观众中的二流子就被人用指头刺着背说：'看人家，你怎么办?'"[1] 钟万财的自豪感、群众的自觉看齐意识，这二者所起的规训作用是普通戏剧难以比拟的，诚如周扬所言："本地的人物事件，大家熟悉，感到亲切，因而也易于收到教育的效果"[2]。

　　然而有趣的是，虽然《讲话》规定了文艺的工农兵方向，新英雄的理论建构也为英雄叙事扫清了理论上的障碍，但从现实的创作情况来看，较之于"工农"英雄，军人英雄却少之又少。其实，早在 1943 年初期，周扬在论及春节秧歌内容时就发现了这一现象。春节秧歌"写生产的最多，也最受群众欢迎"，"劳动的主题取得了它在新艺术中应有的地位"，但"我们的秧歌反映八路军太少了，太不够了"，八路军的"英雄事迹比文艺作品中所已反映的，要百倍丰富，千百倍伟大"。[3] 1944 年，朱德则再一次表示了对文艺此等现状的不满，八路军与新四军中"许多惊天地、泣鬼神的英雄主义事迹和手创这些事迹的英雄们都被冷淡过去了，没有发挥其应有的作用，这不能说不是一个重大的损失"[4]。原因何在? 其实，问题的主要原因之一就在于文艺与政策的结合，或者

---

1 周扬：《表现新的群众的时代——看了春节秧歌以后》，《解放日报》1944 年 3 月 21 日。

2 周扬：《谈文艺问题》，《周扬文集》第 1 卷，人民文学出版社，1984，第 502 页。

3 周扬：《表现新的群众的时代——看了春节秧歌以后》，《解放日报》1944 年 3 月 21 日。

4 《朱德选集》，人民出版社，1983，第 116 页。

说将文艺纳入了群众运动之中。此时延安的最重要的工作是大生产运动，文艺理所当然地要为生产服务，譬如延安"秧歌运动的开始，是为了宣传生产，表扬劳动英雄"[1]。实际上，此时的延安并非没有书写军人英雄的，如《模范班》《张治国》书写的都是军人英雄，只是在大生产运动中，军人通常以劳动英雄而非战斗英雄的形象出现，而像《换头记》《怀义湾》这类纯粹表现军人英勇抗战的作品又实在太少。

　　为了改变这一尴尬的现状，朱德在 1944 年 7 月 7 日发表的文章《八路军新四军的英雄主义》中，不仅批判了认为"英雄、英雄主义都是旧的名词、旧的事物，是出风头、争名利、个人突出等个人主义的产物；而我八路军、新四军是共产党领导的军队，是集体主义者，不应去提倡什么英雄主义"的错误观念，更是重申了新英雄主义的内涵，并指出"新英雄主义运动是我们推进工作、培养干部和教育群众的很好的很重要的方法"[2]。边区政府的努力不能说没有效果，该文发表以后，纯粹表现军人英雄的新英雄传奇逐渐增多。从 1943 年到 1946 年间，粗略统计在《解放日报》上登载的新英雄传奇共 18 部，分别为：《小六儿的故事——晋察冀童话》、《小英雄——晋察冀童话》、《在一个小胡同里——晋察冀童话》、《遛马的孩子——晋察冀童话》《地道》（周而复）、《李勇大摆地雷阵——阜平英雄传之一》、《阎荣堂九死一生》（邵子南）、《小英雄》（李果粹、小丁）、《八侠》（王普）、《"仙人脱衣"》（武天桢、许柱）、《枪》（荆宇）、《芦花荡——白洋淀记事之二》（孙犁）、《老阴阳怒打"虫郎爷"——新编"古今奇观"之一段》（李季）、《解丑娃》（罗夫）、《老子英雄儿好汉》（苗康）、《吕梁英雄传》（马烽、西戎）。其中在 1944 年 7 月 7 日后发表的就有 16 部，只有张帆的《焦大海》和江横的《山头英雄们》在此之前发表。[3]

1　张庚：《谈秧歌运动的概况》，《群众》1946 年 6 月 30 日。

2　《朱德选集》，人民出版社，1983，第 116、119 页。

3　参见孙国林、曹桂芳主编：《毛泽东文艺思想指引下的延安文艺》，花山文艺出版社，1992，第 868—1068 页。

　　另一个关键的问题在于：为何表现军人英雄形象时会走上"传奇"的道路，而不是与劳动英雄一样以报告文学、特写为主？当然，军人英雄叙事走上传奇的道路原因是多元而复杂的，但最主要还是《讲话》后作者们出于对群众接受习惯和审美心理的考虑，而自觉地学习民间文化、传统文化的结果，诚如马烽所言："读惯了《三国》、《水浒》的中国读者，特别是工农大众，怎么会喜欢这种作品（指五四以来的新文学，笔者注）呢？"[1]而柯蓝也曾说，"我写这本书（指《洋铁桶的故事》，笔者注）的时候，正是我刚刚开始向民间文艺、向我们古典文学学习的时候"。同时，又由于当时的作者们没有真正的战争生活体验，因此也很难用到纪实性较强、速度快的报告文学和特写，"和前方的各抗日根据地比较起来，陕甘宁边区所处的是相对和平的环境"。然而，延安文学从劳动英雄到新英雄传奇叙事的转变，并非一蹴而就，而是一个渐进的过程，早期新英雄传奇中的军人英雄形象身上也时常带有劳动英雄的印记。譬如，《洋铁桶的故事》中的民兵英雄王铁牛，"我们队长姓王，在九华山种庄稼，气力比牛还大，春上开荒一天就开了三亩，三四个人刨不动的大梢，他只要两镢头就刨掉了"。王铁牛身上的这种特性，很容易让人联想到《"四斤半"》中的军人劳动英雄"四斤半"和《模范班》中的军人生产模范张治国。

　　虽然新英雄传奇与劳动英雄叙事在表现形式上有所不同，但它与后者一样，都与模范文化密切相关。其实，这在朱德提倡书写军人英雄时，就已经露出了端倪。朱德指出："在过去，我们的连队工作中不是也时常号召大家要起模范作用吗？为什么效率不大呢？为什么同一个人，这件事情上是模范而那件事情上就不是模范，昨天是模范而今天又不是模范呢？重要的就在于我们没有把新英雄主义运动当做一种推进工作、培养干部和教育群众的重要办法，没有郑重地有系统地去进行这个工作。"显然，朱德揭露过去模范工作中模范作

1 高捷、杨占平等：《马烽、西戎研究资料》，山西人民出版社，1985，第78页。

用不明显、模范人物不稳定的缺点，目的是要通过新英雄运动树立新的军人模范，让人们向模范看齐，"使人人积极而愉快地为革命战争贡献出更大的力量"。[1]英雄们身上背负的被"看齐"意识，在新英雄传奇的创作中有着明显的体现。马烽、西戎创作《吕梁英雄传》的契机源于晋绥边区第四届群英大会后，《晋绥大众报》要介绍民兵英雄，所以"完全是为了报纸需要，为了配合一定的政治任务"[2]。联想到1942年《解放日报》的改版以及同年发表的社论《致读者》（1942年4月1日）、《把我们的报纸办得更好些》（1942年7月18日）、《党与党报》（1942年9月22日）等文章中对作品的要求，《吕梁英雄传》中英雄们的模范性就不言而喻了。而"被当作实践毛泽东《讲话》精神的成功之作，它所确定的方向对嗣后的英雄叙事具有规范作用，也在一定程度上决定了英雄叙事的文化品格"的《新儿女英雄传》[3]，文中英雄们的"模范"的意味同样浓烈。"男的难道都不能做到牛大水那样吗？女的难道都不能做到杨小梅那样吗？"[4]郭沫若的两句反问，便是很好的说明。可见，延安文学中英雄叙事的兴起和演变与模范文化有着重要的联系。文学与政策的并轨，让文学与模范文化在群众运动中"相遇"，从而在一定程度上导致了1943年劳动英雄叙事在延安的井喷，也在相当程度上诱发了后期新英雄传奇的大量写作。文学与群众运动、模范文化的结合，虽然常常让作品陷入"头疼医头，脚疼医脚"的尴尬境遇，"互助组吵架了，就单纯来解决吵架的问题；天不下雨了，就写担水点种的好处"[5]，作品的粗疏、浅薄通常也难以避免。然而，同样不可否认的是，正是各种英雄模范的蜂起，增强了文学创作对革命实际的推动作用，也让工农兵大众在文学

---

1 《朱德选集》，人民出版社，1983，第120页。

2 高捷、杨占平等：《马烽、西戎研究资料》，山西人民出版社，1985，第57页。

3 李宗刚：《论"十七年"文学英雄叙事的发展脉络》，《济南大学学报（社会科学版）》2009年第2期，第19—20页。

4 郭沫若：《新儿女英雄传·序》，见袁静、孔厥：《新儿女英雄传》，人民文学出版社，2005，第1页。

5 马烽：《坚持为工农兵的方向》，《文艺报》1952年第10期，第24页。

中的面貌焕然一新。

第二节 "大生产运动"与延安文学的叙事选择

长久以来，研究者们通常只关注《讲话》对延安文学叙事（包括主题、策略等）的影响，而忽略了同样重要的大生产运动。周扬曾说，"自'文艺座谈会'以后，艺术创作活动上一个显著特点是它与当前各种革命政策的开始结合"[1]。当研究者们反复引用这句话来印证延安文学与政治间的密切联系时，却也有意无意地回避了政治与政策间的差异。显然，周扬说的政策比粗疏、宽泛的政治要具体得多。换言之，较之于具有宏观性、导向性的《讲话》而言，具体的大生产运动对延安文学的"规约"应该更为细致、深切。而且，大生产运动对于延安文学来说，也不仅是需要"服务"的具体政策，而是其所处的经济背景。因此，从大生产运动切入延安文学，就是将延安文学置于一种更为具体、真切的历史语境之中加以考察和检视，这对我们来说，无论是认知延安文学的时代语境，还是辨析延安文学的叙事选择（延安文学的叙事主题、手段、策略等的采用），都将是一场更为接近历史现场的探寻。

一般而言，人们通常只将大生产运动作为一项经济措施加以研究，而未考虑它与文学间的联系，但事实上，大生产运动与延安文学间的联系十分密切。1942 年前后，困扰延安的不仅有文艺界的问题，更有严重的经济困境。由于脱产人口的不断增加和国民党的经济封锁，致使原本就十分贫弱的边区经济陷入崩溃的边缘，群众的负担不断加重。1937 年到 1941 年短短四年间，边区群众仅救国公粮一项的负担就增加了十多倍，这还不包括后续增收的"公盐代金""救国公债""救国公草""寒衣代金"等其他费用。沉重的负担和艰辛的生活，

---

1 周扬：《关于政策与艺术——〈同志，你走错了路〉序言》，《解放日报》1945 年 6 月 2 日。

使政府和百姓之间的关系日渐尖锐、矛盾日益突出，而更为糟糕的是，许多百姓"因避免公粮负担，相互移走，生产情绪不高"[1]，这对于急需复苏经济、发展生产的边区来说，无异于雪上加霜。意识到了问题严重性的毛泽东，在给陈毅的信中就毫不讳言地说道："如使根据地民力财力迅速枯竭，弄到民困军愁，便有坐毙危险。"[2] 正是在经济与政治的双重危机下，大生产运动在延安真正开始实行了。

在大生产运动期间，经济工作理所当然地成了延安工作的中心，文艺也不例外。对此，毛泽东在1942年底曾明确说道："就目前边区条件说来，就大多数同志说来，确确实实地就是经济工作与教育工作，其他工作都是围绕这两项工作而有其意义。"毛泽东说的教育工作与一般意义上的教育工作也有所区别，他的教育工作与经济建设密不可分。"教育（或学习）是不能孤立地去进行的，我们不是处在'学也，禄在其中'的时代，我们不能饿着肚子去'正谊明道'，我们必须弄饭吃，我们必须注意经济工作。"[3] 而其他工作，自然包括文艺在内。如果说毛泽东的说法还略显含糊，那么在《中共中央西北局关于一九四三年工作基本总结暨一九四四年工作基本方针的决定》中，就已经表达得相当明晰了。《决定》在确定1944年工作的"第一个任务是发展生产"后，就立即强调其他"不论宣传、组织、防奸各部门，都必须把自己的工作完全与上述各项中心任务配合进行"[4]。文件中的宣传部门，就包括了文艺部门。其实，这种集中一切力量去完成某项最重要的任务的工作形式，在当时的延安已经被广泛地使用。赵超构对此深有体会，并形象地称之为"集结兵力"，即"'在一个一定的时间一定

1　陕甘宁边区财政经济史编写组、陕西省档案馆编：《抗日战争时期陕甘宁边区财政经济史料摘编·第九编·人民生活》，陕西人民出版社，1981，第49页。

2　《毛泽东文集》第二卷，人民出版社，1993，第437页。

3　《毛泽东文集》第二卷，人民出版社，1993，第465页。

4　《中共中央西北局关于一九四三年工作基本总结暨一九四四年工作基本方针的决定》，见中央档案馆编：《中共中央文件选集》第14册，中共中央党校出版社，1992，第594页。

的地方，只能有一个最中心的工作'。动员全部人员来突破这个中心工作，次要的工作是可以有的，但绝不可以妨碍中心工作的进行"[1]。

而且，文艺作为辅助手段为其他革命工作服务，也一直是中国共产党的一项"传统"。其实，在相当长的时间里，中国共产党在很大程度上都将文艺看成完成革命事业的"工具"，因而特别注重文艺的宣传性和鼓动性。其滥觞至少可以追溯到早期的左翼文学，早期左翼作家信奉，"一切文学艺术，都是宣传，普遍的，而且不可逃避的是宣传"[2]，而评判文学艺术价值大小的标准是看其取得的宣传效果，"宣传煽动的效果愈大，那么，这无产阶级艺术价值愈高"[3]。左翼作家过于功利的文学理念还直接导致了与鲁迅、茅盾等人的论争。在江西苏区，文艺宣传和鼓动的重要作用得到了进一步加强，中国共产党认为"宣传鼓动工作，在党的整个工作中，占有极重要的位置。没有深入、普遍的宣传，不能在广大群众中鼓舞起热烈兴奋的情绪，要切实动员群众，完成党所提出的任务是不可能的"[4]。到了延安，这一理念也得到了承续，在1941年《中央宣传部关于党的宣传鼓动工作提纲》中，就明确指出"举凡一切理论、主张、教育、文化、文艺等等均属于宣传鼓动活动的范围"[5]。而这样的文艺理念，最终在《讲话》中以文艺为政治服务的形式被规范化、制度化，成为延安作家的写作规范。

其中，最为显著的特点就是，作家们都不约而同地对劳动人民和劳动本身表达赞美之情。在《从春节宣传看文艺的新方向》中，被誉为文艺新方向的

---

1 赵超构：《延安一月》，上海书店出版社，1992，第94页。
2 李初梨：《怎样地建设革命文学》，见中国社会科学院文学研究所现代文学研究室编：《"革命文学"论争资料选编（上册）》，人民文学出版社，1981，第156页。
3 忻启介：《无产阶级艺术论》，见中国社会科学院文学研究所现代文学研究室编：《"革命文学"论争资料选编（上册）》，人民文学出版社，1981，第379页。
4 尚昆：《转变我们的宣传鼓动工作》，见汪木兰等编：《苏区文艺运动资料》，上海文艺出版社，1985，第245页。
5 《中央宣传部关于党的宣传鼓动工作提纲》，见中央档案馆编：《中共中央文件选集》第13册，中共中央党校出版社，1992，第126页。

秧歌《兄妹开荒》，其主题就是歌颂劳动、鼓励开荒。丁玲的报告文学《田保霖》，被毛泽东称誉为"写工农兵的开始"并"走上新的文学道路"，[1] 其书写的主要内容是劳动英雄田保霖的故事。艾青的叙事长诗《吴满有》，被《解放日报》称之为"本身是朝着文艺的新方向发展的东西"[2]，该诗歌主要表达的是对吴满有劳动精神的称颂。不难发现，《讲话》后被冠之于"文艺新方向"的作品，几乎都是书写劳动的经济题材。其实，这一饶有趣味的现象本身就已经说明了大生产运动的紧迫性以及对延安官方对文艺方向的导向。也许这就能部分解释，为何同样发表于 1943 年的《小二黑结婚》《李有才板话》没有被"发现"，而名噪一时的"赵树理方向"要到 1946 年以后才被提出。可见，由于环境的紧迫性，延安文艺在很大程度上实行的是"大生产运动方向"，而不是后来的"赵树理方向"。

　　然而，文学与大生产运动的关系，不是简单的反映与被反映的关系，而是大生产运动对文学的引导与规约。换言之，在文学书写大生产运动的过程中，起主导地位的是大生产运动，是它左右着延安文学在叙事主题、叙事策略、叙事话语等上的选择，而不是延安文学对大生产运动简单地重塑与再现。实际上，在文艺被当成宣传、鼓动的手段时，就已经注定了文艺的从属地位，文艺往往只有依附于各项具体的政策时才会有存在的价值。这一点，在《讲话》中有着很好的体现。毛泽东在《讲话》的第一句话中就开宗明义地指出：《讲话》所探讨的内容是"研究文艺工作和一般革命工作的关系"，目的则是"求得革命文艺对其他革命工作的更好的协助"。[3]《讲话》中的"协助"以及《中共中央西北局关于一九四三年工作基本总结暨一九四四年工作基本方针的决定》中的"配合"，在一定程度上已经体现了文学"第二性"的地位。文艺的从属性、

---

1 艾克恩：《延安文艺运动纪盛 1937.1—1948.3》，文化艺术出版社，1987，第 520 页。

2 其雨：《从〈吴满有〉说到大众的诗歌》，见《抗日战争时期延安及各抗日民主根据地文学运动资料》，山西人民出版社，1983，第 135 页。

3《毛泽东选集》第三卷，人民出版社，1991，第 847 页。

依附性，使得文艺的独立性受到了一定的影响，文艺很难再以"自己"的标准去完成自我塑造，而不得不根据宣传的对象，不断地调整自我的呈现方式。譬如，延安对秧歌的利用和改造，其最初的目的就是为大生产运动服务，诚如张庚所言："秧歌运动的开始，是为了宣传生产，表扬劳动英雄，那时的观念是利用这老百姓所熟悉和爱好的形式，来表现老百姓和部队对于生产的热情和积极性"[1]。

正因如此，从大生产运动切入延安文学，是我们洞见延安文学丰富性与复杂性的绝佳窗口。过去我们对延安文学的阐释，多从政治入手，对于延安文学的生成语境也多以政治文化加以概括，然而这种切入视角和概括方式，往往只能反映出延安文学的一般特征，难以真正揭露出延安文学的特质。因为"在20世纪中国文学中，有很多文学存在都是在政治文化的语境中发生，如30年代'左翼'文学和'国民党文学'都是如此，但它们与延安文学以及它们之间都存在巨大差异"[2]。较之于宽泛、模糊的政治文化、政治规约，大生产运动的历史语境无疑要细致得多，具体得多，它也更能代表延安文学的发生语境。通过它我们不仅能发现延安文学在叙事主题、手段、策略上的种种细部，也能窥见延安文学在叙事选择上的深层动因。

在《讲话》之后，延安文学最大的变化莫过于叙事主题的转换。延安文学诞生了几种极具延安特色的叙事主题，而这些叙事主题的出现与大生产运动的时代语境密不可分。

这首先表现为，文学中劳动英雄叙事主题的集体井喷。只要对1942年前后延安的文学作品稍加考察就会发现，1942年后的延安文学中突然涌现了大批量歌颂劳动英雄的作品。艾青的叙事长诗《吴满有》、丁玲的报告文学《田保霖》、育涵的报告文学《新中国的女儿诞生了——妇女劳动英雄马杏儿》、秧

---

1 张庚：《谈秧歌运动的概况》，《群众》1946年6月30日。
2 周维东：《中国共产党的文化战略与延安时期的文学生产》，花山出版社，2014，第77页。

歌《张治国》、谭虎的小说《"四斤半"》、杨朔的小说《模范班》、古元的木刻《向吴满有看齐》、电影《边区劳动英雄——吴满有》、方驰辛的故事《从二流子变为新英雄》等。可以说，延安文艺界的各种艺术形式，都被用来表现劳动英雄们不凡的劳动事迹。原因何在？如果将此仅解释为文艺的"工农兵"方向显然不能消除我们所有的疑惑，可以继续追问的是，如果仅是"工农兵"方向的展现，为何"兵"与"工"的份额占得如此之少？为何作品中的"兵"常常是以劳动英雄而非战斗英雄的姿态出现？其实，将其解释为文艺对大生产运动的"配合"更为恰当。人们在关注文艺"工农兵"方向的同时，却常常忽略了《讲话》的制定的一个重要前提，那就是毛泽东一再强调的："我们讨论问题，应当从实际出发，不是从定义出发"[1]。毫无疑问，当时的延安最现实的问题就是经济问题，而最实际的工作就是大生产运动。只要翻阅此时的《解放日报》，就能感受到大生产运动的火热程度。《解放日报》除了国际版，其他三版几乎每天都大量登载着关于生产、开荒、劳动英雄的内容，其中以社论、代论等重要形式出现的报道就屡见不鲜，如《边区农民向吴满有看齐》（社论）、《生产大竞赛》（社论）、《开展吴满有运动》（社论）、《积极推行南泥湾政策》（社论）、《响应生产号召开展赵占魁运动》（代论）等，而以普通形式出现的报道真可谓难以计数。可以说，文学中劳动英雄叙事和现实中劳动宣传的同时盛行，不是文学与大生产运动的"偶遇"，而是文学对大生产运动的主动"赴约"。

正因如此，文学中对劳动英雄的书写，并不全是为了赞美劳动英雄本人，其"主要的目的是用他们活泼生动的榜样，来教育广大群众，提高他们的生产热忱"[2]。事实上，只要看看《解放日报》上社论的标题，就不难发现劳动英雄塑造的功利性。典型的如《边区农民向吴满有看齐》，标题清晰地显示劳动英雄吴满有被推崇的目的，是为了大家向他"看齐"，学习他的榜样，努力劳动，

---

1 《毛泽东选集》第三卷，人民出版社，1991，第853页。
2 《生产大竞赛》，《解放日报》1943年3月3日。

加紧生产。《开展吴满有运动》《响应生产号召开展赵占魁运动》等运动，鼓励群众见贤思齐的意味同样浓烈。同时，在劳动英雄的选择上，也体现着这样的用意。"为着'农业第一'，规定着重选举劳动生产英雄，为着鼓励私人生产，规定人民中英雄应占半数，为着鼓励军队生产，又规定部队英雄应占四分之一。"[1] 各类劳动英雄比例的被"规定"，就是为了照顾各类人群的生产热情。因而，在延安文学中，我们可以看到两类截然不同的英雄形象——军人英雄和劳动英雄。杨朔《月黑夜》中的庆爷爷、柯岗《换头记》中的武工队员们、高朗亭《怀义湾》中三个革命者，个个都战力惊人、非同一般，饱含着浪漫主义情调。而作品中的劳动英雄形象，他们不仅有血有肉、平易近人，而且还常常都是现实生活中的真人真事。如艾青的《吴满有》，就直接以人名命名，诗歌中的吴满有除了勤奋、耐劳之外，并无其他特殊能力，其他如《张治国》《田保霖》也是如此。同时，劳动英雄人物形象缺乏个性，并呈现出一种标准化、模式化的特点。例如，小说《模范班》和《"四斤半"》不仅人物形象雷同，就连情节设置也如出一辙。二者间的差异，体现的其实是对两类英雄形象的不同定位。劳动英雄的"大众化"、标准化处理，在很大程度上是为了拉近它与读者间的距离，增强可学性、鼓动性。而对劳动英雄的塑造与推广也并未让延安失望，正如毛泽东所言："去年一月初报纸上出现吴满有的按家计划"后，"高干会议提出增加八万石细粮，结果增加了十六万石"。[2]

同时，由于大生产运动对延安文学叙事主题的规约，延安文学还出现了极其独特的纺车叙事。在延安，纺车第一次如此大规模地出现在文学作品中。譬如，小说《纺车的力量》、诗歌《毛主席的纺车》《纺车歌》、散文《记一辆纺车》、秧歌《二媳妇纺线》等。当然，关于纺车的书写并非延安文学的独创，早在1924年的《文艺周刊》上就登载了浑沌的诗歌《纺车》。然而，延安文学中纺

---

1 赵超构：《延安一月》，上海书店出版社，1992，第209页。
2 《毛泽东文集》第三卷，人民出版社，1996，第114页。

车叙事的独特之处在于，它不像一般作品那样常常借书写纺车来书写母亲，而是回归到了纺车和纺线本质属性，突出对劳动的赞美，从而完成"自己动手，丰衣足食"中"丰衣"的主题表达。其实，与劳动英雄叙事一样，延安的纺车叙事也源于强烈的现实需求。延安工业基础薄弱，像纸张、布匹等物资几乎全部依靠进口，皖南事变以后，由于国民党实行经济封锁，外来物资断绝，延安不得不依靠自己生产。但边区的生产能力却远远不足，"全边区人民每年估计约需要布二十万匹，军队及公务人员七万人每年需布五万匹。但就边区现有的公营纺织厂与民间六个纺织合作社的生产合计年产最高不过七万八千匹"[1]。巨大的需求缺口，一方面，使布匹价格奇高；另一方面，群众、士兵等也不得不面临严重的穿衣难问题。因此，与劳动生产相同，纺线织布在边区同样被广泛地提倡，连毛泽东自己都参加了"纺线线"活动中。与之相呼应，延安文学中的纺车叙事也随之出现。

最后，大生产运动对延安文学主题的影响，还体现在翻身叙事的出现上。"中国革命创造了一套的新词汇，其中一个重要的词就是'翻身'。"[2]的确，"翻身"这个原指"躺着翻个身来"的普通词汇，在大生产运动中被赋予了全新的内涵：即在边区政府和党的领导下，人民通过辛勤的劳动从以前饥寒交迫的境遇中解脱了出来，过上了丰衣足食的幸福生活。在延安文学中，直接以翻身命名的文学作品其实并不多，但作为一种叙事主题，它却广泛地存在于各种作品中，"几乎延安时期的所有文学作品都或多或少地涉及这一主题"[3]。翻身叙事的大量喷涌，其宣传性、鼓动性其实要大过它的写实性的。其一，如上所述，1943年农民缴纳救国公粮的数量占了收成总量的10.61%，他们的负担还相当沉重，他们还没有翻身，起码在经济上还没有真正翻身。其二，延安的老百姓

1　陕甘宁边区财政经济史编写组、陕西省档案馆编：《抗日战争时期陕甘宁边区财政经济史料摘编·第六编·财政》，陕西人民出版社，1981，第504页。

2　[美]韩丁：《翻身——中国一个村庄的革命纪实》，韩倞等译，北京出版社，1980，说明页。

3　周维东：《中国共产党的文化战略与延安时期的文学生产》，花山出版社，2014，第181页。

也具有人性的弱点，"他们的顽固，他们的狡猾与偏狭"，让"他们把适合于他们一己利益的口号与标语学去了，把不适合于他们一己利益的推了出来"。[1] 可以说，在大生产运动中，调动"狡黠"群众的生产积极性，才是翻身叙事最主要的任务。而翻身叙事的巧妙之处就在于，将劳动与关乎个人利益的发家致富紧紧地结合在了一起。正如《吴满有》中所写："而今是穷人的天下，自己种地自己吃，自己织布自己穿，不是为军阀，不是为军官。"[2] 吴满有的最大魅力也在于此，成本如此低廉的发家方式对于穷苦百姓而言，吸引力无疑是巨大的。

此外，为了进一步提高群众的生产积极性，延安赋予了劳动更为重要的意义：劳动不仅可以实现经济上的翻身，也可以实现政治上的翻身。这样的事例在劳动英雄身上，表现得尤为明显。延安的劳动英雄，除了获得荣誉和奖品外，还能得到边区领袖如毛泽东、朱德、林伯渠等的接待。较之于奖品、称号，领袖的接待往往更被人们所看重。如同草明在《延安人》中所描述的一样，吴老太太本是"位素来不被人重视的老太太"，但在"和毛主席谈了一番话"后，不仅"获得了人们的尊敬"，还"立刻成为这群人的中心"。[3] 被接待者的政治地位在"接待"中被提高了，因而他们"自然成了农民中的首领，村长乡长，都要找他商量，县府有了贵宾，他得敢去陪客；开民众大会，他坐在主席台上，变工，纳粮，办合作社，办小学，他总是头一个出来说话"[4]。吴满有的"木刻肖像被挂在了边区政府的会议室里，和毛泽东的照片并列"[5]。在这一系列的政治仪式中，劳动的重要性得到了前所未有的提高，劳动的诱惑力从经

---

1 陈学昭：《延安访问记》，中国国际广播出版社，2013，第 185 页。

2 艾青：《吴满有》，《解放日报》1943 年 3 月 9 日。

3 草明：《延安人》，见《延安文艺丛书》编委会编：《延安文艺大系·小说卷·上》，湖南文艺出版社，2015，第 299 页。

4 赵超构：《延安一月》，上海书店出版社，1992，第 212—213 页。

5 周海燕：《记忆的政治》，中国发展出版社，2013，第 217 页。

济层面升华到了政治层面，劳动同样可以"光耀门楣"，甚至成为"入仕"的途径。这对群众的吸引力不可谓不强烈，大生产运动中群众都以极大的热情纷纷投入了翻身的浪潮中，便是证明。

为了更好地"协助""配合"大生产运动规约下的叙事主题，延安文学在叙事手段、策略等方面，也作出了相应的调整。

其一，民间形式的大量运用。在叙事手段上的一个明显转向，就是对民间形式的利用。"话剧不演了，改扭秧歌；写惯了自由诗的诗人，纷纷开始师法顺口溜；小说的语言和风格，则迅速接近于说书演义……"[1] 直接书写大生产运动的文学，更是如此。可以毫不夸张地说，我们对于大生产运动的记忆，大都来源于民间文艺形式，如大家耳熟能详的秧歌《兄妹开荒》、民歌《咱们的领袖毛主席》《南泥湾》《十绣金匾》等。这当然不是偶然。个中原因，最重要的一点就在于，民间形式为群众"所熟悉，所感到亲切，因而容易为他们所接受"[2]。

延安秧歌的盛行就能很好说明这一事例。秧歌在边区被广泛提倡其实不是因为它的娱乐性，或者内容上的优势，事实上，秧歌以前因其带有"骚情"等传统毒素而屡遭延安文艺界批判与质疑。它广泛流行的主要原因，在于其有着极广的群众基础，"是今天最好的宣传工具之一"[3]。当大生产运动的急迫形势，要求延安文学向"实用主义"靠拢时，秧歌无疑成为最佳的选择。因此，延安新秧歌一个显著特色就是其显著的教化与规劝意味，诚如赵超构所言："新秧歌所给予观众的，主要是'应该怎样'和'不应该怎样'，它把共产党所要求的事情化为故事，再披上艺术的糖衣"。而秧歌表演的主要对象也是广大群众，据他统计，仅民众剧团，就曾在 22 个县下乡表演 743 场，观众人数总计达到

1　李洁非、杨劼：《解读延安——文学、知识分子和文化》，当代中国出版社，2010，第152—153页。
2　周扬：《对旧形式利用在文学上的一个看法》，《中国文化》1940 年创刊号，第 34 页。
3　艾青：《秧歌剧的形式》，《解放日报》1944 年 6 月 28 日。

61万。[1] 正因如此，在大生产运动的语境中，"在'文艺为工农兵服务'的号召下，秧歌剧，一个偏僻之地的地方小戏，被改造了它原有'民间自在的文化形态'，率先承担起教化民众积极响应执政党政策，进行开荒生产的任务"[2]。

其二，叙事模式上，多采用二元对立的方式突出矛盾，并附以大团圆的结尾。二元对立叙事模式的最大优点，就在于通过两相比较，能清晰地呈现出二者间的差异。因而，在大生产文学叙事，尤其是翻身主题叙事中，为了突出翻身前后的变化以及劳动的重要性，二元对立的叙事模式被大量使用。它们几乎都遵循相同的叙事原型：贫困（懒惰或被压迫）—生产（自觉或被劝诫）—起家/翻身。在这样的叙事模式中，劳动成了决定翻身与否的关键因素，劳动的重要性得以空前加强，劳动的能量得到了充分的释放。譬如艾青诗歌《吴满有》，诗歌的章节布置为："写你在文化界的欢迎会上""写你受苦的日子""写你翻身""写你勤劳耕种""写你发起来了""写你爱边区""写你当了劳动英雄""写你叫大家大生产""写你的欢喜"。诗歌的章节布置明显流露出了作者的对比意图，吴满有的受苦从某种程度上说只是为他的翻身做铺垫，而推动吴满有翻身的主要力量无疑就是他勤劳的耕种。再譬如说书《翻身乐》，文本将二元对立的叙事模式体现得更为淋漓尽致。"地主们身穿皮裘火边坐/穷人们身披破衣向太阳/……/地主们香油白面吃不完/穷人们半碗菜汤喝个干/……/地主们两床被子一褥一毯/穷人们半张席片一卧单/……/地主们背着手晒屁股/穷人们满头大汗湿衣衫"。文本通过吃、穿、睡等方面的对比，突出了地主与穷人间在生活上的巨大差异，从而试图激发穷人的阶级仇恨和翻身愿望。同时，在叙事的推进上，文本也以地主和穷人间的矛盾为动力，推动叙事的前进，矛盾的化解时也是说书叙事的结束时。而穷人们实现翻身的手段，还是生产，正如文

---

1 参见赵超构：《延安一月》，上海书店出版社，1992，第109页。
2 周海燕：《记忆的政治》，中国发展出版社，2013，第119页。

本最后所唱："毛主席还叫大家生产／农民生活改善了"[1]。

在对比意味强烈的翻身叙事中，结局常常都是皆大欢喜，即艾青所谓的"新的力量终于战胜旧的力量的一个大凯歌"[2]。具体来说，就是有一定思想问题的落后分子或者被压迫的穷困农民，被先进分子成功劝诫或者成功致富，最后大家一起唱表明主题的歌曲或者将经验成功推广，从而完成对劳动的歌颂和对中国共产党的赞扬。例如，在《二媳妇纺线》中，好吃懒做的二媳妇在张二嫂和大媳妇的规劝后，成功转变观念，秧歌就在大家齐唱"边区就是咱们的新社会，谁不生产笑话谁。赶紧加油来纺线，纺线织布有衣穿"[3]的欢乐氛围中收场。虽然这在一定程度上表现边区新社会的需要，但它的教育意义同样不可忽视。相比于悲剧的结尾，这样的处理方式不仅突出了主题，而且更能体现出人物的榜样作用，从而激发群众的看齐意识。

其三，将劳动放置于国家民族想象的宏大叙事话语之中。可以说，从来没有一个地方能像延安一样将劳动的重要性突出得如此之高，也没有一个地方像延安一样赋予劳动如此丰富的内涵。在延安，劳动不仅意味着经济上的翻身和政治上的翻身，更意味着民族独立和国家解放。劳动与民族独立、国家解放的同构，让其重要性达到了新高度。这样的例子在延安文学中不胜枚举。在吴伯箫眼中，纺车不再仅是劳动的工具，而是"战斗用的枪"，"是作为战斗的武器"，"想起它，就象想起旅伴，想起战友"。[4]作者将纺车比作抗日武器与战友，其民族主义情绪溢于言表。与之相同的还有杜谈，他写道"虽然你还不是熟手——／那要知道，从你手下／跳出的活的语言：／将是致敌死命的秘诀。"[5]诗

---

1 《翻身乐》，《解放日报》1946 年 9 月 9 日。

2 艾青：《秧歌剧的形式》，《解放日报》1944 年 6 月 28 日。

3 苏一平：《二媳妇纺线》，见《延安文艺丛书》编委会编：《延安文艺丛书·秧歌剧卷》，湖南文艺出版社，1987，第 365 页。

4 吴伯箫：《记一辆纺车》，见《延安文艺丛书》编委会编：《延安文艺丛书·散文卷》，湖南文艺出版社，1987，第 421 页。

5 杜谈：《无题》，见刘润为主编：《延安文艺大系·诗歌卷》，湖南文艺出版社，2015，第 275 页。

人纺出来的纱，也突破了丰衣足食的表层意义，而成了克敌制胜的秘诀。田间也高唱着同样的歌："'多一颗粮食，/ 就多一颗消灭敌人的枪弹！'/……多点粮食，/ 就多点胜利。"[1] 劳动与抗战的勾连，不仅在知识分子这里有所表现，在书写普通群众大生产的作品中，同样广泛存在。《生产大合唱》中广为流传的《二月里来》就直接将生产与抗战直接联系了起来："二月里来呀好风光，家家户户种田忙，指望着今年的收成好，多捐些五谷充军粮……加紧生产哟加紧生产，努力苦干哟努力苦干，年老的年少的在后方，多出点劳力也是抗战。"[2] 在《兄妹开荒》中，也有类似的表达："边区人民吃的好来，穿也穿的暖，丰衣足食，赶走了日本鬼呀，建设新中国"[3]。不难看出，劳动对于大生产运动中的"延安人"来说，其内涵早已溢出了"丰衣足食"的边缘，而成了想象民族的一种方式。

民族想象是一种"无可选择，生来如此的'宿命'，使人们在'民族'的形象之中感受到一种真正无私的大我与群体生命的存在。'民族'在人们心中所诱发的感情，主要是一种无私而尊贵的自我牺牲"[4]。劳动与民族想象"合谋"的意义也在于此，即充分激发人们心中的民族主义情绪，从而使人们义无反顾地投入轰轰烈烈的大生产运动之中。这主要体现在作品对边区经济危机原因的判断上。如前所述，其实造成边区经济困境的原因，不仅是国民党的经济封锁和日军的围困，更重要的原因在于边区脱产人口的迅速增加。[5] 然而，在文学作品中，作者们都有意无意地将这一原因抹去，而将矛头直指顽固派的封锁和

---

1 田间：《街头诗一束》，见《延安文艺丛书》编委会编：《延安文艺丛书·诗歌卷》，湖南人民出版社，1984，第106页。

2 冼星海曲，塞克词：《二月里来》，见《延安文艺丛书》编委会编：《延安文艺丛书·音乐卷》，湖南文艺出版社，1988，第425页。

3 王大化、李波、路由编：《兄妹开荒》，见《延安文艺丛书》编委会编：《延安文艺丛书·秧歌剧卷》，湖南文艺出版社，1987，第8页。

4 [美] 本尼迪克特·安德森：《想象的共同体：民族主义的起源与散布》（增订本），吴叡人译，上海人民出版社，2011，第12页。

5 参见周海燕：《记忆的政治》，中国发展出版社，2013，第75—77页。

日军的进攻。这样的处理，就将边区的经济问题成功地置换成了战争问题，并向群众传达了这样一个信号：边区军民劳动所解决的不仅是吃饭穿衣问题，而是实现民族独立的问题。如此，"自己动手"的意义不再单纯，劳动的内涵自然更为丰富，它们都与抗日救国紧紧相连。这对于激发群众的民族主义情绪，从而让他们毫无保留地加入生产运动中，无疑具有重大的意义。事实也是如此，大生产运动实现了"仅有人口一百五十万的边区，却养活了十万公家人而民不伤"[1]的生产壮举。

从历史出发，回到具体的历史语境，是我们认知某种文学的前提。相较于政治文化，大生产运动无疑是更为具体、真切的历史语境。从大生产运动切入延安文学，我们不仅可以窥探到延安文学在叙事选择上的复杂性，也可以了解到延安文学本身的丰富性。延安文学与大生产运动间的密切互动，不禁让笔者想到了周扬在《对旧形式利用在文学上的一个看法》中说的一句话："这个环境虽然是比较生疏的，苦难的；但除了它以外也找不到别的处所，它包围着你，逼着你和它接近，要求你来改造它"[2]。虽然周扬本意是为了说明抗战文艺在农村环境里的境遇，但用它来描绘大生产运动和延安文学的关系显然也不失贴切。

第三节　延安文学劳动叙事中的纺车书写

纺车是中国别具特色且历史悠久的纺织机械，它在历史上经历了由手摇到脚踏，由单锭到多锭的发展过程。[3]宋元之前，作为民间广泛使用的手工纺织工具，纺车主要用来纺葛、麻、丝或毛，元初由于植棉的推广和黄道婆

---

1 《毛泽东文集》第三卷，人民出版社，1996，第280页。
2 周扬：《对旧形式利用在文学上的一个看法》，《中国文化》1940年创刊号，第37页。
3 参见陈维稷主编：《中国纺织科学技术史》，科学出版社，1984，第175页。

对棉纺织工具的改良，[1] 纺车自此成为家庭手工棉纺织业的重要工具。鸦片战争以后，资本主义机制纱布严重冲击了中国固有的手工棉纺织业，但进口洋货及国内工厂的机制纱布始终未曾把中国的手工棉纺织业全部消灭。[2] 20 世纪三四十年代，随着边区大生产运动中棉纺织业的发展，[3] 与新的生产方式结合在一起的纺车焕发出夺目的光彩，成为延安时期社会生活和文学世界中不容忽视的存在。从 1943 年开始，延安文学中出现了较为频繁的纺车书写，据笔者统计，延安文学中或多或少触及纺车并带有一定思想艺术性的文本至少有 20 个。延安文人在"纺车"中放飞情思、锻造自我，赋予了纺车丰富的意涵。但与传统文学的审美化书写不同，延安文学中的"纺车"书写呈现出较为鲜明的政治化倾向和时代色彩，是我们窥探延安时期社会文化的窗口之一。

延安时期轰轰烈烈的大生产运动是延安文学中纺车话语产生的必要的现实土壤。植棉的推广和棉花产量的增加推动了边区纺织业的发展，[4] 民间从事纺织的妇女和纺车的数量在 1942 年以后急剧增加。[5] 纺车成为大生产运动中群众穿衣自给的重要生产工具。为了更好地动员群众参加生产，毛泽东、李富春等中国共产党领导人赋予了大生产抗战救国和反抗国民党封锁的神圣性。李富春认为抗战中如果能发展生产，改善人民的生活，就"更能进行很好的抗战建国的工作"，"更能发挥伟大的民族抗战的威力"。[6] 毛泽东说："抗战以来，我们是处在一种非常特殊的地位。国民党政府对于我们的军队，初则只给很少的一点

1　参见白寿彝总主编，陈得芝主编：《中国通史 13·中古时代·元时期·上》（第 8 卷），上海人民出版社，2015，第 670—672 页。

2　参见严中平：《中国棉纺织史稿》，商务印书馆，2011，第 319—320 页。

3　参见梁继宗：《抗日战争时期陕甘宁边区的棉纺织业》，《经济研究》1963 年第 7 期，第 47—56 页。

4　参见黄正林：《抗战时期陕甘宁边区的推广植棉》，《甘肃高师学报》1998 年第 2 期，第 96—99 页。

5　参见陕甘宁边区财政经济史编写组、陕西省档案馆编：《抗日战争时期陕甘宁边区财政经济史料摘编·工业交通》（第 3 编），陕西人民出版社，1981，第 553 页。

6　李富春：《加紧生产，坚持抗战》，《解放》1939 年第 65 卷第 8 期，第 8 页。

饷，继则完全断绝，边区也被封锁，迫得我们不得不从事生产自给，维持抗战的需要。"[1] 由于大生产运动被赋予了抗战和反抗封锁的政治性、革命性，大生产运动中广泛出现的纺车也就不仅仅是生产工具，还是政治动员之下的战斗的武器。

延安文学大生产运动叙事中的纺车，是边区民众冲破封锁及支援抗战的革命武器，纺线生产不单是满足家庭物质需要的经济活动，更是服务于抗战和对敌斗争的先进的政治行为。歌曲"纺线谣"颂赞了大生产运动中"小"纺车的"大"力量——"打碎敌人封锁线"。《毛主席的纺车》中毛主席"安放在自己身边"的"纺车"，是革命领袖与群众打成一片的表征，也是政治领导人带领群众"扰乱了封锁计划"的斗争武器。《二媳妇纺线》中的移民张二嫂说："纺线不只为赚钱，为的咱边区有衣穿。毛主席，号召咱，婆姨女子都纺线，自纺自织有衣穿，不怕那顽固封锁咱。"[2] 以往局限于家庭中的农村妇女也日益认识到纺织生产的革命性。除了打碎敌人封锁，纺车也是后方人民拥军支前的重要生产工具。歌剧《纺棉花》中在纺车旁绕线的军嫂唱道："妇女纺棉线，织布缝衣裳。军民有衣穿，才好打东洋，才好打东洋。"[3] 诗歌《纺棉花》中妇女昼夜纺棉时吱吱叫唤的纺车也被涂抹上了抗战的神圣色彩。可见，延安文学中的纺车是革命年代力量无边的斗争武器，也是延安军民艰苦奋斗、自力更生的革命精神的表征。

延安文人还着力表现了作为经济斗争武器的纺车所迸射的生产力量，通过叙述纺织运动中政府对民众的帮助，以及纺织生产给民众带来的现实利益，彰显中国共产党和民主政权的优越性，强化民众的政治认同。为了发动民众纺织自给，边区政府在广泛宣传的同时，还制定了发展手工纺织的诸多措施，在纺

---

1 《毛泽东文集》第二卷，人民出版社，1993，第459—460页。
2 《延安文艺丛书》编委会编：《延安文艺丛书·秧歌剧卷》，湖南人民出版社，1985，第360页。
3 王雪波、王莘、曹火星编：《纺棉花》，新文艺出版社，1958，第27页。

织工具、原料、技术以及纺织品销售等方面给民众提供各种便利。[1] 散文《没有用过纺车的地方》描述了边区政府的种种利民行为以及民众对政府的由衷好感,"政府替她们借下纺织贷款,修成车子,从很远的临县驮回棉花,等到她们纺成线,再卖给公家,拿赚集的钱,来偿还修车子费和棉花钱,这样体贴入微的人民的政府,怎样能使人不受感动呢?"[2] 此外,政府还通过举办纺织训练班培训技术人员,[3] 推广纺织技术。秧歌剧《好媳妇》中媳妇在纺织训练班学会了纺织,赚了钱还获得"一挂新纺车",回到家后动员婆婆、丈夫都搞纺织。在政府相关政策的推动下,"农民妇女纺纱织布,所得报酬比以往任何时候都高"[4]。纺车及纺织生产成为延安时期民众获取物质收益、改善生活的可靠保证。小说《家庭》中媳妇"相信纺织生产可以战胜鬼子造成的灾荒"[5],她把一天内纺出的六两线送到合作社,赚来的工钱换回一斤半玉茭,足以养活两口人。歌曲《纺棉花》唱道:"纺车好比摇钱树"。政府在纺织运动中对民众的物质帮助和经济刺激,增强了民众对现存政治秩序的认同感,也对民众起到了很好的宣传动员作用。

在迎合大生产时代话语的同时,延安文人也敏锐察觉到了纺车与技术革新、家庭伦理的密切关联。纺车虽然是传统的纺织机械,但延安时期的纺车相较于以往有了器械上的改良和技术方面的革新,而且纺织小组、纺织合作社等新型生产方式纷纷出现,纺车及纺织生产不再局限于家庭内部,而是呈现出社会化的倾向,促发了家庭伦理的变动,寄寓了延安文人对解放的思考和想象。

首先,纺车及改良纺车作为一种新事物、新技术、新观念的象征,寓意新

1 中国财政科学研究院主编,陕甘宁边区财政经济史编写组、陕西省档案馆编:《抗日战争时期陕甘宁边区财政经济史料摘编·工业交通》(第3编),长江文艺出版社,2016,第542—544页。

2 西戎:《没有用过纺车的地方》,《解放日报》1943年5月27日。

3 陕西省地方志编纂委员会:《陕西省志》(第16卷),三秦出版社,1993,第405页。

4 [加]伊莎白·柯鲁克、[英]大卫·柯鲁克:《十里店——中国一个村庄的革命》,安强、高建译,上海人民出版社,2007,第85页。

5 林默涵总主编:《中国解放区文学书系·小说编》(3),重庆出版社,1992,第1506页。

旧更替的历史必然性以及人的思想观念的解放。虽然纺车作为传统的纺织机械由来已久，但纺织运动到来前，用纺车纺线对边区某些地方的人们而言还是新鲜事物。歌剧《纺棉花》"通过姑嫂俩说服婆婆扔掉捻线砣，学习用纺车纺线，提高纺线效率的故事"，"教育老百姓改良妇女纺织技术"。[1] 剧中嫂嫂纺线用的纺车代表着先进的生产技术以及妇女对新事物、新观念的接受，而使用"捻线砣"的婆婆则是旧习惯、旧观念的代表，后来婆婆在现实利益的刺激下学用纺车，但转变得如此迅疾、彻底，不能不说是作者对观念解放的一种乌托邦想象。纺织运动普遍展开之后，各根据地提出精纺精织，改良纺车织机，注重推广先进技术，提高生产效率。[2]《浇园》《桑干河上》等文本细节都触及了纺车技术改良的问题，但《解放的时候》对此开掘更深。小说中的房东老太太虽是纺线能手，但她视八路军战士改良的新式纺车为怪物，还为维护旧式纺车的权威向新式纺车提出了挑战，最后面对挑战失败的结果，老太太终于抛弃了旧纺车，用上了新纺车。文本切实、深沉地通过"一辆纺车的更换"表达出"一个人的旧意识的解放，必须经过一种痛苦观念更新。不冲破旧我，就不能得到解放"[3]。

其次，与新型生产方式结合在一起的纺车及纺织劳动，是妇女实现经济独立，社会和家庭地位提高的重要依凭，预示了新政权下女性解放的历史趋势。妇女的纺织生产被擢升为符合革命政治要求的女性解放的途径。中国共产党采用纺线小组[4]、纺织合作社[5]等多种形式发动妇女纺织，使得纺织劳动很

1　中国人民政治协商会议天津市委员会文史资料研究委员会编：《天津文史资料选辑》（第55辑），天津人民出版社，1991，第40页。

2　参见丁卫平：《中国妇女抗战史研究·1937—1945》，吉林人民出版社，1999，第167页。

3　赵杰、王金屏主编：《辽宁文史资料》（总第44辑），辽宁人民出版社，1995，第181页。

4　纺线小组是生产合作社的最简单的方式，"是由几个纺线妇女集合起来，推举一个组长，代替全组纺妇买棉卖线，或向公家领棉支取工资。这种小组没有共同资金，亦无盈利分红，仅在个人所得收益中间提出一小部分来作组长报酬。"参见薛暮桥：《抗日战争时期和解放战争时期山东解放区的经济工作》（增订本），山东人民出版社，1984，第141页。

5　纺织合作社"采取放花收纱，买布卖花等方式帮助发展农村纺织业，并实行米工资保证纺织妇的收入，同时传播技术帮助提高技术"。参见星光、张扬主编：《抗日战争时期陕甘宁边区财政经济史稿》，西北大学出版社，1988，第390页。

大程度上逸出了传统家务劳动的范畴，转变为社会性的集体生产劳动。延安文学聚焦于以家庭为中心的纺织工作的开展，探讨了新型纺织生产与妇女解放的微妙关联，其中纺车及纺线生产是妇女经济、社会和家庭地位提高的有力凭证。

与纺织小组、合作社等生产方式结合在一起的纺车，内含女性参与社会集体劳动，追求进步和独立，赢得社会尊重的复杂意蕴。《男英雄和女英雄》中劳动英雄张步云的婆姨因专注照顾孩子的家务而疏忽了纺线生产，被行政主任、乡长等认为是"落后"。经过多次劝说，张步云婆姨认识到"现在谁不能生产，谁就争不了一口气"，"她从仓窑里拾掇出那架旧纺车"，[1] 着手纺织生产，还积极参加纺织小组，热心教授他人纺线，最终荣封为"纺织英雄"，社会地位与往昔迥然不同。张步云婆姨的前后变化恰恰说明了："妇女的解放，只有在妇女可以大量地、社会规模地参加生产，而家务劳动只占她们极少的工夫的时候，才有可能。"[2]《二媳妇纺线》通过对纺车以及合作社辅助下的纺线劳动的描写，触及了女性经济独立的主体意识的觉醒。剧中的大媳妇努力在纺车前学习纺线，谋求经济自给；二媳妇起初"靠定男子汉"，对学纺线颇不以为意，后经劝说和帮助，再加上看到大媳妇从合作社领到了纺线的工钱，很快转变了对纺线的看法，打算勤劳生产，加油纺线，实现穿衣自给。二媳妇从经济依附到愿意自主生产，泛着女性意识觉醒的微光。

在提升女性社会和经济地位的同时，与新的生产方式结合在一起的纺车及纺线劳动，还在一定程度上促进了女性家庭地位的提高和家庭关系的和谐。妇女解放以"多生产，多积蓄，妇女及其家庭的生活都过得好"[3] 为前提，也就是

---

1 雷加：《男英雄和女英雄》，天下图书公司，1950，第83—84页。
2 《马克思恩格斯文集》第4卷，人民出版社，2009，第181页。
3 中共中央文献研究室、中央档案馆编：《建党以来重要文献选编（1921—1949）》（第20册），中央文献出版社，2011，第127页。

说妇女地位的提高不得破坏原有的家庭结构和家庭关系[1]。《家庭》中响应号召的媳妇从"娘家把纺车搬来"后努力纺线，婆婆对此满怀嫌恶，但当媳妇用从合作社领取的纺线工钱换回粮食时，婆婆的态度逆转，开始跟媳妇学用纺车纺线，而且支持媳妇的工作。媳妇后来被选为纺线小组组长，婆婆对媳妇的态度更加热络，婆媳关系变得融洽和睦，媳妇的家庭地位也在纺线生产中无形提升。《王秀鸾》表现了"家庭和睦和勤劳生产"[2]，深受懒馋婆婆欺凌的王秀鸾在婆婆等人远走后辛苦下田劳动，还召集妇女组织纺线小组，开展手工业生产，后亲人归来，婆婆洗心革面，全家团聚和睦。最终当选为"劳动英雄"的王秀鸾，不仅经济翻身，而且再不挨打受气，新的政权解放了劳动，劳动改变了一切，改变了王秀鸾的地位。[3] 延安文人在透过纺车及纺线劳动探究女性解放时，主要从政治、经济的角度肯定了男女两性社会地位的平等，妇女获得了与男人一样的经济权利和政治—社会价值，[4] 但女性文化心理层面的主体建构则由于作家对主流意识形态的迎合而被悄然遮蔽了。

最后，纺车作为许多封建小农家庭中女性代代相传的古老机械，也是乡村旧式妇女的表征，它负载着女性勤谨耐劳的道德传统，还带有家庭权力的象征意味。受"男主外，女主内"传统性别观念和分工模式的规约，用纺车纺线织布主要是小农社会私领域中女性所从事的"以本家庭生活消费需要为目的"[5]的家务劳动，而非公共领域中的社会生产劳动，在这种意义上，纺车成为传统女性生活方式的象征。《传家宝》中婆婆李成娘"很能做活"，但她认为"男人有男人的活，女人有女人的活"，她觉得儿媳金桂外出卖煤、下地干活完全是"多

1　参见贺桂梅：《"延安道路"中的性别问题——阶级与性别议题的历史思考》，《南开学报》2006年第6期，第16—22页。

2　徐瑞岳：《中国现代民族歌剧论·1919—1949》，香港紫辉出版社有限公司，2000，第184页。

3　参见张学新：《人民的英雄·人民的艺术》，《天津日报》1949年3月20日。

4　参见孟悦、戴锦华：《浮出历史地表——现代妇女文学研究》，中国人民大学出版社，2004，第199页。

5　沙吉才、孙长宁：《试论家务劳动》，《福建论坛（经济社会版）》1997年第1期，第48页。

管闲事",她自己的劳动则离不开三件宝:"一把纺车,一个针线筐,和这口黑箱子"。[1]"纺车"在这里印证了李成娘是被捆绑在家庭内部的勤俭妇女,但她最终在儿媳记载公共劳动的"账本"面前败退。赵树理在表现李成娘的勤俭观念时重在揭示她执拗于家务劳动的不合时宜,而婆婆的全面溃败似乎是验证了一个时代的结束,新一代妇女解放步伐的不可阻挡。[2]与《传家宝》将纺车喻为落后的传统生活方式不同,《灾难的明天》把纺车置于纺织运动的时代背景下,通过纺车展现出宗法家庭中新旧力量间的权力争夺。媳妇参加纺线救灾,祥保为媳妇取下了原属婆婆的"多年没用过的纺车",婆婆转变思想后要用家中的纺车纺线,祥保又给媳妇从合作社赊来一辆纺车,"两辆车子转着响",不久"两人把纺车对面放着","同在一个炕上纺了"。[3]小说中的"纺车"象征了旧家庭女性的家长权力,过去受到婆婆压迫的春妮,自参加妇救会后在婆婆面前抬起了头,但纺织救灾中又在婆婆传授纺织技术的教导下低下了头。可见,提倡纺织生产初期,作为家长的老一辈女性往往由于掌握了娴熟的纺织技术而获得了对年轻女性的领导权,在抗战初期被反封建的妇女运动所压制的婆婆借纺织生产重获她们在家庭里的权威地位,传统的家庭权力秩序/性别秩序又得到某种程度的恢复。[4]

延安文人笔下的纺车,成为知识分子精神修炼的工具,知识分子对纺车态度的变化和纺线劳动中的心态转变,喻示知识分子思想的蜕变和角色身份的重构。如陈学昭、方纪等人都叙写了知识分子与纺车结合中的心路历程——以纺车为依托的纺线劳动磨掉了知识分子源于知识的自信和优越感,打碎了他们原有的自我认知,但知识分子经过挣扎、斗争,终于在纺车及纺线劳动中建立起

1 赵树理:《传家宝》,《人民日报》1949年4月19—21日。
2 参见董丽敏:《"劳动":妇女解放及其限度——以赵树理小说为个案的考察》,《中国现代文学研究丛刊》2010年第3期,第16—28页。
3 《延安文艺丛书》编委会编:《延安文艺丛书·小说卷》下,湖南人民出版社,1984,第315—322页。
4 参见刘传霞:《〈灾难的明天〉与抗日根据地农村妇女解放道路》,《济南大学学报(社会科学版)》2008年第3期,第53—57、92页。

对无产阶级劳动大众的身份认同。

现代的知识分子接触原始的纺车不多久便被彻底击垮。精神世界中存在"小资产阶级王国"的知识分子开始对纺车及纺织劳动颇有微词。《体验劳动的开始》中机关干部"我"认为纺车是"难以对付"的"原始的工具",觉得学纺织是浪费时间。《纺车的力量》中大学生沈平觉得纺车是"落后"的"中世纪的生产工具",从事纺织生产"毋宁说是生命的浪费"!但没过多久,知识分子就意识到自己的浅薄无知。沈平坐在纺车前"仅仅一个上午"便"开始觉得自己无能"。原来纺车有其自身的规律,操作纺车需要"技术",纺车技术击碎了知识分子全部的自尊与骄傲。

被纺车所代表、所蕴含的劳动大众的思想和学问全面击败,知识分子开始深刻省思自己内心深处的小资产阶级思想。其一是对体力劳动的疏离和隔膜。《工作着是美丽的》中的李珊裳在参加纺线生产后意识到自身潜存的"剥削意识","自己活了几十年,没有织成过一寸布,没有种出过一粒米,但却已穿过不知多少丈的布,吃过数不清的米了!"[1]《体验劳动的开始》中"我"由于出身和习惯,"从来不知道劳动是怎么一回事","从来也不了解一丝一缕,一薪一粟,来处的艰难。"[2]其二是好高骛远、不切实际的主观主义思想。沈平之所以纺线成绩上不去,其重要原因是他执着于纺线劳动的形而上的意义的思索,把纺线视为思想改造的途径,当作为了"体验劳动"的锻炼,而没有真正地尊重劳动,尊重纺车,尊重劳动人民的智慧和学问。他没想到"原始的纺车上还有技术",不知晓"技术,原来就是把思想与劳动结合……""技术,在你首先就要耐心!"[3]李珊裳在劳动人民细心、耐烦、伟大的牺牲精神面前自惭形秽,"觉得自己确实是不切实际的,因为她总是想得多,行动的少。"[4]其三是自私自利

---

1 陈学昭:《工作着是美丽的》,浙江人民出版社,1979,第268页。

2 陈学昭:《体验劳动的开始》,《解放日报》1944年3月8日。

3 方纪:《纺车的力量》,《解放日报》1945年5月20、21日。

4 陈学昭:《工作着是美丽的》,浙江人民出版社,1979,第271页。

的个人主义的毛病。李珊裳在纺车前做单调乏味的倒线工作时，内心浮想联翩。"她惋惜自己把时间这样白搭着，消磨着，难道不可以用来译点东西？她担心这样下去，会什么名堂也弄不出来，至于自己的成就当然更谈不上了！"[1] 同时又责备自己的想法非常自私。

历经矛盾斗争之后，知识分子终于"与纺车结合成一个不可分的整体"，在纺线劳动中成就新的自我，思想脱胎换骨。沈平最终在劳动竞赛中被评为特等纺纱突击手，"他在被组织确认的同时，自己也获得了一次身份认同，他终于成为劳动大军中的一员，消解了知识分子与普通民众的隔阂，在思想情感上与他们打成一片，完成知识分子的一次精神救赎过程"。[2] 机关女干部在纺纱中"学到了一门实实在在的学问"。[3]

综上所述，延安文学中的纺车书写盘绕了太多政治文化的丝缕，纺车更多地与革命、解放、改造等时代主题相融交织，内蕴了延安文人对当时社会生活和文化现象的复杂思考。之后，纺车逐渐衍变为记忆中的特色时代和文化符号，还成为不少当代作家构建回忆性叙事的可贵资源，承载了他们对延安时期特殊生活的记忆和美好情愫，或是对乡土生活的眷念与反思。正因如此，反观延安时期关乎纺车的文学书写，当能更真切地触摸那个年代文人知识分子或外显或内隐的革命情怀和思想理路。

第四节　萧三和吴伯箫诗文的礼赞主题

在中国现代文学史上，萧三的诗名可谓"墙内开花墙外香"。1939 年，43 岁的他从苏联回国抵达延安，在此之前他已经先后在国外生活了近十六年，

1　陈学昭：《工作着是美丽的》，浙江人民出版社，1979，第 269 页。
2　秦彬：《"改造"话语与延安文学——基于政治文化统合性视角的考察》，博士学位论文，南开大学文学院，2013，第 50 页。
3　参见陈学昭：《体验劳动的开始》，《解放日报》1944 年 3 月 8 日。

十六年的国外生活不仅让他习得了多门外语，结识了很多国际共产主义友人，同时也让他成为一个在国际上小有名气的诗人。在苏联生活的时期，他创作了大量的诗歌，受到了一致好评，他的部分诗歌曾被选入苏联的教科书，因此，在今天的俄罗斯仍有一大批人熟知"埃弥·萧"这个中国诗人。在中国国内，很多人也许会熟知《革命烈士诗抄》，熟知《毛泽东的青少年时代》，但对其编著者萧三本人却并不熟悉。

　　按萧三自己的话说，他是1930年正式走上文坛的，而且是被"捉住黄牛当马骑"的一个意外事件。这当然是他的自谦之词，但不得不承认，1930年在苏联举行的第一次国际革命作家代表大会对萧三来说的确是一个非同寻常的人生机遇。因路途遥远，交通不便，中国国内革命作家没能出席此次大会，身处苏联的萧三便作为中国"左联"作家的代表参会。萧三借此机会在大会上向二十多个国家的革命作家朗读了他的诗作。会议结束后，"国际革命作家联盟"成立，萧三负责远东部的工作，并向其机关刊物《国际文学》组稿。由于通信不便，国内很多优秀的作品很难寄到萧三手中，紧急时萧三不得不拿出自己的作品以应急，这些作品让他在国际诗坛崭露头角，并获得了广泛的赞誉。这个时期是萧三创作的高潮期，他借鉴当时苏联的革命题材诗歌，汲取中国传统诗歌技法，践行着民族化、大众化的诗歌主张，创作出不少新诗佳作。这些创作经验后来得到毛泽东的认同并影响了延安时期诗歌的创作，因此萧三这一时期的作品在一定意义上可以被视为延安时期诗歌的一个先声。只可惜，萧三在新时期以来的文学史与文学研究中并不被重视，他的诗歌究竟如何，笔者将以《东北工农歌》《满洲里的两个日本兵》《礼物》三首诗歌作品为例，分别作出简要文本分析。

　　1931年，日本侵略者发动了九一八事变，随后又扶植了伪满洲国，水深火热的东北各阶层人民在反抗日本侵略时，谱写出无数可歌可泣的悲壮篇章。当时身在苏联的萧三对祖国东北的沦陷和东北人民的惨痛遭遇深表痛心，创作了不少诗篇反映这段历史，《东北工农歌》便是其中之一。萧三的《东北工农歌》创作于 1933 年，这首诗在语言、韵律、节奏等方面都具有中国传统民歌的典型特征，萧三巧妙地将传统民歌的形式赋予了新的内容，一改当时许多新诗"矫揉造作"和"构造潦草"的风格，以通俗朴拙的语言风格抒发着诗人的激昂与雄豪，这首诗可以代表萧三民歌类诗歌的最高成就。

《东北工农歌》由六小节组成，叙述了日本侵略者侵占东三省前后的历史事件。首节诗人用"任凭改朝又换帝""我们一样交租纳税"来表达东北百姓对于政治变动的态度。简单的两句陈述却蕴含着多重的意义，一方面展现出百姓对战乱的痛恨与无奈，另一方面指出了百姓对改朝换代的麻木与冷漠，平静的陈述为之后情绪的喷发埋下伏笔。第二节写了军阀张作霖"弄得中国太不安"，最终"一命归山"的可恨与可悲，第三节欲扬先抑，简短地描述了日军入侵东三省的经过，从第四节开始全诗的情绪达到一次高潮，"绿的水呵／全给血染红！／青山以外呵／多少尸骨堆成山！"怒斥着日本侵略者在东三省的滔天罪行。第五节是对伪满政府成立的"滑稽戏"的讽刺，是对第四节悲情爆发的一次平复，同时也是对第六节愤情的一次缓冲。到第六节，全诗又一次进入了高潮，诗人先用短句有力地痛斥日本侵略者的罪恶，指责国民党反动派"杀工农，围苏区"消极抗日的卖国行径，看似口号式的呐喊在这个时候，在这样特殊的情境中成为最有力的饱含激情的诗句，这是对饱受国民党压迫、日本侵略者欺辱的工农的呐喊，这也是觉醒的广大工农对革命斗争的雄壮誓言。

形式的灵活多变是萧三诗歌的一个主要特征。《东北工农歌》中各节长短不一，句式各异，充分发挥了新诗形式上的自由。起兴是中国传统民歌中一种主要的表现手法，在这首诗中，萧三以"青的山，绿的水"作为全诗的起兴，但在之后的各节中又有变化，第二、三、六节则改为"绿的水，青的山"作为起兴，第五节则又变回"青的山，绿的水"的顺序，为避免形式的死板，第四节索性不用起兴，直接进行叙事抒情。诗人对起兴句的变动并不是随意的，他传承了古典格律诗偶句入韵原则，根据起兴句的变化而调整了整节诗的韵脚字，从而增强了整首诗情绪的起伏和节奏的变换，让整首诗显得更加灵动。此外，萧三的新诗中常会出现五、七言的句式，但这些五、七言诗句与古体诗歌中的五、七言有着很大的不同，萧三放弃了古体诗歌中严格的格律规范与平仄规则，但却利用了五、七言的节奏使得诗歌朗朗上口，便于朗诵，也便于诗歌的广泛传播。

萧三在对诗歌大众化实践的历程中，对叙事诗予以了高度重视，他曾在1950年的《谈谈新诗》一文中对当时的诗歌作了简要的点评，所点评的几首"好诗"都是叙事诗，从中可以看出他对叙事诗的偏爱。在实际创作中，萧三也创作了很多叙事诗，这些叙事诗的篇幅虽然并不是很长，但有较高的艺术性，其中《满洲里的两个日本兵》就是一首不可多得的佳作。《满洲里的两个日本兵》叙写的是两个远离家乡来到伪满洲国的日本兵因怜爱一个中国小女孩而经常给她糖果吃，但这引起小女孩祖母的误解："好歹毒的日本鬼子，想把我的孙女毒死！"引来很多人"指手画脚"地骂，一个"会说日本话的中国学生"了解了情况后，化解了这场误会。后来其中一个日本兵死在了战场，当另一个日本兵独自送糖果给小女孩时，面对满心忧伤的日本兵，有人提出疑问："为什么你们要来打我们？为什么你们要来占满洲？"日本兵用两个问句以回应，"难道我们自己愿意？""知道我自己又能活多少日子？"全诗以此结尾，但却留给读者无限的回味。此诗篇幅虽不是很长但却蕴含着作者极为复杂的思考，因此在当时很多口号式的战斗诗中显得与众不同。诗人在第一节中以老祖母的视角写出了日本侵略者的凶恶与残暴，但在之后的叙述中诗人所塑造的两个日本兵形象超越了读者的期待视野，反而用一些细节反映出日本兵对战争的厌恶。诗人以此揭露出日本法西斯发动的侵略战争对中日两国人民友谊造成的极大伤害，同时对日本军民也造成了极大的伤害。但被灌输了军国主义的日本兵终没有能彻底觉醒，终没能与残暴的法西斯政权斗争到底，以致很多日本兵对中国人民犯下了滔天罪行。诗歌的结尾诗人对孤独落寞的日本兵展现出的并不仅仅是悲悯，还有对日本法西斯的愤恨与谴责。萧三的这首诗写于1934年，当时日本还未进行全面侵华，诗人身在苏联对国内战争的详情了解或许并不是很充分，但恰恰因此让诗人不至过分情绪化，而是能够率先冷静下来思考日本侵华战争真正的罪魁祸首。

这首叙事诗在萧三的整体诗歌创作中也是与众不同的。在诗中，出于叙事的需要，诗人完全抛开了诗歌的音律与形式，显得更加自由，从而让诗歌进行更为准确的叙事。新诗在摆脱诗歌外在形式的严格束缚后很明显地增强了诗人表义的自由，但是完全脱离了形式美之后的新诗，其诗意体现则主要靠诗歌的意境、意象等内在因素，这便增加了新诗创作的难度。而这首叙事诗却能充分运用诗歌的内在律，在质朴的语言与自由的形式中恰到好处地表现出诗人的诗情。在这里，诗人运用人物语言将不同的情绪汇集起来，老祖母对凶残日本兵的痛恨，对小孙女的疼爱，小女孩的天真无邪的欢欣，日本兵的无奈与悲伤……所有情绪之间的碰撞形成了抒情主人公复杂的诗情，造成诗歌"言有尽而意无穷"的效果。

《礼物》是萧三又一首较为成功的叙事诗。此诗讲述了一个身为日本共产党员的汽车兵因反对日本的侵华战争，将一车军火作为"礼物"开入驻有东北义勇军的树林，后开枪自杀的故事。这个故事取自日本反战汽车兵伊田三郎的事迹，反映了日本共产党对日本法西斯军国主义侵略行径的强烈反对。此诗作于1935年，在此之前萧三曾与日本共产党的创始人片山潜有过交往。1933年片山潜因病在莫斯科去世，萧三作《片山潜的手》一诗以作悼念，从中我们可以看出萧三对日本共产党寄予了较高的期望，然而惨无人道的日本法西斯对日共进行了残酷的镇压，使得日共在反法西斯战争中没能充分地发挥作用。尽管如此，我们依旧不能忘却那些曾经为反对日本侵华所作出努力甚至牺牲的日本共产党员。身处苏联的萧三以国际主义的视野和人道主义的情怀叙写此诗，显示出他对"全世界无产主义者联合起来"的革命理想的坚定信仰。

此诗共四小节，第一节中诗人交代了主人公"他是军人和纯粹的日本种"，并没有交代日本汽车兵的日共身份，诗人写到汽车兵将车开到转弯路口时的奇异举动时，设置了一个悬念，紧接着诗人用几句简略的心理描写进一步增加了情境的紧张气氛，汽车兵为什么害怕日本兵追来？他又在等待什么？所有的疑问都堆积在这一节结尾的省略号中。紧接着的第二节，诗人并没有直接回答第一节设下的悬念，而是将视角转向树林中的东北义勇军，他们发现了汽车中已经自杀了的日本汽车兵，这让第一节的悬疑进一步升级，日本汽车兵为何要自杀？发现汽车兵尸体的战士"马上心里明白"。他明白了什么？他的遗嘱里又写了什么？接下来的第三节，诗人仍然没有给出答案，而是简述了东北义勇军为日本汽车兵举行的简易葬礼。直到第四节，义勇军队长宣读了日本汽车兵的遗言后，所有的疑问方才有了答案，原来汽车兵是一位反战的日本共产党员。诗人对日本汽车兵宁死也不愿"再替魔鬼服务"的悲壮抉择进行了颂扬，同时也从侧面写出了日本侵略者的强盗本质。

这首诗的成功之处一方面在于诗人高超的叙事手法，另一方面也在于诗人对诗情的恰当把握。诗人巧妙的叙事技巧让这首诗更具可读性，从而使得这个悲壮的故事在节奏感极强的诗句中显得更具感染力。在叙事中作者巧妙设置悬念增强了故事情节上的跌宕，细致的心理描写更能带动读者阅读情绪的波动，此外蒙太奇手法的运用促成了时空的自然转换，让故事更具立体感。但此诗并非完全靠叙事来完成其艺术创造，阅读全诗后我们可以发现诗歌外在律的缺位并没有影响诗人诗情的抒发，虽无激情昂扬的呐喊，但却有比呐喊时更加浓郁的情感，这主要是因为诗人将诗情与诗句进行了完美的融合，句句通俗质朴，但句句饱含深情，这种内蕴的情绪构成了全诗主要的内在律。

这三首反映东北抗战的诗歌堪称是萧三的三首代表作，它们集中地体现出诗人创作的主要特征及其诗歌主张。民族化和大众化是萧三诗歌创作的两个主要方向，因此他将兼具传统化和大众化特征的民歌作为学习对象，并在此基础上纳入新的时代内容，创作出一批优秀的诗作。这些诗作中以叙事诗的成就最为突出，因为叙事诗更利于作者践行其诗歌主张，同时很多叙事诗能够真实地反映出时代的气息，让诗歌具有了"诗史"的厚重感。1939 年，当萧三抵达延安成为文艺工作领导者后，其诗歌主张直接影响了延安时期诗歌风格的形成，可以说之后的《王贵与李香香》《漳河水》等优秀叙事诗都是对萧三诗歌主张的成功实践。因此，说萧三创作于 20 世纪 30 年代的叙事诗是延安时期诗歌的一个先声并不为过。

另外一个重要诗人是吴伯箫。1945 年，吴伯箫离开了他心中"革命的帕米尔"——延安，他曾在这里生活了 8 年。奔赴延安是吴伯箫一生中最重要的转折点，自 1938 年奔赴延安后，他的后半生都与延安缠绕在一起了。他在延安的生活经历，不仅影响了他在新中国成立后的人生轨迹，也影响了他后半生的文学道路。

1905 年，吴伯箫出生于山东省莱芜吴花园村的一个乡绅家庭。五四运动轰轰烈烈开展之时，吴伯箫在省立曲阜师范学校读书，开始接触五四新思潮，参加过罢课、查日货的斗争。1925 年，吴伯箫考入北京师范大学英语系，从此走入了革命新潮的旋涡，思想观念日益激进。吴伯箫在求学期间，开始从事革命性的社团活动，并且开始散文创作。1926 年 4 月 14 日，在《京报》"副刊"正式发表署名吴熙成的散文《清晨——夜晚》。他还与同学一起创办《烟囱》，加入真社，发表一些犀利激烈的言论，以此来表达对现实的不满与叹息。从北师大毕业后，吴伯箫返回山东，去青岛谋生，到抗日战争爆发为止，他先后任职于青岛的几所学校。在这期间，他认识了很多与他一样的青年作家，还有一些文坛上的老前辈。他们之间的互相交流，极大地鼓舞了吴伯箫散文创作的热情。九一八事变后，他针对国民党政府的不抵抗政策，撰写了《黑将军挥泪退克山》，导致发表作品的报馆被日本浪人放火焚毁。1935 年，他还与老舍、王统照、洪深等作家一起，借《青岛民报》的版面，办了几期《避暑录话》。吴伯箫在莱阳乡村师范任教期间，对在校学生进行军事化的管理和训练。1937 年 10 月，吴伯箫为了更好地保护自己的学生，带领二百余名学生从莱阳乡师迁移到临沂。

1937 年 9 月，吴伯箫把剪贴的《羽书》稿本托付给王统照。这本散文集后由王统照编选成《羽书》集，于 1941 年由文化生活出版社出版。吴伯箫后来是在延安偶然得知《羽书》集早已出版的消息。《羽书》集的成书，也是战争年代王统照与吴伯箫深厚友谊的见证。王统照先生亲自作序，言"伯箫好写散文，其风格微与何其芳、李广田二位相近，对于字句间颇费心思"[1]。《羽书》集中的作品多为主观情感的抒发，情感细腻。《羽书》集可以说是吴伯箫早期文学创作的奠基之作，预示着吴伯箫散文创作独特风格的日益成型。

1937 年底，吴伯箫投笔从戎，在安徽的国民革命军十一集团军政训处任上尉处员。1938 年 4 月，他因不满国民党消极抗战，脱离国民党军，不远千里奔赴延安。延安时期的经历，改变了吴伯箫的人生轨迹，也改变了他创作的道路。1946 年元月，吴伯箫在他的散文《出发点》中毫不吝啬地赞美延安："它是光明的灯塔，革命之力底发动机，新中国底心脏。它虽不是耶路撒冷，也不是玄奘取经的去处：但拿来取譬，它却不多不少称得起是一个圣地。这个圣地不是属于神的，而是属于人的，特别是中国人的。"[2]

1942 年前的延安，尽管物质资源十分匮乏，但从精神来讲这里绝对地富足。延安开放自由、人人平等、朴实安适的社会环境，尤其是陕甘宁边区政府

1　王统照：《〈羽书集〉序》，《王统照文集》第 6 卷，山东人民出版社，1984，第 207 页。
2　吴伯箫：《出发点》，《陕北汉记》，希望书店，1946，第 59 页。

的清廉公正、政策宽松，吸引着成千上万像吴伯箫一样的爱国知识分子穿越重重封锁线，涌向延安。正如吴伯箫 1961 年在散文中所写的那样："文艺工作者像百川汇海，像百鸟朝凤，从全国四面八方，带着不同的思想、作风和习惯，荟萃到嘉陵山下，延河水边。"[1]"水流万里归大海，延安广阔深邃的山谷容纳着汹涌奔流的人的江河。"[2]

吴伯箫到达延安后，成为中国人民抗日军政大学第四期一大队三支队政治班学员，任班长，开始了为期四个月的学习。后此大队入驻延安东北的瓦窑堡镇办学。1938 年 5 月中旬，隶属于陕甘宁边区文化界救亡协会和八路军总政治部领导的抗战文艺工作团在延安成立，陆续组建多个小组，肩负着报道前线战况的任务。1938 年 8 月，吴伯箫抗大结业返回延安，通过他人得到毛泽东主席的题词"努力奋斗"。

1938 年冬天，吴伯箫作为抗战文艺工作团第三组的成员，与卞之琳、马加、林火、野蕻等人，从延安到晋东南前线，再转河北一带，挺进敌人后方，从事战地文化宣传工作。在战争环境中，吴伯箫选择集新闻性和文学性于一身的报告文学和以特写为主、时效性最强的文艺通讯，更真实、及时地报告瞬息万变的前线状况，宣传抗战。这一时期，吴伯箫创作了大量的通讯、报告文学，小品散文的数量不多。紧张的前线生活磨炼了吴伯箫，使他的视野得以拓展，思想感情也随之发生了变化。他奔赴当时八路军总部驻地上党盆地的屯留和潞城县一带，亲自到打过胜仗的战场神头岭、响堂铺，采访转战晋东南前线的八路军和决死队指战员，陆续发表了一系列文艺性通讯、报告文学作品，如《潞安风物》《沁州行》《响堂铺》《路罗镇》《微雨宿洞池》等。从内容上来看，这些作品主要是再现八路军战士勇敢、机智地同日寇作战的场景，给人以现场的真实感；从作品的艺术特色来看，这些作品笔中生情，一下子就把读者带入

1 吴伯箫：《北极星》，见复旦大学中文系文学写作教研室编：《中国现代散文选》，1978，第 398 页。
2 吴伯箫：《延安》，见邓九平、成伟钧主编：《峥嵘岁月》，湖南教育出版社，1998，第 79 页。

抗日杀敌的前线去了。吴伯箫这一时期的作品，从前线直接寄给远在重庆的老舍转《抗战文艺》，作为散文发表出来，后收入《潞安风物》集中。这些报告文学和文艺通讯，没有"口号化""标签化"的弊端，吴伯箫总能结合当地的民俗、风情进行人文化的书写，富有鲜明的人文气息。散文研究学者林非言："我以为吴伯箫的报告文学具有极强的文艺性。"[1]

1939 年 4 月，吴伯箫回到延安，继续投入紧张繁复的文事工作中。他是边区文协的机关人员和执委，参加了边区文协的重要工作，组织抗战文艺工作团，参加编辑《文艺突击》等。1940 年 1 月，陕甘宁边区文化协会举行第一次代表大会，吴伯箫担任秘书长，并被选举为文协执委会成员。1941 年四五月间，吴伯箫主持了在大砭沟举行的鲁迅小说朗诵会，并担任延安文抗的第二届常务理事。吴伯箫在这一时期活跃于延安的各个文学团体，并是"延安文抗"机关刊物《谷雨》《文艺突击》《大众文艺》等的重要撰稿人。

1941 年 3 月，边区文协举行"星期文艺学园"座谈会。吴伯箫作为"星期文艺学园"的讲师，发挥大学时所学英语专业的优势，讲述了《契诃夫的〈套子里的人〉》，受到延安文艺界的好评。1941 年 8 月，中华全国文艺界抗敌协会延安分会召开第五届会员大会。周文与吴伯箫分别报告上届理事会与四年来文抗分会的工作，充分肯定该会成绩。

吴伯箫在活跃地参与社团活动的同时，还始终不停地从事翻译活动。在图书资料稀缺的延安战时环境中，吴伯箫从《莫斯科》杂志刊发的新闻中选取有价值的资料，翻译成汉语；他根据艾思奇收藏的英译版海涅诗集，翻译《波罗的海》。在延安的 8 年时间中，吴伯箫还在《解放日报》《中国文化》等发表了不少翻译作品。他的翻译活动丰富了知识，开阔了视野，同时也使他的创作融入了外国文学的基因。

---

1 林非：《中国现代散文史稿》，中国社会科学出版社，1981，第 162 页。

与此同时，吴伯箫并没有放弃散文创作活动。在"文协"工作时期的吴伯箫散文创作，是当时延安自由宽松文化氛围下的产物，最直接的原因是受到"文艺月会"倡导作家"批评"风气的感染和影响。他的思绪重归自我，创作了《客居的心情》《向海洋》《书》《论忘我的境界》等散文，流露出内心深处的抑郁和踌躇。这些散文延续了《羽书》的抒情风格，既展示出传统知识分子"思想的复杂性"，也流露出徘徊在狭隘个人小天地里的知识分子的"自由化"倾向。

1941年8月，吴伯箫加入中国共产党。同年10月，他被调到边区政府教育厅任中等教育科科长。1942年5月，吴伯箫以边区教育厅教育科科长的身份参加了延安文艺座谈会。他后来回忆说："我在座谈会上提出了欢迎文艺工作者到学校教书的意见。说明这样做，一来可以深入实际，熟悉当地的生活，搜集陕北无限丰富的民歌；二来可以接触学生和群众，做一些文艺普及工作。"[1] 他的讲话，得到了毛泽东的赞赏。此后吴伯箫进入中央党校第三部学习。他参观了大生产运动的典型南泥湾以后，于1943年9月写作了《战斗的丰饶的南泥湾》。吴伯箫称："座谈会后，下决心'为人民服务'，写作上走新路。《战斗的丰饶的南泥湾》是第一步，这一步走得是对的。"[2]

吴伯箫文学转型第一部代表作是散文集《黑红点》。经过革命生活的切实体验，受过《讲话》的洗礼之后，吴伯箫积极深入农村、投身到为工农兵写作的洪流中。他在1944年以后写作了十余篇文艺特写，如《黑红点》《打娄子》《化装》《一坛血》《游击队员宋二童》《文件》《"调皮司令部"》等，均收入《黑红点》集。他写作出的一系列文艺通讯，真实地记录当年的战争环境以及其中涌现出来的一系列典型人物。这类作品长于客观性与纪实性，具有现场感，能充分调动起读者的阅读兴趣，某种意义上承担了纪实功能，起到了宣传抗战、宣传工

1 吴伯箫：《〈北极星〉跋》，见康平编：《吴伯箫研究专集》，广西人民出版社，1987，第160页。
2 吴伯箫：《无花果——我和散文》，见康平编：《吴伯箫研究专集》，广西人民出版社，1987，第150页。

农兵的重要作用。吴伯箫晚年回忆："'延安文艺座谈会'是我在写作上的分水岭。座谈会前写《忘我的境界》《客居的心情》，是搞教育行政工作时的产品，有的同志说是'不务正业'。"[1] 此后他的散文创作更多的是一种自觉行为，进入一个文艺"为工农兵服务"的新的探索期。

1945 年秋，吴伯箫跟随延安大学的干部队伍奔赴晋察冀边区，离开了地理意义上的延安。吴伯箫在延安生活了 8 年，从青年走向中年，从成长走向成熟。他在这里实现了从关注自我走向关注群体，再迈到关注人民命运、国家命运走向的精神蜕变。

吴伯箫刚刚离开延安，就开始怀念延安，这是一种刻骨铭心的深情。他晚年时回忆："行军到张家口，写《出发点》抒发了留恋延安的炽热感情。"[2] 于是，他深情地写下了《出发点》，讴歌"有两面旗子：一面是民主，一面是自由"的延安。他在这篇充满激情的美文中这样写道："延安是老百姓的家，是人民的首都。哪地方有老百姓，哪地方的老百姓就向往延安，拥护延安；延安的力量到达哪里，哪里就有民主自由，就有幸福"，"事从延安出发，事是好事。人从延安出发，人是好人。事好，因为是替老百姓办的。人好，因为是替老百姓办事的。"[3]

吴伯箫到华北与东北解放区后，主要从事文学教育工作。1949 年 7 月，他应邀参加了中华全国文学艺术工作者第一次代表大会，被选为中华全国文学工作者协会全国委员会委员。1954 年，吴伯箫任人民教育出版社副社长兼副总编辑，主要从事语文教材编审的领导工作，并坚持散文创作。新时期以后，他恢复散文创作，不幸于 1982 年因病去世。

吴伯箫新中国成立后的散文作品，主要收入《出发集》《北极星》《忘年集》

1 吴伯箫：《无花果——我和散文》，见康平编：《吴伯箫研究专集》，广西人民出版社，1987，第 150 页。
2 吴伯箫：《无花果——我和散文》，见康平编：《吴伯箫研究专集》，广西人民出版社，1987，第 150 页。
3 吴伯箫：《出发点》，《陕北汉记》，希望书店，1946，第 60—63 页。

三个作品集中。他在新中国成立后的散文创作，依然是"延安时期"的延续和发展。吴伯箫晚年接受采访时说："我在延安生活了8年，度过了我青年的后期。我热爱延安，把延安看作革命的故乡。"[1]这句话足以表达吴伯箫以及从延安走出去的同时代知识分子共有的"延安情思"。

延安时期是吴伯箫散文创作历程中绕不开的一个转折点，奠定了吴伯箫新中国成立后整个文学活动的基调。延安在吴伯箫的笔下成为一种文学意象，成为其散文创作的灵魂。在新中国成立后创作的散文中，其成就最大的散文都与延安有关。延安时期的生活，从浅层次上看，给他提供了写作的素材；从深层次上探究，是他散文创作的精神支撑和灵魂。

在《出发集》中，吴伯箫写作的《回忆延安文艺座谈会》，回忆当年召开文艺座谈会时的热烈场景，指出《讲话》对自己文学创作道路的重大影响。在《延安——毛泽东在这里度过不平凡的13年》一文中，作者满怀激情，串联起毛泽东在延安13年种种光辉事迹，展示了一代伟人的智慧、勤勉与雄才大略。《北极星》一文指出《讲话》确定了文艺的新方向，给他以及同时代的作家指明了创作方向。

新中国成立后，人民群众的建设豪情激发出吴伯箫内心深处的延安情思；而《人民日报》的约稿，更是让吴伯箫回忆起自己亲身经历过的延安生活。他先后写了《记一辆纺车》《菜园小记》《延安》《延安的歌声》《窑洞风景》等一系列回忆延安生活的散文，后收入《北极星》集中。他在《无花果——我和散文》中写道："直到《北极星》，离开延安15年回头再写延安，仿佛开始摸索到在文艺领域里散文这条并不平坦宽广的道路。"[2]

吴伯箫新中国成立后的作品，尤以《北极星》集最具有代表性。吴伯箫在《延安》中，用凝练的语言歌颂了延安对中国革命的巨大贡献，歌颂了在延

1　吴伯箫：《就〈歌声〉问答》，《吴伯箫文集》下，人民文学出版社，1993，第601页。
2　吴伯箫：《无花果——我和散文》，见康平编：《吴伯箫研究专集》，广西人民出版社，1987，第150页。

安的生活，歌颂了中国共产党，抒发了自己浓厚的延安情思，定下了这一组散文的主调。《记一辆纺车》描述了延安时期在中共中央的号召和鼓舞下，广大人民群众开展了轰轰烈烈的大生产运动，坚决地克服了生存、生产困难。吴伯箫当年在延安是纺线能手，这源于作者真实的生活体验。《菜园小记》则进行了浪漫主义的艺术处理，仿佛一首世外桃源的赞歌，歌颂了劳动之美、自然之美。这篇散文最突出的特点是作者随手引用了大量的流行于乡间的农谚、歌谣，语言生动有趣。《延安的歌声》回忆了万人齐唱《生产大合唱》的场面，通过歌声来歌颂人民群众和八路军战士始终团结一心，歌颂革命年代延安人饱满的精神热情以及乐观的情怀。《窑洞风景》将极富陕北风情的窑洞，描绘成世界上最理想的住所；而窑洞里极简的陈设，是对革命年代艰苦朴素优良作风的最好注解。

这组散文具有深刻的思想蕴含和浓郁的时代色彩，并有着极高的艺术水准。在新中国成立后，作家们都渴望歌颂这个伟大的时代，书写重大题材的作品，而吴伯箫并没有跟随时代的潮流，反而去书写关于延安时期的一系列回忆散文，显得更加情真意切，难能可贵。

别开只眼的情与思，是吴伯箫这组回忆延安散文的亮点。回忆是对过去的重新体验，也是对往事的审美创作，采撷到的往往是最尖端的情思。吴伯箫晚年时回忆他写作这组散文的情景："回到延安写战地见闻，进入北京才写延安生活，这跟成年回忆儿时差不多。高尔基写《我的童年》不是在他过流浪生活的时候，而是在他蜚声世界文坛之后。现实生活，有些可以因景生情，即席赋诗为文，有些就不行。往往要后天写前天，20年后写20年前。亲身经历的事，也要经过一番回味、洗练，把浮光掠影变得清晰明朗，片面感受汇成完整印象，才能构成一篇作品的雏形。真的写出来，最恰当的时机又不知等多久。《延安的歌声》，熟悉它是8年；想写，想写，拖了20年；执笔定稿却花了不到一天时间。写过《菜园小记》《窑洞风景》后，想写革命队伍里同志之间的关系，又不知考虑了多久。"[1] 吴伯箫不愧是位散文创作的高手，简短几句就点出"回忆性散文"创作的要旨。正因为有审美的过滤与再度创造，这组散文才没有停留在简单的具象回忆上，而是提升到更高的艺术创造层面。

吴伯箫拥有延安情思，自觉确立了一种新的审美观，借用他在《记一辆纺车》中所说的"美的概念里是更健康的内容，那就是整洁，朴素，自然"来概括。《北极星》集有充实的内容，体现了作者的真情实感，语言表达上具有独特性，彰显了作者的艺术追求，是吴伯箫风格成熟的标志。散文研究学者林非认为："老一辈的散文作家中，在解放以后还写出了出色的作品的，大概首先要推吴伯箫了。"[2] 吴伯箫晚年也在创作漫谈文章中写道："选家说我：'《羽书》奠定了散文的地位。'那应当是勉强指分水岭的右侧；左侧自认可以从《北极星》开始。"[3]

散文往往是时代精神和文学风尚的晴雨表。时代的变动，文风的流变，作家思想感情的发展，往往首先在散文创作中显示出来。正如散文研究者葛琴所说的那样："从散文作品中间，更容易看出一个时代的精神状态和文学倾向。"[4] 20 世纪 30 年代生活在青岛的吴伯箫希望："曾妄想创一种文体：小说的生活题材，诗的语言感情，散文的篇章结构。内容是主要的，故事、人物、山水原野以至鸟兽虫鱼；感情粗犷、豪放也好，婉约、冲淡也好，总要有回甘余韵。体裁归散文，但希望不是散文诗……"[5] 而到了延安时期乃至新中国成立后，吴伯箫的创作少了知识分子不合时宜的感伤情调，多了无产阶级革命战士的真实与朴素。吴伯箫努力地寻求政治与文艺创作的契合点，将个体情怀中的

---

1 吴伯箫：《无花果——我和散文》，见康平编：《吴伯箫研究专集》，广西人民出版社，1987，第149—150 页。

2 林非：《现代 60 家散文札记》，百花文艺出版社，1980，第 148 页。

3 吴伯箫：《无花果——我和散文》，见康平编：《吴伯箫研究专集》，广西人民出版社，1987，第 150 页。

4 葛琴：《略谈散文》，《文学批评》1942 年 9 月创刊号，第 10 页。

5 吴伯箫：《无花果——我和散文》，见康平编：《吴伯箫研究专集》，广西人民出版社，1987，第 145 页。

"小我"融入时代洪流中的"大我"中去。

第五节　音乐人类学视野下的延安音乐叙事

音乐作为人类文化中最生动、最富感染力的表述方式之一，往往承担着表达民族思想、传达民族情绪和记录民族行为的表意功能。音乐叙事不仅是音乐文化的重要属性，还是民族共同体叙事的重要途径。延安音乐作为中国近现代音乐史的重要发展阶段和中华民族音乐文化的有机组成部分，它的形成发展及其音乐形态、价值体系都与中华民族的历史命运、集体情感和审美趣味息息相关。延安音乐诞生于血雨腥风的革命战争年代，横跨中国抗日战争和民族解放战争两个历史时期，强烈的时代情绪、明确的政治倾向、充实的革命内容、鲜明的民族形式已使其奠基为一种文化符号或一种传承、记事的活态文本，娓娓诉说着中国民族音乐的历史演进、卓越成绩和中华民族的艺术实践和革命经验。

音乐人类学是 20 世纪比较音乐学领域催生的跨学科研究，是音乐学与人类学结合的产物。1964 年美国音乐人类学家梅里亚姆（Alan P. Merriam）在其著作《音乐人类学》中首次提出这一概念，并创建了"声音—概念—行为"的音乐研究模式，提出了"作为文化的音乐研究"的学术命题。自此，音乐人类学作为一门运用人类学理论、方法来阐释人类行为和音乐文化事象的人文学科，逐渐受到音乐学界的广泛关注并由此形成了一个"音乐作为文化"的新型研究范式：在内容上，它强调对人类行为及其文化进行考察；在方法上，它主张运用观察、分析、描述、记录等田野调查方式和音乐民族志形式直接面对活态音乐现象和音乐文化，力图挖掘音乐本体及其与之相关的各种共生文化环境；在取向上，它强调音乐文化的多样性和差异性，提倡体验、理解、尊重民族音乐和地方音乐，并以此揭示民族的生存经验和生命智慧。

将延安音乐置于人类学视野下考察，主要基于音乐学与人类学跨学科的融通视野和民族音乐研究方法论的转型，既依赖于音乐学的人类学转向，又依赖于人类学的音乐学观照。在音乐人类学视野下，延安音乐成为一种记述中国音乐文化历程、描述革命斗争历史、表达民族情感的象征性文化符号，音乐思想与音乐形态的多元化、音乐传统与人文脉息的纵深感构成音乐符号在内容上对民间维度和历史维度的追求。在民间维度上，延安音乐十分注重民族风格和民族传统的表现，黄土高原的沟沟峁峁、鲜活浓郁的生活气息、简单质朴的人文景观，以及与此紧密相关的民俗民风、艺术语言、民间曲调，组成了一串串或激越或舒缓的跳动音符。在历史维度上，将音乐符号与中国革命战争相连接，在历史记忆和音乐文化的双向坐标上诉说战争故事、呈现革命场景、歌颂民族英雄、渲染抗战情绪等，是延安音乐触摸历史、表达民族生存困境的重要途径。

以田野调查为基础的音乐采集方式是延安音乐创作、研究的重要方法之一，很多延安音乐家都具有丰富的民间音乐采集经验。中国民间音乐研究会（以下简称"研究会"）的成立标志着延安音乐家对民间音乐素材的采集、整理、研究走上了一个新的台阶。在组织建设方面，研究会不断扩充会员队伍，编印会刊，登记表册，拟定多种民歌记录纸，逐渐规范了民间记录采集的格式。在采集整理方面，研究会大力将田野考察和实地收集工作结合起来，大力发动会员采集民歌。至1943年初，研究会收集整理的陕西、绥远（内蒙古）、山西、河北、江南等地民歌已多达两千余首。在音乐创作方面，延安时期许多音乐家在创作上取得成功都得益于对民间音乐的采集、学习和运用。安波以陕北民歌《打黄羊》的曲调填词创作的《拥军花鼓》、张寒晖以陇东民歌《磨炒面》的曲调填词创作的《军民大生产》和马可以关中眉户戏中清新明朗的【戏秋千】和活泼欢快的【花音岗调】两个曲牌创作的《夫妻识字》，都深受广大群众欢迎。

延安音乐的文化功能是多元化的。在文化记录方面，延安音乐记述了中华民族生死存亡之际全民抗战、保卫家园的时代主题，记录了广大民族发自肺腑的呼号呐喊，再现了中华民族坚韧顽强、奋勇杀敌的民族气节和民族精神。在服务于社会方面，延安音乐将创演实践和唤醒民众、团结抗日的民族解放运动结合起来，使音乐成为对敌斗争的革命武器，服务于社会政治，起到了宣传革命、鼓舞士气、团结人民的重要作用。在审美层面，延安音乐在艺术风格上借重西方音乐技法和经验，同时吸收中国传统音乐和民间音乐的精髓，创造了一种民族化、大众化的民族音乐形态，形成了一种为广大群众所喜闻乐见的审美风格，引发了广大群众的欣赏兴趣和审美共鸣。

本尼迪克特·安德森在其经典性著作《想象的共同体：民族主义的起源与散布》中曾将民族定义为想象的政治共同体，他认为民族这个想象的共同体可以唤醒和激发民众的历史宿命感和无私忘我的民族情感，从而形成一种强大的民族凝聚力。[1] 延安音乐的共同体叙事之所以成为一种叙事范式，就在于在那个特殊的历史时期，救亡图存和民族解放已成为压倒一切的民族情绪和时代主题，一切与音乐有关的叙事活动都将围绕这一时代主题展开。当代音乐叙事学的重要贡献之一在于其将有名有姓的作者与民间音乐的叙事者进行有效的分离，这使音乐叙事的延展空间变得更为广阔的同时，也使不同时空制度下的共同体叙事成为可能。[2] 延安音乐的共同体叙事得以展开的另一重要因素就是延安音乐对民间音乐的广泛采集、整理、吸收与创化，这使流传于民间的音乐内容与音乐形式得到了继承和发展。1936年，吕骥在《中国新音乐的展望》一文中就旗帜鲜明地提出了改编各地民歌、创制"民族形式与救亡内容"[3]新歌曲的理论观点。延安音乐共同体叙事正是在革命内容与民族形式相结合的叙事范式中展开的。

---

1 参见［美］本尼迪克特·安德森：《想象的共同体：民族主义的起源与散布》，吴叡人译，上海人民出版社，2011。
2 参见彭兆荣：《族性中的音乐叙事——以瑶族的"叙歌"为例》，《音乐艺术》2001年第2期，第6—10页。
3 吕骥：《中国新音乐的展望》，《新音乐论文集》，新中国书局，1949，第8页。

延安音乐诞生于革命战争年代，音乐叙事多以革命内容为主，但触及生活的领域却比较宽广，音乐作品的叙事范围几乎遍布了革命斗争和社会生活的各个方面：抗日救亡、革命战争、生产运动、军民合作、群众生活、民主建政、解放区的新生活新气象等不一而足。任何一种音乐叙事都需借助一定的叙事手段，歌咏叙述就成了延安音乐表述一切重大事件和日常生活景观、传递时代情绪和展现民族精神的基本手段。由光未然作词、冼星海谱曲的《黄河大合唱》是一部里程碑式的音乐史诗，它以黄河象征祖国，热情歌颂了中华儿女顽强不屈的斗争精神和誓死保卫黄河的决心，塑造了中华民族巨人般的英雄形象，歌颂了中国人民顽强不息的民族精神，唱响了中华民族解放斗争和世界人民反法西斯斗争的最强音，已经成为中华民族灵魂的象征。由贺敬之作词、马可谱曲的《南泥湾》以柔婉的音调描绘了南泥湾的"江南"美景，歌颂了三五九旅的屯垦英雄，体现了艰苦奋斗、自力更生、顽强不息的延安精神。还有一些延安音乐工作者转战晋察冀边区时创作的一些歌曲，有表现青年奋发向上、朝气蓬勃的青春旋律，如《青春曲》（俯拾词、时乐濛曲）、《青年歌》（华丁词、吕骥曲）、《我们是青年的艺术工作者》（殷铁铭词曲）等。还有一些儿童歌曲，如《歌唱二小放牛郎》（方冰词、劫夫曲）、《王禾小唱》（方冰词、劫夫曲）等歌曲，表现了儿童的天真活泼和勇敢坚强。

冼星海曾在《论中国音乐的民族形式》一文中指明了中国音乐民族形式的具体特征：要"参考西洋最进步的乐曲形式""改良固有的古乐""发明中国的新和声原则和它的应用""参考和研究世界最进步的作曲家"的"作曲方法和作风""保存我国民族音乐的特殊作风，使中国固有的民族所遗下的小调民谣，或京调、梆子的旋律，在美、协和及民族浓厚色彩各方面，能胜过世界任何一国"。[1] 延安音乐的叙事形式，继承了传统的民族民间音乐形式，来自全国各地

---

1 冼星海：《论中国音乐的民族形式》，《冼星海全集》（第一卷），广东高等教育出版社，1989，第49页。

的音乐工作者所带来的新的音乐体裁和形式也得以发展传播，其中包括艺术歌曲、西洋歌剧、活报剧等音乐体裁，以及合唱、齐唱、轮唱、联唱等音乐形式。延安音乐在艺术歌曲和群众歌曲，秦腔、眉户、道情等戏曲音乐，歌剧、秧歌剧等领域均产生了大批佳作。应特别指出的是，延安音乐创造性地探索和发展了秧歌剧这种新的艺术体裁。秧歌剧是一种综合文艺形式，它集音乐、文学、舞蹈等多种艺术成分于一身，既有故事情节，又有音乐旋律；既有舞台形态，又有肢体语言。它以短小精悍、形式活泼、创演快捷、易于传播等特点，成为广大人民群众所喜爱、掌握、利用的文艺形式，同时也是团结群众、凝聚力量支援抗战斗争形势的有效工具。民族新歌剧《白毛女》是秧歌剧深入发展的里程碑式的重要成果。它立足中国民族音乐，并融合西方现代音乐技法，在继承五四时期儿童歌舞剧、20 世纪 30 年代"歌唱剧"及延安"秧歌剧"的创演经验的基础上，创造了表现民族文化生活和符合民族审美心理的新型艺术形态，它为后来民族新歌剧的发展奠定了良好的基础，提供了成功的经验。

音乐人类学家蒂莫西·赖斯（Timothy Rice）曾提出了"历史建构—社会维持—个人创造与体验"相互作用的音乐研究模式，他强调音乐与文化背景的密切关系，提出音乐研究应该重视音乐形成的历史、社会及个体因素。[1] 从抗战时期中国的历史语境来看，延安音乐的形成、发展有着特殊的历史原因和文化背景，与延安音乐活动有关的时间、地点、人物、内容、原因、方式等都可作为认识和理解延安音乐的重要参照。从时间角度看，自中央红军长征到达陕北（1935 年 10 月）至中共中央转战华北之前（1948 年 3 月），延安音乐绵延发展了 13 年。从传播范围来看，延安音乐以延安为中心，辐射到各抗日民主根据地和广大解放区。从参与的主体和组织方式来看，延安音乐是在中国共产

---

1 Timothy Rice, "Toward the Remodeling of Ethnomusicology", *Ethnomusicology*, 1987, No.3, p.480.

党领导下，由广大音乐工作者带动各革命根据地和广大解放区人民群众广泛参与的一场大规模革命音乐文化运动。从历史角度来看，延安音乐的形成、发展以及相应的音乐体系的构建都与中国抗日战争和民族解放战争密切相关。不愿作亡国奴的中国人民以音乐作为对敌斗争的武器，卷入了保家卫国的革命历史洪流中去。从文化渊源角度来看，延安音乐是五四以来新音乐、左翼音乐、苏区音乐以及陕北民间音乐等多种音乐文化的继承发展之物，是中国音乐与西方音乐、传统音乐与现代音乐、革命音乐与民间音乐相结合的产物。延安音乐具有典型的时代特征。

延安时期中国民族音乐在经典作品创作、民族形式创新、民族文化创造、音乐功能阐发等方面取得了令人瞩目的成绩，积累了丰富的经验。究其原因，主要有二。其一是音乐人才，当时很多音乐家如冼星海、郑律成、李劫夫、吕骥、向隅、杜矢甲、张寒晖、刘炽、李鹰航、李焕之、贺绿汀、瞿维、麦新、梁寒光、张鲁等汇聚在延安，他们的音乐实践为延安音乐注入了鲜活的生命力和创造力，为延安音乐文化建设作出了积极的贡献。其二是政治指导，延安音乐与政治的关系极为密切，延安音乐民族化、大众化方向的最终确立主要依赖于中国共产党文艺方针和政治政策的指导和干预。1942 年 5 月延安文艺座谈会的召开以及毛泽东《讲话》的发表，明确提出了文艺为工农兵服务的方向，强调了文艺的改造与服务，号召文艺家用中国传统的民族、民间艺术形式、风格来创造为广大工农兵群众所喜闻乐见的文艺作品。《讲话》提出并解决了文艺与生活、普及和提高的关系，较为彻底地解决了音乐民族化、大众化的路线、方针问题，为中国新文艺的发展指明了方向，开拓了无限广阔的发展前景。在党的文艺政策的感召下，音乐工作者纷纷走向群众，深入工农兵火热的斗争生活，学习民间文化，掀起了一个以民族风格、民族韵致表现人民生活的音乐创作浪潮，从而有力地推动了中国民族音乐在内容和形式上的探索。

中国历史上民族志撰写不很发达，在一个较长的历史时期，中国社会在运作中所需要的对事实的叙述是由文学和艺术及其混合体的广场文艺来代劳的。[1]
延安音乐叙事的文化功用也恰恰在此，它不仅提供了中国抗战时期这一特殊历
史时期社会叙事的形式，传达了中华民族对敌斗争的历史经验和民族艺术创造
的中国实践，还表现了中华民族自强不息、顽强坚韧、乐观向上的民族精神。
很难想象，在 20 世纪 30—40 年代间，陕北小城延安成为中国乃至世界所瞩目
的歌咏之城。勇往直前的毅力、坚强伟大的决心，雄浑的战歌、炽热的砥砺、
真挚的友谊、贴心的关怀，定格为延安音乐的永恒旋律。歌声响彻延安云端，
响彻中华大地。歌声伴随着延安勇往直前，见证了新民主主义革命走向胜利，
见证了新中国的成立。人们在歌声中战斗、生活、拼搏、前行。歌声成了抒发
时代情怀的重要手段，歌声汇成了时代不可抗拒的壮阔洪流。与匮乏的物质资
源相比，延安音乐承载的精神力量宏伟巨大。

---

1 高丙中：《写文化·总序》，见 [美] 詹姆斯·克利福德、乔治·E.马库斯编：《写文化——民族志的诗学与政治学》，高丙中等译，商务印书馆，2006，第 3 页。

第七章
陕甘宁文艺文献史料的辨析考订

在 20 世纪 80 年代以来的现代文学史料研究中，包括关于陕甘宁文艺运动或解放区文艺运动的文献史料的搜集整理及编辑出版，也都取得了许多新的成果，并在理论与方法等方面展现出新的发展态势。从而为陕甘宁文艺文献史料的整理与研究，拓展出新的机遇，并且展示出当代学术思想及陕甘宁文艺研究的渐趋成熟与学科成长。并且，随着史料研究及整理工作的不断进步，尤其是学术意识的自觉与研究的突破创新，左右并影响其整理与研究的理论方法问题，也日益成为制约陕甘宁文学文献史料学研究拓进与深化的基本问题。

第一节　陕甘宁文艺文献史料类型及其问题

立足于当下陕甘宁文学文献史料研究的学科现状及其相关问题的探讨争论，围绕陕甘宁文艺史料研究的文献史料类型、整理研究的理论方法及其目的价值等具体问题，对陕甘宁文学文献史料学研究的学科建构与规范发展，从多个层面进行认真的历史反思与理论探索，是陕甘宁文艺史料学建设、学术共识形成和规范化的基本性途径和理论关键。

众所周知，陕甘宁文学文献史料学的研究目的和任务，就是为陕甘宁文艺运动及"新的人民的文艺"艺术实践，以及其与 20 世纪中国文学研究的关系等，提供充分可靠与扎实确切的文献史料。因此，从马克思主义历史唯物论的理论方法出发，汲取借鉴中国古典文献学、史料学的学术思想和研究方法，探讨并构建陕甘宁文艺史料学以及 20 世纪中国文学史料学的理论框架及其知识体系，就成为陕甘宁文学文献史料学研究的中心问题。

不过，根据现代文献学与史料学的理论及其方法，陕甘宁文艺文献的整理与研究范围不能仅局限于陕甘宁文艺运动及其创作活动的历史文献以内，其整理研究的主要目的及任务，除了为陕甘宁文艺研究提供可靠真实的文献资料外，更注重陕甘宁文艺文献资料的钩沉搜集及系统保存。所以，结合并利用史料学研究不只注重于陕甘宁文艺历史文献及其典籍资料，同时还涵盖其他的所有相关陕甘宁文艺及其研究的文字与口述、音像等资料的方法论特点，并吸取其研究成果与学科发现，从而对不同阶段的陕甘宁文艺运动及其创作活动的文献史料类型及其价值构成，作出科学系统的理论阐述及学术叙述。

事实上，从 20 世纪 50 年代初中国现代文学及其学科体系确立之后，围绕 20 世纪中国文学及陕甘宁文艺研究中，关于文献史料整理及其理论方法上的讨论与探索，长期以来都是中国现当代文学史料研究中的一个无法回避的话题。自然，从 20 世纪 30 年代阿英的《中国新文学大系·史料·索引》开始，就已经确立了中国现代文学史料学研究的基本立场及其理论方法。例如，在其所罗列的十一种类型现代文学史料中，除了可以清楚发现中国古典文献学、目录学等理论方法的影响外，更值得关注的，就是从现代史料学理论，从"直接史料"与"间接史料"的分类方法着手，对原始文献资料及"第一手资料"的整理搜集和价值评判，对现代文学文献整理和史料研究中出现的新类型进行系统的阐述和价值分类。因此，在 20 世纪中国文学及陕甘宁文艺史料学研究中，尽管受不同历史时期学术思想及意识形态的影响，文献史料学研究因为特定的研究目的及任务，在文献的整理、史料的选编及真伪的辨别与价值的认同等方面，通常会发生明显的争论或产生具体方法方面的分歧。但是，从 20 世纪 80

年代以来，无论是基于"新文学资料学体系的建立"及"建立资料学新体系的要求和希望"，而提出的"有关理论的探讨和阐述"[1]，还是强调从"中国现代文学史料的分类研究"出发，"充分揭示中国现代文学史料的类型和存在方式，总结中国现代文学史料学的运行规律，为建构中国现代文学史料学的基本框架提供基础"[2]，以及呼吁"在中国现代文学史料的判断上，我们要先建立史料类型不同，其使用价值也不同的分类意识，寻找和使用史料时，先以直接和间接为区分标志"[3]。都清楚地展示出包括陕甘宁文艺史料学研究在内的20世纪中国文学史料学研究，重视文献史料整理的原生性与次生性来源及其价值构成，注意文献史料研究利用的恰当性与适用性及其历史阐释，已经成为其研究及其理论方法的基本立场和价值取向。

因此，在20世纪中国文学发展过程中，有着重要和特殊价值与地位的陕甘宁文艺及其历史文化资源，事实上，除了以其文学艺术与政治意识形态结合的综合性形态直接主导或作用于当下的中国文艺运动，以及当代中国社会审美趣味及艺术规范的话语建构之外，同时也是"当代中国文学想象"、当下国家文艺活动以及美学实践与创作准则的合法性来源和艺术传统。于是，在陕甘宁文艺研究过程中，虽然有许多研究者也非常重视文献资料工作，但毋庸讳言的是，囿于陕甘宁文艺研究在当代学术研究中的独特地位及其影响，包括理论方法与文献史料类型意识及其使用与价值上的区别等方面的有意缺失或无意忽略，不仅带来许多重要文献史料的人为散佚及流失遮蔽，而且被以种种的方式进行有意的删改附会或反复的误读曲解。从而导致陕甘宁文艺文献史料的整理及研究工作长期以来为学界诟病以意识形态或宣传代替学术研究，以及主观上或阐释上"以论代史"的流行等，这使得主观主义曾一度盛行，并造成研究者

---

1 朱金顺：《新文学资料引论》，北京语言学院出版社，1986，第11页。
2 刘增杰：《中国现代文学史料学》，中西书局，2012，第171页。
3 谢泳：《中国现代文学史研究法》，广西师范大学出版社，2010，第40页。

"避灾免祸"心态等不良现象。再加上学术体制未能给予文献史料整理工作应有的承认及地位等，从而导致文献匮乏和史实讹误，不重视阅读原始文献资料，游谈无根及穿凿附会等。个别学者缺乏学术史意识及有违"实事求是"的基本学术规范等，不仅被视为陕甘宁文艺研究中"脆弱的软肋"，而备受批评及其指责，同时事实上这也构成本学科发展所面临的一个最大的"挑战"，动摇了其学术"合法性"的基础。所以，对于陕甘宁文艺的学术研究及其文献史料的整理研究也就并非一个地域性的文献学课题或学术方法问题，而是一个涉及整个20世纪中国文艺诸多内容及其层面的研究领域。于是，面对当今的文化建设及学术发展的要求，借鉴历史文献学、版本学、校勘学及目录学等具体方法，以文献史料的类型及其历史研究价值为基础，探讨并分析陕甘宁文艺文献史料分布状况及其"直接"与"间接"价值，以及陕甘宁文学文献史料搜集整理及研究利用的理论与方法。从而在为陕甘宁文艺抢救、保存和传承其文献史料、阐释文献史料本身的文学和文化价值的同时，有效完善及解决本领域研究中常受质疑的资料的真实性，以及"忽视文献史料"等学术研究中的根本性问题，为陕甘宁文艺研究的学术建设及其专题性研究，提供科学的、基础的、扎实的文献史料依据。

所以，陕甘宁文学文献史料的分类及其类型研究，作为陕甘宁文学文献史料研究中的核心问题，不仅和20世纪中国文学史料学研究有着直接的关系，同时更关联着学术界对陕甘宁文学文献史料的来源分布及价值构成的认知区别，以及因其为特定的研究目的及任务等服务而能够提供的文献史料的完整性与可靠性等，也就成为陕甘宁文艺史料学研究中必须要首先面对并回答的重要问题。

文献史料的类型意识及其研究状况，不仅反映出其研究领域对于文献史料的整体认知程度，而且更是区别研究者专业意识及方法运用规范与否的基本尺度。因此，在20世纪中国文学文献史料的整理及其类型研究的学术成果基础上，探讨并反思陕甘宁文学文献史料整理及其研究的经验和问题，从而在理论方法上注意不同类型文献史料使用与价值的区别，以及其在陕甘宁文艺学术史中的历史特征等，有着重要的价值与意义。

关于陕甘宁文艺文献资料的史料意识及其搜集整理工作，可以说随着陕甘宁文艺运动的发生就已经开始了。如 1936 年 11 月发表的《"中国文艺协会"的发起》中，就曾清楚地声明道：作为当时"陕北苏区"文艺及陕甘宁文艺运动中成立的第一个文艺组织"中国文艺协会"，其"工作任务"中的重要内容之一，就是"收集整理红军和群众的斗争生活各方的材料"[1]。同样，1938 年 1 月，由梦秋编著、上海生活出版社出版的《第八路军红军时代长征史实：随军西行见闻录》一书，除了收录 1936 年 3 月陈云化名廉臣，在法国巴黎中国共产党主办的《全民月刊》上连载的《随军西行见闻录》等"长征记"外，也在附写的"编后小记"中，强调其编辑出版该书的目的及动机，不仅是为了宣传这"二万五千里的长征"，以及其"最英勇的斗争经验"及"世界历史上最伟大的行军故事"，同时也因此而"在这里留下了《二万五千里的长征史料》"[2]。但是，真正从中国现代文学文献资料整理及其史料学研究的角度，对陕甘宁文学文献史料类型进行学术性及专题性研究并取得了重要成果的，则是 1983 年 10 月，由刘增杰等人编辑、山西人民出版社出版的《抗日战争时期延安及各抗日民主根据地文学运动资料》（上中下）。虽然从史料学研究的成果种类及其编辑体例上来看，这是一套为研究陕甘宁文艺运动而将分散在各种载体上的有关资料、摘录汇编在一起的资料汇编。正如编者所述：受当时中国学术思想及理论方法的影响左右，其作为"中国社会科学院文学研究所主持编辑的《中国现代文学运动·论争·社团资料丛书》之一"[3]，对于陕甘宁文学文献资料的整

---

1 《"中国文艺协会"的发起》，《红色中华》1936 年 11 月 30 日。

2 《编后小记》，见梦秋编著：《第八路军红军时代长征史实：随军西行见闻录》，上海生活出版社，1938，第 107 页。

3 《编选说明》，见刘增杰等编：《抗日战争时期延安及各抗日民主根据地文学运动资料》，山西人民出版社，1983，第 1 页。

理及分类研究，也必须要适应并且遵循这套资料丛书确定的"以现代文学史上的运动、思潮、论争与社团资料为主，适当包括一些文化方面的内容"等编辑理念，以及"以应科研和教学工作需要"的资料汇编及其出版目的[1]。因而，立足于中国现代文学史的学科角度及其学术层面，编者不仅将其资料搜集与整理范围，确定在"一九三七年七月至一九四五年九月各抗日民主根据地较有影响、较有代表性的文学运动资料"之内，而且在从政治及文化地理上将陕甘宁文艺运动分为"延安和陕甘宁""晋察冀""晋冀鲁豫"等六个地区的基础上，分别对各地区的"文学运动"和"文学社团与文学期刊"进行了分类整理及资料选编，以期达到整体上能够"反映各抗日民主根据地的文学运动发展的全貌"的资料选编目的[2]。其中，在整理研究方法方面，坚持文献史料整理"直接"或"第一手资料"的学术规范，要求"本书所收资料，绝大部分系直接选自当时各抗日民主根据地出版的报纸、刊物和书籍"，以及重视文献资料的原始性，强调"为了保持资料的原貌，选文均按发表时的原样收录"及其一般"概不改动"等准则[3]。从而不只是保证了这套陕甘宁文艺资料汇编整体上的学术及使用价值，而且也对陕甘宁文学文献史料的整理方法及分类研究有着重要的影响。

　　然而，1983 年前后，丁玲、林默涵、艾青等担任顾问，金紫光、雷加、苏一平担任总主编，众多延安老作家、文艺工作者及学者作为执行编委所组成的《延安文艺丛书》编委会，先后与湖南人民出版社及湖南文艺出版社策划编辑，从 1984 年初开始陆续出版的《延安文艺丛书》，无疑是 20 世纪中国文学及其陕甘宁文学文献史料整理研究方面的重要成果。这套多达 16 卷册的大型

1《编选说明》，见刘增杰等编：《抗日战争时期延安及各抗日民主根据地文学运动资料》，山西人民出版社，1983，第 1 页。

2《编选说明》，见刘增杰等编：《抗日战争时期延安及各抗日民主根据地文学运动资料》，山西人民出版社，1983，第 1 页。

3《编选说明》，见刘增杰等编：《抗日战争时期延安及各抗日民主根据地文学运动资料》，山西人民出版社，1983，第 2 页。

陕甘宁文学文献资料汇编，除了其超豪华的编委会阵容和鲜明的编辑理念之外，以其文献资料搜集整理的全面丰富性而在陕甘宁文艺及 20 世纪中国文学研究领域产生了广泛的学术影响。最值得注意的就是这套书在文献史料整理及其类型研究上所表现出的理论方法能够为我们带来诸多影响与启示。

正如"《延安文艺丛书》编辑说明"所阐明的那样[1]：首先，是这套大型陕甘宁文学文献资料的编辑理念，以及其为特定研究和任务服务的出版目的也清晰明确。即"为了宣传贯彻党的文艺路线、方针、政策，继承延安时期文学艺术的光荣传统和革命精神，为加强对马克思主义文艺观和毛泽东文艺思想的学习，开展对延安文艺成果的研究，提供一套比较完整、比较系统的文艺作品选集和部分比较重要的文艺活动史料，促进我国社会主义文艺的发展和繁荣"等。其次，是其文献史料的编选时间及来源范围。即"从一九三六年党中央进驻陕北时起，至一九四八年春党中央转移华北后止"时间内，在"延安及陕甘宁边区生活、学习与工作过的人，当年所写作、发表、演出、展览及出版的各种优秀文艺作品"。最后，是陕甘宁文艺文献资料的编辑体例及选择准则。这就是从文体及艺术类型的角度，"根据当时的实际情况，将全套丛书编为十六卷"，以及"编选的作品尽力做到具有较高的思想性与艺术性，能体现延安精神"等作为选编的取舍标准。这套陕甘宁文艺资料汇编编辑出版的年代及其学术思想的历史背景，和今天相比有诸多的不同。在陕甘宁文艺文献资料的整理与研究方面，不仅在学科观念及学术立场上，根本不同于以往的文献史料整理及其类型研究的领域与视野，和稍早编辑出版的《抗日战争时期延安及各抗日民主根据地文学运动资料》，以及其后上海文艺出版社 1994 年出版的二十卷《中国新文学大系（1937—1949）》等理论方法也不尽相同。尤其是由此所开始的将陕甘宁文学文献资料的搜集及其分类整理，作为中国现代文学史料学中相对独立

1《编辑说明》，见《延安文艺丛书》编委会编：《延安文艺丛书·文艺理论卷》，湖南人民出版社，1984，第 1 页。

的专业及研究领域，产生了较大影响。可以说在编选理念及其类型体例等方面，直接影响了其后的 1992 年重庆出版社出版的又一大型陕甘宁文艺资料汇编，即由林默涵等总主编的多达 22 卷的《中国解放区文学书系》[1]。同时，借鉴及运用传统文献学、目录学等具体方法，立足于文献史料的类型及其价值的层面，对陕甘宁文艺文献史料的来源分布及其分类构成，进行系统的搜集整理及编选辑录，特别是强调文艺文献史料的当时"时间"及"当年"所作与出版等，注重于史料的原始性或"第一手资料"的搜集整理等，也使这套文艺文献资料汇编在理论方法上为后来的陕甘宁文艺文献资料的整理与研究，带来了多方面的发现突破或启示超越[2]。

于是，通过对陕甘宁文艺文献史料整理及其类型研究的历史性考察与具体分析，可以清楚地发现，尽管早在 20 世纪 40 年代初期，关于陕甘宁文艺运动及其文献资料的搜集整理，就已经显示出了明确的保存文献及史料搜集等意识。从 1936 年 8 月初毛泽东、杨尚昆等《为出版〈长征记〉征稿》而发出的电报等信件，要求"就自己在长征中所经历的战斗、民情风俗、奇闻轶事，写成许多片断"[3]，到 1936 年 11 月底的《"中国文艺协会"的发起》一文，所提出的"收集整理红军和群众的斗争生活各方的材料"等。然而，这些早期的陕甘宁文学文献资料搜集整理活动，主要是出于"进行国际宣传，及在国内国外进行大规模的募捐运动"的政治需要，以及"培养无产者作家，创作工农大众的文艺"等，从而在"陕北苏区"的"文艺建设方面"，能够"成为革命发展运动中一支战斗力量"的现实目的[4]。因此，这种仅在历史文献范围进行的史料搜

---

1 《编辑凡例》，见林默涵总主编，胡采主编：《中国解放区文学书系·文学运动·理论编》，重庆出版社，1992，第 1 页。

2 《前言》，见钟敬之、金紫光编：《延安文艺丛书·文艺史料卷》，湖南人民出版社，1984，第 1 页。

3 毛泽东：《为出版〈长征记〉征稿》，见中央文献研究室、新华通讯社编：《毛泽东新闻工作文选》，新华出版社，2014，第 39 页。

4 《"中国文艺协会"的发起》，《红色中华》1936 年 11 月 30 日。

集和文献保存，其任务主要是为传承并宣传无产阶级政治目标及其意识形态，而非为陕甘宁文艺研究提供可靠的文献史料服务。所以，初期的陕甘宁文艺文献史料搜集整理活动，无论是其搜集整理的文献史料范围，还是整理研究的目的任务及其理论方法，与新时期的陕甘宁文艺史料文献资料的搜集整理及其类型研究，以及为相关历史研究提供可靠的文献史料任务等目的，有着截然不同的价值取向及使用方式上的明显区别。

陕甘宁文艺文献史料的整理与研究，作为 20 世纪中国文学史料学研究中一个相对独立的研究领域，是随着 1949 年以后当代中国历史观念的转变，尤其是中国现代文学历史叙述中，解放区文艺作为五四新文学以来"真正新的人民的文艺"，不仅是"革命文艺"发展过程中"先驱者们的理想"的实现，而且还是"规定了新中国的文艺的方向"及其"一个伟大的开始"。[1] 因此，直到 20 世纪 80 年代，陕甘宁文艺或解放区文艺，除了仍然被认为是 20 世纪中国文艺历史中，一个"从苏区文艺、红军文艺、以及'五四'以后新文艺与左联提倡的大众文艺等优良传统发展起来的"，并在"当年从延安出发，曾经影响全解放区、大后方蒋管区，为革命战争的胜利作出了伟大贡献，而且奠定了新中国成立以后文艺发展的基石"而"获得的伟大成就"等之外[2]。同时，不断重申强调"解放区文学作为中国革命文学的一面旗帜，作为五四新文学发展的一个阶段，作为新中国文学的一种传统"，以及"作为中国新文学史上一个独特的重要阶段，划时代的意义"等[3]。也凸显出陕甘宁文艺或"解放区文艺"文学史观念与当下社会政治意识形态的密切关系。所以，从 20 世纪 50 年代初开始

---

1 周扬：《新的人民的文艺》，见中华全国文学艺术工作者代表大会宣传处编：《中华全国文学艺术工作者代表大会纪念文集》，新华书店，1950，第 69—70 页。

2 丁玲：《延安文艺丛书·总序》，见钟敬之、金紫光编：《延安文艺丛书·文艺史料卷》，湖南人民出版社，1984，第 3—4 页。

3 《总序》，见林默涵总主编，胡采主编：《中国解放区文学书系·文学运动·理论编》，重庆出版社，1992，第 1—3 页。

的陕甘宁文学文献史料的整理与研究，事实上也就是建立在对于陕甘宁文艺或解放区文艺史实的真实性及"实事求是"的历史阐释，以及基本的文献学和文艺史料学目的及范围基础之上的基础研究。

所以，以 20 世纪 80 年代以来出版的《抗日战争时期延安及各抗日民主根据地文学运动资料》（上中下）、《延安文艺丛书》和《中国解放区文学书系》为中心，从陕甘宁文学文献史料的搜集整理及研究等角度，考察四十余年来陕甘宁文学文献史料搜集整理及类型研究的成果，探讨陕甘宁文学文献史料的价值构成及其历史特征，总结其研究工作经验并反思其存在的问题缺失，以建立并形成基本的学术规范及方法准则，对于推进及拓展陕甘宁文艺及 20 世纪中国文学的文献史料的整理研究，以及延安文学文献资料的编辑汇集和史料学的学术话语建构，都有着重要的现实作用及学术性启示。

首先，由于陕甘宁文艺文献史料的整理与研究，所涉及的范围不仅限于陕甘宁文艺运动及其作品等文献史料，而是包括了陕甘宁文艺运动历史文献及作品书籍等以外的相关文字史料及声像史料等。如陕甘宁文艺运动中的文艺报刊和综合性报刊、社团组织史料、党及政府文件、回忆录及私人文件、日记及个人档案资料，以及实物及田野调查记等。因此，对于陕甘宁文艺文献史料的研究范围及其不同类型史料的区分和鉴别，仍然是有待探讨研究及深化认知的一个重要问题。《抗日战争时期延安及各抗日民主根据地文学运动资料》将陕甘宁文学文献资料的研究范围，按照不同地区分为"文艺运动、文艺社团与文艺期刊两大类"，《延安文艺丛书》和《中国解放区文学书系》则是近乎一致地大致以文类为标准对陕甘宁文学文献史料进行分类选编。这种研究范围及其分类准则的确定，虽然是为了"促进我国社会主义文艺的发展和繁荣"[1]，以及"坚持马克思主义，坚持社会主义，对广大青年进行革命传统教育和爱国主义教

1《编选说明》，见刘增杰等编：《抗日战争时期延安及各抗日民主根据地文学运动资料》，山西人民出版社，1983，第 1 页。

育"等特定的研究目的及任务服务[1]。但是，由此而形成的陕甘宁文艺文献资料
整理及其类型研究的基本面貌，也对文献史料的搜集整理工作带来了重要的影
响及根本性制约。其中最值得注意并需要深思的，就是从历史文献学及史料学
的视野来看，研究范围的狭隘及其史料类型区分的简单或鉴别的泛化，影响了
陕甘宁文艺文献史料的完整性与可靠性，也减损了其使用价值的实现，有碍于
学界对陕甘宁文艺文献史料的来源分布及其价值构成的整体性认知。因此，借
鉴现代文献学及史料学等具体方法，根据陕甘宁文艺文献史料的"直接"与
"间接"等历史特征，以及不同类型文献史料在价值及使用方式上的不同与区
别，对陕甘宁文学文献史料按载体不同，分为原刊文字史料，包括原刊的作品
总集、别集，原刊报纸杂志等，原刊的相关文艺运动与理论批评资料等；原始
实物史料，包括原始手稿、录音录像、图片实物等，调查记、文件档案及私人
档案等；同期口述、评传史料，包括评传与访问记，私人日记与回忆录等；声
像制作史料，包括录音录像访谈，后期制作的纪录片或电视声像节目等四种类
型。从而强化并明确陕甘宁文艺文献史料的价值来源及其使用特征。

其次，是有关陕甘宁文艺文献史料的鉴别及其版本校勘与文本使用等问
题。为此除了从现代史料学的角度，建立开放多元的史料学的研究范围，研究
和利用陕甘宁文艺历史文献及其作品典籍以外的多种原刊文字史料，以及同期
口述史料和田野调查史料等之外，更需要运用历史文献学的理论方法，通过目
录、版本、校勘、考订、检索及辑佚等专业知识，发现陕甘宁文艺文献史料的
原本性、完整性和真实性，以揭示其文献史料的历史内容及其价值构成，从而
建立相关文献史料的分类目录与资料索引，以便于陕甘宁文艺研究者利用。所
以，如何根据陕甘宁文艺文献史料及其存在的复杂性与历史性等特征，具体历
史地考察、辨析与确定其文献史料的真实性与可靠性，阐释其历史变迁及形成

1《编辑凡例》，见林默涵总主编，胡采主编：《中国解放区文学书系·文学运动·理论编》，重庆出版
社，1992，第1页。

背后的政治文化和意识形态关系等，也将是陕甘宁文艺文献史料整理与研究过程中，不断需要作出回答及解决的主要问题。例如，1939 年由延安解放社出版的《陕甘宁边区实录》，是毛泽东指示时任他办公室秘书长的李六如和秘书和培元，以"齐礼"的笔名编辑而成的一本书。虽然在"序言"中称"本书的完全责任，都由编者个人完全负担，假如其中的解释或报导有错误或失实之处，希望读者指教，当再据实修正"等[1]。但是实际上，则是书稿完成后再由毛泽东委托周扬并叮嘱"因关系边区对外宣传甚大，不应轻率出版，必须内容形式都弄妥当方能出版。现请你全权负责修正此书，如你觉须全般改造，则全般改造之"等，最后经过认真修改才公开出版的[2]。其中也列出专章专节，介绍延安的鲁迅艺术学院及"边区文化界救亡协会"等陕甘宁文艺运动[3]。因此，无论作为历史文献或是文学文献史料，都是陕甘宁文艺文献史料搜集整理中应当重视的文献典籍之一。不过，对于其作为陕甘宁文学文献史料的原本性与完整性的阐释，显然必须通过对其文献版本或文本的考订，以及其形成背后政治文化等历史内容的发现，才有可能真正为陕甘宁文艺研究及其作为真实可靠的文献史料检索及使用。

第二节　延安文艺在国统区的编辑出版

在陕甘宁及延安文艺运动发展过程中，由中国共产党主导或支持的延安出版机构，不仅在以延安为中心的各边区创办文艺刊物或编辑发行出版物，同时也有意识地利用政治上国共合作达成的合法性，以及"民国机制"下多元文化共存的社会生态，有组织有目的地向当时国民政府统治地区的文化出版领域拓

---

1 《序言》，见齐礼：《陕甘宁边区实录》，解放社，1939，第 3 页。
2 中共中央文献研究室编：《毛泽东年谱（1893—1949）》中卷，中央文献出版社，2013，第 108 页。
3 齐礼：《陕甘宁边区实录》，解放社，1939，第 108—112 页。

展。其中，从抗战初期直至 20 世纪 40 年代末，这些以公开直接的创办或隐身支持的合作等方式，通过创办编辑刊物及出版发行延安文艺及其作家作品，以向国统区民众及其读者展现中国共产党及其军队的政治形象，宣传其意识形态观念与各项文化政策，以及新民主主义的政治文化实践等活动。从而不仅有效地传播并配合了中国共产党的政治与文化方针策略，塑造并提升了以延安为中心各边区的新民主主义中国景象，同时，延安的新民主主义文化运动及党的文艺政策，包括延安文艺及其创作在国统区的合法出版与广泛传播，又对当时"民国机制"下的文学发展与国统区文艺运动的演变，尤其是抗战胜利前后延安文艺运动及"新的人民的文艺"的"在全国实行"[1]，从社会历史及读者受众等各个方面，提供并奠定了前提和基础。

1938 年 1 月前后，中国共产党在国统区筹组多时的党刊《群众》周刊和党报《新华日报》，相继在武汉正式创刊。作为抗战开始后，根据毛泽东等人早先提出及中共中央政治局的相关决议，而在国统区公开出版发行的大型党报党刊，虽然在"发刊词"中公开宣布了"本报愿将自己变成一切抗日的个人、集团、团体、党派的共同的喉舌"，以及"力求成为全国民众的共同的呼声"等编辑理念与办刊宗旨[2]。然而事实上，则是担负着中共中央赋予并要求的"从苏区与红军的党走向建立全中国的党"，以及"争取党在全国的公开地位，利用一切活动的可能'下山'"[3]等政治方面的任务。因此，在国统区创办党报党刊和编辑出版新民主主义文化及延安文艺方面的书籍刊物，从始至终都是被置于中共中央及其所确定的"国民党区域的文化运动"等政治斗争策略，以及其作为"很可能广泛发展与极应该广泛发展的一项极端重要的工作"等文化方针之中[4]。

---

1 周扬：《表现新的群众的时代》，海洋书屋，1948，第 16 页。
2 《新华日报·发刊词》，《新华日报》1938 年 1 月 11 日。
3 《毛泽东文集》第二卷，人民出版社，1993，第 59—60 页。
4 《中共中央关于发展文化运动的指示》，见中共中央宣传部办公厅、中央档案馆编研部编：《中国共产党宣传工作文献选编：1937—1949》(17)，学习出版社，1996，第 526 页。

正是基于这样的政治策略及文化方针，延安文艺运动及其作家作品，作为中国共产党政治革命"文武两个战线"中的文化战线，以及所领导的"团结自己、战胜敌人必不可少"的一支"文化的军队"，[1] 自然成为在国统区创办的党报党刊及其编辑内容上，用以充分展现延安新民主主义文化建设及其实践方面的一项重要内容。因此，《新华日报》《群众》等党报党刊及其所编辑出版的文艺副刊或综合性栏目，以及由一些接受中国共产党领导的、以活跃在"国统区的进步的革命的"[2] 作家名义编辑的报纸刊物，不仅成为20世纪40年代延安文艺在国统区公开发表及出版发行的起点，而且通过其"建立在全国公开的党报及发行网"等出版发行渠道，以具体直接的与艺术形象的方式，向国统区及全国民众，宣传中国共产党及其军队在抗战中的新形象，传播延安的新民主主义革命政治实践，确立其新民主主义文化中心地位，推广延安文艺运动及其创作成就，实现其文化及文艺"推及全中国"任务目标的"合法"途径及主导方式。

于是，这些先后由中共中央长江局及南方局直接领导的，分别在全国各大中城市，如广州、重庆、桂林、长沙、南京等建立过分馆和销售点的《群众》周刊和《新华日报》，不仅是当时的中共中央在国统区政治斗争的排阵布局中"党的一个方面军"[3]，而且也是20世纪40年代在国统区公开正面宣传报道，以及刊载介绍延安文艺运动及其文艺创作，并一直延续到1947年初才停刊的文化阵地及文艺报刊。从抗战初创刊于武汉，历经不同的历史阶段，即伴随着刊物的存续，《新华日报》不只在创刊伊始，就有意识地刊发并向国统区介绍延安文艺运动的动态及其作家的作品。如仅在抗战初期的《新华日报》上，就先后刊载了有关《陕甘宁边区民众娱乐改进会征求各地歌谣》和《八路军抗战剧

---

1 《毛泽东选集》第三卷，人民出版社，1991，第847页。

2 茅盾：《在反动派压迫下斗争和发展的革命文艺——十年来国统区革命文艺运动报告提纲》，见中华全国文学艺术工作者代表大会宣传处编：《中华全国文学艺术工作者代表大会纪念文集》，新华书店，1950，第49页。

3 《前言》，见厉华等编：《新华日报暨群众周刊画史》，重庆出版社，2011，第11页。

团到陕赤水演剧》等，以及江横的《丁玲访问记》和云天的《艺术游击在太行——鲁艺实验剧团的战斗经历》等延安文艺运动动态。其中除了有丁玲的《答三个未见面的女同志》、丁洪的《下厨房——延安生活之一页》和舒新桃的《担柴——延安生活片断》等散文速写，以及奚如、田间、曼晴、余修、周德佑、宋非行、袁勃、方殷、力扬、雷石榆、莎寨等作家的诗歌及报告文学作品等之外，尤其是刊载了诸如丁里、沃渣、华山、古元、张望、王大化、力群、焦星河等延安作家的木刻作品，以及高敏夫、高扬等作品的"陕北小调"等民间曲艺创作。同时，当时的《新华日报》及《群众》周刊从创刊开始，还分别编辑出版了《团结》《星期文艺》《二三事》《老实话》《文艺之页》《戏剧研究》《木刻阵线》《时代音乐》《新华副刊》及《书评专页》等综合性副刊或文艺性的报刊专栏。从而通过许多延安文艺及其作品的编辑发表，以及对延安及党的文化文艺方针政策的报道传达，成为中国共产党指导并影响国统区文化运动和文艺思潮的一个舆论中心与重要阵地。

1942年6月前后，在国统区由《新华日报》等主导对毛泽东文艺思想与党的文艺政策的宣传与传播，充分显示出20世纪40年代中共南方局及《新华日报》等党报党刊，在国统区的延安文艺及其编辑出版活动中所发挥的主导性作用。史实证明，为了在国统区宣传传播延安的文艺运动政策及毛泽东文艺思想，当时的《新华日报》及《群众》周刊，不只是对毛泽东当时在延安主持召开的延安文艺座谈会等进行了公开的专题宣传及舆论引导，而且，为了推进宣传工作，又采用所谓"分而化之"的手法，将毛泽东的《讲话》的基本内容，做了节录后分别伪装成三篇不同笔名的文艺批评论文送审。从而有效地规避了国统区的报刊检查，最后以《毛泽东同志对文艺问题的意见》的总标题，以及《文艺上的为群众和为何为群众的问题》《文艺的普及和提高》和《文艺和政治》的小标题，在1944年元旦的《新华日报·新华副刊》上，用了一个整版的篇幅进行了发表，并在编后的"按语"说明中，突出并强调毛泽东的这个《讲话》，是"有系统地说明了目前文艺运动上的根本问题"[1]。紧随其后，又通过转载延安《解放日报》早先发表的《中共中央宣传部关于执行党的文艺政策的决定》一文，以及以《文艺问题》标题编辑出版《毛泽东在延安文艺座谈会上的讲话》单行本等方式，公开宣传及领导国统区文艺工作者"学习""贯彻"与"执行"毛泽东的《讲话》精神。与此同时，《新华副刊》及《群众》周刊，又在它们所编辑推出的"文艺问题特辑"中，除了分别发表周扬的《论艺术教育的方针》《马克思主义与文艺》等，以及何其芳的《关于艺术群众化问题》、刘白羽的《新的艺术、新的群众》等延安作家们学习理解毛泽东文艺思想及延安文艺运动的成就的文章之外，还刊载了艾青的诗歌《毛泽东》，公木的诗歌《风箱谣》等，丁玲的小说《田宝霖》和"新英雄传奇小说"代表作家马烽、西戎的小说《吕梁英雄传》，王大化等的秧歌剧《兄妹开荒》和柯蓝的秧歌词《农户计划歌》等，以及何其芳的报告文学《记贺龙将军》、吴伯箫的散文《红黑点》等这些来自延安等各边区及解放区的作家作品，以配合及推进国统区文艺界对毛泽东文艺思想及延安文艺的理解与学习。

此外，在 20 世纪 40 年代的国统区，由中共南方局直接领导或建立的"文化运动上的最广泛的统一战线"[2]及其机构团体创办的报刊，也为延安文艺及其作品能够在国统区的公开发表与传播出版，提供了制度上的合法和事实上的可能。如作为当时"国统区抗日民族统一战线的一个战斗堡垒"[3]的国民政府军委会政治部第三厅，以及以中国共产党党员、左派作家等为主体的承担着指导全国抗战文艺运动"中心机关"功能的"中华全国文艺界抗敌协会"，和中国共

---

1 《〈新华日报〉就刊载 "毛泽东同志对文艺问题的意见"发表按语》，见中共重庆市委党史工作委员会编：《南方局领导下的重庆抗战文艺运动》，重庆出版社，1989，第 444 页。

2 中共中央文献研究室、中央档案馆编：《建党以来重要文献选编》(18)，中央文献出版社，2011，第 429 页。

3 阳翰笙：《第三厅——国统区抗日民族统一战线的一个战斗堡垒 (一)》，《新文学史料》1980 年第 4 期，第 16 页。

产党领导的上海战时统一战线组织"上海文化界救亡协会"等。在这些机构团体先后主办的《抗战文艺》《救亡日报》《抗战日报》等报刊中，延安文艺运动及其作家作品，既是当时抗战文艺运动的一个重要组成部分，又是代表了延安"表现新的群众的时代"的"人民的文艺"方向的创作活动。如在《抗战文艺》刊物上所刊载的延安作家及其作品中，就有鲁藜、师田手等人的报告文学《在五一节兵工厂的晚会里》《火车头》和陈荒煤的《谁的路（鲁迅艺术学院工作团报告之一）》，刘白羽、孔厥的小说《火》和《一个女人翻身的故事》，厂民、柯仲平等人的诗歌《榴花》《挥起正义的利剑》和《中州平原》等，吴伯箫、元留（温田丰）、方殷、杨朔等人的散文和塞克的戏剧，以及周而复、碧野、周立波、袁勃、李雷、莎蕾、臧云远、华山、周文、白朗、草明、欧阳山、吕剑、艾青、胡征等作家的创作。

在 20 世纪 40 年代延安文艺作品在国统区的编辑出版活动中，1948 年 3 月初在香港编辑并由香港生活书店等总经售，大众文艺丛刊社及文艺出版社等先后出版的"大众文艺丛刊"，是一个最值得关注的在国统区出版发行的延安文艺刊物。这既是因为刊物的办刊宗旨确定，编者都是当时中共华南局及其"文委"的主要领导和成员，更因为刊物的创办是在解放战争已渐分胜负之际，编者们出于新的形势的需要，组织筹备在国统区编辑出版的一个文艺刊物。因此，立足于毛泽东的文艺思想，对于当时国统区及全国文艺运动展开系列性的所谓"检讨、批判和今后的方向"，就成为"大众文艺丛刊"基本的编辑理念及政治立场[1]。于是，为发行时应付邮政检查，"大众文艺丛刊"在创刊后的一年时间里，总共编辑出版了六辑"以书代刊"的大型文艺刊物或"丛书"[2]。即

---

1 本刊同人、荃麟：《对于当前文艺运动的意见》，见"大众文艺丛刊"第 1 辑《文艺的新方向》，香港生活书店，1948，第 4 页。

2 "大众文艺丛刊""这后三辑还有换了个书名的版本"，即胡绳等著的《鲁迅的道路》、马耶阔夫斯基等著的《怎样写诗》和于伶等著的《论电影》。参见朱金顺：《对〈大众文艺丛刊〉材料的补正》，《中国现代文学研究丛刊》2003 年第 1 期，第 241 页。

第一辑：荃麟、乃超等的《文艺的新方向》，第二辑：夏衍等的《人民与文艺》，第三辑：萧恺等的《论文艺统一战线》，第四辑：荃麟等的《论批评》和第五辑《论主观问题》，第六辑：史笃等的《新形势与文艺》。在这相继出版发行的六辑"大众文艺丛刊"中，宣传并树立毛泽东文艺思想及党的文艺政策的权威地位与理论原则，确立延安文艺与五四新文学、现实主义文艺传统必然联系，批判国统区文艺运动及其发展过程中的"反动文艺"及其文艺思想，以及"小资产阶级知识分子"作家作品和文艺倾向等，进而为延安文艺及其"新的人民的文艺"等"新方向"的确立，从文艺理论上和创作实践上进行意识形态的准备及"合法性"证明，就成为编辑各辑"大众文艺丛刊"之际，编者刊载相关文学理论、文艺批评、延安文艺作家作品的基本准则与中心内容。

1943 年 3 月，"大众文艺丛刊"在编辑出版最后一辑《新形势与文艺》中宣告终刊。编者在刊物的"编后"中声明，"由于局势的发展与编委会同人的流动，这期出版后，本刊暂时告一结束，俟以后在解放区再考虑复刊，敬希读者鉴察"[1]。从而也在 20 世纪 40 年代国统区的延安文艺及其编辑出版史上，留下了一道明确的历史印迹及深深的文学史影响。"大众文艺丛刊"表现出的理论主张、批评立场及方法态度，以及其所提供的来自延安文艺的"工农兵文艺"审美趣味与作品范本，不仅显示延安文艺在国统区的出版传播及宣传影响的强劲深入，而且充分彰显出延安文艺在 20 世纪 40 年代的国统区，在文化战线中，作为中国共产党领导的社会政治革命中一支"文的军队"，所产生和发挥出的"为新中国文艺定调"和"新中国文艺批评的预演"的政治与文艺方面的历史作用[2]。

除此之外，更值得我们注意的是，从抗战初期开始的国统区图书出版中，相继出现多种类型的延安文艺丛书及丛刊。这些可谓是荟萃不同时期延安文

1　《编后》，见史笃、荃麟等：《新形势与文艺》，香港生活书店，1949，第 33 页。

2　杨联芬等：《二十世纪中国文学期刊与思潮》，百花洲文艺出版社，2006，第 466、468 页。

艺运动创作菁华的大型综合性与专科性文艺书籍，不仅是当时延安作家及其文艺活动成果与风貌的一种整体展示，是"新的人民的文艺"艺术成就的经典化建构，而且是当时延安作为新的文化中心地位和中国共产党及其军队新的政治形象的集中宣传与塑造，也是政治意识形态及其文艺秩序组织化的形象体现。其中，以"汇集总聚"编辑出版的系列延安文艺作品，影响比较大的就包括：一是抗战初期 1938 年 3 月到 1939 年 4 月间，先后在武汉、广州等地编辑出版的"战地生活丛刊""西北战地服务团丛书"和"鲁迅艺术学院戏曲丛刊"等；二是抗战胜利后的 1946 年初开始编辑出版的"北方文丛"等大型延安文艺丛书。

　　1938 年 3 月至 8 月在武汉面向全国公开发售的"战地生活丛刊"，是由叶以群主编，上海杂志公司出版以张静庐为出版人而编辑出版的一套大型延安文艺丛书。其第 1 辑中分别收录了王余杞、刘白羽的《八路军七将领》、天虚的《两个俘虏》、刘白羽的《游击中间》、奚如的《阳明堡底火战》、张天虚的《征途上》、舒群的《西线随征记》和陈克寒的《八路军学兵队》等报告文学，以及罗烽的长篇小说《莫云与韩尔谟少尉》、丁玲、奚如等编著的《西北战地服务团戏剧集》《西北战地服务团战地通讯录》等[1]。从而作为一套反映当时被国统区民众"视为神秘性的共产党人、八路军的种种小册子"中的"新的著述"[2]，不仅集中描绘和塑造了中国共产党及其领导的军队八路军与各个"边区"的新面貌，以及朱德、林彪、彭德怀、彭雪枫等八路军将领的人物"特写"，而且也向全国的民众及其读者宣示，这套丛书"是战地的实际工作的写实，是战地生活的忠实报告，是伟大时代的活文学，是枪杆和笔杆同举的，血和泪交织的

　　1 "战地生活丛刊"的书中广告称"这套丛书为第一辑 10 种"（参见刘白羽：《八路军学兵队》中的插页广告，上海杂志公司，1938）。有学者研究认为：抗战时期由叶以群主编的"战地生活丛刊"先后编辑出版了8 册（参见章绍嗣等《武汉抗战文艺史稿》，长江文艺出版社，1988，第 58 页），但现存的"战地生活丛刊"版本有 9 种，其中的《西北战地服务团战地通讯录》缺佚或未出。

　　2 张静庐：《在出版界二十年——张静庐自传》，上海书店，1984，第 192、196 页。

文艺作品"[1]。

　　同样，1938 年 7 月至 1939 年 4 月由丁玲、奚如主编、生活书店总经售，在武汉编辑出版并面向全国发行的"西北战地服务团丛书"，反映并记述了 1937 年 8 月，由丁玲等延安作家发起组织而成立的"十八集团军西北战地服务团"，"在战地的各种工作、各种生活的映影"的大型文艺丛书[2]。在这套被宣称为"有血有肉，可歌可咏"的丛书中，包括劫夫、史轮、敏夫等人的抗战歌曲集《战地歌声》、丁玲的小说集《一颗未出膛的枪弹》和散文集《一年》、田间的诗歌集《呈在大风砂里奔走的岗位们》和史轮、裴东篱等人的戏剧集《白山黑水》，以及本团同志集体创作的战地服务团生活工作文集《西线生活》、张可、史轮、醒知等人的《杂技》和张可、醒知、东篱等人的《杂耍》等民间曲艺文学集[3]，通过展现延安作家及其"西北战地服务团"这种全身心汇入全民抗战洪流的精神及其报告纪实等艺术创作，让国统区读者了解感受延安及八路军在全民抗战中的新形象。不过，与上述综合性的延安文艺丛书及丛刊稍有区别的是，1938 年 10 月前后，由《新华日报》广州分馆服务课编印，《新华日报》广州分馆发行的"鲁迅艺术学院戏曲丛刊"，则是《新华日报》广州分馆在广州沦陷前的短暂活动期间，所编辑出版并较早向华南及港澳、海外地区介绍和展示延安文艺运动，以及鲁迅艺术学院文艺创作活动的一套大型文艺丛书。在这套最早在国统区汇编出版的鲁迅艺术学院"服务于抗战"戏剧创作实践及其成果的书籍中，原计划编辑的图书也有 10 种之多。其中有《还我的孩子》《流寇队长》《农村曲》《时候到了》《大丹河》《延安颂》《军火船》《人命贩子》《八一三

　　1《插页广告》，见刘白羽：《八路军学兵队》，上海杂志公司，1938。
　　2《插页广告》，见丁玲、奚如主编，劫夫、史轮等：《战地歌声》，生活书店，1939。
　　3 据当时发表的书目广告及子目顺序，这套"西北战地服务团丛书"计划编辑出版 10 种。如《白山黑水》版权页就署为"西北战地服务团丛书之十"。但是，从《中国近代现代丛书目录》及《民国时期总书目》查阅，现存的书目版本仅有 8 种，可考订散佚或未出版的是丛书"之四"——丁玲的三幕剧本《联合》和"之六"——《战地歌声》（二）。

的晚上》《一条路》等[1]。但是或因战局的突变及出版机构的撤销等原因，实际上我们看到的仅有孙强的独幕剧《还我的孩子》和张庚、左明、孙强、崔嵬、莫耶、沈停、李伯钊、王震之、张李纯集体创作，王震之执笔的三幕剧《流寇队长》，其他编辑计划中的书目可能并未能最终出版。或许正因为如此，已经出版的《流寇队长》等作品，随后又被冠以"鲁迅艺术学校戏曲集""鲁迅艺术学院戏剧丛书"等题名，分别为当时的重庆建社、上海中华大学图书公司等翻印，或者被戏剧书店收入其编印的"国防戏剧丛书"之中。由此可见其在抗战初期的国统区及全国性戏剧运动中所产生的广泛影响。

1945 年抗战胜利后，随着政治局势的逆转与国共两党的兵戎相见，延安文艺及其作品在国统区，一方面，成为查禁及钳制的对象，治罪于"以文字、图书或演说为匪徒宣传者"等书刊出版业的法条[2]；另一方面，在国统区编辑出版延安文艺刊物图书，又成为国共两党在文化战线上争夺意识形态及文化权力的搏杀。编辑出版各种大型延安文艺丛书的是当时国统区中国共产党及其各地区"文委"，必须完成宣传和树立毛泽东文艺思想在全国文艺界的理论权威、推进并确立"工农兵文艺"新方向的意识形态这项重要任务。

因此，1946 年初由周而复主编，上海作家书屋及香港海洋书屋、香港南洋书屋、新中国书局和谷雨社等出版发行或重编再版的"北方文丛"，就是当时主要面向国统区及港澳、东南亚等地区读者，可以说是"荟萃"20 世纪 40 年代延安文艺运动及其创作"菁华"的一套大型丛书。其书目中主要有：周扬的《表现新的群众的时代》和艾青的《释新民主主义的文学》等文艺理论，萧军、马加、柯蓝、邵子南、赵树理、周而复、东平、孙犁、康濯、柳青等人的长短篇小说代表作，艾青、李季等人的长篇叙事诗歌，荒煤、周而复、姚仲明、陈

1《插页广告》，见张庚等集体创作，王震之执笔：《流寇队长》，《新华日报》广州分馆，1938。

2《戡乱时期危害国家紧急治罪条例》，见中国第二历史档案馆编：《中华民国史档案资料汇编》第 5 辑，江苏古籍出版社，1999，第 200 页。

波儿、任桂林和贺敬之等的话剧及新歌剧等，以及何其芳、吴伯箫的报告文学集、韩起祥的新说书集和陈祖武的战地日记等三十余种。而这套丛书之所以取名为"北方文丛"，即如编者所言："因为当时党中央军事委员会以及解放军主力部队都在西北、华北和东北，'三北'，实际上是代表解放区的称谓。不言而喻，《北方文丛》即是《解放区文丛》。"[1] 因此，从 1946 年初至 1949 年 8 月，这套始终题为"北方文丛"的编辑刊行，虽然历经上海、香港等地多家出版社的出版重印，甚至为一些书店"冒名"刊行或选印发行[2]，包括各辑子目也因时顺势而多有调整修改[3]，但是汇集编选的作品，则几乎都是 1942 年延安文艺座谈会之后的代表作家及其代表作品，作为这套延安文艺丛书收录及编选子目的基本准则[4]。

1948 年前后，同样是由周而复等主编及香港海洋书屋刊行的"万人丛书"和"文艺理论丛书"，也是面向国统区读者的两套大型延安文艺综合性丛书。从其计划编选的子目来看，"文艺理论丛书"中既收录列宁、车尔舍夫斯基、顾尔希坦等人的译作，又编选瞿秋白、周扬、冯乃超等人的著作[5]。而预计编辑出版二十余种的"万人丛书"，虽然间有很多人文社科类的书目，但是延安文艺及其作家作品依然是丛书的编辑重心，如米谷、舒群、白朗、周而复、唐海、胡绳、刘石、欧文、郭杰、符公望、艾青、夏衍、刘建菴的小说、诗歌、戏剧、图画、歌曲等文艺作品。除此之外，值得我们注意的是，1948 年末，随

1　周而复：《〈北方文丛〉在香港》，见吉少甫主编：《郭沫若与群益出版社》，百家出版社，2005，第 250 页。

2　周而复：《〈北方文丛〉在香港》，见吉少甫主编：《郭沫若与群益出版社》，百家出版社，2005，第 247 页。

3　《周而复主编〈北方文丛〉》，见倪墨炎：《现代文坛内外》，汉语大词典出版社，1998，第 221 页。

4　在上海作家书屋 1946 年至 1947 年编辑出版的"北方文丛"第一辑中，始终收录萧军 20 世纪 30 年代的旧作《八月的乡村》，而在 1949 年 2 月由新中国书局出版的三辑"北方文丛"插页广告中，《八月的乡村》开始为马烽、西戎的《吕梁英雄传》所替代。

5　目前根据书目广告所能查找到的"万人丛书"版本很少，据周而复回忆："万人丛书"中"有些稿子交给书店以后，因为临近全国解放，就没有再出下去"。参见周而复：《冯乃超同志二三事》，《新文学史料》1983 年第 2 期，第 83—86 页。

着解放战争局势的变化，国统区的政治及文化地域也在整个大陆地区随之而缩减及不复存在。与其相应的一个历史景观，就是在延安文艺的编辑出版方面，特别是面向"新解放区"民众及读者的大型文艺丛书方面，则呈现出一种齐头并进的趋势。其中除了东北书店编辑出版的诸如"新文艺丛刊""新演剧丛书""新音乐丛书"等，以及上海群益出版社出版、周而复编辑的"群益文艺丛书"和武汉人民艺术出版社编辑出版的"人民艺术丛刊"等大型延安文艺丛书之外，1948 年根据毛泽东的指示由周扬等延安作家编辑出版的"中国人民文艺丛书"，不仅收录了"解放区历年来，特别是一九四二年延安文艺座谈会以来各种优秀的与较好的文艺作品"[1] 约 66 种 68 册，而且，这套"早在解放战争初期，毛泽东就曾对周扬讲要把解放区的文艺作品挑选一下，编成一套丛书，准备全国解放后拿到大城市出版"的延安文艺丛书[2]，事实上也可以说是为延安文艺及其作品在 20 世纪 40 年代国统区的编辑出版，画上了一个清晰的历史句号。

第三节　陕甘宁文艺文献史料的鉴别与阐释

陕甘宁文学文献史料的搜集整理及其鉴别研究，在陕甘宁文艺史料研究中，就是不可或缺的一个重要内容。关于文学文献史料的鉴别及其理论方法，在中国历史及文学史料研究中，都有悠久的学术传统和基本的理论方法。因此，这样的学术传统和理论方法，实质上也为陕甘宁文艺文献史料的鉴别及其研究，确立了基本的学术规范及研究方法。

事实上，作为文艺历史文献的一部分，陕甘宁文艺文献史料也有一般文献史料的基本特质。然而，必须注意的就是，由于陕甘宁文艺文献史料的形成分

1《〈中国人民文艺丛书〉编辑方针》，见洪子诚主编：《中国当代文学史·史料选：1945—1999》上，长江文艺出版社，2002，第 184 页。

2 萧玉：《中国人民文艺丛书：开启文学新纪元》，《石家庄日报》2009 年 9 月 19 日。

布及其价值来源，都和中国共产党领导的新民主主义革命紧紧地联系在一起的，从而也使文献史料鉴别的具体内容及基本原则，具有了自身不同于其他一般文献史料的历史特点。

所以，陕甘宁文艺文献史料鉴别的主要内容，同样是考证文献史料的真伪及其文本的演变，文献史料的生成或来源构成，以及文献史料形成的历史和时间空间等。具体而言，对于陕甘宁文艺文献史料的鉴别来说，主要应当注意包括两个方面的问题及其原则。一方面，必须要对文献史料的来源及其文本的真伪进行鉴别的历史性原则。即从考察文献史料来源入手，考察分析文献史料的原始出处及流传变迁的过程，以判定其是真本还是伪作。另一方面，则是文献史料内容真伪虚实的鉴别及其历史阐释。要注意鉴别文献史料及其文本变迁流传过程中，哪些部分是真，哪些部分是伪。从而对其考订鉴别及历史分析，让研究者了解文献史料真伪虚实的事实及其价值构成，以使文献史料的检索与利用能够适应地被发挥，并且为陕甘宁文艺研究提供扎实可靠的文献史料及历史研究的学术基础。

例如，通过对陕甘宁文艺代表作新歌剧《白毛女》的真伪及其文本内容等的"外形鉴别"与"内容鉴别"，就能清楚地发现陕甘宁文学文献史料鉴别的基本原则及其历史特点。1947 年 7 月，新歌剧《白毛女》的执笔者之一丁毅，曾在新版的《白毛女·再版前言》中，具体讨论这部陕甘宁文艺作品的版本流传及其文本内容的真伪虚实，以及新的文本修改及其历史原因等问题。所以，通过《白毛女》作品的鉴别辨析，可以明确地说明，无论是从作品版本及其文本的源流，从原作与修改者的角度，还是从作品的流传、作品的著录与形式演变的层面，或者是作品内容的增删等方面进行鉴别，关于其与原作六幕剧《白毛女》剧情及人物关系所发生的重大变化，由于作品思想主题变化及叙事内容增删等形成的史料价值上所谓"真伪"虚实变化，都反映出陕甘宁文艺史料的来源变迁与考订鉴别等，在基本内容及理论方法等方面不同于一般的文献史料鉴别，展现出文献史料"真伪"之辨的历史特征。尤其是其流传变迁与现代中国社会的政治革命演变之间的紧密关系。

由于陕甘宁文艺运动及其创作活动与中国革命实践的紧密关系，因此，历史唯物主义的原则及历史主义的分析与立场，应当具体体现在对陕甘宁文艺文献史料的鉴别考订的整个过程之中。其中，首先，是对于任何陕甘宁文艺文献史料的来源背景及形成流传等进行历史地考订，以鉴别确定文献史料的真伪虚实及文本演变的历史因素。其次，是在全面详尽占有文献史料的基础之上，辨析不同类型与来源文献史料之间的历史关系，包括正反两方面或多方面文献史料的有机联系，以及文献史料形成的历史过程，从而对史料做出历史的阐释或判别。最后，立足于历史主义的方法论，实事求是地解读文献史料的价值意义。在对文献史料的真伪及其可靠性鉴定之后，如何解释的问题仍有可能出现根本的分歧。脱离历史或以与史料无关的立场来解释文献史料，必然会得出断章取义或牵强附会的鉴定或结论。因此，在陕甘宁文学文献史料鉴别考订过程中，历史主义的立场和方法论，应当成为值得注意的一个具体问题。

关于文献史料的鉴别及其现代含义，梁启超曾从历史主义的立场和理论出发，明确提出了"史料以求真为尚，真之反面有二：一曰误，二曰伪。正误辩伪，是谓鉴别"的定义和方法原则[1]。同样，法国著名史学家马克·布洛赫也曾指出：现代历史研究中，文献史料的鉴别工作，"光做到辩伪还不够，必须由此深入下去，进而揭示作伪的动机。只要资料有作伪的可能，作伪的后面必有难言之隐值得进一步分析；可见，证明了它是伪造的，任务才完成了一半"[2]。可以说也是基于历史主义的方法论，强调文献史料鉴别过程中，如何解读文献史料正误，以及其与文献史料形成的历史关系，应当是文献史料鉴别工作不可或缺的组成部分。

1　梁启超：《中国历史研究法》，中国华侨出版社，2013，第75页。
2　[法] 马克·布洛赫：《历史学家的技艺》，张和声等译，上海社会科学院出版社，1992，第71页。

如赵超构在《延安一月》中，除了《毛泽东先生访问记》《朱德将军的招待会》，以及《标准化的生活》《文艺界座谈会》和《执行党策的军队》《关于新民主主义》等文章外，还围绕陕甘宁文艺运动及其社团组织，撰写了多篇自己的观感文章，如《秧歌大会》《文艺政策》《作家的生活》《边区文协》《延安的剧运》《端午节访丁玲》和《延安文人群像》等，以及《延安大学》和《鲁迅艺术学院》等。与之类似，再如王仲明编辑的《陕北之行》，则是汇集了当时访问延安后，一些记者在国内外报刊公开发表的一组通讯报道。值得注意的文章有：中央日报特派记者张文伯的《延安观感》，《新民报》记者赵超构的《延安散记》，盟得通讯社特辑的《陕北归客谈"边区"》，《扫荡报》记者谢爽秋的《记者在延安》等。另外，如张文伯的《陕北纪行》，分别由"一、七十天的行程；二、供给制度与生产运动；三、三三制与一揽子会；四、一元化的领导系统；五、保卫边区的游击部队；六、培养干部的党化教育；七、战斗中的矛盾思想；八、统一与民主的前途"，以及附录"新经济的实验"等部分组成。其中因为政治文化立场和意识形态不同，而产生的对于延安政治、经济、教育、文化及军事等不同观感，都必须从历史唯物主义的角度，坚持实事求是的方法，进行历史地鉴别考订。

其中，由伍文编辑的《延安内幕》一书，所收录的文章篇目中，不仅有《新民主主义倡导人毛泽东》《八路军总司令朱德》《八路军副总司令彭德怀》《贺龙林彪两师长》《外交健将周恩来与总参谋长叶剑英》《儿童保姆凌莎》和《女同志的形形色色》等，而且对陕甘宁文艺运动中的代表作家，用了专文和专题进行了介绍。例如有：《诗人萧三、艾青》《文艺理论家周扬、艾思奇》《新史学家范文澜、吕振羽》《剧运及其主持人张庚、赵伯平等等》《秧歌——延安作家的新成就》《报告文学作家欧阳山等等》《女作家的先驱者丁玲》《"女绅士"陈家昭》和《女演员陈波儿》等，以及《"改良平剧"作家杨绍萱》和《"改良秦腔"作家柯仲平》等。对延安作家的创作生活及其精神状态，进行了细致生动的记述。正如编者所说，其编写这本书的动机及目的，主要是为了针对当时流传的有关延安政治与文化等书籍，因"自然极其引动了读者的好奇，使人们急于想知道他们的详情细节"等问题，而必须回应诸如"以共产党人物作中心的延安内幕之来历，从军政方面的毛泽东、朱德起，直到文化艺术方面的丁玲、艾青一齐包括在内，或许可以对延安的研究者有一点用处。为了揭出一点真实的内幕起见，本书的重心在于指示各该人物在'干什么'，在'怎样干'，而不尚空洞的，堆砌式的描写，所以我们就标明这是《延安内幕》并不是专替他们做无意义的起居注"[1]。事实上也说明了陕甘宁文学文献资料的来源及其形成和社会历史的密切关系。

陕甘宁文艺文献史料整理和研究的目的，同样也是要通过正误辩伪，来鉴别及判定陕甘宁文学文献史料的价值意义，从而为陕甘宁文艺研究提供真实可靠的依据。因为，任何的学术研究，都是以真实可靠的文献史料为根本依据的。所以，对于陕甘宁文艺文献史料的鉴别考订，就成为陕甘宁文艺研究的前提和基础性的工作。

其中，首先是全面正确评价一位作家及其作品，往往需要做正误辩伪的工作。如周立波的长篇小说《暴风骤雨》，作为陕甘宁文艺的代表性作品之一，不仅曾荣获当年社会主义阵营的最高文学奖励"斯大林文学奖金三等奖"，而且作者自己也强调这是"毛主席的《在延安文艺座谈会上的讲话》发表以后，新文艺的方向确定了，文艺的源泉明确地给指出来了"的"写作"成果[2]。因此，作品部分章节从1947年底相继在《东北日报》上连载，并于1948年4月由东北书店出版《暴风骤雨》上卷，1949年5月由东北书店出版《暴风骤雨》下卷。其后，不仅分别为陕甘宁边区、晋察冀等地的新华书店翻印再版。1949年4月，也被作为"解放区历年来，特别是一九四二年延安文艺座谈会以来各种优秀的

1《短序》，见伍文：《延安内幕》，重庆四海出版社，1946，第1页。
2 周立波：《暴风骤雨》，人民文学出版社，1964，第479页。

与较好的文艺作品"之一[1]，被收入周扬主编的"中国人民文艺丛书"，并且在1949 年以后，先后为人民文学出版社、四川人民出版社等反复再版重印。同时又先后被改编成电影、连环画等艺术文类及各种外文译本，2000 年前后被作为"中华爱国主义文学名著""红色经典"等，收入多家出版机构编纂的大型文库或图书系列之中而广为传播。

通过对《暴风骤雨》这部作品及其文本来源的考察辨析，就能够清楚地看到，从作品在报刊上的初刊本到初版本开始，随着中国政治革命及社会历史的发展，以及作家创作思想和政治觉悟的演进，这部作品文本内容实际上也随着历史的步调而被作者不同程度地修改。例如，人民文学出版社 1977 年版《暴风骤雨》中修改部分内容。尽管作者在其"重印后记"中声称：这部"重印"的作品，是"作于一九四七年到一九四八年。出版以来，得到广大读者热情的鼓舞，印行了多次。最近几年，由于'四人帮'的干扰，这本停止发行了"的旧作。并且表明，"这次重印，由于时间急促，来不及多加修改。我只删去了几句，并在全书文字上略有改动"，以及"希望读者对本书多予批评，使我能够听到一些珍贵的意见，作为再次修订的依据"等[2]。但是，事实上，这部重印的《暴风骤雨》，与其初刊本及初版本相比较，叙事内容、主题思想等方面，都有很多重要的增删及改动。这构成了这部作品艺术风格及其文本形式等方面的"真伪"辨析及其问题的发现。

因此，我们可以从叙事主题及创作题材的演变来考察鉴别这些陕甘宁文艺作品的素材来源及其归属问题，从而也就有益于对陕甘宁文艺运动及其创作活动发展史的研究。例如，袁静的《刘巧儿告状》，可以说是"刘巧儿"叙事模式中，由原初的"马锡五审判方式""马锡五同志调解诉讼"等"本事"叙事，向艺术作品中的"刘巧儿告状""刘巧团圆"等"婚姻自主"文学叙事的

---

1 周立波：《暴风骤雨》，新华书店，1949，第 1 页。

2 周立波：《暴风骤雨》，人民文学出版社，1977，第 491—492 页。

转型。于是，"本事"中的女性人物原型，在艺术创作中被虚构艺术化为活泼美丽、性情刚烈的生活在边区新社会中的新型劳动女性，男性当事人原型，被塑造为精明强干、奋发有为的"变工队"队长"赵柱儿"。加上男女主人公周围年轻调皮的变工队员栓娃、锁娃，以及热情爽朗的妇女主任李婶婶等。从而使作品中的人物形象及其人物关系融入了现代中国革命及妇女解放的历史叙事之中。同时，剧本中反面人物，包括老财东"王寿昌"、"二流子"、刘媒婆等人物形象的塑造，突出强化了艺术作品中"刘巧儿"叙事内容主题思想意识形态意味。所以，在"新说书"创作《刘巧团圆》中，"刘巧儿"叙事中的"婚姻自主"等主题，又被作者置之于"劳动生产"的历史背景之下，以青年男女之间的"婚姻自由"纠葛，来抒写现实生活中的"勤劳"与"懒惰"之矛盾冲突。所以，作品中不仅增加了"刘巧儿"父亲设计骗取退婚的情节，以凸显其"嫌贫爱富"等传统的伦理批判因素，而且在作品的形式方面，"有情人终成眷属"的"大团圆"结构，不仅适应了陕甘宁文艺及其宣传"妇女解放"与"婚姻自主"等主题的艺术要求，而且被认为是"从敌人封建文艺堡垒里杀出来的一支生力军"及"新文艺的伟大胜利之一"。[1] 所以，全面正确地鉴别及评价一位作家及其作品，对陕甘宁文艺创作中叙事主题或创作题材的来历进行考察，是陕甘宁文艺文献资料正误辩伪，判定其文献资料价值意义，必须充分关注并仔细考察的学术问题。而且也是陕甘宁文艺文献资料鉴别工作中，能够提供真实、丰富、可靠的历史阐释和进行学术拓展的重要领域。

第四节 "副文本"与陕甘宁文艺文献的整理研究

在陕甘宁文艺文献的整理与研究中，除了必须关注各文艺种类的总集、别

---

1 韩起祥：《刘巧团圆》，海洋书屋，1947，第 150 页。

集、丛书等书籍类型文献史料，以及陕甘宁边区编辑出版的文艺报刊和资料汇编、工具书及传记年谱等资料的"正文本"之外，同时，还必须重视这些文献史料中与"正文本"相应存在的"副文本"的搜集整理，以及其与"正文本"文献史料之间关系的阐释研究。因为，作为中国现代文学重要组成部分的陕甘宁文艺"副文本"，同样发生着文献史料研究中"参与文本构成和阐释，助成正文本的经典化，保存了大量文学史料，具有多方面的价值"[1]。所以，重视陕甘宁文学文献史料"副文本"的整理与研究，必须是陕甘宁文艺文献史料整理与研究的重要内容与任务之一。

　　一般认为，中国现代文学文献史料"副文本"的来源分布，主要是指书籍类型史料的序跋、前言、后记、题辞、插图、版式、图案、署名、注释等，以及附刊的相关插页广告等。所以，陕甘宁文艺的"副文本"也因此充分表现出了现代文学文献史料"副文体"的基本构成及资料特征。如 1936 年 8 月由毛泽东直接组织编写、军委总政宣传部长徐梦秋、丁玲、成仿吾主编，1942年 11 月延安八路军总政宣传部以内部资料印刷发行的《红军长征记》。其上下两册中所收录的百余篇由长征亲历者撰写的文字，以及附录的相关资料，不仅是中国现代革命史研究重要文献资料，同时也是陕甘宁文艺及 20 世纪中国文学史研究的重要史料。并且，从"副文本"文献史料的研究来看，其上册的署名为"总政宣传部"的《出版的话》和"编者"的《关于编辑的经过》，除了说明"本书的写作始于一九三六年，编成于一九三七年二月，当许多作者在回忆这些历史事实时，仍处于国内战争的前线，因此，在写作时所用的语句，在今天看来自然有些不妥。这次付印，目的在供作参考及保存史料，故仍依本来面目，一字未改。希接到本书的同志，须妥为保存，不得转让他人，不准再行翻印"等之外，同时强调这部《红军长征记》的"破世界纪录的伟大诗史"价

1　金宏宇：《文本周边——中国现代文学副文本研究》，武汉大学出版社，2014，第 1 页。

值意义，即"所有执笔者多半是向来不懂得所谓写文章，以及在枪林弹雨中学会作文字的人们，他们的文字技术均是绝对在水平线以下，但他们能以粗糙质朴写出他们的伟大生活，伟大现实和世界之谜的神话，这里粗糙质朴不但是可爱，而且必然是可贵"等。因此，这两篇"序言"作为"副文本"文献资料，对于研究早期的陕甘宁文艺运动及党对文艺工作的领导，以及陕甘宁时期的报告文学及散文创作，包括毛泽东、徐梦秋、丁玲等人早期的文艺思想及其活动等，也都是不可或缺的"第一手"珍贵文献史料。

再如，从抗战初期开始直到1949年前后，许多在延安等解放区、国统区及香港等公开出版的文艺丛书、作品总集与别集，都非常重视插页图书广告的撰写与宣传配合。仅以1938年至1939年间，由丁玲、吴奚如主编出版的"西北战地服务团丛书"和叶以群主编的"战地生活丛刊"，这两套大型陕甘宁文艺丛书为例，在其撰写和各子目附刊的插页广告中，除了及时提示读者丛书编辑出版的状况之外，同时还特别撰写刊载一些宣传介绍丛书及其各子目主编作者、作品概要等方面的"广告词"。如宣传介绍"西北战地服务团丛书"主编丁玲，"是现代中国最勇敢的女战士之一。自全面抗战爆发后，她组织了西北战地服务团，辗转在山西等前线作艰苦的斗争。她们这种为国效劳的精神，实使我们感奋。本丛书的内容，就是她们在战地的各种工作、各种生活的映影。这里面有血有肉，可歌可诵"等。"战地生活丛刊"是"在西线上参加抗战工作的作家们所撰述的报告文学或创作，随笔。是战地的实际工作的写实，是战地生活的忠实报告，是伟大时代的活文学，是枪杆和笔杆同举的，血和泪交织的文艺作品"等。提示读者《八路军七将领》一书的"作者曾经领了救亡流动演剧第一队，于'八一三'后从上海到山西，在八路军的总部和三师部的驻在地各村庄演了二十多天的救亡戏剧。在西线上，他们谒见了八路军的各将领，同他们谈过很多的话。本书的七将领——朱德，任弼时，林彪，彭德怀，彭雪枫，贺龙，萧克——特写即在那时写下来的"等。《阳明堡的火战》一书，是"八路军出征后，除平型关大捷外，要推阳明堡火袭敌军飞机场，最使国人兴奋。这次飞袭的经过，外间多未详细知道，作者是西北战地服务团的副主任，正在前线，特将这故事加以忠勇的记述，给抗战史上留一件英勇的佳话"等。从而以这种图书插页广告的"副文本"方式，参与到这些集中描绘和塑造八路军及抗日根据地新面貌的"正文本"内容构成和意义阐释之中。

不过，对于陕甘宁文学文献史料"副文本"的整理与研究来说，在关注其文献史料"外形鉴别"层面的生成构成及来源分布的同时，更应当重视其"内容鉴别"层面的历史背景及文化意旨，以及政治革命与斗争策略的复杂性与特殊性。因为，陕甘宁文艺运动及其创作活动的发生和发展，自始至终属于中国共产党领导的"党的文艺工作"及其"整个革命事业的一部分"[1]，并承担着"文化战线"上"文化军队"推动文艺斗争的使命。所以，置身于"文武两个战线"之一的陕甘宁文艺运动，自然与党的各个时期的政治策略和文艺实践保持着持续性的历史联系。如1939年12月，署名"齐礼编著"并由延安解放社出版的《陕甘宁边区实录》，又名《边区实录（初集）》，不仅也是毛泽东直接安排其办公室秘书长李六如和秘书和培元共同编辑的一部图书。同时，毛泽东除了专门具体指示周扬，强调本书"因关系边区对外宣传甚大，不应轻率出版，必须内容形式都弄妥当方能出版"之外，还明确要求其"全权负责修正此书，如你觉须全般改造，则全般改造之"等[2]。因此，作为这部书籍的"副文本"文献史料，编者在《序言》中，虽然也说明了其编辑的动机及目的，是要针对社会外界对"陕甘宁边区"的质疑，正面宣传介绍边区的政治文化，包括文艺机构社团活动等。回答期望了解"边区究竟是怎样一个地方？"的读者们，陕甘宁边区"是民主的抗日根据地，是实施三民主义最彻底的地方"等。然而，其中声明的"本书的完全责任，都由编者个人完全负担，假如其中的解释或报导有错误或失实

1《毛泽东选集》第三卷，人民出版社，1991，第866页。

2 中共中央文献研究室编：《毛泽东年谱（1893—1949）》中卷，中央文献出版社，2013，第108页。

之处，希望读者指教，当再据实修正"等），则对整理辨析"正文本"文献史料的来源构成有着重要的价值。

除此之外，陕甘宁文艺运动及其创作活动的"群众化"与"大众化"，以及其"新的人民的文艺"方向，也决定了其书刊版式与作品插图等"副文本"文献史料的构成分布。例如，抒写"陕甘宁边区民间革命历史故事"，被誉为陕甘宁文艺创作成就中"民歌体"叙事诗歌的经典性作品《王贵与李香香》，从1946年9月在延安《解放日报》第四版副刊连载之后，随即相继被多地多家的报刊转载与编辑出版，成为陕甘宁文学文献史料及其版本研究的重要内容之一。其中，1948年12月由陕甘宁边区新华书店出版的《王贵与李香香》单行本，封面采用均衡版式构图，左侧上方为大红色的大号手书体书名，其下方是大红色的小号印刷体作者署名，右侧下方为大红色的出版社名称。版式的两者平行相对之中，一幅黑白色的男女人物"挥手送别"木刻插画占据了大半个封面。于是，这部作品文本的封面设计，便以黑白冷暖的色彩对比，通俗易懂的直观性解说图画等"副文本"内容，突出并彰显了作品文本力图表现的"阶级革命与爱情婚姻"之间血肉相连的主题思想，以及其应当发挥出的"工农兵文艺"的社会文化作用。

因此，陕甘宁文艺"副文本"文献史料的整理与研究，不仅是整个资料的搜集整理及其研究工作中不可或缺的重要内容。同时，系统地梳理与历史地阐释其与"正文本"文献史料的有机关系，对于完整把握陕甘宁文艺文献史料的来源、作者及生成背景、编辑出版的年代、流传的过程，以及其与社会历史及政治文化的复杂联系等，都有十分重要的学术价值与社会意义。

第八章
陕甘宁书写—书法的文化源流及其审美价值建构

陕甘宁文艺世界包含众多艺术种类，如延安美术、音乐、戏曲等都有许多相关研究，本书不再赘述。但对于陕甘宁边区的文人志士、人民群众的伟大劳动行为即"书写—书法"却重视不够，深入的探究更是少见。这也是本书专设一章对这一伟大的"书写新天地"的文化创造行为进行专题探讨的主要原因。

陕甘宁边区大力倡导和遵循"文武之道"，这也是最为有效的制胜之道。由此可以说，人民的红色江山是"打"出来的，其实也是"写"出来的。从书写文化[1]包括书法文化[2]的视角探讨陕甘宁文化具有重要的价值意义。事实上，

---

[1] 书写文化是一个重要的文化学概念，参见［法］罗杰·夏蒂埃：《书籍的秩序：14 至 18 世纪的书写文化与社会》，吴泓缈、张璐译，商务印书馆，2013。中国的书写文化主要是汉字书写文化，非常兴盛且具有广义的"艺术文化"特征，其中的书法艺术，仅仅是书写文化中的一个"专业"部分。陕甘宁边区时期的书写—书法文化中，既有文人书写、领导人书写、军人书写，还有其他行业人包括工农兵的书写，大多都是"非专业"的实用性书写，总体看，具有重要的文献、文物、历史、现实和审美等多方面的价值。

[2] 书法文化，学界认为是指书法（包括毛笔书法与硬笔书法等）及其衍生的文化现象。近些年来学术界普遍使用这个概念，出版了一些相关著作，如《中国书法文化大观》（金开诚、王岳川主编）、《书法与中国文化》（欧阳中石）、《中国书法文化精神》（王岳川）、《中国书法文化》（秦梦娜、李争平）、《书法文化之旅》（戴一光）等，以此为题目或关键词的相关文章更为多见。笔者也有《书法文化与中国现代作家》（《中国社会科学》2010 年第 4 期）等多篇相关论文发表。而 2009 年北京大学出版社出版的《笔走龙蛇——书法文化二十讲》（崔树强），就将书法文化与周易哲学、气化哲学、儒家哲学、老子哲学、庄子哲学、禅宗哲学、色彩哲学、人生境界、诗文、绘画、印章、音乐、舞蹈、建筑、汉字、碑帖、兵法、武术、中医、风水等文化现象联系起来进行了考察，显示了宏阔的书法文化视野。笔者以为，如今还可以考察书法文化与报刊、教育、旅游、市场、网络、外交、政治以及性别等文化现象之间的关联，研究延安文人与书法文化也理应不断拓展文化视野。

书写行为是人类从事文化创造的伟大行为，通过书写劳动，陕甘宁的革命领袖、文人志士乃至扫盲民众都有了各种各样的书写，这些书写形成了边区特有的红色文化现象，对革命事业产生了巨大的推动作用。笔者以为，陕甘宁书法也客观存在，且是陕甘宁文艺的一种重要形态，书法文化是延安时期中国共产党领导的革命文化不可分割的组成部分，而其书写内容尤其是作家文人手稿，可以目之为广义的文学文本。但在陕甘宁文化／文艺研究中，学术界却长期普遍忽视了书写—书法文化的实存及其作用，对延安人与书写—书法文化的广泛而又深切的联系缺乏应有的关注和探讨，有关的整体性、系统性的深入研究更是缺乏，书法史著作对陕甘宁书法也几近无视。回望历史，由于能写善书的延安人包括各类文人的积极参与，延安形成了比较浓厚的书法文化氛围；延安人包括延安文人不仅将政治文化引向新的境界，而且也将书写—书法文化引向了一个新的境界。在此也要特别强调，说起来陕甘宁文艺或延安文艺，人们除了文学，就很容易想起音乐、美术以及影像，这些艺术样式实际已经有了许多很优秀的相关研究成果，包括相关史料的整理。现在要特别加强的则是当年陕甘宁边区书写—书法文化方面研究。

第一节　陕甘宁文人与书写—书法文化

在中国文化传统中，文字书写、书法书写都强调实用，甚至常与经国大业联系起来，追求立象以不朽，将书写视为"立人""立国"的一种重要体现方式。由此，文人的翰墨生涯实际就是其生命存在的重要方式之一。而陕甘宁文人遗墨尤其是作家手稿，无疑也以实用见长，同时也是他们生命的留存和见证，不仅是他们文化生命书写的"真迹"，而且是非常宝贵的"第三文本"，由此也可以从许多方面包括书法文化方面进行解读。

如何其芳、周立波等作家就曾将作品认真抄出发表于墙报《同人》上，在鲁艺每年校庆期间举行的创作展览会上，也会展出作家们的一些手稿。[1] 开辟了"赵树理方向"的赵树理，其书法颇有功底，也比较潇洒；荣获国际文学奖的丁玲，其手迹能够令人感到比较"大气"[2]，1948 年她在送给陈明《太阳照在桑干河上》的扉页上题词，竖行，流畅，颇为可观。[3] 纪念馆展览图片中的《中国共产党抗战宣言》也以书法为之，壮观雄奇，堪称书法精品，可惜未注明何时何人所书。尤其引人注目的是，该馆中有许多放大了的毛泽东手迹，赫然醒目，如"我说陕北是两点，一个落脚点，一个出发点。……陕北已成为我们一切工作的试验区""发展抗战文艺，振奋军民，争取最后胜利"等，成为每一个展览区的独特的前言，都能够给人留下深刻印象。由此也可以说：中国传统的书法文化如何为革命事业服务，如何转化为陕甘宁文人的书法文化创造，陕北，延安或解放区就是特殊的实验区，对促进延安文艺发展、抗战文艺发展也有重要的作用。在纪念馆中，参观者还可以看到朱总司令在手写命令或书信上常会加盖自己的印章，茅盾在鲁艺讲课的板书也依然清雅秀挺，周立波的讲课和其手迹一样精彩漂亮，以及《王贵与李香香》的书法题名、李季《回延安》的手稿、何其芳《陕北民歌选》的手稿、保小礼堂的石牌、保育院的题词、陕甘宁边区参议会的题名等，墨迹连连，烽火滚滚，甚至充盈着血与泪的书写，总能带领人们走向历史和文化的深处！陕甘宁文人的书法总体看也许有些简陋，纸笔简陋，即使毛泽东的《沁园春·雪》也是用简陋的毛笔砚台和普通八行笺在小小的炕桌上写的。有人回忆，当地农民曾用古砖为毛泽东做了一方砚台。可见当时的工作条件之一斑。正是置放在纪念馆小炕桌上的毛泽东这幅《沁园春·雪》手稿，吸引了无数人驻足观赏，有不少家长还现场教育孩子，其感染教育的作用不言而喻。

1　王培元：《抗战时期的延安鲁艺》，广西师范大学出版社，1999，第 55—56 页。
2　张泽贤：《现代作家手迹经眼录》，远东出版社，2007，第 3 页。
3　陈明：《我与丁玲五十年》，中国大百科全书出版社，2010，第 112 页。

在当年延安那个时代环境中，大小文人大抵都有用武之地，虽然人才济济，但与迅速发展的形势需求相比却也相对缺乏。文人们也往往较早成为能文能武能说能写能做的多面手。成仿吾、丁玲、柯仲平、周扬、沙汀、徐懋庸等等都是如此。从赵树理到丁玲，从艾青到田间，从柯仲平到欧阳山尊，从周扬到陈涌等，小说、诗歌、戏剧及评论等领域中的文人们都在热衷于文学文章书写的同时，也在有意无意地从事着书法书写，也就在他们舞文弄墨之间，实际上自觉或不自觉地将二者结合了起来。包括外来的比较洋气的文人如何其芳、陈学昭等，也在延安时期乐于书写和创作，留下了业余化的却也值得珍视的墨迹。我们不仅应努力进入特定的历史情境去追寻延安文人的"心迹"，而且应努力去追寻延安文人的墨迹，并将这二者结合起来。甚至可以在延安文人的墨迹和心迹之间，发现延安文人的个性世界。无心插柳柳成荫，无意书法墨如海。这也许可以作为陕甘宁文人与书法文化的一个诗意的写照。而陕甘宁文人创办的各类报刊，也多用书法题写刊名，如《文艺突击》《文艺战线》《中国文化》《中国文艺》《大众文艺》《新诗歌》《文艺月报》《草叶》《谷雨》《诗刊》《部队文艺》《山脉文学》《中国青年》《中国妇女》《中国工人》《解放》《共产党人》《团结》《学习》等，有些文学作品也用书法作为题名，其醒目提示的作用之外，还有书法美感的传递与题字者个性的彰显，同时由此也可看出陕甘宁文人们对书法文化的喜爱和运用。

从历史实际情况出发，也为了行文方便，笔者将陕甘宁文人大致分为两个大类，即"以文为主"文人群和"以文为辅"文人群。这两大文人群都与书法文化有着相当密切的关系。这样的划分自然是相对而言的，因为在当年的延安，即使是"以文为主"的文艺工作者也很难说是纯粹的文人，至少可以说陕甘宁文人的主体恰恰是复合形态的文人亦即广义的文人（文化人）。因此，提起陕甘宁文人而无视那些能文能武、政文兼通的风云人物，甚至将他们与"陕甘宁文人"这一概念对立起来，便不免有些书生气、简单化，甚至会走向某种偏狭和偏激。

就"以文为主"文人群而言，据有的学者探讨，参加延安文艺座谈会的文人近百人，在延安，外来的左翼作家有百人以上。[1] 其实，文人标准不同，统计便会有异。而给人的深刻印象却是，当年延安无疑是群英荟萃、文人如云的。尤其是赫赫有名的"鲁艺"，集中了一大批不寻常的文人。师生中皆不乏影响卓著者。"师者"如吴玉章、周扬、张庚、吕骥、江丰、蔡若虹、何其芳、陈荒煤、舒群、茅盾、冼星海、齐燕铭、周立波、艾青、王朝闻、严文井、王大化、袁文殊、华君武、李焕之、孙犁、严辰等；"生者"如于蓝、丁毅、海默、马可、时乐蒙、刘炽、黄准、古元、罗工柳、孔厥、康濯、黄钢、柯蓝、陆地、贺敬之、冯牧、陈涌、杨公骥、秦兆阳、华山、葛洛、钟惦棐、朱寨、胡征等。加上其他群体文人，难以计数。这里主要从书法文化角度撷取若干代表人物略加评析如次。

在陕甘宁文人中，著名诗人和剧作家贺敬之就是酷爱毛笔书法的一位代表性人物。这位用一颗诗心"搂定宝塔山"的诗人，作为外来的"移民"，对书法的爱好众所周知。他于1924年出生于山东峄县。15岁参加抗日救国运动。16岁到延安，入鲁迅艺术学院文学系学习。1945年，他和丁毅执笔集体创作我国第一部新歌剧《白毛女》，生动地表现出"旧社会把人逼成鬼，新社会把鬼变成人"这一深刻主题。后来又写了《回延安》《放声歌唱》等有名的诗篇。然而人们在普遍关注其文学成就的同时，却很容易忽视他对书法的热爱及其所取得的成就。他是一位典型的由延安"养大"的文人，他的书法，亦可谓是典型的文人书法，诗人气质极为显著。他的很多诗文都用书法形式表现出来，即使是其简单的题词，也多是龙飞凤舞，随意挥毫，潇洒不羁的。

又如1938年来到延安的周而复，也堪称是中国文坛的一颗璀璨之星。他

1 参见刘增杰：《从左翼文艺到工农兵文艺——对进入解放区左翼文艺家的历史考察》，《中国现代文学研究丛刊》2006年第5期，第108—121页。

不仅是著名的文学家、外交家，也是令人喜爱的书法家。他在近70年的文艺生涯中，创作数以千万字的文艺作品，产生了广泛而深远的影响。同时也留下了大量的手稿和合乎书法艺术体式的作品。在文学创作方面，他的《白求恩大夫》成为爱国主义教育的红色经典，许多人通过他的作品，知晓了白求恩大夫这位国际主义战士；其长篇小说《上海的早晨》被翻译成英、法、日、朝鲜、意大利等多种文字，介绍给全世界，成为风靡海内外的作品。而作为一代文坛能手，他的书法文化实践也很值得关注。周而复的书法作品，除在国内外书画作品展览会展出外，还被一些博物馆、图书馆、纪念馆收藏。其书法作品有《周而复书琵琶行》《周而复书法作品选》等，奠定了他在作家文人书法史上的地位。正是鉴于他的书法成就和声望，在新中国成立后他出任中国书法协会副主席。

还有艾青，其诗名远扬，书名也颇为人知。有友人这样回忆："多年来，我记不清从什么时候起读到艾青那充满对土地、人民与祖国真挚深沉的爱，朴素、单纯和浑厚，激人奋进、感人肺腑的诗了，却清楚地记得什么时候见到艾青同样显得别有风骨的墨迹——也就是他的书法……"[1]艾青书法，有时写得工整清秀，显示了一种难得的雅致和情韵；有时则写得挥洒不羁，仿佛他笔下的自由体诗。难得的是，他特别乐于通过诗歌及书法与他人进行心灵的沟通，他的不少书法作品被友人和一些纪念馆、图书馆及文学馆所珍藏。由此可见，艾青的书法也有着不同寻常的艺术魅力。

在陕甘宁文人中，喜爱书法而且有其书法真迹传世至今并为人们珍藏的作家，还可以举出许多来。如方纪，即使到了晚年，他的右半个身子不能动了，也仍然坚持用左手写毛笔字，书法还是那样苍劲有力，写完字后，落款上还要规范地写上"方纪左手"几个字。甚至也有这样的"发烧友"表示，不仅喜欢

---

1 董宝瑞：《怀念艾青》，《秦皇岛晚报》1996年7月9日。

读萧军先生的书，而且还喜欢他的书法，不惜高价购买萧军字迹酣畅淋漓的书法……抗战时期的延安文坛，可谓一派火热，处处洋溢着乐观、健康、热烈、向上的气息，在创作上取得了丰硕的成果。如何其芳、丁玲、吴伯箫、孙犁、峻青、艾青、田间、李季、草明、齐燕铭、萧三、邵子南、杨朔、周立波、马加、冯牧等人，不仅在文学创作方面收获颇丰，而且在书写留下的真迹墨迹方面已经相当珍稀，辄有发现，莫不令人感到弥足珍贵。

就"以文为辅"文人群而言，他们在延安时期往往有显赫的政治身份，这与"文人一面：现代政要的一个侧影"现象颇为吻合。从历史事实看，在陕甘宁文人用鲜血生命书写建构的书法文化世界中，最引人注意的也许并非"以文为主"文人的书法，而是"以文为辅"文人的书法。即如毛泽东的诸多书法题词及《沁园春·雪》手迹、朱德1942年的《悼念左权同志》诗稿、陈毅诗稿《题七大影集》、吴玉章等作《南泥杂咏》诗稿之类的翰墨，便是延安书法文化的瑰宝。而"延安五老"（吴玉章、林伯渠、董必武、徐特立、谢觉哉）[1]以及李鼎铭、罗烽、胡乔木、舒同等莫不兼善诗书，都以名人雅集或个人创作的方式对书法文化有所贡献。如果我们从广义的文人角度进入延安书法文化视域，看到的文化现象则是具有文人气质的领袖和军人，在纵横政坛或沙场的同时，也每每发挥其诗文书法之才，留下了不朽的"第三文本"，其酣畅淋漓的书法和诗文结合而成的手迹也非常引人瞩目。毛泽东的诗文书法就是如此。他将《沁园春·雪》抄赠柳亚子，引起了政坛和文坛的轰动，也让世人领略到了"毛体"书法的风采；他将《临江仙》词抄赠丁玲，也被传为文坛佳话，其笔墨飞动宜人，飘洒不群，横排书写，颇为别致。丁玲在"文化大革命"后复出，在友人为其作的画像上题上了"依然故我"四字，也颇耐人寻味。[2]

---

1 另有"延安十老"一说，包括朱德、董必武、林伯渠、徐特立、谢觉哉、吴玉章、钱来苏、续范亭、李木庵、熊瑾玎等人，曾积极参与延安时期的怀安诗社，以雅集形式写诗作书。

2 高莽：《文人剪影》，武汉出版社，2001，第222—223页。

延安时期的毛泽东，在一定意义上讲，其复合性形象中无疑也有文人的一面。[1] 毛泽东的诗词人生即伴随着书法人生。据统计，毛泽东在延安时期书写了 102 篇文章，占《毛泽东选集》（一——四卷）的 70%[2]，其中有许多政论体散文，依照中国传统文论观点来看，也是经世致用的正宗文学。众所周知，毛泽东在延安生活工作了 13 年，在这里，他的主要工作是看书、思考、筹划、指挥及开会，其间贯穿始终且经常持续的是书写、书写、再书写，他甚至诙谐地说过要用文房四宝打败国民党的"四大家族"。[3] 诚然，他的书写成就了一批名文名诗杰作佳构，但同时也成就了一位享誉中外的伟人和书法艺术家，他的私有遗产几乎为零，但他却给国家和人民留下了一批意义非凡的文物和遗墨。延安时期，当是毛泽东书法形成自己独特书风的关键时期。这一时期他的代表书作很多，如为延安出版的《中国妇女》杂志题词，为中共中央党校题词，悼念谢子长系列手稿，写给郭沫若、茅盾、范长江的信札，致傅斯年信及手书唐诗，为抗大建筑校舍的题词，手书《沁园春·雪》等，不胜枚举。尤其是毛泽东抄赠柳亚子的词稿《沁园春·雪》，这是毛泽东亲笔写过多遍的流传极广的杰作，既是杰出的文学文本，也是杰出的书法经典。[4] 其复合形态的"第三文本"即手稿原件乃为无价之宝。而毛泽东在《中国文化》创刊号头条推出的宏文《新民主主义的政治与新民主主义的文化》，也有学者认为"毛泽东手书的标题，令人有大气磅礴之感"[5]。客观而言，毛泽东的书法尽管并非每一笔、每一幅都是成功的，但总的来看确是有根基、有创意的，尤其是他的行草书法，以其恢宏博大的气势和出神入化的笔意，超出百家而自成一体。其书法字体飘逸通达，宛若行云流水，且书风豪放雄逸，体现了其在书法

---

1 参见陈晋：《文人毛泽东》，上海人民出版社，2005。

2 阎伟东：《解读延安》，中国文化出版社，2004，第 56 页。

3 参见杨则：《毛泽东要用文房四宝打败"四大家族"》，《世纪桥》2005 年第 12 期，第 7—10 页。

4 汤应武：《中国共产党重大史实考证》，中国档案出版社，2001，第 952 页。

5 杨义等：《中国新文学图志》，人民文学出版社，1996，第 619 页。

艺术上的精深造诣。"毛体"之说大抵不谬。倘从大文化大文学视野来看，也许可以说毛泽东是别致的作家和书法家。事实上，在书法艺术领域，毛泽东的艺术成就可以说是具有自己鲜明个性和特色的。毛泽东本人一生对书法艺术并没有加以系统研究和理论阐述，但以其天才的创造性实践，使他的墨迹成了后世书法研究的重要研究对象。作为历史上最为独特的书法家和政治家，毛泽东的书法影响显然是巨大的。毛泽东的笔迹在延安时期具有强烈的政治动员作用，极大地介入了具体政治事务和事件当中，同时也带动和影响到了周围人的书写习惯和书法审美情趣，甚至深刻影响到了其身后。无论从实用层面还是艺术层面看，关于毛泽东与书法文化都有许多可以言说的价值和意趣。由此也可以说，毛泽东与书法文化的广泛联系，应该成为学术界研究的一个重要课题。笔者以为，当前重温毛泽东当年在延安频繁给他人尤其是文人写信的情形，便会感到别具一种温暖的情调和雅致的妙味，同时也要承认这些书札在延安人包括文人之间的交往过程中，经常起到了很好的沟通作用。比如众多作家都曾接到毛泽东、周恩来等的书札，他们既关注其内容，也常会叹赏其书法，而这些与陕甘宁文人相关的手迹一旦收集起来也必然非常可观。又如，据丁玲回忆，她原来曾和毛泽东多次交谈，毛泽东写过不少古人诗词和自己的诗词作品送给她，这样的故事在毛泽东秘书及交往密切者的回忆录里也时或可见。[1] 难忘的记忆便透露了当年的感受深切。

在延安时期留下不朽墨迹的还有朱德、刘少奇、周恩来、任弼时、董必武、秦邦宪、张闻天、陈毅、王明、王若飞等很多军政领袖的书法诗文，大都堪称墨海中的瑰宝。比如周恩来1943年题写的"上下五千年，英雄万万千，人民的英雄，要数刘志丹"以及著名的"千古奇冤，江南一叶。同室操戈，相煎何急?"题词，还有他亲笔写的《后方工作计划》等文件、《东征胜利与我

---

1 参见艾克恩：《延安文艺回忆录》，中国社会科学出版社，1992。

们》等文章、《致李文楷、杨立三》等书信，都能见出他的书法功底极为深厚，面貌肃然，精到精彩，着实值得专门研究。还有被毛泽东赞许的舒同，军政工作之余，特别喜爱书法，并在延安时期将"舒体"发展到成熟阶段。尤其在他按照毛泽东指示题写了"中国抗日军政大学"校牌及"团结、紧张、严肃、活泼"八字校训之后，其书名就更加响亮。还有郭化若，也是一位毛泽东欣赏的书坛高手，甚至可以为毛泽东代笔题词。限于篇幅，对这些时代英杰的文人一面及其笔墨不再赘述。总之，尽管他们的学历、经历不同，但他们都有从文资质和诗书传世则是相似的，都是文武兼备、书法可观的"老延安"。

在延安时期，延安人包括延安文人不仅将政治文化引向新的境界，而且也将书法文化引向了一个新的境界。其中，文武双全的人们成为延安骄子，包括比较纯粹的作家文人在内，他们的文化追求、文化创造对延安文艺及书法文化的贡献堪称巨大，其所创造的红色的书法文化具有多方面的启示和意义。

第二节　陕甘宁民众与书写—书法文化

在 20 世纪以来的中国文化发展历程中，陕甘宁边区文化是现代中国文化承前启后的一个关节点，在某种程度上也可以被视为现代中国文化发展中的"落脚点"和"出发点"。书法作为中国文化中的重要组成部分，"它与传统文化中的哲学、宗教、文学、绘画、音乐乃至政治经济都有密不可分的联系。一部书法史，几乎就是一部中国文化史。"[1] 陕甘宁边区书法作为陕甘宁边区文化的一种载体、一种样式，它所呈现出的特质使之成为我们认知现代中国文化磨合发展的一个重要视角。

书法与传统文化有着极为紧密的联系，它的生存与发展离不开中国传统文

---

1 西中文：《书法传统与现代论纲》，河南美术出版社，2004，第 1 页。

化的土壤，同时它作为传统文化的重要载体，对中国传统文化的传承有着不可取代的作用。陕甘宁边区书法的生长土壤究竟如何呢？就 20 世纪初中国的文化环境来看，书法迎来了前所未有的变局，一方面，科举制的废除、新的书写工具和传播媒介的流行、新文化对传统文化观念的冲击等使书法逐渐脱离其实用功能，尤其在当时文字改革中，许多新文化阵营的先锋对书法提出了较为极端的质疑。尽管人们在"艺术"的场域里为书法留了一片立足之地，将之归为"美术"的门类之下，但是"职业的书法家、专门的书法研究者无论在数量上还是质量上都还无法与美术界相抗衡"[1]。另一方面，甲骨文、秦汉简牍、敦煌遗书的面世，皇室秘藏珍本法帖的复制、流传都为书法的发展提供了新的契机。在这些条件的支持下，同时在书法危机的刺激下，民间的书法活动大盛，从荣宝斋到西泠印社的相继创立，从书法社团的不断涌现到艺术学校书法课程的开设，从书法期刊的接连创刊到书法展览的不断举办，都可以看出书法在当时现实环境中的强大生命力。总体看来，相对于其他传统文化形式，书法在一定程度上是"西方文化介入的'死角'"[2]，且并没有成为新文化先锋们放矢的靶心，它以一种相对边缘的状态由传统渐入了现代。

书法在陕甘宁边区的文化环境似乎并不是很乐观，虽然它是一种常见的、普遍的、影响广泛的文化形式，但它同时也是边缘的、潜在的、容易被忽略的。在物质条件的限制下，用毛笔写字既是许多文人的日常书写行为，又是宣传活动的重要手段，仍然有着较强的日常实用性与普遍性，但往往愈是日常愈容易被忽略，这与当时全国的革命战争背景有关。首先，从书法活动的参与者来看，文盲率相对较高的陕甘宁边区直接限制了书法的发展，少有的书写者大多热心于革命事业，无意于专门的书法创作。其次，为谋求与世界的接轨，文化改革者们大力推广"新文字"，促进汉字的拉丁化，由拉丁字母构成的新文

1　祝帅：《从西学东渐到书学转型》，故宫出版社，2014，第 148 页。
2　陈振濂：《中国现代书法史》，河南美术出版社，2009，第 11 页。

字成为扫盲过程中的重器。陕甘宁边区的新文字运动在吴玉章、徐特立等人的身体力行下，取得了突出成绩，到 1941 年，"继续推行消灭文盲政策，推广新文字教育"被写入了陕甘宁边区的《新施政纲领》中。新文字的推广一定程度上减少了人们对汉字的日常书写，甚至有完全替代汉字的雄心，这对陕甘宁边区书法的发展产生了一定的影响。再次，陕甘宁边区因物质条件的限制，纸笔都成为了奢侈品，人们出于节约的目的寻找到很多替代毛笔的书写工具，尤其是在识字运动中，用石笔在石板上写字是最经济而且有益的办法。由此可见书法在这一历史时空下的边缘化处境，但正是这样边缘化让陕甘宁边区书法的发展在延续中国书法传统流脉的同时，也有了相对自由和自主的创化空间。

通过对陕甘宁边区书法的搜集与整理可以发现，陕甘宁边区有大量的擅书者，留存下大量的书法作品，尤其是军政人员的书法在数量和质量上都相当耀眼，呈现出"武人世界中的文人气象"[1]。看似并不适于书法生存发展的陕甘宁边区何以能出现这样的书法现象呢？细究起来，这与陕甘宁边区的传统文化因素有着直接关系。虽然陕甘宁边区初期文化工作者大多无暇于书法创作，也没有进行过书法展览或书法研习的活动，但他们大多受中国书法传统潜移默化的影响，多数人有着深厚的旧学功底，保留着对书法的审美情趣，在他们的日常书写中总会无意识地有着求真、求善、求美的趋向。虽然新文字运动在边区官方的大力支持下，进展如火如荼，新文字的优势得到人们广泛的认可，但是它的实际推广并非一帆风顺，甚至受到了较为强烈的抵触，许多新文字的倡导者也无法彻底丢弃以毛笔作为日常书写工具的传统。虽然陕甘宁边区艰苦的生活条件在某些方面限制了知识分子的文化创造，但是陕甘宁边区的"供给制"制度为知识分子提供了生存、生产的基本物质保障，为他们的文化艺术创造提供了一定的物质基础[2]。此外，在文化政策上，陕甘宁边区为促使马克思主义中国

---

1 李继凯：《论延安文人与书法文化》，《陕西师范大学学报（哲学社会科学版）》2012 年第 3 期，第 26 页。
2 参见田松林：《供给制与延安文学：从个人走向集体》，《华侨大学学报》2017 年第 3 期，第 142—152 页。

化而秉持了对传统文化的继承和创化的立场，为书法文化的发展提供了条件保障。

　　陕甘宁边区书法作为传统文化的重要载体，它对中国传统文化，尤其是思想文化方面的传承起到了重要的作用，同时它也纳入了时代精神，对传统文化进行了创化。就其创作者而言，陕甘宁边区没有专门从事书法的"书法家"，所有的擅书者大都围绕着革命事业各有其职，他们在国难之际不甘为亡国奴，投笔从戎，奔赴延安参与革命活动，这是对中国传统文人精神的最直接传承。陕甘宁边区书法创作队伍中，军政人员占有相当的比重，尤其是许多高级将领的书法在数量和质量上都极为夺目。中国古代书法史上一直有着"军政人员擅书"的传统，秦有丞相李斯，汉有中郎蔡邕、太尉钟繇，晋有右将军王羲之，唐有鲁公颜真卿，唐之后有陆游、岳飞、文天祥、戚继光、郑成功……因而，如果从书家身份角度来看，在中国书法史中也可以窥出中国的政治军事史迹。这些书家们的社会身份和战争经历影响着他们的书法创作，因而爱国也成为他们书法创作中的重要内容，陕甘宁边区的军政人员书法也可以被看作是对这一传统的延续。就书法作品来看，陕甘宁边区的书法在表现形式上以行书、草书、楷书为主，尤其是以擅书行书和草书者居多，且以方笔、露锋居多，笔势昂扬雄健，呈现出强烈的阳刚气质与动态美。在内容上，这一时空下的书法紧贴时代内容，以歌颂英雄、悼怀烈士、宣扬理想信念为主，绝少有旧式文人的吟风颂月之词。就审美趣味来看，在中国传统文化之中，书法往往与诗、画、印、文等有着不可分割的共生关系，因而中国人的审美趣味总是趋于综合，"小说里有诗词，画面中配诗文，诗情又兼画意，戏曲更是如此：集歌、舞、音乐、文学于一炉……挂在厅室里的条幅一般不会是无意义的汉字组合，而总兼有一定的文学的内容或观念的意义。"[1]陕甘宁边区的书写者在留下墨迹

---

1 李泽厚：《略论书法》，《中国书法》1986年第1期，第14页。

时，无论是文人们手书的诗文，作家们的手稿、书信，抑或是贴在大街小巷的宣传标语，都没有刻意将之作为书法来创作。也正是这种"无意于书"的书写过程让书写者的情感得以自然流露，使书法成为"有意味的形式"，在特殊的时代语境下有了综合的审美趣味。就其传播与接受而言，这时期的书法大多不再是悬挂于文人雅士书斋中的玩赏之物，它们借助报刊的复制与传播，向世人宣扬了抗战救国、艰苦朴素、自力更生、民主法制等精神文化，有着极为有效的宣传作用。

20 世纪初期的中国先后有了"诗界革命""文界革命""小说界革命""戏剧改良运动"和"美术革命"，在那样一个处处革新的时代里，书法面对新的文化环境，同样衍生出许多根本性的问题，例如，书法是否为艺术？新的书写工具取代毛笔后，书法将何去何从？不断更新的时代主题下，书法应当写什么样的内容？书法如何应对西方美学的标尺？如何实现中国现代审美情趣的建构？陕甘宁边区的书法实践对这些问题都做出了回答。从陕甘宁边区书法与传统文化的关系中，我们可以看出，这一文化形式在传承传统文化的基础上对传统文化进行了革新。就书法文化本身而言，这一时期的多数书法作品超越了传统书法文化的规限，内容紧贴时代，以白话文替代了传统书法中的文言古语，极少有钤印之作，且不少书法加入了现代汉语中的标点符号，这些变革都可以看作是这一时期陕甘宁文人对于传统书法文化的现代化尝试。传统文化的现代转化是传统文化赓续的关键，书法文化的现代转化是书法对新的挑战的应对，通过策略性地调整自身以适应时代，保持生命力。陕甘宁边区书法文化的现代转化一定程度上显示出的是陕甘宁边区文化的发展路径，陕甘宁边区文化作为20 世纪中国文化发展中的重要一脉，它是在中国传统文化的土壤上广泛吸收古今中外优秀文化的元素，最终将成为"中国固有文化传统的新的构成成分"[1]。

---

1 王富仁：《"新国学"论纲：上》，《社会科学战线》2005 年第 1 期，第 95 页。

在中国古代，知识精英在文化的发展、建设中具有引领作用，他们的文化创造被传承积累后成为了中华文化的瑰宝。同时，中国古代文化也是知识精英掌握主要话语权的文化，中国作为农业大国，农民在其国民人口中占有极大的比重，相对于少数的知识精英而言，农民一直处于失语的状态，知识精英在情感表达、审美情趣、审美体验等方面必然不能代表广大农民。陕甘宁边区文化建设对这一传统进行了颠覆，去除了知识精英在文化上天然的优越感，创化出以工农兵为主体的新的文化，在文艺上则表现为对"人民性"的弘扬。作为古代知识精英专属的书法文化在陕甘宁边区这样的文化理念下开辟出了新的发展空间，构建出属于人民大众的书法文化。

陕甘宁边区书法的"人民性"主要体现为以人民大众为创作主体和接受主体，用人民大众喜闻乐见的表达形式和传播方式来表现人民大众的情感、生活和文化。从陕甘宁边区书法的创作主体来看，创作者大致可以分为两个团体，一类是军政人员，一类是知识分子。军政人员虽身在行伍，但在本质上多是拿起枪杆的农民，是人民大众文化活动的主要参与者，他们的书法大致可以分为两类，一类是高级军政人员的题词、题赠，一类是基层军政人员在宣传工作中的宣传标语、布告等。高级军政人员书法大多散见于陕甘宁边区的各类报刊之中，另有一些题词、题赠、信札等，现多散落民间。在陕甘宁边区，书法不同于国统区文人所谓的"书艺"，它并没有被当作艺术，而仅仅是一种书写的行为，因此当时的书法作品很少刊登在文艺性的刊物中，反而在很多综合类的机关报刊中可以看到书法作品。《解放日报》作为陕甘宁边区的官方媒体，曾刊登出许多书法作品，其中以毛泽东、朱德、刘少奇、林伯渠、彭德怀、陈绍禹等人的居多，另有贺龙、习仲勋、李富春、任弼时、李鼎铭等人的少量书法作品，弥足珍贵。高级军政人员的题词也散见于陕甘宁边区的其他刊物中，如《八路军军政杂志》《解放周报》《文艺突击》《中国妇女》《中国工人》《中国青年》《中国文化》等，此外在陕甘宁边区之外的很多刊物中也常能见到陕甘宁

边区高级军政人员的书法，其中数量最多的当属《新华日报》。《新华日报》虽
创刊于武汉，立足于汉口，后又迁至重庆，但它却是由中国共产党创办的第一
张面向全国的大型机关报，因而《新华日报》中刊出的书法作品的作者多是当
时全国各界颇具声望的军政人员，生动反映了国共合作、各界团结抗战的历
史。在《新华日报》上刊登的陕甘宁边区高级军政人员的书法作品共计七十余
幅，它们大多出自毛泽东、周恩来、董必武、陈绍禹、彭德怀、叶剑英、秦邦
宪、徐特立、吴玉章、林伯渠等人之手。总体而言，在这类报刊上刊载的书法
作品中，毛泽东书法在数量与质量上是非常可观的。据统计，毛泽东在 1915
年至 1966 年之间共计题词 230 余条，而在陕甘宁边区时的题词就达 140 多条。
此外，毛泽东还为大量的报刊题写过刊名，在陕甘宁边区时期题写的报刊刊名
有《边区群众报》《解放日报》《东北日报》《人民日报》《共产党人》《中国青年》《中
国文化》《大众文艺》《新华月报》等，到新中国成立后，以毛泽东书法作报头、
刊头的刊物更是数不胜数，其中属于他亲笔书写的有八十多种，采用集字方式
拼出的毛体书法有六百种左右。

　　陕甘宁边区书法中，军人的书法所取得的成就与中国共产党文化建军的实
践有着直接的联系。识字是军队中文化学习的第一步，识字教育中往往会渗透
入书法文化，因此，书法文化在军队中建立了优良的传统。仅就当时的高级将
领而言，他们几乎人人擅书，有论者评议："周恩来书柔中有刚，人文一体；朱
德书字势雄奇，厚重沉稳；邓小平书绵里藏针，刚柔并举；叶剑英书虎卧凤阙，
静气蕴含；彭德怀书怒猊抉石，正气威严；陈毅书纵横恢廓，笔意顾盼；徐向
前书笔致浑健，朴实无华；罗荣桓书文理兼通，溢于楮墨；贺龙书拙中见奇，
追求务实；聂荣臻书道爽纵逸，骨气洞达；张爱萍书结体茂密，态势飞动；舒
同书挟雷带电，野逸朴茂。"[1] 在这些将领中，贺龙具有相当的典型性，以"两

1　李兵：《翰墨丹青铸军魂——新中国军事文化书法要论》，《中国书法》2013 年第 8 期，第 180 页。

把菜刀闹革命"的贺龙并没有像其他多数高级将领那样受过系统的文化教育,在 1927 年之前,识字不多的贺龙常常以口授的方式将命令告知副官,再由副官传达到各部队。而到陕甘宁边区后,勤学文化知识后的贺龙已经可以阅读各类理论著作,并能写出一手好字。1942 年 9 月 2 日,《解放日报》刊载了贺龙"体育运动军事化"的书法题词,这一题词用笔外拓,多藏锋,结字取环抱之势,浑厚清劲,极具美感,显示出一个出身底层的武将的文化素养。

陕甘宁边区的高级军政人员书法作品绝不仅限于这类刊于报刊的题词,他们往往也会给机关单位或个人题赠墨宝以寄托情怀,这类书法作品数量庞大,每一幅书法作品或见证着一段情缘或承载着一段历史抑或寄寓着悲与喜,有着极为重要的文化价值。题词文化在中国已有较长的历史,俗语中有"君子之交淡如水,秀才人情纸半张",书法往往是文人间情感交流的重要介质,相互题词赠字便是他们以字会友的重要手段,陕甘宁边区的高级军政人员的题词、题赠打破了文人墨客对这一文化传统的垄断,丰富了中国传统的题赠文化,展现出了他们的家国情怀和大爱大恨。这类题赠书法不再局限于个人与个人之间的情感交往,多数都公之于众,在人民大众之中产生了广泛的影响。

陕甘宁边区基层的军政人员中也有大量的擅书者。纵观中国共产党的革命历程,无论是对知识分子的广泛吸纳还是在全国各地刊发的革命报刊,抑或是对识字运动、扫盲运动的倡导与实践,都体现出它对宣传的重视。因而,书法作为革命宣传活动中的重要手段,有着不可忽视的作用,这促使了陕甘宁边区的基层军政人员中涌现出大量的擅书者,他们将精简凝练的革命标语写满大街小巷,成为了当时另类的革命书法展。被称为"马背书法家"的舒同最初便是在军队中专写宣传标语和布告,此外,有着"红军书法家"之称的朱焰最初也是随西北战地服务团以写标语的形式参与战斗。手书标语是最具陕甘宁边区特色、最能体现陕甘宁边区书法"人民性"的一种宣传手段。中华人民共和国国徽设计者之一的美术家钟灵曾在 1938 年冬受八路军后方留守处委托在延安城墙上写标语，出于美观的考虑，他将"工人农民联合起来争取抗日胜利"的标语中"工"字的一竖写作了"ㄣ"，在"人"的捺笔上增加了三点，这样的写法常见于书法创作，如1940年王明为《中国工人》题词时便也采取了这样的书写方式。到1942年2月8日，毛泽东在《反对党八股》中就钟灵写的这两个异体字中所体现出的"无的放矢，不看对象"予以批评，并明确指出"共产党员如果真想做宣传，就要看对象，就要想一想自己的文章、演说、谈话、写字是给什么人看、给什么人听的，否则就等于下决心不要人看，不要人听"。[1]由此可见，陕甘宁边区书法的价值趋向中更注重的是易写易认，这与陕甘宁边区文艺大众化的倡导是一致的。

知识分子是陕甘宁边区书法的另一主要创作群体，在文艺为工农兵服务的倡导下，知识分子深入农村、深入农民生活，改变旧有的文艺理念，树立起文艺为工农兵服务的意识，成为实践文艺大众化的主力军。知识分子书法主要形式是手稿、信札、报告、公文等，古人书论中有"无意乃佳"之说，这类墨迹作为他们的日常书写，在书写时并没有刻意将之作为书法创作，这反而使得这些墨迹有了一定的艺术价值。写作者的情绪自然流露，随着书写内容的一步步展开，文与字和谐共生，互注互释，相得益彰。这一时期的知识分子是最后一代以毛笔为日常书写工具的文人，留下了中国历史上最后一批日常书写的毛笔墨迹。整体而言，这类知识分子书法中，作家书法有着较为独特的审美趣味。在中国古代书法传统中，书法与文学的关系极为紧密，许多书家本身便是文学创作者，因此很多法帖也是文学作品，文学本身的美感和书法笔墨的美感结合在一起，相得益彰，千百年来共同为中国人生存的心灵空间，营构出一种浓浓的诗意和独特的美感。[2]只是随着历史的剥蚀，现今留存的古代作家手书原稿

---

1 《毛泽东选集》第三卷，人民出版社，1991，第836页。

2 参见李继凯：《论书法文化与中国近现代作家的关联特征及功能意义》，《书法》2013年第12期，第32—39页。

并不多，但是中国现代作家的手稿因去今未远，还有很大的抢救整理的空间。陕甘宁边区的作家中，周扬、赵树理、贺敬之、艾青、周而复、方纪等人的书法都颇为可观。周扬在书法方面有着相当的造诣，在陕甘宁边区时期留下许多珍贵的墨迹。新中国成立后，周扬长期身为文化部门领导，对书法极为重视，推动了中国书法家协会的成立，并在 20 世纪 80 年代促成了全国"书法热"的兴起[1]。赵树理在文学创作方面以"土气"为主要风格，但他却是一个极为雅致的人，业余生活中对书法拥有极大的热情，"汪曾祺说赵树理的字写得很好，是他见过的作家里字最好的"[2]。贺敬之将诗歌与书法艺术做了很好的融合，在新中国成立后曾出版《贺敬之诗书集》，引起人们的广泛关注。贺敬之极为尊崇米芾的书法，他曾说过："我把米芾比作京剧中的程派，他的字帖我爱不释手。米书每一字都不俗气，都大度，内涵深刻，充满才气和活力……"[3]孙犁的书法清正自然，风格与他的文章颇为相似，他热爱书法，对书法有着自己独到的见解，他认为，"文字为工具，以易书易认为主。用作装饰，也以工整有法，秀丽有致为美。"[4]此外周而复在书法方面也有一定成绩，赵朴初曾赞周而复的《琵琶行》："诗乎书乎消息通，今古相看两不厌"。启功也对周而复的书法有较高的评价："周书下笔开生面，不输江东羲与献。神清骨秀柳当风，实大声洪雷绕殿。初疑笔阵出明贤，吴下华亭非所见。"[5]诗人艾青的日常书写以钢笔为主，毛笔为辅，不同的书写工具形成不同的文字风格和韵味，他创作诗歌时喜欢用钢笔，"但我最讨厌钢笔漏水，钢笔一漏水了，诗的情绪就像墨水一样凝聚在纸面上了。墨笔也是我所欢喜用的，但用墨笔的时候，情绪的抒发没有

1　佟韦：《书坛纪事》，中国文联出版社，2007，第 88 页。

2　成葆德：《重读赵树理》，北岳文艺出版社，2016，第 7 页。

3　佟韦、赵铁信：《谈贺敬之的书法艺术》，见陆华、祝东力主编：《回首征程：贺敬之文学生涯 65 周年纪念文集》，文化艺术出版社，2005，第 318 页。

4　杨栋：《紫陌集》，中国文史出版社，2006，第 95 页。

5　曾敬之：《空谷足音》，新世纪出版社，1998，第 135 页。

用钢笔的时候舒爽。"[1] 可以看出书写工具的选择，书写的行为与形式已经与他的诗歌创作成为一个有机的综合体。陕甘宁边区作家在创作工农兵文学的同时留存下来丰富的手稿，这些手稿"许多都是以毛笔书法的形式创作而成，是一种真正意义上的书法文学或文学书法，因为其中有作家增删修改的痕迹，也有作家书写的书体，还有作家书法的章法结构，因而成为一种有生命体温的活化石，其价值意义也就显得弥足珍贵了"[2]。这类工农兵文学作品的手稿有着丰富的文化信息，它们是文学与书法同存共生的文物，是传统精英文化与民间通俗文化相结合的产物，也是知识分子与工农兵相结合的证物。

陕甘宁边区书法从创作内容来看，大多紧扣时代主题，以简练的白话文或四字成语为主，少有"之乎者也"，有着极为鲜明的时代风格。在各类报刊上刊登的书法作品大致可分为三类，一类为贺喜，一类为悼亡，另外一类为重大事件纪念，其中悼亡类书法作品较多。《解放日报》和《新华日报》上曾有过多次大型的悼亡活动，几乎每一次悼亡活动都会有相应的悼亡书法作品刊出，其中最为著名的悼亡书法当属 1941 年 1 月皖南事变之后周恩来在《新华日报》上题写的"为江南死国难者致哀"和"千古奇冤，江南一叶。同室操戈，相煎何急?"周恩来的这两幅书法字字悲愤，笔笔含情，极具震撼力，这一日的《新华日报》因此而零售量骤增五倍[3]。1944 年邹韬奋病逝后，《解放日报》刊出两个整版的悼念文章和悼亡书法，毛泽东用书法的形式盛赞邹韬奋"热爱人民，真诚地为人民服务，鞠躬尽瘁，死而后已，这就是邹韬奋先生的精神，这就是他之所以感动人的地方"。章法错落有致，笔画流畅有力，是毛泽东书法中的上乘之作。同时刊有朱德题写的"爱国志士，民主先锋"和陈绍禹题写的"韬奋先生之死，是中国人民在鲁迅先生死后的最大损失"的题词，其中朱德的题

---

1 董正勇:《艾青的书法艺术》，见政协金华市委员会文史委、艾青纪念馆编:《金华文史资料: 第 14 辑——故乡的艾青》，内部资料，2001，第 82 页。

2 李继凯:《书法文化与中国现代作家》，《中国社会科学》2010 年第 4 期，第 173 页。

3 重庆抗战丛书编纂委员会:《抗战时期重庆的新闻界》，重庆出版社，1995，第 172 页。

词布局和谐，"爱国"与"先锋"四字用笔浓重，气韵沉郁，饱蘸感情，是对邹韬奋一生最为恳切的评价。此外还有1946年"四八"空难后，举国哀痛，《新华日报》和《解放日报》均用了大量版面刊登了毛泽东、周恩来、朱德、刘少奇、吴玉章、李鼎铭、彭德怀、任弼时等人题写的悼词，其中毛泽东"为人民而死，虽死犹荣"的题词成为后来人纪念烈士的经典书法，被广泛引用。此外，在悼念乔国桢、陶行知、关向应、闻一多、李公朴等人时，同样有大量悼挽书法被刊登。在报刊中刊出的悼亡类书法仅仅是陕甘宁边区悼亡书法的一小部分，还有大量书法被收集整理后留存在全国各地的烈士陵园和革命纪念馆内。1942年左权在战斗中牺牲，朱德、周恩来、彭德怀、刘伯承、罗瑞卿、贺龙等人为纪念左权而题写了许多悼词[1]。其中彭德怀撰书《左权同志碑志》是彭德怀书法中少有的楷书作品，文中彭德怀对"相与也深，相知更切"的战友"壮志未成，遗恨太行"深感悲痛，碑文用笔凝重，章法严整，朴中含秀，有着鲜明的颜楷特征。这些悼亡书法通过对英烈牺牲的歌泣，书写出一篇篇震撼人心的英雄史诗。

除悼亡书法之外，陕甘宁边区书法亦不乏许多贺喜的作品，许多刊物创刊时，经常会刊登高级军政人员题写的贺喜题词。如《中国工人》创刊时刊登了王稼祥、王明、吴玉章、邓发、林伯渠、张闻天等人的题词，《中国文化》《文艺突击》等的创刊号上均刊登了毛泽东的题词，在《新华日报》创刊时，刊登了全国各界大量的创刊贺词，仅陕甘宁边区政要的贺词就有十多幅。此外，《解放日报》还曾刊登了为徐特立、朱德等人的祝寿书法。中国共产党在成立初便有严禁党内为个人祝寿的规定，但在陕甘宁边区，曾几次破例公开为徐特立、朱德等人举办过祝寿活动[2]。1937年1月，毛泽东提出要破例为花甲之年的徐特立公开举办祝寿活动，得到了党内一致的拥护和支持，但规定在祝寿活

1　姚金果：《第一批国家级抗战纪念设施和遗址通览》，中共党史出版社，2014，第69页。

2　谢荣滚：《赤子情深：陈君葆传》，广东人民出版社，2012，第162页。

动中，"不收一切礼物，只收信件和祝词"，于是"各个战场上寄往延安和保安的大量贺词、贺信和贺幛，就如雪片般飞来"[1]。这次祝寿活动中，徐特立收到的各类贺词、贺信约一千多件，这些贺词、贺信在文体上有诗词、有散文，更主要的是这些贺词、贺信大多是优秀的书法作品。到1947年，"党中央仍然决定在我军撤离延安之前为徐老第二次祝寿"[2]，同样也收获了大量的贺词书法，如毛泽东的"坚强的老战士"题词，周恩来的"人民之光，我党之荣"题词等，用精练的语句对徐特立的人格精神予以赞扬。事实上，在陕甘宁边区为徐特立的两次祝寿活动的意义并不仅仅在于祝寿本身。1937年立足陕北不久和1947年撤离延安，陕甘宁边区都处于特殊的历史时期，借助徐特立的祝寿活动，通过徐特立的模范形象来宣扬中国共产党在革命活动中艰苦朴素、自强不息的精神，徐特立的精神"代表了中国革命知识分子的最优秀传统"，将"这一切优良品质发扬光大是全党同志和全国人民的革命任务"[3]，以此来鼓舞边区军民的斗志。此外，在1946年末，在朱德六十岁寿辰中，陕甘宁边区同样留存下一大批祝寿书法，这些书法作品在内容和形式上都是对陕甘宁边区时期所铸就的"延安精神"的对象化，是对陕甘宁边区文化最集中的展示。

除了这类贺喜书法之外，还有大量书法作品在报道重要活动和重大历史事件时被刊登，如1938年的中国学生救国联合会代表大会、世界学联代表团欢迎大会，1939年的国际反侵略运动大会，1942年的延安评剧研究院成立，还有各类节日、纪念日，如国际青年节、苏联十月革命廿五周年纪念、五一劳动节、护士节、记者节、"三八"国际劳动妇女节、七七事变周年纪念、九一八事变周年纪念等。最值得一提的当属毛泽东在抗战胜利后题写的"庆祝抗战胜利，中华民族解放万岁"题词，这是对中华民族团结抗战胜利的歌颂，是对无

---

1 中国档案报社、深圳市档案局:《红色档案揭秘》上，现代出版社，2015，第207页。
2 刘金田:《红色精神》，湖南教育出版社，2011，第280页。
3 杨庆旺:《毛泽东致家人、亲友及工作人员》，中共党史出版社，2014，第39页。

数为民族解放而牺牲的英雄的缅怀，也是对中华民族走出屈辱与苦难的欢欣呐喊，这样的沉重与喜悦同时寄寓在这幅书法的每一笔中，令观者仿佛看到千千万万的中国人涕泪满裳、欢喜欲狂。

陕甘宁边区的书法也从侧面反映出了陕甘宁边区的历史事实。陕甘宁边区物质条件的限制并没有使书法走向颓败，书写工具的变更反而促使书法走向新的道路。在印刷设备并不发达的陕甘宁边区，许多刊物、宣传册都是以手写油印的方式来复制传播，这些手写油印刊物中有着多种多样的字体，许多字体都是在有意模仿印刷字体，但它终究出自人工，没有机械的冰冷与无情。陕甘宁边区早期的机关报纸《新中华报》便主要是以手写油印发行，如今看来，它并不仅仅是一份反映陕甘宁边区社会历史的珍贵史料，同时也是陕甘宁边区硬笔书法的锦集。《新中华报》中报头、副刊刊头、文章标题等大多采用美术字，将汉字与美术进行了完美的结合；标语、口号等则以行、楷、隶等书体为主，大多采用双钩填廓的方式来呈现出软笔书法的点顿提按、波碟钩角；报刊内文主要以楷体字为主，字迹工整美观，多期刊物因出于多人之手，风格多变。硬笔书法的出现突破了传统以毛笔作为书法创作工具的唯一性，其价值逐渐得到书法研究者们的认可，甚至有论者认为"接受硬笔，实际上是对秦汉前以硬笔为主潮书法的回归"[1]。此外，受限于陕甘宁边区的印刷手段和物质条件，许多新的文字传播手段开始兴盛，如墙报、手抄报、黑板报等，书写工具也由毛笔变换为其他书写工具。陕甘宁边区的艰苦环境并没有限制人们的书写激情，反而激发出了许多独具一格的书写形式，这本身就是对陕甘宁边区文化中艰苦奋斗、自力更生精神的最佳阐释。

在陕甘宁边区的悼亡、贺喜、文化纪念等活动中，书法都扮演着极为重要的角色，一方面，书法参与这类文化活动自有其传统，只是这类文化活动不再

1　朱仁夫：《中国现代书法史》，贵州教育出版社，2010，第27页。

是古代小团体的活动，而是辐射整个陕甘宁边区甚至全国的集体活动。而书法作为人们在这类活动中情绪表达的重要形式，它在表达个体情感的同时，也是对陕甘宁边区人们的思想理念、理想信仰、价值观念等的宣扬。报刊作为当时主要的传播媒介，其传播速度、力度、范围都为书法作品的影响力提供了有力的支持，报刊刊登书法作品，绝不只在于其艺术性，更重要的是通过它的文化属性来实现一定的现实功利目的。在报刊上，仅有只言片语的书法作品在字数的多寡、版面的大小上都不及一篇洋洋洒洒的文章，但它对书写者喜怒哀乐的情感表达，在宣传政治理念和意识形态时所达到的效果并不亚于同样主题的文章。将这类刊登于报刊的书法作品进行梳理，可以很直观地呈现出一部陕甘宁边区史和书写者们的情感史。中国古代诗人素有以文证史的"诗史"追求，陕甘宁边区的书法作品在一定程度上也有着纪史的作用，对它的整理与研究可以开拓出认知陕甘宁边区史和抗日战争史的新的维度，"艺术即历史，艺术即文化，艺术即情感交流"[1]，作为特殊艺术形式的书法，它记录了历史，传承了文化，展现出了一代人的情感世界。陕甘宁边区文化以中国优秀传统文化为基础，在精神文化、物质文化、制度文化等层面均有新的建树，作为陕甘宁边区文化重要载体的书法，它所承载的文化内涵主要集中在精神文化层面。陕甘宁边区所处的特殊的历史时空决定了陕甘宁边区精神文化的核心，在民族危亡、国家破裂的战争环境中，爱国主义精神成为陕甘宁边区书法表达最为集中的一个主题。从陕甘宁边区书法的创作内容中可以直观地看出其间所渗透的强烈的爱国主义精神。综上，我们可以认定陕甘宁边区书法既是纪史的书法，同时也是载道的书法。

　　通过对陕甘宁边区书法文化现象的概览，可以看出其特质，它继承传统、承载传统、超越传统，可谓之"传统性"；它以人民为本位，走向民间，服务

---

　　[1] 程金城：《丝绸之路艺术的意义与价值——兼及"丝绸之路艺术学"刍议》，《兰州大学学报（社会科学版）》2017年第2期，第65页。

人民，可谓之"人民性"；它紧贴时代，载道纪史，反映现实，可谓之"现实性"。无论如何，陕甘宁边区书法文化是在陕甘宁边区特殊的历史时空背景下的产物，受当时特定的政治、文化、战争等影响，相对于当时全国其他地区碑学大盛、复三代之古的书法风气和超脱世俗、躲避于精神孤岛之中的书写者来说，陕甘宁边区的书法表现出的抗争力之美，反映出的书写者的热血与赤心，似乎更符合那一时代的精神风貌。陕甘宁边区文化在整合古今中外文化资源过程中，磨合、创化出了新的文化形态，因而可谓之为中国文化发展中的"落脚点"；与此同时，陕甘宁边区文化直接影响了新中国成立后中国文化的发展，是新中国文化的雏形，因而亦可谓之"出发点"。直到中国进入新时期、跨入新时代，可以说根据地书法的文化根脉依然得以延续，总有不少书法家自觉地将传统书法文化和红色书法文化融合起来，进行多种形式的书法创作，开展多姿多彩的书法活动，为现代中国书法文化作出了持续性的重要贡献。

第三节　陕甘宁书写—书法文化的意义与价值

延安虽然不大，但确实历史悠久，是中华民族的发祥地之一。据传在五千多年前，轩辕黄帝就在延安及周边活动，成为古华夏部落联盟的一个主要首领，被视为五帝之首和中华人文初祖。仅仅是在巍然矗立的黄帝陵（全国重点文物保护单位）就有历代存留的碑石，映现着这里书法文化的辉煌。延安是一座有传统文化和革命文化积淀的古城。彰显书法文化的传统在战争年代也没有中断。延安旧城墙各门如安定门、安澜门等的题名就皆用书法样式书写，陕北或陕西本地文人李鼎铭、魏野畴等人亦擅书法，陕北革命先驱者创办的《陕北新声》《共进》等期刊皆用隶书题写刊名，陕北读书人和志士刘志丹、谢子长、李子洲等人也通于国学及书法，陕北延安的贴春联、刷标语、竖招牌、立碑铭等也多用毛笔书法，这些都显示着对国粹文化的自然继承。笔者以为：作为中国文化骄子的书法是完全彻底的"国粹",中国人围绕书法艺术而展开的有关活动创造了丰富多彩而又源远流长的中国书法文化。这种书法文化的传播在当年的陕北或陕甘宁也是具有覆盖性的,与包括文学在内的其他文艺样式、文化形态都有着或显或隐、或多或少的联系,即使在战争年代的延安也维系甚至加强了这种联系。到了20世纪三四十年代,这里的红色文化崛起于黄土高原,其中的书法文化便在不事张扬之中,众多革命人士勤奋书写着,留下了许多值得珍视的手稿书迹,创造了相当可观的红色书法文化。如果能够汇聚精选而精刻成为"延安碑林",其价值也不可低估,尤其在弘扬延安红色文化方面具有强烈的现实需要,一旦建成并能传之久远,也或有西安碑林那样的美誉。

在延安革命家群体中,有许多擅长于书法的显赫人物,毛泽东、周恩来、朱德等是其中的杰出代表。即使并不以书法名世的陈云,也在延安时期曾为《新中华报》题词(1939年2月25日),后来还曾为抗大五期毕业生题词(1940年3月19日)。他的书法有较为深厚的功底,近年来出版的《陈云墨迹选》和《陈云书风》等书可以为证。显然,如果将延安革命家的书法手迹汇编起来,定然蔚为大观。

当然,从陕甘宁文艺的研究视角,我们理应会较多关注陕甘宁书写—书法文化的广泛而又深切的联系。事实上,陕甘宁文人中能写善书的人很多,客观上遂使当年延安形成了比较浓厚的书法文化氛围。同时我们可以在他们的墨迹和心迹之间,发现奉献精神及个性世界。他们的文化追求、文化创造对延安文艺及书法文化的贡献堪称巨大,其所创造的红色书法文化具有多方面的启示和意义。众所周知,延安时期是一个非常特殊的时期,一个连纸张和笔墨都非常稀缺的时期,然而就在这个艰苦卓绝的历史时期却产生了很多文化奇迹。颇为遗憾的是,学术界对这一时期书写—书法文化的关注确实很少见,相关的整体性深入探讨更是几近空白,这无疑是一件相当遗憾的事情。事实上,延安人特别是延安文人、民众与书法文化包括书法艺术还是建立了相当普遍而又密切的关系，他们将文武之道与翰墨书写紧密结合，崇尚各种劳动包括书写劳动，并于艰苦奋斗中开辟了胜利道路和文化家园。

透过历史烟云，我们看到了武器与纺车的同在，看到了领袖和群众的和谐，同时我们也看到了剑锋与笔锋的合力，看到了在刀光剑影中领袖、文人、工农兵群众积极参与翰海弄潮的文化奇观，也看到了人民成为历史主体的革命理想和"与时运相济"的文艺方向。在历史上那个令人难以忘怀的延安时期，能够濡翰挥毫的人们都在那个也是极为艰苦的岁月里，惜纸如银，惜墨如金，用鲜血生命和精神意志书写了灿烂不朽的篇章。尽管当时情势困窘异常，物质条件极为缺乏，他们还是拼力地书写着，用毛笔、钢笔等写出了来自心中的诗文、真言、誓语以及他们认可的各类文句，为延安文化或革命文化作出了难以磨灭的贡献。即使在不少心存偏见的人看来，也往往会疑问频生，很难相信在那样一种环境中，竟然会产生那么多不朽的篇章和难以磨灭的墨迹及文武兼备的人才。笔者以为，从某种意义上也许可以这样命名："陕甘宁书写—书法：武人世界中的文人气象"。从这奇特而非纯粹的文人气象中，我们固然可以领略到文人的"武化"（如鲁艺的文人们普遍成为文武兼备的战士，即使比较难得的女性文艺工作者如丁玲、莫耶们也由"昨天文小姐"大变为"今日武将军"了），但同时也可以领略到武人的"文化"（如彭德怀挥毫力荐赵树理小说、"马背书法家"舒同、"军内一支笔"的郭化若以及军人习字学文化所形成的风潮）。因此可以说，文人的"武化"、军人的"文化"以及工农兵学习"文化"的延安现象，是中国乃至世界历史上罕见的文化现象，内含着"变则通"的文化哲学逻辑，也印证着延安道路其实正是一条文武兼备、聚力发力之路！而从延安文人创造的翰墨世界中，我们也可以看出奋斗的神圣与艰辛，武人或战士的革命激情及其雄浑之气，尽管似乎少有某些人概念中的儒雅、秀逸甚至温馨，但却自有别样的凝重、热烈甚至沉雄，字里行间透出某种令人感叹不已的英雄气概。

在延安革命纪念馆，观众可以直观而又清晰地看到：这里历史性展示的既是枪炮世界，也是文字世界，书写文字成为延安人奋斗的重要内容及日常行为。这些主要运用于革命事业的毛笔或钢笔书写的文字，墨迹斑斑，浓淡不等，情理交融，却也线条舞动，美不胜收，甚至具有指导教化、决策决定、总结汇报、沟通传达及宣传动员等许多作用，延安书法的实用价值在艰苦环境中恰恰得到了极为充分的体现。但延安书法的普遍运用，包括有的诗文剧本的手稿或特意为之的书法作品，大多也具有或隐微或突出的审美作用。尽管延安时期的鲁艺没有书法专业，尽管以延安为中心的解放区各类展览中也没有独立的书法展览，但在"文协""文抗"的文人群体及"鲁艺""抗大"等学校的教员、学员中却不乏善书者，醒目的标语、流行的墙报、街头宣传栏和各类展览题名、作品题名等便多以书法出之。尽管延安时期条件限制，但各种毛笔的运用依然相当普遍。如陕甘宁边区政府各单位、部队以及县区各单位名称，还有各种旗帜也多用毛笔书法题写，在各类证件（如红军家属证、个人证件等）、账本（分地分粮等）的书写中也多用毛笔书法为之，乃至招牌、通知、讣告、悼词、挽联等也多用毛笔书法为之。政府布告、集体宣言、战友赠言、口号标语、总结小结、题词题名、聘书奖状、墓志碑铭、印章篆刻、寿幛祝文、袖章臂章、家书情书、学习笔记乃至各种书信，任命书、纪念证、通行证、座右铭以及捷报、电文稿等也多用书法为之。常见的油印宣传单、各种教本的题名等也多用书法。各种印章，包括集体的个人的，亦体现了延安篆刻的水准。可见延安书法文化的实践用途非常广泛，且天天为之，却正由于习以为常、司空见惯，所以在延安并不把书法视为需要刻意为之的"艺术"了，但却由此形成了比较浓厚的书法文化氛围。值得格外重视的是，中国共产党人是从延安时期开始真正在"文武之道"上找到了平衡点和结合点，从而将文武之道与翰墨书写紧密结合，于艰苦奋斗中开辟了胜利道路和文化家园。

简言之，延安人在革命文化建设过程中，也通过各种勤奋的书写方式，创造现代红色的书法文化。这也就是说，在陕甘宁边区，延安人包括延安革命家、延安文人、延安民众不仅将政治文化引向新的境界，而且也将书法文化引向了一个新的境界。其中，文武双全的人们成为延安骄子，包括比较纯粹的作家文人在内，他们的文化追求、文化创造对延安文艺及书法文化的贡献堪称巨大，其所创造的红色的书法文化明显具有多方面的价值和意义。

被毛泽东赞誉为"马背书法家"的舒同，曾为闻名于世的中国人民抗日军政大学题写校牌，还为该校题写了"团结紧张、严肃活泼、艰苦奋斗、英勇牺牲"的校训。舒同在延安时期立有军功，革命事业中作过多方面的贡献。从书法角度看，他在创化中国书法的笔法与结构等方面尤其别出心裁，创造了独具面目的"舒体"。在舒同去世后有一副对联："从疆场作战到夺取政权，军内一支如椽笔；由马背写字而创建书协，艺坛元勋肃巨碑。"从这里即可看出对舒同作为杰出书写者的敬重，看到了他不仅能写出好文章，而且还能创作出优秀书法作品，对他创建中国书法家协会的业绩也给予了充分的肯定。

如果说毛泽东、周恩来、舒同等延安革命家的书法不仅在内容上体现了红色书法文化的崇高和丰实，而且在艺术上也达到了别开生面、新颖独到的境界，那么，我们也可以说，延安文人和民众也积极投入的书写高潮，则谱写了中国书法文化历史的新篇章，也有重要的价值意义。我们知道，中国书法是中华民族的伟大文化创造，其表达方式蕴含着中华民族特有的精神价值、思维方式、想象力和文化意识。由汉字书写为主要载体的中国书法，或者是作为书法行为的汉字书写，实际是中华民族审美经验的集中体现，有着极为鲜明的艺术特点与丰富的文化含量，是解读中国文化与中国艺术不可逾越的重要载体。而延安书法文化作为中国现代文化中的重要组成部分，显然也是对中国优秀的传统文化的弘扬和发展。

尽管延安时期因为战争和围困等原因，许多手稿真迹没有能够保存下来，还有一些属于秘密级文档尚未解密，但仅就我们能够看到的延安人的书写手稿笔迹，已经展示出了一个风格各异、品相有别、内容丰富的书法文化世界，其承载的文史信息和审美意味也非常丰富，理应作为中国书法研究、弘扬红色文化的重要对象及资源。从比较纯粹的书法文化研究的角度来看，如今潜心研究延安人留存的手迹（作品手稿、笔记、信札、日记、批注等），也包括他们有意识进行创作的题字、条幅、横幅、对联及篆刻等形式的各体的书法作品，也应该充分肯定延安人所取得的业绩。而从目前研究现状来看，对延安人书写的书迹手稿进行深究细研无疑很有必要，这方面的相关学术思考应该是个很新颖的学术命题，尤其是就延安书法文化进行整体研究、系统观照，则具有原创性和填补学术空白的性质，并且具有较为宽广的论域和相当丰富的意义。要而言之，主要有以下一些重要的学术价值及意义：

其一，陕甘宁书写—书法文化是抗击苦难、济民救国的红色书法文化。红色书法文化作为延安革命文化的重要组成部分，有着绝对不可忽视的历史作用和地位。毛泽东强调要文武双全以拯救民族，要用笔墨纸砚打败"四大家族"，要通过积极的书写即为工农兵服务的文艺创作来确立革命文艺的价值，迄今也具有积极的文化建设的价值意义。这也证明，延安革命文化并非"破坏"文化的同义词。在前述的"以文为主"和"以文为辅"两类文人的推动下，以工农兵为主体的"人民本位"的延安文艺开始勃兴，群众性的习字活动逐渐演变为群众书法活动，期待中的学习氛围开始形成，墨海也在延安出现，连翻身后的证件、支前的民众团队队旗等，也往往是群众的书写，这为中国的群众书法开辟了前进的方向。中国书法文化，作为传统文化中具有活力、再生力的一个部分，也拥有着与语言文字一样的伟力和文化救赎的功能。延安人包括延安文人对此可谓心有灵犀，抓住书法运用书法，充分发挥书法文化的实用功能和审美作用，对革命事业的促进作用无疑是不可忽视的。学者刘梦溪说："在中国文化的传承当中，书法的作用非常之大，有笔有工具，带有一定的工具理性成分在里面。往往，中国文化的精神在书法里面表现得最为集中，最为突出，好像中国文化的东西都装到书法里面了。"[1]书法文化涉及面广泛，功能和风格也多样，有的是狂欢的，有的是静雅的，有的是战斗的，有的是游戏的，有的是工稳的，有的是率意的等，不一而足，各有其妙，不可简单地否定和肯定。但在延安时期及各根据地，书法和其他文化艺术形式一样，主要是革命工作的武器，是参与战斗的。置身那个崇尚斗争也必须奋斗的大时代，阶级斗争、民族战争以及思想纷争交织着、纠结着，无法回避也不应回避，对此必须以历史的公正的态度来面对，出之以历史的同情和理解。对陕甘宁文人书法的内容和形式也应如此看待。不能因"时代特征"及时代局限而加以简单的否定，不能总用和平岁月的价值观审美观去反思和批判。倘如此，也许会蜕化为另一种隔靴搔痒式的"异元"的"错位"批评。

其二，陕甘宁书写—书法文化拥有延续、延宕、延展的"影因"力量，在"后延安"时代仍具有传承创新的价值。陕甘宁文人与书法文化的关联体现在很多方面，而延安精神文化的持续影响在书法文化上也有体现，如以延安精神为主题的书画活动、以毛泽东延安时期诗词为内容的书法创作、延安作家对书法文化传统的继承发扬、"大延安"的文人书法现象以及"后延安"作家文人对热爱书法文化与对继承延安精神的结合等，都值得我们继续关注和研究。也就是说，在陕甘宁书写—书法文化实践中也生动而又真切地体现了延安精神。即使在"后延安"时期的延安文人，仍然会以书法作为弘扬延安精神的一种文化方式。贺敬之、田间、艾青、丁玲、齐燕铭等延安作家的许多题词手迹就是如此。即如晚年的欧阳山尊也依然怀念延安时期的峥嵘岁月，挥毫书写了自作诗，曰："当年日寇侵疆土，慷慨悲歌赴战场。……如今世界不平静，烽火岁月不应忘。"其书作充盈沧桑之气，结体独特，人书俱老，沉雄老辣，颇为可观。还有延安时期习武习字的儿童团长王益三，后来通过持续努力成长为红色

1　刘梦溪：《文化创造的原动力》，《解放日报》2011 年 12 月 30 日。

书法家。而在边远的密山北大荒书法碑石长廊中，也有具有"延安作家"身份的丁玲、艾青等书法作品。[1] 那位继承了传统文人爱好和延安文人传统的田家英，"爱书爱字不爱名"，也在书法创作和收藏方面留下了珍贵的遗产。尤其是文人作家的自然生命往往跨代而来，能够超越"朝代"或特定的时空局限。陕甘宁文人作家自然也不例外。即使在战火连绵之时，人文的追求，文化的力量仍然会创造出精神文明的果实，在延安，所留下的翰墨文本，特别是文人作家的文学性手稿，必将成为"第三文本"的宝贵案例。且陕甘宁文人遗墨大多具有复合性的文化价值，如中国现代文学馆及有关图书馆、档案馆中珍藏的延安作家手稿，汇集起来必将是集文学、书法和文物等价值于一体的文化宝库；又如毛泽东书赠丁玲的《临江仙》手稿真迹，就是毛泽东诗词与书法结合的佳作，是诗、书及文物三合一的旷世珍品。

其三，为了切实弘扬延安精神和陕甘宁书写—书法文化，有关方面应该进行一些策划，做好一些新的事情。正所谓峥嵘岁月久，盛世重晚情，为了纪念延安的峥嵘岁月和弘扬延安精神，有心人创作的书画经常充当了重要角色。从而给观众留下了难忘的印象，且会同陕甘宁文人的诗文、悲喜与墨迹，一并充实着、装饰着历史的记忆。笔者曾预言，鲁迅会在"墨迹中永生"，陕甘宁文人大抵也会如此。即使政治会发展，时代及环境会变化，但墨迹铸造的历史文物却是不朽的，都应该加以珍视和研究。而笔者以为，目前，我们无论在信仰信念层面还是知识建构层面，都要运用更多的方式包括书法文化活动，继承传扬延安精神、延安文化的优良传统。

其四，对陕甘宁两类文人与书法文化的关联，都要实事求是地进行辩证分析。我们知道，中国象形文字起源及发展史，与书法发展史有着惊人的契合，

---

1 该长廊始建于 1985 年，距密山市区 10 公里，由碑林、碑廊和坐落在山间的石碑（2000 余块石碑、石刻）组建而成，集我国近现代作家、书法家丁玲、艾青、启功、肖克等佳作之大成，文化底蕴深厚，是我国碑林瑰宝。

其早期的刻字画符及其突出的实用特征，并未遮蔽其审美特性，尤其是后人在接受过程中，却将之视为上古书法，以为难能可贵，以为传播甚少更觉珍稀无价，尽管相关文献及实证材料有限却也不惜笔墨给予大书特书。窃以为，与此相仿佛，我们对延安时期的文人书法，也应特别顾及其时空环境，对其文化创造的具体条件和创作心境要有充分的了解。但如果从比较纯粹的书法艺术史角度看，也应该承认当年陕甘宁文人的书法自觉意识还明显不足，"书法的生存环境问题"确为书法史论者所重视，[1] 在陕甘宁文人书法文化研究中也不能忽视这方面的因素；传承和运用书法文化较为充分，但在创新生发方面还存在不足，相应的艺术性书法展及书法专栏也很少见到，专门研讨书法的会议和文章更是付之阙如。所以整体而言，在书法文化传承和实践方面，延安人尤其是陕甘宁文人在作出重大贡献的同时，也在书法艺术的自觉追求和水平提升方面毕竟还是留下了一些遗憾。

---

1 陈振濂：《中国现代书法史》，人民美术出版社，2009，第56页。

余　论
在发现与阐释中拓展陕甘宁文艺研究

　　陕甘宁文艺作为中国革命文艺的源头活水，不仅承载着特殊历史时期的文化记忆，更蕴含着中国文艺现代化转型的基因密码。其理论与实践的双重创新，至今仍为当代文艺发展提供着重要启示。尤其是近年来，随着大量文献史料的发现和新的研究视域的开掘，学界已然认识到，陕甘宁文艺是中国文艺现代化进程中的重要环节，作为特定历史时空中的文化现象有着重要的学术研究价值与现实意义，其历史经验与学术传统也需要总结和升华，作为重要学术命题更需要与时俱进的持续拓展和深入研究。[1]

第一节　陕甘宁文艺研究的学术价值与现实意义

　　自 20 世纪 90 年代以来，以陕甘宁文艺为独立对象的研究日趋衰微，呈散乱游离之状，研究的广度和深度都乏善可陈。而与陕甘宁文艺研究的冷落萧条相比，以延安文艺为名的研究却在 20 世纪 80 年代中期以后风生水起、日益繁盛。可以说，从陕甘宁文艺研究过渡到延安文艺研究，是中国现代文学研究界

---

[1] 近些年来，中国现当代文学研究包括陕甘宁文学研究也在借鉴其他人文学科尤其是中国古代文学研究的学术经验。参见邓乔彬：《古典文学研究的拓展深入与观念方法问题》，《中国文学研究》1987 年第 4 期；王兆鹏、邵大为：《数字人文在古代文学研究中的初步实践及学术意义》，《中国社会科学》2020 年第 8 期；高玉：《中国文学学科分类论：历史、现状与未来展望》，《天津社会科学》2024 年第 4 期。

对 20 世纪 40 年代中国共产党文学研究范式和关注焦点的大调整。

延安文艺并非历史固有的概念，而是一个理论的构建。1938 年，可夫发表了《延安在文艺上的进步》，较早地介绍了当时延安在文艺上所取得的各个方面的进步。[1] 同年，林山在《谈谈延安的文艺活动》一文中分析了延安文艺活动的现状、成因和不足。[2]1939 年，周而复在《文艺阵地》上发表了《延安的文艺》一文，以延安为个案，描述了边区文艺的盛况。[3] 三者虽将"延安"和"文艺"并举，但并未提出延安文艺这一概念，也并未将延安文艺视作具有某种本质特性的独立的文艺样态。"延安"只是地域概念而已，所谓延安文艺就是发生在延安这一特定的地域中的文艺。当然，这也与延安文艺座谈会尚未举行，毛泽东《讲话》尚未成为文艺创作的指导原则有关。

延安文艺跨出陕甘宁边区的地域界限，被初步赋予同质化的特性应当始于 1946 年一份同名刊物《延安文艺》的创办。虽然这份刊物最终并未出版，但它第一次淡化了延安文艺的地域属性，强化了毛泽东《讲话》的指导作用，开始将"延安的文艺"改称为"延安文艺"。当年 9 月 3 日的《解放日报》以全国文艺界协会延安分会、陕甘宁边区文化协会延安文艺社的名义刊登了一则《〈延安文艺〉需要什么稿子?》的启事。这则启事所倡导的文艺，其内容虽然仍然立足以延安为中心的陕甘宁边区："因为我们的刊物叫《延安文艺》，最需要写的，第一就是延安、陕甘宁边区的人民生活"；但其带有统摄性的本质性特征也同样得到了强调："这刊物叫《延安文艺》，就是我们有决心照毛主席《在延安文艺座谈会上的讲话》的精神，文艺为工农兵服务的方针，加倍的努力往前做去。"[4]

在这则启事中初露端倪的将延安文艺同质化的倾向在 20 世纪 80 年代被确

---

1 可夫:《延安在文艺上的进步》,《解放》1938 年第 47 期。
2 林山:《谈谈延安的文艺活动》,《文艺突击》1938 年第 1 卷第 3 期。
3 周而复:《延安的文艺》,《文艺阵地》1939 年第 2 卷第 9 期。
4 延安文艺社:《〈延安文艺〉需要什么稿子?》,《解放日报》1946 年 9 月 3 日。

立下来且获得了学理论证。在为 1984 年创刊的学术刊物《延安文艺研究》写下的发刊词中，丁玲指出："延安文艺是抗战时期，在党中央和毛主席直接关怀和正确领导之下，向人民学习，和人民一起共同斗争的结果，是整个革命事业的一部分。它不仅仅局限于延安地区局限于抗战时期。我们不能把它看小了，看窄了。"[1] 丁玲对延安文艺的界定，将其从具体的地域空间中抽离出来，使其成为一种具有辐射性的文艺，从根本上扭转了既往从地域角度来界定延安文艺的看法。丁玲的这一观点在随后得到了更为系统性的理论论证，林焕平认为，延安文学"从整体上说来，就是在延安思想指导下，表现以延安为中心的解放区的那个历史时期的革命与战争的生活"的文学，"延安文学所体现的文艺观，就是马克思主义、毛泽东思想的文艺观，它突出地体现在毛主席的代表作《在延安文艺座谈会上的讲话》里"。从革命事业总体上说，"从红军到达陕北，建立陕北根据地到全国解放，建立中华人民共和国，中国革命都是以延安为政治中心、思想中心和指挥中心"。因此，有必要把解放区文学更名为延安文学，后者较前者更能准确体现延安时期文学的"政治思想性"，即文学的政治意识形态属性。[2] 袁盛勇则认为："延安文学因之不仅成为一种意识形态化的文学，而且真正成为一种党派文学或党的文学。党的文学不仅凸现为一种文学观念，而且在事实上成为一种文学样态。"[3]

至此，在地域上行政区划上隶属于陕甘宁文艺的延安文艺，其地域属性为其政治属性所代替，它自身的党的文学的意识形态性质，以及其与共和国文学之间的承续关系都得到了凸显。也正是在这一理论视域下，学界对延安文艺的研究取得了丰硕的成果，延安文艺的性质、功能、成就及其影响都得到了不同程度的探讨。

---

1 丁玲：《研究延安文艺，继承延安文艺传统（代发刊词）》，《延安文艺研究》1984 年创刊号，第 3 页。
2 林焕平：《延安文学刍议》，《文艺理论与批评》1992 年第 3 期，第 73 页。
3 袁盛勇：《重新理解延安文学》，《西南民族大学学报（人文社科版）》2006 年第 5 期，第 91 页。

　　然而，正是将延安文艺视作一种具有本质属性的一体化的文艺，使得学界的研究在走向深入的同时也埋藏着简单化、主题先行、缺少历史感的危险。研究者往往在政治／文学，集体／个人，权力／个性的二元框架中认识延安文艺，对历史的复杂性视而不见，直奔主题，急于对延安文艺做性质的判断。诸如对延安文艺的"现代性"的认识，就有"反现代性""最具现代性""反现代的现代性"等多种说法。某种意义上，延安文艺的性质评判，根本上牵连着中国当下思想界的分野，亦是意识形态的激烈交锋之所。

　　同样，也正因如此，20世纪90年代以后的延安文艺研究，同质性的研究过多，差异性的研究太少。从学术理念上把延安文艺和解放区文艺看作是具有共同特征的同质性存在，就很难看到它们内部存在的差异性。同质性的研究某种程度上遮蔽了延安文艺和解放区文艺的丰富性和复杂性。无疑，即使是延安文艺座谈会之后，文艺创作逐渐走向一体化，延安文艺和解放区文艺之中也存在着很多的矛盾性和异质性的因素，这种差异或者源于地域的不同，或者源于文化的差异，或者源于政治的需要等，只有看到这些差异性，凸显这些差异性，延安文艺和解放区文艺的研究才能逼近历史的真实，取得更大的突破。比如，解放区文艺就不是铁板一块，解放区由陕甘宁、晋察冀、晋冀鲁豫、晋绥等地域的板块所组成，各个板块之间固然有着本质性的共同之处，但由于地域、文化和政治意义的不同存在着非常大的差异，这种差异深刻地影响了文艺，造成了各个解放区文艺上风格的多样性。某种意义上，差异性的凸显比同质性的追寻更有价值。

　　正是在同质性研究思路的影响下，陕甘宁文艺逐渐淡出研究者的视野。应该说，由于陕甘宁边区的重要政治地位和历史地位，学界对陕甘宁边区的文献史料整理和研究的成果非常丰富，陕甘宁边区的政治、金融、工商、农业、教育等领域均有文献整理出版，如《陕甘宁边区的精兵简政（资料选辑）》（求实出版社1982年版）、《陕甘宁边区参议会文献汇辑》（科学出版社1958年版）、《抗日战争时期陕甘宁边区财政经济史料摘编》（陕西人民出版社 1981 年版）、《陕甘宁边区的审计工作》（陕西人民出版社 1989 年版）等，但唯独缺少专门性的陕甘宁文学文献的整理成果和研究专著，其根本原因是学界长期以来受到同质性研究理念的影响，缺乏对陕甘宁文艺的独特性的认识。

在这里，还要特别探讨一下陕甘宁文艺研究的历史化问题。

我们提倡陕甘宁文艺研究再出发，一个基本的学术理念是将之"历史化"。所谓的"历史化"，最大的目标就是用大量的历史细节凸显它在特定历史时空中的独特性，用细节重构动态化和多元化的历史，以此将之非意识形态化，且将其置于当下的学术视野中来审视。既往的研究，往往存在两种倾向：一是因其历史性的存在及其产生的政治功用而将之文学价值片面拔高，其思路是由政治而文学；二是将之本质化为意识形态的文学，在文学与政治的二元思维中凸显政治权力对文学的规约或形塑，其思路是由文学而政治。这两种倾向在某种程度上都伴随着对历史复杂性的简化，即使是在新世纪以来研究的历史感不断强化的情况下，陕甘宁文艺在历史语境中的复杂性也凸显得不够，其间所包蕴的众多有价值的问题也被忽略了。

陕甘宁文艺研究的历史化，当然要首先认识到时为中共中央所在地的陕甘宁边区及其文艺在中国共产党历史上的重要性。历史地看，这种重要性主要是一种"示范性"。陕甘宁边区"政权形态带有明显的试验性质，它是中国共产党对于战后新国家建设构想的全面实验和尝试"。[1] 1938 年 7 月 2 日，毛泽东在同世界学联代表团谈话时就指出："边区的作用，就在做出一个榜样给全国人民看，使他们懂得这种制度是最于抗日救国有利的，是抗日救国唯一正确的道路，这就是边区在全国的意义与作用。"[2] 确实，陕甘宁边区是中国共产党建

---

[1] 李智勇：《陕甘宁边区政权形态与社会发展（1937—1945）》，中国社会科学出版社，2001，第 70 页。

[2]《毛泽东文集》第二卷，人民出版社，1993，第 131 页。

设"抗日和民主的模范区"[1]。可以说，陕甘宁边区政府是中国共产党展开其政治、经济、文化、外交等活动的具体执行者，它的政治制度、经济制度、文化政策等都具有极强的样板意义，文艺的建设和发展也是如此。在中国共产党的领导下，边区政府开展了轰轰烈烈的大生产运动、劳模运动、改造"二流子"运动等。陕甘宁文艺以各种形式即时反映了这些运动，这种对现实的即时反映性无疑是陕甘宁文艺的最大特色。除此之外，延安各种文艺活动的开展也大多是在陕甘宁边区的名义下进行的，1937 年 11 月 14 日成立的陕甘宁边区文化界救亡协会（后称"陕甘宁边区文化协会"，简称"边区文协"），是陕甘宁边区文化运动及文艺活动的总的领导机关，编辑出版了《文艺突击》《文艺战线》等文学刊物。尤其值得关注的是，1940 年 1 月 4 日至 9 日，陕甘宁边区文化协会第一次代表大会的召开，在这次大会上，毛泽东做了《新民主主义的政治与新民主主义的文化》（即《新民主主义论》）的重要报告，其意义无比深远。在边区文协的领导下，陕甘宁边区文艺界抗战联合会（简称"边区文联"）于 1938 年 9 月 11 日成立；边区诗歌总会于 1938 年 9 月成立；抗战文艺工作团于 1938 年 5 月成立；大众读物社于 1940 年 3 月 12 日成立；鲁迅研究会于 1941 年 1 月 15 日成立……延安文艺活动的盛景与边区文协的作用密不可分。然而，对延安文艺的研究却常常将文艺与中国共产党的领导直接对接，忽略了陕甘宁边区政府及其文学组织在文艺活动中的重大作用，这既不符合历史的真实，也无法使我们对延安时期的文艺生产机制或文学制度有深入的研究，这无疑是那一历史时期文学研究的重大课题。因此，赋予陕甘宁文艺研究以独立性，不仅是尊重历史时空中陕甘宁边区在文艺上的重要作用，凸显其作为执行者和实践者的重要角色，也将引领我们重新思考广义的延安文艺中陕甘宁文艺的地位及作用、文艺生产中中国共产党和边区政府的作用及其关系、延安时期的文艺制

---

1 《毛泽东选集》第一卷，人民出版社，1991，第 261 页。

度等关键问题，为延安文艺研究打开新的空间。

突出陕甘宁文艺研究的重要性与独立性，在方法上并不是要将研究的视野局限在陕甘宁文艺本身；相反，作为历史性概念的陕甘宁文艺恰可勾连苏维埃时期、根据地时期的文艺，亦可由此"样板"窥共和国文艺之一斑。用毛泽东形容陕甘宁边区的话说，既是"落脚点"，又是"出发点"。[1] 因此，我们将陕甘宁文艺的起点拟定在 1934 年。[2] 在边区政府成立前，中国共产党在陕西建立的政权有陕甘边苏维埃政府（1934 年 11 月 7 日成立）和陕北省苏维埃政府（1935 年 1 月底成立）。1935 年 10 月，中央红军抵达陕北后，设立了苏维埃中央政府驻西北办事处。1 月 13 日，西北办事处由保安进驻延安，延安从此成为西北苏区的中心。即使在最艰难的时期，中国共产党也没有放弃文化建设和文艺实践。但长期以来我们对延安文艺的关注，却常常忽视作为其源头的苏维埃时期的文艺。正如王燎荧所说："把陕甘宁边区文艺运动仅仅看作是'延安文艺座谈会前后'的文艺活动，实际是有很大局限性的。大体上说，我们的研究范围贯穿着抗日战争和解放战争两个历史时期。但是作为中国革命根据地文艺发展的一个特别重要的阶段，它直接继承着第二次国内革命战争时期革命根据地的文艺活动。同时它又带有地区史的性质，不能忽略陕北革命根据地创建时的文艺活动，以及党中央迁离这一地区后的文艺活动。因此它应从陕甘苏区创建时起至陕甘宁边区撤销止，实际相当于第二次国内革命战争后期至中华人民共和国成立，其中主要是在延安时期。"[3] 陕甘宁文艺研究，一个大的目标就是在历史的连续性中展开对党的文艺的研究。作为战时政权的边区政权，由于政治生态和战争形势的变化，经历了苏维埃政权、抗日民主政权到人民民主政权的转化；而作为战时文艺的陕甘宁文艺，其形态、功用及特性也随之发生着

---

1 《毛泽东文集》第三卷，人民出版社，1996，第 297 页。

2 关于"陕甘宁边区文艺"的概念界定也有狭义与广义之别，且与"延安文艺""解放区文艺""根据地文艺"等概念有交叉。本书在不同章节及语境中的表述则相应采取了与之相适配的概念。

3 王燎荧：《陕甘宁边区的文艺运动和毛泽东思想》，《社会科学战线》1982 年第 4 期，第 229 页。

深刻的变化。在既往的本质性一体化的研究中，这些变化毫不"在场"；而毋庸置疑，只有凸显、研究这些变化，方能在历史主义的高度上把握党的文艺、人民的文艺的本质。

陕甘宁文艺研究的另一重点，是将陕甘宁文艺从广义的延安文艺中剥离出来，挖掘其独特性或地方性，凸显它和其他根据地文艺、解放区文艺的差异。陕甘宁文艺研究本质上就是地方性和差异性的研究。无疑，陕甘宁文艺是诞生在西北这一独特的地域空间中的文艺，其文艺的形式与风格，都深深打着地方文化、地方文艺的烙印。即使是在毛泽东《讲话》发表后，"文艺为工农兵服务"、文艺民族化大众化成为文艺创作的指导原则，但文艺如何为工农兵服务、如何实现民族化大众化却并没有标准答案，其实现的途径主要是借鉴、吸收当地民间文艺的形式。而不同地方的民间文艺自然各具情态，也自成一体，这就使得基于地方性的陕甘宁文艺与其他根据地、解放区的文艺有了较为明显的差异。比如，广泛吸收了陕北信天游、秧歌等民间文艺形式的陕甘宁文艺与其他解放区的文艺自有不同的特色；同样是追求大众化，丁玲、赵树理、周立波等人的小说也因其地方性呈现出多样的风貌来。需要指出的是，陕甘宁文艺研究本身也需要警惕同一化的倾向。以往对陕甘宁文艺的研究，多集中在以延安为中心的陕北地区，对甘肃和宁夏地区的文艺少有关注。以差异性研究为题中应有之义的陕甘宁文艺研究，也同样需要注意其内部不同的地域性及其造成的差别。

陕甘宁文艺的历史化，还不得不面对一个重要问题，即陕甘宁边区与民国的关系。历史的事实是，陕甘宁边区政府是中华民国国民政府行政院直接管辖的省级行政机构，因此，"陕甘宁边区是中华民国领土之一部，是不可分离的一部"。[1]之所以重提陕甘宁边区与民国的隶属关系，并不是要否定陕甘宁边区

1　鲁芒：《陕甘宁边区的民众运动》，大众出版社，1938，第1页。

的独立性和历史贡献，而是试图在"民国机制"下，重新思考作为中国共产党的文艺的陕甘宁文艺与民国文学、抗战文艺的复杂关系。周维东指出，延安时期的文学是民国文学的"特殊的衍生物"，"从学理上讲，只有在民国视野中，延安时期文艺从发生到后来发展变化的整个轨迹，才可能得到完整的呈现"，"将延安时期的文学视为新中国文学（或'中国当代文学'）的前史，其发生在民国时期的根本特征就被忽略了"，其结果是导致延安文艺"作为一个独立文学史分期的学理依据却并不充分，时至今日，这一阶段文学史的清晰边界仍然是悬而未决的问题"。[1]而陕甘宁文艺则不存在如此的界限和分期难题。不仅如此，从"民国"的视角审视陕甘宁文艺，必定会催生一系列有趣也有意义的问题：在党际斗争的视域中，国民党文学如何书写陕甘宁？国民党文学如何与陕甘宁文艺争夺话语权？陕甘宁文艺与抗战、抗战文艺的关系怎样？陕甘宁文艺与国统区文艺的互动等。这些问题，是此前的研究所没有注意到的；对这些问题的回答，必将在陕甘宁文艺研究领域开拓出新的空间，展示新的历史面向，提供新的理解。因此，实事求是，以强烈的问题意识叩问历史的真实，打破一体化、本质性的研究模式，以一种大历史观去审视它，多角度、多层次、立体化地呈现出陕甘宁文艺的复杂性，应当是推动陕甘宁文学文献整理与研究不断拓展与深入，必须坚持的基本立场和出发点。

第二节　在文化磨合与创化中建构陕甘宁文艺研究新传统

作为现代中国革命及文化建构过程中的经典文论，《在延安文艺座谈会上的讲话》值得不断重读和重识。《讲话》内容博大精深、命题切要深刻、观点鲜明独到，其文艺思想既丰富多样、通古今之变，又蕴含多义性。笔者从若干

---

1 周维东：《再谈"民国"的文学史意义——以延安时期文学研究为例》，《学术月刊》2014年第3期，第22页。

主要方面，重新学习和认识《讲话》，尤其注重从文化创造角度强调《讲话》所实现的多重文化的磨合与创化，对《讲话》彰显的"文心"、呈现的磨合、追求的创化、重构的传统、达到的境界等给予论述，以期为持续开拓革命文论新境界、建构陕甘宁文艺研究新传统作出贡献。

在中国传统文论中素有"文以载道""文心雕龙"等著名论断，作为中国的这种"文脉"其实也通向了革命圣地延安。在"古代文论的现代转换"意义上可以说，在"文以载道"（彰显人民革命之道）、"文心雕龙"（初心系于书写人民）等方面，延安文艺迎来了一次高度的"文艺自觉"。恰恰是在"文心"与"初心"的内在关联意义上，能够明确这样一点：文以载道的置换重构是以人民为本位的"初心／文心"为前提、为基础的。由此也可以说，"文心"可以"雕龙"，《讲话》亦由心生。但这样的"文心"不仅是心有人民（工农兵等），而且心有时代和现实，在当时，纯粹个人化的哀乐表达已经不再是书写的重心。就《讲话》彰显的"文心"与"初心"而言，这里特别强调几点：

其一，初衷即显"初心"。人的文化创造行为都是有其初衷或动机的，《讲话》的诞生也是如此。各种相关文献证明，毛泽东之所以有了要开座谈会并讲话的初衷（这在他与许多延安文人个别交流时就一再表明了），那完全是当时人民革命整体事业的迫切需要，而非如某些人揣测的那样出于狭隘的派别之争。我们知道，在 20 世纪 40 年代初期的战争阶段，中共中央基于整体考量和战略需要，在全党范围内开展马克思列宁主义的教育运动。毛泽东已经先于《讲话》发表了《改造我们的学习》（1941）、《整顿党的作风》（1942）等系列文章，旨在提高革命理论水平和实践能力，发挥我党及时"纠错"的党建功能和作用。旨在："反对主观主义以整顿学风，反对宗派主义以整顿党风，反对党八股以整顿文风，这就是我们的任务。"[1] 所以，从整体革命事业需要出发，

---

[1]《毛泽东选集》第三卷，人民出版社，1991，第 812 页。

在文艺界也需要进行必要的、及时的"纠错",以期激发出为人民而创作的巨大热情,形成团结奋斗和谱写时代篇章的共同追求。从毛泽东《讲话》前后的系列文章和1945年中国共产党六届七中全会通过的《关于若干历史问题的决议》,即可看出真正的中国共产党人为人民事业而殚精竭虑、奋斗不息的初衷,昭示着其初衷即显"初心"、"初心"即显"文心"的历史逻辑和红色文脉。毛泽东本人的诗文包括他的政论、文论,其实就是体现这种历史逻辑和红色文脉的经典文本,不仅鲜明地体现着他对马克思主义中国化的一系列独立思考,而且有着鲜活的、智慧的语言表达及个性色彩。这在1942年5月毛泽东在延安文艺座谈会上进行的现场讲话中,就有非常生动的体现。当时的现场"讲话"的"话本"是有声传播,从参会人员的记录(尤其是速记员的记录)和回忆中,我们可以领略到毛泽东作为革命领袖的人民情怀、声腔口吻和他的初心及个性。他所期望的文艺就是人民文艺,他看重的人民文艺一定要为人民群众所"喜闻乐见"且要有"中国气派"。正是基于这样的"初心"和"文心",他的"讲话"一再强调的就是革命文艺为什么人服务以及如何服务的问题。这也就是说,从《讲话》的初衷即可见出中国共产党人包括毛泽东本人在战争环境中依然坚持着的为人民而创作、为时代而书写的人文"初心"。而对"初心"和"民心"的彰显,恰是延安文艺精神秉持"人民性"(堪称是"大写的人民性")的具体体现。所以,从现场的"话本"到次年问世的《讲话》初版定本,其中都有开宗明义的文艺"首要问题"亦即"为什么人服务"的问题。人民文艺为人民服务理所当然、天经地义,我们重读《讲话》,就是为了不忘这样的"初心"和"文心"。

其二,"初心"亦为"恒心"。毛泽东在年轻时也有他的人文"初心"。他曾在湖南省立第一师范就读时认真深究细研过教材《伦理学原理》(泡尔生著),并留下了12000余字批注,其中就表达了对人应有道德意识和社会责任等观点的认同,而且联想到各世纪、各民族的大革命的改天换地,认定"时时涤旧,染而新之，皆生死成毁之大变化也。吾人甚盼望其毁，盖毁旧宇宙而得新宇宙，岂不愈于旧宇宙耶！"[1] 由此可见毛泽东年轻时的济世情怀、通古今之变与世界人文学说的关联，这对来自农村的毛泽东的深刻影响也是终身的。他年轻时的道德追求亦即初心就是要为天下受苦的人谋求翻身解放。这样的"初心"与共产党人恒久坚持的"初心"其实是贯通的。毛泽东年轻时参与发起"新民学会"、在延安时期追求"人民解放"，直至建立中华人民共和国，都体现了他的"初心"与"恒心"。而《讲话》就体现了这样的"初心"和"恒心"。正所谓"初心如磐，使命在肩"。在《讲话》的引言部分，他就提出了基于特定环境和语境而来的"文化军队"的建构和任务："今天邀集大家来开座谈会，目的是要和大家交换意见，研究文艺工作和一般革命工作的关系，求得革命文艺的正确发展，求得革命文艺对其他革命工作的更好的协助，借以打倒我们民族的敌人，完成民族解放的任务。"[2] 这个开场白非常坦诚，说明了开会的目的，就是两个"求得"和一个"任务"，由此可以看出中国共产党人心目中的"革命文艺"的使命担当，而且适应当时现实迫切需要所提出的时代使命，就是要"完成民族解放的任务"。而这个"民族解放"的任务最主要的就是要解决民族矛盾，亦即取得抗日战争的胜利，为了完成这个极为光荣却也非常艰巨的任务，革命文艺要为此奉献应有的力量，给出"更好的协助"。这样的"交底"性质的告白，显然不是古代文人"雅集"性质的诗文唱和，没有"曲水流觞"，但已经将民族战争环境下的"文以载道"任务摆到了每一位延安文艺工作者的面前。

其三，"恒心"化为宏文。恰恰是因为有了前述的"初心"和持久保有"初心"的"恒心"，方能化成"天下"，形成《讲话》这样的宏文杰作。很显然，《讲话》不仅体现了革命文艺亦即人民文艺的"初心"和"恒心"，而且还内含

1　陈晋主编：《毛泽东读书笔记精讲》二·哲学卷，广西人民出版社，2017，第134页。
2　《毛泽东选集》第三卷，人民出版社，1991，第847页。

着人民本位的"大政治""大智慧",这便是中国共产党人的"文武之道"。对此，《讲话》在引言中也是坦诚言之："在我们为中国人民解放的斗争中，有各种的战线，就中也可以说有文武两个战线，这就是文化战线和军事战线。我们要战胜敌人，首先要依靠手里拿枪的军队。但是仅仅有这种军队是不够的，我们还要有文化的军队，这是团结自己、战胜敌人必不可少的一支军队。"[1] 也可以说，中国共产党人的"文武之道"都来自为人民而团结奋斗的"初心""恒心"。人民的天下是"打"出来的，同时也是"写"出来的。人类精彩纷呈的"书写行为"也是推进历史社会发展的伟大的"劳动行为"，恰恰是当年延安人在文化战线上的持续的团结奋斗，奠基和建构并举，理论和实践同辉，从而创造了真正革命文化 / 文艺所"集成""化成"的文化高峰。毛泽东作为《讲话》的主讲人，他本身不仅是伟大的政治家、军事家，而且也是世所公认的杰出文人、卓越诗人和书法家，他很清楚文艺固然是文艺，却又岂止于文艺。因为在他的整体思考中，"文武之道"密不可分，"枪杆子"和"笔杆子"都是取得人民革命胜利的法宝。1936 年到了延安，毛泽东就曾号召党的干部要文武双全："我们是有很多同志爱好文艺，但我们没有组织起来，没有专门计划的研究，进行工农大众的文艺创作，就是说过去我们都是干武的。现在我们不但要武的，我们也要文的了，我们要文武双全。"[2] 这也足以表明，在中国共产党人心中，"文之道"即革命文艺原本就是载道载舟、经天纬地、安邦定国、为民造福的伟大事业。事实上，一部中共党史证明，文化军队的建立、文化战线的推进、文化建设的发展都是革命伟业不可或缺的重要组成部分。基于这样整体地"看重"文艺，《讲话》在引言中就谈及若干具体问题，在"结论"中更是详细申论了一些大的问题，最终形成了 20000 字左右的宏文[3]，不仅揭示了文艺工作诸多"元

---

1 《毛泽东选集》第三卷，人民出版社，1991，第 847 页。
2 《毛泽东文集》第一卷，人民出版社，1993，第 461 页。
3 据当年经手发表《讲话》的《解放日报》文艺编辑黎辛说有 20400 多字，后编入《毛泽东选集》已经不足 20000 字。

问题"（为什么人和如何为）的理论价值和意义，而且通过"引言"和"结论"两大部分构成了《讲话》"双文本"结构，内容丰富且意味深长，即使有人质疑较多的文艺"组织化"问题，通过《讲话》及其相关文艺实践尤其是抗战文艺，也可以证明"组织起来"作为具有鲜明意识形态属性的革命话语和体制化生成，从总体或主导方面看，也凝聚并体现了中国共产党从事文艺工作的重要思想和经验，体现了为了人民解放事业必须"团结奋斗"的必要性和重要性。[1]从中我们也可以看到《讲话》语重心长的"双文本"和文艺"组织起来"在新民主主义革命文化建构及政党意识形态传播中的历史价值、文化意义及其持续影响。

《讲话》以"初心"和"恒心"铸就宏文佳构，创造性地阐释了文艺与人民、文艺与时代、文艺与革命及其关联的一系列问题，史无前例地牢固确立了共产党人对革命文艺工作的基本方针，指明了革命文艺为谁服务和如何服务等具体路径。由此也强化了文艺理论的原创性和超越性。[2]

延安文艺座谈会不仅是一次文艺界整风、纠错的会议，还堪称是寻求文化磨合、倡导团结奋斗的一次盛会，且确实是"大现代"文化磨合的最为典型的范例之一，在理论建构和创作实践层面取得了重大成果。尤其是基于古今中外文化资源和延安革命文艺经验基础上建构而成的《讲话》，成为从文化磨合到文化创造的卓越文本，是文化磨合与精神创造的结晶、集体智慧和个人思考的结晶、革命理论与现实实践的结晶，对推动和指导根据地革命文艺运动发挥了巨大的作用，也使之成为指导中国革命文艺、人民文艺持续发展的具有元典性的重要文献。

1　参见丁国旗：《〈在延安文艺座谈会上的讲话〉"引言"所提问题的当代价值》，《陕西师范大学学报（哲学社会科学版）》2022年第2期，第5—15页；冯超、李继凯：《"组织起来"的革命文艺》，《陕西师范大学学报（哲学社会科学版）》2022年第2期，第16—24页。

2　参见陆贵山：《原创与超越——〈在延安文艺座谈会上的讲话〉的理论优势和历史价值》，《求是》2012年第11期。

座谈会催生了两个时段的现场讲话及多次插话，并通过此前此后的多次调研、充分酝酿和多次修改，最终形成了公开发表的文本。这个过程其实就是艰辛而又必要的文化磨合的过程。[1] 而这个文化磨合所涵容的文化资源并非单一的某种文化："毛泽东同志关于批判地继承民族文化遗产，吸收和借鉴中外一切优秀文化的著名学说是我们大家熟知的。根据何其芳同志在《毛泽东之歌》中的回忆，1942 年在延安举行的文艺座谈会上，毛泽东同志口头的讲话和后来经过整理发表的文章是有某些表达形式上的差异的，也有不少生动譬喻，在讲到必须继承中外一切优秀文化的时候，毛泽东同志归纳为'古今中外法'，譬喻说：屁股坐在中国的现在，一手伸向古代，一手伸向外国。"[2] 在定稿《讲话》中，现场"话本"已经转化为理论性"文本"："作为观念形态的文艺作品，都是一定的社会生活在人类头脑中的反映的产物。革命的文艺，则是人民生活在革命作家头脑中的反映的产物。人民生活中本来存在着文学艺术原料的矿藏，这是自然形态的东西，是粗糙的东西，但也是最生动、最丰富、最基本的东西；在这点上说，它们使一切文学艺术相形见绌，它们是一切文学艺术的取之不尽、用之不竭的唯一的源泉……我们决不可拒绝继承和借鉴古人和外国人，哪怕是封建阶级和资产阶级的东西。但是继承和借鉴决不可以变成替代自己的创造，这是决不能替代的。文学艺术中对于古人和外国人的毫无批判的硬搬和模仿，乃是最没有出息的最害人的文学教条主义和艺术教条主义。"[3] 这样的论述更具有学理性，且体现了"古今中外法"，体现了毛泽东宏阔的文化视野和对文化／文艺创造规律的辩证把握。他对生活与文艺、古代与外国以及源流之辩等，都是具有革命性和经典性的论述，充分体现出了基于"古今中外法"进行文化磨合的思路。

---

1 参见罗工柳：《讲话原理决不会过时》，《美术》1992 年第 5 期，第 46—47 页。该文回忆，毛泽东在最后进行会议总结前还一边翻看讲话稿（详细提纲），还一边自言自语说"文章难作"。

2 邓绍基：《毛泽东与他的"古今中外法"》，《人民日报》1993 年 12 月 16 日。

3 《毛泽东选集》第三卷，人民出版社，1991，第 860 页。

事实上，这种文化磨合也折射着中国近现代以来无数先驱者、革命者的不懈追求：自近代以来，"西学东渐"是促进中国现代文化发展的必然选择，接受和创化外来先进文化（包括思想文化和科技文化等）有力地促进了中国的现代化进程，中国现代文化无疑包含着古今中外文化在中国现代时空中的汇聚和创化，其间便经历了各种形态的文化磨合。从"古今中外法"看待《讲话》，可以发现丰富文本内容与古今中外文化的渊源关系，同时积极继承了五四新文化运动的精神遗产，又把马克思列宁主义中国化应用到文艺领域，从革命文艺发展需要出发，破天荒地将人民（当时主要指工农兵）放置到文艺创作的主体位置上，这里的"人民"不再是五四时期需要被启蒙的大众，而是历史的、能动的主体。《讲话》指明了革命文艺工作者必须与群众结合、向群众学习，才能变成合格的文艺工作者。这种以人民为主体的文艺实践，成为相当一段历史时期文艺发展的主旋律。笔者认为，毛泽东和他所推崇的鲁迅先生一样，都是伫立在中国"大现代"文化场域中的文化巨人，他们通过古今中外的文化磨合，创化并形成了"大现代"文化观及文艺观。单一文化资源不能成就毛泽东及《讲话》，恰是古今中外多样文化的相遇与磨合成全了毛泽东及《讲话》。即使仅就共产党人自身的革命文化传承而言，讲话也与五四时期党的早期创始人李大钊、陈独秀、瞿秋白等人的革命文化观、与中国左翼文学革命文艺观都有血脉、文脉上的内在联系。就在准备召开延安文艺座谈会的过程中，毛泽东还阅读鲁迅著作以及他晚年倾心整理、出版的好友瞿秋白的译文集《海上述林》[1]，从中获得了许多有益的启示，包括马克思主义关于文艺现实主义、文学机械论的论述等，都对《讲话》的形成有着直接的影响。笔者曾特别强调过 20 世

1《海上述林》是鲁迅为纪念战友瞿秋白于 1935 年 10 月至 1936 年 5 月编成的，1936 年由诸夏怀霜社初版（实际是鲁迅委托友人印制）。内收瞿秋白的关于马克思主义文论的撰述及译文，其中主要有《马克思、恩格斯和文学上的现实主义》《恩格斯论巴尔扎克——给哈克纳斯女士的信》《恩格斯和文学上的机械论》《恩格斯论易卜生的信》等。此外，还有介绍普列汉诺夫、拉法格、高尔基的文章。《讲话》也吸纳了鲁迅文艺思想，且选择在鲁迅逝世 7 周年时刻发表以表达敬意。

纪三四十年代崛起于黄土高原的"延安文化"的特征及成因:"这种被 20 世纪三四十年代的延安人(包括外来者)逐渐重建起来的延安文化,是以延安革命文化为主导的,同时也对延安民间文化(如秧歌、信天游和风俗等)、延安古代文化(如多民族融合的文化精神和李自成式的叛逆精神等)和外来文化(如国外的苏联文化和国内异地的城乡文化等)给予了程度不同的汲取再造。在战争的烽烟和创业的艰难中,延安文化经受了极其严峻的考验,并逐渐成熟起来。形成了一种合金般硬朗的'延安精神'"。[1] 显然,《讲话》就充分体现着这种合金般的"延安精神"。

值得注意的是,"文"与"人"之间、"人地"与"人人"之间也都需要磨合。当年,丁玲、艾青、周扬、何其芳等都是从外地进入延安的"文化人",他们的文化活动包括文艺创作、理论探讨、文教卫生和报刊编辑等共同重构了延安文化场域。这个现实的氛围化的文化场域对毛泽东本人无疑更有直接影响。这个文化场域中活跃着深受古今中外文化影响的各类文学艺术家,这个场域不仅与延安既有传统文化、根据地文化、群众文化包括民间文化(甚至有方言文化、道情文化和饮食文化等)需要磨合,而且这个场域内部也需要磨合。事实上主要是这些外来文化人之间的磨合出现了诸多问题"刺激"了毛泽东。《讲话》对此都有针对性很强的论述。诸如对文艺与人民、文艺与生活、文艺与时代、文艺与政治(革命与战争等)、文艺与马列、普及与提高、歌颂与暴露等众多问题的论述,其实都是当时语境中的回应和对话。据始终参与座谈会和整理《讲话》的胡乔木回忆说:1940 年以后延安文艺界暴露出来的问题,在整风后期的一份文件中曾作了概括。作为特别熟悉彼时文坛"本事"的胡乔木认为其表现尤为明显的是这样五个问题:首先是所谓"暴露黑暗"问题,其次是脱离实际、脱离群众的倾向,第三是学习马列主义与文艺创作的关系问题,第四

---

1 李继凯:《秦地小说与"三秦文化"》,商务印书馆,2013,第 41 页。

是"小资产阶级的自我表现"，第五是文艺工作者的团结问题。[1] 而这些处于适应期、磨合期的文化人带来的问题在逐渐暴露、冲突和解决的过程中就凸显了艰难磨合的特征。

此外，就《讲话》中文化磨合与创化的特征和结果等，笔者还想强调以下几个问题。

一是《讲话》的"体系化革命文论"属性。显然，毛泽东的《讲话》是相当体系化的"革命文艺理论"，是精心建构的"人民文艺理论"，是马克思主义文论充分"中国化"的经典文论，也是迄今为止中国最著名的"红色文论"。作为形成于延安文艺时期的革命文论，史无前例地解决了文艺是"为什么人和如何为"等核心问题，且系统地阐述了人民主体文艺观、革命功利主义文艺观、文学艺术源泉论、中国民众喜闻乐见的民族形式论、文艺舞台上人民群众主角论、体现"经权之思"的批评论等，都体现了延安革命文论的独特创造和新的理论境界，具有重大的现实意义与理论价值。这样的革命文论或红色文论也是遵循"古今中外法"在多所借鉴、磨合中创化而来的。在这同时，恰恰也表明除了革命文艺之外也还有其他文艺样态，革命文艺对其他文艺也存在着如何借鉴和磨合的关系，即使在反对与被反对、批评与反批评的过程中，也有共时态、共场域的互动和启发。毛泽东在座谈会前就认真搜集和听取各种意见，会议进行中尤其认真记录了一些不同意见，恰恰是这些不同意见刺激或激活了他的思考，使他发现基于人民立场的革命文艺从理论前提、理论本体、实践形态、批评标准等方面与既有的中外文论的重要区别。他结合革命文艺实际情况着力阐述的正是这种区别，这也恰是《讲话》最具有革命性及特色的地方，由此也最能体现"原创性"或"创新性"。《讲话》呈现的体系化革命文论，明显不同于古代刘勰、陆机的"士大夫"文论，也不同于近现代王国维、朱光潜的

---

[1] 丁晓平：《胡乔木与〈在延安文艺座谈会上的讲话〉》，《中华读书报》2012 年 5 月 26 日。另可参见胡乔木：《胡乔木回忆毛泽东》，人民出版社，2014。

体系化美学，与外国的黑格尔、克罗齐、普列汉诺夫等名家体系化美学思想也判然有别，从而有了创新性价值。

二是《讲话》相关的各种"版本"都有学术价值。那些与《讲话》相关的"前文本"（谈话记录、通信、提纲、试讲记录等）、"讲话本"（现场两次集中讲话及临时插话的"话本"）、"速记本"（速记员记录本及他人会议记录等）、"整理本"（胡乔木在较长时间里根据速记本等进行整理的稿本）、"修改本"（毛泽东修改多次并不断广泛征求意见的稿本）、"首发本"（《解放日报》1943 年 10 月 19 日首发竖排本）、"初版本"（延安解放社于 1943 年出版的单行本）、"再版本"（各种再版或包括注释修订的繁体、简体中文版本）和"外译本"（各种语种的翻译版本）及"抄写本"（从延安时期的抄写本到新世纪作家群体的抄写本）等，也包括各种修改和包装的版本，有百余种，都有重要的文献价值、文物价值和学术价值。[1] 非常遗憾的是，因为当年延安条件限制，没有录音的"话本"只是存在于速记及某些人的回忆中，而大量相关的"现场手稿"的缺失，也为后人的细化研究带来了困难。但仅从谈话交流到试讲再到正式讲话的"话本"这个流程，就能确证一个伟大文献的诞生往往就是反复磨合、修改完善的结果。

三是《讲话》既凝结了毛泽东的心血，也是中国共产党人集体智慧的结晶，这个"党内"多方面沟通过程中也有磨合与创化。世所公认，中国共产党人之所以能够"星星之火，可以燎原"，能够由弱到强由小到大，这与共产党人向来注重来自人民和集体的智慧力量密切相关。而伟大的体系化的"毛泽东思想"本身就是中国共产党人集体的智慧结晶，集中体现中国共产党文艺思想的《讲话》亦然。很多相关文献都能够证明这点。为了筹备文艺座谈会，中央领导同志通过各种方式交换过意见，甚至还在 1942 年 5 月 21 日的中央政治局会议上专门提前讨论了这次文艺座谈会闭幕时要作"结论"的要点。开座谈会时在延

---

1 参见黄霞：《毛泽东〈在延安文艺座谈会上的讲话〉最早单行本》，《光明日报》2013 年 5 月 23 日。

安的中央领导大都参加了会议。据当时毛泽东的秘书胡乔木回忆："毛主席在延安文艺座谈会上讲话，事前备有一份提纲。提纲是他本人在同中央其他负责人和身边工作人员商量后亲自拟定的。"[1] 另据何其芳回忆："毛泽东同志在做结论以前，曾找过当时在中央机关工作的有些同志商量过。……毛主席准备了一下，写了一个提纲，又找他们来，对他们讲了一遍。大家都说好。然后毛泽东才用这个提纲在大会上讲。"[2] 有学者多年前就指出："正因为《讲话》是党的集体智慧的结晶，是永远属于党的精神财富，我们必须高度珍惜它，坚持它的基本思想；正因为党的集体智慧已经随着实践的发展而发展，《讲话》的具体论述在今天也已经得到了新的补充和丰富。"[3] 这也可以说，《讲话》作为集体智慧的结晶，也需要我们继续发挥集体智慧来坚持和发扬《讲话》的基本精神。

四是《讲话》体现了中国共产党人的战略战术与文学艺术思想。内含着共产党人特别讲求实事求是、务实求真的精神，体现了加强文化领导和建设的重要思想。其中也将文艺原理思辨和现实应变对策思考等紧密结合起来，体现了对文艺目的、文艺生产机制、文艺服务对象以及实际效果的关切，尤其是其中的"经权之思"[4]"智慧之用"所彰显的文化战略与策略思想，尤其能够体现具有崇高理想的共产党人同时也特别讲求实事求是、务求实效，冲破教条囹圄，看重基于现实重大需求所采取的文化策略的必要性和重要性。其实，就在文艺座谈会前后，党中央已经发现了文艺界存在的诸多问题，尤其是不能适应革命需要的问题。遂决定要及时开展必要的沟通和疏通、调整和纠偏，从而进一步明确党的文艺政策，加强党对文化／文艺的领导。

1　胡乔木：《胡乔木回忆毛泽东》，人民出版社，2014，第259页。

2　何其芳：《毛泽东思想的阳光照耀着我们——回忆延安文艺座谈会》，见上海人民出版社编：《文艺论丛》第1辑，上海人民出版社，1977，第21页。

3　陈思和：《毛泽东文艺思想是党的集体智慧的结晶——纪念〈在延安文艺座谈会上的讲话〉发表四十周年》，《复旦学报（社会科学版）》1982年第3期，第12页。

4　李乔：《凡事有经有权》，《群言》2012年第2期，第35页。

五是《讲话》体现了引导和团结大多数文艺工作者一道前行的良苦用心。座谈会采取"邀请"而非"通知"、三次座谈而非单一"报告"、有批评而非惩戒等方式进行,在当时确实起到了凝聚人心、团结奋斗的重要作用,由此才会形成"延安走向全国""小鲁艺变大鲁艺"的发展趋势,对整个文化界能够取得节节胜利尤其是获取民心支持方面起到了至关重要的作用,并为建立更具战斗力的文化战线及"统一战线"作出了重要贡献。即使是有较多争议的"文艺组织化"及整风,在总体上也凝聚并体现了中国共产党从事文艺工作的非常重要思想和经验,体现了为了人民解放事业必须"同心同德、团结奋斗"的必要性和重要性。

六是《讲话》正式发表文本是向鲁迅致敬的文本。经过反复考虑和修改后,毛泽东决定在 1943 年 10 月 19 日鲁迅逝世 7 周年纪念日在《解放日报》全文公开发表《讲话》,并亲自撰写按语:"今天是鲁迅逝世七周年纪念日。我们特发表毛泽东同志一九四二年五月在延安文艺座谈会上的讲话,以纪念这位中国文化革命的最伟大与最英勇的旗手。"这个《讲话》的"按语"与《讲话》的"引言""结论"同时发表是耐人寻味的,完全可以视为一个整体。这个"按语"出自毛泽东亲笔所写,不同于报社编辑的按语,尤其关键的是,这个"按语"不仅表达了毛泽东对鲁迅的敬意,而且表明了在关于"革命文艺"思考方面,毛泽东与鲁迅的心意相通以及毛泽东对鲁迅文艺思想的理解和弘扬,其间也存在如何磨合与创化的问题,即使紧紧围绕《讲话》,毛泽东与鲁迅的精神相遇也是值得研究的重要命题。

中国既有一个辉煌灿烂也丰富复杂的"大古代",其优秀文化传统源远流长;也有一个艰难求索、奋斗不息的"大现代",逐渐建构起与时俱进的现代文化/文艺新传统。所谓中国"大现代"文化,就是"古今中外化成现代"的集成文化、多样文化,其中有对古代优秀文化的继承和弘扬,有对世界优秀文化的接受和消纳。显然,《讲话》作为中国革命文艺的"元典"及"新传统",

也要与时俱进，所显示的文艺思想仍需要持续磨合与创化，并在不断开拓中适应新现实、新时代发展的需要，从而达到与时俱进、与时适配的新的文论境界。从时序来看，《讲话》主要开创了三层具有承续性的文论境界。

第一，延安文论的新境界。《讲话》在论述"革命文艺"或"人民文艺"方面，无疑是经典文献，彰显了延安文论所能够达至的新境界。这个新境界是围绕"人民文艺观"来建构的，达到新境界也需要转换观念后的延安作家文人的共同努力。毛泽东相信，广大文艺工作者自此之后"一定能够改造自己和自己作品的面貌，一定能够创造出许多为人民大众所热烈欢迎的优秀的作品，一定能够把革命根据地的文艺运动和全中国的文艺运动推进到一个光辉的新阶段"[1]。这个"新阶段"的文艺／文学也就是广义的延安文艺所彰显的"新的主题，新的人物，新的语言、形式"[2]。《讲话》指导下的人民文艺新面貌，真正把文艺"人民性"写在了中国大地上。当年的延安及其他根据地的物质条件虽然极度匮乏，但却奇迹般地创造了一个新社会和新文艺天地，建构了延安根据地解放人民的社会形态和文化形态。而这种真正的注重解放人民的"根据地"文化／文艺，也验证了《讲话》所建构的"文论新境界"。即使那些置身于延安的绝大多数本地人和外来人，也都在"革命化"过程中创造着新的人民文化，也体会到了精神文化前所未有的丰富和新鲜，真切品尝到了大规模创造人民文化及新文艺的快乐。即使仅从文学本体的演进而言，"延安文艺是中国近现代中国文艺史上一个成就巨大、影响深远的文艺流派，仅仅从文学角度看，也可以说存在一个'延安文学流派'。"[3] 还有学者指出了《讲话》在批评史上的重要作用："在一定意义上，《讲话》的出台及其在解放区和国统区的传播与接受，基本上或逐渐取代了'五四'启蒙意义上的批评风格，为当代文学批评的形成奠定了

1　《毛泽东选集》第三卷，人民出版社，1991，第877页。
2　《周扬文集》第一卷，人民文学出版社，1984，第513页。
3　李继凯：《秦地小说与"三秦文化"》，商务印书馆，2013，第49页。

基调，因此某种程度上可以视之为当代文学批评和现代文学批评的分水岭。同时，《讲话》也实际上部分结束了20世纪初以来文学批评的'自由'色彩，将之纳入到革命实践之中。"[1] 显然，《讲话》呈现的文艺观和批评范式在中国文艺批评史上也占有重要的地位。

第二，改革文论的新境界。从延安文论发展到改革文论，邓小平《在中国文学艺术工作者第四次代表大会上的祝词》（以下简称《祝词》）是标志性文献。在1979年10月召开的第四次文代会上，邓小平代表党中央到会发表《祝词》。这份《祝词》作为《讲话》后又一篇革命文论重要的指导性文件，在传承和发扬《讲话》精神方面达到了新的境界。在充分继承《讲话》核心内容（为家国、人民及深入生活等）的同时，由于时代、任务、形势的变化而有了一些新的变化：一是强调历史"新时期"所面临的时代任务有了变化，即不再是"打倒我们民族的敌人，完成民族解放的任务"，而是从"站起来"要走向"富起来"，从"战时状态"走向"建设状态"，即"我们的国家已经进入社会主义现代化建设的新时期"，要"同心同德地实现四个现代化"[2]。二是与时俱进，改进领导文艺的方式："党对文艺工作的领导，不是发号施令，不是要求文学艺术从属于临时的、具体的、直接的政治任务，而是根据文学艺术的特征和发展规律，帮助文艺工作者获得条件来不断繁荣文学艺术事业，提高文学艺术水平，创作出无愧于我们伟大人民、伟大时代的优秀的文学艺术作品和表演艺术成果。"[3]同时强调了"文艺为人民服务、为社会主义服务"的"二为"方向和"双百"方针，强调："我们要继续坚持毛泽东同志提出的文艺为最广大的人民群众、首先为工农兵服务的方向，坚持百花齐放、推陈出新、洋为中用、古为今用的方针，在艺术创作上提倡不同形式和风格的自由发展，在艺术理论上提倡不同

1　肖进、吴俊：《当代文学批评的资源建构与初期实践》，《当代文坛》2020年第1期，第47页。

2　《邓小平文选》第二卷，人民出版社，1994，第208页。

3　《邓小平文选》第二卷，人民出版社，1994，第213页。

观点和学派的自由讨论。"[1] 三是注重改革开放、思想解放，创造丰富多样的文艺，满足人民群众对丰富精神生活的更多需求。《祝词》说："我们要在建设高度物质文明的同时，提高全民族的科学文化水平，发展高尚的丰富多彩的文化生活，建设高度的社会主义精神文明。"[2]《祝词》全面开启了与改革开放同步的文艺新时期，体现了极其鲜明的务实的思想特色，且能够智慧地把握两个文明（物质文明和精神文明）的总体平衡，重视彼此（文艺与政治、经济等）的相互作用，并由此显示出了超越文艺本位的宏通的理论视野和文化视野。从总体看，在中国特色的社会主义的改革道路中，邓小平把改革文论提升到了一个新的境界。也恰是在积极促进文化磨合、发展的意义上，邓小平对古今中外文化形成了一种强烈的博纳多取、为我所用的借鉴化用意识，具有了成熟形态的文化兼容意识。他指出："社会主义要赢得与资本主义相比较的优势，就必须大胆吸收和借鉴人类社会创造的一切文明成果"[3]。由此也就有了宽宏的文化视野及文艺观："我国古代的和外国的文艺作品、表演艺术中一切进步的和优秀的东西，都应当借鉴和学习。"习近平总书记指出："邓小平同志留给我们的最重要的思想和政治遗产，就是他带领党和人民开创的中国特色社会主义，就是他创立的邓小平理论。"[4] 而邓小平文艺思想作为其理论的重要组成部分，也是弥足珍贵的。

第三，红色文论的新境界。这主要体现在习近平总书记的相关重要讲话中。习近平总书记多次强调和号召文艺工作者要坚持以人民为中心的创作导向，创作更多无愧于时代的优秀作品，要把文艺问题放在实现中华民族伟大复兴中国梦的历史任务中来思考。习近平总书记在文艺本质属性、文艺功用、艺术家素养、文艺精神价值和文艺人才培养等方面都有深刻、具体的论述，他尤

1　《邓小平文选》第二卷，人民出版社，1994，第210页。
2　《邓小平文选》第二卷，人民出版社，1994，第208页。
3　《邓小平文选》第三卷，人民出版社，1993，第373页。
4　习近平：《在纪念邓小平同志诞辰110周年座谈会上的讲话》，《人民日报》2014年8月21日。

其强调文艺为人民、文化要自信、讲好中国故事等重要命题，形成了马克思主义文艺理论中国化的最新成果。从《讲话》到《祝词》，再到《在文艺工作座谈会上的讲话》，这是共产党人对文艺的三次非同凡响的"言说"，标志着红色文艺观以始终不变的核心价值和与时代相适应的丰富性发展，完美地阐释了人民本位文艺观有着持续的继承性和创新性。

通过上述三个经典文本，我们可以领略到中国共产党人始终不变的"初心"以及崇高精神境界，共产党人的人生境界与其建构的文艺／文论境界是高度一致的，这就决定了共产党人推崇的文艺一定是为人民乃至为人类的文艺。这种万变不离其宗的革命文艺的"红色基因"具体包括以下几个方面的特征。

一是坚持人民性却不机械僵化。在中国共产党人的话语系统中，"人民"是最为关键的"话语"，是立党立国、著书立说的根本所在，其行为动机、价值指向以及"文武之道"等都源于此。为人民谋幸福，为民族谋复兴，其实早在中国共产党诞生时就在努力攀登这种精神和道德之巅。这种精神指向在1921年7月《共产党人》月刊发表的带有宣言性质的《短言》等文章中即可看出，从早期中国共产党人诗文中也可以看出。自建党之日起中国共产党人就为救国救民开始了艰苦卓绝、前仆后继的奋斗，至今已经100多年。值得注意的是，中国共产党人在奋斗进程中能够讲求实事求是精神和马克思主义具体问题具体分析的思维方法，也在坚持人民性的同时，尽可能努力规避一些僵化的理解及机械的把握，这也构成党的经验及教训的一部分。恰如有的学者指出的那样：在现代中国马克思主义文艺思想发展的不同时期，"人民"这一概念的内涵是不断发展和变化的，不同时期中国共产党人的人民观念构成了中国马克思主义文艺思想中人民观的重要组成部分。当今，中国共产党人的人民观念是在一个更加开放的中国社会的基础上构建的，包含了更广的国际视野、更高的国际格局，既包括了全民，又注意了个体。而不同的人民观念对不同时期的文学艺术产生了不同的影响。[1] 这样的观察和概括精辟而又深刻，抓住了问题要害，同时也显现了社会历史分析法、辩证统一法及具体问题具体分析方法的理论深度和魅力。

二是追求创新性却不忘本来。党中央在延安度过的十三年只是一段短暂时光，却创造了中国革命文化 / 文艺的辉煌，在文艺理论和实践层面都有巨大的创新性成果。中国共产党人追求的创新具有革命性，拒绝走向虚无。习近平总书记说："当代中国的伟大社会变革，不是简单延续我国历史文化的母版，不是简单套用马克思主义经典作家设想的模板，不是其他国家社会主义实践的再版，也不是国外现代化发展的翻版，不可能找到现成的教科书。"[2] 与此相应，中国新时代的文艺也在积极继承延安文艺传统的基础上，在中国人民"站起来""富起来"和逐步"强起来"的前提下，也有了更加丰富的精神诉求，这在"新世纪文艺"的大格局中就有相当充分的体现。[3]

三是注重现实性却不狭隘。万里长征后的中国共产党人无疑从严酷现实中吸取了教训，在延安期间，开始了反对教条、应对现实、谋求发展的更具整体性、可行性的探索。正是延安革命获得的巨大成功，为中华人民共和国的成立奠定了基石；正是改革开放的新时期取得的丰硕成果，为中华民族伟大复兴的中国梦的实现提供了条件；正是踔厉奋发的新时代取得的历史性突破，为在世界上讲好中国故事谱写了新的华章。这是一条从延安走向全国、走向世界的脚踏实地、团结奋斗之路，也是一条逐步摆脱狭隘和教条主义束缚的上下求索之路。文运同国运相牵，文脉同国脉相连。在这个过程中，革命文艺的歌颂与暴露或"多措并举"，都为奋进新征程、建功新伟业立下了汗马功劳。习近平总

1　参见赵炎秋：《"人民"内涵的变化及其对文学的影响》，《中国文学批评》2019 年第 2 期，第 116—128、160 页。

2　习近平：《在哲学社会科学工作座谈会上的讲话》，《人民日报》2016 年 5 月 19 日。

3　参见李继凯：《大现代文化视域中的"后古代"及"新世纪"文学》，《当代文坛》2022 年第 1 期，第 4—12 页。

书记在中国文联十一大、中国作协十大开幕式上的重要讲话就强调，站在新时代新征程的历史方位上，站在中华民族伟大复兴战略全局和人类命运共同体建构的历史高度上，期待广大文艺工作者"增强文化自觉、坚定文化自信，以强烈的历史主动精神，积极投身社会主义文化强国建设""在培根铸魂上展现新担当，在守正创新上实现新作为，在明德修身上焕发新风貌，用自强不息、厚德载物的文化创造，展示中国文艺新气象，铸就中华文化新辉煌"。[1] 新时代的中国文艺工作者必将在不断发展的马克思主义文论的指引下展示出越来越通达和广阔的视域。

　　四是崇尚大众化却不庸俗。陕甘宁文艺最突出的一个创作特征便是文艺大众化并确立了人民大众"喜闻乐见"的文艺风格，还郑重推出了"赵树理方向"及系列作品。从历史文化包括红色文化史的角度来看陕西以及陕甘宁边区，有意味的话题很多，其中持续言说"文艺大众化"就是一个"常说常新"的话题。近期陕西作协《延河》编辑部通过《延河》杂志刊发新论[2]，倡导"新大众文艺"，引起全国多方面的关注，这也说明陕甘宁文艺实践确实为人民文艺提供了宝贵的经验和范式。本书关于文艺大众化的相关论述表明：关于"大众文艺"的探讨其实由来已久并积累了丰硕成果；"文艺大众化"正是中国新文学、左翼文艺、延安文艺、共和国文艺及红色文化持续追求的文艺／文化理想；随着时代的不断发展，"文艺大众化"也会与时俱进，并具有新的内涵与形态。客观而言，尽管此前也有"文艺大众化"包括"新的文艺大众化"的种种表述，但这次《延河》编辑部特别提出"新大众文艺"则是基于新的时代背景和新的文艺实践，因此有其概念上的特指、所指和能指，也由此获得了新时代文艺的特质及中国化特色；其突出的表现就是日益发达的新媒体及各种高科技手段有力地推动了新大众文艺的发展，也使得新大众文艺呈现出了极为丰富多样的具体形态，真

1　习近平：《在中国文联十一大、中国作协十大开幕式上的讲话》，《人民日报》2021 年 12 月 15 日。

2　《延河》编辑部：《新传媒时代与新大众文艺的兴起》，《延河》2024 年第 7 期。

正实现了新时代人民大众也是文艺领域的"真正主人"，在这个意义上，恰恰实现了一代又一代"进步文人"包括"延安文人"的大众文艺之梦，这也生动地说明，新大众文艺与传统大众文艺之间确实有着内在而又紧密的传承关系。

要全面、具体地探讨"新大众文艺"并在实践层面更好地开展"新大众文艺"，自然有许许多多的问题需要进行深究细研。就学术新探的主要方面而言，则可以注意这样几点：其一，在进行相关课题探讨过程中，除了多方面的社会调研，还要有相关的"全息史料"搜集整理和研究，要用有力可靠的数据分析来支撑相关的结论或观点；其二，大众文艺与大众文化息息相关，"群文"工作（文化部门、文博系统多参与其中）是我们党和国家长期以来坚持开展的重要工作，也积累了丰富的经验，需要更好地总结和升华，为推动新时代大众文艺发展发挥积极作用；其三，大众文艺是汪洋大海，关涉很多文艺门类及很多交叉形态，要顾及周全或面面俱到难度太大，除了人们习知的文学艺术门类（包括民间文艺、儿童文艺等），还要特别关注新兴的各种文艺或亚文艺形式，高科技尤其是智能手机、电脑及越来越发达的软件及AI技术开发[1]，为新大众文艺提供了无限发展的可能性；其四，历史上文艺大众化的缺失，现实中文艺大众化的乱象，也是应该关注的，有必要给出合理的解释，尤其是要直面现实、面向未来，要给出有效的应对之策，使其成为新时代文艺繁荣中的喜人风景；其五，在全国积极开展新大众文艺无疑具有多重价值，不仅具有政治、经济、社会的作用，也有益智、审美的重要作用，对公民教育或个人成长而言，也有"立人、立家、立象"的具体而微的重要功能；其六，在世界文明交流互鉴的层面，可以进行中外大众文艺、雅俗文艺的调查研究、比较分析，同时要审慎处理好文艺经典化与文艺大众化之间的关系，营造更适合于百花齐放的文艺环境。

---

[1] 人工智能（Artificial Intelligence），英文缩写为AI，是新一轮科技革命和产业变革的重要驱动力量，是研究、开发用于模拟、延伸和扩展人的智能的理论、方法、技术及应用系统的一门新的技术科学。近期，学术界兴起了如何高效利用AI从事研究和教育的热潮，许多期刊、报纸都设置专栏对此进行深入探讨。

第三节　人文与科技发展视域下的陕甘宁文艺研究

习近平总书记指出，"只有坚持从历史走向未来，从延续民族文化血脉中开拓前进，我们才能做好今天的事业。"[1] 当今，我们的民族文化血脉中既有优秀的古代传统文化，也有红色的现代革命文化。[2] 其中，基于陕甘宁边区土壤成长起来的人民文艺之所以具有强韧耐久的生命力，就是因为其内蕴着中华优秀传统文化和红色文化的基因。同时，这种根深叶茂的人民文艺也具有与时俱进、与世界对话的发展能力，即使人类进入了人文与科技携手"快进"的时代，相关研究也不会"失语"，甚至更需要世界性视野和寻求研究方法的更新。

当下，在势不可挡的 AI 时代来临之际，我们也不能回避相关问题，也要积极应对并切实加强世界及人工智能视域下的陕甘宁文艺研究。这势必涉及许多论题。这里仅提示若干思路及个别典型案例分析，或可带来有益的启示。

陕甘宁文艺与中国左翼文学一脉相连，是毛泽东文艺思想与中国革命具体实践相结合的结晶，实际也已内化为中华民族文化血脉不可分割的一部分。研究陕甘宁文艺及其指导性纲领文献《在延安文艺座谈会上的讲话》在世界范围内的传播与研究，可以为中国现当代文学与世界其他文学与文化进行对话提供丰富的理论与实践依据，也有利于中华文化在坚持民族性的同时，更好地走向世界舞台。

世界范围内不同历史语境下不同地区的陕甘宁文艺与《讲话》研究，折射出世界政治、经济、文化格局的变化，大抵呈现出了以下几个主要特点：

其一，注重政治功用与意识形态批判。第二次世界大战结束后，资本主义

---

1 《习近平著作选读》第一卷，人民出版社，2023，第 283 页。
2 中国共产党人高度重视优秀传统文化，并在此基础上综合创新，创造了富有生命力的红色文化。参见党圣元：《从建设性批判到创新性转化——中国共产党人的百年传统文化观》，《江海学刊》2021 年第 5 期。

力量迅速增长，左翼文化浪潮此起彼伏，美苏之间形成冷战格局。在世界格局风云变幻的形势下，中国新民主主义革命取得成功，为世界其他受压迫的国家和民族反抗帝国主义与殖民主义、消灭民族压迫与阶级压迫提供了一条可供选择的道路与方向。《讲话》全文于 1943 年 10 月 19 日在《解放日报》首次发表后，即以摘译、单行本等形式翻译成数十种语言在朝鲜、伊朗、越南、巴基斯坦、印度、缅甸等第三世界国家出版，此后第三世界人民迅速且有组织地通过学习讨论等形式对《讲话》进行研究与传播。主要资本主义国家和苏联也关注中国革命文学的发展，其中，出现了积极推动《讲话》与陕甘宁文艺的译介与传播的情况。如 1946 年，日本出版了《讲话》的日文译本，并将《讲话》作为研究学习对象，探索在美国军事占领的形势下如何真正解决本国民族与国家独立的问题。法国前卫文学季刊《原样》（Tel quel）杂志于 1967—1978 年间大量译介、引述毛泽东的革命思想与文艺理论，试图从外部寻找解决本国社会问题的途径。战后美、苏出于自身战略需要，极为关注中国革命文艺的发展。苏联大量翻译陕甘宁文艺作品，并十分注重探讨陕甘宁文艺与中国新文学的关联，致力于呈现中国现代文学的整体风貌。除了人们熟知的埃德加·斯诺等记者外，美国汉学家如费正清等人从学术价值和艺术理论对《讲话》作了详细评析。但是，当时美国学者中多数人视中国革命时期的文学作品为社会学的文献资料，从文学性角度进行的评介十分匮乏。尤其是在冷战时期，英美学界不仅从意识形态出发评价《讲话》，同时过于强调文学作品艺术形式的审美价值，相对来说忽视了作品形成的复杂历史脉络与潜在的阐释空间，使得西方的中国现代革命文艺研究进入极为逼仄的境地。[1]

---

1 西方学者对中国现代革命文艺包括陕甘宁文艺的研究，局限性较为明显，如存在西方中心主义视角与意识形态预设、因语言障碍和文化背景差异而难以理解文本中的政治隐喻和社会动员机制、政治史书写的"去革命化"倾向和缺少与陕甘宁 / 延安文艺"大众化"的对话等。参见孙康宜、宇文所安主编：《剑桥中国文学史》（上下册），生活·读书·新知三联书店，2013；夏志清：《中国现代小说史》，刘绍铭等译，香港中文大学出版社，2015。

其二，从西方中心走向文化多元。20 世纪 80 年代以后世界结构出现历时性的大变动，《讲话》与陕甘宁文艺研究呈现出开放、自由的发展趋势，解读也渐趋学理化。学界对陕甘宁文艺与《讲话》的讨论视角与关注焦点逐渐表现出文学学科的特点，例如从文学接受视角审视毛泽东的文艺理论；讨论《讲话》中体现的毛泽东文艺思想来源；从精神分析、后殖民主义、女性主义等视角对陕甘宁文艺作品进行的分析等。虽然这一时期的研究呈现出多点开花的态势，但是一些研究者为了证明自己预设的理论，筛选文本材料的做法对陕甘宁文艺的研究形成了某种遮蔽，而且将陕甘宁文艺研究放置在西方文艺理论框架内，相对来说忽视了中国革命历史阶段的特殊性和历史语境的连贯性，实际上放大了西方文论的普遍适用性。进入新世纪以来，不少中外学者意识到了中国革命时期的文学作品不仅具有其特殊性，同时存在不容忽视的学术价值，陕甘宁文艺作品的研究开始逐渐摆脱偏颇的意识形态化批评与单一的文学性评价，进入多元化评价体系建构的新阶段。世界各国的学者从更加广泛的视角审视陕甘宁文艺中的现代价值，并在综合多个学科领域如哲学、社会学、美学的基础上对陕甘宁文艺进行了更加全面深入的考察。同时，中西方学者也都在期待更为内在和立体的文学评论。[1]

其三，面向交流对话与文明交流互鉴。随着西方国家话语霸权地位的浮现，不少学者开始反思并质疑、挑战西方中心主义，世界范围内对《讲话》与陕甘宁文艺的理解与研究也逐步回归历史现场，呈现出论争与共识并存、交流与对话不断的局面。例如，一些西方学者在研究中秉持"中国特殊论"，即将现代中国革命的独特经验视为中国现代化历史所特有的"中国经验"，实际上是以西方政治文化为参照，将中国的文化、政治置于西方现代性讨论的框架中，并作为对立面加以评论，表现出"一元决定论"的倾向。对此，美籍华裔

---

1 参见阎晶明：《期待内部的、立体的批评》，《文艺研究》2022 年第 2 期。

学者刘康、南京师范大学李玮、纽约大学张旭东、上海交通大学王宁、陕西师范大学赵学勇和李继凯等学者分别从不同角度予以揭示与提醒，并指出毛泽东文艺思想地方化与全球化的建构途径与意义以及中外文化碰撞、磨合的历史趋势。随着中国学者在国际上发出的声音逐渐增强，中国的学术研究走出去并形成与世界对话的格局，在一定程度上推动了陕甘宁文艺当代价值与世界价值的探索。但与此同时，我们也要关注到"理论旅行"引发的异质性与变异性，如西方学者对毛泽东文艺思想的修改与挪用，陕甘宁文艺现象阐释的新视角与新方法折射出的文化思潮变迁等问题。总的来说，《讲话》与陕甘宁文艺的研究要注意中国经验的坚守与世界意义的开拓。中国学者要进一步扩大研究视野，将陕甘宁文艺与世界反法西斯文学联系在一起，多侧面、多角度发掘陕甘宁文艺的价值，并通过在国际期刊发表研究成果、中外合作研究、中外合作办刊等方式，与世界各国学者开展广泛深入的交流与对话，在文明交流互鉴中开拓诠释空间，为中国文学、文化更好地走向世界提供有益的启示。

当今之世，人类社会的高科技发展非常迅速，带来了许多迫切问题，由此关注和推动人工智能论域中的红色文艺（包括陕甘宁文艺）的传播也很有必要。

习近平总书记高度重视红色文化的传承，强调要运用好红色资源，生动传播红色文化。近年来学术界对此有积极的响应。[1] 中国红色文艺作为红色文化重要的一种表现形式与载体，既是中国革命的见证，又是文艺创作的成果，具有重要的历史价值与文艺价值。而在新技术不断涌现、新媒介层出不穷的当代社会，研究人工智能论域中的红色文艺传播包括陕甘宁文艺的数据库建设等，无疑也具有重要的实践意义。历史上原创的红色文化和文艺包括陕甘宁文艺对后世的持续影响，借助于人工智能技术，无论在信息大量储存（近乎"全息史料"中既有各类文献也有各种音像）还是国内外广泛传播，都会产生更好的传

1　参见孙雷、高晨光：《习近平关于红色文化重要论述研究综述》，《理论视野》2021 年第 11 期。

播效果。

在当前世界面临新一轮科技革命与产业变革之际，人工智能作为一种引领变革的战略性技术，势必会影响到文化包括红色文化及文艺的传播。红色文艺要增强传播力与影响力，永葆生机与活力，需要突破以往传播模式的瓶颈，与时俱进地利用人工智能技术打破传播的时空界限，实现从传统传播模式向现代传播模式的转变。尽管红色文艺在新世纪经历了数字转型与影视改编，并在网络社交媒体与平台等新传播媒介的助力下，与革命纪念馆、红色旅游等资源进行整合并传播，从而产生了广泛影响，但仍然存在传播路径单一化、形式单调化问题，对其整体传播效果产生了一定的限制与阻碍。在高科技飞速发展的今天，为了更好地传播、弘扬红色文艺，我们可以进入人工智能论域来积极探讨红色文艺的高效传播。

提高传播效率，受众画像与人机互动。人工智能具备处理海量化数据的能力。利用人工智能的"机器学习"解析数据，建立算法模型，可以从兴趣、偏好和行为习惯等信息中进行精准的受众画像，预测受众的心理状态、审美期待和情感诉求，从而实现不同时期的不同受众与特定红色文艺作品之间的动态匹配。然而，即便进行了画像，这种传播忽略了反馈与互动，仍然属于单向度数据分发的模式，无法达到传播的最佳效果。事实上，互联网时代的传播已经呈现出主体"去中心化"，路线"网格化"的特征，即受众同时成为信息的传播者，他们能够通过社交媒体与平台分享和转发信息，实现实时反馈。而人工智能的迭代升级不仅为网格化的传播提供助力，同时也取消了交互双方的身份限定，使得互动双方不再局限于人类，聊天机器人等非人类也能以更"人类化"的形式参与其中。除了"人机交互"，利用数据分析还可以精准地为相同兴趣的读者建立"社群化"传播空间，实现红色文艺作品及时"出圈"的传播效果。

增加传播温度，日常叙事与情感表达。红色文艺书写在主题意蕴上具有严肃性，且与当下人民群众的日常生活叙事之间存在历史语境上的差异。为了帮助红色文艺跨越时代的障碍，更好地与人民群众产生共鸣，需要寻找创新的解读方式和情感共鸣的切入点，使之在保持严肃性的同时，更贴近人们的日常生活。利用人工智能进行作品的当代解读，为增强红色文艺作品与日常生活的贴合度，发掘红色文艺作品在当代社会语境下的传播潜力提供了行之有效的途径。2022 年底，"聊天生成预训练转换器"（Chat Generative Pre-trained Transformer, ChatGPT）发布，2025 年初"深度求索"（DeepSeek）发布里程碑式模型 DeepSeek-R1，显示着建立在"深度学习"（DL）基础上的"自然语言处理"（NLP）已经取得突破性进展。而将这项技术嵌入人机互动并持续"进化"的过程中，则不仅能够解析当下各种相关的热点话题，使之与红色文艺作品的解读相结合，而且能够生成更具当下性与时代感的互动文本，使得沟通更具导向性，不仅可以普及红色文艺 / 文化，而且可以研究红色文化 / 文艺。利用"情感分析"（Sentiment Analysis）技术，新型聊天机器人能够"理解"人类话语中的情感，并以更人格化、更语境化、更具情感性的方式与用户进行主题互动，使得沟通更自然、更顺畅。将人工智能用于主题解读与互动交流也有助于主流意识形态与大众日常生活的有机融合：一方面，深度解读红色文艺作品中的细节和情感表达，可以引导人们在自身的日常生活中寻找作品所倡导的理想信念和价值观的种种现实表现，为人民群众当下的迷茫与疑惑提供参考与指引；另一方面，人机交互能够拉近红色文艺作品所弘扬的革命文化、传承的红色基因与人们的日常生活的距离，促进人民群众对红色文化的认同和接纳，为传递与弘扬红色文艺中凝聚的价值共识铺平道路。

　　整合传播形式：多模态与元宇宙[1]。建构主义强调个体之间、主体与客体以及外部世界之间交互的重要性，认为建立在情境互动基础上的知识建构能够更

---

　　1 元宇宙（Metaverse）是一个由"Meta（超越）"和"Verse（宇宙）"组成的复合词，这个新词意指一个平行于现实世界的虚拟空间。它通过虚拟现实（VR）、增强现实（AR）和互联网技术构建，用户可以通过特定设备（如 VR 头盔、AR 眼镜等）创建虚拟形象，进行社交、游戏、工作等活动。元宇宙不仅是一个虚拟世界，更是一个与现实世界交互的共享空间，具有持久性和实时性。

有效地促进主体认知结构的变化。红色文艺中蕴含的理想信念与社会主义核心价值观要想深入人心，也可通过提供可感知的情境来实现抽象理念具象化的目标。当人类科技发展到"合成人工智能"阶段，技术之间的壁垒已经打破，整合视觉技术、语音识别、自然语言处理、虚拟现实技术（VR）、增强现实技术（AR）等"多模态"的多项人工智能技术，根据所提取的文本与所输入的指令对作品中的社会环境、故事情景、人物形象进行高度仿真模拟已非人类的幻想。受众借助如交互眼镜之类的智能终端设备就能够进入融多重感官体验于一身的元宇宙世界，在虚拟空间中经历作品所叙述的故事与情节，感受作品中人物的革命激情与崇高的理想信念，见证革命先辈的个体命运与奋斗历程，并与"生成式人工智能"展开全方位的实时互动，实现了从多线程互动性传播向立体化通感体验的升级。这种元宇宙的"具身性"体验能够最大限度地激发人们对革命历史与英雄人物的共情与想象，引导人们对社会主义核心价值观与实现共产主义事业的崇高理想产生认同。但是，人工智能时代的红色文艺传播在面临新机遇时也会面临挑战。首先，个性化推荐模式以用户的偏好为中心，容易导致推送信息的同质化，即使是具有魅力的文艺包括红色文艺，同质化信息过多也会形成"信息茧房"或造成"审美疲劳"。其次，还需警惕人工智能的"随机性"对文本提取的碎片化，表面上的逻辑组合也常会形成误导，盲目迷信 AI 也可能造成对红色文艺作品完整性及深层意蕴的误解甚至是消解，所以对 AI 快速生成的信息要仔细甄别和使用。

总之，在利用人工智能传播红色文艺时应当注意适度原则：既不能对人工智能视而不见，也不能被动依赖并放任人工智能自我进化的"野蛮生长"。要时刻注意：内容是传播的基础，算法是传播的助力，交流话语是传播的润滑剂，元宇宙是高效传播得以实现的工具与平台。在研究和传播红色文艺的道路上，我们要在始终坚持主流价值导向、秉持网信工作"十个坚持"原则的基础上，注重主题意蕴传播的完整性，借助人工智能的传播效率，保持传播话语的温度，利用人工智能构建的元宇宙，实现跨越时间、空间的整体性传播。如此，才能推动人工智能正确赋能红色文艺传播，才能更好地实现红色文化的传承和弘扬。

参考文献

一、图书

齐礼：《陕甘宁边区实录》，解放社，1939。

《中国共产党陕甘边区第二次代表大会文件汇辑》，解放社，1940。

舒湮：《边区实录》，国际书店，1941。

《抗日根据地政策条例汇集·陕甘宁之部》，1942。

董必武等：《红军长征记》（党内参考材料），总政治部宣传部印，1942。

中共西北中央局调查研究室编：《陕甘宁边区生产运动丛书》，1944。

鲁芒：《陕甘宁边区的民众运动》，大众书店，1946。

中共中央政策研究室编：《一九四八年以来的政策汇编》，中共中央东北局印，1949。

陕甘宁边区政府编：《陕甘宁边区政府重要政策法令汇编》，1949。

周扬主编：《中国人民文艺丛书》，新华书店，1949。

《陕甘宁戏剧丛书》，西北新华书店，1949。

中华全国文学艺术工作者代表大会宣传处编：《中华全国文学艺术工作者代表大会纪念文集》，新华书店，1950。

中国民间文艺研究会、中央音乐学院民间音乐研究所编：《陕甘宁老根据地民歌选》，新音乐出版社，1953。

江超中：《解放区文艺概述》，百花文艺出版社，1958。

《陕甘宁边区革命民歌选》，陕西人民出版社，1972。

吴黎平整理：《毛泽东一九三六年同斯诺的谈话：关于自己的革命经历和红军长征等问题》，人民出版社，1979。

复旦大学中文系《赵树理研究资料编辑组》编：《中国当代文学研究资料 赵树理专集》，福建人民出版社，1981。

陕甘宁边区财政经济史编写组、陕西省档案馆编：《抗日战争时期陕甘宁边区财政经济史料摘编》，陕西人民出版社，1981。

中国社会科学院文学研究所现代文学研究室编：《"革命文学"论争资料选编》，人民文学出版社，1981。

董大中：《赵树理年谱》，山西人民出版社，1982。

刘增杰等编：《抗日战争时期延安及各抗日民主根据地文学运动资料》，山西人民出版社，1983。

宁夏回族自治区妇联妇运史小组编：《陕甘宁边区妇运史资料汇编》，1983。

《朱德选集》，人民出版社，1983。

甘肃省社会科学院历史研究室编：《陕甘宁革命根据地史料选辑（1—5册）》，甘肃人民出版社，1983—1985。

王琳编：《柯仲平诗文集》，文化艺术出版社，1984。

高捷、杨占平等：《马烽、西戎研究资料》，山西人民出版社，1985。

蒙万夫等编：《柳青写作生涯》，百花文艺出版社，1985。

汪木兰等编：《苏区文艺运动资料》，上海文艺出版社，1985。

李维汉：《回忆与研究》，中共党史出版社，1986。

张俊南、张宪臣：《陕甘边区大事记》，三秦出版社，1986。

艾克恩：《延安文艺运动纪盛 1937.1—1948.3》，文化艺术出版社，1987。

康平编：《吴伯箫研究专集》，广西人民出版社，1987。

中国作家协会山西省分会编：《山西革命根据地文艺资料》，北岳文艺出版社，1987。

《延安文艺丛书》编委会编：《延安文艺丛书》，湖南人民出版社、湖南文艺出版社，1984—1988。

刘锦满、王琳编：《柯仲平研究资料》，陕西人民出版社，1988。

星光、张扬：《抗日战争时期陕甘宁边区财政经济史稿》，西北大学出版社，1988。

中共盐池县党史办公室编：《陕甘宁边区概述》，宁夏人民出版社，1988。

陕西省档案馆、陕西省社科院编：《陕甘宁边区政府文件选编(1—14辑)》，档案出版社，1988。

林默涵总主编，阮章竞主编：《中国解放区文学书系》，重庆出版社，1992。

孙国林、曹桂芳：《毛泽东文艺思想指引下的延安文艺》，花山文艺出版社，1992。

高文、巩世锋编：《陇东老解放区通讯选》，甘肃人民出版社，1992。

陕甘宁边区民众剧团纪实编辑委员会编：《陕甘宁边区民众剧团艺术纪实》，西北大学出版社，1993。

田方等编：《延安记者》，陕西人民教育出版社，1993。

中央档案馆、陕西省档案馆编：《中共中央西北局文件汇集 1941—1945(六册)》，1994。

王琦：《当代中国美术》，当代中国出版社，1996。

吕律：《陇东革命文艺活动汇盛》，甘肃人民出版社，1997。

《赵树理全集》，北岳文艺出版社，2000。

《孙犁全集》，人民文学出版社，2004。

支克坚：《周扬论》，河南人民出版社，2004。

《柳青文集》，人民文学出版社，2005。

《鲁迅文集》，人民文学出版社，2005。

钱贵成主编：《苏区文化新论》，中国戏剧出版社，2006。

唐小兵：《再解读——大众文艺与意识形态》，北京大学出版社，2007。

黄修己编：《赵树理研究资料》，知识产权出版社，2010。

李洁非、杨劼：《解读延安——文学、知识分子和文化》，当代中国出版社，2010。

巩世锋编：《陇东革命根据地》，中共党史出版社，2011。

中共中央文献研究室、中央档案馆编：《建党以来重要文献选编》，中央文献出版社，2011。

梁星亮、杨洪编：《陕甘宁边区史纲》，陕西人民出版社，2012。

潘公凯：《中国现代美术之路》，北京大学出版社，2012。

高杰：《延安文艺座谈会纪实》，陕西人民出版社，2013。

陈忠实、李继凯主编：《延安文艺档案·文学档案》，太白文艺出版社，2013。

《红色档案：延安时期文献档案汇编》编委会编：《红色档案：延安时期文献档案汇编》，陕西人民出版社，2013。

周海燕：《记忆的政治》，中国发展出版社，2013。

中共中央文献研究室编：《毛泽东年谱（1893—1949）》，中央文献出版社，2013。

周维东：《中国共产党的文化战略与延安时期的文学生产》，花山出版社，2014。

王巨才总主编：《延安文艺档案》，太白文艺出版社，2015。

王泉根：《中国儿童文学概论》，湖南少年儿童出版社，2015。

石鸥编：《陕甘宁边区初小国语：全6册（上）》，广东教育出版社，2016。

栗洪武主编：《陕甘宁边区教育史料通览》（全11卷），陕西师范大学出版社，2019。

谢世诚等：《陕甘宁边区建设研究》，江苏人民出版社，2024。

[美] 费正清、罗得里克·麦克法夸尔：《剑桥中华人民共和国史（1949—1965）》，李向前等译，上海人民出版社，1990。

[美] 韦勒克、沃伦：《文学理论》，刘象愚等译，江苏教育出版社，2005。

[加] 伊莎白·柯鲁克、[英] 大卫·柯鲁克：《十里店——中国一个村庄的革命》，龚厚军译，上海人民出版社，2007。

[美] 埃德加·斯诺：《红星照耀中国》，董乐山译，作家出版社，2008。

[德] 顾彬：《20世纪中国文学史》，范劲等译，华东师范大学出版社，2008。

[美] 本尼迪克特·安德森：《想象的共同体：民族主义的起源与散布》（增订本），吴叡人译，上海人民出版社，2011。

二、期刊

《妇女杂志》1921年第七卷第一期。

《北斗》1932年第三期。

《夜莺》1936年第一卷第三期。

《文艺突击》1938年第一卷第三期至1939年第一卷第四期。

《大众文艺丛刊》1949年第六辑。

《文艺报》1952年第十期。

《文艺阵地》1939年第二卷第九期。

《中行》1939年第一期。

《大众文艺》1940年第一卷第一期至1940年第一卷第六期。

《共产党人》1940年第二卷第十二期至1941年第二卷第十九期。

《解放》1940年第一〇三期。

《中国文化》1940 年第一卷第二期至 1941 年第三卷第二、三期合刊。

《谷雨》1942 年第一卷第五期。

《文艺月报》1942 年第十二期。

《华北文化》（革新版）1943 年第二卷第六期。

《山东文化》1944 年第二卷第二期。

《江淮文化》1946 年创刊号。

《太岳文化》1946 年第四、五期合刊。

《文艺生活》1946 年第九号。

《中原·文艺杂志·希望·文哨联合特刊》1946 年第二期。

《群众周刊》（香港）1947 年第十九期。

《文艺学习》1954 年第五期。

《人民美术》1954 年第一期。

《新文学史料》1980 年第四期至 1982 年第二期。

《榕树文学丛刊》1981 年第二期。

《文史哲》1984 年第一期。

三、报纸

《红色中华》1935 年 11 月至 1937 年 1 月。

《红中副刊》1937 年 1 月至 1941 年 5 月。

《解放日报》1941 年 5 月至 1947 年 3 月。

四、学术论文

齐燕铭：《旧剧革命划时期的开端》，《文艺论丛》1978 年第 2 期。

刘庆锷等：《试谈陕甘宁边区的戏剧创作》，《北京师院学报》1979 年第 2 期。

高捷：《赵树理小说的艺术美》，《中国现代文学研究丛刊》1981 年第 2 期。

冯正民：《浅谈抗日战争时期陕甘宁边区从半自给自足向全自给自足转变》，《陕西党史资料通讯》1985 年第 10 期。

闵开德、吴同瑞：《鲁迅论艺术真实》，《北京大学学报（哲学社会科学版）》1985 年第 1 期。

席扬：《农民文化的时代选择——赵树理创作价值新论》，《中国现代文学研究丛刊》1987 年第 3 期。

唐弢：《关于重写文学史》，《求是》1990 年第 2 期。

王琪久：《延安红军时期的文艺运动》，《延安大学学报（社会科学版）》1990 年第 4 期。

陈思和：《民间的浮沉——对抗战到文革文学史的一个尝试性解释》，《上海文学》1994 年第 1 期。

曹廷华：《论雅文化的俗化与俗文化的雅化——群众文化发展的一种现象性思考》，《社会科学战线》1995 年第 1 期。

钱中文：《文学理论现代性问题》，《文学评论》1999 年第 2 期。

陈晓明：《现代性与文学研究的新视野》，《文学评论》2002 年第 6 期。

李凤亮：《文化视野中的通俗文艺与高雅文艺》，《兰州大学学报（社会科学版）》2002 年第 6 期。

朱鸿召：《秧歌是这样开发的》，《上海文学》2002 年第 10 期。

朱金顺：《对〈大众文艺丛刊〉材料的补正》，《中国现代文学研究丛刊》2003 年第 1 期。

尤西林：《20 世纪中国"文艺大众化"思潮的现代性嬗变》，《文学评论》2005 年第 4 期。

戴莉：《新英雄传奇的发生学考察——以〈解放日报·文艺〉第四版为中心》，《延安大学学报（社会科学版）》2005 年第 6 期。

刘增杰：《于平静里寓波澜：读王培元〈延安鲁艺风云录〉》，《中国现代文学研究丛刊》2005 年第 4 期。

　　周维东：《延安文学研究的现状与深化的可能性》，《现代中国文化与文学》2005 年第 2 期。

　　张敏：《毛泽东对〈新民主主义论〉的修改》，《中共党史研究》2006 年第 6 期。

　　朱庆华：《论赵树理小说的现代意识启蒙》，《文学评论》2007 年第 6 期。

　　胡斌：《解放区土改斗争会图像的文化语境与意识形态建构》，《文艺研究》2009 年第 7 期。

　　李宗刚：《论"十七年"文学英雄叙事的发展脉络》，《济南大学学报（社会科学版）》2009 年第 2 期。

　　田刚：《鲁迅与延安文艺思潮》，《文史哲》2011 年第 2 期。

　　王荣：《宣示与规定：1949 年前后延安文艺丛书的编纂刊行——以"北方文丛"与"中国人民文艺丛书"的编辑出版为例》，《陕西师范大学学报（哲学社会科学版）》2012 年第 3 期。

　　陆贵山：《原创与超越——〈在延安文艺座谈会上的讲话〉的理论优势和历史价值》，《求是》2012 年第 11 期。

　　陈思广：《〈北方文丛〉全目略说》，《现代中国文化与文学》2013 年第 1 期。

　　傅修海：《瞿秋白与现代集体写作制度：以苏区戏剧大众化运动为中心》，《中国现代文学研究丛刊》2013 年第 6 期。

　　王克明：《〈讲话〉前后的延安文艺》，《中国现代文学研究丛刊》2013 年第 5 期。

　　王荣：《1940 年代延安文艺综合性丛书述略》，《中国现代文学研究丛刊》2013 年第 7 期。

　　赵学勇、田文兵：《延安文艺与 20 世纪中国文学论纲》，《陕西师范大学学报（哲学社会科学版）》2013 年第 1 期。

　　李继凯：《论茅盾"文学生活"与书法文化的关联》，《华中师范大学学报（人文社会科学版)》2015 年第 2 期。

党圣元：《从建设性批判到创新性转化——中国共产党人的百年传统文化观》，《江海学刊》2021 年第 5 期。

阎晶明：《期待内部的、立体的批评》，《文艺研究》2022 年第 2 期。

丁国旗：《〈在延安文艺座谈会上的讲话〉"引言"所提问题的当代价值》，《陕西师范大学学报（哲学社会科学版)》2022 年第 2 期。

吴义勤：《勇担新使命，为建设中华民族现代文明贡献文学力量》，《文学评论》2023 年第 4 期。

《延河》编辑部：《新传媒时代与新大众文艺的兴起》，《延河》2024 年第 7 期。

五、学位论文

范远波：《民国小学语文教材研究》，博士学位论文，华东师范大学教育学系，2007 年。

王冬：《抗日战争时期延安秧歌剧研究》，博士学位论文，南京艺术学院音乐系，2010 年。

秦彬：《"改造"话语与延安文学——基于政治文化统合性视角的考察》，博士学位论文，南开大学文学院，2013 年。

六、外文文献

Chalmers A.Johnson,*Peasant Nationalism and Communist Power: The Emergence of Revolutionary China, 1937-1945,* Stanford University Press, 1962.

Yun-fa Chen, *Making Revolution: The Communist Movement in Eastern and Central China, 1937-1945*, University of California Press, 1986.

Pauline B.Keating,*Two Revolutions: Village Reconstruction and the Cooperative in Northern Shaanxi, 1934-1945*, Stanford University Press, 1997.

John King Fairbank, *Modern China:A Bibligraphical Guide to Chinese Works* (*1898-1937*) , HUP, 1950.

John King Fairbank, *China Thought and Institutions*, The University of Chicago Press, 1957.

Edwin Pak-wah Leung, *Essentials of Modern Chinese History,* Printed in the United States of America, 2005.

后　记

在 20 世纪中国文艺及文献史料的整理与研究中，关于陕甘宁文学文献史料的整理与研究尤其具有特别重要的价值意义。这是由中国现代文化尤其是红色文化的创化与发展历史所决定的。本书旨在通过全面掌握和理解陕甘宁文艺运动、文艺实践等文献史料的来源、价值和利用等史实与史识，努力从通论角度梳理和观照陕甘宁文艺，同时贯穿一种历史眼光：在中国现代文艺发展进程中，革命文艺从苏区文艺到陕甘宁边区文艺再到广义的延安文艺或解放区文艺，以及与当代中国文艺之间，都存在着极为深切的历史关系，探讨并展呈之，可以揭示中国现代文艺发展历史的丰富性与复杂性，还可以揭示其在史料学、文艺史及传承红色文化等方面所具有的重要文献价值、学术价值及启示意义。而在研究方法上，本书除了根据文献史料的整理与研究方法，比较分析、审慎研究各种不同类型陕甘宁文艺文献史料的特点和价值之外，还适度借鉴中国传统的"朴学"方法，从校勘与注释、辑佚与汇编等方面，探讨陕甘宁文艺尤其是文学文献史料整理和研究的学术视角及其具体途径，这也对陕甘宁文艺研究的拓展及创新有一定的促进作用。

本人作为课题负责人在课题组同人和学界朋友的大力支持下，数年前获批了国家社会科学基金重大招标项目"陕甘宁文艺文献的整理与研究（1934—1949)"，两年后又顺利通过中期评估并获得了滚动资助。在课题组持续探索及队伍微调的过程中，我和王荣、程国君、李跃力、袁盛勇、冯超（兼课题秘书）等子课题负责人分别组织课题组成员，在前期文献收集整理的基础上，先后组队分赴陕北的延安、榆林、佳县、绥德等地，以及甘肃的兰州、庆阳、庆城、华池等地，分别走访并在延安革命纪念馆、鲁艺纪念馆、南梁革命纪念馆及各市县档案馆、党史办等单位，不仅查阅搜集了许多重要的档案及文献资料，而且增强课题组成员对于本课题研究的切身体悟与历史感等。如在当年陕甘宁边区陇东分区的所在地甘肃庆阳市档案馆和党史办，通过多日的查阅翻检及座谈交流，就让课题组的老师及同学，不只收获了一些珍贵的文献档案和研究资料，同时对自己所研究的领域及其探讨的相关问题，也增加了具体的历史认知和实际把握。从而进一步增强了课题组成员在陕甘宁文学文献整理与研究过程中的学术自觉意识，即注重通过"田野调查"及其方法来促进研究，既注重于对档案文献、民间收藏和口述史料等资料整理与利用，又努力搜集发现新的文献史料，深入挖掘以往未被注意的新材料或未被发现的新内容等，正是由于有了这种拓展研究路径、研究方法的学术自觉意识，使得课题组产生了数量可观的重要研究成果（标有项目号在国内外报刊上公开发表的论文有70余篇）。就标志性成果而言，不仅有专著入选了《国家哲学社会科学成果文库》（24KZW006），还有我本人或与程国君、冯超、钟海波、王奎、程志军、孙旭、马海燕等合作的论文分别发表于《中国社会科学》《中国现代文学研究丛刊》《中国高校社会科学》《兰州大学学报》《陕西师范大学学报》《当代文坛》《南方文坛》《鲁迅研究月刊》《天津社会科学》等名刊，也联手王荣、江震龙、程国君、钟海波、冯超、孙旭、卢美丹、吴国彬、杜睿、翟二猛、宋颖慧、王欢等，后续与太白文艺出版社合作申请到了国家出版基金对《陕甘宁文学研究》（套书15卷本）的资助。

而这本《陕甘宁文艺通论》，也应当说是"陕甘宁文艺文献的整理与研究"课题组成员近年来在陕甘宁文艺研究过程中取得阶段性成果的一种凝聚和集中展示，凝结着课题组同人的心血（最初也想列入人民出版社的"秦岭学术书系"）。因此，本书期望能够立足于文献史料的搜集整理与学术研究基础之上，运用马克思主义关于"美学的观点与历史的观点相统一"和"历史的方法与逻辑的方法相统一"等理论方法，并借鉴中国古典文献学、史料学、版本学及学术史等具体方法，从多个角度及其层面对陕甘宁文艺的历史特征、党的文艺方针及其发展方向、理论批评与艺术教育、社团报刊及其体制规范、作家专题与文本分析等，以及文献资料的考订辨析等方面，进行综合的、贯通的或比较全面的探讨，名之为"通论"即体现了这样的学术追求。虽然不可能面面俱到，尤其是在陕甘宁边区艺术方面涉猎不多，但毕竟在某些方面还是有了明显的拓展，诸如人民性与陕甘宁文艺新的人民文艺的深切关系，作家专题新探及其文本的再解读、艺术教育及陕甘宁边区儿童文学和教科书编写的研究，民间文艺与陕北"红色歌谣"的研究，书写—书法文化体现的"笔杆子"价值，以及文献资料的来源类型梳理及其"副文本"阐释、"边区学"的酝酿、积累及红色文化传播等，都显示出本课题研究的新进展、新收获。在入选《成果文库》后，也有幸得到来自评审专家和编辑的具体修改意见，我和冯超又据此对全书进行了反复修改和调整，并使其能够按照《国家哲学社会科学成果文库》的有关规定和要求正式出版。

本书各个章节的写作内容及整体构思大都离不开诸多师友同人的倾力帮助，他们在本书中也付出了心血。在此谨向所有参加文献资料的收集整理者和部分章节初稿的撰写者如王荣、李跃力、冯超、王奎、宋颖慧、翟二猛、田松林、韩惠欢、张雪艳、江震龙、梁向阳、刘宁、马亚琳、焦欣波、田松林、高业艳等一并致以衷心的感谢。这里还需要特别感谢、感激和铭记的，是本重大课题从立项、调查、研究到"收官"阶段都给予巨大关切和支持的党圣元、丁帆、阎晶明、孙郁、张福贵、陆贵山、吴义勤、吴俊、赵稀方、谭桂林、王本朝、程金城、多洛肯、程光炜、丁国旗、王烨等先生，还有李跃力初期对课题具有创意的精心设计、冯超始终如一对课题相关事务及本书修订事宜的妥善处理。当然，令人感动和难忘的还有出版社同人尤其是责编姜虹为本书申报《成果文库》及出版所付出的辛勤劳作及持续努力。诚所谓"众人拾柴火焰高"，幸赖有众人的鼎力支持，才会围绕课题结出一系列学术成果。

此时此刻我还想到：在世界文明史上，任何时代、任何地方都一再验证高效行政管理的不可或缺及其无可置疑的重要性，我本人曾主要从事行政管理而"误入歧途"20年，仅在学校办公楼就"混"了12个年头，恰是因为对管理工作的重要性有深切认同和理解，才会付出那么多时间精力。这次"被动"地申报《成果文库》，也幸赖有学校、社科处、文学院、人文高研院多位领导及分管人员的督促、鼓励和支持，才匆忙启动，居然有了大的收获，在此也要向具有高度责任心的相关领导和工作人员特别鸣谢！

总之，本书作为国家社科基金重大项目"陕甘宁文艺文献的整理与研究（1934—1949）"的一个阶段性成果和陕西师范大学优秀学术著作出版资助成果，多年来得到了众多专家学者、编辑同人、领导同事和亲朋好友的关心、关照，思之、忆之、念之，真是感激不尽。在此，谨再次对所有支持和参与课题研究及成果发表、评审的"亲们"和"有缘人"（也包括撰稿人、编辑、课题评委、文库评委和单位领导等）立身拱手，表示由衷的感谢和祝福！

人文学术，言说不尽；阶段求索，仍存不足。还望学界朋友批评指正。

李继凯

2023年6月29日初稿

2025年3月18日再改于西安启夏斋